Воскресшие боги, или Леонардо да Винчи

(Христос и Антихрист-2)

Resurrection of Gods. Leonardo da Vinci

Дмитрий Мережковский
Dmitry Merezhkovsky

Resurrection of Gods. Leonardo da Vinci
Copyright © JiaHu Books 2017
First Published in Great Britain in 2017 by JiaHu Books – part of Richardson-
Prachai Solutions Ltd, 434 Whaddon Way, MK3 7LB
ISBN: 978-1-78435-213-4
Visit us at: jiahubooks.co.uk

Книга I
БЕЛАЯ ДЬЯВОЛИЦА
I

В о Флоренции, рядом с каноникой Орсанмикеле, находились товарные склады цеха красильщиков.

Неуклюжие пристройки, клетки, неровные выступы на косых деревянных подпорах лепились к домам, сходясь вверху черепичными кровлями так близко, что от неба оставалась лишь узкая щель, и на улице, даже днем, было темно. У входа в лавки висели на перекладинах образчики тканей заграничной шерсти, крашенной во Флоренции. В канаве посередине улицы, мощенной плоскими камнями, струились разноцветные жидкости, выливаемые из красильных чанов. Над дверями главных складов – фондаков виднелись щиты с гербом Калималы, цеха красильщиков: в алом поле золотой орел на круглом тюке белой шерсти.

В одном из фондаков сидел, окруженный торговыми записями и толстыми счетными книгами, богатый флорентинский купец, консул благородного искусства Калималы – мессер Чиприано Буонаккорзи.

В холодном свете мартовского дня, в дыхании сырости, веявшей из подвалов, загроможденных товарами, старик зяб и кутался в облезлую беличью шубу с истертыми локтями. Гусиное перо торчало у него за ухом, и слабыми, близорукими, но всевидящими глазами он просматривал, как будто небрежно, на самом деле внимательно, пергаментные листки громадной счетной книги, страницы, разделенные продольными и поперечными графами: справа «дать», слева – «иметь». Записи товаров сделаны были ровным круглым почерком, без прописных букв, без точек и запятых, с цифрами римскими, отнюдь не арабскими, считавшимися легкомысленным новшеством, непристойным для деловых книг. На первой странице было написано большими буквами:

«Во имя Господа нашего Иисуса Христа и Приснодевы Марии счетная книга сия начинается лета от Рождества Христова тысяча четыреста девяносто четвертого».

Окончив просмотр последних записей и тщательно исправив ошибку в числе принятых под залог шерстяного товара лаштов продолговатого стручкового перцу, меккского имбирю и вязок корицы, мессер Чиприано с усталым видом откинулся на спинку стула, закрыл глаза и начал обдумывать деловое письмо, которое предстояло ему послать главному приказчику на суконную ярмарку во Франции, в Монпелье.

Кто-то вошел в лавку. Старик открыл глаза и увидел своего мызника, поселянина Грилло, который снимал у него пахотную землю и виноградники на подгорной вилле Сан-Джервазио, в долине Муньоне.

Грилло кланялся, держа в руках корзину с яйцами, старательно переложенными соломою. У пояса его болтались два живых молоденьких петушка на связанных лапках, хохолками вниз.

– А, Грилло! – молвил Буонаккорзи со свойственной ему любезностью, одинаковой в обращении с малыми и великими. – Как Господь милует? Кажется, нынче весна дружная?

– Нам, старикам, мессере Чиприано, и весна не в радость: кости ноют – в могилу просятся... Вот к Светлому празднику, – прибавил он, помолчав, – яичек да петушков вашей милости принес.

Грилло с хитрой ласковостью щурил свои зеленоватые глазки, собирая вокруг них мелкие загорелые морщины, какие бывают у людей, привыкших к солнцу и ветру.

Буонаккорзи, поблагодарив старика, начал расспрашивать о делах.

– Ну, что, готовы ли работники на мызе? Успеем ли кончить до свету?

Грилло тяжело вздохнул и задумался, опираясь на палку, которую держал в руках.

– Все готово, и работников довольно. Только вот что я вам доложу, мессере: не лучше ли подождать?

– Ты же сам, старик, намедни говорил, что ждать нельзя, – может кто-нибудь раньше догадаться.

– Так-то оно так, а все-таки страшно... Грех! Дни нынче святые, постные, а дело наше неладное...

– Ну, грех я на свою душу беру. Не бойся, я тебя не выдам. Только найдем ли что-нибудь?

– Как не найти! На то приметы есть. Отцы и деды знали о холме за мельницей у Мокрой Лощины. По ночам на Сан-Джиованни огоньки бегают. И то сказать: у нас этой дряни всюду много. Вот, говорят, недавно, как рыли колодец в винограднике у Мариньолы, целого черта вытащили из глины...

– Что ты говоришь? Какого черта?

– Медного, с рогами. Ноги шершавые, козлиные, – на концах копыта. А рыльце забавное, – точно смеется; на одной ноге пляшет, пальцами прищелкивает. От старости весь позеленел, замшился.

– Что же с ним сделали?

– Колокол отлили для новой часовни Архангела Михаила.

Мессер Чиприано едва не рассердился:

– Зачем же ты об этом раньше не сказал мне, Грилло?

– Вы в Сиену по делам уезжали.

– Ну, написал бы. Я бы прислал кого-нибудь. Сам приехал бы, никаких денег не пожалел бы, десять колоколов отлил бы им. Дураки! Колокол – из пляшущего Фавна, – быть может, древнего эллинского ваятеля Скопаса...

– Да, уж подлинно – дураки. Только не извольте гневаться, мессер Чиприано. Они и так наказаны: с тех пор, как новый колокол повесили, два года червь в садах яблоки и вишни ест, да на оливы неурожай. И голос у колокола нехороший.

– Почему же нехороший?

– Как вам сказать? Настоящего звука нет. Сердца христианского не радует. Так, что-то болтает без толку. Дело известное: какой же из черта колокол! Не во гнев будь сказано вашей милости, мессере, священник-то, пожалуй, прав: из всей этой нечисти, что выкапывают, ничего доброго не выходит. Тут надо вести дело с осторожностью, с оглядкою. Крестом и молитвою ограждаться, ибо силен дьявол и хитер, собачий сын, – в одно ухо влезет, в другое вылезет! Вот хотя бы с этой мраморной рукой, что в прошлом году Дзакелло у Мельничного Холма вырыл, – попутал нас нечистый, нажили мы с ней беды, не дай Бог, – и вспомнить страшно.

– Расскажи-ка, Грилло, как ты нашел ее?

– Дело было осенью, накануне Св. Мартина. Сели мы ужинать, и только что хозяйка поставила на стол тюрю из хлеба, – вбегает в горницу работник, кумов племянник, Дзакелло. И надо вам сказать, что я в тот вечер в поле его оставил, у Мельничного Холма, оливковую корчагу выворачивать, – коноплею то место хотел засеять. «Хозяин, а хозяин!» – лопочет Дзакелло, и лица на нем нет: весь трясется, зуб на зуб не попадает. «Господь с тобой, малый!» – «Недоброе, – говорит, – в поле творится: покойник из-под корчаги вылезает. Если не верите, пойдите сами посмотрите». Взяли мы фонари и пошли.

Стемнело. Месяц встал из-за рощи. Видим – корчага; рядом земля разрыта, и что-то в ней белеет. Наклонился, смотрю – рука из земли торчит, белая, и пальцы красивые, тонкие, как у девушек городских. «Ах, пострел тебя возьми, – думаю, – это что за чертовщина?» Опустил фонарь в яму, чтобы лучше рассмотреть, а рука-то зашевелилась, пальчиками манит. Тут уж я не стерпел, закричал, ноги подкосились. А мона Бонда, бабушка, – она у нас знахарка и повитуха, бодрая, хоть и древняя старушка: «Чего вы все испугались, дураки, – говорит, – разве не видите – рука не живая и не мертвая, а каменная». Ухватилась, дернула и вытащила из земли, как репу. Повыше кисти в суставе рука была сломана. «Бабушка, – кричу, – ой, бабушка, оставь, не тронь, зароем поскорее в землю, а то как бы беды не нажить». – «Нет, – говорит, – так не ладно, а надо сначала в церковь священнику отнести, пусть он заклятие прочтет». Обманула меня старуха: священнику руки не отнесла, а в свой ларь в углу спрятала, где у нее всякая рухлядь – тряпочки, мази, травы и ладанки. Я бранился, чтобы руку отдала, но мона Бонда заупрямилась. И стала с тех пор бабушка чудесные творить исцеления. Заболят ли у кого зубы – идольской рукой прикоснется к щеке, и опухоль опадет. От лихорадки, от живота, от падучей помогала. Ежели корова мучится, не может отелиться, бабушка ей на брюхо каменную руку положит, корова замычит, и смотришь – теленочек уже в соломе копошится.

Молва по окрестным селениям пошла. Много денег в то время набрала старуха. Только проку не вышло. Священник, отец Фаустино, не давал мне спуска: в церковь пойду – он меня на проповеди при всех укоряет, Сыном погибели называл, слугою дьявола, епископу грозил пожаловаться, Св. Причастия лишить. Мальчишки за мною по улице бегали, пальцами указывали: «Вот идет Грилло, сам Грилло колдун, а бабушка у него ведьма, оба душу черту продали». Верите ли, даже по ночам не было покоя: все мраморная рука мерещится, будто бы подбирается, тихонько за шею берет, точно ласкает, пальцы холодные, длинные, а потом как вдруг схватит, стиснет горло, начнет душить, – хочу крикнуть и не могу.

Э, думаю, шутки-то плохи. Встал я раз до свету, и как бабушка на лугу по росе пошла травы собирать, выломал замок у ларя, взял руку и вам отнес. Хотя старьевщик Лотто десять сольдив давал, а от вас получил я только восемь, ну, да для вашей милости мы не то что двух сольди, а живота своего не пожалеем, – пошли вам Господь всякого благовремения, и мадонне Анжелике, и деткам, и внукам вашим.

– Да, судя по всему, что ты рассказываешь, Грилло, мы что-нибудь найдем в Мельничном Холме, – произнес мессер Чиприано в раздумье.

– Найти-то найдем, – продолжал старик, опять тяжело вздохнув, – только вот как бы отец Фаустино не пронюхал. Ежели узнает – расчешет он мне голову без гребня так, что не поздоровится, да и вам помешает: народ взбунтует, работы кончить не даст. Ну, да Бог милостив. Только уж и вы меня не оставьте, благодетель, замолвите словечко у судьи.

– Это насчет того куска земли, который у тебя мельник хочет оттягать?

– Точно так, мессере. Мельник – жила и пройдоха. Знает, где у черта хвост. Я, видите ли, телку судье подарил, и он ему – телку, да стельную. Во время тяжбы она возьми и отелись. Перехитрил меня, плут. Вот я и боюсь, как бы судья не решил в его пользу, потому что телка-то бычком отелилась на грех. Уж заступитесь, отец родной! Я ведь это только для вашей милости с Мельничным Холмом стараюсь, – ни для кого такого греха на душу не взял бы...

– Будь покоен, Грилло. Судья – мой приятель, и я за тебя похлопочу. А теперь ступай. На кухне тебя накормят и вином угостят. Сегодня ночью мы вместе едем в Сан-Джервазио.

Старик, низко кланяясь, поблагодарил и ушел, а мессер Чиприано удалился в свою маленькую рабочую комнату, рядом с лавкой, куда никто не имел позволения входить.

Здесь, как в музее, расставлены и развешаны были по стенам мраморы и бронзы. Древние монеты и медали красовались на досках, обшитых сукном. Обломки статуй, еще не разобранные, лежали в ящиках. Через свои многочисленные торговые конторы выписывал он древности отовсюду, где можно было их найти: из Афин, Смирны и Галикарнасса, с Кипра, Левкозии и Родоса, из глубины Египта и Малой Азии.

Оглянув сокровища свои, консул Калималы снова погрузился в строгие, важные мысли о таможенном налоге на шерсть и, все окончательно обдумав, стал сочинять письмо доверенному в Монпелье.

II

В это время в глубине склада, где тюки товара, наваленные до потолка, и днем освещались только лампадою, мерцавшею перед Мадонною, беседовали трое молодых людей: Доффо, Антонио и Джованни. Доффо, приказчик мессера Буонаккорзи, с рыжими волосами, курносый и добродушно-веселый, записывал в книгу число локтей смеренного сукна. Антонио да Винчи, старообразный юноша, со стеклянными рыбьими глазами, с упрямо торчавшими космами жидких черных волос, проворно мерил ткань флорентинскою мерою – канною. Джованни Бельтраффио, ученик живописи, приехавший из Милана, юноша лет девятнадцати, робкий и застенчивый, с большими, невинными и печальными серыми глазами, с нерешительным выражением лица, сидел на готовом тюке, закинув ногу на ногу, и внимательно слушал.

– Вот до чего, братцы, дожили, – говорил Антонио тихо и злобно. – Языческих богов из земли стали выкапывать!

Шотландской шерсти с ворсом, коричневого – тридцать два локтя, шесть пяденей, восемь ончий, – прибавил он, обращаясь к Доффо, и тот записал в товарную книгу. Потом, свернув смеренный кусок, Антонио бросил его сердито, но ловко, так что он попал как раз туда, куда нужно, и, подняв указательный палец с пророческим видом, подражая брату Джироламо Савонароле, воскликнул: – Gladius Dei super terram cito et velociter![1] Св. Иоанну на Патмосе было видение: ангел взял дракона, змия древнего, который есть дьявол, и сковал его на тысячу лет, и низверг в бездну, и заключил, и положил над ним печать, дабы не прельщал народы, доколе не кончится тысяча лет, время и полвремени. Ныне сатана освобождается из темницы. Окончилась тысяча лет. Ложные боги, предтечи и слуги Антихриста, выходят из земли, из-под печати ангела, дабы обольщать народы. Горе живущим на земле и на море!.. Желтого, брабантской шерсти, гладкого – семнадцать локтей, четыре пядени, девять оньчий.

– Как же вы разумеете, Антонио, – произнес Джованни с боязливым и жадным любопытством, – все эти значения свидетельствуют?..

– Да, да. Не иначе. Бодрствуйте! Время близко. И теперь уже не только древних богов выкапывают, но и новых творят наподобие древних. Нынешние ваятели и живописцы служат Молоху, то есть дьяволу. Из церкви Господней делают храм сатаны. На иконах, под видом мучеников и святых, нечистых богов изображают, коим поклоняются: вместо Иоанна Предтечи – Вакха, вместо Матери Божьей – блудницу Венеру. Сжечь бы такие картины и по ветру пепел развеять!

В тусклых глазах благочестивого приказчика вспыхнул зловещий огонь.

Джованни молчал, не смея возражать, с беспомощным усилием мысли сжимая свои тонкие детские брови.

– Антонио, – молвил он наконец, – слышал я, будто бы ваш двоюродный брат, мессер Леонардо да Винчи, принимает иногда учеников в свою мастерскую. Я давно хотел...

– Если хочешь, – перебил его Антонио, нахмурившись, – если хочешь, Джованни, погубить душу свою – ступай к мессеру Леонардо.

– Как? Почему?

– Хотя он и брат мне, и старше меня на двадцать лет, но в Писании сказано: еретика, после первого и второго вразумления, отвращайся. Мессер Леонардо – еретик и безбожник. Ум его омрачен сатанинскою гордостью. Посредством математики и черной магии мыслит он проникнуть в тайны природы...

И, подняв глаза к небу, привел он слова Савонаролы из последней проповеди:

– «Мудрость века сего – безумие пред Господом. Знаем мы этих ученых: все грядут в жилище сатаны!»

– А слышали вы, Антонио, – продолжал Джованни еще более робко, – мессер Леонардо теперь здесь, во Флоренции? Только что приехал из Милана.

– Зачем?

– Герцог прислал, чтобы разведать, нельзя ли купить некоторые из картин, принадлежавших покойному Лоренцо Великолепному.

– Здесь так здесь. Мне все равно, – перебил Антонио, еще усерднее принимаясь отмеривать на канне сукно.

В церквах зазвонили к повечерию. Доффо радостно потянулся и

---

1 Меч Господень на земле действует быстро и скоро! (лат.)

захлопнул книгу. Работа была кончена. Лавки запирались.

Джованни вышел на улицу. Между мокрыми крышами было серое небо с едва уловимым розовым оттенком вечера. В безветренном воздухе сеял мелкий дождь.

Вдруг из открытого окна в соседнем переулке послышалась песня:

O, vaghe montanine e pastorelle.

О, девы гор, о, милые пастушки.

Голос был молодой и звонкий. Джованни догадался, по равномерному звуку подножки, что поет ткачиха за станком.

Заслушался, вспомнил, что теперь весна, и почувствовал, как сердце бьется от беспричинного умиления и грусти.

– Нанна! Нанна! Да где же ты, чертова девка? Оглохла, что ли? Ужинать ступай! Лапша простынет.

Деревянные башмаки – цокколи – бойко застучали по кирпичному полу – и все умолкло.

Джованни стоял еще долго, смотрел на пустое окно, и в ушах его звучал весенний напев, подобный переливам далекой свирели:

O, vaghe montanine e pastorelle...

Потом тихо вздохнул, вошел в дом консула Калималы и по крутой лестнице с гнилыми, шаткими перилами, изъеденными червоточиной, поднялся в большую комнату, служившую библиотекой, где сидел, согнувшись за письменным поставцом, Джорджио Мерула, придворный летописец миланского герцога.

III

Мерула приехал во Флоренцию, по поручению государя, для покупки редких сочинений из книгохранилища Лоренцо Медичи и, как всегда, остановился в доме друга своего, такого же, как он, любителя древностей, мессера Чиприано Буонаккорзи. С Джованни Бельтраффио ученый историк познакомился случайно на постоялом дворе, по пути из Милана, и, под тем предлогом, что ему, Меруле, нужен хороший писец, а у Джованни почерк красивый и четкий, взял его с собой в дом Чиприано.

Когда Джованни входил в комнату, Мерула тщательно рассматривал истрепанную книгу, похожую на церковный требник или псалтырь. Осторожно проводил влажною губкою по тонкому пергаменту, самому нежному, из кожи мертворожденного ирландского ягненка, – некоторые строки стирал пемзою, выглаживал лезвием ножа и лощилом, потом опять рассматривал, подымая к свету.

– Миленькие! – бормотал он себе под нос, захлебываясь от умиления. – Ну-ка, выходите, бедные, выходите на свет Божий... Да какие же вы длинные, красивые!

Он прищелкнул двумя пальцами и поднял от работы плешивую голову, с одутловатым лицом, с мягкими, подвижными морщинами, с багрово-сизым носом, с маленькими свинцовыми глазками, полными жизни и неугомонной веселости. Рядом, на подоконнике, стоял глиняный кувшин и кружка. Ученый налил себе вина, выпил, крякнул и хотел опять погрузиться в работу, когда увидел Джованни.

– Здравствуй, монашек! – приветствовал его старик шутливо: монашком называл он Джованни за скромность. – Я по тебе соскучился. Думаю, где пропадает? Уж не влюбился ли, чего доброго? Девочки-то во Флоренции славные. Влюбиться не грех. А я тоже времени даром не теряю. Ты этакой забавной штуки от роду, пожалуй, не видывал. Хочешь покажу? Или нет – еще разболтаешь. Я ведь у жида, старьевщика, за грош купил, – среди хлама нашел. Ну, да уж куда ни шло, тебе одному покажу!

Он поманил его пальцем:

– Сюда, сюда, поближе к свету!

И указал на страницу, покрытую тесными, остроугольными буквами церковного письма. Это были акафисты, молитвы, псалмы с громадными, неуклюжими нотами для пения.

Потом взял у него книгу, открыл на другом месте, поднял к свету, почти на уровень с его глазами, – и Джованни заметил, как там, где Мерула соскоблил церковные буквы, появились иные, почти неуловимые строки, бесцветные отпечатки древнего письма, углубления в пергаменте – не буквы, а только призраки давно исчезнувших букв, бледные и нежные.

– Что? Видишь, видишь? – повторял Мерула с торжеством. – Вот они, голубчики. Говорил я тебе, монашек, веселая штучка!

– Что это? Откуда? – спросил Джованни.

– Сам еще не знаю. Кажется, отрывки из древней антологии. Может быть, и новые, неведомые миру сокровища эллинской музы. А ведь если бы не я, так бы и не увидеть им света Божьего! Пролежали бы до скончания веков под антифонами и покаянными псалмами...

И Мерула объяснил ему, что какой-нибудь средневековый монах-переписчик, желая воспользоваться драгоценным пергаментом, соскоблил древние языческие строки и написал по ним новые.

Солнце, не разрывая дождливой пелены, а только просвечивая, наполнило комнату угасающим розовым отблеском, и в нем углубленные отпечатки, тени древних букв, выступили еще яснее.

– Видишь, видишь, покойники выходят из могил! – повторял Мерула с восторгом. – Кажется, гимн олимпийцам. Вот, смотри, можно прочесть первые строки.

И он перевел ему с греческого:

Слава любезному, пышновенчанному гроздьями Вакху,
Слава тебе, дальномечущий Феб, сребролукий, ужасный
Бог лепокудрый, убийца сынов Ниобеи.

– А вот и гимн Венере, которой ты так боишься, монашек! Только трудно разобрать...

Слава тебе, златоногая мать Афродита,
Радость богов и людей...

Стих обрывался, исчезая под церковным письмом.

Джованни опустил книгу, и отпечатки букв побледнели, углубления стерлись, утонули в гладкой желтизне пергамента, – тени скрылись. Видны были только ясные, жирные, черные буквы монастырского требника и громадные, крючковатые, неуклюжие ноты покаянного псалма:

«Услышь, Боже, молитву мою, внемли мне и услышь меня. Я стенаю в горести моей и смущаюсь: сердце мое трепещет во мне, и смертные ужасы напали на меня».

Розовый отблеск потух, и в комнате стало темнеть. Мерула налил вина из глиняного кувшина, выпил и предложил собеседнику.

– Ну-ка, братец, за мое здоровье. Vinum super omnia bonum diligamus![2]

Джованни отказался.

– Ну – Бог с тобой. Так я за тебя выпью. Да что это ты, монашек, какой сегодня скучный, точно в воду опущенный? Или опять этот святоша Антонио пророчествами напугал? Плюнь ты на них, Джованни, право, плюнь! И чего каркают, ханжи, чтоб им пусто было! Признавайся, говорил ты с Антонио?

– Говорил.

– О чем?

– Об Антихристе и мессере Леонардо да Винчи...

– Ну вот! Да ты только и бредишь Леонардо. Околдовал он тебя, что ли? Слушай, брат, выкинь дурь из головы. Оставайся-ка моим секретарем – я тебя живо в люди выведу: латыни научу, законоведом сделаю, оратором или придворным стихотворцем, – разбогатеешь, славы достигнешь. Ну что такое живопись? Еще философ Сенека называл ее ремеслом, недостойным свободного человека. Посмотри на художников – все люди невежественные, грубые...

– Я слышал, – возразил Джованни, – что мессер Леонардо – великий ученый.

– Ученый? Как бы не так! Да он и по-латыни читать не умеет, Цицерона с Квинтиниалом смешивает, а греческого и не нюхал. Вот так ученый! Курам на смех.

– Говорят, – не унимался Бельтраффио, – что он изобретает чудесные машины и что его наблюдения над природою...

– Машины, наблюдения! Ну, брат, с этим далеко не уйдешь. В моих «Красотах латинского языка» собрано более двух тысяч новых изящнейших оборотов речи. Так знаешь ли ты, чего мне это стоило?.. А хитрые колесики в машинках прилаживать, посматривать, как птицы в небе летают, травы в поле растут – это не наука, а забава, игра для детей!..

Старик помолчал; лицо его сделалось строже. Взяв собеседника за руку, он промолвил с тихою важностью:

– Слушай, Джованни, и намотай себе на ус. Учителя наши – древние греки и римляне. Они сделали все, что люди могут сделать на земле. Нам же остается только следовать за ними и подражать. Ибо сказано: ученик не выше своего учителя.

Он отхлебнул вина, заглянул прямо в глаза Джованни с веселым лукавством, и вдруг мягкие морщины его расплылись в широкую улыбку:

– Эх, молодость, молодость! Гляжу я на тебя, монашек, и завидую. Распуколка весенняя – вот ты кто! Вина не пьет, от женщин бегает. Тихоня, смиренник. А внутри – бес. Я ведь тебя насквозь вижу. Подожди, голубчик, выйдет наружу бес. Сам ты скучный, а с тобой весело. Ты теперь, Джованни, вот как эта книга. Видишь, – сверху псалмы покаянные, а под ними гимн Афродите!

– Стемнело, мессер Джорджио. Не пора ли огонь зажигать?

---

2 Возлюбим вино превыше всякого блага! (лат.)

– Подожди, – ничего. Я в сумерках люблю поболтать, молодость вспомнить…

Язык его тяжелел, речь становилась бессвязной.

– Знаю, друг любезный, – продолжал он, – ты вот смотришь на меня и думаешь: напился, старый хрыч, вздор мелет. А ведь у меня здесь тоже кое-что есть!

Он самодовольно указал пальцем на свой плешивый лоб.

– Хвастать не люблю – ну а спроси первого школяра: он тебе скажет, превзошел ли кто Мерулу в изяществах латинской речи. Кто открыл Мертиала? – продолжал он, все более увлекаясь. – Кто прочел знаменитую надпись на развалинах Тибуртинских ворот? Залезешь, бывало, так высоко, что голова кружится, камень сорвется из-под ноги – едва успеешь за куст уцепиться, чтобы самому не слететь. Целые дни мучишься на припеке, разбираешь древние надписи и списываешь. Пройдут хорошенькие поселянки, хохочут: «Посмотрите-ка, девушки, какой сидит перепел – вон куда забрался, дурак, должно быть, клада ищет!» Полюбезничаешь с ними, пройдут – и опять за работу. Где камни осыпались, под плющом и терновником – там только два слова: gloria Romanorum.

И, как будто вслушиваясь в звуки давно умолкших, великих слов, повторил он глухо и торжественно:

– Gloria Romanorum! Слава римлян! Э, да что вспоминать, – все равно не воротишь, – махнул он рукой и, подымая стакан, хриплым голосом затянул застольный гимн школяров:

Не обмолвлюсь натощак
Ни единой строчкой.
Я всю жизнь ходил в кабак
И умру за бочкой.
Как вино, я песнь люблю
И латинских граций, —
Если ж пью, то и пою
Лучше, чем Гораций.
В сердце буйный хмель шумит,
Dum vinum potamus[3], —
Братья, Вакху пропоем:
Te Deum laudamus[4].

Закашлялся и не кончил.

В комнате уже было темно. Джованни с трудом различал лицо собеседника.

Дождь пошел сильнее, и слышно было, как частые капли из водосточной трубы падают в лужу.

– Так вот как, монашек, – бормотал Мерула заплетающимся языком. – Что, бишь, я говорил? Жена у меня красавица… Нет, не то. Погоди. Да, да… Помнишь стих:

Tu regere imperio populos, Romane, memento[5].

---

3 Упиваясь вином (лат.).
4 Тебя, Бога, хвалим! (лат.)
5 Римлянин, помни, что ты управляешь народом (лат.).

Слушай, это были исполинские люди. Повелители вселенной!..

Голос его дрогнул, и Джованни показалось, что на глазах мессера Джорджио блеснули слезы.

– Да, исполинские люди! А теперь – стыдно сказать... Хоть бы этот наш герцог миланский, Лодовико Моро. Конечно, я у него на жалованье, историю пишу наподобие Тита Ливия, с Помпеем и Цезарем сравниваю зайца трусливого, выскочку. Но в душе, Джованни, в душе у меня...

По привычке старого придворного он подозрительно оглянулся на дверь, не подслушивает ли кто-нибудь, – и, наклонившись к собеседнику, прошептал ему на ухо:

– В душе старого Мерулы не угасла и никогда не угаснет любовь к свободе. Только ты об этом никому не говори. Времена нынче скверные. Хуже не бывало. И что за людишки – смотреть тошно: плесень, от земли не видать. А ведь тоже нос задирают, с древними равняются! И чем, подумаешь, взяли, чему радуются? Вот, мне один приятель из Греции пишет: недавно на острове Хиосе монастырские прачки по заре, как белье полоскали, на морском берегу настоящего древнего бога нашли, тритона с рыбьим хвостом, с плавниками, в чешуе. Испугались дуры. Подумали – черт, убежали. А потом видят – старый он, слабый, должно быть, больной, лежит ничком на песке, зябнет и спину зеленую чешуйчатую на солнце греет. Голова седая, глаза мутные, как у грудных детей. Расхрабрились, подлые, обступили его с христианскими молитвами, да ну колотить вальками. До смерти забили, как собаку, древнего бога, последнего из могучих богов океана, может быть, внука Посейдонова!..

Старик замолчал, уныло понурив голову, и по щекам его скатились две пьяные слезы от жалости к морскому чуду.

Слуга принес огонь и закрыл ставни. Языческие призраки отлетели.

Позвали ужинать. Но Мерула так отяжелел от вина, что его должны были отвести под руки в постель.

Бельтраффио долго не мог заснуть в ту ночь и, прислушиваясь к безмятежному храпу мессера Джорджо, думал о том, что в последнее время его больше всего занимало, – о Леонардо да Винчи.

IV

Во Флоренцию приехал Джованни из Милана, по поручению дяди своего, Освальда Ингрима, стекольщика, чтобы купить красок, особенно ярких и прозрачных, каких нельзя было достать нигде, кроме Флоренции.

Стекольщик-живописец, родом из Граца, ученик знаменитого страсбургского мастера Иоганна Кирхгейма, Освальд Ингрим, работал над окнами северной ризницы Миланского собора. Джованни, сирота, незаконный сын его брата, каменщика Рейнольда Ингрима, получил имя Бельтраффио от матери своей, уроженки Ломбардии, которая, по словам дяди, была распутной женщиной и вовлекла в погибель отца его.

В доме угрюмого дяди рос он одиноким ребенком. Душу его омрачали бесконечные рассказы Освальда Ингрима о всяких нечистых силах, бесах, ведьмах, колдунах и оборотнях. Особенный ужас внушало мальчику предание, сложенное северными людьми в языческой Италии, о женообразном демоне – так называемой Белобрысой Матери или Белой Дьяволице.

Еще в раннем детстве, когда Джованни плакал ночью в постели, дядя Ингрим пугал его Белой Дьяволицей, и ребенок тотчас утихал, прятал голову под подушку; но сквозь трепет ужаса чувствовал любопытство, желание когда-нибудь увидеть Белобрысую лицом к лицу.

Освальд отдал племянника на выучку монаху-иконописцу, фра Бенедетто. Это был простодушный и добрый старик. Он учил, приступая к живописи, призывать на помощь всемогущего Бога, возлюбленную заступницу грешных, Деву Марию, св. евангелиста Луку, первого христианского живописца, и всех святых рая; затем украшаться одеянием любви, страха, послушания и терпения; наконец, заправлять темперу для красок на яичном желтке и молочном соку молодых веток смоковницы с водой и вином, приготовлять дощечки для картин из старого фигового или букового дерева, протирая их порошком из жженой кости, причем предпочтительнее употреблять кости из ребер и крыльев кур и каплунов или ребер и плеч барана.

Это были неисчерпаемые наставления. Джованни знал заранее, с каким пренебрежительным видом фра Бенедетто подымет брови, когда речь зайдет о краске, именуемой драконовой кровью, и непременно скажет: «Оставь ее и не очень печалься о ней; она не может принести тебе много чести». Он угадывал, что те же слова говорил и учитель фра Бенедетто, и учитель его учителя. Столь же неизменной была улыбка тихой гордости, когда фра Бенедетто поверял ему тайны мастерства, которые казались монаху пределом всех человеческих художеств и хитростей: как, например, для состава промазки при изображении молодых лиц должно брать яйца городских кур, потому что желтки у них светлее, нежели у сельских, которые, вследствие своего красноватого цвета, идут более для изображения старого смуглого тела.

Несмотря на все эти тонкости, фра Бенедетто оставался художником бесхитростным, как младенец. К работе готовился постами и бдениями. Приступая к ней, падал ниц и молился, испрашивая у Господа силы и разума. Каждый раз, как изображал Распятие, лицо его обливалось слезами.

Джованни любил учителя и почитал его величайшим из мастеров. Но в последнее время находило на ученика смущение, когда, объясняя свое единственное правило из анатомии, – что длину мужского тела должно полагать в восемь лиц и две трети лица, – фра Бенедетто прибавлял с тем же пренебрежительным видом, как о драконовой крови, – «что касается до тела женщины, лучше оставить его в стороне, ибо оно не имеет в себе ничего соразмерного». Он был убежден в этом так же непоколебимо, как в том, что у рыб и вообще у всех неразумных животных сверху темный цвет, а снизу светлый; или в том, что у мужчины одним ребром меньше, чем у женщины, так как Бог вынул ребро Адама, чтобы создать Еву.

Однажды понадобилось ему представить четыре стихии посредством аллегорий, обозначив каждую каким-нибудь животным. Фра Бенедетто выбрал крота для земли, рыбу для воды, саламандру для огня и хамелеона для воздуха. Но, полагая, что слово «хамелеон» есть увеличительное от camelo, которое значит «верблюд», – монах в простоте сердца представил стихию воздуха в виде верблюда, который открывает пасть, чтобы лучше дышать. Когда же молодые художники стали смеяться над ним, указывая на ошибку, он терпел насмешки с христианской кротостью, оставаясь при убеждении, что между верблюдом и хамелеоном нет разницы.

Таковы были и остальные познания благочестивого мастера о природе.

Давно уже в сердце Джованни проникли сомнения, новый мятежный дух, «бес мирского любомудрия», по выражению монаха. Когда же ученику фра Бенедетто, незадолго до поездки во Флоренцию, случилось увидеть некоторые из рисунков Леонардо да Винчи, эти сомнения нахлынули в душу его с такою силою, что он не мог им противиться.

В ту ночь, лежа рядом с мирно храпевшим мессером Джорджо, в тысячный раз перебирал он в уме своем эти мысли, но чем более углублялся в них, тем более запутывался.

Наконец, решил прибегнуть к помощи небесной и, устремляя взор, полный надежды, в темноту ночи, стал молиться так:

– Господи, помоги мне и не оставь меня! Если мессер Леонардо – человек в самом деле безбожный, и в науке его – грех и соблазн, сделай так, чтобы я о нем больше не думал и о рисунках его позабыл. Избавь меня от искушения, ибо я не хочу согрешить перед Тобою. Но, если можно, угождая Тебе и прославляя имя Твое в благодарном искусстве живописи, знать все, чего фра Бенедетто не знает и что мне так сильно хочется знать, – и анатомию, и перспективу, и прекраснейшие законы света и тени, – тогда, о Господи, дай мне твердую волю, просвети мою душу, чтобы я уже более не сомневался; сделай так, чтобы и мессер Леонардо принял меня в свою мастерскую, и чтобы фра Бенедетто – он такой добрый – простил меня и понял, что я ни в чем перед Тобою не виновен.

После молитвы Джованни почувствовал отраду и успокоился. Мысли его сделались неясными: он вспомнил, как в руках стекольщика раскаленное добела железное острие наждака впивается и, с приятным шипящим звоном, режет стекло; увидел, как из-под струга выходят, извиваясь, гибкие свинцовые полосы, которыми соединяют в рамках отдельные куски раскрошенных стекол. Чей-то голос, похожий на голос дяди, сказал: «Зазубрин, побольше зазубрин по краям, тогда стекло крепче держится», – и все исчезло. Он повернулся на другой бок и заснул.

Джованни увидел сон, который впоследствии часто вспоминал: ему казалось, что он стоит в сумраке громадного собора перед окном с разноцветными стеклами. На них изображена была виноградная жатва таинственной лозы, о которой сказано в Евангелии: «Я есмь истинная виноградная лоза, а Отец Мой виноградарь». Нагое тело Распятого лежит в точиле, и кровь льется из ран. Папы, кардиналы, императоры собирают ее, наполняют и катят бочки. Апостолы приносят гроздья; св. Петр топчет их. В глубине пророки, патриархи окапывают лозы или срезают виноград. И с чаном вина проезжает колесница, в которую запряжены евангельские звери – лев, бык, орел; правит же ею ангел св. Матфея. Стекла с подобными изображениями Джованни встречал в мастерской своего дяди. Но нигде не видал таких красок – темных и в то же время ярких, как драгоценные камни. Всего больше наслаждался он алым цветом крови Господней. А из глубины собора долетали слабые, нежные звуки его любимой песни:

O, fior di castitate,
Odorifero giglio,
Con gran soavitate
Sei di color vermiglio,
Цветок целомудрия.
Душистая лилия,
О, полная негою,
Багровая лилия!

Песнь умолкла, стекло потемнело – голос приказчика Антонио да Винчи сказал ему на ухо: «Беги, Джованни, беги! *Она* – здесь!» Он хотел спросить «кто?», но понял, что Белобрысая у него за спиною. Повеяло холодом, и вдруг тяжелая рука схватила его за шею сзади и стала душить. Ему казалось, что он умирает.

Он вскрикнул, проснулся и увидел мессера Джорджо, который стоял над ним и стаскивал с него одеяло:

– Вставай, вставай, а то без нас уедут. Давно пора!

– Куда? Что такое? – бормотал Джованни впросонках.

– Разве забыл? На виллу в Сан-Джервазио, раскапывать Мельничный Холм.

– Я не поеду...

– Как не поедешь? Даром я тебя будил, что ли? Нарочно велел черного мула оседлать, чтобы удобнее было ехать вдвоем. Да ну же, вставай, сделай милость, не упрямься! Чего ты боишься, монашек?

– Я не боюсь, но мне просто не хочется...

– Послушай, Джованни: там будет этот твой хваленый мастер, Леонардо да Винчи.

Джованни вскочил и, не возражая более, стал одеваться.

Они вышли на двор.

Все уже было готово к отъезду. Расторопный Грилло давал советы, бегал и суетился. Тронулись в путь.

Несколько человек, знакомых мессера Чиприано, в том числе Леонардо да Винчи, должны были приехать позже другой дорогой, прямо в Сан-Джервазио.

V

Дождь перестал. Северный ветер разогнал тучи. В безлунном небе звезды мигали, как лампадные огни, задуваемые ветром. Смоляные факелы дымились и трещали, разбрасывая искры.

По улице Рикасоли, мимо Сан-Марко, подъехали к зубчатой башне ворот Сан-Галло. Сторожа долго спорили, ругались, не понимая спросонья, в чем дело, и только благодаря хорошей взятке согласились выпустить их из города.

Дорога шла узкою, глубокою долиною потока Муньоне. Миновав несколько бедных селений, с такими же тесными улицами, как во Флоренции, с высокими домами, похожими на крепости, сложенными из грубо отесанных камней, путники въехали в оливковую рощу, принадлежавшую поселянам Сан-Джервазио, спешились на перекрестке двух дорог и по винограднику мессера Чиприано подошли к Мельничному Холму.

Здесь ожидали их работники с лопатами и заступами.

За холмом, по ту сторону болота, называвшегося Мокрой Лощиной, неясно белели в темноте между деревьями стены виллы Буонаккорзи. Внизу, на Муньоне, была водяная мельница. Стройные кипарисы чернели на вершине холма.

Грилло указал, где, по его мнению, следует копать. Мерула указал на другое место, у подошвы холма, где нашли мраморную руку. А старший работник, садовник Строкко, утверждал, что следует рыть внизу, у Мокрой Лощины, так как, по его словам: «всегда нечисть ближе к болоту водится».

Мессер Чиприано велел копать там, где советовал Грилло.

Застучали лопаты. Запахло разрытою землею.

Летучая мышь едва не задела крылом лицо Джованни. Он вздрогнул.

– Не бойся, монашек, не бойся! – ободряя, похлопал его Мерула по плечу. – Никакого черта не найдем! Если бы еще не этот осел Грилло... Слава Богу, мы не на таких раскопках бывали! Вот, например, в Риме, в четыреста пятидесятую олимпиаду, – Мерула, пренебрегая христианским летосчислением, употреблял древнегреческое, – при папе Иннокентии VIII, на Аппиевой дороге, близ памятника Цецилии Метеллы, в древнем римском саркофаге с надписью: *Юлия, дочь Клавдия*, ломбардские землекопы нашли тело, покрытое воском, девушки лет пятнадцати, как будто спящей. Румянец жизни не сошел с лица. Казалось, что она дышит. Несметная толпа не отходила от гроба. Из далеких стран приезжали взглянуть на нее, ибо Юлия была так прекрасна, что если бы можно было описать прелесть ее, то не видевшие не поверили бы. Папа испугался, узнав, что народ поклоняется мертвой язычнице, и велел ночью тайно похоронить ее у ворот Пинчианских... Так вот, братец, какие раскопки бывают!

Мерула с презрением взглянул на яму, которая быстро углублялась.

Вдруг лопата одного из работников зазвенела. Все наклонились.

– Кости! – проговорил садовник. – Кладбище сюда в старину доходило.

В Сан-Джервазио послышался унылый, протяжный вой собаки.

«Могилу осквернили, – подумал Джованни. – Ну их совсем! Уйти от греха...»

– Остов лошадиный, – прибавил Строкко злорадно и вышвырнул из ямы полусгнивший продолговатый череп.

– В самом деле, Грилло, ты, кажется, ошибся, – сказал мессер Чиприано. – Не попытаться ли в другом месте?

– Еще бы! Охота дурака слушать, – произнес Мерула и, взяв двух работников, пошел копать внизу, у подошвы холма. Строкко, также назло упрямому Грилло, увел нескольких людей, желая начать поиски в Мокрой Лощине.

Через некоторое время мессер Джорджо воскликнул, торжествуя:

– Вот, вот смотрите! Я знал, где надо рыть!

Все бросились к нему. Но находка оказалась нелюбопытною: осколок мрамора был диким камнем.

Тем не менее никто не возвращался к Грилло, и, чувствуя себя опозоренным, стоя на дне ямы, он, при свете разбитого фонаря, продолжал упорно и безнадежно ковырять землю.

Ветер стих. В воздухе потеплело. Туман поднялся над Мокрою Лощиною. Пахло стоячею водою, желтыми весенними цветами и фиалками. Небо сделалось прозрачнее. Пропели вторые петухи. Ночь была на исходе.

Вдруг из глубины ямы, где находился Грилло, послышался отчаянный вопль:

– Ой, ой, держите, падаю!

Сперва ничего не могли разобрать в темноте, так как фонарь Грилло потух. Только слышно было, как он барахтается, охает и стонет.

Принесли другие фонари и увидели полузасыпанный землей кирпичный свод, как бы крышу тщательно выведенного подземного погреба, которая не выдержала тяжести Грилло и провалилась.

Два молодых сильных работника осторожно слезли в яму.

– Где же ты, Грилло? Давай руку! Или совсем тебя пришибло, бедняга?

Грилло замер, притих и, забыв сильную боль в руке, – он считал ее сломанной, но она была только вывихнута, что-то делал, щупал, ползал и странно копошился в погребе.

Наконец закричал радостно:

– Идол! Идол! Мессере Чиприано, чудеснейший идол!

– Ну, ну, чего кричишь? – проворчал недоверчиво Строкко. – Опять какой-нибудь череп ослиный.

– Нет, нет! Только рука отбита... А ноги, туловище, грудь – все целехонько, – бормотал Грилло, задыхаясь от восторга.

Подвязав себя веревками под мышки и вокруг стана, чтобы свод не провалился, работники опустились в яму и стали бережно разбирать хрупкие, осыпавшиеся кирпичи, покрытые плесенью.

Джованни, полулежа на земле, смотрел между согнутыми спинами рабочих в глубину погреба, откуда веяло спертой сыростью и могильным холодом.

Когда свод почти разобрали, мессер Чиприано сказал:

– Посторонитесь, дайте взглянуть.

И Джованни увидел на дне ямы, между кирпичными стенами, белое голое тело. Оно лежало, как мертвое в гробу, но казалось не мертвым, а розовым, живым и теплым в колеблющемся отблеске факелов.

– Венера! – прошептал мессер Джорджо благоговейно. – Венера Праксителя! Ну, поздравляю вас, мессере Чиприано. Если бы вам подарили герцогство Миланское да в придачу Геную, вы не могли бы считать себя счастливее!..

Грилло вылез с усилием, и хотя по лицу его, запачканному землею, текла кровь из ссадины на лбу, и он не мог шевельнуть вывихнутой рукой, – в глазах сияла гордость победителя.

Мерула подбежал к нему.

– Грилло, друг ты мой любезный, благодетель! А я-то тебя бранил, дураком называл, – умнейшего из людей!

И, заключив в объятия, поцеловал с нежностью.

– Некогда флорентийский зодчий, Филиппо Брунеллески, – продолжал Мерула, – под своим домом, в таком же точно погребе, нашел мраморную статую бога Меркурия: должно быть, в то время, когда христиане, победив язычников, истребляли идолов, последние поклонники богов, видя совершенства древних статуй и желая спасти их от гибели, прятали изваяния в кирпичные подземелья.

Грилло слушал, блаженно улыбался и не замечал, как пастушья свирель играла в поле, овцы на выгоне блеяли, небо светлело между холмами водянистым светом и вдалеке, над Флоренцией, нежными голосами перекликались утренние колокола.

– Тише, тише! Правее, вот так. От стены подальше, – приказывал работникам Чиприано. – По пяти серебряных гроссо каждому, если вытащите, не сломав.

Богиня медленно подымалась.

С той же ясною улыбкою, как некогда из пены волн морских, выходила она из мрака земли, из тысячелетней могилы.

Слава тебе, златоногая мать Афродита,

Радость богов и людей! —

приветствовал ее Мерула.

Звезды потухли все, кроме звезды Венеры, игравшей, как алмаз, в сиянии зари. И навстречу ей голова богини поднялась над краем могилы.

Джованни взглянул ей в лицо, освещенное утром, и прошептал, бледнея от ужаса:

– Белая Дьяволица!

Вскочил и хотел бежать. Но любопытство победило страх. И если бы ему сказали, что он совершает смертный грех, за который будет осужден на вечную гибель, – не мог бы он оторвать взоров от голого невинного тела, от прекрасного лица ее.

В те времена, когда Афродита была владычицей мира, никто не смотрел на нее с таким благоговейным трепетом.

VI

На маленькой сельской церкви Сан-Джервазио ударили в колокол. Все невольно оглянулись и замерли. Этот звук в затишье утра похож был на гневный и жалобный крик.

Порой тонкий, дребезжащий колокол замирал, как будто надорвавшись, но тотчас заливался еще громче порывистым, отчаянным звоном.

– Иисусе, помилуй нас! – воскликнул Грилло, хватаясь за голову. – Ведь это священник, отец Фаустино! Смотрите, – толпа на дороге, кричат, увидели нас, руками машут. Сюда бегут... Пропал я, горемычный!..

К Мельничному Холму подъехали новые всадники. То были остальные приглашенные на раскопки. Они опоздали, потому что заблудились.

Бельтраффио мельком взглянул и, как ни был поглощен созерцанием богини, заметил лицо одного из них. Выражение холодного, спокойного внимания и проникновенного любопытства, с которым незнакомец рассматривал Венеру и которое было так противоположно тревоге и смущению самого Джованни, – поразило его. Не подымая глаз, прикованных к статуе, все время чувствовал он за спиной своей человека с необыкновенным лицом.

– Вот что, – произнес мессер Чиприано после некоторого раздумья, – вилла в двух шагах. Ворота крепкие, какую угодно осаду выдержат...

– И то правда! – воскликнул обрадованный Грилло. – Ну-ка, братцы, живее, подымайте!

Он заботился о сохранении идола с отеческой нежностью.

Статую благополучно перенесли через Мокрую Лощину.

Едва переступили за порог дома, как на вершине Мельничного Холма появился грозный облик отца Фаустино с поднятыми к небу руками.

Нижняя часть виллы была необитаема. Громадный зал, с выбеленными стенами и сводами, служил складом земледельческих орудий и больших глиняных сосудов для оливкового масла. Пшеничная солома, сваленная в углу, золотистою копною громоздилась до потолка.

На ту солому, смиренное сельское ложе, бережно положили богиню.

Только что все успели войти и запереть ворота, как послышались крики, ругательства и громкий стук в ворота.

– Отоприте, отоприте! – кричал тонким, надтреснутым голосом отец Фаустино. – Именем Бога живого заклинаю, отоприте!..

Мессер Чиприано по внутренней каменной лестнице поднялся к узкому решетчатому окну, находившемуся очень высоко над полом, оглянул толпу, убедился, что она не велика, и с улыбкой свойственной ему утонченной вежливости начал переговоры.

Священник не унимался и требовал, чтобы отдали идола, которого, по словам его, откопали на кладбищенской земле.

Консул Калималы, решив прибегнуть к военной хитрости, произнес твердо и спокойно:

– Берегитесь! Нарочный послан во Флоренцию к начальнику стражи, и через два часа будет здесь отряд кавалерии: силой никто не войдет в мой дом безнаказанно.

– Ломайте ворота, – воскликнул священник, – не бойтесь! С нами Бог! Рубите!

И, выхватив топор из рук подслеповатого рябого старичка с унылым, кротким лицом и подвязанной щекой, ударил в ворота со всего размаха.

Толпа не последовала за ним.

– Дом[6] Фаустино, а дом Фаустино, – шепелявил кроткий старичок, тихонько трогая его за локоть, – люди мы бедные, денег мотыгою из земли не выкапываем. Засудят – разорят!..

Многие в толпе, заслышав о городских стражниках, думали о том, как бы улизнуть незаметно.

– Конечно, если бы на своей земле, на приходской, – другое дело, – рассуждали одни.

– А где межа-то проходит? Ведь по закону, братцы...

– Что закон? Паутина: муха застрянет, шершень вылетит. Закон для господ не писан, – возражали другие.

– И то правда! Каждый в земле своей владыка.

В то время Джованни по-прежнему глядел на спасенную Венеру.

Луч раннего солнца проник в боковое окно. Мраморное тело, еще не совсем очищенное от земли, искрилось на солнце, словно нежилось и

---

6 Дом (сокращ. от лат. dominus – господин) – обращение к членам некоторых монашеских орденов.

грелось после долгого подземного мрака и холода. Тонкие желтые стебли пшеничной соломы загорались, окружая богиню смиренным и пышным золотым ореолом.

И опять Джованни обратил внимание на незнакомца.

Стоя на коленях рядом с Венерой, вынул он циркуль, угломер, полукруглую медную дугу, наподобие тех, какие употреблялись в математических приборах, и, с выражением того же упорного, спокойного и проникновенного любопытства в холодных светло-голубых глазах и тонких, плотно сжатых губах, начал мерить части прекрасного тела, наклоняя голову, так что длинная белокурая борода касалась мрамора.

«Что он делает? Как это?» - думал Джованни с возрастающим удивлением, почти страхом, следя за быстрыми, дерзкими пальцами, которые скользили по членам богини, проникая во все тайные прелести, ощупывая, исследуя неуловимые для глаза выпуклости мрамора.

У ворот виллы толпа поселян с каждым мгновением редела и таяла.

- Стойте, стойте, бездельники, христопродавцы! Стражи городской испугались, а власти антихристовой не боитесь! - вопил священник, простирая к ним руки. - Ipse vero Antichristus opes malorum effodiet et exponet - так говорил великий учитель Ансельм Кентерберийский. Effodiet - слышите? Антихрист выроет древних богов из земли и снова явит их миру...

Но никто уже не слушал.

- И бедовый же у нас отец Фаустино! - покачивал головой благоразумный мельник. - В чем душа держится, а на, поди ты, как расхорохорился! Добро бы клад нашли...

- Идолище-то, говорят, серебряное.

- Какой серебряное! Сам видел: мраморная, вся голая, бесстыдница...

- С такой паскудою, прости Господи, и рук-то марать не стоит!

- Ты куда, Дзакелло?

- В поле пора.

- Ну, с Богом, а я на виноградник.

Вся ярость священника обратилась на прихожан:

- А, вот вы как, псы неверные, хамово отродье! Пастыря покинули! Да знаете ли вы, исчадие сатанинское, что, если бы я за вас денно и нощно не молился, не бил себя в грудь, не рыдал и не постился, – давно бы уже все ваше селение окаянное сквозь землю провалилось? Кончено! Уйду от вас, и прах от ног моих отряхну. Проклятье на землю сию! Проклятье на хлеб, и воду, и стада, и детей, и внуков ваших! Не отец я вам больше, не пастырь! Анафема!

VII

В тихой глубине виллы, где богиня лежала на золотом соломенном ложе, Джорджо Мерула подошел к незнакомцу, измерявшему статую.

- Божественной пропорции ищете? – молвил ученый с покровительственной усмешкой. – Красоту желаете к математике свести?

Тот молча посмотрел на него, как будто не расслышал вопроса, и опять углубился в работу.

Ножки циркуля складывались и раздвигались, описывая правильные геометрические фигуры. Спокойным, твердым движением приставил он

22

угломер к прекрасным губам Афродиты, – сердце Джованни улыбка этих губ наполняла ужасом, – сосчитал деления и записал в книгу.

– Позвольте полюбопытствовать, – приставал Мерула, – тут сколько делений?

– Прибор неточный, – ответил незнакомец нехотя. – Обыкновенно для измерения пропорций я разделяю человеческое лицо на градусы, доли, секунды и терции. Каждое деление – двенадцатая часть предыдущего.

– Однако! – произнес Мерула. – Мне кажется, что последнее деление – меньше, чем ширина тончайшего волоса. Пять раз двенадцатая часть...

– Терция, – так же нехотя объяснил ему собеседник, – одна сорок восемь тысяч восемьсот двадцать третья часть всего лица.

Мерула поднял брови и усмехнулся:

– Век живи – век учись. Никогда не думал я, что можно дойти до такой точности!

– Чем точнее, тем лучше, – заметил собеседник.

– О, конечно!.. Хотя, знаете ли, в искусстве, в красоте, все эти математические расчеты – градусы, секунды... Я, признаться, не могу поверить, чтобы художник, в порыве восторга, пламенного вдохновения, так сказать, под наитием Бога...

– Да, да, вы правы, – со скучающим видом согласился незнакомец, – а все же любопытно знать...

И, наклонившись, сосчитал по угломеру число делений между началом волос и подбородком.

«Знать! – подумал Джованни. – Разве тут можно знать и мерить? Какое безумие! Или он не чувствует, не понимает?..»

Мерула, очевидно желая задеть противника за живое и вызвать на спор, начал говорить о совершенстве древних, о том, что следует им подражать. Но собеседник молчал, и когда Мерула кончил, – произнес с тонкой усмешкой в свою длинную бороду:

– Кто может пить из родника – не станет пить из сосуда.

– Позвольте! – воскликнул ученый. – Если вы и древних считаете водою в сосуде, то где же родник?

– Природа, – ответил незнакомец просто.

И когда Мерула опять заговорил напыщенно и раздражительно, – он уже не спорил и соглашался с уклончивой любезностью. Только скучающий взор холодных глаз становился все равнодушнее.

Наконец Джорджо умолк, истощив свои доводы. Тогда собеседник указал на некоторые углубления в мраморе: ни в каком свете, ни слабом, ни сильном, нельзя было видеть их глазом, – только ощупью, проводя рукою по гладкой поверхности, можно было чувствовать эти бесконечные тонкости работы. И одним глубоким, чуждым восторга, пытливым взором окинул незнакомец все тело богини.

«А я думал, что он не чувствует! – удивился Джованни. – Но если чувствует, то как можно мерить, испытывать, разлагать на числа? Кто это?»

– Мессере, – прошептал Джованни на ухо старику, – послушайте, мессере Джорджо, – как имя этого человека?

– А, ты здесь, монашек, – произнес Мерула, обернувшись, – я и забыл о тебе. Да ведь это и есть твой любимец. Как же ты не узнал? Это мессер Леонардо да Винчи.

И Мерула познакомил Джованни с художником.

VIII

Они возвращались во Флоренцию.

Леонардо ехал шагом на коне. Бельтраффио шел рядом пешком. Они были одни.

Между отволглыми черными корнями олив зеленела трава с голубыми ирисами, неподвижными на тонких стеблях. Было так тихо, как бывает только ранним утром раннею весною.

«Неужели это он?» – думал Джованни, наблюдая и находя в нем каждую мелочь любопытной.

Ему было лет за сорок. Когда он молчал и думал – острые светло-голубые глаза под нахмуренными бровями смотрели холодно и проницательно. Но во время разговора становились добрыми. Длинная белокурая борода и такие же светлые, густые, вьющиеся волосы придавали ему вид величавый. Лицо полно было тонкою, почти женственною прелестью, и голос, несмотря на большой рост и могучее телосложение, был тонкий, странно высокий, очень приятный, но не мужественный. Красивая рука, – по тому, как он правил конем, Джованни угадывал, что в ней большая сила, – была нежная, с длинными тонкими пальцами, точно у женщины.

Они подъезжали к стенам города. Сквозь дымку утреннего солнца виднелся купол Собора и башня Палаццо Веккьо.

«Теперь или никогда, – думал Бельтраффио. – Надо решить и сказать, что я хочу поступить к нему в мастерскую».

В это время Леонардо, остановив коня, наблюдал за полетом молодого кречета, который, выслеживая добычу – утку или цаплю в болотных камышах Муньоне, – кружился в небе плавно и медленно; потом упал стремглав, точно камень, брошенный с высоты, с коротким хищным криком, и скрылся за верхушками деревьев. Леонардо проводил его глазами, не упуская ни одного поворота, движения и взмаха крыльев, открыл привязанную к поясу памятную книжку и стал записывать, – должно быть, наблюдения над полетом птицы.

Бельтраффио, заметив, что карандаш он держал не в правой, а в левой руке, подумал: «Левша» – и вспомнил странные слухи, ходившие о нем, – будто бы Леонардо пишет свои сочинения обратным письмом, которое можно прочесть только в зеркале, – не слева направо, как все, а справа налево, как пишут на Востоке. Говорили, что он это делает для того, чтобы скрыть преступные, еретические мысли свои о природе и Боге.

«Теперь или никогда!» – снова сказал себе Джованни и вдруг вспомнил суровые слова Антонио да Винчи:

«Ступай к нему, если хочешь погубить душу свою: он еретик и безбожник».

Леонардо с улыбкой указал ему на миндальное деревцо: маленькое, слабое, одинокое, росло оно на вершине пригорка и, еще почти голое, зябкое, уже доверчиво и празднично оделось бело-розовым цветом, который сиял, насквозь пронизанный солнцем, и нежился в голубых небесах.

24

Но Бельтраффио не мог любоваться. На сердце его было тяжело и смутно.

Тогда Леонардо, как будто угадав печаль его, с добрым тихим взором сказал слова, которые Джованни часто вспоминал впоследствии:

– Если хочешь быть художником, оставь всякую печаль и заботу, кроме искусства. Пусть душа твоя будет как зеркало, которое отражает все предметы, все движения и цвета, само оставаясь неподвижным и ясным.

Они въехали в городские ворота Флоренции.

IX

Бельтраффио пошел в Собор, где в это утро должен был проповедовать брат Джироламо Савонарола.

Последние звуки органа замирали под гулкими сводами Мариа дель Фьоре. Толпа наполняла церковь душной теплотой, тихим шелестом. Дети, женщины и мужчины отделены были одни от других завесами. Под стрельчатыми арками, уходившими ввысь, было темно и таинственно, как в дремучем лесу. А внизу кое-где лучи солнца, дробясь в темно-ярких стеклах, падали дождем радужных отблесков на живые волны толпы, на серый камень столбов. Над алтарем во мраке краснели огни семисвечников.

Обедня отошла. Толпа ожидала проповедника. Взоры обращены были на высокую деревянную кафедру с витою лестницею, прислоненную к одной из колонн в среднем корабле собора.

Джованни, стоя в толпе, прислушивался к тихим разговорам соседей.

– Скоро ли? – тоскливым голосом спрашивал низкорослый, задыхавшийся в тесноте человек с бледным потным лицом и прилипшими ко лбу волосами, перевязанными тонким ремнем, – должно быть, столяр.

– Одному Богу известно, – отвечал котельщик, широкоскулый, краснолицый великан с одышкой. – Есть у него в Сан-Марко некий монашек Маруффи, косноязычный и юродивый. Как тот скажет, что пора, – он и идет. Намедни четыре часа прождали, думали, совсем не будет проповеди, а тут и пришел.

– О, Господи, Господи, – вздохнул столяр, – я ведь с полночи жду. Отощал, в глазах темнеет. Маковой росинки во рту не было. Хоть бы на корточки присесть.

– Говорил я тебе, Дамьяно, что надо загодя прийти. А теперь от кафедры вон как далеко. Ничего не услышим.

– Ну, брат, услышишь, не бойся. Как закричит, загремит, – тут тебе не только глухие, но и мертвые услышат!

– Нынче, говорят, пророчествовать будет?

– Нет, – пока Ноева ковчега не достроит...

– Или не слышали? Кончено все до последней доски. И таинственное дано истолкование: длина ковчега – вера, ширина – любовь, высота – надежда. Поспешайте, сказано, поспешайте в Ковчег Спасения, пока еще двери отверзты! Се, время близко, закроются врата; и восплачут многие, что не покаялись, не вошли...

– Сегодня, братцы, о потопе, – семнадцатый стих шестой главы книги Бытия.

– Новое, говорят, было видение о гладе, море и войне.

– Коновал из Валломброзы сказывал, – над селением ночью в небе несметные полчища сражались, слышен был стук мечей и броней...

– А правда ли, добрые люди, будто бы на лике Пресвятой Девы, что в Нунциате-дей-Серви, кровавый пот выступил?

– Как же! И у Мадонны на мосту Рубаконте каждую ночь слезы капают из глаз. Тетка Лучия сама видела.

– Не к добру это, ой, не к добру! Господи, помилуй нас, грешных...

На половине женщин произошло смятение: упала в обморок старушка, стиснутая толпой. Старались поднять ее и привести в чувство.

– Скоро ли? Мочи моей больше нет! – чуть не плакал тщедушный столяр, вытирая пот с лица.

И вся толпа изнывала в бесконечном ожидании.

Вдруг море голов всколыхнулось. Послышался шепот:

– Идет, идет, идет! – Нет, не он. – Фра Доменико да Пешия. – Он, он! – Идет!

Джованни увидел, как на кафедру медленно взошел и откинул куколь с головы человек в черной и белой доминиканской одежде, подпоясанный веревкой, с лицом исхудалым и желтым, как воск, с толстыми губами, крючковатым носом, низким лбом.

Левую руку, как бы в изнеможении, опустил на кафедру, правую поднял и протянул, сжимая Распятие. И молча, медленным взором горящих глаз обвел толпу.

Наступила такая тишина, что каждый мог слышать удары собственного сердца.

Неподвижные глаза монаха разгорались все ярче, как уголья. Он молчал, – и ожидание становилось невыносимым. Казалось – еще миг, и толпа не выдержит, закричит от ужаса.

Но сделалось еще тише, еще страшнее.

И вдруг в этой мертвой тишине раздался оглушительный, раздирающий, нечеловеческий крик Савонаролы:

– Ecce ego adduco aquas super terram! Се Аз низведу воды на землю!

Дыхание ужаса, от которого волосы дыбом встают на голове, пронеслось над толпой.

Джованни побледнел: ему почудилось, что земля шатается, своды собора сейчас рухнут и раздавят его. Рядом с ним толстый котельщик затрясся, как лист, и застучал зубами. Столяр весь съежился, вобрал голову в плечи, точно под ударом, – сморщил лицо и зажмурил глаза.

То была не проповедь, а бред, который вдруг охватил все эти тысячи народа и помчал их, как мчит ураган сухие листья.

Джованни слушал, едва понимая. До него долетали отдельные слова:

«Смотрите, смотрите, вот уже небеса почернели. Солнце багрово, как запекшаяся кровь. Бегите! Будет дождь из огня и серы, будет град из раскаленных камней и целых утесов! Fuge, o, Sion, quae habitas apud filiam Babylonis!»[7]

«О, Италия, придут казни за казнями! Казнь войны – за голодом, казнь чумы – за войною! Казнь здесь и там – всюду казни!»

«У вас не хватит живых, чтобы хоронить мертвых! Их будет столько в домах, что могильщики пойдут по улицам и станут кричать: „У кого есть

---

7 Беги, о, Сион, живущий у дщери Вавилонской! (лат.)

мертвые?" – и будут наваливать на телеги до самых лошадей и, сложив их целыми горами, сжигать. И опять пойдут по улицам, крича: „У кого есть мертвые? У кого есть мертвые?" И выйдете вы к ним и скажете: „вот мой сын, вот мой брат, вот мой муж". И пойдут они далее и будут кричать: „Нет ли еще мертвецов?"

«О, Флоренция, о, Рим, о, Италия! Прошло время песен и праздников. Вы больны, даже до смерти – Господи, ты свидетель, что я хотел поддержать моим словом эту развалину. Но не могу больше, нет моих сил! Я не хочу больше, я не знаю, что еще говорить. Мне остается только плакать, изойти слезами. Милосердия, милосердия, Господи!.. О, мой бедный народ, о, Флоренция!..»

Он раскрыл объятия и последние слова произнес чуть слышным шепотом. Они пронеслись над толпою и замерли, как шелест ветра в листьях, как вздох бесконечной жалости.

И, прижимая помертвелые губы к Распятию, в изнеможении опустился он на колени и зарыдал.

Медленные, тяжелые звуки органа загудели, разрастаясь все шире и необъятнее, все торжественнее и грознее, подобно рокоту ночного океана.

Кто-то вскрикнул в толпе женщин пронзительным голосом:

– Misericordia!

И тысячи голосов ответили, перекликаясь. Словно колосья в поле под ветром, – волны за волнами, ряды за рядами, – теснясь, давя друг друга, как под грозою овцы в испуганном стаде, они падали на колени. И, сливаясь с многоголосым ревом и гулом органа, потрясая землю, каменные столбы и своды собора, вознесся покаянный вопль народа, крик погибающих людей к Богу:

– Misericordia! Misericordia!

Джованни упал, рыдая. Он чувствовал на спине своей тяжесть толстого котельщика, который в тесноте навалился на него, горячо дышал ему в шею и тоже рыдал. Рядом тщедушный столяр странно и беспомощно всхлипывал, точно икал, захлебываясь, как маленькие дети, и кричал пронзительно:

– Милосердия! Милосердия!

Бельтраффио вспомнил свою гордыню и мирское любомудрие, желание уйти от фра Бенедетто и предаться опасной, может быть, богопротивной науке Леонардо, вспомнил и последнюю страшную ночь на Мельничном Холме, воскресшую Венеру, свой грешный восторг перед красотой Белой Дьяволицы – и протягивая руки к небу, таким же отчаянным голосом, как все, возопил:

– Помилуй, Господи! Согрешил я пред Тобою, прости и помилуй!

И в то же мгновение, подняв лицо, мокрое от слез, увидел невдалеке Леонардо да Винчи. Художник стоял, опираясь плечом о колонну, в правой руке держал свою неизменную записную книжку, левой рисовал в ней, иногда вскидывая глаза на кафедру, должно быть, надеясь еще раз увидеть голову проповедника.

Чуждый всем, один в толпе, обуянной ужасом, Леонардо сохранял совершенное спокойствие. В холодных бледно-голубых глазах его, в тонких губах, плотно сжатых, как у человека, привыкшего к вниманию и точности, была не насмешка, а то самое любопытство, с которым он мерил математическими приборами тело Афродиты.

Слезы на глазах Джованни высохли; молитва замерла на губах.

Выйдя из церкви, он подошел к Леонардо и попросил позволения взглянуть на рисунок. Художник сперва не соглашался; но Джованни настаивал с умоляющим видом, и наконец Леонардо отвел его в сторону и подал ему записную книжку.

Джованни увидел страшную карикатуру.

Это было лицо не Савонаролы, а старого безобразного дьявола в монашеской рясе, похожего на Савонаролу, изможденного самоистязаниями, но не победившего гордыни и похоти. Нижняя челюсть выдавалась вперед, морщины бороздили щеки и шею, отвислую, черную, как на высохшем трупе, вздернутые брови щетинились, и нечеловеческий взор, полный упрямой, почти злобной мольбы, устремлен был в небо. Все темное, ужасное и безумное, что предавало брата Джироламо во власть юродивому, косноязычному ясновидцу Маруффи, было испытано в этом рисунке, обнажено без гнева и жалости, с невозмутимой ясностью знания.

И Джованни вспомнил слова Леонардо:

«Душа художника должна быть подобной зеркалу, которое отражает все предметы, все движения и цвета, само оставаясь неподвижным и ясным».

Ученик фра Бенедетто поднял глаза на Леонардо и почувствовал, что, хотя бы ему, Джованни, грозила вечная погибель, хотя бы он убедился, что Леонардо действительно слуга Антихриста, – не может он уйти от него, и неодолимая сила привлекает его к этому человеку: он должен узнать его до конца.

X

Через два дня во Флоренцию, в дом мессера Чиприано Буонаккорзи, в это время занятого неожиданным стечением торговых дел и потому не успевшего перевезти Венеру в город, – прибежал Грилло с горестным известием: приходской священник, отец Фаустино, покинув Сан-Джервазио, отправился в соседнее горное селение Сан-Маурицио, запугал народ небесными карами, собрал ночью отряд поселян, осадил виллу Буонаккорзи, выломал двери, избил садовника Строкко, связал по рукам и ногам приставленных к Венере сторожей; над богиней была прочитана сложенная в древние времена молитва – oratio super offigies vasaque in loco antiquo reperta; в этой молитве над изваяниями и сосудами, находимыми в древних гробницах, служитель церкви просит Бога очистить вырытые из земли предметы от языческой скверны, обратив их на пользу душ христианских во славу Отца, Сына и Духа Святого, – ut omni immunditia depulsa sint fidelibus tius utenda per Cristum Dominum nostrum. Потом мраморное изваяние разбили, осколки бросили в печь, обожгли, приготовили известь и обмазали ею недавно выведенную стену сельского кладбища.

При этом рассказе старого Грилло, который едва не плакал от жалости к идолу, Джованни почувствовал решимость. В тот же день пошел он к Леонардо и попросил, чтобы художник принял его учеником в свою мастерскую.

И Леонардо принял его.

Немного времени спустя во Флоренцию пришла весть о том, что Карл VII, христианнейший король Франции, во главе несметного войска выступил в поход для завоевания Неаполя и Сицилии, быть может, Рима и Флоренции.

Граждане были в ужасе, ибо видели, что пророчества брата Джироламо Савонаролы совершаются – казни идут, и меч Божий опускается на Италию.

Книга II
ECCE DEUS – ECCE HOMO[8]
I

сли тяжелый орел на крыльях держится в редком воздухе, если большие корабли на парусах движутся по морю, – почему не может и человек, рассекая воздух крыльями, овладеть ветром и подняться на высоту победителем?»

В одной из своих старых тетрадей прочел Леонардо эти слова, написанные пять лет назад. Рядом был рисунок: дышло, с прикрепленным к нему круглым железным стержнем, поддерживало крылья, приводимые в движение веревками.

Теперь машина эта казалась ему неуклюжей и безобразной.

Новый прибор напоминал летучую мышь. Остов крыла состоял из пяти пальцев, как на руке скелета, многоколенчатых, сгибающихся в суставах. Сухожилие из ремней дубленой кожи и шнурков сырого шелка, с рычагом и шайбой, в виде мускула, соединяло пальцы. Крыло поднималось посредством подвижного стержня и шатуна. Накрахмаленная тафта, не пропускавшая воздуха, как перепонка на гусиной лапе, сжималась и распускалась. Четыре крыла ходили крест-накрест, как ноги лошади. Длина их – сорок локтей, высота подъема – восемь. Они откидывались назад, давая ход вперед, и опускались, подымая машину вверх. Человек, стоя, вдевал ноги в стремена, приводившие в движение крылья посредством шнуров, блоков и рычагов. Голова управляла большим рулем с перьями, наподобие птичьего хвоста.

Птица, прежде чем вспорхнуть с земли, для первого размаха крыльев, должна приподняться на лапках: каменный стриж, у которого лапки короткие, положенный на землю, бьется и не может взлететь.

Две тростниковые лесенки заменяли в приборе птичьи лапки.

Леонардо знал по опыту, что совершенное устройство машины сопровождается изяществом и соразмерностью всех частей: уродливый вид необходимых лесенок смущал изобретателя.

Он погрузился в математические выкладки: искал ошибку и не мог найти. Вдруг со злобой зачеркнул страницу, наполненную мелкими тесными рядами цифр, на полях написал: «Неверно!» – и сбоку прибавил ругательство большими, яростными буквами: «К черту!»

Вычисления становились все запутаннее; неуловимая ошибка разрасталась.

Пламя свечи неровно мигало, раздражая глаза. Кот, успевший выспаться, вспрыгнул на рабочий стол, потянулся, выгнул спину и начал играть

---

8 Се Бог – се человек (лат.).

лапкою с изъеденным молью чучелом птицы, подвешенным на бечевке к деревянной перекладине, – прибором для определения центра тяжести при изучении полета. Леонардо толкнул кота, так что он едва не упал со стола и жалобно мяукнул.

– Ну, Бог с тобой, ложись где хочешь, – только не мешай.

Ласково провел рукою по черной шерсти. В ней затрещали искры. Кот поджал бархатные лапки, важно улегся, замурлыкал и устремил на хозяина неподвижные зеленоватые зрачки, полные неги и тайною.

Опять потянулись цифры, скобки, дроби, уравнения, кубические и квадратные корни.

Вторая бессонная ночь пролетела незаметно.

Вернувшись из Флоренции в Милан, Леонардо провел целый месяц, почти никуда не выходя, в работе над летательной машиной.

В открытое окно заглядывали ветви белой акации, иногда роняя на стол нежные, сладко-пахучие цветы. Лунный свет, смягченный дымкой рыжеватых облаков с перламутровым отливом, падал в комнату, смешиваясь с красным светом заплывшей свечи.

Комната была загромождена машинами и приборами по астрономии, физике, химии, механике, анатомии. Колеса, рычаги, пружины, винты, трубы, стержни, дуги, поршни и другие части машин – медные, стальные, железные, стеклянные – как члены чудовищ или громадных насекомых, торчали из мрака, переплетаясь и путаясь. Виднелся водолазный колокол, мерцающий хрусталь оптического прибора, изображавшего глаз в больших размерах, скелет лошади, чучело крокодила, банка с человеческим зародышем в спирту, похожим на бледную огромную личинку, острые лодкообразные лыжи для хождения по воде, и рядом, должно быть случайно попавшая сюда из мастерской художника, глиняная головка девушки или ангела с лукавой и грустной улыбкой.

В глубине, в темном зеве плавильной печи с кузнечными мехами, розовели под пеплом угли.

И надо всем от полу до потолка распростирались крылья машины – одно еще голое, другое затянутое перепонкою. Между ними на полу, развалившись и закинув голову, лежал человек, должно быть, уснувший во время работы. В правой руке его была рукоять закоптелого медного черпака, откуда на пол вылилось олово. Одно из крыльев нижним концом тростникового легкого остова касалось груди спящего и от его дыхания тихонько вздрагивало, двигалось, как живое, шуршало о потолок острым верхним концом.

В неверном сиянии луны и свечки машина, с человеком между раскинутыми крыльями, имела вид гигантского нетопыря, готового вспорхнуть и улететь.

II

Луна закатилась. С огородов, окружавших дом Леонардо в предместье Милана между крепостью и монастырем Мария делле Грацие, повеяло запахом овощей и трав – мелиссы, мяты, укропа. В гнезде над окном защебетали ласточки. В сажалке утки брызгались и весело крякали.

Пламя свечи померкло. Рядом, в мастерской, послышались голоса учеников.

Их было двое – Джованни Бельтраффио и Андреа Салаино. Джованни срисовывал анатомический слепок, сидя перед прибором для изучения перспективы – четырехугольной деревянной рамой с веревочной сеткой, которая соответствовала такой же сетке из пересекавшихся линий на бумаге рисовальщика.

Салаино накладывал алебастр на липовую доску для картины. Это был красивый мальчик с невинными глазами и белокурыми локонами, баловень учителя, который писал с него ангелов.

– Как вы думаете, Андреа, – спросил Бельтраффио, – скоро ли мессер Леонардо кончит машину?

– А Бог его знает, – ответил Салаино, насвистывая песенку и поправляя атласные, шитые серебром, отвороты новых башмаков. – В прошлом году два месяца просидел, и ничего не вышло, кроме смеха. Этот косолапый медведь Зороастро пожелал лететь во что бы то ни стало. Учитель его отговаривал, но тот заупрямился. И представь, взобрался-таки чудак на крышу, обмотал себя по всему телу связанными, как четки, бычачьими да свиными пузырями, чтобы не разбиться, если упадет, – поднял крылья и сначала вспорхнул, ветром его понесло, что ли, а потом сорвался, полетел вверх ногами – и прямо в навозную кучу. Мягко было, не расшибся, а только все пузыри на нем сразу лопнули, и такой был гром, как от пушечного выстрела, – даже галки на соседней колокольне испугались и улетели. А новый-то наш Икар ногами болтает в воздухе, вылезти не может из навозной кучи!

В мастерскую вошел третий ученик, Чезаре де Сесто, человек уже немолодой, с болезненным желчным лицом, с умными и злыми глазами. В одной руке держал он кусок хлеба с ломтем ветчины, в другой – стакан вина.

– Тьфу, кислятина! – плюнул он, поморщившись. – И ветчина, как подошва. Удивляюсь: жалованья две тысячи дукатов в год – и кормит людей такою дрянью!

– Вы бы из другого бочонка, что под лестницей, в чулане, – молвил Салаино.

– Пробовал. Еще хуже. Что это у тебя, опять обновка? – посмотрел Чезаре на щегольской берет Салаино из пунцового бархата. – Ну и хозяйство у нас, нечего сказать. Собачья жизнь! На кухне второй месяц свежего окорока не могут купить. Марко божится, что у самого мастера ни гроша – все на эти крылья окаянные просаживает, в черном теле держит всех, – а деньги-то, вот они где! Любимчиков задаривает! Бархатные шапочки! И как тебе не стыдно, Андреа, от чужих людей подачки принимать? Ведь мессер Леонардо тебе не отец, не брат, и ты уже не маленький...

– Чезаре, – сказал Джованни, чтобы переменить разговор, – намедни вы обещали мне объяснить одно правило перспективы, помните? Учителя мы, видно, не дождемся. Он так занят машиною...

– Да, братцы, погодите, – ужо все в трубу вылетим с этой машиною, чтобы черт ее побрал! А впрочем, не одно, так другое. Помню, однажды, среди работы над Тайной Вечерей, мастер вдруг увлекся изобретением новой машины для приготовления миланской червеллаты – белой колбасы из мозгов. И голова апостола Иакова Старшего так и осталась неоконченной, ожидая совершенства колбасного крошила. Лучшую из своих Мадонн забросил он в угол, пока изобретал самовращающийся вертел, чтобы равномерно жарить каплунов и поросят. А это великое открытие щелока из куриного помета для стирки белья! Верите ли, нет такой глупости, которой бы мессер Леонардо не предался с восторгом, только бы отделаться от живописи!

Лицо Чезаре передернулось судорогою, тонкие губы сложились в злую усмешку.

– И зачем только Бог дает таким людям талант! – прибавил он тихо и яростно.

III

А Леонардо все еще сидел, согнувшись над рабочим столом.

Ласточка влетела в открытое окно и закружилась в комнате, задевая о потолок и стены; наконец попала в крыло летательного прибора, как в западню, и запуталась в сетке веревочных сухожилий своими маленькими живыми крыльями.

Леонардо подошел, освободил пленницу, бережно, так, чтобы не причинить ей боли, взял в руку, поцеловал в шелковисто-черную головку и пустил в окно.

Ласточка взвилась и потонула в небе с радостным криком.

«Как легко, как просто!» – подумал он, проводив ее завистливым, печальным взором. Потом с брезгливым чувством взглянул на свою машину, на мрачный остов исполинской летучей мыши.

Человек, спавший на полу, проснулся.

Это был помощник Леонардо, искусный флорентинский механик и кузнец, по имени Зороастро, или Астро да Перетола.

Он вскочил, протирая свой единственный глаз: другой – вытек от искры, попавшей в него из пылающего горна во время работы. Неуклюжий великан, с детским простодушным лицом, вечно покрытым сажей и копотью, походил на одноглазого циклопа.

– Проспал! – воскликнул кузнец, в отчаянии хватаясь за голову. – Черт меня побери! Эх, мастер, как же вы не разбудили? Торопился, думал, к вечеру и левое кончу, чтобы завтра утром лететь...

– Хорошо сделал, что выспался, – молвил Леонардо. – Все равно крылья не годятся.

– Как? Опять не годятся? Ну нет, мессере, воля ваша, а я этой машины переделывать не стану. Сколько денег, сколько труда! И опять все прахом пойдет! Чего же еще? Чтоб на этаких крыльях да не полететь! Не только человека – слона подымут! Вот увидите, мастер. Дозвольте разок попытаться – ну, хоть над водой, – если упаду, только выкупаюсь, я ведь плаваю как рыба, ни за что не утону!

Он сложил руки с умоляющим видом.

Леонардо покачал головой.

– Потерпи, друг. Все будет в свое время. Потом...

32

– Потом! – простонал кузнец, чуть не плача. – Отчего же не теперь? Право же, ну вот, как Бог свят, – полечу!

– Не полетишь, Астро. Тут математика.

– Так я и знал! Ну ее ко всем дьяволам, вашу математику! Только смущает. Сколько лет корпим! Душа изныла. Каждый глупый комар, моль, муха, прости Господи, поганая, навозная, и та летает, а люди, как черви, ползают. Разве это не обида? И чего ждать? Ведь вот они, крылья! Все готово, – кажется, взял бы, благословясь, взмахнул да и полетел, – только меня и видели!

Вдруг он что-то вспомнил, и лицо его просияло.

– Мастер, а мастер? Что я тебе скажу. Сон-то я какой видел сегодня. Удивительный!

– Опять летал?

– Да. И ведь как! Ты только послушай. Стою будто бы среди толпы в незнакомой горнице. Все на меня смотрят, пальцами указывают, смеются. Ну, думаю, если теперь не полечу – плохо. Подскочил, руками замахал изо всей мочи и стал подыматься. Сперва трудно, словно гора на плечах. А потом все легче да легче, – взвился, едва головой о потолок не стукнулся. И все кричат: смотрите, смотрите – полетел! Я прямо в окно, и все выше да выше, под самое небо, – только ветер в ушах свистит, и весело мне, смеюсь: почему, думаю, прежде не умел летать. Разучился, что ли? Ведь вот как просто! И никакой машины не надо!

IV

Послышались вопли, ругательства, топот быстрых шагов по лестнице. Дверь распахнулась, и в нее вбежал человек с жесткой щетиной огненно-рыжих волос, с красным лицом, покрытым веснушками. Это был ученик Леонардо – Марко д'Оджоне.

Он бранился, бил и тащил за ухо худенького мальчика лет десяти.

– Да пошлет тебе Господь злую Пасху, негодяй! Пятки я тебе сквозь глотку пропущу, мерзавец!

– За что ты его, Марко? – спросил Леонардо.

– Помилуйте, мессер! Две серебряные пряжки стибрил, флоринов десять каждая. Одну успел заложить и деньги в кости проиграл, другую зашил себе в платье, за подкладку – я там и нашел. Как следует хотел оттаскать за вихры, а он мне же руку до крови укусил, чертенок!

И с новой яростью схватил мальчика за волосы.

Леонардо заступился и отнял у него ребенка. Тогда Марко выхватил из кармана связку ключей – он исполнял должность ключника в доме – и крикнул:

– Вот ключи, мессере! С меня довольно! С негодяями и ворами в одном доме я не живу. Или я, или он!

– Ну, успокойся, Марко, успокойся... Я накажу его как следует.

Из двери мастерской выглядывали подмастерья. Между ними протеснилась толстая женщина – стряпуха Матурина. Только что вернулась она с рынка и держала в руке корзину с луком, рыбою, алыми жирными баклажанами и волокнистыми фэнокки. Увидев маленького преступника, замахала руками и затараторила – точно сухой горох посыпался из дырявого мешка.

Говорил и Чезаре, выражая удивление, что Леонардо терпит в доме этого «язычника», ибо нет такой бесцельной и жестокой шалости, на которую не способен Джакопо: камнем перешиб намедни ногу больному старому Фаджано, дворовому псу, разорил гнездо ласточек над конюшнею, и все знают, что его любимая забава – обрывать бабочкам крылья, любуясь их мучениями.

Джакопо не отходил от учителя, посматривая на врагов исподлобья, как затравленный волчонок. Красивое бледное лицо его было неподвижно. Он не плакал, но, встречая взгляд Леонардо, злые глаза выражали робкую мольбу.

Матурина вопила, требуя, чтобы выпороли наконец этого бесенка: иначе он всем на шею сядет, и житья от него не будет.

– Тише, тише! Замолчите, ради Бога, – произнес Леонардо, и на лице его появилось выражение странного малодушия, беспомощной слабости перед семейным бунтом.

Чезаре смеялся и шептал, злорадствуя.

– Смотреть тошно! Мямля! С мальчишкой справиться не может...

Когда наконец все накричались вдоволь и мало-помалу разошлись, Леонардо подозвал Бельтраффио, сказал ему ласково:

– Джованни, ты еще не видел Тайной Вечери. Я туда иду. Хочешь со мной?

Ученик покраснел от радости.

V

Они вышли на маленький двор. Посередине был колодец. Леонардо умылся. Несмотря на две бессонные ночи, он чувствовал себя свежим и бодрым.

День был туманный, безветренный, с бледным, точно подводным, светом; такие дни художник любил для работы.

Пока они стояли у колодца, подошел Джакопо. В руках держал он самодельную коробочку из древесной коры.

– Мессере Леонардо, – произнес мальчик боязливо, – вот для вас...

Он осторожно приподнял крышку: на дне коробки был громадный паук.

– Едва поймал, – объяснил Джакопо. – В щель между камнями ушел. Три дня просидел. Ядовитый!

Лицо мальчика вдруг оживилось.

– А как мух-то ест!

Он поймал муху и бросил в коробку. Паук кинулся на добычу, схватил ее мохнатыми лапами, и жертва забилась, зажужжала все слабее, все тоньше.

– Сосет, сосет! Смотрите, – шептал мальчик, замирая от наслаждения. Глаза его горели жестоким любопытством, и на губах дрожала неясная улыбка.

Леонардо тоже наклонился, глядя на чудовищное насекомое.

И вдруг Джованни показалось, что у них у обоих в лицах мелькнуло общее выражение, как будто, несмотря на бездну, отделявшую ребенка от художника, они сходились в этом любопытстве к ужасному.

Когда муха была съедена, Джакопо бережно закрыл коробочку и сказал:

– Я к вам на стол отнесу, мессере Леонардо, – может быть, вы еще посмотрите. Он с другими пауками смешно дерется...

Мальчик хотел уйти, но остановился и поднял глаза с умоляющим видом.

Углы губ его опустились и дрогнули.

– Мессере, – произнес он тихо и важно, – вы на меня не сердитесь! Ну что ж – я и сам уйду, я давно думал, что надо уйти, только не для них – мне все равно, что они говорят, – а для вас. Ведь я знаю, что я вам надоел. Вы один добрый, а они злые, такие же, как я, только притворяются, а я не умею... Я уеду и буду один. Так лучше. Только вы меня все-таки простите...

Слезы заблестели на длинных ресницах мальчика. Он повторил еще тише, потупившись:

– Простите, мессере Леонардо!.. А коробочку я отнесу. Пусть останется вам на память. Паук проживет долго. Я попрошу Астро, чтобы он кормил его...

Леонардо положил руку на голову ребенка.

– Куда ты пойдешь, мальчик? Оставайся. Марко тебя простит, а я не сержусь. Ступай и вперед постарайся не делать зла никому.

Джакопо молча посмотрел на него большими недоумевающими глазами, в которых сияла не благодарность, а изумление, почти страх.

Леонардо ответил ему тихой, доброй улыбкой и погладил по голове с нежностью, как будто угадывая вечную тайну этого сердца, созданного природой злым и невинным во зле.

– Пора, – молвил учитель, – пойдем, Джованни.

Они вышли в калитку и, по безлюдной улице, между заборами садов, огородов и виноградников, направились к монастырю Мария делле Грацие.

VI

Последнее время Бельтраффио был опечален тем, что не мог внести учителю обусловленной ежемесячной платы в шесть флоринов. Дядя поссорился с ним и не давал ни гроша. Джованни брал деньги у фра Бенедетто, чтобы заплатить за два месяца. Но у монаха больше не было: он отдал ему последние.

Джованни хотел извиниться перед учителем.

– Мессере, – начал он робко, заикаясь и краснея, – сегодня четырнадцатое, а я плачу десятого по условию. Мне очень совестно... Но вот у меня только три флорина. Может быть, вы согласитесь подождать. Я скоро достану денег. Мерула обещал мне переписку...

Леонардо посмотрел на него с изумлением:

– Что ты, Джованни? Господь с тобой! Как тебе не стыдно говорить об этом?

По смущенному лицу ученика, по неискусным, жалобным и стыдливым заплатам на старых башмаках с протертыми веревочными швами, по изношенному платью он понял, что Джованни сильно нуждается.

Леонардо нахмурился и заговорил о другом.

Но через некоторое время, с небрежным и как бы рассеянным видом, пошарил в кармане, вынул золотую монету и сказал:

– Джованни, прошу тебя, зайди потом в лавку, купи мне голубой бумаги для рисования, листов двадцать, красного мела пачку да хорьковых кистей. Вот, возьми.

– Здесь дукат. На покупку десять сольди. Я принесу сдачи...

– Ничего не принесешь. Успеешь отдать. Больше о деньгах никогда и думать не смей, слышишь?

Он отвернулся и молвил, указывая на утренние туманные очертания лиственниц, уходивших вдаль длинным рядом по обоим берегам Навильо Гранде, канала, прямого, как стрела.

– Заметил ты, Джованни, как в легком тумане зелень деревьев становится воздушно-голубою, а в густом – бледно-серой?

Он сделал еще несколько замечаний о различии теней, бросаемых облаками на летние, покрытые листвою, и зимние, безлиственные горы.

Потом опять обернулся к ученику и сказал:

– А ведь я знаю, почему ты вообразил, что я скряга. Готов побиться об заклад, что верно угадал. Когда мы с тобой говорили о месячной плате, должно быть, ты заметил, как я расспросил и записал в памятную книжку все до последней мелочи, сколько, когда, от кого. Только, видишь ли? – надо тебе знать, друг мой, что у меня такая привычка, должно быть, от отца моего, нотариуса Пьетро да Винча, самого точного и благоразумного из людей. Мне она впрок не пошла и в делах никакой пользы не приносит. Веришь ли, иногда самому смешно перечитывать – такие пустяки записываю! Могу сказать с точностью, сколько данари стоило перо и бархат для новой шляпы Андреа Салаино, а куда тысячи дукатов уходят, не знаю. Смотри же, вперед, Джованни, не обращай внимания на эту глупую привычку. Если тебе нужны деньги, бери и верь, что я тебе даю, как отец сыну...

Леонардо взглянул на него с такою улыбкой, что на сердце ученика сразу сделалось легко и радостно.

Указывая спутнику на странную форму одного низкорослого шелковичного дерева в саду, мимо которого они проходили, учитель заметил, что не только у каждого дерева, но и у каждого из листьев – особенная, единственная, более нигде и никогда в природе не повторяющаяся форма, как у каждого человека – свое лицо.

Джованни подумал, что он говорит о деревьях с той же самой добротою, с которою только что говорил о его горе, как будто это внимание ко всему живому, обращаясь на природу, давало взгляду учителя проницательность ясновидящего.

На низменной, плодородной равнине из-за темно-зеленых тутовых деревьев выступила церковь доминиканской обители Мария делле Грацие, кирпичная, розовая, веселая на белом облачном небе, с широким ломбардским куполом, подобным шатру, с лепными украшениями из обожженной глины – создание молодого Браманте.

Они вошли в монастырскую трапезную.

VII

Это была простая длинная зала с голыми выбеленными стенами, с темными деревянными балками потолка, уходившими вглубь. Пахло теплою сыростью, ладаном и застарелым чадом постных блюд. У простенка, ближайшего ко входу, находился небольшой обеденный стол отца игумена. По обеим сторонам его – длинные узкие столы монахов.

Было так тихо, что слышалось жужжание мухи в окне с пыльно-желтыми гранями стекла. Из монастырской кухни доносился говор, стук железных сковород и кастрюль.

В глубине трапезной, у стены, противоположной столу приора, затянутой серым грубым холстом, возвышались дощатые подмостки.

Джованни догадался, что под этим холстом – произведение, над которым учитель работал уже более двенадцати лет, – Тайная Вечеря.

Леонардо взошел на подмостки, отпер деревянный ящик, где хранились подготовительные рисунки, картоны, кисти и краски, достал маленькую, исчерченную заметками на полях, истрепанную латинскую книгу, подал ее ученику и сказал:

– Прочти тринадцатую главу от Иоанна.

И откинул покрывало.

Когда Джованни взглянул, в первое мгновение ему показалось, что перед ним не живопись на стене, а действительная глубина воздуха, продолжение монастырской трапезной – точно другая комната открылась за отдернутой завесою, так что продольные и поперечные балки потолка ушли в нее, суживаясь в отдалении, и свет дневной слился с тихим вечерним светом над голубыми вершинами Сиона, которые виднелись в трех окнах этой новой трапезной, почти такой же простой, как монашеская, только обитой коврами, более уютной и таинственной. Длинный стол, изображенный на картине, похож был на те, за которыми обедали монахи: такая же скатерть с узорными, тонкими полосками, с концами, завязанными в узлы, и четырехугольными, нерасправленными складками, как будто еще немного сырая, только что взятая из монастырской кладовой, такие же стаканы, тарелки, ножи, стеклянные сосуды с вином.

И он прочел в Евангелии:

«Перед праздником Пасхи Иисус, зная, что пришел час Его перейти от мира сего к Отцу, явил делом, что возлюбив своих, сущих в мире, до конца возлюбил их.

И во время вечери, когда диавол уже вложил в сердце Иуде Искариоту предать Его, – возмутился духом и сказал: аминь, аминь, глаголю вам, один из вас предаст меня.

Тогда ученики озирались друг на друга, недоумевая, о ком Он говорит.

Один же из учеников Его, которого любил Иисус, возлежал у груди Иисуса.

Ему Симон Петр сделал знак, чтобы спросил, кто это, о котором говорит.

Он, припавши к груди Иисуса, сказал ему: «Господи, кто это?»

Иисус ответил: «Тот, кому я, омочив хлеб, подам». И, омочив хлеб, подал Иуде Симонову Искариоту.

И после сего куска вошел в него сатана».

Джованни поднял глаза на картину.

Лица апостолов дышали такою жизнью, что он как будто слышал их голоса, заглядывал в глубину их сердец, смущенных самым непонятным и страшным из всего, что когда-либо совершалось в мире, – рождением зла, от которого Бог должен умереть.

Особенно поразили Джованни Иуда, Иоанн и Петр. Голова Иуды не была еще написана, только тело, откинутое назад, слегка очерчено: сжимая в судорожных пальцах мошну со сребрениками, нечаянным движением руки опрокинул он солонку – и соль просыпалась.

Петр, в порыве гнева, стремительно вскочил из-за него, правой рукой схватил нож, левую опустил на плечо Иоанна, как бы вопрошая любимого ученика Иисусова: «Кто предатель?» – и старая, серебристо-седая, лучезарно гневная голова его сияла тою огненною ревностью, жаждою подвига, с которою некогда он должен был воскликнуть, поняв неизбежность страданий и смерти Учителя: «Господи, почему я не могу идти за тобою теперь? Я душу мою положу за Тебя».

Ближе всех ко Христу был Иоанн; мягкие как шелк, гладкие вверху, книзу вьющиеся волосы, опущенные веки, отягченные негою сна, покорно сложенные руки, лицо с продолговато-круглым очерком – все дышало в нем небесной тишиной и ясностью. Один из всех учеников, он больше не страдал, не боялся, не гневался. В нем исполнилось слово Учителя: «Да будет все едино, как Ты, Отче, во мне и Я в Тебе».

Джованни смотрел и думал:

«Так вот кто Леонардо! А я еще сомневался, едва не поверил клевете. Человек, который создал это, – безбожник? Да кто же из людей ближе ко Христу, чем он!»

Окончив нежными прикосновениями кисти лицо Иоанна и взяв из ящика кусок угля, учитель пытался сделать очерк головы Иисуса.

Но ничего не выходило.

Обдумывая десять лет эту голову, он все еще не умел набросать даже первого очерка.

И теперь, как всегда, перед гладким белым местом в картине, где должен был и не мог явиться лик Господа, художник чувствовал свое бессилие и недоумение.

Отбросив уголь, стер губкою легкий след его и погрузился в одно из тех размышлений перед картиной, которые длились иногда целыми часами.

Джованни взошел на подмостки, тихонько приблизился к нему и увидел, что мрачное, угрюмое, точно постаревшее, лицо Леонардо выражает упорное напряжение мысли, подобное отчаянию. Но, встретив взор ученика, он молвил приветливо:

– Что скажешь, друг?

– Учитель, что я могу сказать? Это – прекрасно, прекраснее всего, что есть в мире. И этого никто из людей не понял, кроме вас. Но лучше не говорить. Я не умею...

Слезы задрожали в голосе его. И он прибавил тихо, как будто с боязнью:

– И вот что я еще думаю и не понимаю: каким должно быть лицо Иуды среди таких лиц?

Учитель достал из ящика рисунок на клочке бумаги и показал ему.

Это было лицо страшное, но не отталкивающее, даже не злобное – только полное бесконечною скорбью и горечью познания.

Джованни сравнил его с лицом Иоанна.

– Да, – произнес он шепотом, – это он! Тот, о ком сказано: «вошел в него сатана». Он, может быть, знал больше всех, но не принял этого слова: «да будет все едино». Он сам хотел быть один.

В трапезную вошел Чезаре де Сесто с человеком в одежде придворных истопников.

– Наконец-то нашли мы вас! – воскликнул Чезаре. – Всюду ищем... От герцогини по важному делу, мастер!..

– Не угодно ли будет вашей милости пожаловать во дворец? – добавил истопник почтительно.

– Что случилось?

– Беда, мессер Леонардо! В банях трубы не действуют, да еще, как на грех, сегодня утром, только что герцогиня изволила в ванну сесть, а служанка за бельем вышла в соседнюю горницу, ручка на кране с горячей водою сломалась, так что их светлость никак не могли воду остановить. Хорошо, что успели выскочить из ванны. Едва кипятком не обожглись. Очень изволят гневаться: мессер Амброджо да Феррари, управляющий, жалуются, говорят, – неоднократно предупреждали вашу милость о неисправности труб...

– Вздор! – молвил Леонардо. – Видишь, я занят. Ступай к Зороастро. Он в полчаса поправит.

– Никак нет, мессере! Без вас приходить не велено...

Не обращая на него внимания, Леонардо хотел опять приняться за работу. Но, взглянув на пустое место для головы Иисуса, поморщился с досадою, махнул рукой, как бы вдруг поняв, что и на этот раз ничего не выйдет, запер ящик с красками и сошел с подмосток.

– Ну, пойдем, все равно! Приходи за мной на большой двор замка, Джованни. Чезаре тебя проводит. Я буду ждать вас у Коня.

Этот Конь был памятник покойного герцога Франческо Сфорца.

И, к изумлению Джованни, не оглянувшись на Тайную Вечерю, как будто радуясь предлогу уйти от работы, учитель пошел с истопником чинить трубы для спуска грязной воды в герцогских банях.

– Что? Насмотреться не можешь? – обратился Чезаре к Бельтраффио. – Пожалуй, оно и вправду удивительно, пока не раскусишь...

– Что ты хочешь сказать?

– Нет, так... Я не буду разуверять тебя. Может быть, и сам увидишь. Ну а пока – умиляйся...

– Прошу тебя, Чезаре, скажи прямо все, что ты думаешь.

– Изволь. Только, чур, потом не сердись и не пеняй за правду. Впрочем, я знаю все, что ты скажешь, и спорить не буду. Конечно, это – великое произведение. Ни у одного мастера не было такого знания анатомии, перспективы, законов света и тени. Еще бы! Все с природы списано – каждая морщинка в лицах, каждая складка на скатерти. Но духа живого нет. Бога нет и не будет. Все мертво – внутри, в сердце мертво! Ты только вглядись, Джованни, какая геометрическая правильность, какие треугольники: два созерцательных, два деятельных, средоточие во Христе. Вон по правую сторону – созерцательный: совершенное добро – в Иоанне, совершенное зло – в Иуде, различие добра и зла, справедливость – в Петре. А рядом – треугольник деятельный: Андрей, Иаков Младший, Варфоломей. И по левую сторону от центра – опять созерцательный: любовь Филиппа, вера Иакова Старшего, разум Фомы – и снова треугольник деятельный. Геометрия вместо вдохновения, математика вместо красоты! Все обдумано, рассчитано, изжевано разумом до тошноты, испытано до отвращения, взвешено на весах, измерено циркулем. Под святыней – кощунство!

– О, Чезаре! – произнес Джованни с тихим упреком. – Как ты мало знаешь учителя! И за что ты так его... не любишь?..

– А ты знаешь и любишь? – быстро обернув к нему лицо, молвил Чезаре с язвительной усмешкой.

В глазах его сверкнула такая неожиданная злоба, что Джованни невольно потупился.

– Ты несправедлив, Чезаре, – прибавил он, помолчав. – Картина не кончена: Христа еще нет.

– Христа нет. А ты уверен, Джованни, что Он будет? Ну, что же, посмотрим! Только помяни мое слово: Тайной Вечери мессер Леонардо не кончит никогда, ни Христа, ни Иуды не напишет. Ибо, видишь ли, друг мой, математикой, знанием, опытом многого достигнешь, но не всего. Тут нужно другое. Тут предел, которого он со всей своей наукой не переступит!

Они вышли из монастыря и направились к замку Кастелло-ди-Порта-Джовиа.

– По крайней мере, в одном, Чезаре, ты наверное ошибаешься, – сказал Бельтраффио, – Иуда уже есть...

– Есть? Где?

– Я видел сам.

– Когда?

– Только что, в монастыре. Он мне показал рисунок.

– Тебе? Вот как!

Чезаре посмотрел на него и молвил медленно, как будто с усилием:

– Ну и что же, хорошо?..

Джованни молча кивнул головою. Чезаре ничего не ответил и во всю дорогу уже больше не заговаривал, погруженный в задумчивость.

VIII

Они подошли к воротам замка и через Баттипонте, подъемный мост, вступили в башню южной стены, Торреди-Филарете, со всех сторон окруженную водою глубоких рвов. Здесь было мрачно, душно, пахло казармою, хлебом и навозом. Эхо под гулкими сводами повторяло разноязычный говор, смех и ругательства наемников.

Чезаре имел пропуск. Но Джованни, как незнакомого, осмотрели подозрительно и записали имя его в караульную книгу.

Через второй подъемный мост, где подвергли их новому осмотру, вступили они на пустынную внутреннюю площадь замка, Пьяцца д'Арме – Марсово Поле.

Прямо перед ними чернела зубчатая башня Бонны Савойской над Мертвым Рвом, Фоссато Морто. Справа был вход в почетный двор, Корте Дукале, слева – в самую неприступную часть замка, крепость Рокетту, настоящее орлиное гнездо.

Посередине площади виднелись деревянные леса, окруженные небольшими пристройками, заборами и навесами из досок, сколоченных на скорую руку, но уже потемневших от старости, кое-где покрытых пятнами желто-серых лишаев.

Над этими заборами и лесами возвышалось глиняное изваяние, называвшееся Колоссом, в двенадцать локтей вышины, конная статуя работы Леонардо.

Гигантский конь из темно-зеленой глины выделялся на облачном небе: он взвился на дыбы, попирая копытами воина; победитель простирал герцогский жезл. Это был великий кондотьер, Франческо Сфорца, искатель приключений, продавший кровь свою за деньги, – полусолдат, полуразбойник. Сын бедного романьольского землепашца, вышел он из народа, сильный, как лев, хитрый, как лиса, достиг вершины власти злодеяниями, подвигами, мудростью – и умер на престоле миланских герцогов.

Луч бледного влажного солнца упал на Колосса.

Джованни прочел в этих жирных морщинах двойного подбородка, в страшных глазах, полных хищною зоркостью, добродушное спокойствие сытого зверя. А на подножии памятника увидел запечатленное в мягкой глине рукой самого Леонардо двустишие:

Expectant animi molemque futuram,
Suspiciunt; fluat aes; vox erit: Ecce Deus![9]

Его поразили два последние слова: Ecce Deus! – Се Бог!

– Бог, – повторил Джованни, взглянув на глиняного Колосса и на человеческую жертву, попираемую конем триумфатора, Сфорца Насильника, и вспомнил безмолвную трапезную в обители Марии Благодатной, голубые вершины Сиона, небесную прелесть лица Иоанна и тишину последней Вечери того Бога, о котором сказано: Ecce homo! – Се человек!

К Джованни подошел Леонардо.

– Я кончил работу. Пойдем. А то опять позовут во дворец: там, кажется, кухонные трубы дымят. Надо улизнуть, пока не заметили.

Джованни стоял молча, потупив глаза; лицо его было бледно.

– Простите, учитель!.. Я думаю и не понимаю, как вы могли создать этого Колосса и Тайную Вечерю вместе, в одно и то же время?

Леонардо посмотрел на него с простодушным удивлением.

– Чего же ты не понимаешь?

– О, мессер Леонардо, разве вы не видите сами? Этого нельзя – вместе...

– Напротив, Джованни. Я думаю, что одно помогает другому: лучшие мысли о Тайной Вечере приходят мне именно здесь, когда я работаю над Колоссом, и, наоборот, там, в монастыре, я люблю обдумывать памятник. Это два близнеца. Я их вместе начал – вместе кончу.

– Вместе! Этот человек и Христос? Нет, учитель, не может быть!.. – воскликнул Бельтраффио и, не умея лучше выразить своей мысли, но чувствуя, как сердце его возмущается нестерпимым противоречием, он повторял: – Этого не может быть!..

– Почему не может? – молвил учитель.

Джованни хотел что-то сказать, но, встретив взор спокойных, недоумевающих глаз Леонардо, понял, что нельзя ничего сказать, что все равно – он не поймет.

---

9 Предчувствуют души грядущее; Расплавится медь; и голос будет: се Бог! (лат.)

«Когда я смотрел на Тайную Вечерю, – думал Бельтраффио, – мне казалось, что я узнал его. И вот опять я ничего не знаю. Кто он? Кому из двух сказал он в сердце своем: *Се Бог?* Или Чезаре прав, и в сердце Леонардо нет Бога?»

IX

Ночью, когда все в доме спали, Джованни вышел, мучимый бессонницей, на двор и сел у крыльца на скамью под навесом виноградных лоз.

Двор был четырехугольный, с колодцем посередине. Ту сторону, которая была за спиной Джованни, занимала стена дома; против него были конюшни; слева каменная ограда с калиткою, выходившею на большую дорогу к Порта Верчеллина, справа – стена маленького сада, и в ней дверца, всегда запиравшаяся на замок, потому что в глубине сада было отдельное здание, куда хозяин не пускал никого, кроме Астро, и где он часто работал в совершенном уединении.

Ночь была тихая, теплая и сырая; душный туман пропитан мутным лунным светом.

В запертую калитку стены, выходившей на большую дорогу, послышался стук.

Ставня одного из нижних окон открылась, высунулся человек и спросил:

– Мона Кассандра?

– Я. Отопри.

Из дома вышел Астро и отпер.

Во двор вступила женщина, одетая в белое платье, казавшееся на луне зеленоватым, как туман.

Сначала они поговорили у калитки; потом прошли мимо Джованни, не заметив его, окутанного черной тенью от выступа крыльца и виноградных лоз.

Девушка присела на невысокий край колодца.

Лицо у нее было странное, равнодушное и неподвижное, как у древних изваяний: низкий лоб, прямые брови, слишком маленький подбородок и глаза прозрачно-желтые, как янтарь. Но больше всего поразили Джованни волосы: сухие, пушистые, легкие, точно обладавшие отдельною жизнью, – как змеи Медузы, окружали они голову черным ореолом, от которого лицо казалось еще бледнее, алые губы – ярче, желтые глаза – прозрачнее.

– Ты, значит, тоже слышал, Астро, о брате Анджело? – сказала девушка.

– Да, мона Кассандра. Говорят, он послан папою для искоренения колдовства и всяких ересей. Как послушаешь, что добрые люди сказывают об отцах-инквизиторах, мороз по коже подирает. Не дай Бог попасть им в лапы! Будьте осторожнее. Предупредите вашу тетку...

– Какая она мне тетка!

– Ну, все равно, эту мону Сидонию, у которой вы живете.

– А ты думаешь, кузнец, что мы ведьмы?

– Ничего я не думаю! Мессер Леонардо подробно объяснил и доказал мне, что колдовства нет и быть не может, по законам природы. Мессер Леонардо все знает и ни во что не верит...

– Ни во что не верит, – повторила мона Кассандра. – В черта не верит? А в Бога?

– Не смейтесь. Он человек праведный.

– Я не смеюсь. А только, знаешь ли, Астро, какие бывают забавные случаи? Мне рассказывали, что у одного великого безбожника отцы-инквизиторы нашли договор с дьяволом, в котором этот человек обязывался отрицать, на основании логики и естественных законов, существование ведьм и силу чертей, дабы, избавив слуг сатанинских от преследований Святейшей Инквизиции, тем самым укрепить и умножить царство дьявола на земле. Вот почему говорят: быть колдуном – ересь, а не верить в колдовство – дважды ересь. Смотри же, кузнец, не выдавай учителя, – никому не сказывай, что он не верит в черную магию.

Сначала Зороастро смутился от неожиданности, потом стал возражать, оправдывая Леонардо. Но девушка перебила его:

– А что, как у вас летательная машина? Скоро будет готова?

Кузнец махнул рукой.

– Готова, как бы не так! Все сызнова переделывать будем.

– Ах, Астро, Астро! И охота тебе верить вздору! Разве ты не понимаешь, что все эти машины только для отвода глаз? Мессер Леонардо, я полагаю, давно уже летает...

– Как летает?

– Да вот так же, как я.

Он посмотрел на нее в раздумье.

– Может быть, это вам только снится, мона Кассандра?

– А как же другие видят? Или ты об этом не слышал?

Кузнец в нерешительности почесал у себя за ухом.

– Впрочем, я и забыла, – продолжала она с насмешкою, – вы ведь тут люди ученые, ни в какие чудеса не верите, у вас все механика!

– Ну ее к черту! Вот она мне где, эта механика! – указал кузнец на свой затылок.

Потом, сложив руки с мольбою, воскликнул:

– Мона Кассандра! Вы знаете, я человек верный. Да мне и болтать невыгодно. Того и гляди, брат Анджело самих притянет. Скажите же, сделайте милость, скажите мне все в точности!..

– Что сказать?

– Как вы летаете?

– Вот чего захотел! Ну нет, этого я тебе не скажу. Много будешь знать – рано состаришься.

Она помолчала. Потом, заглянув ему прямо в глаза долгим взглядом, прибавила тихо:

– Что тут говорить? Делать надо!

– А что нужно? – спросил он дрогнувшим голосом, немного бледнея.

– Слово знать, и зелье такое есть, чтобы тело мазать.

– У вас есть?

– Есть.

– И слово знаете?

Девушка кивнула головою.

– И полечу?

– Попробуй. Увидишь – это вернее механики!

Единственный глаз кузнеца загорелся огнем безумного желания.

– Мона Кассандра, дайте мне вашего зелья!

Она засмеялась тихим, странным смехом.

– И чудак же ты, Астро! Только что сам называл тайны магии глупыми бреднями, а теперь вдруг поверил...

Астро потупился с унылым, упрямым выражением в лице.

– Я хочу попробовать. Мне ведь все равно – чудом или механикой, только бы лететь! Я больше ждать не могу...

Девушка положила ему руку на плечо.

– Ну, Бог с тобой! Мне тебя жаль. В самом деле, чего доброго, с ума сойдешь, если не полетишь. Уж так и быть, дам я тебе зелья и слово скажу. Только и ты, Астро, сделай то, о чем я тебя попрошу.

– Сделаю, мона Кассандра, сделаю все! Говорите!..

Девушка указала на мокрую черепичную крышу, блестевшую за стеной сада в лунном тумане.

– Пусти меня туда.

Астро нахмурился и покачал головой:

– Нет, нет... Все, что хотите, только не это!

– Почему?

– Я слово дал не пускать никого.

– А сам был?

– Был.

– Что же там такое?

– Да никаких тайн. Право же, мона Кассандра, ничего любопытного: машины, приборы, книги, рукописи, есть и редкие цветы, животные, насекомые – ему путешественники привозят из далеких стран. И еще одно дерево, ядовитое...

– Как ядовитое?..

– Так, для опытов. Он отравил его, изучая действие ядов на растения.

– Прошу тебя, Астро, расскажи мне все, что ты знаешь об этом дереве.

– Да тут и рассказывать нечего. Ранней весною, когда оно было в соку, пробуравил отверстие в стволе до сердцевины и полою длинною иглою вбрызгивал какую-то жидкость.

– Странные опыты! Какое же это дерево?

– Персиковое.

– Ну, и что же? Плоды налились ядом?

– Нальются, когда созреют.

– И видно, что они отравлены?

– Нет, не видно. Вот почему он и не впускает никого: можно соблазниться красотой плодов, съесть и умереть.

– Ключ у тебя?

– У меня.

– Дай ключ, Астро!

– Что вы, что вы, мона Кассандра! Я поклялся ему...

– Дай ключ! – повторила Кассандра. – Я сделаю так, что ты в эту же ночь полетишь, слышишь, – в эту же ночь! Смотри, вот зелье.

Она вынула из-за пазухи и показала ему стеклянный пузырек, наполненный темною жидкостью, слабо блеснувшей в лунном свете, и, приблизив к нему лицо, прошептала вкрадчиво:

– Чего ты боишься, глупый? Сам же говоришь, что нет никаких тайн. Мы только войдем и посмотрим... Ну же, дай ключ!

– Оставьте меня! – проговорил он. – Я все равно не пущу, и зелья мне вашего не надо. Уйдите!

– Трус! – молвила девушка с презрением. – Ты мог бы и не смеешь знать тайны. Теперь я вижу, что он колдун и обманывает тебя, как ребенка...

Он молчал угрюмо, отвернувшись.

Девушка опять подошла к нему:

– Ну хорошо, Астро, не надо. Я не войду. Только открой дверь и дай посмотреть...

– Не войдете?

– Нет, только открой и покажи.

Он вынул ключ и отпер.

Джованни, тихонько привстав, увидел в глубине маленького сада, окруженного стенами, обыкновенное персиковое дерево. Но в бледном тумане, под мутно-зеленым лунным светом, оно показалось ему зловещим и призрачным.

Стоя у порога, девушка смотрела с жадным любопытством широко открытыми глазами; потом сделала шаг вперед, чтобы войти. Кузнец удержал ее.

Она боролась, скользила между рук, как змея.

Он оттолкнул ее так, что она едва не упала. Но тотчас выпрямилась и посмотрела на него в упор. Бледное, точно мертвое, лицо ее было злобно и страшно: в эту минуту она в самом деле была похожа на ведьму.

Кузнец запер дверь сада и, не прощаясь с моной Кассандрой, вошел в дом.

Она проводила его глазами. Потом быстро прошла мимо Джованни и выскользнула в калитку на большую дорогу к Порта Верчеллина.

Наступила тишина. Туман еще сгустился. Все исчезало и таяло в нем.

Джованни закрыл глаза. Перед ним встало, как в видении, страшное дерево с тяжелыми каплями на мокрых листьях, с ядовитыми плодами в мутно-зеленом лунном свете – и вспомнились ему слова Писания:

«Заповедал Господь Бог человеку, говоря: от всякого дерева в саду ты будешь есть.

А от дерева познания добра и зла, не ешь от него; ибо в день, в который ты вкусишь от него, смертью умрешь».

Книга III
ЯДОВИТЫЕ ПЛОДЫ
I

Герцогиня Беатриче каждую пятницу мыла голову и золотила волосы. После крашения надо было сушить их на солнце.

С этой целью устраивались вышки, окруженные перилами, на крышах домов.

Герцогиня сидела на такой вышке, над громадным загородным дворцом герцогской виллы Сфорцески, терпеливо вынося палящий зной, в то время, когда и работники с волами уходят в тень.

Ее облекала просторная, из белого шелка, накидка без рукавов. На голове была соломенная шляпа – солнцевик, для предохранения лица от загара. Позолоченные волосы, выпущенные из круглого отверстия шляпы, раскинуты были по широким полям. Желтолицая рабыня-черкешенка смачивала волосы губкою, насаженною на острие веретена. Татарка, с узкими косыми щелями глаз, чесала их гребнем из слоновой кости.

Жидкость для золочения приготовлялась из майского сока корней орешника, шафрана, бычачьей желчи, ласточкина помета, серой амбры, жженых медвежьих когтей и ящеричного масла.

Рядом, под наблюдением самой герцогини, на треножнике, с побледневшим от солнца, почти невидимым пламенем, в длинноносой реторте, наподобие тех, которые употреблялись алхимиками, кипела розовая мускатная вода с драгоценной виверрою, адрагантовой камедью и любистоком.

Обе служанки обливались потом. Даже комнатная собачка герцогини не находила себе места на знойной вышке, укоризненно щурилась на свою хозяйку, тяжело дышала, высунув язык, и не ворчала, по обыкновению, в ответ на заигрывания вертлявой мартышки. Обезьяна была довольна жарою так же, как арапчонок, державший зеркало, оправленное в жемчуг и перламутр.

Несмотря на то что Беатриче постоянно желала придать лицу своему строгость, движениям плавность, которые приличествовали ее сану, трудно было поверить, что ей девятнадцать лет, что у нее двое детей и что она уже три года замужем. В ребяческой полноте смуглых щек, в невинной складке на тонкой шее под слишком круглым и пухлым подбородком, в толстых губах, сурово сжатых, точно всегда немного надутых и капризных, в узких плечах, в плоской груди, в угловатых, порывистых, иногда почти мальчишеских движениях видна была школьница, избалованная, своенравная, без удержу резвая и самолюбивая. А между тем в твердых, ясных, как лед, коричневых глазах ее светился расчетливый ум. Самый проницательный из тогдашних государственных людей, посол Венеции, Марино Сануто, в тайных письмах уверял синьорию, что эта девочка в политике – настоящий кремень, что она более себе на уме, чем герцог Лодовико, муж ее, который отлично делает, слушаясь своей жены во всем.

Комнатная собачка сердито и хрипло залаяла.

По крутой лесенке, соединявшей вышку с уборными и гардеробными покоями, взошла, кряхтя и охая, старуха в темном вдовьем платье. Одной рукой перебирала она четки, в другой держала костыль. Морщины лица ее казались бы почтенными, если бы не приторная сладость улыбки, мышиное проворство глаз.

– О-хо-хо, старость не радость! Едва вползла. Господь да пошлет доброго здоровья вашей светлости.

Раболепно приподняв с полу край умывальной накидки, она приложилась к ней губами.

– А, мона Сидония! Ну что, готово?

Старуха вынула из мешка тщательно завернутую и закупоренную склянку с мутною, белесоватою жидкостью – молоком ослицы и рыжей козы, настоянным на диком бадьяне, корнях спаржи и луковицах белых лилий.

– Денька два еще надо бы в теплом лошадином навозе продержать. Ну, да все равно – полагаю, и так поспело. Только перед тем, как умываться, велите сквозь войлочное цедило пропустить. Намочите мякоть сдобного хлеба и личико извольте вытирать столько времени, сколько нужно, чтобы три раза прочитать «Верую». Через пять недель всякую смуглоту снимет. И от прыщиков помогает.

– Послушай, старуха, – молвила Беатриче, – может быть, в этом умывании опять какая-нибудь гадость, которую ведьмы в черной магии употребляют, вроде змеиного сала, крови удода и порошка лягушек, сушенных на сковороде, как в той мази для вытравливания волос на родинках, которую ты мне намедни приносила. Тогда лучше скажи прямо.

– Нет-нет, ваша светлость! Не верьте тому, что люди болтают. Я работаю начистоту, без обмана. Как кто хочет. Ведь и то сказать, иногда без дряни не обойдешься: вот, например, досточтимая мадонна Анджелика целое прошлое лето псиною мочою голову мыла, чтобы не облысеть, и еще Бога благодарила, что помогло.

Потом, наклонившись к уху герцогини, начала рассказывать последнюю городскую новость о том, как молоденькая жена главного консула соляного приказа, прелестная мадонна Филиберта, изменяет мужу и забавляется с приезжим испанским рыцарем.

– Ах ты, старая сводня! – полушутливо пригрозила ей пальцем Беатриче, видимо наслаждаясь сплетнею. – Сама же соблазнила несчастную...

– И, полноте, ваша светлость, какая она несчастная! Поет словно птичка – радуется, каждый день меня благодарит. Воистину, говорит, я только теперь познала, сколь великая существует разница между поцелуями мужа и любовника.

– А грех? Неужели совесть ее не мучит?

– Совесть? Видите ли, ваша светлость: хотя монахи и попы утверждают противное, но я так думаю, что любовный грех – самый естественный из грехов. Достаточно несколько капель святой воды, чтобы смыть его. К тому же, изменяя супругу, мадонна Филиберта тем самым, как говорится, платит ему пирогом за ватрушку и если не совершенно заглаживает, то, по крайней мере, весьма облегчает перед Богом его собственные грехи.

– А разве и муж?..

– Наверное не знаю. Но все они на один лад, ибо, полагаю, нет на свете такого мужа, который лучше не согласился бы иметь одну руку, чем одну жену.

Герцогиня рассмеялась.

– Ах, мона Сидония, на тебя и сердиться нельзя! Откуда ты берешь такие словечки?

– Да уж верьте старухе – все, что говорю, святая правда! Я ведь даже в делах совести соломинку от бревна отличить сумею... Всякому овощу свое время. Не утолившись в юности любовью, наша сестра на старости лет мучится таким раскаянием, что оно доводит ее до когтей дьявола.

– Ты рассуждаешь, как магистр богословия!

– Я женщина неученая, но от всего сердца говорю, ваша светлость! Цветущая юность дается в жизни только раз, ибо какому черту, прости Господи, мы, бедные женщины, годны, состарившись? Разве на то, чтобы сторожить золу в камельках. Прогонять нас на кухню мурлыкать с кошками, пересчитывать горшки да противни. Сказано: молодицам покормиться, а старухам подавиться. Красота без любви – все равно что обедня без «Отче наш», а ласки мужа унылы, как игры монахинь.

Герцогиня опять рассмеялась.

– Как? Как? Повтори!

Старуха посмотрела на нее внимательно и, должно быть, рассчитав, что достаточно позабавила пустяками, опять наклонилась к уху ее и зашептала.

Беатриче перестала смеяться.

Она сделала знак. Рабыни удалились. Только арапчонок остался на вышке: он не понимал по-итальянски.

Их окружало тихое небо, бледное, как будто помертвелое от зноя.

– Может быть, вздор? – сказала наконец герцогиня. – Мало ли что болтают...

– Нет, синьора! Я сама видела и слышала. Вам и другие скажут.

– Много было народу?

– Тысяч десять: вся площадь перед Павийским замком полна.

– Что же ты слышала?

– Когда мадонна Изабелла вышла на балкон с маленьким Франческо, все замахали руками и шапками, многие плакали. «Да здравствует, – кричали, – Изабелла Арагонская, Джан-Галеаццо, законный государь Милана, и наследник Франческо! Смерть похитителям престола!»

Беатриче нахмурилась.

– Этими самыми словами?

– Да, и еще хуже...

– Какие? Говори все, не бойся!..

– Кричали – у меня, синьора, язык не поворачивается – кричали: «Смерть ворам!»

Беатриче вздрогнула, но, тотчас преодолев себя, спросила тихо:

– Что же ты слышала еще?

– Право, не знаю, как и передать вашей милости...

– Да ну же, скорее! Я хочу знать все!

– Верите ли, синьора, в толпе говорили, что светлейший герцог Лодовико Моро, опекун и благодетель Джан-Галеаццо, заточил своего племянника в Павийскую крепость, окружив его наемными убийцами и шпионами. Потом стали вопить, требуя, чтобы к ним вышел сам герцог. Но мадонна Изабелла ответила, что он лежит больной...

И мона Сидония опять таинственно зашептала на ухо герцогине.

Сперва Беатриче слушала внимательно; потом обернулась гневно и крикнула:

– С ума ты сошла, старая ведьма! Как ты смеешь! Да я сейчас велю тебя сбросить с этой вышки, так что ворон костей твоих не соберет!..

Угроза не испугала мону Сидонию. Беатриче также скоро успокоилась.

– Я этому и не верю, – молвила она, посмотрев на старуху исподлобья.

Та пожала плечами:

– Воля ваша, а не верить нельзя... Изволите ли видеть, вот как это делается, – продолжала она вкрадчиво, – лепят маленькое изваяние из воска, вкладывают ему в правую сторону сердце, в левую – печень ласточки, прокалывают иглою, произнося заклинания, и тот, на кого изваяние похоже, умирает медленною смертью... Тут уж никакие врачи не помогут...

– Молчи, – перебила ее герцогиня, – никогда не смей мне говорить об этом!..

Старуха опять благоговейно поцеловала край умывальной одежды.

– Ваше великолепие! Солнышко вы мое ясное! Слишком люблю я вас – вот и весь мой грех! Верите ли, со слезами молю Господа за ваше здоровье каждый раз, как поют «Magnificat»[10] » (*лат.*).] на повечерии св. Франциска. Люди говорят, будто я ведьма, но если бы я и продала душу мою дьяволу, то, видит Бог, только для того, чтобы хоть чем-нибудь угодить вашей светлости!

И она прибавила задумчиво:

– Можно и без колдовства.

Герцогиня посмотрела на нее молча, с любопытством.

– Когда я сюда шла по дворцовому саду, – продолжала мона Сидония беспечным голосом, – садовник собирал в корзину отличные персики: должно быть, подарок мессеру Джан-Галеаццо?

И, помолчав, прибавила:

– А в саду флорентийского мастера Леонардо да Винчи тоже, говорят, удивительной красоты персики, только ядовитые...

– Как ядовитые?

– Да, да. Мона Кассандра, племянница моя, видела...

Старуха снова зашушукала на ухо Беатриче.

Герцогиня ничего не ответила; выражение глаз ее осталось непроницаемым.

Волосы уже высохли. Она встала, сбросила с плеч накидку и спустилась в гардеробные покои.

Здесь стояли три громадных шкапа. В первом, похожем на великолепную ризницу, развешаны были по порядку восемьдесят четыре платья, которые успела она сшить себе за три года замужества. Одни отличались, вследствие обилия золота и драгоценных камней, такою плотностью, что могли прямо, без поддержки, стоять на полу; другие были прозрачны и легки, как паутина. Во втором находились принадлежности соколиной охоты и лошадиная сбруя. В третьем – духи, воды, полосканья, притиранья, зубные порошки из белого коралла и жемчуга, бесчисленные баночки, колбы, перегонные шлемы, горлянки – целая лаборатория женской алхимии. В комнате стояли также роскошные ящики, покрытые живописью, и кованые сундуки.

Когда служанка отперла один из них, чтобы вынуть свежую рубашку, повеяло благоуханием тонкого камбрейского белья, переложенного лавандовыми пучками и шелковыми подушками с порошком из левантийских ирисов и дамасских роз, сушенных в тени.

Одеваясь, Беатриче беседовала со швеею о выкройке нового платья, только что полученной с гонцом от сестры, маркизы Мантуанской, Изабеллы д'Эсте, тоже великой модницы. Сестры соперничали в нарядах.

---

10 «Величит душа моя Господа

Беатриче завидовала вкусу Изабеллы и подражала ей. Один из посланников герцогини Миланской тайно извещал ее о всех новинках мантуанского гардероба.

Беатриче надела платье с рисунком, особенно любимым ею за то, что он скрывал ее маленький рост: ткань состояла из продольных перемежающихся полос зеленого бархата и золотой парчи. Рукава, перевязанные лентами серого шелка, были в обтяжку, с французскими модными прорезами – «окнами», через которые виднелось белоснежное полотно рубашки, все в мелких, пышных сборках. Волосы украшены были редкой, легкой, как дым, золотою сеткою и заплетены в косу. Голову окружала тонкая нить фероньеры с прикрепленным к ней маленьким рубиновым скорпионом.

II

Она привыкла одеваться так долго, что, по выражению герцога, можно было бы за это время снарядить целый торговый корабль в Индию.

Наконец, услышав вдалеке звук рогов и лай борзых, вспомнила, что заказала охоту, и заторопилась. Но, уже готовая, по дороге зашла в покои своих карликов, названные в шутку «жилищем гигантов» и устроенные в подражание таким же игрушечным комнатам во дворце Изабеллы д'Эсте.

Стулья, кровати, утварь, лесенки с широкими низкими ступенями, даже часовня с кукольным алтарем, за которым служил обедню ученый карлик Янаки, в нарочно сшитых для него архиепископских ризах и митре, – все было рассчитано на рост пигмеев.

В «жилище гигантов» всегда был шум, смех, плач, крик разнообразных, порой страшных голосов, как в зверинце или сумасшедшем доме, ибо здесь копошились, рождались, жили и умирали в душной неопрятной тесноте – мартышки, горбуны, попугаи, арапки, дуры, калмычки, шутихи, кролики, карлики и другие потешные твари, среди которых молодая герцогиня нередко проводила дни, забавляясь, как девочка.

На этот раз, спеша на охоту, зашла она сюда только на минутку, сведать о здоровье маленького арапчонка Наннино, недавно присланного из Венеции. Кожа у Наннино была такой черноты, что, по выражению прежнего владельца его, «лучшего и желать невозможно». Герцогиня играла им, как живою куклою. Арапчонок заболел. И хваленая чернота его оказалась не совсем природною, ибо краска, вроде лака, которая придавала телу его черный блестящий лоск, мало-помалу начала слезать, к великому горю Беатриче.

В последнюю ночь ему сделалось хуже; боялись, что он умрет. Узнав об этом, герцогиня весьма опечалилась, ибо любила его, по старой памяти, даже побледневшего. Она велела как можно скорее крестить арапчонка, чтобы он, по крайней мере, не умер язычником.

Спускаясь, на лестнице встретила она свою любимую дурочку Моргантину, еще не старую, хорошенькую и такую забавную, что, по словам Беатриче, она могла бы рассмешить мертвеца.

Моргантина любила воровать: украдет что-нибудь, спрячет в угол, под сломанную половицу, в мышиную норку, и ходит, довольная; когда же спросят ее с лаской: «Будь доброю, скажи, куда спрятала?» – возьмет за руку, с лукавым видом, поведет и покажет. А если крикнуть: «Ну-ка, речку вброд», – Моргантина, не стыдясь, подымает платье так высоко, как только может.

Порой находила на нее дурь; тогда по целым дням плакала она о несуществующем ребеночке, – никаких детей у нее не было, – и так всем надоедала, что ее запирали в чулан.

И теперь, сидя в углу лестницы, обняв колени руками и равномерно покачиваясь, Моргантина заливалась горькими слезами.

Беатриче подошла и погладила ее по голове.

– Перестань, будь умницей!

Дурочка, подняв на нее свои голубые детские глаза, завыла еще жалобнее:

– Ой, ой, ой! Отняли у меня родненького! И за что, Господи? Никому он не делал зла. Я им тихо утешалась...

Герцогиня сошла во двор, где ее ждали охотники.

III

Окруженная вершниками, сокольничими, псарями, стремянными, пажами и дамами, она держалась прямо и смело на караковом поджаром берберийском жеребце завода Гонзага не как женщина, а как опытный наездник. «Настоящая королева амазонок!» – с гордостью подумал герцог Моро, вошедший на крытый ход перед дворцом полюбоваться выездом супруги.

За седлом герцогини сидел охотничий леопард в ливрее, шитой золотом, с рыцарскими гербами. На левой руке – белый как снег кипрский сокол, подарок султана, сверкал усыпанным изумрудами золотым клобучком. На лапах его звенели бубенцы разнозвучными, переливчатыми звонами, которые помогали находить птицу, когда терялась она в тумане или болотной траве.

Герцогине было весело, хотелось шалить, смеяться, скакать сломя голову. Оглянувшись с улыбкой на мужа, который успел только крикнуть: «Берегись, лошадь горячая!» – она сделала знак своим спутницам и помчалась вперегонки с ними, сначала по дороге, потом в поле – через канавы, кочки, рвы и плетни.

Доезжачие отстали. Впереди всех неслась Беатриче со своим громадным волкодавом и рядом, на черной испанской кобыле, самая веселая и бесстрашная из фрейлин, мадонна Лукреция Кривелли.

Герцог был втайне неравнодушен к Лукреции. Теперь, любуясь на нее и Беатриче вместе, не мог решить, кто из них ему больше нравится. Но тревогу испытывал за жену. Когда лошади перескакивали через ямы, жмурил глаза, чтобы не видеть: дух у него захватывало.

Он бранил герцогиню за эти шалости, но сердиться не мог: подозревая в себе недостаток телесной отваги, гордился втайне храбростью жены.

Охотники исчезли в лозняке и камышовых зарослях на низменном берегу Тичино, где водились гуси и цапли.

Герцог вернулся в маленькую рабочую комнату – студиоло. Здесь ожидал его для продолжения прерванных занятий главный секретарь, сановник, заведовавший иностранными посольствами, мессер Бартоломео Калко.

IV

Сидя в высоком кресле, Моро тихонько ласкал белой холеной рукой свои гладко бритые щеки и круглый подбородок.

Благообразное лицо его имело тот отпечаток прямодушной откровенности, который приобретают только лица совершенных в лукавстве политиков. Большой орлиный нос с горбинкой, выдающиеся вперед, как будто заостренные, тонко извилистые губы напоминали отца его, великого кондотьера Франческо Сфорца. Но если Франческо, по выражению поэтов, в одно и то же время был львом и лисицею, то сын его унаследовал от отца и приумножил только лисью хитрость без львиного мужества.

Моро носил простое изящное платье бледно-голубого шелка с разводами, модную прическу – гладкую, волосок к волоску, закрывавшую уши и лоб почти до бровей, похожую на густой парик. Золотая плоская цепь висела на груди его. В обращении была равная со всеми утонченная вежливость.

– Имеете ли вы какие-нибудь точные сведения, мессер Бартоломео, о выступлении французского войска из Лиона?

– Никаких, ваша светлость. Каждый вечер говорят – завтра, каждое утро откладывают. Король увлечен не воинственными забавами.

– Как имя первой любовницы?

– Много имен. Вкусы его величества прихотливы и непостоянны.

– Напишите графу Бельджойозо, – молвил герцог, – что я высылаю тридцать... нет, мало, сорок... пятьдесят тысяч дукатов для новых подарков. Пусть не жалеет. Мы вытащим короля из Лиона золотыми цепями! И знаете ли, Бартоломео, – конечно, это между нами, – не мешало бы послать его величеству портреты некоторых здешних красавиц. Кстати, письмо готово?

– Готово, синьор.

– Покажи.

Моро с удовольствием потирал мягкие белые руки. Каждый раз, как он оглядывал громадную паутину своей политики, – испытывал он знакомое сладкое замирание сердца, как перед сложной и опасной игрой. По совести, не считал он себя виновным, призывая чужеземцев, северных варваров на Италию, ибо к этой крайности принуждали его враги, среди которых злейшим была Изабелла Арагонская, супруга Джан-Галеаццо, всенародно обвинившая герцога Лодовико в том, что он похитил престол у племянника. Только тогда, когда отец Изабеллы, король Неаполя, Альфонсо, в отмщение за обиду дочери и зятя, стал грозить Моро войною и низвержением с престола, – всеми покинутый, обратился он к помощи французского короля Карла VIII.

«Неисповедимы пути твои, Господи! – размышлял герцог, пока секретарь доставал из кипы бумаг черновой набросок письма. – Спасение моего государства, Италии, быть может, всей Европы в руках этого жалкого заморыша, сластолюбивого и слабоумного ребенка, христианнейшего короля Франции, перед которым мы, наследники великих Сфорца, должны пресмыкаться, ползать, чуть не сводничать! Но такова политика: с волками жить – по-волчьи выть».

Он перечел письмо: оно показалось ему красноречивым, в особенности если принять в расчет пятьдесят тысяч дукатов, высылаемых графу Бельджойозо для подкупа приближенных его величества, и соблазнительные портреты итальянских красавиц.

«Господь да благословит твое крестоносное воинство, Христианнейший, – говорилось между прочим в этом послании, – врата Авзонии открыты пред тобой. Не медли же, вступи в них триумфатором, о новый Ганнибал! Народы Италии алчут приять твое иго сладчайшее, помазанник Божий, ожидают тебя, как некогда, по воскресении Господа, патриархи ожидали Его сошествия во ад. С помощью Бога и твоей знаменитой артиллерии ты завоюешь не только Неаполь, Сицилию, но и земли великого Турка, обратишь неверных в христианство, проникнешь в недра Святой Земли, освободишь Иерусалим и Гроб Господень от нечестивых агарян и славным именем твоим наполнишь вселенную».

Горбатый плешивый старичок, с длинным красным носом, заглянул в дверь студиоло. Герцог приветливо улыбнулся ему, приказывая знаком подождать.

Дверь скромно притворилась, и голова исчезла.

Секретарь завел было речь о другом государственном деле, но Моро слушал его рассеянно, поглядывая на дверь.

Мессер Бартоломео понял, что герцог занят посторонними мыслями, кончил доклад и ушел.

Осторожно оглядываясь, на цыпочках, герцог приблизился к двери.

– Бернардо, а Бернардо? Это ты?

– Я, ваша светлость!

И придворный стихотворец, Бернардо Беллинчони, с таинственным и подобострастным видом подскочил и хотел было встать на колени, чтобы поцеловать руку государя, но тот его удержал.

– Ну что, как?

– Благополучно.

– Родила?

– Сегодня ночью изволила разрешиться от бремени.

– Здорова? Не послать ли врача?

– В здравии совершенном обретаются.

– Слава Богу!

Герцог перекрестился.

– Видел ребенка?

– Как же! Прехорошенький.

– Мальчик или девочка?

– Мальчик. Буян, крикун! Волосики светлые, как у матери, а глазенки так и горят, так и бегают – черные, умные, совсем как у вашей милости. Сейчас видно – царственная кровь! Маленький Геркулес в колыбели. Мадонна Чечилия не нарадуется. Велели спросить, какое вам будет угодно имя.

– Я уже думал, – произнес герцог. – Знаешь, Бернардо, назовем-ка его Чезаре. Как тебе нравится?

– Чезаре? А ведь в самом деле, прекрасное имя, благозвучное, древнее! Да, да, Чезаре Сфорца – имя, достойное героя!

– А что, как муж?

– Яснейший граф Бергамини добр и мил, как всегда.

– Превосходный человек! – заметил герцог с убеждением.

– Превосходнейший! – подхватил Беллинчони. – Смею сказать, редких добродетелей человек! Таких людей нынче поискать. Ежели подагра не помешает, граф хотел приехать к ужину, чтоб засвидетельствовать свое почтение вашей светлости.

Графиня Чечилия Бергамини, о которой шла речь, была давнею любовницей Моро. Беатриче, только что выйдя замуж и узнав об этой связи герцога, ревновала его, грозила вернуться в дом отца, феррарского герцога, Эрколе д'Эсте, и Моро вынужден был поклясться торжественно, в присутствии послов, не нарушать супружеской верности, в подтверждение чего выдал Чечилию за старого разорившегося графа Бергамини, человека покладистого, готового на всякие услуги.

Беллинчони, вынув из кармана бумажку, подал ее герцогу.

То был сонет в честь новорожденного – маленький диалог, в котором поэт спрашивал бога солнца, почему он закрывается тучами; солнце отвечало с придворною любезностью, что прячется от стыда и зависти к новому солнцу – сыну Моро и Чечилии.

Герцог благосклонно принял сонет, вынул из кошелька червонец и подал стихотворцу.

– Кстати, Бернардо, ты не забыл, что в субботу день рождения герцогини?

Беллинчони торопливо порылся в прорехе своего платья, полупридворного-полунищенского, служившей ему карманом, извлек оттуда целую кипу грязных бумажек и, среди высокопарных од на смерть охотничьего сокола мадонны Анджелики, на болезнь серой в яблоках венгерской кобылы синьоры Паллавичини, отыскал требуемые стихи.

– Целых три, ваша светлость, – на выбор. Клянусь Пегасом, довольны останетесь!

В те времена государи пользовались своими придворными поэтами, как музыкальными инструментами, чтобы петь серенады не только своим возлюбленным, но и своим женам, причем светская мода требовала, чтобы в этих стихах предполагалась между мужем и женой такая же неземная любовь, как между Лаурою и Петраркою.

Моро с любопытством просмотрел стихи: он считал себя тонким ценителем, поэтом в душе, хотя рифмы ему не давались. В первом сонете пришлись ему по вкусу три стиха; муж говорит жене:

И где на землю плюнешь ты,
Там вдруг рождаются цветы,
Как раннею весной – фиалки.

Во втором – поэт, сравнивая мадонну Беатриче с богиней Дианой, уверял, что кабаны и олени испытывают блаженство, умирая от руки такой прекрасной охотницы.

Но более всего понравился его высочеству третий сонет, в котором Данте обращался к Богу с просьбою отпустить его на землю, куда будто бы вернулась Беатриче в образе герцогини Миланской. «О, Юпитер! – восклицал Алигьери. – Так как ты опять подарил ее миру, позволь и мне быть с нею, дабы видеть того, кому Беатриче дарует блаженство», – то есть герцога Лодовико.

Моро милостиво потрепал поэта по плечу и обещал ему сукна на шубу, причем Бернардо сумел выпросить и лисьего меха на воротник, уверяя с жалобными и шутовскими ужимками, что старая шуба его сделалась такою сквозною и прозрачною, «как вермишель, которая сушится на солнце».

– Прошлую зиму, – продолжал он клянчить, – за недостатком дров, я готов был сжечь не только собственную лестницу, но и деревянные башмаки св. Франциска!

Герцог рассмеялся и обещал ему дров.

Тогда, в порыве благодарности, поэт мгновенно сочинил и прочел хвалебное четверостишье:

Когда рабам своим ты обещаешь хлеб,
Небесную, как Бог, ты им даруешь манну, —
Зато все девять муз и сладкозвучный Феб,
О, благородный Мавр[11] , поют тебе осанну!

– Ты, кажется, в ударе, Бернардо? Послушай-ка, мне нужно еще одно стихотворение.

– Любовное?

– Да. И страстное.

– Герцогине?

– Нет. Только смотри у меня, не проболтайся!

– О, синьор, вы меня обижаете. Да разве я когда-нибудь?..

– Ну то-то же.

– Нем, нем, как рыба!

Бернардо таинственно и почтительно заморгал глазами.

– Страстное? Ну а как? С мольбой или с благодарностью?

– С мольбой.

Поэт глубокомысленно сдвинул брови:

– Замужняя?

– Девушка.

– Так. Надо бы имя.

– Ну вот! Зачем имя?

– Если с мольбою, то не годится без имени.

– Мадонна Лукреция. А готового нет?

– Есть, да лучше бы свеженькое. Позвольте в соседний покой на минутку. Уж чувствую, выйдет недурно: рифмы в голову так и лезут.

Вошел паж и доложил:

– Мессер Леонардо да Винчи.

Захватив перо и бумагу, Беллинчони юркнул в одну дверь, между тем как в другую входил Леонардо.

V

После первых приветствий герцог заговорил с художником о новом громадном канале, Навильо-Сфорческо, который должен был соединить реку Сезию с Тичино и, разветвляясь в сеть меньших каналов, оросить луга, поля и пастбища Ломеллины.

Леонардо управлял работами по сооружению Навильо, хотя не имел чина герцогского строителя, ни даже придворного живописца, сохраняя, по старой памяти, за один уж давно изобретенный им музыкальный прибор чин музыканта, что было не многим выше звания таких придворных

---

11 Мавр (итал. Moro) – прозвище герцога Лодовико Сфорца.

поэтов, как Беллинчони.

Объяснив с точностью планы и счеты, художник попросил сделать распоряжение о выдаче денег для дальнейших работ.

– Сколько? – спросил герцог.

– За каждую милю по 566, всего 15 187 дукатов, – отвечал Леонардо.

Лодовико поморщился, вспомнив о 50 000, только что назначенных для взяток и подкупа французских вельмож.

– Дорого, мессер Леонардо! Право же, ты разоряешь меня. Все хочешь невозможного. Ведь вот Браманте тоже строитель изрядный, а никогда таких денег не требует.

Леонардо пожал плечами.

– Воля ваша, синьор, поручите Браманте.

– Ну-ну, не сердись. Ты знаешь, я тебя никому в обиду не дам!

Начали торговаться.

– Хорошо, успеем завтра, – заключил герцог, стараясь, по своему обыкновению, затянуть решение дела, и начал перелистывать тетради Леонардо с неоконченными набросками, архитектурными чертежами и замыслами.

На одном рисунке изображена была исполинская гробница – целая искусственная гора, увенчанная многоколонным храмом с круглым отверстием в куполе, как в римском Пантеоне, чтобы озарять внутренние покои усыпальницы, превосходившей великолепием египетские пирамиды. Рядом были точные цифры и подробный план расположения лестниц, ходов, зал, рассчитанных на пятьсот могильных урн.

– Что это? – спросил герцог. – Когда и для кого ты задумал?

– Так, ни для кого. Мечты...

Моро с удивлением посмотрел на него и покачал головою.

– Странные мечты! Мавзолей для олимпийских богов или титанов. Точно во сне или в сказке... А ведь еще математик!

Он заглянул в другой рисунок, план города с двухъярусными улицами – верхними для господ, нижними для рабов, вьючных животных и нечистот, омываемых водой множества труб и каналов, – города, построенного согласно с точным знанием законов природы, но для таких существ, у которых совесть не смущается неравенством, разделением на избранных и отверженных.

– А ведь недурно! – молвил герцог. – И ты полагаешь, можно устроить?

– О да! – отвечал Леонардо, и лицо его оживилось. – Я давно мечтаю о том, чтобы когда-нибудь вашей светлости угодно было сделать опыт, хотя бы только с одним из предместий Милана. Пять тысяч домов – на тридцать тысяч жителей. И рассеялось бы это множество людей, которые сидят друг у друга на плечах, теснятся в грязи, в духоте, распространяя семена заразы и смерти. Если бы вы исполнили мой план, синьор, это был бы прекраснейший город в мире!..

Художник остановился, заметив, что герцог смеется.

– Чудак ты, забавник, мессер Леонардо! Кажется, дай тебе волю, все бы вверх дном перевернул, каких бы только в государстве бед не наделал! Неужели ты не видишь, что самые покорные из рабов взбунтовались бы против твоих двухъярусных улиц, плюнули бы на хваленую чистоту твою, на водосточные трубы и каналы прекраснейшего города в мире, – в старые города свои убежали бы: в грязи, мол, в тесноте, да не в обиде... Ну а здесь что? – спросил он, указывая на другой чертеж.

Леонардо вынужден был объяснить и этот рисунок, оказавшийся планом дома терпимости. Отдельные комнаты, двери и ходы расположены были так, что посетители могли рассчитывать на тайну, не опасаясь встречи друг с другом.

– Вот это дело! – восхитился герцог. – Право, ты не поверишь, как надоели мне жалобы на грабежи и убийства в притонах. А при таком расположении комнат будет порядок и безопасность. Непременно устрою дом по твоему чертежу!

Однако, – прибавил он, усмехаясь, – ты у меня, я вижу, на все руки мастер, ничем не брезгуешь: мавзолей для богов рядом с домом терпимости!

Кстати, – продолжал он, – читал я однажды в книге какого-то древнего историка о так называемом ухе тирана Дионисия – слуховой трубе, скрытой в толще стен и устроенной так, что государь может слышать из одного покоя все, что говорится в другом. Как ты полагаешь, нельзя ли устроить ухо Дионисия в моем дворце?

Герцогу сначала было немного совестно; но он тотчас оправился, почувствовал, что художника нечего стыдиться. Не смущаясь, даже не помышляя о том, хорошо или дурно Дионисиево ухо, Леонардо беседовал о нем, как о новом научном приборе, радуясь предлогу исследовать при устройстве этих труб законы движения звуковых волн.

Беллинчони с готовым сонетом заглянул в дверь.

Леонардо простился. Моро пригласил его к ужину.

Когда художник ушел, герцог подозвал поэта и велел читать стихи.

– Саламандра, – говорилось в сонете, – живет в огне, но не большее ли диво то, что в пламенном сердце моем

Холодная, как лед, мадонна обитает,
И лед сей девственный в огне любви не тает?

Особенно нежными показались герцогу последние четыре стиха:

Я лебедем пою, пою и умираю;
Амура я молю: о сжалься, я сгораю!
Но раздувает бог огонь моей души
И говорит, смеясь: слезами потуши!

VI

Перед ужином, в ожидании супруги, которая должна была скоро вернуться с охоты, герцог пошел по хозяйству. Заглянул в конюшню, подобную греческому храму, с колоннадами и портиками; в новую великолепную сыроварню, где отведал джьюнкаты – свежего творожного сыру. Мимо бесконечных сеновалов и погребов прошел на мызу и скотный двор. Здесь каждая подробность радовала сердце хозяина: и звук молочной струи, цедившейся из вымени его любимицы, красно-пегой лангедокской коровы, и материнское хрюканье огромной, подобной горе жира, свиньи, только что опоросившейся, и желтая сливочная пена в ясеневых кадках маслобойни, и медовый запах в переполненных житницах.

На лице Моро появилась улыбка тихого счастья: воистину дом его был как полная чаша. Он вернулся во дворец и присел отдохнуть в галерее.

Вечерело. Но до заката было еще далеко. С поемных лугов Тичино веяло пряною свежестью.

Герцог окинул взором свои владения: пастбища, нивы, поля, орошаемые сетью каналов и рвов, с правильными насаждениями яблонь, груш, шелковичных деревьев, соединенных висячими гирляндами лоз. От Мортары до Абиатеграссо и далее, до самого края неба, где в тумане белели снега Монте Розы, – великая равнина Ломбардии цвела, как Божий рай.

– Господи, – вздохнул он с умилением и поднял глаза к небу, – благодарю Тебя за все! Чего еще надо? Некогда здесь была пустыня. Я с Леонардо провел эти каналы, оросил эту землю, и ныне каждый колос, каждая былинка благодарит меня, как я благодарю Тебя, Господи!

Послышался лай борзых, крики охотников, и над кустами лозняка замелькало красное вабило – чучело с крыльями куропатки для приманки соколов.

Хозяин с главным дворецким обошел накрытый стол, осматривая, все ли в порядке. В залу вошли герцогиня и гости, приглашенные к ужину, среди которых был Леонардо, оставшийся ночевать на вилле.

Прочли молитву и сели за стол.

Подали свежие артишоки, присланные в плетенках ускоренной почтой прямо из Генуи, жирных угрей и карпов мантуанских садков, подарок Изабеллы д'Эсте, и студень из каплуньих грудинок.

Ели тремя пальцами и ножами, без вилок, считавшихся непозволительной роскошью; золотые, с черенками из горного хрусталя, подавались они только дамам для ягод и варенья.

Хлебосольный хозяин усердно потчевал. Ели и пили много, почти до отвала. Изящнейшие дамы и девицы не стыдились голода.

Беатриче сидела рядом с Лукрецией.

Герцог опять залюбовался на обеих: ему было приятно, что они вместе и что жена ухаживает за его возлюбленною, подкладывает ей на тарелку лакомые куски, что-то шепчет на ухо и пожимает руку с порывом той внезапной нежности, похожей на влюбленность, которая иногда овладевает молодыми женщинами.

Говорили об охоте. Беатриче рассказала, как олень едва не выбил ее из седла, выскочив из леса и ударив лошадь рогами.

Смеялись над дурачком Диодою, хвастуном и забиякою, который только что убил вместо кабана домашнюю свинью, нарочно взятую охотниками в лес и пущенную под ноги шуту. Диода рассказывал о своем подвиге и гордился им так, как будто убил Калидонского вепря. Его дразнили и, чтобы уличить в хвастовстве, принесли тушу убитой свиньи. Он притворился взбешенным. На самом деле это был прехитрый плут, игравший выгодную роль дурака: своими рысьими глазками сумел бы он отличить не только домашнюю от дикой свиньи, но и глупую шутку от умной.

Хохот становился все громче. Лица оживлялись и краснели от обильных возлияний. После четвертого блюда молоденькие дамы украдкой, под столом, распустили туго стянутые шнуровки.

Кравчие разносили легкое белое вино и красное, кипрское, густое, подогретое, заправленное фисташками, корицею и гвоздикою.

Когда его высочество требовал вина, стольники торжественно перекликались, как бы священнодействуя, брали кубок с поставца, и главный сенешаль трижды опускал в чашу единороговый талисман на золотой цепи: если вино отравлено, рог должен почернеть и ороситься кровью. Такие же предохранительные талисманы – жабный камень и змеиный язык – вставлены были в солонку.

Граф Бергамини, муж Чечилии, усаженный хозяином на почетное место, особенно веселый в этот вечер, даже как бы резвый, несмотря на свою старость и подагру, молвил, указывая на единорога:

– Полагаю, ваша светлость, что у самого короля французского нет такого рога. Величина изумительная!

– Ки-хи-ки! Ки-хи-ки! – закричал горбун Янаки, любимый шут герцога, гремя трещоткой – свиным пузырем, наполненным горохом, и позвякивая бубенчиками пестрого колпака с ослиными ушами. – Батька, а батька, – обратился он к Моро, указывая на графа Бергамини, – ты ему верь: он во всяких рогах толк разумеет, не только в звериных, но и в человечьих. Ки-хи-ки, ки-хи-ки! У кого коза, у того рога!

Герцог пальцем погрозил шуту.

На хорах грянули серебряные трубы, приветствуя жаркое – громадную кабанью голову, начиненную каштанами, павлина с особою машинкою внутри, распускавшего на блюде хвост и бившего крыльями, и, наконец, величественный торт, в виде крепости, из которого сначала послышались звуки военного рога, а когда разрезали поджаристую корку, выскочил карлик в перьях попугая. Он забегал по столу, его поймали и посадили в золотую клетку, где, подражая знаменитому попугаю кардинала Асканио Сфорца, он стал уморительно выкрикивать «Отче наш».

– Мессере, – обратилась герцогиня к мужу, – какому радостному событию обязаны мы столь неожиданным и великолепным пиршеством?

Моро ничего не ответил, только украдкой любезно переглянулся с графом Бергамини: счастливый муж Чечилии понял, что пиршество устроено в честь новорожденного Чезаре.

Над кабаньей головой просидели без малого час; времени на еду не жалели, памятуя пословицу: за столом не состаришься.

Под конец ужина толстый монах, по имени Таппоне – Крыса, возбудил всеобщее веселье.

Не без хитростей и обманов удалось Миланскому герцогу переманить из Урбино этого знаменитого обжору, из-за которого спорили государи и который будто бы однажды в Риме, к немалому удовольствию его святейшества, сожрал целую треть камлотового епископского подрясника, изрезанную на куски и пропитанную соусом.

По знаку герцога поставили пред фра Таппоне громадный сотейник с бузеккио – требухою, начиненною яблоками айвы. Перекрестившись и засучив рукава, монах принялся уписывать жирную снедь с быстротой и жадностью неимоверною.

– Если бы такой молодец присутствовал при насыщении народа пятью хлебами и двумя рыбами, остатков не хватило бы и на двух собак! –

воскликнул Беллинчони.

Гости захохотали. Все эти люди заражены были смехом, который от каждой шутки, как от искры, готов был разразиться оглушительным взрывом.

Только лицо одинокого и молчаливого Леонардо сохраняло выражение покорной скуки: он, впрочем, давно привык к забавам своих покровителей.

Когда на серебряных блюдцах подали золоченые апельсины, наполненные душистой мальвазией, придворный поэт Антонио Камелли да Пистойя, соперник Беллинчони, прочел оду, в которой искусства и науки говорили герцогу: «Мы были рабынями, ты пришел и освободил нас; да здравствует Моро!» Четыре стихии – земля, вода, огонь и воздух – пели: «Да здравствует тот, кто первый после Бога правит рулем вселенной, колесом фортуны!» Прославлялись также семейная любовь и согласие между дядей Моро и племянником Джан-Галеаццо, причем поэт сравнивал великодушного опекуна с пеликаном, кормящим детей своей собственной плотью и кровью.

VII

После ужина хозяева и гости перешли в сад, называвшийся Раем – Парадизо, правильный, наподобие геометрического чертежа, с подстриженными аллеями буков, лавров и мирт, с крытыми ходами, лабиринтами, лоджиями и плющевыми беседками. На зеленый луг, обвеваемый свежестью фонтана, принесли ковры и шелковые подушки. Дамы и кавалеры расположились в непринужденной свободе перед маленьким домашним театром.

Сыграли одно действие «Miles Gloriosus»[12] Плавта. Латинские стихи наводили скуку, хотя слушатели из суеверного почтения к древности притворялись внимательными.

Когда представление кончилось, молодые люди отправились на более просторный луг играть в мяч, лапту, жмурки, бегая, ловя друг друга, смеясь, как дети, между кустами цветущих роз и апельсинными деревьями. Старшие играли в кости, в таблею, в шахматы. Дондзеллы, дамы и синьоры, не принимавшие участия в играх, собравшись в тесный круг на мраморных ступенях фонтана, рассказывали по очереди новеллы, как в «Декамероне» Боккаччо.

На соседней лужайке завели хоровод под любимую песню рано умершего Лоренцо Медичи:

Quant'e bella giovinezza,

Ma si fugge tuttavia;

Chi vuol esse' lieto, sia:

Di doma' non c'e certezza.

О, как молодость прекрасна,

Но мгновенна! Пой же, смейся, —

Счастлив будь, кто счастья хочет,

И на завтра не надейся.

После пляски дондзелла Диана с бледным и нежным лицом, под тихие

---

12 «Хвастливый воин» (лат.).

звуки виолы, запела унылую жалобу, в которой говорилось о том, сколь великое горе любить, не будучи любимым.

Игры и смех прекратились. Все слушали в глубокой задумчивости. И когда она кончила, долго никто не хотел прерывать тишины. Только фонтан журчал. Последние лучи солнца облили розовым светом черные плоские вершины пиний и высоко взлетавшие брызги фонтана.

Потом опять начались говор, хохот, музыка, и до позднего вечера, пока в темных лаврах не загорелись лучиолы-светляки и в темном небе тонкий серп молодого месяца, – над блаженным Парадизо, в бездыханном сумраке, пропитанном запахом апельсинных цветов, не умолкали звуки хороводной песни:

Счастлив будь, кто счастья хочет,
И на завтра не надейся.

VIII

На одной из четырех башен дворца Моро увидел огонек: главный придворный звездочет Миланского герцога, сенатор и член тайного совета, мессер Амброджо да Розате, засветил одинокую лампаду над своими астрономическими приборами, наблюдая предстоявшее в знаке Водолея соединение Марса, Юпитера и Сатурна, которое должно было иметь великое значение для дома Сфорца.

Герцог что-то вспомнил, простился с мадонной Лукрецией, с которой занят был нежным разговором в уютной беседке, вернулся во дворец, посмотрел на часы, дождался минуты и секунды, назначенной астрологом для приема ревенных пилюль, и, проглотив лекарство, заглянул в свой карманный календарь, в котором прочел следующую памятку:

«5 августа, 10 часов вечера, 8 минут – усерднейшая молитва на коленях, со сложенными руками и взорами, поднятыми к небу».

Герцог поспешил в часовню, чтобы не пропустить мгновения, так как иначе астрологическая молитва утратила бы действие.

В полутемной часовне горела лампада перед образом; герцог любил эту икону, писанную Леонардо да Винчи, изображавшую Чечилию Бергамини под видом Мадонны, благословляющей столиственную розу.

Моро отсчитал восемь минут по маленьким песочным часам, опустился на колени, сложил руки и прочел «Confiteor»[13].

Молился он долго и сладко.

– О Матерь Божия, – шептал, подняв умиленные взоры, – защити, спаси и помилуй меня, сына моего Максимилиана и новорожденного младенца Чезаре, мою супругу Беатриче и мадонну Чечилию, – а также моего племянника мессера Джан-Галеаццо, ибо, – ты видишь сердце мое, Дева Пречистая, – я не хочу зла моему племяннику, я молюсь за него, хотя, быть может, смерть его избавила бы не только мое государство, но и всю Италию от страшных и непоправимых бедствий.

Тут вспомнил он доказательство своего права на миланский престол, изобретенное законоведами; будто бы старший брат его, отец Джан-Галеаццо, был сыном не герцога, а только военачальника Франческо Сфорца, ибо родился прежде, чем Франческо вступил на престол, тогда как

---

13 «Каюсь» (лат.).

он, Лодовико, родился уже после того и, следовательно, был единственным полноправным наследником.

Но теперь, перед лицом Мадонны, это доказательство представилось ему сомнительным, и он заключил молитву свою так:

– Если же я в чем-нибудь согрешил или согрешу пред Тобою, Ты знаешь, Царица Небесная, что я это делаю не для себя, а для блага моего государства, для блага всей Италии. Будь же заступницей моей перед Богом – и я прославлю имя Твое великолепною постройкою собора Миланского и Чертозы Павийской, и другими многими деяниями!

Окончив молитву, взял свечу и направился в спальную по темным покоям спящего дворца. В одном из них встретился с Лукрецией.

«Сам бог любви благоприятствует мне», – подумал герцог.

– Государь!.. – воскликнула девушка, подходя к нему. Но голос ее оборвался. Она хотела упасть перед ним на колени; он едва успел удержать ее.

– Смилуйся, государь!..

Она рассказала ему, что брат ее, Маттео Кривелли, главный камерарий монетного двора, человек беспутный, но нежно ею любимый, проиграл в карты большие казенные деньги.

– Успокойтесь, мадонна! Я выручу из беды вашего брата...

Немного помолчав, прибавил с тяжелым вздохом:

– Но согласитесь ли и вы не быть жестокой?..

Она посмотрела на него робкими, детски ясными и невинными глазами.

– Я не понимаю, синьор?..

Целомудренное удивление сделало ее еще прекраснее.

– Это значит, милая, – пролепетал он страстно и вдруг обнял ее стан сильным, почти грубым движением, – это значит... Да разве ты не видишь, Лукреция, что я люблю тебя?..

– Пустите, пустите! О, синьор, что вы делаете! Мадонна Беатриче...

– Не бойся, она не узнает: я умею хранить тайну...

– Нет, нет, государь, – она так великодушна, так добра ко мне... Ради бога, оставьте, оставьте меня!..

– Я спасу твоего брата, сделаю все, что ты хочешь, буду рабом твоим, – только сжалься!..

И наполовину искренние слезы задрожали в голосе его, когда он зашептал стихи Беллинчони:

Я лебедем пою, пою и умираю;
Амура я молю: о, сжалься, я сгораю!
Но раздувает бог огонь моей души
И говорит, смеясь: слезами потуши!

– Пустите, пустите! – повторяла девушка с отчаянием.

Он наклонился к ней, почувствовал свежесть ее дыхания, запах духов – фиалок с мускусом – и жадно поцеловал ее в губы.

На одно мгновение Лукреция замерла в его объятиях.

Потом вскрикнула, вырвалась и убежала.

Войдя в спальную, он увидел, что Беатриче уже погасила огонь и легла в постель – громадное, подобно мавзолею, ложе, стоявшее на возвышении посреди комнаты под шелковым лазурным пологом и серебряными завесами.

Он разделся, приподнял край пышного, как церковная риза, тканного золотом и жемчугом одеяла, свадебного подарка феррарского герцога, – и лег на свое место, рядом с женой.

– Биче, – произнес он ласковым шепотом, – Биче, ты спишь?

Он хотел ее обнять, но она оттолкнула его.

– За что?

– Оставьте! Я хочу спать...

– За что, скажи только, за что? Биче, дорогая! Если бы ты знала, как я люблю...

– Да, да, знаю, что вы нас любите всех вместе, и меня, и Иеиилию, и даже, чего доброго, эту рабыню из Московии, рыжеволосую дуру, которую намедни обнимали в углу моего гардероба...

– Я ведь только в шутку...

– Благодарю за такие шутки!..

– Право же, Биче, последние дни ты со мной так холодна, так сурова! Конечно, я виноват, сознаюсь: это была недостойная прихоть...

– Прихотей у вас много, мессере!

Она повернулась к нему со злобою:

– И как тебе не стыдно! Ну зачем, зачем ты лжешь? Разве я не знаю тебя, не вижу насквозь? Пожалуйста, не думай, что я ревную. Но я не хочу, – слышишь? – я не хочу быть одной из твоих любовниц!..

– Неправда, Биче, клянусь тебе спасением души моей – никогда никого на земле я так не любил, как тебя!

Она умолкла, с удивлением прислушиваясь не к словам, а к звуку его голоса.

Он в самом деле не лгал или, по крайней мере, не совсем лгал: чем больше он ее обманывал, тем больше любил; нежность его как будто разгоралась от стыда, от страха, от угрызения, от жалости и раскаяния.

– Прости, Биче, прости все за то, что я тебя так люблю!..

И они помирились.

Обнимая и не видя ее в темноте, он воображал себе робкие, невинные глаза, запах фиалок с мускусом; воображал, что обнимает другую, и любил обеих вместе: это было преступно и упоительно.

– А ведь в самом деле, ты сегодня точно влюбленный, – прошептала она, уже с тайною гордостью.

– Да, да, милая, веришь ли, я все еще влюблен в тебя, как в первые дни!..

– Что за вздор! – усмехнулась она. – Как тебе не совестно? Лучше бы подумал о деле; ведь он выздоравливает...

– Луиджи Марлиани намедни сказывал мне, что умрет, – произнес герцог. – Ему теперь лучше, но это ненадолго: он умрет наверное.

– Кто знает? – возразила Беатриче. – За ним так ухаживают... Послушай, Моро, я удивляюсь твоей беззаботности: ты переносишь обиды, как овца, ты говоришь: власть в наших руках. Да не лучше ли вовсе отречься от власти, чем дрожать за нее день и ночь, как ворам, пресмыкаться перед этим ублюдком, королем французским, зависеть от великодушия наглого Альфонсо, заискивать к злой ведьме Арагонской! Говорят, она опять беременна. Новый змееныш в проклятое гнездо! И так всю жизнь, Моро, подумай только, всю жизнь! И ты называешь это: власть в наших руках!..

– Но врачи согласны, – молвил герцог, – что болезнь неисцелима: рано или поздно...

– Да, жди: вот уже десять лет, как он умирает!

Они замолчали.

Вдруг она обвила его руками, прижалась к нему всем телом и что-то прошептала ему на ухо. Он вздрогнул.

– Биче!.. Да сохранит тебя Христос и Матерь Пречистая! Никогда – слышишь? – никогда не говори мне об этом...

– Если боишься, – хочешь, я сама?..

Он не ответил и, немного погодя, спросил:

– О чем ты думаешь?

– О персиках...

– Да. Я велел садовнику послать ему в подарок самых спелых...

– Нет, не о том. Я о персиках мессера Леонардо да Винчи. Ты разве не слышал?

– А что?

– Они – ядовитые...

– Как ядовитые?

– Так. Он отравляет их. Для каких-то опытов. Может быть, колдовство. Мне мона Сидония сказывала. Персики, хоть и отравленные, – красоты удивительной...

Опять оба умолкли и долго лежали так, обнявшись, в тишине, во мраке, думая об одном и том же, каждый прислушиваясь, как сердце у другого бьется все чаще и чаще.

Наконец Моро с отеческою нежностью поцеловал ее в лоб и перекрестил:

– Спи, милая, спи с Богом!

В ту ночь герцогиня видела во сне прекрасные персики на золотом блюде. Она соблазнилась их красотой, взяла один из них и отведала, – он был сочный и душистый. Вдруг чей-то голос прошептал: «Яд, яд, яд!» Она испугалась, но уже не могла остановиться, продолжала есть плоды один за другим, и ей казалось, что она умирает, но на сердце у нее становилось все легче, все радостнее.

Герцогу тоже приснился странный сон: будто бы гуляет он по зеленой лужайке у фонтана в Парадизо и видит – вдалеке, в одинаковых белых одеждах, три женщины сидят, обнявшись, как сестры. Подходит к ним и узнает в одной мадонну Беатриче, в другой мадонну Лукрецию, в третьей мадонну Чечилию; и думает с глубоким успокоением: «Ну, слава Богу, наконец-то помирились – и давно бы так!»

X

Башенные часы пробили полночь. Все в доме спали. Только на высоте, над крышею, на деревянных подмостках для золочения волос, сидела карлица Моргантина, убежавшая из чулана, куда ее заперли, и плакала о своем несуществующем ребенке:

– Отняли родненького, убили деточку! И за что, за что, Господи? Никому не делал он зла. Я им тихо утешалась...

Ночь была ясная; воздух так прозрачен, что можно было различить на краю небес, подобные вечным кристаллам, ледяные вершины Монте Розы.

И долго уснувшая вилла оглашалась пронзительным, жалобным воплем полоумной карлицы, словно криком зловещей птицы.

Вдруг она вздохнула, подняла голову, посмотрела в небо и сразу умолкла.

Наступила тишина.

Карлица улыбалась, и голубые звезды мерцали, такие же непонятные и невинные, как ее глаза.

Книга IV
ШАБАШ ВЕДЬМ
I

На пустынной окраине Милана, в предместье Верчельских ворот, там, где на канале Катарана находилась плотина и речная таможня, стоял одинокий ветхий домик с большою закоптелою и покривившейся трубой, из которой днем и ночью подымался дым.

Домик принадлежал повивальной бабке, моне Сидонии. Верхние покои сдавала она внаем алхимику, мессеру Галеотто Сакробоско; в нижних – жила сама вместе с Кассандрой, дочерью Галеоттова брата, купца Луиджи, знаменитого путешественника, изъездившего Грецию, острова Архипелага, Сирию, Малую Азию, Египет в неустанной погоне за древностями.

Он собирал все, что попадалось под руку: прекрасную статую и кусочек янтаря с мухою, застывшею в нем, и поддельную надпись с могилы Гомера, и подлинную трагедию Эврипида, и ключицу Демосфена.

Одни считали его помешанным, другие – хвастуном и обманщиком, третьи – великим человеком. Воображение его было так напитано язычеством, что, оставаясь до конца дней добрым христианином, Луиджи не на шутку молился «святейшему гению Меркурию» и верил в среду, посвященную крылатому вестнику олимпийцев, как в день особенно счастливый для торговых оборотов. Ни перед какими лишениями и трудами не останавливался он в своих поисках: однажды, сев на корабль и уже отъехав по морю с десяток миль, узнал о любопытной греческой надписи, не прочитанной им, и тотчас вернулся на берег, чтобы списать. Потеряв во время кораблекрушения драгоценное собрание рукописей, поседел от горя. Когда спрашивали его, зачем он разоряет себя, терпит всю жизнь столь великие труды и опасности, отвечал всегда одними и теми же словами:

– Я хочу воскресить мертвых.

В Пелопоннесе, близ пустынных развалин Лакедемона, в окрестностях городка Мистры, встретил девушку, похожую на изваяние древней богини Артемиды, дочь бедного, пившего запоем сельского дьякона, женился на ней и увез ее в Италию, вместе с новым списком Илиады, обломками мраморной Гекаты и черепками глиняных амфор. Дочери, родившейся у них, Луиджи дал имя Кассандра во славу великой Эсхиловой героини, пленницы Агамемнона, которой он тогда увлекался.

Жена его скоро умерла. Отправляясь в одно из своих многочисленных странствований, оставил он маленькую дочь-сиротку на попечение старому другу, ученому греку из Константинополя, приглашенному в Милан герцогами Сфорца, философу Деметрию Халкондиле.

Семидесятилетний старик, двуличный, лукавый и скрытный, притворяясь пламенным ревнителем церкви христианской, на самом деле, как многие ученые греки в Италии с кардиналом Вессарионом во главе, был приверженцем последнего из учителей древней мудрости, неоплатоника Гемиста Плетона, умершего лет сорок назад в Пелопоннесе, в том самом городе Мистре на развалинах Лакедемона, откуда родом была мать Кассандры. Ученики его верили, что душа великого Платона для проповедования мудрости сошла на землю с Олимпа и воплотилась в Плетоне. Христианские учителя утверждали, что этот философ желает возобновить антихристову ересь императора Юлиана Отступника – поклонение древним олимпийским богам, и что бороться с ним должно отнюдь не учеными доводами и словопрениями, а Священной Инквизицией и пламенем костров. Приводились точные слова Плетона; за три года до смерти говорил он будто бы ученикам своим: «Немного лет спустя после кончины моей, надо всеми племенами и народами земными воссияет единая истина, и все люди обратятся единым духом в единую веру – unam eandemque religionem universum orbem esse suscepturum». Когда же его спрашивали: «В какую – в Христову или Магометову?» – он отвечал: «Ни в ту, ни в другую, но в веру от древнего язычества не отличную – neutram, sed a gentilttate non differentem».

В доме Деметрия Халкондилы маленькую Кассандру воспитали в строгом, хотя и лицемерном благочестии. Но из подслушанных разговоров ребенок, не понимая философских тонкостей Платоновых идей, сплетал себе волшебную сказку о том, как умершие боги Олимпа воскреснут.

Девочка носила на груди подарок отца, талисман от лихорадки, резную печать с изображением бога Диониса. Порой, оставаясь одна, украдкой вынимала она древний камень, смотрела сквозь него на солнце – и в темно-лиловом сиянии прозрачного аметиста выступал перед нею, как видение, обнаженный юноша Вакх с тирсом в одной руке, с виноградной кистью в другой; скачущий барс хотел лизнуть эту кисть языком. И любовью к прекрасному богу полно было сердце ребенка.

Мессер Луиджи, разорившись на древности, умер в нищете, в лачуге пастуха, от гнилой горячки, среди только что открытых им развалин финикийского храма. В это время, после многолетних скитаний в погоне за тайною философского камня, вернулся в Милан алхимик Галеотто Сакробоско, дядя Кассандры, и, поселившись в домике у Верчельских ворот, взял к себе племянницу.

Джованни Бельтраффио помнил подслушанный им разговор моны Кассандры с механиком Зороастро о ядовитом дереве. Потом встречался с нею у Деметрия Халкондилы, где Мерула достал ему переписку. Он слышал от многих, что она – ведьма. Но загадочная прелесть молодой девушки влекла его к ней.

Почти каждый вечер, окончив работу в мастерской Леонардо,

отправлялся Джованни к уединенному домику за Верчельскими воротами для свидания с Кассандрой. Они садились на пригорке над водой тихого и темного канала, недалеко от запруды, у полуразвалившейся стены монастыря св. Редегонды, и беседовали подолгу. Чуть видная тропа, заросшая лопухом, бузиной и крапивою, вела на пригорок. Никто сюда не заглядывал.

II

Был душный вечер. Изредка налетал вихрь, подымал белую пыль на дороге, шелестел в деревьях, замирал – и становилось еще тише. Только слышалось глухое, точно подземное, ворчание далекого грома. На этом грозно-торжественном гуле выделялись визгливые звуки дребезжащей лютни, пьяных песен таможенных солдат в соседнем кабачке: было воскресенье.

Порою бледная зарница вспыхивала на небе, и тогда на мгновение выступал из мрака ветхий домик на том берегу, с кирпичною трубою, с клубами черного дыма, валившего из плавильной печи алхимика, долговязый, худощавый пономарь с удочкой на мшистой плотине, прямой канал с двумя рядами лиственниц и ветл, уходившими вдаль, плоскодонные лагомаджорские барки с глыбами белого мрамора для собора, шедшие на ободранных клячах, и длинная бечева, ударявшая по воде; потом опять сразу все, как видение, исчезало во тьме. Лишь на том берегу краснел огонек алхимика, отражаясь в темных водах Катараны. От запруды веяло запахом теплой воды, увядших папоротников, дегтя и гнилого дерева.

Джованни с Кассандрой сидели на обычном месте, над каналом.

– Скучно! – молвила девушка, потянулась и заломила над головой тонкие белые пальцы. – Каждый день одно и то же. Сегодня, как вчера, завтра, как сегодня; так же глупый, долговязый пономарь удит рыбу на плотине и ничего не может выудить, так же дым валит из трубы лаборатории, где мессер Галеотто ищет золота и ничего не может найти, так же лодки тащатся на ободранных клячах, так же дребезжит заунывная лютня в кабачке. Хоть бы что-нибудь новое! Хоть бы французы пришли и разорили Милан, или пономарь выудил рыбу, или дядя нашел золото... Боже мой, какая скука!

– Да, я знаю, – возразил Джованни, – мне самому иногда бывает так скучно, что хочется умереть. Но фра Бенедетто научил меня прекрасной молитве об избавлении от беса уныния. Хотите, я вам скажу ее?

Девушка покачала головой:

– Нет, Джованни. Я бы и желала порою, но давно уже не умею молиться вашему Богу.

– Нашему? Но разве есть другой Бог, кроме нашего, кроме единого?..

Быстрое пламя зарницы осветило лицо ее: никогда еще оно не казалось ему таким загадочным, унылым и прекрасным.

Она помолчала и провела рукою по черным пушистым волосам.

– Слушай, друг. Это было давно, там, в родной земле моей. Я была ребенком. Однажды отец взял меня с собою в путешествие. Мы посетили развалины древнего храма. Они возвышались на мысе. Кругом было море. Чайки стонали. Волны с шумом разбивались о черные камни, изглоданные соленою влагою, заостренные, как иглы. Пена взлетала и падала, стекая по иглам камней шипящей струею. Отец мой читал полустертую надпись на обломке мрамора. Я долго сидела одна на ступенях перед храмом, слушала море и дышала свежестью, смешанной с горьким благоуханием полыни. Потом вошла в покинутый храм. Колонны из пожелтевшего мрамора стояли почти не тронутые временем, и между ними синее небо казалось темным; там, в высоте, из расщелин камней, росли маки. Было тихо. Только заглушенный гул прибоя наполнял святилище как бы молитвенным пением. Я прислушалась к нему – и вдруг сердце мое дрогнуло. Я упала на колени и стала молиться некогда здесь обитавшему богу, неизвестному и поруганному. Я целовала мраморные плиты, плакала и любила его за то, что больше никто на земле не любит его и не молится ему – за то, что он умер. С тех пор я больше никому никогда уж так не молилась. То был храм Диониса.

– Что вы, что вы, Кассандра! – проговорил Джованни. – Это грех и кощунство! Никакого бога Диониса нет и не было...

– Не было? – повторила девушка с презрительной улыбкой. – А как же святые отцы, которым ты веришь, учат, что изгнанные боги в те времена, как Христос победил, превратились в могущественных демонов? Как же в книге знаменитого астролога Джорджо да Новара есть прорицание, основанное на точных наблюдениях над светилами небесными: соединение планеты Юпитера с Сатурном породило учение Моисеево, с Марсом – халдейское, с солнцем – египетское, с Венерой – Магометово, с Меркурием – Христово, а грядущее соединение с Луной должно породить учение Антихристово, – и тогда умершие боги воскреснут!

Раздался гул приближающегося грома. Зарницы вспыхивали все ярче, озаряя громадную тяжелую тучу, которая ползла медленно. Назойливые звуки лютни по-прежнему дребезжали в душной, грозной тишине.

– О, Кассандра! – воскликнул Бельтраффио, складывая руки с горестной мольбой. – Как же вы не видите – это дьявол искушает вас, чтобы вовлечь в погибель. Будь он проклят, окаянный!..

Девушка быстро обернулась, положила ему обе руки на плечи и прошептала:

– А тебя он разве никогда не искушает? Если ты такой праведный, Джованни, то зачем ушел от учителя своего фра Бенедетто, зачем поступил в мастерскую безбожника Леонардо да Винчи? Зачем ходишь сюда, ко мне? Или ты не знаешь, что я ведьма, а ведьмы – злые, злее самого дьявола? Как же ты не боишься погубить со мной душу свою?..

– С нами сила Господня!.. – пролепетал он, вздрогнув.

Она молча приблизилась к нему, вперила в него глаза, желтые и прозрачные, как янтарь. Уже не зарница, а молния разрезала тучу и осветила лицо ее, бледное, как лицо той мраморной богини, которая некогда на Мельничном Холме вышла перед Джованни из тысячелетней могилы.

«Она! – подумал он с ужасом. – Белая Дьяволица!»

Он сделал усилие, чтобы вскочить, и не мог; чувствовал на щеке своей горячее дыхание и прислушивался к шепоту:

– Хочешь, я скажу тебе все, все до конца, Джованни? Хочешь, милый, полетим со мной туда, где он? Там хорошо, там не скучно. И ничего не стыдно, как во сне, как в раю – там все позволено! Хочешь туда?..

Холодный пот выступил на лбу его; но с любопытством, которое преодолевало ужас, он спросил:

– Куда?..

Почти касаясь его щеки губами, она ответила чуть слышно, как будто вздохнула страстно и томно:

– На шабаш!

Удар уже близкого грома, потрясая небо и землю, загрохотал торжественным раскатом, полным грозного веселья, подобным смеху невидимых подземных великанов, и медленно замер в бездыханной тишине.

Ни один лист не шелохнулся на деревьях. Звуки дребезжащей лютни оборвались.

И в то же мгновение раздался унылый, мерный звон монастырского колокола, вечерний «Angelus»[14] » (*лат.*).].

Джованни перекрестился. Девушка встала и молвила:

– Пора домой. Поздно. Видишь, факелы? Это герцог Моро едет к мессеру Галеотто. Я и забыла, что сегодня дядя должен показывать опыт – превращение свинца в золото.

Послышался топот копыт. Всадники вдоль канала от Верчельских ворот направлялись к дому алхимика, который, в ожидании герцога, кончал в лаборатории последние приготовления для предстоящего опыта.

III

Мессер Галеотто всю жизнь провел в поисках философского камня.

Окончив медицинский факультет Болонского университета, поступил учеником – фамулусом к знаменитому в те времена адепту сокровенных знаний, графу Бернардо Тревизано. Потом, в течение пятнадцати лет, искал превращающего Меркурия во всевозможных веществах – в поваренной соли и нашатыре, в различных металлах, самородном висмуте и мышьяке, в человеческой крови, желчи и волосах, в животных и растениях. Шесть тысяч дукатов отцовского наследия вылетели в трубу плавильной печи. Истратив собственные деньги, принялся за чужие. Заимодавцы посадили его в тюрьму. Он бежал и в течение следующих восьми лет делал опыты над яйцами, извел 20 000 штук. Затем работал с папским протонотарием, маэстро Генрико, над купоросами, заболел от ядовитых испарений, пролежал четырнадцать месяцев, всеми покинутый, и едва не умер. Терпя нищету, унижения, преследования, посетил странствующим лаборантом Испанию, Францию, Австрию, Голландию, Северную Африку, Грецию, Палестину и Персию. У короля венгерского пытали его, надеясь выведать тайну превращения. Наконец, уже старый, утомленный, но не разочарованный, вернулся он в Италию, по приглашению герцога Моро, и получил звание придворного алхимика.

Середину лаборатории занимала неуклюжая печь из огнеупорной глины со множеством отделений, заслонок, плавильников и раздувальных мехов. В одном углу, под слоем пыли, валялись закоптелые выгарки, подобные

---

14 «Ангел Божий возвестил Марии

застывшей лаве.

Рабочий стол загромождали сложные приборы: кубы, перегонные шлемы, химические приемники, реторты, воронки, ступы, колбы со стеклянными пузырями, длинными горлами, змеевидные трубки, громадные бутыли и крошечные баночки. Острый запах отделялся от ядовитых солей, щелоков, кислот. Целый таинственный мир заключен был в металлах – семь богов Олимпа, семь планет небесных: в золоте – Солнце, Луна – в серебре, в меди – Венера, в железе – Марс, в свинце – Сатурн, в олове – Юпитер и в живой, блистающей ртути – вечно подвижной Меркурий. Здесь были вещества с именами варварскими, внушавшими страх непосвященным: киноварный Месяц, волчье Молоко, медный Ахиллес, астерит, андродама, анагаллис, рапонтикум, аристолохия. Драгоценная капля многолетним трудом добытой Львиной Крови, которая исцеляет все недуги и дает вечную молодость, – алела, как рубин.

Алхимик сидел за рабочим столом. Худощавый, маленький, сморщенный, как старый гриб, но все еще неугомонно бойкий, мессер Галеотто, подпирая голову обеими руками, внимательно смотрел на колбу, которая с тихим звоном закипала и бурлила на голубоватом жидком пламени спирта. То было Масло Венеры – Oleum Veneris, цвета прозрачно-зеленого, как смарагд. Свеча, горевшая рядом, кидала сквозь колбу изумрудный отблеск на пергамент открытого ветхого фолианта, сочинение арабского алхимика Джабира Абдаллы.

Услышав на лестнице шаги и голоса, Галеотто встал, оглянул лабораторию – все ли в порядке, – сделал знак слуге, молчаливому фамулусу, чтобы он подложил углей в плавильную печь, и пошел встречать гостей.

IV

Общество было веселое, только что после ужина с мальвазией. В свите герцога – главный придворный врач Марлиани, человек с большими сведениями в алхимии, и Леонардо да Винчи.

Дамы вошли – и тихая келья ученого наполнилась запахом духов, шелковым шелестом платьев, легкомысленным женским говором и смехом – словно птичьим гомоном.

Одна задела рукавом и уронила стеклянную реторту.

– Ничего, синьора, не беспокойтесь! – молвил Галеотто с любезностью. – Я подберу осколки, чтобы вы не обрезали ножку.

Другая взяла в руку закоптелый кусок железного выгарка, запачкала светлую, надушенную фиалками перчатку, и ловкий кавалер, тихонько пожимая маленькую ручку, старался кружевным платком отчистить пятно.

Белокурая шаловливая дондзелла Диана, замирая от веселого страха, прикоснулась к чашке, наполненной ртутью, пролила две-три капли на стол и, когда они покатились блестящими шариками, вскрикнула:

– Смотрите, смотрите, синьоры, чудеса: жидкое серебро – само бегает, живое!

И чуть не прыгала от радости, хлопая в ладоши.

– Правда ли, что мы увидим черта в алхимическом огне, когда свинец будет превращаться в золото? – спросила хорошенькая, плутоватая

70

Филиберта, жена старого консула соляного приказа. – Как вы полагаете, мессер, не грех ли присутствовать при таких опытах?

Филиберта была очень набожной, и про нее рассказывали, что любовнику она позволяет все, кроме поцелуя в губы, полагая, что целомудрие не совсем нарушено, пока остаются невинными уста, которыми она клялась пред алтарем в супружеской верности.

Алхимик подошел к Леонардо и шепнул ему на ухо:

– Мессере, верьте, я умею ценить посещение такого человека, как вы...

Он крепко пожал ему руку. Леонардо хотел возразить, но старик перебил его, закивав головой:

– О, разумеется!.. Тайна для них! Но мы-то ведь друг друга понимаем?..

Потом с приветливой улыбкой обратился к гостям:

– С позволения моего покровителя, светлейшего герцога, так же, как этих дам, моих прелестных владычиц, приступаю к опыту божественной метаморфозы. Внимание, синьоры!

Для того чтобы не могло возникнуть никаких сомнений в достоверности опыта, он показал тигель – плавильный сосуд с толстыми стенками из огнеупорной глины, попросил, чтобы каждый из присутствующих осмотрел его, ощупал, постучал пальцами в дно и убедился, что в нем нет никакого обмана, причем объяснил, что алхимики иногда скрывают золото в плавильных сосудах с двойным дном, из которых верхнее от сильного жара трескается и обнажает золото. Куски олова, угля, раздувальные мехи, палки для размешивания застывающих окалин металла и остальные предметы, в которых могло или, по-видимому, даже вовсе не могло быть спрятано золото, были также тщательно осмотрены.

Потом нарезал олово на малые куски, положил его в тигель и поставил в устье печи на пылающие угли. Молчаливый косоглазый фамулус, с таким бледным, мертвенным и угрюмым лицом, что одна дама чуть не упала в обморок, приняв его в темноте за дьявола, начал работать громадными раздувальными мехами. Угли разгорались под шумной струей ветра.

Галеотто занимал гостей разговорами. Между прочим возбудил всеобщую веселость, назвав алхимию casta meretrix, целомудренною блудницею, которая имеет много поклонников, всех обманывает, всем кажется доступной, но до сих пор еще не бывала ни в чьих объятиях, in nullos unquam pervenit amplexus.

Придворный врач Марлиани, человек тучный и неуклюжий, с обрюзглым, умным и важным лицом, сердито морщился, внимая болтовне алхимика, потирал свой лоб, наконец не выдержал и произнес:

– Мессере, не пора ли за дело? Олово кипит.

Галеотто достал синюю бумажку и развернул ее бережно. В ней оказался порошок светло-желтого, лимонного цвета, жирный, блестевший, как стекло, натолченное крупно, пахнувший жженою морскою солью: то была заветная тинктура, неоценимое сокровище алхимиков, чудотворный камень мудрецов, lapis philosophorum.

Острием ножа отделил он едва заметную крупинку, не более репного семени, завернул в белый пчелиный воск, скатал шарик и бросил в кипящее олово.

– Какую силу полагаете вы в тинктуре? – сказал Марлиани.

– Одна часть на 2820 частей превращаемого металла, – ответил Галеотто. – Конечно, тинктура еще несовершенна, но я думаю, что в скором времени достигну силы единицы на миллион. Довольно будет взять порошинку весом с просяное зерно, растворить в бочке воды, зачерпнуть скорлупой лесного ореха и брызнуть на виноградник, чтобы уже в мае появились спелые гроздья! Mara tingerem si Mercurius esset! Я превратил бы в золото море, если бы ртути было достаточно!

Марлиани пожал плечами: хвастовство мессера Галеотто бесило его. Он стал доказывать невозможность превращения доводами схоластики и силлогизмами Аристотеля. Алхимик улыбнулся.

– Погодите, domine magister, сейчас я представлю силлогизм, который вам будет нелегко опровергнуть.

Он бросил на угли горсть белого порошка. Облака дыма наполнили лабораторию. С шипением и треском вспыхнуло пламя, разноцветное, как радуга, то голубое, то зеленое, то красное.

В толпе зрителей произошло смятение. Впоследствии мадонна Филиберта рассказывала, что в багровом пламени видела дьявольскую рожу. Алхимик длинным чугунным крючком приподнял крышку на тигеле, раскаленную добела: олово бурлило, пенилось и клокотало. Тигель снова закрыли. Мех засвистел, засопел – и, когда минут десять спустя в олово погрузили тонкий железный прут, все увидели, что на конце его повисла желтая капля.

– Готово! – произнес алхимик.

Глиняный плавильник достали из печи, дали ему остынуть, разбили, и, звеня и сверкая, перед толпой, онемевшей от изумления, выпал слиток золота.

Алхимик указал на него и, обращаясь к Марлиани, произнес торжественно:

– Solve mihi hunc syllogismus! Разреши мне этот силлогизм!

– Неслыханно… невероятно… против всех законов природы и логики! – пролепетал Марлиани, в смущении разводя руками.

Лицо мессера Галеотто было бледно; глаза горели. Он поднял их к небу и воскликнул:

– Laudetur Deus in aeternum, qui partem suae infinitae potentiae nobis, suis adjectissimus creaturis, communicavit. Amen! Слава Всевышнему Богу, который нам, недостойнейшим тварям Своим, дарует часть бесконечного могущества Своего. Аминь!

При испытании золота на смоченном селитренною кислотою пробирном камне осталась желтая, блестящая полоска: оно оказалось чище самого тонкого венгерского и арабского.

Все окружили старика, поздравляли, пожимали ему руки.

Герцог Моро отвел его в сторону:

– Будешь ли ты мне служить верой и правдой?

– Я хотел бы иметь больше, чем одну жизнь, чтоб посвятить их все на служение вашей светлости! – отвечал алхимик.

– Смотри же, Галеотто, чтобы никто из других государей…

– Ваше высочество, если кто-нибудь узнает, велите повесить меня, как собаку!

И, помолчав, с подобострастным поклоном прибавил:

– Если бы только я мог получить...

– Как? Опять?

– О, последний раз, видит Бог, последний!..

– Сколько?

– Пять тысяч дукатов.

Герцог подумал, выторговал одну тысячу и согласился.

Было поздно, мадонна Беатриче могла обеспокоиться. Собрались уезжать. Хозяин, провожая гостей, каждому поднес на память кусочек нового золота. Леонардо остался.

V

Когда гости уехали, Галеотто подошел к нему и сказал:

– Учитель, как вам понравился опыт?

– Золото было в палках, – отвечал Леонардо спокойно.

– В каких палках?.. Что вы хотите сказать, мессере?

– В палках, которыми вы мешали олово: я видел все.

– Вы сами осматривали их...

– Нет, не те...

– Как не те? Позвольте...

– Я же говорю вам, что видел все, – повторил Леонардо с улыбкой. – Не отпирайтесь, Галеотто. Золото спрятано было внутри выдолбленных палок, и, когда деревянные концы их обгорели, оно выпало в тигель.

У старика подкосились ноги; на лице его было выражение покорное и жалкое, как у пойманного вора.

Леонардо подошел и положил ему руку на плечо.

– Не бойтесь, никто не узнает. Я не скажу.

Галеотто схватил его руку и с усилием проговорил:

– Правда, не скажете?..

– Нет. Я не желаю вам зла. Только зачем вы?..

– О, мессер Леонардо! – воскликнул Галеотто, и сразу после безмерного отчаяния такая же безмерная надежда вспыхнула в глазах его. – Клянусь Богом, если и вышло так, как будто я обманываю, то ведь это на время, на самое короткое время и для блага герцога, для торжества науки, потому что я ведь нашел, я в самом деле нашел камень мудрецов! Пока-то еще у меня его нет, но можно сказать, что оно уже есть, все равно что есть, ибо я путь нашел, а вы знаете, в этом деле главное – путь. Еще три-четыре опыта, и кончено! Что же было делать, учитель? Неужели такой маленькой лжи не стоит открытие величайшей истины?..

– Что это с вами, мессер Галеотто, точно в жмурки играем, – молвил Леонардо, пожимая плечами. – Вы знаете так же хорошо, как я, что превращение металлов – вздор, что камня мудрецов нет и быть не может. Алхимия, некромантия, черная магия, так же как все прочие науки, не основанные на точном опыте и математике, – обман или безумие, раздуваемое ветром, знамя шарлатанов, за которым следует глупая чернь...

Алхимик продолжал смотреть на Леонардо ясными и удивленными глазами. Вдруг склонил голову набок, лукаво прищурил один глаз и засмеялся:

– А вот это уже и нехорошо, учитель, право, нехорошо! Разве я не посвященный, что ли? Как будто мы не знаем, что вы – величайший алхимик, обладатель сокровеннейших тайн природы, новый Гермес Трисмегист и Прометей!

– Я?

– Ну да, вы, конечно.

– Шутник вы, мессер Галеотто!

– Нет, это вы шутник, мессер Леонардо! Ай-ай-ай, какой же вы притворщик! Видал я на своем веку алхимиков, ревнивых к тайне науки, но такого еще никогда!

Леонардо внимательно посмотрел на него, хотел рассердиться и не мог.

– Так, значит, вы в самом деле, – произнес он с невольной улыбкой, – вы в самом деле верите?..

– Верю ли! – воскликнул Галеотто. – Да знаете ли вы, мессере, что, если бы сам Бог сошел ко мне сейчас и сказал: Галеотто, камня мудрецов нет, – я ответил бы ему: Господи, как то, что Ты создал меня, – истинно, что камень есть и что я его найду!

Леонардо более не возражал, не возмущался и слушал с любопытством.

Когда зашла речь о помощи дьявола в сокровенных науках, алхимик с презрительной усмешкой заметил, что дьявол есть самое бедное создание во всей природе и что нет ни единого существа в мире более слабого, чем он. Старик верил только в могущество человеческого разума и утверждал, что для науки все возможно.

Потом вдруг, как будто вспомнил что-то забавное и милое, спросил, часто ли видит Леонардо стихийных духов; когда же собеседник признался, что он еще ни разу их не видел, Галеотто опять не поверил и с удовольствием подробно объяснил, что у Саламандры тело продолговатое, пальца полтора в длину, пятнистое, тонкое и жесткое, а у Сильфиды – прозрачно-голубое, как небо, и воздушное. Рассказал о нимфах, ундинах, живущих в воде, подземных гномах и пигмеях, растительных дурдалах и редких диемеях, обитателях драгоценных камней.

– Я вам и передать не могу, – заключил он свой рассказ, – какие они добрые!..

– Почему же стихийные духи являются не всем, а только избранным?

– Как можно всем? Они боятся грубых людей – развратников, пьяниц, обжор. Любят детскую простоту и невинность. Они только там, где нет злобы и хитрости. Иначе становятся пугливыми, как лесные звери, и прячутся от взоров человека в родную стихию.

Лицо старика озарилось мечтательной, нежной улыбкой.

«Какой странный, жалкий и милый человек!» – подумал Леонардо, уже не чувствуя негодования на алхимические бредни, стараясь говорить с ним бережно, как с ребенком, готовый притвориться обладателем каких угодно тайн, только бы не огорчить мессера Галеотто.

Они расстались друзьями.

Когда Леонардо уехал, алхимик погрузился в новый опыт с Маслом Венеры.

VI

В то время перед громадным очагом, в нижней горнице, находившейся под лабораторией, сидели хозяйка, мона Сидония, и Кассандра.

Над вязанкой пылающего хвороста висел чугунный котел, в котором варилась похлебка с чесноком и репою на ужин. Однообразным движением сморщенных пальцев старуха вытягивала из кудели и сучила нить, то подымая, то опуская быстро вращающееся веретено. Кассандра глядела на пряху и думала: опять все то же, опять сегодня, как вчера, завтра, как сегодня; сверчок поет, скребется мышь, жужжит веретено, трещат сухие стебли горицы, пахнет чесноком и репою; опять старуха теми же словами попрекает, точно пилит тупою пилою: она, мона Сидония, бедная женщина, хотя люди болтают, что кубышка с деньгами зарыта у нее в винограднике. Но это вздор. Мессер Галеотто разоряет ее. Оба, дядя и племянница, сидят у нее на шее, прости Господи! Она держит и кормит их только по доброте сердца. Но Кассандра уже не маленькая: надо подумать о будущем. Дядя умрет и оставит ее нищею. Отчего бы ей не выйти замуж за богатого лошадиного барышника из Абиатеграссо, который давно сватается? Правда, он уже не молод, зато человек рассудительный, богобоязненный; у него лабаз, мельница, оливковый сад с новым точилом. Господь посылает ей счастье. За чем же дело стало? Какого ей рожна?

Мона Кассандра слушала, и тяжелая скука подкатывалась комком к горлу, душила, сжимала виски, так что хотелось плакать, кричать от скуки, как от боли.

Старуха вынула из котелка дымящуюся репу, проколола острой деревянной палочкой, очистила ножом, облила густым, алым виноградным морсом и начала есть, чавкая беззубым ртом.

Молодая девушка привычным движением, с видом покорного отчаяния, потянулась и заломила над головой тонкие, бледные пальцы.

Когда после ужина сонная пряха, как унылая парка, закивала головой и глаза ее начали слипаться, скрипучий голос сделался ленивым, болтовня о лошадином барышнике бессвязной, – Кассандра вынула украдкой из-под одежды подарок отца, мессера Луиджи, талисман, висевший на тонком шнурке, драгоценный камень, согретый телом ее, подняла его перед глазами так, чтобы пламя очага просвечивало, и стала смотреть на изображение Вакха: в темно-лиловом сиянии аметиста выступал перед нею, как видение, обнаженный юноша Вакх с тирсом в одной руке, с виноградной кистью в другой; скачущий барс хотел лизнуть эту кисть языком. И любовью к прекрасному богу полно было сердце Кассандры.

Она тяжело вздохнула, спрятала талисман и молвила робко:

– Мона Сидония, сегодня ночью в Барко-ди-Феррара и в Беневенте собираются... Тетушка! Добрая, милая! Мы и плясать не будем – только взглянем и сейчас назад. Я сделаю все, что хотите, подарок у барышника выманю – только полетим, полетим сегодня, сейчас!..

В глазах ее сверкнуло безумное желание. Старуха посмотрела на нее, и вдруг синеватые, морщинистые губы ее широко осклабились, открывая единственный, желтый зуб, похожий на клык; лицо сделалось страшным и веселым.

– Хочется? – молвила она. – Очень, а? Во вкус вошла? Вишь, бедовая девка! Каждую бы ночь летала, не удержишь! Помни же, Кассандра: грех на твоей душе. У меня сегодня и в мыслях не было. Я только для тебя...

Не торопясь, обошла она горницу, закрыла наглухо ставни, заткнула щели тряпицами, заперла двери на ключ, залила водою золу в очаге, засветила огарок черного волшебного сала и вынула из железного рундучка глиняный горшок с остропахучей мазью. Притворялась медлительной и благоразумной. Но руки у нее дрожали, как у пьяной, маленькие глазки то становились мутными и шалыми, то вспыхивали, как уголья, от вожделения. Кассандра вытащила на середину горницы два больших корыта, употребляемых для закваски хлебного теста.

Окончив приготовления, мона Сидония разделась донага, поставила горшок между корытами, села в одно из них верхом на помело и стала натирать себя по всему телу жирною, зеленоватою мазью из горшка. Пронзительный запах наполнил горницу. Это снадобье для полета ведьм приготовлялось из ядовитого латука, болотного сельдерея, болиголова, паслена, корней мандрагоры, снотворного мака, белены, змеиной крови и жира некрещеных, колдуньями замученных детей.

Кассандра отвернулась, чтобы не видеть уродства голого тела старухи. В последнее мгновение, когда уже было близко и неминуемо то, чего ей так хотелось, – в глубине ее сердца поднялось омерзение.

– Ну, ну, чего копаешься? – проворчала старая ведьма, сидя в корыте на корточках. – Сама же торопила, а теперь кочевряжишься. Я одна не полечу. Раздевайся!

– Сейчас. Потушите огонь, мона Сидония. Я не могу при свете...

– Вишь, скромница! А на Горе-то небось стыдишься?..

Она задула огарок, сотворив в угоду дьяволу принятое ведьмами кощунственное крестное знамение левою рукою. Молодая девушка разделась, только нижней сорочки не сняла; потом стала на колени в корыто и начала поспешно натираться мазью.

В темноте слышалось бормотание старухи – бессмысленные, отрывочные слова заклинаний:

– Emen Hetan, Emen Hetan, Палуд, Баальберит, Астарот, помогите! Agora, agora, Patrica – помогите!

Жадно вдыхала Кассандра крепкий запах волшебного зелья. Кожа на теле горела, голова кружилась. Сладостный холод пробегал по спине. Красные и зеленые круги, сливаясь, поплыли перед глазами, и, как будто издалека, вдруг донесся пронзительный, торжествующий крик моны Сидонии:

– Гарр! Гарр! Снизу вверх, не задевая!

VII

Из трубы очага вылетела Кассандра, сидя верхом на черном козле с мягкою шерстью, приятною для голых ног. Восторг наполнял ее душу, и, задыхаясь, она кричала, визжала, как ласточка, утопающая в небе:

– Гарр! Гарр! Снизу вверх, не задевая! Летим! Летим!

Нагая, простоволосая, безобразная тетка Сидония мчалась рядом, верхом на помеле.

Летели так быстро, что рассекаемый воздух свистел в ушах, как ураган.

– К северу! К северу! – кричала старуха, направляя свое помело, как послушного коня.

Кассандра упивалась полетом.

«А механик-то наш, бедный Леонардо да Винчи со своими летательными машинами!» – вспомнила она вдруг – и ей сделалось еще веселее.

То подымалась в высоту: черные тучи громоздились под нею, и в них трепетали голубые молнии. Вверху было ясное небо с полным месяцем, громадным, ослепительным, круглым, как мельничный жернов, и таким близким, что, казалось, можно было рукою прикоснуться к нему.

То снова вниз направляла козла, ухватив его за крутые рога, и летела стремглав, как сорвавшийся камень, в бездну.

– Куда? Куда? Шею сломаешь! Взбесилась ты, чертова девка? – вопила тетка Сидония, едва поспевая за ней.

И они уже мчались так близко к земле, что сонные травы в болоте шуршали, блуждающие огни освещали им путь, голубые гнилушки мерцали, филин, выпь, козодой жалобно перекликались в дремучем лесу.

Перелетели через вершины Альп, сверкавшие на луне прозрачными глыбами льда, и опустились к поверхности моря. Кассандра, зачерпнув воды рукою, подбрасывала ее вверх и любовалась сапфирными брызгами.

С каждым мигом полет становился быстрее. Попадались все чаще попутчики: седой косматый колдун в ушате, веселый каноник, толстобрюхий, румянорожий, как Силен, на кочерге, белокурая девочка лет десяти, с невинным лицом, с голубыми глазами, на венике, молодая голая рыжая ведьма-людоедка на хрюкающем борове и множество других.

– Откуда, сестрицы? – крикнула тетка Сидония.

– Из Эллады, с острова Кандии!

Другие голоса отвечали:

– Из Валенции. С Брокена. Из Салагуцци под Мирандолой. Из Беневента, из Норчии.

– Куда?

– В Битерн! В Битерн! Там празднует свадьбу Великий Козел – el Boch de Biterne. Летите, летите! Собирайтесь на вечерю!

Теперь уже целою стаей, как вороны, неслись они над печальной равниной.

В тумане луна казалась багровой. Вдали затеплился крест одинокого сельского храма. Рыжая, та, что скакала верхом на свинье, с визгом подлетела к церкви, сорвала большой колокол, швырнула его со всего размаха в болото и, когда он шлепнулся в лужу с жалобным звоном, захохотала, точно залаяла. Белокурая девочка на венике захлопала в ладоши с шаловливою резвостью.

VIII

Луна спряталась за тучи. При свете крученных из воска зеленых факелов, с пламенем ярким и синим, как молния, на белоснежном меловом плоскогорье ползали, бегали, переплетались и расходились огромные, черные, как уголь, тени пляшущих ведьм.

– Гарр! Гарр! Шабаш, шабаш! Справа налево, справа налево!

Вокруг Ночного Козла, Hyrcus Nocturnus, восседавшего на скале, тысячи за тысячами проносились как черные гнилые листья осени – без конца, без начала.

– Гарр! Гарр! Славьте Ночного Козла! El Boch de Biterne! El Boch de Biterne! Кончились все наши бедствия! Радуйтесь!

Тонко и сипло пищали волынки из выдолбленных мертвых костей; и барабан, натянутый кожею висельников, ударяемый волчьим хвостом, мерно и глухо гудел, рокотал: «туп, туп, туп». В исполинских котлах закипала ужасная снедь, несказанно лакомая, хотя и не соленая, ибо здешний Хозяин ненавидел соль.

В укромных местечках заводились любовные шашни – дочерей с отцами, братьев с сестрами, черного кота-оборотня, жеманного, зеленоглазого, с маленькой, тонкой и бледной, как лилия, покорною девочкой, – безликого, серого, как паук, шершавого инкуба с бесстыдно оскалившей зубы монахиней. Всюду копошились мерзостные пары.

Белотелая жирная ведьма-великанша с глупым и добрым лицом, с материнской улыбкой кормила двух новорожденных бесенят: прожорливые сосунки жадно припали к ее отвислым грудям и, громко чмокая, глотали молоко.

Трехлетние дети, еще не принимавшие участия в шабаше, скромно пасли на окраине поля стадо бугорчатых жаб с колокольчиками, одетых в пышные попонки из кардинальского пурпура, откормленных Святым Причастием.

– Пойдем плясать, – нетерпеливо тащила Кассандру тетка Сидония.

– Лошадиный барышник увидит! – молвила девушка, смеясь.

– Пес его заешь, лошадиного барышника! – отвечала старуха.

И обе пустились в пляску, которая закружила, понесла их, как буря, с гулом, воем, визгом, ревом и хохотом.

– Гарр! Гарр! Справа налево! Справа налево!

Чьи-то длинные, мокрые, словно моржовые, усы сзади кололи шею Кассандре; чей-то тонкий, твердый хвост щекотал ее спереди; кто-то ущипнул больно и бесстыдно; кто-то укусил, прошептал ей на ухо чудовищную ласку. Но она не противилась: чем хуже – тем лучше, чем страшнее – тем упоительнее.

Вдруг все мгновенно остановились как вкопанные, окаменели и замерли.

От черного престола, где восседал Неведомый, окруженный ужасом, послышался глухой голос, подобный гулу землетрясения:

– Примите дары мои, – кроткие силу мою, смиренные гордость мою, нищие духом знание мое, скорбные сердцем радость мою, – примите!

Благолепный седобородый старик, один из верховных членов Святейшей Инквизиции, патриарх колдунов, служивший черную мессу, торжественно провозгласил:

– Sanctificetur nomen tuum per universum mundum, et libera nos ab omni malo[15]. Поклонитесь, поклонитесь, верные!

Все пали ниц, и, подражая церковному пению, грянул кощунственный хор:

– Credo in Deum, patrem Luciferum qui creavit coelum et terram. Et in filium ejus Belzebul[16].

Когда последние звуки умолкли и опять наступила тишина, раздался тот же голос, подобный гулу землетрясения:

– Приведите невесту мою неневестную, голубицу мою непорочную!

---

15 Да святится имя твое во всем мире, и избавь нас от всякого зла (лат.).

16 Верую в Бога – отца Люцифера, сотворившего небо и землю. И в сына его Вельзевула (лат)

Первосвященник вопросил:

– Как имя невесты твоей, голубицы твоей непорочной?

– Мадонна Кассандра! Мадонна Кассандра! – прогудело в ответ.

Услышав имя свое, ведьма почувствовала, как в жилах ее леденеет кровь, волосы встают дыбом на голове.

– Мадонна Кассандра! Мадонна Кассандра! – пронеслось над толпой. – Где она? Где владычица наша? Ave, archisponsa Cassandra![17]

Она закрыла лицо руками, хотела бежать – но костяные пальцы, когти, щупальцы, хоботы, шершавые паучьи лапы протянулись, схватили ее, сорвали рубашку и голую, дрожащую повлекли к престолу.

Козлиным смрадом и холодом смерти пахнуло ей в лицо. Она потупила глаза, чтобы не видеть.

Тогда сидевший на престоле молвил:

– Приди!

Она еще ниже опустила голову и увидела у самых ног своих огненный крест, сиявший во мраке.

Она сделала последнее усилие, победила омерзение, ступила шаг и подняла глаза свои на того, кто встал перед нею.

И чудо совершилось.

Козлиная шкура упала с него, как чешуя со змеи, и древний олимпийский бог Дионис предстал перед моной Кассандрой, с улыбкой вечного веселья на устах, с поднятым тирсом в одной руке, с виноградною кистью в другой; пантера прыгала, стараясь лизнуть эту кисть языком.

И в то же мгновение дьявольский шабаш превратился в божественную оргию Вакха: старые ведьмы – в юных менад, чудовищные демоны – в козлоногих сатиров; и там, где были мертвые глыбы меловых утесов, вознеслись колоннады из белого мрамора, освещенного солнцем; между ними вдали засверкало лазурное море, и Кассандра увидела в облаках весь лучезарный сонм богов Эллады.

Сатиры, вакханки, ударяя в тимпаны, поражая себя ножами в сосцы, выжимая алый сок винограда в золотые кратеры и смешивая его с собственной кровью, плясали, кружились и пели:

– Слава, слава Дионису! Воскресли великие боги! Слава воскресшим богам!

Обнаженный юноша Вакх открыл объятия Кассандре, и голос его подобен был грому, потрясающему небо и землю:

– Приди, приди, невеста моя, голубица моя непорочная!

Кассандра упала в объятия бога.

IX

Послышался утренний крик петуха. Запахло туманом и едкою, дымною сыростью. Откуда-то, из бесконечной дали, донесся благовест колокола. От этого звука на горе произошло великое смятение; вакханки опять превратились в чудовищных ведьм, козлоногие фавны в уродливых дьяволов и бог Дионис в Ночного Козла – в смрадного Hyrcus Nocturnus.

– Домой, домой! Бегите, спасайтесь!

– Кочергу мою украли! – с отчаянием вопил толстобрюхий каноник Силен

---

17 Радуйся, владычица Кассандра! (лат.)

и метался как угорелый.

– Боров, боров, ко мне! – кликала рыжая голая, пожимаясь от утренней сырости, кашляя.

Заходящий месяц выплыл из-за туч, и в его багровом отблеске, взвиваясь рой за роем, перетрусившие ведьмы, как черные мухи, разлетались с Меловой Горы.

– Гарр! Гарр! Снизу вверх, не задевая! Спасайтесь, бегите!

Ночной Козел заблеял жалобно и провалился сквозь землю, распространяя зловоние удушливой серы.

Гудел церковный благовест.

X

Кассандра очнулась на полу темной горницы в домике у Верчельских ворот.

Ее тошнило, как с похмелья. Голова была точно свинцом налита. Тело разбито усталостью.

Колокол Св. Редегонды звенел уныло. Сквозь этот звон раздавался упорный, должно быть, уже давний стук в наружную дверь. Кассандра прислушалась и узнала голос жениха своего, лошадиного барышника из Абиатеграссо:

– Отоприте! Отоприте! Мона Сидония! Мона Кассандра! Оглохли вы, что ли? Как собака промок. Не возвращаться же назад по этой чертовой слякоти!

Девушка встала с усилием, подошла к окну, наглухо закрытому ставнями, вынула паклю, которою тетка Сидония тщательно заткнула щели. Свет печального утра упал синеватой полоской, озаряя голую старую ведьму, спавшую мертвым сном на полу рядом с опрокинутой квашнею. Кассандра заглянула в щель.

День был ненастный. Дождь лил как из ведра. Перед дверями дома за мутной сеткой дождя виднелся влюбленный барышник; рядом стоял, низко понурив голову, вислоухий крошечный ослик, запряженный в повозку. Из нее выставил морду теленок со связанными ногами, издавая мычание.

Барышник, не унимаясь, стучал в дверь.

Кассандра ждала, чем это кончится.

Наконец ставня наверху, в одном из окон лаборатории, стукнула. Выглянул старый алхимик, невыспавшийся, со взъерошенными волосами, с угрюмым и злым лицом, какое бывало у него в те мгновения, когда, пробуждаясь от грез, начинал он сознавать, что свинец не может превратиться в золото.

– Кто стучит? – молвил он, высовываясь из окна. – Чего тебе нужно? Рехнулся ты, что ли, старый хрыч? Да пошлет тебе Господь безвременья! Разве не видишь – все в доме спят. Убирайся!

– Мессер Галеотто! Помилуйте, за что же вы ругаетесь? Я по важному делу, насчет племянницы вашей. Вот и теленочка молочного в подарочек...

– К черту! – закричал Галеотто с яростью. – Убирайся, негодяй, со своим теленком к черту под хвост!

И ставня захлопнулась. Озадаченный барышник на минуту притих. Но тотчас, опомнившись, с удвоенной силой принялся стучать кулаками, как будто хотел выломать дверь.

Ослик еще ниже понурил голову. Дождевые струйки медленно стекали по его безнадежно висевшим мокрым ушам.

– Господи, какая скука! – прошептала мона Кассандра и закрыла глаза.

Ей припомнилось веселье шабаша, превращение Ночного Козла в Диониса, воскресение великих богов, и она подумала:

«Во сне это было или наяву? Должно быть, во сне. А вот то, что теперь – наяву. После воскресенья – понедельник...»

– Отоприте! Отоприте! – вопил барышник уже осипшим, отчаянным голосом.

Тяжелые капли из водосточной трубы однозвучно шлепались в грязную лужу. Теленок жалобно мычал. Монастырский колокол звенел уныло.

Книга V
ДА БУДЕТ ВОЛЯ ТВОЯ
I

Миланский гражданин башмачник Корболо, вернувшись ночью домой навеселе, получил от жены, по собственному выражению, больше ударов, чем нужно для того, чтобы ленивый осел дошел от Милана до Рима. Поутру, когда отправилась она к соседке своей, лоскутнице, отведать мильяччи – студня из свиной крови, Корболо ощупал в мошне несколько утаенных от супруги монет, оставил лавчонку на попечение подмастерья и пошел опохмелиться.

Засунув руки в карманы истертых штанов, выступал он ленивой походкой по извилистому темному переулку, такому тесному, что всадник, встретившись с пешим, должен был задеть его носком или шпорой. Пахло чадом оливкового масла, тухлыми яйцами, кислым вином и плесенью погребов.

Насвистывая песенку, поглядывая вверх на узкую полосу темно-синего неба между высокими домами, на пронизанные утренним солнцем пестрые лохмотья, развешанные хозяйками на веревках через улицу, Корболо утешал себя мудрою пословицей, которой, впрочем, сам никогда не приводил в исполнение:

«Всякая женщина, злая и добрая, в палке нуждается».

Для сокращения пути прошел он через собор.

Здесь была вечная суета, как на рынке. Из одной двери в другую, несмотря на пеню, проходило множество людей, даже с мулами и лошадьми.

Патеры служили молебны гнусливыми голосами; слышался шепот в исповедальнях; горели лампады на алтарях. А рядом уличные мальчишки играли в чехарду, собаки обнюхивались, толкались ободранные нищие.

Корболо остановился на минуту в толпе ротозеев, с лукавым и добродушным удовольствием прислушиваясь к перебранке двух монахов.

Брат Чипполо, босоногий францисканец, низенький, рыжий, с веселым лицом, круглым и масленым, как пышка, доказывал противнику своему, доминиканцу, брату Тимотео, что Франциск, будучи подобен Христу в сорока отношениях, занял место, оставшееся на небе свободным после падения Люцифера, и что сама Божья Матерь не могла отличить его стигматов от крестных ран Иисусовых.

Угрюмый, высокий и бледнолицый брат Тимотео противопоставлял язвам Серафимского угодника язвы св. Катерины, у которой на лбу был кровавый след тернового венца, чего у св. Франциска не было.

Корболо должен был прищурить глаза от солнца, выйдя из тени собора на площадь Аренго, самое бойкое место в Милане, загроможденное лавками мелких торговцев, рыбников, лоскутников и зеленщиц, таким множеством ящиков, навесов и лотков, что между ними едва оставался узкий проход. С незапамятных времен угнездились они на этой площади перед собором, и никакие законы и пени не могли прогнать их отсюда.

«Салат из Валтеллины, лимоны, померанцы, артишоки, спаржа, спаржа хорошая!» – зазывали покупателей зеленщицы. Лоскутницы торговались и кудахтали, как наседки.

Маленький упрямый ослик, исчезавший под горою желтого и синего винограда, апельсинов, баклажанов, свеклы, цветной капусты, феннокки и лука, ревел раздирающим голосом: ио, ио, ио! Сзади погонщик звонко хлопал его дубиною по облезлым бокам и понукал отрывистым гортанным криком: арри! арри!

Вереница слепых с посохами и поводырем пела жалобную «Intemerata».

Уличный шарлатан-зубодер, с ожерельем зубов на выдровой шапке, с быстрыми и ловкими движениями фокусника, стоя позади человека, сидевшего на земле, и сжимая ему голову коленями, выдергивал зуб громадными щипцами.

Мальчишки показывали жиду свиное ухо и пускали траттолу-волчок под ноги прохожих. Самый отчаянный из шалунов, черномазый курносый Фарфаниккио, принес мышеловку, выпустил мышь и начал охотиться за нею с метлою в руках, с пронзительным гиком и свистом: «Вот она, вот она!» Убегая от погони, мышь бросилась под широчайшие юбки мирно вязавшей чулок толстогрудой, дебелой зеленщицы Барбаччи. Она вскочила, завизжала, как ошпаренная, и, при общем хохоте, подняла платье, стараясь вытряхнуть мышь.

– Погоди, возьму булыжник, разобью тебе обезьянью башку, негодяй! – кричала в бешенстве.

Фарфаниккио издали показывал язык и прыгал от восторга.

На шум обернулся носильщик с громадною свиною тушей на голове. Лошадь доктора, мессера Габбадео, испугалась, шарахнулась, понесла, задела и уронила целую груду кухонной посуды в лавчонке торговца старым железом. Уполовники, сковороды, кастрюли, терки, котлы посыпались с оглушительным грохотом. Перетрусивший мессер Габбадео скакал, отпустив поводья и вопил: «Стой, стой, чертова перечница!»

Собаки лаяли. Любопытные лица высовывались из окон.

Хохот, ругань, визг, свист, человеческий крик и ослиный рев стояли над площадью.

Любуясь на это зрелище, бушмачник думал с кроткой улыбкой:

«А славно было бы жить на свете, если б не жены, которые едят мужей своих, как ржавчина ест железо!»

Заслонив глаза от солнца ладонью, взглянул он вверх на исполинское неоконченное строение, окруженное плотничьими лесами. То был собор, воздвигаемый народом во славу Рождества Богородицы.

Малые и великие принимали участие в созидании храма. Королева Кипрская прислала драгоценные воздухи, тканные золотом; бедная старушка-лоскутница Катерина положила на главный алтарь, как приношение Деве Марии, не думая о холоде предстоящей зимы, ветхую единственную шубенку свою, ценой в двадцать сольдив.

Корболо, с детства привыкший следить за постройкой, в это утро заметил новую башню и обрадовался ей.

Каменщики стучали молотками. С выгрузной пристани в Лагетто у Сан-Стефано, неподалеку от Оспедале Маджоре, где причаливали барки, подвозились огромные искрящиеся глыбы белого мрамора из Лагомаджорских каменоломен. Лебедки скрипели и скрежетали цепями. Железные пилы визжали, распиливая мрамор. Рабочие ползали по лесам, как муравьи.

И великое здание росло, высилось бесчисленным множеством сталактитоподобных стрельчатых игл, колоколен и башен из чистого белого мрамора, в голубых небесах, – вечная хвала народа Деве Марии Рождающейся.

II

Корболо спустился по крутым ступеням в прохладный сводчатый, уставленный винными бочками погреб немца-харчевника Тибальдо.

Вежливо поздоровался с гостями, подсел к знакомому лудильщику Скарабулло, спросил себе кружку вина и горячих миланских пирожков с тмином – офэлэтт, не спеша отхлебнул, закусил и сказал:

– Если хочешь быть умным, Скарабулло, никогда не женись!

– Почему?

– Видишь ли, друг, – продолжал башмачник глубокомысленно, – жениться – все равно что запустить руку в мешок со змеями, чтобы вынуть угря. Лучше иметь подагру, чем жену, Скарабулло!

За столиком рядом краснобай и балагур, златошвей Маскарелло, рассказывал голодным оборванцам чудеса о неведомой земле Берлинцоне, блаженном крае, именуемом Живи-Лакомо, где виноградные лозы подвязываются сосисками, гусь идет за грош да еще с гусенком в придачу. Есть там гора из тертого сыру, на которой живут люди и ничем другим не занимаются, как только готовят макароны и клецки, варят их в отваре из каплунов и бросают вниз. Кто больше поймает, у того больше бывает. И поблизости течет река из верначчио – лучшего вина никто не пивал, и нет в нем ни капли воды.

В погреб вбежал маленький человек, золотушный, с глазами подслеповатыми, как у щенка, не совсем прозревшего, – Горгольо, выдувальщик стекол, большой сплетник и любитель новостей.

– Синьоры, – приподнимая запыленную дырявую шляпу и вытирая пот с лица, объявил он торжественно, – синьоры, я только что от французов!

– Что ты говоришь, Горгольо? Разве они уже здесь?

– Как же, – в Павии… Фу, дайте дух перевести, запыхался. Бежал сломя голову. Что, думаю, если кто-нибудь раньше меня поспеет…

– Вот тебе кружка, пей и рассказывай: что за народ французы?

– Бедовый, братцы, народ, не клади им пальца в рот. Люди буйные, дикие, иноплеменные, богопротивные, звероподобные – одно слово, варвары! Пищали и аркебузы восьмилоктевые, ужевицы медные, бомбарды чугунные с ядрами каменными, кони, как чудища морские, – лютые, с ушами, с хвостами обрезанными.

– А много ли их? – спросил Мазо.

– Тьмы тем! Как саранча, всю равнину кругом обложили, конца-краю не видать. Послал нам Господь за грехи черную немочь, северных дьяволов!

– Что же ты бранишь их, Горгольо, – заметил Маскарелло, – ведь они нам друзья и союзники?

– Союзники! Держи карман! Этакий друг хуже врага, – купит рога, а съест быка.

– Ну-ну, не растарабарывай, говори толком: чем французы нам враги? – допрашивал Мазо.

– А тем и враги, что нивы наши топчут, деревья рубят, скотину уводят, поселян грабят, женщин насилуют. Король-то французский плюгавый – в чем душа держится, а на женщин лих. Есть у него книга с портретами голых итальянских красавиц. Ежели, говорят они, Бог нам поможет, – от Милана до Неаполя ни одной девушки невинной не оставим.

– Негодяи! – воскликнул Скарабулло, со всего размаха ударяя кулаком по столу так, что бутылки и стаканы зазвенели.

– Моро-то наш на задних лапках под французскую дудку пляшет, – продолжал Горгольо. – Они нас и за людей не считают. Все вы, говорят, воры и убийцы. Собственного законного герцога ядом извели, отрока невинного уморили. Бог вас за это наказывает и землю вашу нам передает... Мы-то их, братцы, от доброго сердца потчуем, а они угощение наше лошадям отведать дают: нет ли, мол, в пище того яда, которым герцога отравили?

– Врешь, Горгольо!

– Лопни глаза мои, отсохни язык! И послушайте-ка, мессеры, как они еще похваляются: завоюем, говорят, сначала все народы Италии, все моря и земли покорим, великого Турку полоним, Константинополь возьмем, на Масличной Горе в Иерусалиме крест водрузим, а потом опять к вам вернемся. И тогда суд Божий совершим над вами. И если вы нам не покоритесь, самое имя ваше сотрем с лица земли.

– Плохо, братцы, – молвил златошвей Маскарелло, – ой, плохо! Такого еще никогда не бывало...

Все притихли.

Брат Тимотео, тот самый монах, что спорил в соборе с братом Чипполо, воскликнул торжественно, воздевая руки к небу:

– Слово великого пророка Божьего, Джироламо Савонаролы: се грядет муж, который завоюет Италию, не вынимая меча из ножен. О, Флоренция! о, Рим! о, Милан! – время песен и праздников миновало. Покайтесь! Покайтесь! Кровь герцога Джан-Галеаццо, кровь Авеля, убитого Каином, вопиет о мщении к Господу!

III

– Французы! Французы! Смотрите! – указывал Горгольо на двух солдат, входивших в погреб.

Один – гасконец, стройный молодой человек с рыжими усиками, с красивым и наглым лицом, был сержант французской конницы, по имени Бонивар. Товарищ его – пикардиец, пушкарь Гро-Гильош, толстый, приземистый старик с бычьей шеей, с лицом, налитым кровью, с выпуклыми рачьими глазами и медною серьгой в ухе. Оба навеселе.

– Найдем ли мы наконец в этом анафемском городе кружку доброго вина? – хлопая по плечу Гро-Гильоша, молвил сержант. – От ломбардской кислятины горло дерет, как от уксуса!

Бонивар с брезгливым, скучающим видом развалился за одним из столиков, высокомерно поглядывая на прочих посетителей, постучал оловянной кружкой и крикнул на ломаном итальянском языке:

– Белого, сухого, самого старого! Соленой червеллаты на закуску.

– Да, братец, – вздохнул Гро-Гильош, – как вспомнишь родное бургонское или драгоценное бом, золотистое, точно волосы моей Лизон, – сердце от тоски защемит! И то сказать: каков народ, таково вино. Выпьем-ка, дружище, за милую Францию!

Du grand Dieu soit mauldit a outrance,
Qui mal vouldroit au royaume de France![18]

– О чем они? – шепнул Скарабулло на ухо Горгольо.

– Привередничают, наши вина бранят, свои похваливают.

– Вишь, хорохорятся петухи французские! – проворчал, нахмурившись, лудильщик. – Зудит у меня рука, ой, зудит проучить их как следует!

Тибальдо, хозяин-немец, с толстым брюхом, на тонких ножках, с громадной связкой ключей за широким кожаным поясом, нацедил из бочки полбренты и подал французам в запотевшем от холода глиняном кувшине, недоверчиво посматривая на чужеземных гостей.

Бонивар одним духом выпил кружку вина, которое показалось ему превосходным, плюнул и выразил на лице своем отвращение.

Мимо него прошла дочь хозяина, Лотта, миловидная белокурая девушка, с такими же добрыми голубыми глазами, как у Тибальдо.

Гасконец лукаво подмигнул товарищу и с ухарством закрутил свой рыжий ус; потом, выпив еще, затянул солдатскую песенку о Карле VIII:

Charles fera si grandes battailles,
Qu'il conquerra les Itailles,
En Jerusalem entrera
Et mont des Oliviers montera.[19]

Гро-Гильош подпевал сиплым голосом.

Когда Лотта, возвращаясь, опять проходила мимо них, скромно потупив глаза, сержант обнял ее стан, желая посадить девушку к себе на колени.

Она оттолкнула его, вырвалась и убежала. Он вскочил, поймал ее и поцеловал в щеку губами, мокрыми от вина.

Девушка вскрикнула, уронила на пол глиняный кувшин, который разбился вдребезги, и, обернувшись, со всего размаха ударила француза по лицу так, что тот на мгновение опешил.

Гости захохотали.

– Ай да девка! – воскликнул златошвей. – Клянусь святым Джервазио, от

---

18 Да будет беспощадно проклят Богом тот, Кто пожелает зла французскому королевству!
19 В великих битвах; Карл завоюет всю Италию, Войдет в Иерусалим; И поднимется на Масличную гору (фр.).

роду не видывал я такой здоровенной пощечины! Вот так утешила!

– Ну ее, брось, не связывайся! – удерживал Гро-Гильош Бонивара.

Гасконец не слушал. Хмель сразу ударил ему в голову. Он засмеялся насильственным смехом и крикнул:

– Подожди же, красавица, – теперь уж я не в щеку, а прямо в губы!

Бросился за нею, опрокинул стол, догнал и хотел поцеловать. Но могучая рука лудильщика Скарабулло схватила его сзади за шиворот.

– Ах ты, собачий сын, французская твоя рожа бесстыжая! – кричал Скарабулло, встряхивая Бонивара и сдавливая ему шею все крепче. – Погоди, намну я тебе бока, будешь помнить, как оскорблять миланских девушек!..

– Прочь, негодяй! Да здравствует Франция! – завопил в свою очередь рассвирепевший Гро-Гильош.

Он замахнулся шпагой и вонзил бы ее в спину лудильщику, если бы Маскарелло, Горгольо, Мазо и другие собутыльники не подскочили и не удержали его за руки.

Между опрокинутыми столами, скамейками, бочонками, черепками разбитых кувшинов и лужами вина произошла свалка.

Увидев кровь, оголенные шпаги и ножи, испуганный Тибальдо выскочил из погреба и закричал на всю площадь:

– Смертоубийство! Французы грабят!

Ударили в рыночный колокол. Ему ответил другой, на Бролетто. Осторожные купцы запирали лавки. Лоскутницы и овощницы уносили лотки с товарами.

– Святые угодники, заступники наши, Протазио, Джервазио! – голосила Барбачча.

– Что там такое? Пожар, что ли?

– Бейте, бейте французов!..

Появились городские стражники – берровьеры с аркебузами и алебардами.

Они подоспели вовремя, чтобы предупредить убийство и вырвать из рук черни Бонивара и Гро-Гильоша. Забирая кого попало, схватили и башмачника Корболо.

Жена, прибежавшая на шум, всплеснула руками и завыла:

– Смилуйтесь, отпустите муженька моего, отдайте его мне! Я уж с ним расправлюсь по-свойски, вперед в уличную свалку не полезет! Право же, синьоры, этот дурак и веревки не стоит, на которой его повесят!

Корболо печально и стыдливо потупил глаза, притворяясь, что не слышит угроз жены, и спрятался от нее за спину городских стражников.

IV

Над лесами неоконченного собора по узкой веревочной лестнице влезал на одну из тонких колоколен, недалеко от главного купола, молодой каменщик с маленьким изваянием св. Екатерины, которое надо было прикрепить на самом конце стрельчатой башни.

Кругом подымались, как будто реяли, сталактитоподобные, остроконечные башни, иглы, ползучие арки, каменное кружево из небывалых цветов, побегов и листьев, бесчисленные пророки, мученики, ангелы, смеющиеся рожи дьяволов, чудовищные птицы, сирены, гарпии, драконы с колючими крыльями, с разинутыми пастями, на концах водосточных труб. Все это – из чистого мрамора, ослепительно белого, с тенями голубыми, как дым, – походило на громадный зимний лес, покрытый сверкающим инеем.

Было тихо. Только ласточки с криком проносились над головой каменщика. Шум толпы на площади долетал к нему, как слабый шелест муравейника. На краю бесконечной зеленой Ломбардии сияли снежные громады Альп, такие же острые, белые, как вершины собора. Порой снизу чудились отзвуки органа, как бы молитвенные вздохи из внутренности храма, из глубины его каменного сердца, – и тогда казалось, что все великое здание живет, дышит, растет и возносится к небу, как вечная хвала Марии Рождающейся, как радостный гимн всех веков и народов Деве Пречистой, Жене, облеченной в солнце.

Вдруг шум на площади усилился. Послышался набат.

Каменщик остановился, посмотрел вниз, и голова его закружилась, в глазах потемнело: ему казалось, что исполинское здание шатается под ним, тонкая башня, на которую он влезал, гнется, как тростник.

«Кончено, падаю! – подумал он с ужасом. – Господи, прими душу мою!»

С последним отчаянным усилием уцепился за веревочную ступень, закрыл глаза и прошептал:

– Ave, dolce Maria, di grazia piena![20]

Ему стало легче.

С высоты повеяло прохладным дуновением.

Он перевел дыхание, собрал силы и продолжал путь, не слушая более земных голосов, подымаясь все выше и выше к тихому, чистому небу, повторяя с великою радостью:

– Ave, dolce Maria, di grazia piena!

В это время по мраморной широкой, почти плоской крыше собора проходили члены строительного совета, зодчие, итальянские и чужеземные, приглашенные герцогом для совещания о тибурио – главной башне над куполом храма.

Среди них был Леонардо да Винчи. Он предложил свой замысел, но члены совета отвергли его, как слишком смелый, необычайный и вольнодумный, противоречащий преданиям церковного зодчества.

Спорили и не могли прийти к соглашению. Одни доказывали, что внутренние столбы недостаточно прочны. «Если бы, – говорили они, – тибурио и башни были окончены, то скоро здание рухнуло бы, так как постройка начата людьми невежественными». По мнению других, собор простоит вечность.

Леонардо, по обыкновению, не принимая участия в споре, стоял, одинокий и молчаливый, в стороне.

Один из рабочих подошел к нему и подал письмо.

– Мессере, внизу на площади ожидает вашей милости верховой из Павии.

Художник распечатал письмо и прочел:

«Леонардо, приезжай поскорее. Мне нужно тебя видеть. Герцог Джан-Галеаццо. 14 октября».

---

20 Радуйся, благодатная Мария! (ит.)

Он извинился перед членами совета, сошел на площадь, сел на коня и отправился в Кастелло ди Павия, замок, который был в нескольких часах езды от Милана.

V

Каштаны, вязы и клены громадного парка сияли на солнце золотом и пурпуром осени. Порхая как бабочки, падали мертвые листья. В заросших травою фонтанах не била вода. В запущенных цветниках увядали астры.

Подходя к замку, Леонардо увидел карлика. Это был старый шут Джан-Галеаццо, оставшийся верным своему господину, когда все прочие слуги покинули умирающего герцога.

Узнав Леонардо, ковыляя и подпрыгивая, карлик побежал ему навстречу.

– Как здоровье герцога? – спросил художник.

Тот ничего не ответил, только безнадежно махнул рукою.

Леонардо пошел было главной аллеей.

– Нет-нет, не сюда! – остановил его карлик. – Тут могут увидеть. Их светлость просили, чтобы тайно... А то, если герцогиня Изабелла узнает, – пожалуй, не пустят. Мы лучше обходцем, боковой дорожкою...

Войдя в угловую башню, поднялись по лестнице и миновали несколько мрачных покоев, должно быть, некогда великолепных, теперь необитаемых. Обои из кордуанской златотисненой кожи содраны были со стен; герцогское седалище под шелковым навесом заткано паутиною. Сквозь окна с разбитыми стеклами ветер осенних ночей занес из парка желтые листья.

– Злодеи, грабители! – ворчал себе под нос карлик, указывая спутнику на следы запустения. – Верите ли, глаза бы не смотрели на то, что здесь творится! Убежал бы на край света, если бы не герцог, за которым и ухаживать-то некому, кроме меня, старого урода... Сюда, сюда пожалуйте.

Притворив дверь, он впустил Леонардо в пропитанную запахом лекарств душную темную комнату.

VI

Кровопускание, согласно с правилами врачебного искусства, делали при свечах и закрытых ставнях. Помощник цирюльника держал медный таз, в который стекала кровь. Сам брадобрей, скромный старичок, засучив рукава, производил надрез вены. Врач, «мастер физики», с глубокомысленным лицом, в очках, в докторском наплечнике из темно-лилового бархата на беличьем меху, не принимая участия в работе цирульника – прикосновение к хирургическим орудиям считалось унизительным для достоинства врача, – только наблюдал.

– Перед ночью снова извольте пустить кровь, – сказал он повелительно, когда рука была перевязана и больного уложили на подушки.

– Domine magister, – произнес брадобрей учтиво и робко, – не лучше ли подождать? Как бы чрезмерная потеря крови...

Врач посмотрел на него с презрительной усмешкой.

– Постыдитесь, любезнейший! Пора бы вам знать, что из двадцати четырех фунтов крови, находящихся в человеческом теле, можно выпустить двадцать, без всякой опасности для жизни и здоровья. Чем больше берете испортившейся воды из колодца, тем больше остается свежей. Я пускал кровь грудным младенцам, не жалея, и, благодаря Богу, всегда помогало.

Леонардо, слушавший этот разговор внимательно, хотел возразить, но подумал, что спорить с врачами столь же бесполезно, как с алхимиками.

Доктор и цирульник удалились. Карлик поправил подушки и окутал ноги больного одеялом.

Леонардо оглянул комнату. Над постелью висела клетка с маленьким зеленым попугаем. На круглом столике валялись карты, игральные кости, стоял стеклянный сосуд, наполненный водой, с золотыми рыбками. В ногах у герцога спала, свернувшись, белая собачка. Все это были последние забавы, которые верный слуга придумывал для развлечения своего господина.

– Отправил письмо? – проговорил герцог, не открывая глаз.

– Ах, ваша светлость, – заторопился карлик, – мы-то ждем, думаем, вы спите. Ведь мессер Леонардо здесь...

– Здесь?

Больной с радостной улыбкой сделал усилие, чтобы приподняться.

– Учитель, наконец-то! Я боялся, что ты не приедешь...

Он взял художника за руку, и прекрасное, совсем молодое лицо Джан-Галеаццо – ему было двадцать четыре года – оживилось бледным румянцем.

Карлик вышел из комнаты, чтобы сторожить у двери.

– Друг мой, – продолжал больной, – ты, конечно, слышал?..

– О чем, ваша светлость?

– Не знаешь? Ну, если так, то и вспоминать не надо. А впрочем, все равно, скажу: вместе посмеемся. Они говорят...

Он остановился, посмотрел ему прямо в глаза и докончил с тихой усмешкой:

– Они говорят, что ты – мой убийца.

Леонардо подумал, что больной бредит.

– Да, да, не правда ли, какое безумие? Ты мой убийца!.. – повторил герцог. – Недели три назад мой дядя Моро и Беатриче прислали мне в подарок корзину персиков. Мадонна Изабелла уверена, что с тех пор, как я отведал этих плодов, мне сделалось хуже, что я умираю от медленного яда, и будто бы в саду твоем есть такое дерево...

– Правда, – молвил Леонардо, – у меня есть такое дерево.

– Что ты говоришь?.. Неужели?..

– Нет, Бог спас меня, если только плоды в самом деле из моего сада. Теперь я понимаю, откуда эти слухи: изучая действие ядов, я хотел отравить персиковое дерево. Я сказал моему ученику Зороастро да Перетола, что персики отравлены. Но опыт не удался. Плоды безвредны. Должно быть, ученик поторопился и сообщил кому-нибудь...

– Я так и знал, – воскликнул герцог радостно, – никто не виноват в моей смерти! А между тем все они друг друга подозревают, ненавидят, боятся... О, если бы можно было сказать им все, как мы с тобой теперь говорим! Дядя считает себя моим убийцей, а я знаю, что он добрый, только слабый и робкий. Да и зачем бы ему убивать меня? Я сам готов отдать ему власть. Ничего мне не нужно... Я ушел бы от них, жил бы на свободе, в уединении, с друзьями. Сделался бы монахом или твоим учеником, Леонардо. Но никто не хотел поверить, что я в самом деле не желаю власти... И зачем, Боже мой, зачем они теперь это сделали? Не меня, себя они отравили невинными плодами твоего невинного дерева, бедные, слепые... Я прежде думал, что я несчастен, потому что должен умереть. Но теперь я понял все, учитель. Я больше ничего не хочу, ничего не боюсь. Мне хорошо, спокойно и так отрадно, как будто в знойный день я сбросил с себя пыльную одежду и вхожу в чистую, холодную воду. О, друг мой, я не умею сказать, но ты понимаешь, о чем я говорю? Ты ведь сам такой...

Леонардо молча, с тихою улыбкою, пожал ему руку.

– Я знал, – продолжал больной еще радостнее, – я знал, что ты поймешь меня... Помнишь, ты сказал мне однажды, что созерцание вечных законов механики, естественной необходимости учит людей великому смирению и спокойствию? Тогда я не понял. Но теперь, в болезни, в одиночестве, в бреду, как часто вспоминал я тебя, твое лицо, твой голос, каждое слово твое, учитель! Знаешь ли, мне иногда кажется: разными путями мы пришли с тобой к одному, ты – в жизни, я – в смерти...

Двери открылись, вбежал карлик с испуганным видом и объявил:

– Мона Друда!

Леонардо хотел уйти, но герцог его удержал.

В комнату вошла старая няня Джан-Галеаццо, держа в руках небольшую склянку с желтоватой мутной жидкостью – скорпионовою мазью.

В середине лета, когда солнце в созвездии Пса, ловили скорпионов, опускали их живыми в столетнее оливковое масло с крестовником, матридатом и змеевиком, отстаивали на солнце в течение пятидесяти дней и каждый вечер мазали больному под мышками, виски, живот и грудь около сердца. Знахарки утверждали, что нет лучшего лекарства не только против всех ядов, но и против колдовства, наваждения и порчи.

Старуха, увидев Леонардо, сидевшего на краю постели, остановилась, побледнела, и руки ее так затряслись, что она едва не выронила склянки.

– С нами сила Господня! Матерь пресвятая Богородица!..

Крестясь, бормоча молитвы, пятилась она к двери и, выйдя из комнаты, побежала так поспешно, как только позволяли ей старые ноги, к своей госпоже, мадонне Изабелле, сообщить страшную весть.

Мона Друда была уверена, что злодей Моро и его приспешник Леонардо извели герцога, если не ядом, то глазом, порчею, вынутым следом или какими-либо другими бесовскими чарами.

Герцогиня молилась в часовне, стоя на коленях пред образом.

Когда мона Друда доложила ей, что у герцога – Леонардо, она вскочила и воскликнула:

– Не может быть! Кто его пустил?..

– Кто пустил? – пробормотала старуха, покачав головой. – Верите ли, ваша светлость, и ума не приложу, откуда он взялся, окаянный! Точно из земли вырос или в трубу влетел, прости Господи! Дело, видно, нечистое. Я уже давно докладывала вашей светлости...

В часовню вошел паж и почтительно преклонил колено:

– Светлейшая мадонна, угодно ли будет вам и вашему супругу принять его величество, христианнейшего короля Франции?

Карл VIII остановился в нижних покоях Павийского замка, роскошно убранных для него герцогом Лодовико Моро.

Отдыхая после обеда, король слушал чтение только что по его заказу переведенной с латинского на французский язык, довольно безграмотной книги: «Чудеса Города Рима – Mirabilia Urbus Romae».

Одинокий, запуганный отцом своим, болезненный ребенок, Карл, проведя печальные годы в пустынном замке Амбуаз, воспитывался на рыцарских романах, которые окончательно вскружили ему и без того уже слабую голову. Очутившись на престоле Франции и вообразив себя героем сказочных подвигов, во вкусе тех, какие повествуются о странствующих рыцарях Круглого Стола, Ланселоте и Тристане, двадцатилетний мальчик, неопытный и застенчивый, добрый и взбалмошный, задумал исполнить на деле то, что вычитал из книг. «Сын бога Марса, потомок Юлия Цезаря», по выражению придворных летописцев, спустился он в Ломбардию, во главе громадного войска, для завоевания Неаполя, Сицилии, Константинополя, Иерусалима, для низвержения Великого Турка, совершенного искоренения ереси Магометовой и освобождения Гроба Господня от ига неверных.

Слушая «Чудеса Рима» с простодушным доверием, король предвкушал славу, которую приобретет завоеванием столь великого города.

Мысли его путались. Он чувствовал боль под ложечкой и тяжесть в голове от вчерашнего слишком веселого ужина с миланскими дамами. Лицо одной из них, Лукреции Кривелли, всю ночь снилось ему.

Карл VIII ростом был мал и лицом уродлив. Ноги имел кривые, тонкие, как спицы, плечи узкие, одно выше другого, впалую грудь, непомерно большой крючковатый нос, волосы редкие, бледно-рыжие, странный желтоватый пух вместо усов и бороды. В руках и в лице судорожное подергивание. Вечно открытые, как у маленьких детей, толстые губы, вздернутые брови, громадные белесоватые и близорукие глаза навыкате придавали ему выражение унылое, рассеянное и вместе с тем напряженное, какое бывает у людей, слабых умом. Речь была невнятной и отрывочной. Рассказывали, будто бы король родился шестипалым, и для того, чтобы это скрыть, ввел при дворе безобразную моду широких, закругленных, наподобие лошадиных копыт, мягких туфель из черного бархата.

– Тибо, а Тибо, – обратился он к придворному валедешамбру, прерывая чтение, со своим обычным рассеянным видом, заикаясь и не находя нужных слов, – мне, братец, того... как будто пить хочется. А? Изжога, что ли? Принеси-ка вина, Тибо...

Вошел кардинал Бриссоне и доложил, что герцог ожидает короля.

– А? А? Что такое? Герцог?.. Ну, сейчас. Только выпью...

Карл взял кубок, поданный придворным.

Бриссоне остановил короля и спросил Тибо:

– Наше?

– Нет, монсиньор, – из здешнего погреба. У нас все вышло.

Кардинал выплеснул вино.

– Простите, ваше величество. Здешние вина могут быть вредными для вашего здоровья. Тибо, вели кравчему сбегать в лагерь и принести бочонок из походного погреба.

– Почему? А? Что, что такое?.. – бормотал король в недоумении.

Кардинал шепнул ему на ухо, что опасается отравы, ибо от людей, которые уморили законного государя своего, можно ожидать всякого предательства, и, хотя нет явных улик, осторожность не мешает.

– Э, вздор! Зачем? Хочется пить, – молвил Карл, подергивая плечом с досадой, но покорился.

Герольды побежали вперед.

Четыре пажа подняли над королем великолепный балдахин из голубого шелка, затканный серебряными французскими лилиями, сенешаль накинул ему на плечи мантию с горностаевой оторочкой, с вышитыми по красному бархату золотыми пчелами и рыцарским девизом: «Король пчел не имеет жала – Le roi des abeilles n'a pas d'aiguillon», – и по мрачным запустелым покоям Павийского замка направилось шествие в комнаты умирающего.

Проходя мимо часовни, Карл увидел герцогиню Изабеллу. Почтительно снял берет, хотел подойти и, по старозаветному обычаю Франции, поцеловать даму в уста, назвав ее «милой сестрицей».

Но герцогиня подошла к нему сама и бросилась к его ногам.

– Государь, – начала она заранее приготовленную речь, – сжалься над нами! Бог тебя наградит. Защити невинных, рыцарь великодушный! Моро отнял у нас все, похитил престол, отравил супруга моего, законного герцога миланского, Джан-Галеаццо. В собственном доме своем окружены мы убийцами...

Карл плохо понимал и почти не слушал того, что она говорила.

– А? А? Что такое? – лепетал он, точно спросонок, судорожно подергивая плечом и заикаясь. – Ну, ну, не надо... Прошу вас... не надо же, сестрица... Встаньте, встаньте!

Но она не вставала, ловила его руки, целовала их, хотела обнять его колени и, наконец, заплакав, воскликнула с непритворным отчаянием:

– Если и вы меня покинете, государь, я наложу на себя руки!..

Король окончательно смутился, и лицо его болезненно сморщилось, как будто он сам готов был заплакать.

– Ну вот, вот!.. Боже мой... я не могу... Бриссоне... пожалуйста... я не знаю... скажи ей...

Ему хотелось убежать; она не пробуждала в нем никакого сострадания, ибо в самом унижении, в отчаянии была слишком горда и прекрасна, похожа на величавую героиню трагедии.

– Яснейшая мадонна, успокойтесь. Его величество сделает все, что можно, для вас и для вашего супруга, мессира Жан-Галеасса, – молвил кардинал вежливо и холодно, с оттенком покровительства, произнося имя герцога по-французски.

Герцогиня оглянулась на Бриссоне, внимательно посмотрела в лицо королю и вдруг, как будто теперь только поняла, с кем говорит, умолкла.

Уродливый, смешной и жалкий, стоял он перед ней с открытыми, как у маленьких детей, толстыми губами, с бессмысленной, напряженной и растерянной улыбкой, выкатив огромные белесоватые глаза.

«Я – у ног этого заморыша, слабоумца, я – внучка Фердинанда Арагонского!»

Встала; бледные щеки ее вспыхнули. Король чувствовал, что необходимо сказать что-то, как-нибудь выйти из молчания. Он сделал отчаянное усилие, задергал плечом, заморгал глазами и, пролепетав только свое обычное: «А? А? Что такое?» – заикнулся, безнадежно махнул рукой и умолк.

Герцогиня смерила его глазами с нескрываемым презрением. Карл опустил голову, уничтоженный.

– Бриссоне, пойдем, пойдем... что ли... А?..

Пажи распахнули двери. Карл вошел в комнату герцога.

Ставни были открыты. Тихий свет осеннего вечера падал в окно сквозь высокие золотые вершины парка.

Король подошел к постели больного, назвал его двоюродным братцем – mon cousin – и спросил о здоровье.

Джан-Галеаццо ответил с такою приветливою улыбкою, что Карлу тотчас сделалось легче, смущение прошло, и он мало-помалу успокоился.

– Господь да пошлет победу вашему величеству, государь! – сказал, между прочим, герцог. – Когда вы будете в Иерусалиме, у Гроба Господня, помолитесь и за мою бедную душу, ибо к тому времени я...

– Ах, нет, нет, братец, как можно, что вы это? Зачем? – перебил его король. – Бог милостив. Вы поправитесь... Мы еще вместе в поход пойдем, с нечестивыми турками повоюем, вот помяните слово мое! А? Что?..

Джан-Галеаццо покачал головой:

– Нет, куда уж мне!

И, посмотрев прямо в глаза королю глубоким испытующим взором, прибавил:

– Когда я умру, государь, не покиньте моего мальчика, Франческо, а также Изабеллу: она несчастная, нет у нее никого на свете...

– Ах ты, Господи, Господи! – воскликнул Карл в неожиданном, сильном волнении; толстые губы его дрогнули, углы их опустились, и, словно внезапным внутренним светом, лицо озарилось необычайной добротою.

Он быстро наклонился к больному и, обняв его с порывистою нежностью, пролепетал:

– Братец мой, миленький!.. Бедный ты мой, бедненький!..

Оба улыбнулись друг другу, как жалкие больные дети, – и губы их соединились в братском поцелуе.

Выйдя из комнаты герцога, король подозвал кардинала:

– Бриссоне, а Бриссоне... знаешь, надо как-нибудь... того... а? заступиться... Нельзя так, нельзя... Я – рыцарь... Надо защитить... слышишь?

– Ваше величество, – ответил кардинал уклончиво, – он все равно умрет. Да и чем могли бы мы помочь? Только себе повредим: герцог Моро – наш союзник...

– Герцог Моро – злодей, вот что – да, человекоубийца! – воскликнул король, и глаза его сверкнули разумным гневом.

– Что же делать? – молвил Бриссоне, пожимая плечами, с тонкой, снисходительной усмешкой. – Герцог Моро не хуже, не лучше других. Политика, государь! Все мы люди, все человеки...

Кравчий поднес королю кубок французского вина. Карл выпил его с жадностью. Вино оживило его и рассеяло мрачные мысли.

Вместе с кравчим вошел вельможа от герцога с приглашением на ужин. Король отказался. Посланный умолял; но, видя, что просьбы не действуют, подошел к Тибо и шепнул ему что-то на ухо. Тот кивнул головой в знак согласия и, в свою очередь, шепнул королю:

– Ваше величество, мадонна Лукреция...

– А? Что?.. Что такое?.. Какая Лукреция?

– Та, с которой вы изволили танцевать на вчерашнем балу.

– Ах да, как же, как же... Помню... Мадонна Лукреция... Прехорошенькая!.. Ты говоришь, будет на ужине?

– Будет непременно и умоляет ваше величество...

– Умоляет... Вот как! Ну что же, Тибо? А? Как ты полагаешь? Я, пожалуй... Все равно... Куда ни шло!.. Завтра в поход... В последний раз... Поблагодарите герцога, мессир, – обратился он к посланному, – и скажите, что я того... а?.. пожалуй...

Король отвел Тибо в сторону:

– Послушай, кто такая эта мадонна Лукреция?

– Любовница Моро, ваше величество...

– Любовница Моро, вот как! Жаль...

– Сир, только словечко, – и все мигом устроим. Если угодно, сегодня же.

– Нет, нет! Как можно?.. Я гость...

– Моро будет польщен, государь. Вы здешних людишек не знаете...

– Ну, все равно, все равно. Как хочешь. Твое дело...

– Да уж будьте спокойны, ваше величество. Только словечко.

– Не спрашивай... Не люблю... Сказал – твое дело... Ничего не знаю... Как хочешь...

Тибо молча и низко поклонился.

Сходя с лестницы, король опять нахмурился и с беспомощным усилием мысли потер себе лоб:

– Бриссоне, а Бриссоне... Как ты думаешь?.. Что бишь я хотел сказать?.. Ах, да, да... Заступиться... невинный... Обида... Так нельзя. Я – рыцарь!..

– Сир, оставьте эту заботу, право же: нам теперь не до него. Лучше потом, когда мы вернемся из похода, победив турок, завоевав Иерусалим.

– Да, да, Иерусалим! – пробормотал король, и глаза его расширились, на губах выступила бледная и неясная мечтательная улыбка.

– Рука Господня ведет ваше величество к победам, – продолжал Бриссоне, – перст Божий указует путь крестоносному воинству.

– Перст Божий! Перст Божий! – повторил Карл VIII торжественно, подымая глаза к небу.

VIII

Восемь дней спустя молодой герцог скончался.

Перед смертью он молил жену о свидании с Леонардо. Она отказала ему: мона Друда уверила Изабеллу, что порченые всегда испытывают неодолимое и пагубное для них желание видеть того, кто навел на них порчу. Старуха усердно мазала больного скорпионовой мазью, врачи до конца мучили его кровопусканиями.

Он умер тихо.

– Да будет воля Твоя! – было последними словами его.

Моро велел перенести из Павии в Милан и выставить в соборе тело усопшего.

Вельможи собрались в Миланский замок. Лодовико, уверяя, что безвременная кончина племянника причиняет ему неимоверную скорбь, предложил объявить герцогом маленького Франческо, сына Джан-Галеаццо, законного наследника. Все воспротивились и, утверждая, что не следует доверять несовершеннолетнему столь великой власти, от имени народа упрашивали Моро принять герцогский жезл.

Он лицемерно отказывался; наконец как бы поневоле уступил мольбам.

Принесли пышное одеяние из золотой парчи; новый герцог облекся в него, сел на коня и поехал в церковь Сант-Амброджо, окруженный толпою приверженцев, оглашавших воздух криками: «Да здравствует Моро, да здравствует герцог!» – при звуке труб, пушечных выстрелах, звоне колоколов и безмолвии народа.

На Торговой площади с лоджии дельи Озии, на южной стороне дворца Ратуши, в присутствии старейшин, консулов, именитых граждан и синдиков, прочитана была герольдом «привилегия», дарованная герцогу Моро вечным Августом Священной Римской Империи, Максимилианом: «Maximilianus divina favente clementia Romanorum Rex semper Augustus – все области, земли, города, селения, замки и крепости, горы, пастбища и равнины, леса, луга, пустоши, реки, озера, охоты, рыбные ловли, солончаки, руды, владения вассалов, маркизов, графов, баронов, монастыри, церкви, приходы – всех и все даруем тебе, Лодовико Сфорца, и наследникам твоим, утверждаем, назначаем, возвышаем, избираем тебя и сыновей твоих, и внуков, и правнуков в самодержавные власти Ломбардии до скончания веков».

Через несколько дней объявлено было торжественное перенесение в собор величайшей святыни Милана, одного из тех гвоздей, коим распят был Господь на кресте.

Моро надеялся угодить народу и укрепить свою власть этим празднеством.

IX

Ночью, на площади Аренго, перед винным погребом Тибальдо, собралась толпа. Здесь был Скарабулло-лудильщик, златошвей Маскарелло, скорняк Мазо, башмачник Корболо и выдувальщик стекла Горгольо.

Посредине толпы, стоя на бочонке, доминиканец фра Тимотео проповедовал:

– Братья, когда св. Елена под капищем богини Венеры обрела живоносное Древо Креста и прочие орудия страстей Господних, зарытые в землю язычниками, – император Константин, взяв единый от святейших и страшных гвоздей сих, велел кузнецам заделать его в удила боевого коня своего, да исполнится слово пророка Захарии: «будет сущее над конскою уздою святыня Господу». И сия неизреченная святыня даровала ему победу над врагами и супостатами Римской Империи. По смерти кесаря гвоздь был утрачен и через долгое время найден великим святителем, Амвросием Медиоланским в городе Риме, в лавке некоего Паолино, торговца старым железом, перевезен в Милан, и с той поры наш город обладает самым драгоценным и святейшим из гвоздей – тем, коим пронзена правая длань всемогущего Бога на Древе Спасения. Точная мера длины его – пять ончий с половиной. Будучи длиннее и толще римского, имеет он и острие, тогда как римский притуплен. В течение трех часов находился наш гвоздь во длани Спасителя, как это доказывает ученый падре Алессио многими тончайшими силлогизмами.

Фра Тимотео остановился на мгновение, потом воскликнул громким голосом, воздевая руки к небу:

– Ныне же, возлюбленные мои, совершается великое непотребство: Моро, злодей, человекоубийца, похититель престола, соблазняя народ нечестивыми праздниками, святейшим гвоздем укрепляет свой шаткий престол!

Толпа зашумела.

– И знаете ли вы, братья мои, – продолжал монах, – кому поручил он устройство машины для вознесения гвоздя в главном куполе собора над алтарем?

– Кому?

– Флорентинцу Леонардо да Винчи!

– Леонардо? Кто такой? – спрашивали одни.

– Знаем, – отвечали другие, – тот самый, что молодого герцога плодами отравил...

– Колдун, еретик, безбожник!

– А как же слышал я, братцы, – робко заступился Корболо, – будто бы этот мессер Леонардо человек добрый? Зла никому не делает, не только людей, но и всякую тварь милует...

– Молчи, Корболо! Чего вздор мелешь?

– Разве может быть добрым колдун?

– О, чада мои, – объяснил фра Тимотео, – некогда скажут люди и о великом Обольстителе, о Грядущем во тьме: «он добр, он благ, он совершенен», – ибо лик его подобен лику Христа, и дан ему будет голос уветливый, сладостный, как звук цевницы. И многих соблазнит милосердием лукавым. И созовет с четырех ветров неба племена и народы, как созывает куропатка обманчивым криком в гнездо свое чужой выводок. Бодрствуйте, братья мои! Се ангел мрака, князь мира сего, именуемый Антихристом, приидет в образе человеческом: флорентинец Леонардо – слуга и предтеча Антихриста!

Выдувальщик стекла Горгольо, который ничего не слыхивал о Леонардо, молвил с уверенностью:

– Истинно так! Он душу дьяволу продал и собственной кровью договор подписал.

– Заступись, Матерь Пречистая, и помилуй! – верещала торговка Барбачча. – Намедни сказывала девка Стамма – в судомойках она у палача тюремного, – будто бы мертвые тела этот самый Леонардо, не к ночи будь помянут, с виселиц ворует, ножами режет, потрошит, кишки выматывает...

– Ну, это не твоего ума дело, Барбачча, – заметил с важностью Корболо, – это наука, именуемая анатомией...

– Машину, говорят, изобрел, чтобы по воздуху летать на птичьих крыльях, – сообщил златошвей Маскарелло.

– Древний крылатый змий Велиар восстает на Бога, – пояснил опять фра Тимотео. – Симон Волхв тоже поднялся на воздух, но был низвержен апостолом Павлом.

– По морю ходит, как по суху, – объявил Скарабулло. – Господь, мол, ходил по воде, и я пойду, – вот как богохульствует!

– В стеклянном колоколе на дно моря опускается, – добавил скорняк Мазо.

– И, братцы, не верьте! На что ему колокол? Обернется рыбой и плавает, обернется птицей и летает! – решил Горгольо.

– Вишь ты, оборотень окаянный, чтоб ему издохнуть!

– И чего отцы-инквизиторы смотрят? На костер бы!

– Кол ему осиновый в горло!

– Увы, увы! Горе нам, возлюбленные! – возопил фра Тимотео. – Святейший гвоздь, святейший гвоздь – у Леонардо!

– Не быть тому! – закричал Скарабулло, сжимая кулаки. – Умрем, а не дадим святыни на поругание. Отнимем гвоздь у безбожника!

– Отомстим за гвоздь! Отомстим за убитого герцога!

– Куда вы, братцы? – всплеснул руками башмачник. – Сейчас обход ночной стражи. Капитан Джустиции...

– К черту капитана Джустиции! Ступай под юбку к жене своей, Корболо, ежели трусишь!

Вооруженная палками, кольями, бердышами, камнями, с криком и бранью, двинулась толпа по улицам.

Впереди шел монах, держа распятие в руках, и пел псалом:

«Да воскреснет Бог, и да расточатся враги Его, и да бегут от лица Его ненавидящие Его.

Как исчезает дым, да исчезнут, как воск от огня, так нечестивые да погибнут от лица Господня».

Смоляные факелы дымились и трещали. В их багровом отблеске бледнел опрокинутый серп одинокого месяца. Меркли тихие звезды.

X

Леонардо работал в своей мастерской над машиной для подъема святейшего гвоздя. Зороастро делал круглый ящик со стеклами и золотыми лучами, в котором должна была храниться святыня. В темном углу мастерской сидел Джованни Бельтраффио, изредка поглядывая на учителя.

Погруженный в исследование вопроса о передаче силы посредством блоков и рычагов, Леонардо забыл машину.

Только что кончил он сложное вычисление. Внутренняя необходимость разума – закон математики оправдывал внешнюю необходимость природы – закон механики: две великие тайны сливались в одну, еще большую.

«Никогда не изобретут люди, – думал он с тихой улыбкой, – ничего столь простого и прекрасного, как явление природы. Божественная необходимость принуждает законами своими вытекать из причины следствие кратчайшим путем».

В душе его было знакомое чувство благоговейного изумления перед бездною, в которую он заглядывал, – чувство, не похожее ни на одно из других доступных людям чувств.

На полях, рядом с чертежом подъемной машины для святейшего гвоздя, рядом с цифрами и вычислениями, написал он слова, которые в сердце его звучали как молитва.

«О дивная справедливость Твоя, первый Двигатель! Ты не пожелал лишить никакую силу порядка и качества необходимых действий, ибо, ежели должно ей подвинуть тело на сто локтей, и на пути встречается преграда, Ты повелел, чтобы сила удара произвела новое движение, получая замену непройденного пути, различными толчками и сотрясениями, – о, божественная необходимость Твоя, первый Двигатель!»

Раздался громкий стук в наружную дверь дома, пение псалмов, брань и вопль разъяренной толпы.

Джованни и Зороастро побежали узнать, что случилось.

Стряпуха Матурина, только что вскочившая с постели, полуодетая, растрепанная, бросилась в комнату с криком:

– Разбойники! Разбойники! Помогите! Матерь Пресвятая, помилуй нас!..

Вошел Марко д'Оджоне с аркебузом в руках и поспешно запер ставни на окнах.

– Что это, Марко? – спросил Леонардо.

– Не знаю. Какие-то негодяи ломятся в дом. Должно быть, монахи взбунтовали чернь.

– Чего они хотят?

– Черт их разберет, сволочь полоумную! Святейшего гвоздя требуют.

– У меня его нет: он в ризнице у архиепископа Арчимбольдо.

– Я и то говорил. Не слушают, беснуются. Вашу милость отравителем герцога Джан-Галеаццо называют, колдуном и безбожником.

Крики на улице усиливались:

– Отоприте! Отоприте! Или гнездо ваше проклятое спалим! Подождите, доберемся до шкуры твоей, Леонардо, Антихрист окаянный!

– Да воскреснет Бог, и да расточатся враги его! – возглашал фра Тимотео, и с пением его сливался пронзительный свист шалуна Фарфаниккио.

В мастерскую вбежал маленький слуга Джакопо, вскочил на подоконник, отворил ставню и хотел выпрыгнуть на двор, но Леонардо удержал его за край платья.

– Куда ты?

– За беровьеррами: стража капитана Джустиции в этот час неподалеку проходит.

– Что ты? Бог с тобою, Джакопо, тебя поймают и убьют.

– Не поймают! Я через стену к тетке Трулле в огород, потом в канаву с лопухом, и задворками... А если и убьют, лучше пусть меня, чем вас!

Оглянувшись на Леонардо с нежной и храброй улыбкой, мальчик вырвался из рук его, выскочил в окно, крикнул со двора: «Выручу, не бойтесь!» – и захлопнул ставню.

– Шалун, бесенок, – покачала головой Матурина, – а вот в беде-то пригодился. И вправду, пожалуй, выручит...

Зазвенели разбитые стекла в одном из верхних окон.

Стряпуха жалобно вскрикнула, всплеснула руками, выбежала из комнаты, нащупала в темноте крутую лестницу погреба, скатилась по ней и, как потом сама рассказывала, залезла в пустую винную бочку, где и просидела бы до утра, если бы ее не вытащили.

Марко побежал наверх запирать ставни.

Джованни вернулся в мастерскую, хотел опять сесть в свой угол, с бледным, убитым и ко всему равнодушным лицом, но посмотрел на Леонардо, подошел и вдруг упал перед ним на колени.

– Что с тобой? О чем ты, Джованни?

– Они говорят, учитель... Я знаю, что неправда... Я не верю... Но скажите... ради Бога, скажите мне сами!

И не кончил, задыхаясь от волнения.

– Ты сомневаешься, – молвил Леонардо с печальной усмешкой, – правду ли они говорят, что я убийца?

– Одно слово, только слово, учитель, из ваших уст!..

– Что я могу тебе сказать, друг мой? И зачем? Все равно ты не поверишь, если мог усомниться...

– О, мессер Леонардо! – воскликнул Джованни. – Я так измучился, я не знаю, что со мной... я с ума схожу, учитель... Помогите! Сжальтесь! Я больше не могу... Скажите, что это неправда!..

Леонардо молчал.

Потом, отвернувшись, молвил дрогнувшим голосом:

– И ты с ними, и ты против меня!..

Послышались такие удары, что весь дом задрожал: лудильщик Скарабулло рубил дверь топором.

Леонардо прислушался к воплям черни, и сердце его сжалось от знакомой тихой грусти, от чувства беспредельного одиночества.

Он опустил голову; глаза его упали на строки, только что им написанные:

«О дивная справедливость твоя, первый Двигатель!»

«Так, – подумал он, – все благо, все от Тебя!»

Он улыбнулся и с великой покорностью повторил слова умирающего герцога Джан-Галеаццо:

«Да будет воля Твоя на земле, как на небе».

Книга VI
ДНЕВНИК ДЖОВАННИ БЕЛЬТРАФФИО

Я поступил в ученики к флорентинскому мастеру Леонардо да Винчи 25 марта 1494 года.

Вот порядок учения: перспектива, размеры и пропорции человеческого тела, по образцам хороших мастеров, рисование с натуры.

* * *

Сегодня товарищ мой Марко д'Оджоне дал мне книгу о перспективе, записанную со слов учителя. Начинается так:

«Наибольшую радость телу дает свет солнца; наибольшую радость духу – ясность математической истины. Вот почему науку о перспективе, в которой созерцание светлой линии – величайшая отрада глаз – соединяется с ясностью математики – величайшею отрадой ума, – должно предпочитать всем остальным человеческим исследованиям и наукам. Да просветит же меня сказавший о Себе: „Я есмь Свет истинный", и да поможет изложить науку о перспективе, науку о Свете. И я разделяю эту книгу на три части: первая – уменьшение вдали объема предметов, вторая – уменьшение ясности цвета, третья – уменьшение ясности очертаний».

* * *

Мастер заботится обо мне, как о родном: узнав, что я беден, не захотел принять условленной ежемесячной платы.

* * *

Учитель сказал:

– Когда ты овладеешь перспективой и будешь знать наизусть пропорции человеческого тела, наблюдай усердно во время прогулок движения людей – как стоят они, ходят, разговаривают и спорят, хохочут и дерутся, какие при этом лица у них и у тех зрителей, которые желают разнять их, и тех, которые молча наблюдают; все это отмечай и зарисовывай карандашом, как можно скорее, в маленькую книжку из цветной бумаги, которую неотлучно имей при себе; когда же наполнится она, заменяй другою, а старую откладывай и береги. Помни, что не следует уничтожать и стирать эти рисунки, но хранить, ибо движения тел так бесконечны в природе, что никакая человеческая память не может их удержать. Вот почему смотри на эти наброски, как на своих лучших наставников и учителей.

Я завел себе такую книжку и каждый вечер записываю слышанные в течение дня достопамятные слова учителя.

* * *

Сегодня встретил в переулке лоскутниц, недалеко от собора, дядю моего, стекольного мастера Освальда Ингрима. Он сказал мне, что отрекается от меня, что я погубил душу свою, поселившись в доме безбожника и еретика Леонардо. Теперь я совсем один: нет у меня никого на свете – ни родных, ни друзей, – кроме учителя. Я повторяю прекрасную молитву Леонардо: «Да просветит меня Господь, Свет мира, и да поможет изучить перспективу, науку о свете Его». Неужели это слова безбожника?

* * *

Как бы ни было мне тяжело, стоит взглянуть на лицо его, чтобы на душе сделалось легче и радостнее. Какие у него глаза – ясные, бледно-голубые и холодные, точно лед; какой тихий, приятный голос, какая улыбка! Самые злые, упрямые люди не могут противиться вкрадчивым словам его, если он желает склонить их на «да» или «нет». Я часто подолгу смотрю на него, как он сидит за рабочим столом, погруженный в задумчивость, и привычным медленным движением тонких пальцев перебирает, разглаживает длинную, вьющуюся и мягкую, как шелк девичьих кудрей, золотистую бороду. Ежели с кем-нибудь говорит, то обыкновенно прищуривает один глаз с немного лукавым, насмешливым и добрым выражением: кажется тогда, взор его из-под густых нависших бровей проникает в самую душу.

* * *

Одевается просто; не терпит пестроты в нарядах и новых мод. Не любит никаких духов. Но белье у него из тонкого реннского полотна, всегда белое, как снег. Черный бархатный берет без всяких украшений, медалей и перьев. Поверх черного камзола – длинный до колен темно-красный плащ с прямыми складками, старинного покроя. Движения плавны и спокойны. Несмотря на скромное платье, всегда, где бы ни был, среди вельмож или в толпе народа, у него такой вид, что нельзя не заметить его: не похож ни на кого.

***

Все умеет, знает все: отличный стрелок из лука и арбалета, наездник, пловец, мастер фехтования. Однажды видел я его в состязании с первыми силачами народа: игра состояла в том, что подбрасывали в церкви маленькую монету так, чтобы она коснулась самой середины купола. Мессер Леонардо победил всех ловкостью и силой.

Он левша. Но левою рукою, с виду нежной и тонкой, как у молодой женщины, сгибает железные подковы, перекручивает язык медного колокола и ею же, рисуя лицо прекрасной девушки, наводит прозрачные тени прикосновениями угля или карандаша, легкими, как трепетания крыльев бабочки.

***

Сегодня после обеда кончил при мне рисунок, который изображает склоненную голову Девы Марии, внимающей благовестию Архангела. Из-под головной повязки, украшенной жемчугом и двумя голубиными крыльями, стыдливо играя с веянием ангельских крыл, выбиваются пряди волос, заплетенных, как у флорентинских девушек, в прическу, по виду небрежную, на самом деле – искусную. Красота этих вьющихся кудрей пленяет, как странная музыка. И тайна глаз ее, которая как будто просвечивает сквозь опущенные веки с густой тенью ресниц, похожа на тайну подводных цветов, видимых сквозь прозрачные волны, но недосягаемых.

Вдруг в мастерскую вбежал маленький слуга Джакопо и, прыгая, хлопая в ладоши, закричал:

– Уроды! Уроды! Мессер Леонардо, ступайте скорее на кухню! Я привел вам таких красавчиков, что останетесь довольны!

– Откуда? – спросил учитель.

– С паперти у Сант-Амброджо. Нищие из Бергамо. Я сказал, что вы угостите их ужином, если они позволят снять с себя портреты.

– Пусть подождут. Я сейчас кончу рисунок.

– Нет, мастер, они ждать не будут: назад в Бергамо до ночи торопятся. Да вы только взгляните – не пожалеете! Стоит, право же, стоит! Вы себе представить не можете, что за чудовища!

Покинув неоконченный рисунок Девы Марии, учитель пошел в кухню. Я за ним.

Мы увидели двух чинно сидевших на лавке братьев-стариков, толстых, точно водянкою раздутых, с отвратительными, отвислыми опухолями громадных зобов на шее – болезнью, обычною среди обитателей Бергамских гор, – и жену одного из них, сморщенную худенькую старушонку по имени Паучиха, вполне достойную этого имени.

Лицо Джакопо сияло гордостью:

– Ну, вот видите, – шептал он, – я же говорил, что вам понравится! Я уж знаю, что нужно...

Леонардо подсел к уродам, велел подать вина, стал их потчевать, любезно расспрашивать, смешить глупыми побасенками. Сперва они дичились, поглядывали недоверчиво, должно быть, не понимая, зачем их сюда привели. Но когда он рассказал им площадную новеллу о мертвом жиде, изрезанном на мелкие куски своим соотечественником, чтобы избежать закона, воспрещавшего погребение жидов на земле города Болоньи, замаринованном в бочку с медом и ароматами, отправленном в Венецию с товарами на корабле и нечаянно съеденном одним флорентинским путешественником-христианином, – Паучиху стал разбирать смех. Скоро все трое, опьянев, захохотали с отвратительными ужимками. Я в смущении потупил глаза и отвернулся, чтобы не видеть. Но Леонардо смотрел на них с глубоким, жадным любопытством, как ученый, который делает опыт. Когда уродство их достигло высшей степени, взял бумагу и начал рисовать эти мерзостные рожи тем самым карандашом, с той же любовью, с какой только что рисовал божественную улыбку Девы Марии.

Вечером показывал мне множество карикатур не только людей, но и животных – страшные лица, похожие на те, что преследуют больных в бреду. В зверском мелькает человеческое, в человеческом зверское, одно переходит в другое легко и естественно, до ужаса. Я запомнил морду дикобраза с колючими ощетинившимися иглами, с отвислою нижнею губою, болтающеюся, мягкою и тонкою, как тряпка, обнажившею в гнусной человеческой улыбке продолговатые, как миндалины, белые зубы. Я также никогда не забуду лица старухи с волосами, вздернутыми кверху в дикую, безумную прическу, с жидкою косичкою сзади, с гигантским лысым лбом, расплющенным носом, крохотным, как бородавка, и чудовищно толстыми губами, напоминавшими те дряблые, осклизлые грибы, которые растут на гнилых пнях. И всего ужаснее то, что эти уроды кажутся знакомыми, как будто где-то уже видел их, и что-то есть в них соблазнительное, что отталкивает и в то же время притягивает, как бездна. Смотришь, ужасаешься – и нельзя оторвать от них глаз так же, как от божественной улыбки Девы Марии.

И там и здесь – удивление, как перед чудом.

* * *

Чезаре де Сесто рассказывает, что Леонардо, встретив где-нибудь в толпе на улице любопытного урода, в течение целого дня может следовать за ним и наблюдать, стараясь запомнить лицо его. Великое уродство в людях, говорит учитель, так же редко и необычайно, как великая прелесть: только среднее – обычно.

Он изобрел странный способ запоминать человеческие лица. Полагает, что носы у людей бывают трех родов: или прямые, или с горбинкой, или с выемкой. Прямые могут быть или короткими, или длинными, с концами тупыми или острыми. Горбина находится или вверху носа, или внизу, или посередине – и так далее для каждой части лица. Все эти бесчисленные подразделения, роды и виды, отмеченные цифрами, заносятся в особую разграфленную книжку. Когда художник где-нибудь на прогулке встречает лицо, которое желает запомнить, ему стоит лишь отметить значком соответствующий род носа, лба, глаз, подбородка, и, таким образом, посредством ряда цифр закрепляется в памяти как бы мгновенный снимок с живого лица. На свободе, вернувшись домой, соединяет эти части в один образ.

Придумал также маленькую ложечку для безукоризненно точного, математического измерения количества краски при изображении постепенных, глазом едва уловимых, переходов света в тень и тени в свет. Если, например, для того, чтобы получить определенную степень густоты тени, нужно взять десять ложечек черной краски, то для получения следующей степени должно взять одиннадцать, потом двенадцать, тринадцать и так далее. Каждый раз, зачерпнув краски, срезывают горку, сравнивают ее стеклянным наугольником: так на рынке равняют меру, насыпанную зерном.

* * *

Марко д'Оджоне – самый прилежный и добросовестный из учеников Леонардо. Работает как вол, выполняет с точностью все правила учителя; но, по-видимому, чем больше старается, тем меньше успевает. Марко упрям: что забрал себе в голову, и гвоздем не вышибешь. Убежден, что «терпение и труд все перетрут», – и не теряет надежды сделаться великим художником. Больше всех нас радуется изобретениям учителя, которые сводят искусство к механике. Намедни, захватив с собой книжечку с цифрами для запоминания лиц, отправился на площадь Бролетто, выбрал лица в толпе и отметил их значками в таблице. Но когда вернулся домой, сколько ни бился, никак не мог соединить отдельные части в живое лицо. Такое же горе вышло у него с ложечкой для измерения черной краски: несмотря на то что он в своей работе соблюдает математическую точность, тени остаются непрозрачными и неестественными, так же как лица деревянными и лишенными всякой прелести. Марко объясняет это тем, что не выполнил всех правил учителя, и удваивает усердие. А Чезаре да Сесто злорадствует.

– Добрейший Марко, – говорит он, – истинный мученик искусства! Пример его доказывает, что все эти хваленые правила, и ложечки, и таблицы для носов ни к черту не годятся. Мало знать, как рождаются дети, для того, чтобы родить. Леонардо только себя и других обманывает: говорит одно, делает другое. Когда пишет, не думает ни о каких правилах, а только следует вдохновению. Но ему недостаточно быть великим художником, он хочет быть и великим ученым, хочет примирить искусство и науку, вдохновение и математику. Я, впрочем, боюсь, что, погнавшись за двумя зайцами, ни одного не поймает!

Быть может, в словах Чезаре есть доля правды. Но за что он так не любит учителя? Леонардо прощает ему все, охотно выслушивает его злые, насмешливые речи, ценит ум его и никогда не сердится.

* * *

Я наблюдаю, как он работает над Тайной Вечерей. Рано поутру, только что солнце встанет, уходит из дому, отправляется в монастырскую трапезную и в течение целого дня, пока не стемнеет, пишет, не выпуская кисти из рук, забывая о пище и питье. А то проходит неделя, другая – не дотрагивается до кистей; но каждый день простаивает два-три часа на подмостках перед картиной, рассматривая и обсуждая то, что сделано;

иногда в полдень, в самую жару, бросая начатое дело, по опустевшим улицам, не выбирая теневой стороны, как будто увлекаемый невидимой силой, бежит в монастырь, взлезает на подмостки, делает два-три мазка и тотчас уходит.

***

Все эти дни работал над головой апостола Иоанна. Сегодня должен был кончить. Но, к удивлению моему, остался дома и с утра, вместе с маленьким Джакопо, занялся наблюдением над полетом шмелей, ос и мух. Так погружен в изучение устройства их тела и крыльев, словно от этого зависят судьбы мира. Обрадовался, как Бог весть чему, когда нашел, что задние лапки служат мухам вместо руля. По мнению учителя, это чрезвычайно полезно и важно для изобретения летательной машины. Может быть. Но все же обидно, что голова апостола Иоанна покинута для исследования мушиных лапок.

***

Сегодня новое горе. Мухи забыты, как и Тайная Вечеря. Сочиняет сложный, тонкий узор для герба несуществующей, но предполагаемой герцогом миланской академии живописи – четыреугольник из переплетенных, без конца, без начала, свивающихся веревочных узлов, которые окружают латинскую надпись: Leonardi Vinci Academia. Так поглощен отделкой узора, как будто ничего более в мире не существует, кроме этой трудной и бесполезной игры. Кажется, никакие силы не могли бы его оторвать от нее. Я не вытерпел и решился напомнить о неоконченной голове апостола Иоанна. Он пожал плечами и, не подымая глаз от веревочных узлов, процедил сквозь зубы:
– Не уйдет, успеем.
Я иногда понимаю злобу Чезаре.

***

Герцог Моро поручил ему устройство во дворце слуховых труб, скрытых в толще стен, так называемого Дионисиева уха, которое позволяет государю подслушивать из одного покоя то, что говорится в другом. Сначала мастер с большим увлечением принялся за проведение труб. Но скоро, по обыкновению, охладел и стал откладывать под разными предлогами. Герцог торопит и сердится. Сегодня поутру несколько раз присылали из дворца. Но учитель занят новым делом, которое кажется ему не менее важным, чем устройство Дионисиева уха, – опытами над растениями: обрезав корни у тыквы и оставив один маленький корешок, обильно питает его водой. К немалой радости его, тыква не засохла, и мать, как он выражается, благополучно выкормила всех своих детей – около шестидесяти длинных тыкв. С каким терпением, с какой любовью следил он за жизнью этого растения! Сегодня до зари просидел на огородной грядке, наблюдая, как широкие листья пьют ночную росу. «Земля, – говорит он, – поит растения влагой, небо росой, а солнце дает им душу», – ибо он полагает, что не только у человека, но и у животных, даже у растений есть душа – мнение, которое фра Бенедетто считает весьма еретическим.

***

Любит всех животных. Иногда целыми днями наблюдает и рисует кошек, изучает их нравы и привычки: как они играют, дерутся, спят, умывают морду лапками, ловят мышей, выгибают спину и ерошатся на собак. Или с таким же любопытством смотрит сквозь стенки большого стеклянного сосуда на рыб, слизняков, волосатиков, каракатиц и всяких других водяных животных. Лицо его выражает глубокое, тихое удовлетворение, когда они дерутся и пожирают друг друга.

* * *

Сразу тысячи дел. Не окончив одного, берется за другое. Впрочем, каждое из дел похоже на игру, каждая игра – на дело. Разнообразен и непостоянен. Чезаре говорит, что скорее потекут реки вспять, чем Леонардо сосредоточится на одном каком-нибудь замысле и доведет его до конца. Называет учителя самым великим из беспутных людей, уверяя, что из всех необъятных трудов его не выйдет никакого толку. Леонардо будто бы написал сто двадцать книг «О природе – Delle Cose Naturali». Но все это случайные отрывки, отдельные заметки, разрозненные клочки бумаги – более пяти тысяч листков в таком страшном беспорядке, что сам он никогда не может разобраться, ищет какой-нибудь нужной заметки и не находит.

* * *

Какое у него неутолимое любопытство, какой добрый, вещий глаз для природы! Как он умеет замечать незаметное! Всюду удивляется радостно и жадно, как дети, как первые люди в раю.

Иногда о самом будничном такое слово скажет, что потом, хоть сто лет живи, не забудешь – прилипнет к памяти и не отвяжется.

Намедни, войдя в мою келью, учитель сказал: «Джованни, обратил ли ты внимание на то, что маленькие комнаты сосредоточивают ум, а большие – возбуждают его к деятельности?»

Или еще: «В тенистом дожде очертания предметов кажутся яснее, чем в солнечном».

А вот из вчерашнего делового разговора с литейным мастером о каких-то заказанных ему герцогом военных орудиях: «Взрыв пороха, сжатого между тарелью бомбарды и ядром, действует, как человек, который, упершись задом в стену, изо всей силы толкал бы перед собой руками тяжесть».

Говоря однажды об отвлеченной механике, сказал: «Сила всегда желает победить свою причину и, победив, умереть. Удар – сын Движения, внук Силы, а общий прадед – Вес».

В споре с одним архитектором воскликнул с нетерпением: «Как же вы не понимаете, мессере? Это ясно, как день. Ну что такое арка? Арка не что иное, как сила, рождаемая двумя соединенными и противоположными слабостями». Архитектор даже рот разинул от удивления. А для меня все в их разговоре сразу сделалось ясным, как будто в темную комнату свечку внесли.

* * *

Опять два дня работы над головою апостола Иоанна.

Но, увы, что-то потеряно в бесконечной возне с мушиными крыльями, тыквою, кошками, Дионисиевым ухом, узором из веревочных узлов и тому подобными важными делами. Опять не кончил, бросил и, по выражению

Чезаре, весь ушел в геометрию, как улитка в свою раковину, полный отвращения к живописи. Говорит, будто бы самый запах красок, вид кистей и полотна ему противны.

Вот так мы и живем, по прихоти случая, изо дня в день, предавшись воле Божьей. Сидим у моря и ждем погоды. Хорошо, что еще до летательной машины не дошло, а то пиши пропало – так зароется в механику, что только мы его и видали!

***

Я заметил, что всякий раз, как после долгих отговорок, сомнений и колебаний он приступает наконец к работе, берет кисть в руки, – чувство, подобное страху, овладевает им. Всегда недоволен тем, что сделал. В созданиях, которые кажутся другим пределом совершенства, замечает ошибки. Стремится все к высшему, к недосягаемому, к тому, чего рука человеческая, как бы ни было искусство ее бесконечно, выразить не может. Вот почему почти никогда не кончает.

***

Приходил сегодня жид-барышник продавать лошадей. Мастер хотел купить гнедого жеребца. Жид начал его уговаривать, чтобы купил вместе с жеребцом кобылу, и так умолял, настаивал, егозил и божился, что Леонардо, который любит лошадей и знает в них толк, наконец рассмеялся, махнул рукою, взял кобылу и позволил себя обмануть, чтобы только от жида отделаться. Я смотрел, слушал и недоумевал.

– Чему ты удивляешься? – объяснил мне потом Чезаре. – Так всегда: первый встречный может сесть ему на шею. Ни в чем нельзя на него положиться. Ничего твердо решить не умеет. Все надвое – и нашим, и вашим, и да, и нет. Куда ветер подует. Никакой крепости, никакого мужества. Весь мягкий, зыбкий, податливый, точно без костей, точно расслабленный, несмотря на всю свою силу. Играя, железные подковы гнет, рычаги придумывает, чтобы крестильницу Сан-Джованни на воздух поднять, как воробьиное гнездо, а для настоящего дела, где воля нужна, – соломинки не подымет, божьей коровки обидеть не посмеет!..

Чезаре еще долго бранился, явно преувеличивал и даже клеветал. Но я чувствовал, что в словах его с ложью смешана правда.

***

Заболел Андреа Салаино. Учитель ухаживает за ним, ночей не спит, просиживая у изголовья. Но о лекарствах слышать не хочет. Марко д'Оджоне тайно принес больному каких-то пилюль. Леонардо нашел их и выбросил в окно.

Когда же сам Андреа заикнулся, что хорошо бы пустить кровь, – он знает одного цирульника, который отлично открывает жилы, – учитель не на шутку рассердился, обругал всех докторов нехорошими словами и, между прочим, сказал:

– Советую тебе думать не о том, как лечиться, а как сохранить здоровье, чего ты достигнешь тем лучше, чем более будешь остерегаться врачей, лекарства которых подобны нелепым составам алхимиков.

И прибавил с веселой, простодушно-лукавой усмешкой:

– Еще бы им, обманщикам, не богатеть, когда всякий только для того и старается накопить побольше денег, чтобы отдать их врачам, разрушителям человеческой жизни!

* * *

Учитель забавляет больного смешными рассказами, баснями, загадками, до которых Салаино большой охотник. Я смотрю, слушаю и дивлюсь на учителя. Какой он веселый!

Вот для примера некоторые из этих загадок:

«Люди будут жестко бить то, что есть причина их жизни. – Молотьба хлеба.

Леса произведут на свет детей, которым суждено истреблять своих родителей. – Ручки топоров.

Шкуры звериные заставят людей выйти из молчания, клясться и кричать. – Игра в кожаные мячики».

После долгих часов, проведенных в изобретении военных орудий, в математических выкладках или работе над Тайною Вечерей, утешается этими загадками, как ребенок. Записывает их в рабочих тетрадях рядом с набросками великих будущих произведений или только что открытыми законами природы.

* * *

Сочинил и нарисовал в прославление щедрости герцога странную, сложную аллегорию, на которую потратил немало труда: в образе фортуны, Моро принимает под свою защиту отрока, убегающего от страшной Парки Бедности, с лицом Паучихи, покрывает его мантией и золотым скипетром грозит чудовищной богине. Герцог доволен рисунком и хочет, чтобы Леонардо исполнил его красками на одной из стен дворца. Эти аллегории вошли в моду при дворе. Кажется, они имеют больший успех, чем все остальные произведения учителя. Дамы, рыцари, вельможи пристают к нему, добиваются какой-нибудь замысловатой аллегорической картинки.

Для одной из двух главных наложниц герцога, графини Чечилии Бергамини, сочинил аллегорию Зависти: дряхлая старуха с отвислыми сосцами, покрытая леопардовой шкурой, с колчаном ядовитых языков за плечами, едет верхом на человеческом остове, держа в руке кубок, наполненный змеями.

Пришлось ему сочинить и другую аллегорию, тоже Зависти, для другой наложницы, Лукреции Кривелли, чтобы она не обиделась: ветвь орешника бьют палками и потрясают тогда именно, как доводит она плоды свои до совершенной зрелости. Рядом надпись: за благодеяния.

Наконец, и для супруги герцога, светлейшей мадонны Беатриче, надо было выдумать аллегорию Неблагодарности: человек при восходящем солнце гасит свечу, которая служила ему ночью.

Теперь бедному мастеру ни днем, ни ночью нет покоя: заказы, просьбы, записочки дам сыплются на него; не знает, как отделаться.

Чезаре злится: «Все эти глупые рыцарские девизы, слащавые аллегории пристали разве какому-нибудь придворному блюдолизу, а не такому художнику, как Леонардо. Срам!» Я думаю, что он не прав. Учитель вовсе не помышляет о чести. Аллегориями забавляется он точно так же, как игрою в загадки и математическими истинами, божественной улыбкою Марии Девы и узором из веревочных узлов.

* * *

Он задумал и давно уже начал, но, по своему обыкновению, не кончил и Бог весть когда кончит *«Книгу о живописи»* – Trattato della Pittura. В последнее время много занимаясь со мною воздушною и линейной перспективою, светом и тенью, приводил из книги выдержки и отдельные мысли об искусстве. Я записываю здесь то, что запомнил.

Господь да наградит учителя за любовь и мудрость, с коими руководствует он меня на всех высоких путях этой благороднейшей науки! Пусть же те, кому попадутся в руки эти листки, помянут в молитве душу смиренного раба Божьего, недостойного ученика, Джованни Бельтраффио, и душу великого мастера, флорентийца Леонардо да Винчи.

* * *

Учитель говорит: «Все прекрасное умирает в человеке, но не в искусстве».

* * *

«Тот, кто презирает живопись, презирает философское и утонченное созерцание мира, ибо живопись есть законная дочь или, лучше сказать, внучка природы. Все, что есть, родилось от природы, и родило в свою очередь науку о живописи. Вот почему говорю я, что живопись внучка природы и родственница Бога. Кто хулит живопись, тот хулит природу».

* * *

«Живописец должен быть всеобъемлющ. О, художник, твое разнообразие да будет столь же бесконечно, как явления природы. Продолжая то, что начал Бог, стремись умножить не дела рук человеческих, но вечные создания Бога. Никому никогда не подражай. Пусть будет каждое твое произведение как бы новым явлением природы».

* * *

«Для того, кто владеет первыми, общими законами естественных явлений, для того, кто *знает* , – легко быть всеобъемлющим, ибо, по строению своему, все тела, как человека, так и животных, сходствуют».

* * *

«Берегись, чтобы алчность к приобретению золота не заглушила в тебе любви к искусству. Помни, что приобретение славы есть нечто большее, чем слава приобретения. Память о богатых погибает вместе с ними; память о мудрых никогда не исчезнет, ибо мудрость и наука суть законные дети своих родителей, а не побочные, как деньги. Люби славу и не бойся бедности. Подумай, как много великих философов, рожденных в богатстве, обрекали себя на добровольную нищету, дабы не осквернить души своей богатством».

* * *

«Наука молодит душу, уменьшает горечь старости. Собирай же мудрость, собирай сладкую пищу для старости».

* * *

«Я знаю таких живописцев, которые бесстыдно, на потеху черни, размалевывают картины свои золотом и лазурью, утверждая с высокомерной наглостью, что могли бы работать не хуже других мастеров, если бы им больше платили. О, глупцы! Кто же мешает им сделать что-нибудь прекрасное и объявить: вот эта картина в такую-то цену, эта дешевле, а эта совсем рыночная, – доказав таким образом, что они умеют работать на всякую цену».

***

«Нередко алчность к деньгам унижает и хороших мастеров до ремесла. Так, мой земляк и товарищ, флорентинец Перуджино, дошел до такой поспешности в исполнении заказов, что однажды ответил с подмостков жене своей, которая звала его обедать: „Подавай суп, а я пока напишу еще одного святого".

***

«Малого достигает художник несомневающийся. Благо тебе, если твое произведение выше, плохо, если оно наравне, но величайшее бедствие, если оно ниже, чем ты его ценишь, что бывает с теми, кто удивляется, как это Бог им помог сделать так хорошо».

***

«Терпеливо выслушивай мнения всех о твоей картине, взвешивай и рассуждай, правы ли те, кто укоряет тебя и находит ошибки; если да – исправь, если нет – сделай вид, что не слышал, и только людям, достойным внимания, доказывай, что они ошибаются.

Суждение врага нередко правдивее и полезнее, чем суждение друга. Ненависть в людях почти всегда глубже любви. Взор ненавидящего проницательнее взора любящего. Истинный друг все равно что ты сам. Враг не похож на тебя, – вот в чем сила его. Ненависть освещает многое, скрытое от любви. Помни это и не презирай хулы врагов».

***

«Яркие краски пленяют толпу. Но истинный художник не толпе угождает, а избранным. Гордость и цель его не в блистающих красках, а в том, чтобы совершилось в картине подобное чуду: чтобы тень и свет сделали в ней плоское выпуклым. Кто, презирая тень, жертвует ею для красок, – похож на болтуна, который жертвует смыслом речи для пустых и громких слов».

***

«Больше всего берегись грубых очертаний. Да будут края твоих теней на молодом и нежном теле не мертвыми, не каменными, но легкими, неуловимыми и прозрачными, как воздух, ибо само тело человеческое прозрачно, в чем можешь убедиться, если через пальцы посмотришь на солнце. Слишком яркий свет не дает прекрасных теней. Бойся яркого света. В сумерки, или в туманные дни, когда солнце в облаках, заметь, какая нежность и прелесть на лицах мужчин и женщин, проходящих по тенистым улицам между темными стенами домов. Это самый совершенный свет. Пусть же тень твоя, мало-помалу исчезая в свете, тает, как дым, как звуки тихой музыки. Помни: между светом и мраком есть нечто среднее, двойственное, одинаково причастное и тому, и другому, как бы светлая тень или темный свет. Ищи его, художник: в нем тайна пленительной прелести!»

Так он сказал и, подняв руку, как бы желая запечатлеть эти слова в нашей памяти, повторил с неизъяснимым выражением:

– Берегитесь грубого и резкого. Пусть тени ваши тают, как дым, как звуки дальней музыки!

Чезаре, внимательно слушавший, усмехнулся, поднял глаза на Леонардо и что-то хотел возразить, но промолчал.

Спустя немного, говоря уже о другом, учитель сказал:

– Ложь так презренна, что, превознося величие Бога, унижает Его; истина так прекрасна, что, восхваляя самые малые вещи, облагораживает их. Между истиной и ложью такая же разница, как между мраком и светом.

Чезаре, что-то вспомнив, посмотрел на него испытующим взором.

– Такая же разница, как между мраком и светом? – повторил он. – Но не вы ли сами, учитель, только что утверждали, что между мраком и светом есть нечто среднее, двойственное, одинаково причастное и тому, и другому, как бы светлая тень или темный свет? Значит, – и между истиной и ложью?.. но нет, этого быть не может... Право же, мастер, ваше сравнение порождает в уме моем великий соблазн, ибо художник, ищущий тайны пленительной прелести в слиянии тени и света, чего доброго, спросит, не сливается ли истина с ложью так же, как свет с тенью...

Леонардо сперва нахмурился, как будто был удивлен, даже разгневан словами ученика, но потом рассмеялся и ответил:

– Не искушай меня. Отыди, сатана!

Я ожидал другого ответа, и думаю, что слова Чезаре достойны были большего, чем легкомысленная шутка. По крайней мере, во мне возбудили они много мучительных мыслей.

***

Сегодня вечером я видел, как, стоя под дождем в тесном, грязном и вонючем переулке, внимательно рассматривал он каменную, по-видимому, ничем не любопытную стену с пятнами сырости. Это продолжалось долго. Мальчишки указывали на него пальцами и смеялись. Я спросил, что он нашел в этой стене.

– Посмотри, Джованни, какое великолепное чудовище – химера с разинутой пастью; а вот рядом – ангел с нежным лицом и развевающимися локонами, который убегает от чудовища. Прихоть случая создала здесь образы, достойные великого мастера.

Он обвел пальцем очертания пятен, и в самом деле, к изумлению моему, я увидел в них то, о чем он говорил.

– Может быть, многие сочтут это изображение нелепым, – продолжал учитель, – но я, по собственному опыту, знаю, как оно полезно для возбуждения ума к открытиям и замыслам. Нередко на стенах, в смешении разных камней, в трещинах, в узорах плесени на стоячей воде, в потухающих углях, подернутых пеплом, в очертаниях облаков случалось мне находить подобие прекраснейших местностей с горами, скалами, реками, долинами и деревьями, также чудесные битвы, странные лица, полные неизъяснимой прелести, любопытных дьяволов, чудовищ и многие другие удивительные образы. Я выбирал из них то, что нужно, и доканчивал. Так, вслушиваясь в дальний звон колоколов, ты можешь в их смешанном гуле найти по желанию всякое имя и слово, о котором думаешь.

***

Сравнивает морщины, образуемые мускулами лица, во время плача и смеха. В глазах, во рту, в щеках нет никакого различия. Только брови плачущий подымает вверх и соединяет, лоб собирается в складки, и углы рта опускаются; между тем как смеющийся широко раздвигает брови и подымает углы рта.

В заключение сказал:

– Старайся быть спокойным зрителем того, как люди смеются и плачут, ненавидят и любят, бледнеют от ужаса и кричат от боли; смотри, учись, исследуй, наблюдай, чтобы познать выражение всех человеческих чувств.

Чезаре сказывал мне, что мастер любит провожать осужденных на смертную казнь, наблюдая в их лицах все степени муки и ужаса, возбуждая в самих палачах удивление своим любопытством, следя за последними содроганиями мускулов, когда несчастные умирают.

– Ты и представить себе не можешь, Джованни, что это за человек! – прибавил Чезаре с горькой усмешкой. – Червяка подымет с дороги и посадит на листок, чтобы не раздавить ногой, – а когда найдет на него такой стих, – кажется, если бы родная мать плакала, он только наблюдал бы, как сдвигаются брови, морщится кожа на лбу и опускаются углы рта.

* * *

Учитель сказал: «Учись у глухонемых выразительным движениям».

* * *

«Когда ты наблюдаешь людей, старайся, чтобы они не замечали, что ты смотришь на них: тогда их движения, их смех и плач естественнее».

* * *

«Разнообразие человеческих движений так же беспредельно, как разнообразие человеческих чувств. Высшая цель художника заключается в том, чтобы выразить в лице и в движениях тела страсть души».

«Помни, – в лицах, тобою изображенных, должна быть такая сила чувства, чтобы зрителю казалось, что картина твоя может заставить мертвых смеяться и плакать.

Когда художник изображает что-нибудь страшное, скорбное или смешное, – чувство, испытываемое зрителем, должно побуждать его к таким телодвижениям, чтобы казалось, будто бы он сам принимает участие в изображенных действиях; если же это не достигнуто, – знай, художник, что все твои усилия тщетны».

* * *

«Мастер, у которого руки узловатые, костлявые, охотно изображает людей с такими же узловатыми, костлявыми руками, и это повторяется для каждой части тела, ибо всякому человеку нравятся лица и тела, сходные с его собственным лицом и телом. Вот почему, если художник некрасив, он выбирает для своих изображений лица тоже некрасивые, и наоборот. Берегись, чтобы женщины и мужчины, тобой изображаемые, не казались сестрами и братьями-близнецами, ни по красоте, ни по уродству – недостаток, свойственный многим итальянским художникам. Ибо в живописи нет более опасной и предательской ошибки, как подражание собственному телу. Я думаю, что это происходит оттого, что душа есть художница своего тела: некогда создала она и вылепила его, по образу и подобию своему; и теперь, когда опять ей нужно, при помощи кисти и красок, создать новое тело, всего охотнее повторяет образ, в который уже раз воплотилась».

* * *

«Заботиться о том, чтобы произведение твое не отталкивало зрителя, как человека, только что вставшего с постели, холодный зимний воздух, а привлекало бы и пленяло душу его, подобно тому, как спящего из постели выманивает приятная свежесть летнего утра».

* * *

Вот история живописи, рассказанная учителем в немногих словах:

«После римлян, когда живописцы стали подражать друг другу, искусство пришло в упадок, длившийся много веков. Но явился Джотто-флорентинец, который, не довольствуясь подражанием учителю своему, Чимабуэ, рожденный в горах и пустынях, обитаемых лишь козами и другими подобными животными, и будучи побуждаем к искусству природой, начал рисовать на камнях движения коз, которых пас, и всех животных, которые обитали в стране его, и, наконец, посредством долгой науки, превзошел не только всех учителей своего времени, но и прошлых веков. После Джотто искусство живописи снова пришло в упадок, потому что каждый стал подражать готовым образцам. Это продолжалось целые столетия, пока Томмазо-флорентинец, по прозвищу Мазаччо, не доказал своими совершенными созданиями, до какой степени даром тратят силы те, кто берет за образец что бы то ни было, кроме самой природы – учительницы всех учителей».

* * *

«Первым произведением живописи была черта, обведенная вокруг тени человека, брошенной солнцем на стену».

* * *

Говоря о том, как следует художнику сочинять замыслы картин, учитель рассказал нам для примера задуманное им изображение потопа.

«Пучины и водовороты, озаренные молниями. Ветви громадных дубов, с людьми, прицепившимися к ним, уносимые смерчем. Воды, усеянные обломками домашней утвари, на которых спасаются люди. Стада четвероногих, окруженные водою, на высоких плоскогорьях, одни кладут ноги на спины другим, давят и топчут друг друга. В толпе людей, защищающих, с оружием в руках, последний клочок земли от хищных зверей, одни ломают руки, грызут их, так что кровь течет, другие затыкают уши, чтобы не слышать грохота громов, или же, не довольствуясь тем, что закрыли глаза, кладут еще руку на руку, прижимая их к векам, чтобы не видеть грозящей смерти. Иные убивают себя, удушаясь, закалываясь мечами, бросаясь в пучину с утесов, и матери, проклиная Бога, хватают детей, чтобы размозжить им голову о камни. Разложившиеся трупы всплывают на поверхность, сталкиваясь и ударяя друг друга, как мячики, надутые воздухом, отскакивают. Птицы садятся на них или, в изнеможении падая, опускаются на живых людей и зверей, не находя другого места для отдыха».

От Салаино и Марко узнал я, что Леонардо в течение многих лет расспрашивал путешественников и всех, кто когда-либо видел смерчи, наводнения, ураганы, обвалы, землетрясения, – узнавая точные подробности и терпеливо, как ученый, собирая черту за чертой, наблюдение за наблюдением, чтобы составить замысел картины, которой, быть может, никогда не исполнить. Помню, слушая рассказ о потопе, я испытывал то же, что бывало при виде дьявольских рож и чудовищ в рисунках его, – ужас, который притягивает.

И вот еще что меня удивило: рассказывая страшный замысел, художник казался спокойным и безучастным.

Говоря о блесках молний, отражаемых водою, заметил: «Их должно быть больше на дальних, меньше – на ближних к зрителю волнах, как того требует закон отражения света на гладких поверхностях».

Говоря о мертвых телах, которые сталкиваются в водоворотах, прибавил: «Изображая эти удары и столкновения, не забывай закон механики, по которому угол падения равен углу отражения».

Я невольно улыбнулся и подумал: «Вот он весь – в этом напоминании!»

* * *

Учитель сказал:

– Не опыт, отец всех искусств и наук, обманывает людей, а воображение, которое обещает им то, чего опыт дать не может. Невинен опыт, но наши суетные и безумные желания преступны. Отличая ложь от истины, опыт учит стремиться к возможному и не надеяться, по незнанию, на то, чего достигнуть нельзя, чтобы не пришлось, обманувшись в надежде, предаться отчаянию.

Когда мы остались наедине, Чезаре напомнил мне эти слова и сказал, брезгливо поморщившись:

– Опять ложь и притворство!

– В чем же теперь-то солгал он, Чезаре? – спросил я с удивлением. – Мне кажется, что учитель...

– Не стремиться к невозможному, не желать недостижимого! – продолжал он, не слушая меня. – Чего доброго, кто-нибудь поверит ему на слово. Только нет, не на таких дураков напал: не ему бы слушать! Я его насквозь вижу...

– Что же ты видишь, Чезаре?

– А то, что сам он всю жизнь только и стремился к невозможному, только и желал недостижимого. Ну скажи на милость: изобретать такие машины, чтобы люди как птицы летали по воздуху, как рыбы под водой плавали, – разве это не значит стремиться к невозможному? А ужас потопа, а небывалые чудовища в пятнах сырости, в облаках, небывалая прелесть божественных лиц, подобных ангельским видениям, – откуда он все это берет, – ужели из опыта, из математической таблички носов и ложечки для измерения красок?.. Зачем же обманывает себя и других, зачем лжет? Механика нужна ему для чуда, – чтобы на крыльях взлететь к небесам, чтобы, владея силами естества человеческого, сверх и против закона природы – все равно, к Богу или к дьяволу, только бы к неиспытанному, к невозможному! Ибо верить-то он, пожалуй, не верит, но любопытствует, – чем меньше верит, тем больше любопытствует: это в нем как похоть неугасимая, как уголь раскаленный, которого нельзя ничем залить – никаким знанием, никаким опытом!..

Слова Чезаре наполнили душу мою смятением и страхом. Все эти последние дни думаю о них, хочу и не могу забыть.

Сегодня, как будто отвечая на мои сомнения, учитель сказал:

– Малое знание дает людям гордыню, великое – дает смирение: так пустые колосья подымают к небу надменные головы, а полные зерном склоняют их долу, к земле, своей матери.

– Как же, учитель, – возразил Чезаре со своей обыкновенной язвительно-испытующей усмешкой, – как же говорят, будто бы великое знание, которым обладал светлейший из херувимов, Люцифер, внушило ему не смирение, а гордыню, за которую он и был низвергнут в преисподнюю?

Леонардо ничего не ответил, но, немного помолчав, рассказал нам басню: «Однажды капля водяная задумала подняться к небу. При помощи огня взлетела она тонким паром. Но, достигнув высоты, встретила разреженный, холодный воздух, сжалась, отяжелела – и гордость ее превратилась в ужас. Капля упала дождем. Сухая земля выпила ее. И долго вода, заключенная в подземной темнице, должна была каяться в грехе своем».

* * *

Кажется, чем больше с ним живешь, тем меньше знаешь его.

Сегодня опять забавлялся, как мальчик. И что за шутки! Сидел я вечером у себя наверху, читал перед сном любимую свою книгу – «Цветочки св. Франциска». Вдруг по всему дому раздался вопль стряпухи Матурины:

– Пожар! Пожар! Помогите! Горим!..

Я бросился вниз и перетрусил, увидев густой дым, наполнявший мастерскую. Озаряемый отблеском синего пламени, подобного молнии, учитель стоял в облаках дыма, как некий древний маг, и с веселой улыбкой смотрел на Матурину, бледную от ужаса, махавшую руками, и на Марко, который прибежал с двумя ведрами воды и вылил бы их на стол, не щадя ни рисунков, ни рукописей, если бы учитель не остановил его, крикнув, что все это шутка. Тогда мы увидели, что дым и пламя подымаются от белого порошка с ладаном и колофонием на раскаленной медной сковородке, – состава, изобретенного им для устройства увеселительных пожаров. Не знаю, кто был в большем восторге от шалости – неизменный товарищ всех его игр, маленький плут Джакопо, или сам Леонардо. Как он смеялся над страхом Матурины и над спасительными ведрами Марко! Видит Бог, кто так смеется, не может быть злым человеком.

Но среди веселья и хохота не преминул записать сделанное им на лице Матурины наблюдение над складками кожи и морщинами, которые производит ужас в человеческих лицах.

* * *

Почти никогда не говорит о женщинах. Только раз сказал, что люди поступают с ними так же беззаконно, как с животными. Впрочем, над модною платоническою любовью смеется. Одному влюбленному юноше, который читал слезливый сонет во вкусе Петрарки, – ответил тремя, должно быть, единственными сочиненными им стихами, ибо он весьма плохой стихотворец:

S'el Petrarcha amo si forte il lauro, —
E perche gli e bon fralla salsiccia e tordo.
I'non posso di lor ciancie far tesauro.

«Ежели Петрарка так сильно любил лавр – Лауру, это, вероятно, потому, что лавровый лист хорошая приправа к сосискам и жареным дроздам. Я же не могу благоговеть перед такими глупостями».

Чезаре уверяет, будто бы в течение всей своей жизни Леонардо так занят был механикой и геометрией, что не имел времени любить, но, впрочем, он едва ли совершенный девственник, ибо, уж конечно, должен был, хотя бы раз, соединиться с женщиной, не для наслаждения, как обыкновенные смертные, а из любопытства, для научных наблюдений по анатомии, исследуя таинство любви так же бесстрастно, с математической точностью, как все другие явления природы.

* * *

Мне кажется порою, что не следовало бы мне никогда говорить о нем с Чезаре. Мы точно подслушиваем, подсматриваем, как шпионы. Чезаре каждый раз испытывает злую радость, когда удается ему бросить новую тень на учителя. И что ему нужно от меня, зачем отравляет он душу мою? Мы теперь часто ходим в маленький скверный кабачок у речной Катаранской таможни, за Верчельской заставой. Целыми часами за полбрентой дешевого кислого вина беседуем под ругань лодочников, играющих в засаленные карты, и совещаемся, как предатели.

Сегодня Чезаре спросил меня, знаю ли я, что во Флоренции Леонардо был обвинен в содомии. Я ушам своим не поверил, подумал, что Чезаре пьян или бредит. Но он мне подробно и точно объяснил.

В 1476 году, – Леонардо было в то время 24 года, а его учителю, знаменитому флорентинскому мастеру, Андреа Вероккьо, 40 лет, – безымянный донос на Леонардо и Вероккьо с обвинением в мужеложестве опущен был в один из тех круглых деревянных ящиков, называемых «барабанами» – tamburi, которые вывешиваются на колоннах в главных флорентинских церквах, преимущественно в соборе Марии дель Фьоре. 9 апреля того же года ночные и монастырские надзиратели – Ufficiali di notte e monasteri – разобрали дело и оправдали обвиненных, но под условием, чтобы донос повторился – assoluti cum conditione, ut retamburentur; а после нового обвинения, 9 июня, Леонардо и Вероккьо были окончательно оправданы. Более никому ничего не известно. Вскоре после того Леонардо, навсегда покинув мастерскую Вероккьо и Флоренцию, переселился в Милан.

– О, конечно, гнусная клевета! – прибавил Чезаре с насмешливой искрой в глазах. – Хотя ты еще не знаешь, друг мой Джованни, какими противоречиями полно его сердце. Это, видишь ли, лабиринт, в котором сам черт ногу сломит. Загадок и тайн не оберешься! С одной стороны, пожалуй, как будто бы и девственник, ну а с другой...

Я вдруг почувствовал, как вся кровь прилила к моему сердцу... – вскочил и крикнул:

– Как ты смеешь, подлый человек?!

– Что ты? Помилуй... Ну-ну, не буду! Успокойся. Я, право, не думал, что ты этому придаешь такое значение...

– Чему придаю значение? Чему? Говори, говори все! Не лукавь, не виляй!..

– Э, вздор! Зачем горячишься? Стоит ли таким друзьям, как мы, ссориться из-за пустяков? Выпьем-ка за твое здоровье! In vino veritas...[21]

И мы пили и продолжали разговор.

Нет, нет, довольно! Забыть скорее! Кончено! Не буду больше никогда говорить с ним об учителе. Он враг не только ему, но и мне. Он злой человек.

Гадко мне – не знаю, от вина ли, выпитого в проклятом кабачке, или оттого, что мы там говорили. Стыдно подумать, какую подлую радость могут находить люди, унижая великого.

* * *

Учитель сказал:

– Художник, сила твоя в одиночестве. Когда ты один, ты весь принадлежишь себе; когда же ты хотя бы с одним товарищем, ты себе принадлежишь только наполовину или еще менее, сообразно с нескромностью друга. Имея несколько друзей, ты еще глубже впадаешь в то же бедствие. А если ты скажешь: я отойду от вас и буду один, чтобы свободнее предаваться созерцанию природы, – я говорю тебе: это едва ли удастся, потому что ты не будешь в силах не развлекаться и не прислушиваться к болтовне. Ты будешь плохим товарищем и еще худшим работником, ибо никто не может служить двум господам. И если ты возразишь: я отойду так далеко, чтобы вовсе не слышать их разговора, – я скажу тебе: они сочтут тебя за сумасшедшего – и все-таки ты останешься один. Но если непременно хочешь иметь друзей, пусть это будут живописцы и ученики твоей мастерской. Всякая иная дружба опасна. Помни, художник, сила твоя – в одиночестве.

* * *

Теперь я понимаю, почему Леонардо удаляется от женщин: для великого созерцания нужна ему великая свобода.

* * *

Андреа Салаино иногда горько жалуется на скуку и нашу однообразную и уединенную жизнь, уверяя, будто бы ученики других мастеров живут куда веселее. Как молодая девушка, любит он обновки и горюет, что показывать их некому. Ему хотелось бы праздников, шума, блеска, толпы и влюбленных взоров.

Сегодня учитель, выслушав упреки и жалобы своего баловня, обычным движением руки начал гладить его длинные, мягкие кудри и ответил ему с доброй усмешкой:

– Не горюй, мальчик: я обещаю тебя взять на следующий праздник в замок. А теперь хочешь, расскажу басенку?

– Расскажите, учитель! – обрадовался Андреа и сел у ног Леонардо.

– На высоком месте, над большою дорогою, там, где кончался оградою сад, лежал камень, окруженный деревьями, мохом, цветами и травами. Однажды, когда он увидел множество камней внизу, на большой дороге, захотелось ему к ним, и он сказал себе: «Какая мне радость в этих изнеженных недолговечных цветах и травах? Я желал бы жить среди ближних и братьев моих, среди себе подобных камней!» – и скатился на большую дорогу к тем, кого называл своими ближними и братьями. Но

здесь колеса тяжелых повозок стали давить его, копыта ослов, мулов и гвоздями подкованные сапоги прохожих топтать. Когда же порою удавалось ему немного подняться и он мечтал вздохнуть свободнее, липкая грязь или кал животных покрывали его. Печально смотрел он на прежнее место свое, уединенное убежище в саду, и оно казалось ему раем... Так бывает с теми, Андреа, кто покидает тихое созерцание и погружается в страсти толпы, полные вечного зла.

* * *

Учитель не позволяет, чтобы причинялся какой-нибудь вред животным тварям, даже растениям. Механик Зороастро да Перетола рассказывал мне, что Леонардо с юных лет не ест мяса и говорит, что придет время, когда все люди, подобно ему, будут довольствоваться растительной пищей, полагая убийство животных столь же преступным, как убийство человека.

Проходя однажды мимо мясной лавки на Меркато Нуово и с отвращением указывая на туши телят, овец, быков и свиней на распорках, он сказал мне:

– Да, воистину человек есть царь животных или, лучше сказать, царь зверей, потому что зверство его величайшее.

И, помолчав, прибавил с тихою грустью:

– Мы делаем нашу жизнь из чужих смертей! Люди и звери суть вечные пристанища мертвецов, могилы один для другого...

– Таков закон природы, чью благость и мудрость вы же сами, учитель, так прославляете, – возразил Чезаре. – Я удивляюсь, зачем воздержанием от мяса нарушаете вы этот естественный закон, повелевающий всем тварям пожирать друг друга.

Леонардо посмотрел на него и ответил спокойно:

– Природа, находя бесконечную радость в изобретении новых форм, в созидании новых жизней и производя их с большею скоростью, чем время может истребить, устроила так, чтобы одни твари, питаясь другими, очищали место для грядущих поколений. Вот почему нередко посылает она заразы и поветрия туда, где чрезмерно размножились твари, в особенности люди, у которых избыток рождений не уравновешен смертями, ибо остальные звери не пожирают их.

* * *

Так Леонардо хотя с великим спокойствием разума объясняет естественные законы, не возмущаясь и не сетуя, но сам поступает по иному закону, воздерживаясь от употребления в пищу всего, что имеет в себе жизнь.

Вчера ночью долго читал я книгу, с которой никогда не расстаюсь, – «Цветочки св. Франциска». Франциск, так же как Леонардо, миловал тварей. Иногда, вместо молитвы, прославляя мудрость Божью, целыми часами на пчельнике, среди ульев, наблюдал, как пчелы лепят восковые кельи и наполняют их медом. Однажды, на пустынной горе, проповедовал птицам слово Господне; они сидели у ног его рядами и слушали; когда же он кончил, встрепенулись, захлопали крыльями и, открывая клювы, начали ласкаться головками о ризы Франциска, как бы желая сказать ему, что поняли проповедь; он благословил их, и они улетели с радостными криками.

Долго читал я. Потом уснул. Казалось, этот сон был полон тихим веянием голубиных крыл.

Проснулся рано. Солнце только что встало. Все в доме еще спали. Я пошел на двор, чтобы умыться студеной водою из колодца. Было тихо. Звук дальних колоколов походил на жужжание пчел. Пахло дымной свежестью. Вдруг услышал я, как бы из сна моего, трепетание бесчисленных крыл. Поднял глаза и увидел мессера Леонардо на лестнице высокой голубятни.

С волосами, пронизанными солнцем, окружавшими голову его, как сияние, стоял он в небесах, одинокий и радостный. Стая белых голубей, воркуя, теснилась у ног его. Порхали вокруг него, доверчиво садились ему на плечи, на руки, на голову. Он ласкал их и кормил изо рта. Потом взмахнул руками, точно благословил, – и голуби взвились, зашелестели шелковым шелестом крыльев, полетели, как белые хлопья снега, тая в лазури небес. Он проводил их нежной улыбкой.

И я подумал, что Леонардо похож на св. Франциска, друга всех животных тварей, который называл ветер братом своим, воду – сестрою, землю – матерью.

***

Да простит мне Бог, опять я не вытерпел: опять пошли мы с Чезаре в проклятый кабачок. Я заговорил о милосердии учителя.

– Уж не о том ли ты, Джованни, что мессер Леонардо мяса не вкушает, Божьими травками питается?

– А если бы и о том, Чезаре? Я знаю...

– Ничего ты не знаешь! Мессер Леонардо делает это вовсе не от доброты, а только забавляется, как и всем остальным, – юродствует...

– Как юродствует? Что ты говоришь?..

Он засмеялся с притворною веселостью:

– Ну-ну, хорошо! Спорить не будем. А лучше погоди, вот ужо, как придем домой, я покажу тебе некоторые любопытные рисуночки нашего мастера.

Вернувшись, мы потихоньку, точно воры, прокрались в мастерскую учителя. Его там не было. Чезаре пошарил, вынул тетрадь из-под груды книг на рабочем столе и начал мне показывать рисунки. Я знал, что делаю нехорошо, но не имел силы противиться и смотрел с любопытством.

Это были изображения огромных бомбард, разрывных ядер, многоствольных пушек и других военных машин, исполненные с такою же воздушною нежностью теней и света, как лица самых прекрасных из его Мадонн. Помню одну бомбу величиною с половину локтя, называемую фрагиликою, устройство которой объяснил мне Чезаре: вылита она из бронзы, внутренняя полость набита пенькою с гипсом и рыбьим клеем, шерстяными пострижками, дегтем, серою, и, наподобие лабиринта, переплетаются в ней медные трубы, обмотанные крепчайшими воловьими жилами, начиненными порохом и пулями. Устья труб расположены винтообразно на поверхности бомбы. Через них вылетает огонь при взрыве, и фрагилика вертится, прыгает с неимоверной скоростью, как исполинский волчок, выхаркивая огненные снопы. Рядом, на полях, рукою Леонардо было написано: «Это – бомба самого прекрасного и полезного устройства. Зажигается через столько времени после пушечного выстрела, сколько нужно, чтобы прочесть „Ave Maria"[22]».

– «Ave Maria»... – повторил Чезаре. – Как тебе это нравится, друг? Неожиданное употребление христианской молитвы. И затейник же мессер Леонардо! «Ave Maria» – рядом с этаким чудовищем! Чего только не придумает... А кстати, знаешь ли, как он войну называет?

– Как?

– «Pazzia bestialissima – самая зверская глупость». Не правда ли, недурное словечко в устах изобретателя таких машин?

Он перевернул лист и показал мне изображение боевой колесницы с громадными железными косами. На всем скаку врезается она во вражье войско. Огромные стальные серпообразные, острые как бритвы лезвия, подобные лапам исполинского паука, вращаясь в воздухе, должно быть, с пронзительным свистом, визгом и скрипом зубчатых колес, разбрасывая клочья мяса и брызги крови, рассекают людей пополам. Кругом валяются отрезанные ноги, руки, головы, разрубленные туловища.

Помню также другой рисунок: на дворе арсенала рои нагих работников, похожих на демонов, подымают громадную пушку с грозно зияющим жерлом, напрягая могучие мышцы в неимоверном усилии, цепляясь, упираясь ногами и руками в рычаги исполинского ворота, соединенного канатами с подъемной машиной. Другие подкатывают ось на двух колесах. Ужасом веяло на меня от этих гроздий голых тел, висящих в воздухе. Это казалось оружейною палатою дьяволов, кузницею ада.

– Ну что? Правду я тебе говорил, Джованни, – молвил Чезаре, – прелюбопытные рисуночки? Вот он, блаженный муж, который тварей милует, от мяса не вкушает, червяка с дороги подымает, чтобы прохожие ногой не растоптали! И то и другое вместе. Сегодня кромешник, завтра угодник. Янус двуликий: одно лицо к Христу, другое к Антихристу. Поди разбери, какое истинное, какое ложное?! Или оба истинные?.. И ведь все это – с легким сердцем, с тайной пленительной прелести, как будто шутя да играя!

Я слушал молча; холод, подобный холоду смерти, пробегал у меня по сердцу.

– Что с тобой, Джованни? – заметил Чезаре. – Лица на тебе нет, бедненький! Слишком ты все это к сердцу принимаешь, друг мой... Погоди, стерпится – слюбится. Привыкнешь, ничему удивляться не будешь, как я... А теперь вернемся-ка в погреб Золотой Черепахи да выпьем снова.

Dum vivum, potamus,
Богу Вакху пропоем:
Te Deum laudamus!

Я ничего не ответил, закрыл лицо руками и убежал от него.

**

Как? Один человек – и тот, кто благословляет голубей с невинной улыбкой, подобно св. Франциску, – и тот, в кузнице ада, изобретатель железного чудовища с окровавленными паучьими лапами, – один человек? Нет, быть этого не может, нельзя этого вынести! Лучше все, только не это! Лучше – безбожник, чем слуга Бога и дьявола вместе, лик

---

22 «Богородица, Дево, радуйся» (лат.).

Христа и Сфорцы Насильника вместе!

***

Сегодня Марко д'Оджоне сказал:

– Мессер Леонардо, многие обвиняют тебя и нас, учеников твоих, в том, что мы слишком редко ходим в церковь и в праздники работаем, как в будни.

– Пусть ханжи говорят что угодно, – отвечал Леонардо. – Да не смущается сердце ваше, друзья мои! Изучать явления природы есть Господу угодное дело. Это все равно что молиться. Познавая законы естественные, мы тем самым прославляем первого Изобретателя, Художника вселенной и учимся любить Его, ибо великая любовь к Богу проистекает из великого познания. Кто мало знает, тот мало любит. Если же ты любишь Творца за временные милости, которых ждешь от Него, а не за вечную благость и силу Его, – ты подобен псу, который виляет хвостом и лижет хозяину руку в надежде лакомой подачки. Подумай, насколько бы сильнее любил пес господина своего, постигнув душу и разум его. Помните же, дети мои: любовь есть дочь познания; любовь тем пламеннее, чем познание точнее. И в Евангелии сказано: будьте мудры, как змеи, и просты, как голуби.

– Можно ли соединить мудрость змия с простотою голубя? – возразил Чезаре. – Мне кажется, надо выбрать одно из двух...

– Нет, вместе! – молвил Леонардо. – Вместе, – одно без другого невозможно: совершенное знание и совершенная любовь – одно и то же.

***

Сегодня, читая апостола Павла, я нашел в восьмой главе «Первого Послания к Коринфянам» следующие слова: «Знание надмевает, а любовь назидает. Кто думает, что он знает что-нибудь, тот ничего еще не знает, как должно знать. Но кто любит Бога, тому дано знание от Него».

Апостол утверждает: познание из любви; а Леонардо – любовь из познания. Кто прав? Я этого не могу решить и не могу жить, не решив.

***

Кажется мне, что я заблудился в извилинах страшного лабиринта. Кричу, взываю – и нет мне отклика. Чем дальше иду, тем больше путаюсь. Где я? Что со мною будет, ежели и ты меня покинешь, Господи?

***

О, фра Бенедетто, как бы мне хотелось вернуться в тихую келью твою, рассказать тебе всю мою муку, припасть к твоей груди, чтобы ты пожалел меня, снял с души моей эту тяжесть, отче возлюбленный, овечка моя смиренная, исполнившая Христову заповедь: блаженны нищие духом.

Сегодня новое несчастье.

Придворный летописец, мессер Джорджо Мерула, и старый друг его, поэт Беллинчони, вели беседу наедине в пустынной зале дворца. Дело происходило после ужина. Мерула был навеселе и, по своему обыкновению, хвастая вольнолюбивыми мечтами, презрением к ничтожным государям нашего века, непочтительно отозвался о герцоге Моро и, разбирая один из сонетов Беллинчони, в котором прославляются благодеяния, будто бы оказанные герцогом Джан-Галеаццо, назвал Моро убийцей, отравителем законного герцога. Благодаря искусству, с которым устроены были трубы Дионисиева уха, герцог из дальнего покоя услышал разговор, велел схватить Мерулу и посадить в тюремный подвал под главным крепостным рвом Редефоссо, окружающим замок.

Что-то думает об этом Леонардо, который устраивал Дионисиево ухо, не помышляя о зле и добре, изучая любопытные законы, «шутя да играя», по выражению Чезаре, – так же, как он делает все: изобретает чудовищные военные машины, разрывные бомбы, железных пауков, рассекающих одним взмахом громадных лап с полсотни людей?

* * *

Апостол говорит: «От знания твоего погибнет немощный брат, за которого умер Христос».

Из такого ли знания проистекает любовь? Или знание и любовь не одно и то же?

* * *

Порою лицо учителя так ясно и невинно, полно такой голубиной чистотою, что я все готов простить, всему поверить – и снова отдать ему душу мою. Но вдруг в непонятных изгибах тонких губ мелькает выражение, от которого мне становится страшно, как будто я заглядываю сквозь прозрачную глубину в подводные пропасти. И опять мне кажется, что есть в душе его тайна, и я вспоминаю одну из его загадок: «Величайшие реки текут под землею».

* * *

Умер герцог Джан-Галеаццо.

Говорят, – о, видит Бог, рука едва подымается написать это слово, и я ему не верю! – говорят, Леонардо – убийца: он будто бы отравил герцога плодами ядовитого дерева.

Помню, как механик Зороастро да Перетола показывал моне Кассандре это проклятое дерево. Лучше бы мне никогда не видать его! Вот и теперь – оно чудится мне, каким было в ту ночь, в мутно-зеленом лунном тумане, с каплями яда на мокрых листьях, с тихо зреющими плодами, окруженное смертью и ужасом. И опять звучат в ушах моих слова Писания: «От Древа Познания добра и зла, не ешь от него, ибо в день, в который ты вкусишь от него, смертию умрешь».

О, горе, горе мне, окаянному! Некогда в сладостной келье отца моего Бенедетто, в невинной простоте я был, как первый человек в раю. Но согрешил, предал душу мою искушениям мудрого Змия, вкусил от Древа Познания – и се открылись глаза мои, и увидел я добро и зло, свет и тень, Бога и дьявола; и еще увидел я, что есмь наг и сир, и нищ – и смертью душа моя умирает.

* * *

Из преисподней вопию к Тебе, Господи, внемли гласу моления моего, услышь и помилуй меня! Как разбойник на кресте, исповедую имя Твое: помяни меня, Господи, когда приидешь во Царствие Твое!

* * *

Леонардо снова начал лик Христа.

* * *

Герцог поручил ему устройство машины для подъема Святейшего Гвоздя.

С математической точностью он взвесил на весах орудие Страстей Господних, как обломок старого железа, – столько-то унций, столько-то гран, – и святыня для него только цифра между цифрами, только часть между частями подъемной машины – веревками, колесами, рычагами и блоками!

* * *

Апостол говорит: «Дети, наступает последнее время. И как вы слышали, что придет Антихрист, и теперь появилось много Антихристов, то мы познаем из того, что наступает последнее время».

* * *

Ночью толпа народа, окружив наш дом, требовала Святейшего Гвоздя и кричала: «Колдун, безбожник, отравитель герцога, Антихрист!»

Леонардо слушал вопли черни без гнева. Когда Марко хотел стрелять из аркебуза, запретил ему. Лицо учителя было спокойно и непроницаемо, как всегда.

Я упал к ногам его и молил сказать мне хотя бы одно слово, чтобы рассеять мои сомнения. Свидетельствуюсь Богом живым – я поверил бы! Но он не хотел или не мог мне сказать ничего.

Маленький Джакопо, выскользнув из дома, обежал толпу, через несколько улиц встретил обход стражи, всадников капитана Джустиции, привел их к дому – и в то самое мгновение, когда сломанные двери уже валились под напором толпы, солдаты ударили на нее с тылу. Бунтовщики разбежались. Джакопо ранен камнем в голову, едва не убит.

* * *

Сегодня я был в соборе на празднике Святейшего Гвоздя.

Подняли его в мгновение, определенное астрологами. Машина Леонардо действовала как нельзя лучше. Ни веревок, ни блоков не было видно. Казалось, что круглый сосуд с хрустальными стенками и золотыми лучами, в который заключен Гвоздь, возносится сам собою, в облаках фимиама, подобно восходящему солнцу. Это было чудо механики. Грянул хор:

Confixa Clavic viscera,
Tendens manus vestigia,
Redemptionis gratia
Hic immolata est Hostia[23].

И ковчег остановился в темной арке над главным алтарем собора, окруженный пятью неугасимыми лампадами.

Архиепископ возгласил:

– O, Crux benedicta, quae sola fuisti digna portare Regem coelorum et Dominum. Alleluia!

Народ упал на колени, повторяя за ним: Аллилуйя!

И похититель престола, убийца Моро со слезами поднял руки к Священному Гвоздю.

Потом угощали народ вином, тушами быков, пятью тысячами мер гороха и двумястами пудов сала. Чернь, забыв убитого герцога, объедаясь и пьянствуя, вопила: «Да здравствует Моро! Да здравствует Гвоздь!»

---

23 Чрево рассечено, Ступня до руки достает — Жертву здесь принесли Искупления ради (*лат.*).

Беллинчони сочинил гекзаметры, в которых говорится, что под кротким владычеством Августа, богами любимого Моро, воссияет миру из древнего железного Гвоздя новый Век Золотой.

Выходя из собора, герцог подошел к Леонардо, обнял его, поцеловал, называя своим Архимедом, поблагодарил за дивное устройство подъемной машины и обещал ему пожаловать чистокровную берберийскую кобылу из собственного конного завода на вилле Сфорцески, с двумя тысячами имперских дукатов; потом снисходительно потрепал по плечу, сказал, что теперь мастер может кончить на свободе лик Христа в Тайной Вечери.

Я понял слова Писания: «Человек с двоящимися мыслями не тверд во всех путях своих».

Не могу я больше терпеть! Погибаю, с ума схожу от этих двоящихся мыслей, от лика Антихриста сквозь лик Христа. Зачем Ты покинул меня, Господи?

* * *

Я встал ночью, связал платье, белье и книги в походный узел, взял дорожную палку, в темноте ощупью спустился вниз, в мастерскую, положил на стол тридцать флоринов, плату за последние шесть месяцев учения, – чтобы выручить их, я продал кольцо с изумрудом, подарок матери, – и, ни с кем не простившись – все еще спали, – ушел из дома Леонардо навеки.

* * *

Фра Бенедетто сказал мне, что с тех пор, как я покинул его, он каждую ночь молится обо мне, и было ему видение о том, что Бог возвратит меня на путь спасения.

Фра Бенедетто идет во Флоренцию для свидания с больным своим братом, доминиканцем в монастыре Сан-Марко, где настоятелем Джироламо Савонарола.

* * *

Хвала и благодарение Тебе, Господи! Ты извлек меня из тени смертной, из пасти адовой.

Ныне отрекаюсь от мудрости века сего, запечатленной печатью Змия Седмиглавого, Зверя, грядущего во тьме, именуемого Антихристом.

Отрекаюсь от плодов ядовитого Древа Познания, от гордыни суетного разума, от богопротивной науки, коей отец есть Дьявол.

Отрекаюсь от всякого соблазна языческой прелести.

Отрекаюсь от всего, что не воля Твоя, не слава Твоя, не мудрость Твоя, Христе Боже мой!

Просвети душу мою светом единым Твоим, избавь от проклятых двоящихся мыслей, утверди шаги мои на путях Твоих, да не колеблются стопы мои, укрой меня под сенью крыл Твоих!

Хвали, душа моя, Господа! Буду восхвалять Господа, доколе жив, буду петь Богу моему, доколе есмь!

* * *

Через два дня мы с фра Бенедетто едем во Флоренцию. С благословения отца моего хочу быть послушником в обители Сан-Марко у великого избранника Господня, фра Джироламо Савонаролы. Бог спас меня!..

Этими словами кончался дневник Джованни Бельтраффио.

Книга VII
СОЖЖЕНИЕ СУЕТ
I

Прошло более года с тех пор, как Бельтраффио поступил послушником в обитель Сан-Марко.

Однажды, после полудня, в конце карнавала тысяча четыреста девяносто шестого года, Джироламо Савонарола, сидя за рабочим столом в своей келье, записывал недавно бывшее ему от Бога видение двух Крестов над городом Римом: черного в смертоносном вихре, с надписью: Крест Гнева Господня, и сияющего в лазури, с надписью: Крест Милосердия Господня.

Он чувствовал усталость и лихорадочный озноб. Отложив перо, опустил голову на руки, закрыл глаза и стал припоминать то, что слышал в это утро о жизни папы Александра VI Борджа от смиренного фра Паоло, монаха, посланного в Рим для разведок и только что вернувшегося во Флоренцию.

Как видения Апокалипсиса, проносились перед ним чудовищные образы: багряный Бык из родословного щита Борджа, подобие древнего египетского Аписа, Золотой Телец, преподносимый римскому первосвященнику, вместо кроткого Агнца Господня; бесстыдные игрища ночью, после пира в залах Ватикана, перед Святейшим Отцом, его родною дочерью и толпой кардиналов; прекрасная Джулия Фарнезе, юная наложница шестидесятилетнего папы, изображаемая на иконах в образе Матери Божьей; двое старших сыновей Александра, дон Чезаре, кардинал Валенсии, и дон Джованни, знаменосец римской церкви, ненавидящие друг друга до Каинова братоубийства из-за нечистой похоти к сестре своей Лукреции.

И Джироламо содрогнулся, вспомнив то, о чем фра Паоло едва осмелился шепнуть ему на ухо, – кровесмесительную похоть отца к дочери, старого папы к мадонне Лукреции.

– Нет, нет, видит Бог, не верю – клевета... этого быть не может! – повторял он и втайне чувствовал, что все может быть в страшном гнезде Борджа.

Холодный пот выступил на лбу монаха. Он бросился на колени пред Распятием.

Раздался тихий стук в дверь кельи.

– Кто там?

– Я, отче!

Джироламо узнал по голосу помощника и верного друга своего, брата Доминико Буонвичини.

– Достопочтенный Ричардо Бекки, доверенный папы, испрашивает позволения говорить с тобой.

– Хорошо, пусть подождет. Пошли ко мне брата Сильвестро.

Сильвестро Маруффи был слабоумный монах, страдавший падучей. Джироламо считал его избранным сосудом благодати Божьей, любил и боялся, толкуя видения Сильвестро, по всем правилам утонченной схоластики великого Ангела Школы, Фомы Аквината, при помощи хитроумных доводов, логических посылок, энтимем, апофтегм и силлогизмов и находя пророческий смысл в том, что казалось другим бессмысленным лепетанием юродивого. Маруффи не выказывал уважения к своему настоятелю: нередко поносил его, ругал при всех, даже бил. Джироламо принимал обиды эти со смирением и слушался его во всем. Если народ флорентинский был во власти Джироламо, то он в свою очередь был в руках слабоумного Маруффи.

Войдя в келью, брат Сильвестро уселся на пол в углу и, почесывая красные голые ноги, замурлыкал однообразную песенку. Выражение тупое и унылое было на веснушчатом лице его с острым, как шило, носиком, отвислою нижнею губою и слезящимися глазами мутно-зеленого бутылочного цвета.

– Брат, – молвил Джироламо, – из Рима от папы приехал посол. Скажи, принять ли его и что ему ответить? Не было ли тебе какого видения или гласа?

Маруффи состроил шутовскую рожу, залаял собакою и захрюкал свиньею: он имел дар подражать в совершенстве голосам животных.

– Братец милый, – упрашивал его Савонарола, – будь добрым, молви словечко! Душа моя тоскует смертельно. Помолись Богу, да ниспошлет Он тебе духа пророческого...

Юродивый высунул язык; лицо его исказилось.

– Ну чего ты, чего лезешь ко мне, свистун окаянный, перепел безмозглый, баранья твоя голова! У, чтоб тебе крысы нос отъели! – крикнул он с неожиданною злобою. – Сам заварил, сам и расхлебывай. Я тебе не пророк, не советчик!

Потом взглянул на Савонаролу исподлобья, вздохнул и продолжал другим, более тихим, ласковым голосом:

– Жалко мне тебя, братец мой, жалко глупенького!.. И почему ты знаешь, что видения мои от Бога, а не от дьявола?

Умолк, смежил веки, и лицо его сделалось неподвижным, как бы мертвым. Савонарола, думая, что это видение, – замер в благоговейном ожидании. Но Маруффи открыл глаза, медленно повернул голову, точно прислушиваясь, посмотрел в окно и с доброй, светлой, почти разумной улыбкой проговорил:

– Птички, слышишь, птички! Небось теперь и травка в поле, и желтые цветики. Эх, брат Джироламо, довольно ты здесь намутил, гордыню свою потешил, беса порадовал, – будет! Надо же и о Боге подумать. Пойдем-ка мы с тобой от мира окаянного в пустыню любезную.

И запел приятным тихим голосом, покачиваясь:

В леса пойдем зеленые,
В неведомый приют,
Где бьют ключи студеные
Да иволги поют.

Вдруг вскочил – железные вериги звякнули, – подбежал к Савонароле, схватил его за руку и прошептал, как будто задыхаясь от ярости:

– Видел, видел, видел!.. У, чертов сын, ослиная твоя голова, чтоб тебе крысы нос отъели, – видел!..

– Говори, братец, говори же скорей...

– Огонь! огонь! – произнес Маруффи.

– Ну, ну, что же далее?

– Огонь костра, – продолжал Сильвестро, – и в нем человека!..

– Кого? – спросил Джироламо.

Маруффи кивнул головой, но ответил не вдруг: сначала вперил в Савонаролу свои пронзительные зеленые глазки и засмеялся тихим смехом, как сумасшедший, потом наклонился и шепнул ему на ухо:

– Тебя!

Джироламо вздрогнул и отшатнулся.

Маруффи встал, вышел из кельи и удалился, позвякивая веригами, напевая песенку:

Пойдем в леса зеленые,

В неведомый приют,

Где бьют ключи студеные

Да иволги поют.

Опомнившись, Джироламо велел позвать доверенного папы, Ричардо Бекки.

II

Шурша длинным, похожим на рясу шелковым платьем модного цвета мартовской фиалки, с откидными венецианскими рукавами, с опушкой из черно-бурого лисьего меха, распространяя веяние мускусной амбры, в келью Савонаролы вошел скиптор святейшей апостолической канцелярии. Мессер Ричардо Бекки обладал той елейностью в движениях, в умной и величаво-ласковой улыбке, в ясных, почти простодушных глазах, в любезных смеющихся ямочках свежих, гладко выбритых щек, которая свойственна вельможам римского двора.

Он попросил благословения, выгибая спину с полупридворною ловкостью, поцеловал исхудалую руку приора Сан-Марко и заговорил по-латыни, с изящными цицероновскими оборотами речи, с длинными, плавно развивающимися предложениями.

Начав издалека, тем, что в правилах ораторского искусства называется исканием благоволения, упомянул о славе флорентинского проповедника; затем перешел к делу: святейший отец, справедливо разгневанный упорными отказами брата Джироламо явиться в Рим, но пылая ревностью ко благу церкви, к совершенному единению верных во Христе, к миру всего мира и желая не смерти, а спасения грешника, изъявляет отеческую готовность, в случае раскаяния Савонаролы, вернуть ему свою милость.

Монах поднял глаза и тихо сказал:

– Мессере, как вы полагаете, святейший отец верует в Бога?

Ричардо не ответил, как будто не расслышал или нарочно пропустил мимо ушей неприличный вопрос, и, опять заговорив о деле, намекнул, что высший чин духовной иерархии – красная кардинальская шапка – ожидает брата Джироламо в случае покорности, и, быстро наклонившись к монаху, дотронувшись пальцем до руки его, прибавил с вкрадчивой улыбкой:

– Словечко, отец Джироламо, только словечко – и красная шапка за вами!

Савонарола устремил на собеседника неподвижные глаза и проговорил:

– А что, ежели я, мессере, не покорюсь – не замолчу? Что, ежели безрассудный монах отвергнет честь римского пурпура, не польстится на

126

красную шапку, не перестанет лаять, охраняя дом Господа своего, как верный пес, которому рта не заткнешь никакою подачкою?

Ричардо с любопытством посмотрел на него, слегка поморщился, поднял брови, задумчиво полюбовался на свои ногти, гладкие и продолговатые, как миндалины, и поправил перстни. Потом неторопливо вынул из кармана, развернул и подал приору готовое к подписи и приложению великой печати Рыбаря отлучение от церкви брата Джироламо Савонаролы, где, между прочим, папа называл его сыном погибели и презреннейшим насекомым – nequissimus omnipedo.

– Ждете ответа? – молвил монах, прочитав.

Скриптор молча склонил голову.

Савонарола поднялся во весь рост и швырнул папскую буллу к ногам посла.

– Вот мой ответ! Ступайте в Рим и скажите, что я принимаю вызов на поединок с папой Антихристом. Посмотрим – он меня или я его отлучу от церкви!

Дверь кельи тихонько отворилась, и брат Доминико заглянул в нее. Услышав громкий голос приора, он прибежал узнать, что случилось. У входа столпились монахи.

Ричардо уже несколько раз оглядывался на дверь и наконец заметил вежливо:

– Смею напомнить, брат Джироламо: я уполномочен лишь к тайному свиданию...

Савонарола подошел к двери и открыл ее настежь.

– Слушайте, – воскликнул он. – Слушайте все, ибо не вам одним, братья, но всему народу Флоренции объявляю я об этом гнусном торге – о выборе между отлучением от церкви и кардинальским пурпуром!

Впалые глаза его под низким лбом горели, как уголья; безобразная нижняя челюсть, дрожа, выступала вперед.

– Се, время настало! Пойду я на вас, кардиналы и прелаты римские, как на язычников! Поверну ключ в замке, отопру мерзостный ларчик – и выйдет такое зловоние из вашего Рима, что люди задохнутся. Скажу такие слова, от которых вы побледнеете, и мир содрогнется в своих основаниях, и церковь Божия, убитая вами, услышит мой голос. Лазарь, изыде! – и встанет и выйдет из гроба... Ни ваших митр, ни кардинальских шапок не надо мне! Единую красную шапку смерти, кровавый венец твоих мучеников даруй мне, Господи!

Он упал на колени, рыдая, протягивая бледные руки к Распятию.

Ричардо, пользуясь минутой смятения, ловко выскользнул из кельи и поспешно удалился.

III

В толпе монахов, внимавших брату Джироламо, был послушник Джованни Бельтраффио.

Когда братья стали расходиться, сошел и он по лестнице на главный монастырский двор и сел на свое любимое место, в длинном крытом ходе, где всегда в это время бывало тихо и пустынно.

Между белыми стенами обители росли лавры, кипарисы и куст дамасских роз, под тенью которого брат Джироламо любил проповедовать: предание гласило, что ангелы ночью поливают эти розы.

Послушник открыл «Послания апостола Павла к Коринфянам» и прочел:

«Не можете пить чашу Господню и чашу бесовскую; не можете быть участниками в трапезе Господней и в трапезе бесовской».

Встал и начал ходить по галерее, припоминая все свои мысли и чувства за последний год, проведенный в обители Сан-Марко.

В первое время вкушал он великую сладость духовную среди учеников Савонаролы. Иногда поутру уводил их отец Джироламо за стены города. Крутою тропинкою, которая вела как будто прямо в небо, подымались они на высоты Фьезоле, откуда между холмами, в долине Арно, видна была Флоренция. На зеленой лужайке, где было много фиалок, ландышей, ирисов и, разогретые солнцем, стволы молодых кипарисов точили смолу, – садился приор. Монахи ложились у ног его на траву, плели венки, вели беседы, плясали, резвились, как дети, пока другие играли на скрипках, альтах и виолах, похожих на те, с которыми фра Беато изображает хоры ангелов.

Савонарола не учил их, не проповедовал, только говорил им ласковые речи, сам играл и смеялся, как дитя. Джованни смотрел на улыбку, озарявшую лицо его, – и ему казалось, что в пустынной роще, полной музыки и пения, на вершине Фьезоле, окруженной голубыми небесами, подобны они Божьим ангелам в раю.

Савонарола подходил к обрыву и с любовью смотрел на Флоренцию, окутанную дымкой утра, как мать на спящего младенца. Снизу доносился первый звон колоколов, точно сонный детский лепет.

А в летние ночи, когда светляки летали, как тихие свечи невидимых ангелов, под благовонной кущей дамасских роз на дворе Сан-Марко, рассказывал он братьям о кровавых стигматах, язвах небесной любви на теле св. Катерины Сиенской, подобных ранам Господа, благоуханных, как розы.

Дай мне болью ран упиться,

Крестной мукой насладиться —

Мукой Сына Твоего! —, обличая Двойника своего, называл его Антихристо

пели монахи, и Джованни хотелось, чтобы с ним повторилось чудо, о котором говорил Савонарола, – чтобы огненные лучи, выйдя из чаши со Святыми Дарами, выжгли в теле его, как раскаленное железо, крестные раны.

Gesù, Gesù, amore![24] —

вздыхал он, изнемогая от неги.

Однажды Савонарола послал его, так же как он делал это с другими послушниками, ухаживать за тяжелобольным на вилле Карреджи, находившейся в двух милях от Флоренции, на полуденном склоне холмов Учелатойо, – той самой вилле, где подолгу жил и умер Лоренцо Медичи. В одном из покоев дворца, пустынных и безмолвных, освещенных слабым, как бы могильным светом сквозь щели запертых ставен, увидел Джованни картину Сандро Боттичелли – рождение богини Венеры. Вся голая, белая,

---

24 Иисус, Иисус, любовь! (ит.)

словно водяная лилия – влажная, как будто пахнущая соленою свежестью моря, скользила она по волнам, стоя на жемчужной раковине. Золотые тяжелые пряди волос вились, как змеи. Стыдливым движением руки прижимала их к чреслам, закрывая наготу свою, и прекрасное тело дышало соблазном греха, между тем как невинные губы, детские очи полны были святою грустью.

Лицо богини казалось Джованни знакомым. Он долго смотрел на нее и вдруг вспомнил, что такое же точно лицо, такие же детские очи, как будто заплаканные, такие же невинные губы, с выражением неземной печали, он видел на другой картине того же Сандро Боттичелли – у Матери Господа. Невыразимое смущение наполнило душу его. Он потупил глаза и ушел из виллы.

Спускаясь во Флоренцию по узкому переулку, заметил в углублении стены ветхое Распятие, встал перед ним на колени и начал молиться, чтобы отогнать искушение. За стеною в саду, должно быть, под сенью тех же роз, прозвучала мандолина; кто-то вскрикнул, чей-то голос произнес пугливым шепотом:

– Нет, нет, оставь...

– Милая, – ответил другой голос, – любовь, любовь моя! Amore!

Лютня упала, струны зазвенели, и послышался звук поцелуя.

Джованни вскочил, повторяя: Gesu! Gesu! – и не смея прибавить – Amore.

«И здесь, – подумал он, – здесь *она*. В лице Мадонны, в словах святого гимна, в благоухании роз, осеняющих Распятие!..»

Закрыл лицо руками и стал уходить, как будто убегая от невидимой погони.

Вернувшись в обитель, пошел к Савонароле и рассказал ему все. Приор дал обычный совет бороться с дьяволом оружием поста и молитвы. Когда же послушник хотел объяснить, что не дьявол любострастия плотского искушает его, а демон духовной языческой прелести, – монах не понял, сперва удивился, потом заметил строго, что в ложных богах нет ничего, кроме нечистой похоти и гордыни, которые всегда безобразны, ибо красота заключается только в христианских добродетелях.

Джованни ушел от него неутешенный. С того дня приступил к нему бес уныния и возмущения.

Однажды случилось ему слушать, как брат Джироламо, говоря о живописи, требовал, чтобы всякая картина приносила пользу, поучала и назидала людей в душеспасительных помыслах: истребив рукой палача соблазнительные изображения, флорентинцы совершили бы дело, угодное Богу.

Так же монах судил о науке. «Глупец тот, – говорил он, – кто воображает, будто бы логика и философия подтверждают истины веры. Разве сильный свет нуждается в слабом, мудрость Господня – в мудрости человеческой? Разве апостолы и мученики знали логику и философию? Неграмотная старуха, усердно молящаяся перед иконою, – ближе к познанию Бога, чем все мудрецы и ученые. Не спасет их логика и философия в день Страшного Суда! Гомер и Вергилий, Платон и Аристотель – все идут в жилище сатаны! Подобно сиренам, —

Пленяя коварными песнями уши,

Ведут они к вечной погибели души.

Наука дает людям вместо хлеба камень. Посмотрите на тех, кои следуют учениям мира сего: сердца у них каменные».

«Кто мало знает, тот мало любит. Великая любовь есть дочь великого познания», – только теперь чувствовал Джованни всю глубину этих слов и, слушая проклятия монаха соблазнам искусства и науки, вспоминал разумные беседы Леонардо, спокойное лицо его, холодные как небо глаза, улыбку, полную пленительной мудрости. Он не забыл о страшных плодах ядовитого дерева, о железном пауке, о Дионисиевом ухе, о подъемной машине для Святейшего Гвоздя, о лике Антихриста под ликом Христа. Но ему казалось, что не понял он учителя до конца, не разгадал последней тайны сердца его, не распутал того первоначального узла, в котором сходятся все нити, разрешаются все противоречия.

Так вспоминал Джованни последний год своей жизни в обители Сан-Марко. И между тем как в глубоком раздумье ходил взад и вперед по стемневшей галерее, – наступил вечер, раздался тихий звон «Ave Maria», и черной вереницей прошли монахи в церковь.

Джованни не последовал за ними, сел на прежнее место, снова открыл книгу «Посланий» апостола Петра и, помраченный лукавыми наущениями дьявола, великого логика, переделал в уме своем слова Писания так:

«Не можете *не* пить из чаши Господней и чаши бесовской. Не можете *не* быть участником в трапезе Господней и трапезе бесовской».

Горько усмехнувшись, поднял глаза к небу, где увидел вечернюю звезду, подобную светильнику прекраснейшего из ангелов тьмы, Люцифера – Светоносящего.

И пришло ему на память предание, слышанное им от одного ученого монаха, принятое великим Оригеном, возобновленное флорентинцем Маттео Пальмьери в поэме «Город Жизни», – будто бы в те времена, когда дьявол боролся с Богом, среди небожителей были такие, которые, не желая примкнуть ни к воинству Бога, ни к воинству дьявола, остались чуждыми Тому и другому, одинокими зрителями поединка, – о них же Данте сказал:

Angeli che non furon ribelli,

Ne por fideli a Dio, ma per se foro.

Ангелы, кои не были ни мятежными,

Ни покорными Богу, – но были сами за себя.

Свободные и печальные духи – ни злые, ни добрые, ни темные, ни светлые, причастные злу и добру, тени и свету – изгнаны были Верховным Правосудием в долину земную, среднюю между небом и адом, в долину сумерек, подобных им самим, где стали человеками.

– И как знать, – продолжал Джованни вслух свои грешные мысли, – как знать, – может быть, в этом нет зла, может быть, следует пить во славу Единого из обеих чаш вместе?

И почудилось ему, что это не он сказал, а кто-то другой, наклонившись и сзади дыша на него холодным ласковым дыханием, шепнул ему на ухо: «Вместе, вместе!»

Он вскочил в ужасе, оглянулся и, хотя никого не было в пустынной галерее, затканной паутиною сумерек, начал креститься, дрожа и бледнея;

130

потом бросился бежать вон из крытого хода через двор и только в церкви, где горели свечи и монахи пели вечерню, остановился, перевел дыхание, упал на каменные плиты и стал молиться:

– Господи, спаси меня, избавь от этих двоящихся мыслей! Не хочу я двух чаш! Единой чаши Твоей, единой истины Твоей жаждет душа моя, Господи!

Но Божья благодать, подобная росе, освежающей пыльные травы, не смягчила ему сердца.

Вернувшись в келью, он лег.

К утру приснился ему сон: будто бы с моной Кассандрой, сидя верхом на черном козле, летят они по воздуху. «На шабаш! На шабаш!» – шепчет ведьма, обернув к нему лицо свое, бледное, как мрамор, с губами алыми, как кровь, глазами прозрачными, как янтарь. И он узнает богиню земной любви с неземною печалью в глазах – Белую Дьяволицу. Полный месяц озаряет голое тело, от которого пахнет так сладко и страшно, что зубы стучат у него: он обнимает ее, прижимается к ней. «Amore! Amore!» – лепечет она и смеется, – и черный мех козла углубляется под ними, как мягкое знойное ложе. И кажется ему, что это – смерть.

IV

Джованни проснулся от солнца, колокольного звона и детских голосов. Сошел на двор и увидел толпу людей в одинаковых белых одеждах, с масличными ветками и маленькими алыми крестами. То было Священное Воинство детей-инквизиторов, учрежденное Савонаролою для наблюдения за чистотою нравов во Флоренции.

Джованни вошел в толпу и прислушался к разговорам.

– Донос, что ли? – с начальнической важностью спрашивал «капитан», худенький четырнадцатилетний мальчик, другого, плутоватого, шустрого, рыжего и косоглазого, с оттопыренными ушами.

– Так точно, мессер Федериджи, – донос! – отвечал тот, вытягиваясь в струнку, как солдат, и почтительно поглядывая на капитана.

– Знаю. Тетка в кости играла?

– Никак нет, ваша милость, – не тетка, а мачеха, и не в кости...

– Ах да, – поправился Федериджи, – это Липпина тетка в прошлую субботу кости метала и богохульствовала. Что же у тебя?

– У меня, мессере, мачеха... накажи ее Бог...

– Не мямли, любезный! Некогда. Хлопот полон рот...

– Слушаю, мессере. Так вот, изволите ли видеть, – мачеха с дружком своим, монахом, заповедный бочонок красного вина из отцовского погреба выпили, когда отец на ярмарку в Мариньолу уезжал. И посоветовал ей монах сходить к Мадонне, что на мосту Рубаконте, свечку поставить да помолиться, чтобы отец не вспомнил о заповедном бочонке. Она так и сделала, и когда отец, вернувшись, ничего не заметил, – на радостях подвесила к изваянию Девы Марии бочонок из воска, точь-в-точь такой, каким монаха учествовала, – в благодарность за то, что Матерь Божья помогла ей мужа обмануть.

– Грех, большой грех! – объявил Федериджи, нахмурившись. – А как же ты об этом узнал, Пиппо?

– У конюха выведал, а конюху рассказала мачехина девка-татарка, а девке-татарке...

– Местожительство? – перебил капитан строго.

– У Святой Аннунциаты шорная лавка Лоренцетто.

– Хорошо, – заключил Федериджи. – Сегодня же следствие нарядим.

Хорошенький мальчик, совсем крошечный, лет шести, прислонившись к стене в углу двора, горько плакал.

– О чем ты? – спросил его другой, постарше.

– Остригли!.. Остригли!.. Я бы не пошел, кабы знал, что стригут!..

Он провел рукой по своим белокурым волосам, изуродованным ножницами монастырского цирульника, который стриг в скобку всех новобранцев, поступавших в Священное Воинство.

– Ах, Лука, Лука, – укоризненно покачал головой старший мальчик, – какие у тебя грешные мысли! Хоть бы о святых мучениках вспомнил: когда язычники отсекали им руки и ноги, они славили Бога. А ты и волос пожалел.

Лука перестал плакать, пораженный примером святых мучеников. Но вдруг лицо его исказилось от ужаса, и он завыл еще громче, должно быть, вообразив, что и ему во славу Божью монахи обрежут ноги и руки.

– Послушайте, – обратилась к Джованни старая, толстая, красная от волнения горожанка, – не можете ли вы мне указать, где тут мальчик один, черненький с голубыми глазками?

– Как его зовут?

– Дино, Дино дель Гарбо...

– В каком отряде?

– Ах, Боже мой, я, право, не знаю!.. Целый день ищу, бегаю, спрашиваю, толку не добьюсь. Голова кругом идет...

– Сын ваш?

– Племянник. Мальчик тихий, скромный, прекрасно учился... И вдруг какие-то сорванцы сманили в это ужасное Воинство. Подумайте только, – ребенок нежный, слабенький, а здесь, говорят, камнями дерутся...

И тетка опять заохала, застонала.

– Сами виноваты! – обратился к ней пожилой почтенный гражданин в одежде старинного покроя. – Драли бы ребятишек как следует, – дурь в головы не полезла бы! А то – виданное ли дело? – монахи да дети государством править вздумали. Яйца курицу учат. Воистину никогда еще на свете не бывало такой глупости!

– Именно, именно, яйца курицу учат! – подхватила тетка. – Монахи говорят – будет рай на земле. Я не знаю, что будет, но пока – ад кромешный. В каждом доме – слезы, ссоры, крики... – Слышали? – продолжала она, с таинственным видом наклоняясь к уху собеседника. – Намедни в соборе перед всем народом брат Джироламо, – отцы и матери, говорит, отсылайте ваших сыновей и дочерей хоть на край света, они ко мне отовсюду вернутся, они – мои...

Старый гражданин кинулся в толпу детей.

– А, дьяволенок, попался! – крикнул он, схватив одного мальчика за ухо. – Ну, погоди же, покажу я тебе, как из дому бегать, со сволочью связываться, отца не слушаться!..

– Отца небесного должны мы слушаться более, чем земного, – произнес мальчик тихим, твердым голосом.

– Ой, берегись, Доффо! Лучше не выводи меня из терпения... Ступай, ступай домой – чего уперся!

– Оставьте меня, батюшка. Я не пойду...

– Не пойдешь?

– Нет.

– Так вот же тебе!

Отец ударил его по лицу.

Доффо не двинулся – даже побледневшие губы его не дрогнули. Он только поднял глаза к небу.

– Тише, тише, мессере! Детей обижать не дозволено, – подоспели городские стражи, назначенные Синьорией для охраны Священного Воинства.

– Прочь, негодяи! – кричал старик в ярости.

Солдаты отнимали у него сына; отец ругался и не пускал его.

– Дино! Дино! – взвизгнула тетка, увидав вдали своего племянника, и устремилась к нему.

Но стражи удержали ее.

– Пустите, пустите! Господи, да что же это такое! – вопила она. – Дино! Мальчик мой! Дино!

В это мгновение ряды Священного Воинства заколыхались. Бесчисленные маленькие руки замахали алыми крестами, оливковыми ветками и, приветствуя выходившего на двор Савонаролу, запели звонкие детские голоса:

«Lumen ad revelationem gentium et gloriam plebis Israel.

Свет к просвящению языков, ко славе народа Израилева».

Девочки обступили монаха, бросали в него желтыми весенними цветами, розовыми подснежниками и темными фиалками; становясь на колени, обнимали и целовали ему ноги.

Облитый лучами солнца, молча, с нежной улыбкой, благословил он детей.

– Да здравствует Христос, король Флоренции! Да здравствует Дева Мария, наша королева! – кричали дети.

– Стройся! Вперед! – отдавали приказание маленькие военачальники.

Грянула музыка, зашелестели знамена, и полки сдвинулись.

На площади Синьории, перед Палаццо Веккьо, назначено было Сожжение сует, Bruciamento della vanita. Священное Воинство должно было в последний раз обойти дозором Флоренцию для сбора «сует и анафем».

V

Когда двор опустел, Джованни увидел мессера Чиприано Буонаккорзи, консула искусства Калималы, владельца товарных фондаков близ Орсанмикеле, любителя древностей, в земле которого у Сан-Джервазио, на Мельничном Холме, найдено было древнее изваяние богини Венеры.

Джованни подошел к нему. Они разговорились. Мессер Чиприано рассказал, что на днях во Флоренцию приехал из Милана Леонардо да Винчи с поручением от герцога скупать произведения художеств из дворцов, опустошаемых Священным Воинством. С этой же целью прибыл Джорджо Мерула, просидевший в тюрьме два месяца, освобожденный и помилованный герцогом, отчасти по ходатайству Леонардо.

Купец попросил Джованни проводить его к настоятелю, и они вместе направились в келью Савонаролы.

Стоя в дверях, Бельтраффио слышал беседу консула Калималы с приором Сан-Марко.

Мессер Чиприано предложил купить за двадцать две тысячи флоринов все книги, картины, статуи и прочие сокровища искусств, которые в этот день должны были погибнуть на костре.

Приор отказал.

Купец подумал, подумал и накинул еще восемь тысяч.

Монах на этот раз даже не ответил; лицо его было сурово и неподвижно.

Тогда Чиприано пожевал ввалившимся беззубым ртом, запахнул полы истертой лисьей шубейки на зябких коленях, вздохнул, прищурил слабые глаза и молвил своим приятным, всегда ровным и тихим голосом:

– Отец Джироламо, я разорю себя, отдам вам все, что есть у меня, – сорок тысяч флоринов.

Савонарола поднял на него глаза и спросил:

– Если вы себя разоряете и нет вам корысти в этом деле, о чем вы хлопочете?

– Я родился во Флоренции и люблю эту землю, – отвечал купец с простотою, – не хотелось бы мне, чтобы чужеземцы могли сказать, что мы, подобно варварам, сжигаем невинные произведения мудрецов и художников.

Монах посмотрел на него с удивлением и молвил:

– О, сын мой, если бы любил ты свое отечество небесное так же, как земное!.. Но утешься: на костре погибнет достойное гибели, ибо злое и порочное не может быть прекрасным, по свидетельству ваших же хваленых мудрецов.

– Уверены ли вы, отец, – сказал Чиприано, – что дети всегда без ошибки могут отличить доброе от злого в произведениях искусства и науки?

– Из уст младенцев правда исходит, – возразил монах. – Ежели не обратитесь и не станете как дети, не можете войти в царство небесное. Погублю мудрость мудрецов, разум разумных отвергну, говорит Господь. Денно и нощно молюсь я о малых сих, дабы то, чего умом не поймут они в суетах искусства и науки, открылось им свыше, благодатью Духа Святого.

– Умоляю вас, подумайте, – заключил консул, вставая. – Быть может, некоторая часть...

– Не тратьте даром слов, мессере! – остановил его брат Джироламо. – Решение мое неизменно.

Чиприано снова, пожевав своими бледными старушечьими губами, пробормотал себе что-то под нос. Савонарола услышал только последнее слово:

– Безумие...

– Безумие! – подхватил он, и глаза его вспыхнули. – Ну а разве Золотой Телец Борджа, преподносимый в кощунственных празднествах папе, – не безумие? Разве Святейший Гвоздь, поднятый во славу Господа на дьявольской машине похитителем престола, убийцей Моро, – не безумие? Вы пляшете вокруг бога вашего Маммона. Дайте же и нам, художмным, побезумствовать, поюродствовать во славу нашего Бога, Христа

Распятого! Вы издеваетесь над монахами, плясавшими пред Крестом на площади. Погодите, то ли еще будет! Посмотрим, что скажете вы, разумники, когда заставлю я не только монахов, но весь народ флорентинский, детей и взрослых, стариков и женщин, в ярости, Богу угодной, плясать вокруг таинственного Древа Спасения, как некогда Давид плясал перед Ковчегом Завета в древней Скинии Бога Всевышнего!

VI

Джованни, выйдя из кельи Савонаролы, отправился на площадь Синьории.

На Виа Ларга встретил он Священное Воинство. Дети остановили двух черных невольников с паланкином, в котором лежала роскошно одетая женщина. Белая собачка спала у нее на коленях. Зеленый попугай и мартышка сидели на жердочке. За носилками следовали слуги и телохранители.

То была кортиджана, недавно приехавшая из Венеции, Лена Гриффа, из разряда тех, которых правители Яснейшей республики называли с почтительною вежливостью «puttana onesta», «meretrix onesta», «благородная, честная блудница», или с ласковою шутливостью – «mammola», «девушка». В знаменитом, изданном для удобства путешественников «Catalogo di tutte le puttane del bordello con il lor prezzo» – «Каталоге всех блудниц в домах терпимости с их ценами» против имени Лены Гриффы, напечатанного крупными буквами, отдельно от других, на самом почетном месте, стояла цена – четыре дуката, а за святые ночи, кануны праздников, цена двойная – «из почтения к Матери Господа».

Развалившись на подушках, с видом Клеопатры или царицы Савской, мона Лена читала записку влюбленного в нее молодого епископа, с приложенным сонетом, который кончался такими стихами:

Когда пленительным речам твоим я внемлю,
О, Лена дивная, то, покидая землю,
Возносится мой дух к божественным красам
Платоновых идей и к вечным небесам.

Кортиджана обдумывала ответный сонет. Рифмами владела она в совершенстве, и недаром говаривала, что, если бы это зависело от нее, она, конечно, проводила бы все свое время «в академиях добродетельных мужей».

Священное Воинство окружило носилки. Предводитель одного из отрядов, Доффо, выступил, поднял над головой алый крест и воскликнул торжественно:

– Именем Иисуса, короля Флоренции, и Марии Девы, нашей королевы, повелеваем тебе снять сии греховные украшения, суеты и анафемы. Ежели ты этого не сделаешь, да поразит тебя болезнь!

Собачка проснулась и залаяла; мартышка зашипела; попугай захлопал крыльями, выкрикивая стих, которому научила его хозяйка:

Amore a nullo amato amar perdona[25].

Лена собиралась сделать знак телохранителям, чтобы разогнали они толпу, – когда взор ее упал на Доффо. Она поманила его пальцем.

---

25 Любовь не полюбить никому не позволит (ит .).

Мальчик подошел, потупив глаза.

– Долой, долой наряды! – кричали дети. – Долой суеты и анафемы!

– Какой хорошенький! – тихо произнесла Лена, не обращая внимания на крики толпы. – Послушайте, мой маленький Адонис, я, конечно, с радостью отдала бы все эти тряпки, чтобы сделать вам удовольствие, – но вот в чем беда: они не мои, а взяты напрокат у жида. Имущество такой неверной собаки едва ли может быть приношением, угодным Иисусу и Деве Марии.

Доффо поднял на нее глаза. Мона Лена, с едва заметной усмешкой кивнув головой, как будто подтверждая его тайную мысль, проговорила другим голосом, с певучим и нежным венецианским говором:

– В переулке Бочаров у Санта Тринита?. Спроси кортиджану Лену из Венеции. Буду ждать...

Доффо оглянулся и увидел, что товарищи, увлеченные бросанием камней и перебранкой с вышедшей из-за угла шайкой противников Савонаролы, так называемых «бешеных» – «аррабиати», не обращали более внимания на кортиджану. Он хотел им крикнуть, чтобы они напали на нее, но вдруг смутился и покраснел.

Лена засмеялась, показывая между красными губами острые белые зубы. Сквозь образ Клеопатры и царицы Савской мелькнула в ней венецианская «маммола» – шаловливая и задорная уличная девочка.

Негры подняли носилки, и кортиджана продолжала путь безмятежно. Собачка опять уснула на ее коленях, попугай нахохлился, и только неугомонная мартышка, строя уморительные рожи, старалась лапкою поймать карандаш, которым вельможная блудница выводила первый стих ответного сонета епископу:

Любовь моя чиста, как вздохи серафимов.

Доффо, уже без прежней удали, во главе своего отряда всходил по лестнице чертогов Медичи.

VII

В темных покоях, где все дышало величием прошлого, дети охвачены были робостью.

Но открыли ставни. Загремели трубы. Застучали барабаны. И с радостным криком, смехом и пением псалмов рассыпались маленькие инквизиторы по залам, творя суд Божий над соблазнами искусства и науки, отыскивая и хватая «суеты и анафемы», по наитию Духа Святого.

Джованни следил за их работой.

Наморщив лоб, заложив руки за спину, с медлительной важностью, как судьи, расхаживали дети среди изваяний великих мужей, философов и героев языческой древности.

– Пифагор, Анаксимен, Гераклит, Платон, Марк Аврелий, Эпиктет, – читал по складам один из мальчиков латинские надписи на подножиях мраморных и медных изваяний.

– Эпиктет! – остановил его Федериджи, насупив брови с видом знатока. – Это и есть тот самый еретик, который утверждал, что все наслаждения позволены и что Бога нет. Вот кого бы сжечь! Жаль, мраморный...

– Ничего, – молвил бойкий, косоглазый Пиппо, – мы его все-таки попотчуем!

– Это не тот! – воскликнул Джованни. – Вы смешали Эпиктета с Эпикуром...

Но было поздно: Пиппо размахнулся, ударил молотком и так ловко отбил нос мудрецу, что мальчики захохотали.

– Э, все равно, Эпиктет, Эпикур – два сапога пара. «Все пойдут в жилище дьявола!» – повторил он любимую поговорку Савонаролы.

Перед картиной Боттичелли заспорили: Доффо уверял, будто бы она соблазнительная, так как изображает голого юношу Вакха, пронзенного стрелами бога любви; но Федериджи, соперничавший с Доффо в умении отличить «суеты и анафемы», подошел, взглянул и объявил, что это вовсе не Вакх.

– А кто же, по-твоему? – спросил Доффо.

– Кто! Еще спрашивает! Как же вы, братцы, не видите? Св. первомученик Стефан!

Дети в недоумении стояли перед загадочною картиной: если это был в самом деле святой, почему же голое тело его дышало такою языческою прелестью, почему выражение муки в лице было похоже на сладострастную негу?

– Не слушайте, братцы, – закричал Доффо, – это мерзостный Вакх!

– Врешь, богохульник! – воскликнул Федериджи, поднимая крест, как оружие.

Мальчики бросились друг на друга; товарищи едва успели их разнять. Картина осталась под сомнением.

В это время неугомонный Пиппо вместе с Лукой, который давно уже утешился и перестал хныкать о своих остриженных кудрях, – ибо никогда еще, казалось ему, не участвовал он в таких веселых шалостях, – забрались в маленький темный покой. Здесь, у окна, на высокой подставке, стояла одна из тех ваз, которые изготавливаются венецианскими стекольными заводами Мурано. Задетая лучом сквозь щель закрытых ставень, вся она искрилась в темноте огнями разноцветных стекол, как драгоценными каменьями, подобная волшебному огромному цветку.

Пиппо взобрался на стол, тихонько, на цыпочках, – точно ваза была живая и могла убежать, – подкрался, плутовато высунул кончик языка, поднял брови над косыми глазами и толкнул ее пальцем. Ваза качнулась, как нежный цветок, упала, засверкала, зазвенела жалобным звоном, разбилась – и потухла. Пиппо прыгал, как бесенок, ловко подкидывая вверх и подхватывая на лету алый крест. Лука, с широко открытыми глазами, горевшими восторгом разрушения, тоже скакал, визжал и хлопал в ладоши.

Услышав издали радостные крики товарищей, вернулись они в большую залу.

Здесь Федериджи нашел чулан со множеством ящиков, наполненных такими «суетами», каких даже самые опытные из детей никогда не видывали. То были маски и наряды для тех карнавальных шествий, аллегорических триумфов, которые любил устраивать Лоренцо Медичи Великолепный. Дети столпились у входа в чулан. При свете сального огарка выходили перед ними картонные чудовищные морды фавнов, стеклянный виноград вакханок, колчан и крылья Амура, кадуцей

Меркурия, трезубец Нептуна и, наконец, при взрыве общего хохота, появились деревянные, позолоченные, покрытые паутиною молнии Громовержца и жалкое, изъеденное молью чучело олимпийского орла, с общипанным хвостом, с клочками войлока, торчавшего из продырявленного брюха.

Вдруг из пышного белокурого парика, вероятно, служившего Венере, выскочила крыса. Девочки завизжали. Самая маленькая, вспрыгнув на стул, брезгливо подняла платьице выше колен.

Над толпой повеяло холодом ужаса и отвращения к этой языческой рухляди, к могильному праху умерших богов. Тени летучих мышей, испуганных шумом и светом, бившихся о потолок, казались нечистыми духами.

Прибежал Доффо и объявил, что наверху есть еще одна запертая комната: у дверей сторожит маленький, сердитый, красноносый и плешивый старичок, ругается и никого не пускает.

Отправились на разведку. В старичке, охранявшем двери таинственной комнаты, Джованни узнал своего друга, мессера Джорджо Мерулу, великого книголюбца.

– Давай ключ! – крикнул ему Доффо.

– А кто вам сказал, что ключ у меня?

– Дворцовый сторож сказал.

– Ступайте, ступайте с Богом!

– Ой, старик, берегись! Повыдергаем мы тебе последние волосы!

Доффо подал знак. Мессер Джорджо стал перед дверями, собираясь защитить их грудью. Дети напали на него, повалили, избили крестами, обшарили ему карманы, отыскали ключ и отперли дверь. Это была маленькая рабочая комната с драгоценным книгохранилищем.

– Вот здесь, здесь, – указывал Мерула, – в этом углу все, что вам надо. На верхние полки не лазайте: там ничего нет.

Но инквизиторы не слушали его. Все, что попадалось им под руку – особенно книги в роскошных переплетах, – швыряли они в кучу. Потом открыли настежь окна, чтобы выбрасывать толстые фолианты прямо на улицу, где стояла повозка, нагруженная «суетами и анафемами». Тибулл, Гораций, Овидий, Апулей, Аристофан – редкие списки, единственные издания – мелькали перед глазами Мерулы.

Джованни заметил, что старик успел выудить из кучи и ловко спрятал за пазуху маленький томик: это была книга Марцеллина, с повествованием о жизни императора Юлиана Отступника.

Увидев на полу список трагедий Софокла на шелковистом пергаменте, с тончайшими заглавными рисунками, он бросился к нему с жадностью, схватил его и взмолился жалобно:

– Деточки! Милые! Пощадите Софокла! Это самый невинный из поэтов! Не троньте, не троньте!..

С отчаянием прижимал он книгу к груди; но, чувствуя, как рвутся нежные, словно живые, листы, заплакал, застонал, точно от боли, – отпустил ее и закричал в бессильной ярости:

– Да знаете ли, подлые щенки, что каждый стих этого поэта бо?льшая святыня перед Богом, чем все пророчества вашего полоумного

Джироламо!..

– Молчи, старик, ежели не хочешь, чтобы мы и тебя вместе с твоими поэтами за окно выбросили!

И, снова напав на старика, взашей вытолкали его из книгохранилища.

Мерула упал на грудь Джованни.

– Уйдем, уйдем отсюда скорее! Не хочу я видеть этого злодейства!..

Они вышли из дворца и мимо Марии дель Фьоре направились на площадь Синьории.

VIII

Перед темною стройною башнею Палаццо Веккьо, рядом с лоджией Орканьи, готов был костер, в тридцать локтей вышины, сто двадцать ширины – восьмигранная пирамида, сколоченная из досок, с пятнадцатью ступенями.

На первой нижней ступени собраны были шутовские маски, наряды, парики, искусственные бороды и множество других принадлежностей карнавала; на следующих трех – вольнодумные книги, начиная от Анакреона и Овидия, кончая «Декамероном» Боккаччо и «Морганте» Пульчи; над книгами – женские уборы: мази, духи, зеркала, пуховки, напилки для ногтей, щипцы для подвивания, щипчики для выдергивания волос; еще выше – ноты, лютни, мандолины, карты, шахматы, кегли, мячики – все игры, которыми люди радуют беса; потом – соблазнительные картины, рисунки, портреты красивых женщин; наконец на самом верху пирамиды – лики языческих богов, героев и философов из крашеного воска и дерева. Надо всем возвышалось громадное чучело – изображение дьявола, родоначальника «сует и анафем», начиненное серой и порохом, чудовищно размалеванное, мохнатое, козлоногое, похожее на древнего бога Пана.

Вечерело. Воздух был холоден, звонок и чист. В небе затеплились первые звезды. Толпа на площади шелестела и двигалась с благоговейным шепотом, как в церкви. Раздавались духовные гимны – laudi spirituali – учеников Савонаролы, так называемых «плакс». Рифмы, напев и размер остались прежними, карнавальными; но слова переделаны были на новый лад. Джованни прислушивался, и диким казалось ему противоречие унылого смысла с веселым напевом:

Tre di fede e seu d'amore...
To tre once almen di speme,
Взяв три унции любви,
Веры – три и шесть – надежды,
Две – раскаянья, смешай
И поставь в огонь молитвы;
Три часа держи в огне,
Прибавляй духовной скорби,
Сокрушения, смиренья,
Сколько нужно для того,
Чтобы вышла мудрость Божья.

Под Кровлею Пизанцев человек в железных очках, с кожаным передником, с ремешком на жидких, прямых, смазанных маслом косицах волос, с корявыми, мозолистыми руками, проповедовал перед толпою ремесленников, по-видимому, таких же «плакс», как и он.

– Я – Руберто, ни сэр, ни мессер, а попросту портной флорентинский, – говорил он, ударяя себя в грудь кулаком, – объявляю вам, братья мои, что Иисус, король Флоренции, во многих видениях изъяснил мне с точностью новое, угодное Богу, правление и законодательство. Желаете ли вы, чтобы не было ни бедных, ни богатых, ни малых, ни великих, – чтобы все были равны?

– Желаем, желаем! Говори, Руберто, как это сделать?

– Если имеете веру, сделать легко. Раз, два – и готово! Первое, – он загнул большой палец левой руки указательным правой, – подоходный налог, именуемый лестничною десятиною. Второе, – он загнул еще один палец, – всенародный боговдохновенный Параменто...

Потом остановился, снял очки, протер их, надел, неторопливо откашлялся и однообразным шепелявым голосом, с упрямым и смиренным самодовольством на тупом лице, начал изъяснять, в чем заключается лестничная десятина и боговдохновенный Параменто.

Джованни слушал, слушал – и тоска взяла его. Он отошел на другой конец площади.

Здесь, в вечерних сумерках, монахи двигались как тени, занятые последними приготовлениями. К брату Доминико Буонвиччини, главному распорядителю, подошел человек на костылях, еще нестарый, но, должно быть, разбитый параличом, с дрожащими руками и ногами, с неподымавшимися веками; по лицу его пробегала судорога, подобная трепетанию крыльев подстреленной птицы. Он подал монаху большой сверток.

– Что это? – спросил Доминико. – Опять рисунки?

– Анатомия. Я и забыл о них. Да вчера во сне слышу голос: у тебя над мастерскою, Сандро, на чердаке, в сундуках, есть еще «суеты и анафемы», – встал, пошел и отыскал вот эти рисунки голых тел.

Монах взял сверток и молвил с веселой, почти игривой улыбкой:

– А славный мы огонек запалим, мессер Филипепи!

Тот посмотрел на пирамиду «сует и анафем».

– О Господи, Господи, помилуй нас, грешных! – вздохнул он. – Если бы не брат Джироламо, так бы и померли без покаяния, не очистившись. Да и теперь еще кто знает, спасемся ли, успеем ли отмолить?..

Он перекрестился и забормотал молитвы, перебирая четки.

– Кто это? – спросил Джованни стоявшего рядом монаха.

– Сандро Боттичелли, сын дубильщика Мариано Филипепи, – ответил тот.

IX

Когда совсем стемнело, над толпой пронесся шепот: «Идут, идут!»

В молчании, в сумраке, без гимнов, без факелов, в длинных белых одеждах, дети-инквизиторы шли, неся на руках изваяние Младенца Иисуса; одною рукою он указывал на терновый венец на своей голове, другою – благословлял народ. За ними шли монахи, клир, гонфалоньеры, члены Совета Восьмидесяти, каноники, доктора и магистры богословия, рыцари Капитана Барджелло, трубачи и булавоносцы.

На площади стедалось тихо, как перед смертной казнью.

На Рингьеру – каменный помост перед старым дворцом – взошел

Савонарола, высоко поднял Распятие и произнес торжественным громким голосом:

– Во имя Отца, и Сына, и Духа Святого – зажигайте!

Четыре монаха подошли к пирамиде с горящими смоляными факелами и подожгли ее с четырех концов.

Пламя затрещало; повалил сперва серый, потом черный дым. Трубачи затрубили. Монахи грянули: «Тебя, Бога, хвалим». Дети звонкими голосами подхватили:

«Lumen ad revelationem gentium et gloriam plebis Israel!»

На башне старого дворца ударили в колокол, и могучему медному гулу его ответили колокола на всех церквах Флоренции.

Пламя разгоралось все ярче. Нежные, словно живые, листы древних пергаментных книг коробились и тлели. С нижней ступени, где лежали карнавальные маски, взвилась и полетела пылающим клубом накладная борода. Толпа радостно ухнула и загоготала.

Одни молились, другие плакали; иные смеялись, прыгая, махая руками и шапками; иные пророчествовали.

– Пойте, пойте Господу новую песнь! – выкрикивал хромой сапожник с полоумными глазами. – Рухнет все, братья мои, сгорит, сгорит дотла, как эти суеты и анафемы в огне очистительном, – все, все, все – церковь, законы, правления, власти, искусства, науки, – не останется камня на камне – и будет новое небо, новая земля! И отрет Бог всякую слезу с очей наших, и смерти не будет, – ни плача, ни скорби, ни болезни! Ей, гряди, Господи Иисусе!

Молодая беременная женщина, с худым страдальческим лицом, должно быть, жена бедного ремесленника, упала на колени и, протягивая руки к пламени костра, – как будто видела в нем самого Христа, – надрываясь, всхлипывая, подобно кликуше, вопила:

– Ей, гряди, Господи Иисусе! Аминь! Аминь! Гряди!

X

Джованни смотрел на озаренную, но еще не тронутую пламенем картину; то было создание Леонардо да Винчи.

Над вечерними водами горных озер стояла голая белая Леда; исполинский лебедь крылом охватил ее стан, выгибая длинную шею, наполняя пустынное небо и землю криком торжествующей любви; в ногах ее, среди водяных растений, животных и насекомых, среди прозябающих семян, личинок и зародышей, в теплом сумраке, в душной сырости, копошились новорожденные близнецы – полубоги-полузвери – Кастор и Поллукс, только что вылупившись из разбитой скорлупы огромного яйца. И Леда, вся, до последних сокровенных складок тела, обнаженная, любовалась на детей своих, обнимая шею лебедя с целомудренной и сладострастной улыбкой.

Джованни следил, как пламя подходит к ней все ближе и ближе, – и сердце его замирало от ужаса.

В это время монахи водрузили черный крест посередине площади, потом, взявшись за руки, образовали три круга во славу Троицы и, знаменуя духовное веселие верных о сожжении «сует и анафем», начали пляску, сперва медленно, потом все быстрее, быстрее, наконец помчались вихрем с песнею:

Ognun' grida, com'io grido,
Sempre pazzo, pazzo, pazzo![26]
Пред Господом смиритесь,
Пляшите, не стыдитесь.
Как царь Давид плясал,
Подымем наши ряски, —
Смотрите, чтоб в пляске
Никто не отставал.
Опьяненные любовью
К истекающему кровью
Сыну Бога на кресте,
Дики, радостны и шумны, —
Мы безумны, мы безумны,
Мы безумны во Христе!

У тех, кто смотрел, голова кружилась, ноги и руки сами собою подергивались – и вдруг, сорвавшись с места, дети, старики, женщины пускались в пляску. Плешивый угреватый и тощий монах, похожий на старого фавна, сделав неловкий прыжок, поскользнулся, упал и разбил себе голову до крови: едва успели его вытащить из толпы – а то растоптали бы до смерти.

Багровый мерцающий отблеск огня озарял искаженные лица. Громадную тень кидало Распятие – неподвижное средоточие вертящихся кругов.

Мы крестиками машем
И пляшем, пляшем, пляшем,
Как царь Давид плясал.
Несемся друг за другом
Все кругом, кругом, кругом,
Справляя карнавал.
Попирая мудрость века
И гордыню человека,
Мы, как дети, в простоте
Будем Божьими шутами,
Дурачками, дурачками,
Дурачками во Христе!

Пламя, охватывая Леду, лизало красным языком голое белое тело, которое сделалось розовым, точно живым, – еще более таинственным и прекрасным.

Джованни смотрел на нее, дрожа и бледнея.

Леда улыбнулась ему последней улыбкой, вспыхнула, растаяла в огне, как облако в лучах зари, – и скрылась навеки.

Громадное чучело беса на вершине костра запылало. Брюхо его, начиненное порохом, лопнуло с оглушительным треском. Огненный столб взвился до небес. Чудовище медленно покачнулось на пламенном троне, поникло, рухнуло и рассыпалось тлеющим жаром углей.

Снова грянули трубы и литавры. Ударили во все колокола. И толпа

---

26 Всяк кричи, как я кричу, Вечно безумный, безумный, безумный! (*ит.*)

завыла неистовым, победным воем, как будто сам дьявол погиб в огне священного костра с неправдой, мукой и злом всего мира.

Джованни схватился за голову и хотел бежать. Чья-то рука опустилась на плечо его, и, оглянувшись, он увидел спокойное лицо учителя.

Леонардо взял его за руку и вывел из толпы.

XI

С площади, покрытой клубами смрадного дыма, освещенной заревом потухающего костра, вышли они через темный переулок на берег Арно.

Здесь было тихо и пустынно; только волны журчали. Лунный серп озарял спокойные вершины холмов, посеребренных инеем. Звезды мерцали строгими и нежными лучами.

– Зачем ты ушел от меня, Джованни? – произнес Леонардо.

Ученик поднял взор, хотел что-то сказать, но голос его пресекся, губы дрогнули, и он заплакал.

– Простите, учитель!..

– Ты предо мною ни в чем не виноват, – возразил художник.

– Я сам не знал, что делаю, – продолжал Бельтраффио. – Как мог я, о Господи, как мог уйти от вас?..

Он хотел было рассказать свое безумие, свою муку, свои страшные двоящиеся мысли о чаше Господней и чаше бесовской, о Христе и Антихристе, но почувствовал опять, как тогда, перед памятником Сфорца, что Леонардо не поймет его, – и только с безнадежною мольбою смотрел в глаза его, ясные, тихие и чуждые, как звезды.

Учитель не расспрашивал его, словно все угадал, и с улыбкой бесконечной жалости, положив ему руку на голову, сказал:

– Господь тебе да поможет, мальчик мой бедный! Ты знаешь, что я всегда любил тебя, как сына. Если хочешь снова быть учеником моим, я приму тебя с радостью.

И как будто про себя, с тою особою загадочною, стыдливою краткостью, с которою обыкновенно выражал свои тайные мысли, прибавил чуть слышно:

– Чем больше чувства, тем больше муки. Великое мученичество!

Звон колоколов, песни монахов, крики безумной толпы слышались издали – но уже не нарушали безмолвия, которое окружало учителя и ученика.

Книга VIII
ЗОЛОТОЙ ВЕК
I

В конце тысяча четыреста девяносто шестого года миланская герцогиня Беатриче писала сестре своей Изабелле, супруге маркиза Франческо Гонзаго, повелителя Мантуи:

«Яснейшая мадонна, сестрица наша возлюбленная, я и мой муж, синьор Лодовико, желаем здравствовать вам и знаменитейшему синьору Франческо.

Согласно просьбе вашей, посылаю портрет сына моего Массимильяно. Только, пожалуйста, не думайте, что он такой маленький. Хотели точную мерку снять, дабы послать вашей синьории, но побоялись: няня говорит, что это вредит росту. А растет он удивительно: ежели несколько дней не вижу его, потом, как взгляну, кажется, так вырос, что остаюсь чрезмерно довольной и утешенной.

А у нас большое горе: умер дурачок Наннино. Вы его знали и тоже любили, а потому поймете, что, утратив всякую иную вещь, я надеялась бы заменить ее, но для замены нашего Наннино ничего бы не могла создать сама природа, которая истощила в нем все силы, соединив в одном существе для потехи государей редчайшую глупость с прелестнейшим уродством. Поэт Беллинчони в надгробных стихах говорит, что ежели душа его на небе, то он смешит весь рай, если же в аду, то Цербер «молчит и радуется». Мы похоронили его в нашем склепе в Мария делле Грацие рядом с моим любимым охотничьим ястребом и незабвенною сукою Путтиною, дабы и после смерти нашей не расставаться с такою приятною вещью. Я плакала две ночи, а синьор Лодовико, чтобы утешить меня, обещал мне подарить к Рождеству великолепное серебряное седалище для облегчения желудка, с изображением битвы Кентавров и Лапитов. Внутри сосуд из чистого золота, а балдахин из кармазинного бархата с вышитыми герцогскими гербами, и все точь-в-точь как у великой герцогини Лорренской. Такого седалища нет, говорят, не только ни у одной из итальянских государынь, но даже у самого папы, императора и Великого Турка. Оно прекраснее, чем знаменитое седалище Базада, описанное в эпиграммах Марциала. Мерула сочинил гекзаметры, которые начинаются так:

Quis cameram hanc supero dignam esse tonate Principe.

Трон сей достоин всевышнего, в небе гремящего бога.

Синьор Лодовико хотел, чтобы флорентинский художник Леонардо да Винчи устроил в этом седалище машину с музыкой наподобие маленького органа, но Леонардо отказался под тем предлогом, что слишком занят Колоссом и Тайной Вечерей.

Вы просите, милая сестрица, чтобы я прислала вам на время этого мастера. С удовольствием исполнила бы вашу просьбу и отослала бы его вам навсегда, не только на время. Но синьор Лодовико, не знаю почему, благоволит к нему чрезмерно и ни за что не желает расстаться с ним. Впрочем, не особенно жалейте о нем, ибо сей Леонардо предан алхимии, магии, механике и тому подобным бредням гораздо более, чем живописи, и отличается такой медленностью в исполнении заказов, что ангела может вывести из терпения. К тому же, как я слышала, он еретик и безбожник.

Недавно мы охотились на волков. Ездить верхом не позволяют мне, так как я уже пятый месяц беременна. Я смотрела на охоту, стоя на высоких запятках повозки, нарочно для меня устроенных, похожих на церковную кафедру. Впрочем, это была не забава, а мука: когда волк в лес убежал, я чуть не плакала. О, будь я сама на лошади, не упустила бы – шею сломала бы, а догнала бы зверя!

Помните, сестрица, как мы с вами скакали? Еще дондзелла Пентезилая в ров упала, чуть себе голову до смерти не расшибла. А охота на вепрей в Куснаго, а мячик, а рыбная ловля... То-то было славное время!

Теперь утешаемся, как можем. В карты играем. Катаемся на коньках.

Этому занятию выучил нас молодой вельможа из Фландрии. Зима стоит лютая: не только все пруды, даже реки замерзли. На катке дворцового парка Леонардо вылепил прекраснейшую Леду с лебедем из снега, белого и твердого, как мрамор. Жаль, что растает весной.

Ну а как поживаете вы, любезная сестрица? Удалась ли порода кошек с длинною шерстью? Если будет котенок рыжий с голубыми глазами, пришлите вместе с обещанною арапкою. А я вам щенят подарю от Шелковинки.

Не забудьте, пожалуйста, не забудьте, мадонна, прислать выкройку голубой атласной душегрейки, что с косым воротом на собольей опушке. Я просила о ней в прошлом письме. Отправьте как можно скорее, лучше всего завтра же на заре с верховым.

Пришлите также склянку вашего превосходного умывания от прыщиков и заморского дерева для полировки ногтей.

Что памятник Вергилия, сего сладкозвучного лебедя Мантуанских озер? Ежели бронзы не хватит, мы вам пришлем две старые бомбарды из отличной меди.

Астрологи наши предсказывают войну и жаркое лето: собаки будут беситься, а государи гневаться. Что говорит ваш астролог? Чужому всегда больше веришь, чем своему.

Посылаю для славнейшего супруга вашего, синьора Франческо, рецепт от французской болезни, составленный нашим придворным врачом Луиджи Марлиани. Говорят, помогает. Ртутные втирания должно делать поутру, натощак, в нечетные дни месяца, после новолуния. Я слышала, что приключается сия болезнь ни от чего другого, как от зловредного соединения некоторых планет, особливо Меркурия с Венерою.

Я и синьор Лодовико поручаем себя милостивому вниманию вашему, возлюбленная сестрица, и вашего супруга, знаменитейшего маркиза Франческо.

Беатриче Сфорца ».

II

Несмотря на видимое простодушие, в этом послании было притворство и политика. Герцогиня скрывала от сестры свои домашние заботы. Мира и согласия, которые можно было предположить, судя по письму, не было между супругами. Леонардо ненавидела она не за ересь и безбожие, а за то, что некогда, по заказу герцога, написал он портрет Чечилии Бергамини, ее злейшей соперницы, знаменитой наложницы Моро. В последнее время подозревала еще другую любовную связь мужа – с одной из ее придворных дамиджелл, мадонною Лукрецией.

В те дни герцог Миланский достиг высоты могущества. Сын Франческо Сфорца, отважного романьольского наемника, полусолдата-полуразбойника, мечтал он сделаться самодержавным владыкой объединенной Италии.

«Папа – мой духовник, император – мой полководец, город Венеция – мой казначей, король французский – мой гонец», – хвастал Моро.

«Ludovicus Maria Sfortia, Anglus dux Mediolani»[27] – подписывался он,

27 Лодовико-Мария Сфорца, Англ, герцог Миланский (лат.).

145

производя свой род от славного героя Энеева спутника, Англа Троянского. Колосс, изваянный Леонардо, памятник отца его, с надписью: *Esse Deus! Се Бог!* – свидетельствовал также о божественном величии Сфорца.

Но, вопреки наружному благополучию, тайная тревога и страх мучили герцога. Он знал, что народ не любит его и считает похитителем престола. Однажды, на площади Аренго, увидев издали вдову покойного герцога Джан-Галеаццо с ее первенцем Франческо, толпа закричала: «Да здравствует законный герцог Франческо!»

Ему было восемь лет. Он отличался умом и красотою. По словам венецианского посла Марино Савуто, «народ желал его себе в государи, как Бога».

Беатриче и Моро видели, что смерть Джан-Галеаццо обманула их – не сделала законными государями. И в этом ребенке вставала из гроба тень умершего герцога.

В Милане говорили о таинственных предзнаменованиях. Рассказывали, будто бы ночью над башнями замка являются огни, подобные зареву пожара, и в покоях дворца раздаются страшные стоны. Вспоминали, как у Джан-Галеаццо, когда он лежал в гробу, левый глаз не закрывался, что предвещало скорую кончину одного из его ближайших родственников. У мадонны дель Альбере трепетали веки. Корова, принадлежавшая одной старушке за Тичинскими воротами, отелилась двухголовым теленком. Герцогиня упала в обморок в пустынной зале Рокетты, испуганная привидением, и потом не хотела об этом говорить ни с кем, даже с мужем.

С некоторых пор почти совершенно утратила она шаловливую резвость, которая так нравилась в ней герцогу, и с недобрыми предчувствиями ожидала родов.

III

Однажды, декабрьским вечером, когда снежные хлопья устилали улицы города, углубляя безмолвие сумерек, Моро сидел в маленьком палаццо, который подарил своей новой любовнице, мадонне Лукреции Кривелли.

Огонь пылал в очаге, озаряя створы лакированных дверей с мозаичным набором, изображавшим перспективы древних римских зданий, – лепной решетчатый переплет потолка, украшенный золотом, стены, покрытые кордуанскими кожаными златотиснеными обоями, высокие кресла и рундуки из черного дерева, круглый стол с темно-зеленою бархатною скатертью, с открытым романом Боярдо, свитками нот, перламутровою мандолиною и граненым кувшином Бальнеа Апонитана – целебной воды, входившей в моду у знатных дам. На стене висел портрет Лукреции кисти Леонардо.

Над камином в глиняных изваяниях Карадоссо порхающие птицы клевали виноград, и крылатые голые дети – не то христианские ангелы, не то языческие амуры – плясали, играя святейшими орудиями страстей Господних – гвоздями, копьем, тростью, губкою и терниями; они казались живыми в розовом отблеске пламени.

Вьюга выла в трубе очага. Но в изящном рабочем покое – студиоло все дышало уютною негою.

Мадонна Лукреция сидела на бархатной подушке у ног Моро. Лицо ее было печально. Он ласково пенял ей за то, что она давно не посещает

146

герцогини Беатриче.

– Ваша светлость, – молвила девушка, потупив глаза, – умоляю вас, не принуждайте меня: я не умею лгать...

– Помилуй, да разве это значит лгать? – удивился Моро. – Мы только скрываем. Не хранил ли сам Громовержец любовных тайн своих от ревнивой супруги? А Тезей, а Федра и Медея – все герои, все боги древности? Можем ли мы, слабые смертные, противиться власти бога любви? К тому же тайное зло не лучше ли явного? Ибо, скрывая грех, мы избавляем ближних от соблазна, как того требует христианское милосердие. А если нет соблазна и есть милосердие, то нет зла, или почти нет...

Он усмехнулся своей хитрой усмешкой. Лукреция покачала головой и посмотрела ему прямо в глаза, немного исподлобья – строгими, важными, как у детей, и невинными глазами.

– Вы знаете, государь, как я счастлива вашей любовью. Но мне иногда хотелось бы лучше умереть, чем обманывать мадонну Беатриче, которая любит меня, как родную...

– Полно, полно, дитя мое! – молвил герцог и привлек ее к себе на колени, одной рукой обвив ее стан, другой лаская черные блестящие волосы с гладкими начесами на уши, с нитью фероньеры, на которой посередине лба блестела алмазная искра. Опустив длинные, пушистые ресницы – без упоения, без страсти, вся холодная и чистая – отдавалась она его ласкам.

– О, если бы ты знала, как я люблю тебя, мою тихую, смиренную – тебя одну! – шептал он, с жадностью вдыхая знакомый аромат фиалок и мускуса.

Дверь открылась, и, прежде чем герцог успел выпустить девушку из объятий, в комнату вбежала испуганная служанка.

– Мадонна, мадонна, – бормотала она, задыхаясь, – там, внизу, у ворот... о, Господи, помилуй нас, грешных...

– Да ну же, говори толком, – произнес герцог, – кто у ворот?

– Герцогиня Беатриче!

Моро побледнел.

– Ключ! Ключ от других дверей! Я задним ходом через двор. Да где же ключ? Скорее!..

– Кавальеры яснейшей мадонны стоят и у заднего хода! – в отчаянии всплеснула руками служанка. – Весь дом окружен...

– Западня! – произнес герцог, хватаясь за голову. – И откуда она узнала? Кто мог ей сказать?

– Никто, как мона Сидония! – подхватила служанка. – Недаром проклятая ведьма шляется к нам со своими снадобьями и притираниями. Говорила я вам, синьора, берегитесь...

– Что делать, Боже мой, что делать? – лепетал герцог, бледнея.

С улицы слышался громкий стук в наружные двери дома. Служанка бросилась на лестницу.

– Спрячь, спрячь меня, Лукреция!

– Ваша светлость, – возразила девушка, – мадонна Беатриче, если подозревает, велит весь дом обыскать. Не лучше ли вам прямо выйти к ней?

– Нет, нет, Боже сохрани, что ты говоришь, Лукреция! Выйти к ней! Ты не знаешь, что это за женщина! О Господи, страшно подумать, что из всего этого может произойти… Ведь она беременна!.. Да спрячь же меня, спрячь!..

– Право, не знаю куда…

– Все равно, куда хочешь, только поскорее!

Герцог дрожал и в это мгновение похож был скорее на пойманного вора, чем на потомка баснословного героя, Англа Троянского, Энеева спутника.

Лукреция провела его через спальню в уборную и спрятала в один из тех больших, вделанных в стену шкапов, белых, с тонкими, золотыми узорами в древнем вкусе, которые служили «гвардаробами» – одеждохранилищами знатных дам.

Он притаился в углу между платьями.

«Как глупо! – думал. – Боже мой, как глупо! Точно в смешных побасенках Франко Сакетти или Боккаччо».

Но ему было не до смеха. Он вынул из-за пазухи маленькую ладанку, с мощами св. Христофора, и другую, точно такую же, с модным в те времена талисманом – кусочком египетской мумии. Ладанки были так похожи, что в темноте и второпях не мог он отличить одну от другой и, на всякий случай, стал целовать обе вместе, крестясь и творя молитву.

Вдруг, услышав голоса жены и любовницы, входивших в уборную, похолодел от ужаса. Они беседовали дружески, как ни в чем не бывало. Он догадался, что Лукреция показывает герцогине свой новый дом по ее настоянию. Должно быть, Беатриче не имела явных улик и не хотела обнаружить подозрений.

То был поединок женской хитрости.

– Здесь тоже платья? – спросила Беатриче равнодушным голосом, подходя к шкапу, в котором стоял Моро ни жив ни мертв.

– Домашние, старые. Угодно взглянуть вашей светлости? – молвила Лукреция.

И приотворила дверцы.

– Послушайте, душечка, – продолжала герцогиня, – а где же то, которое, помните, мне так понравилось? Вы были в нем у Паллавичини на летнем балу. Все такие червячки, червячки, знаете – золотые по темно-синему морелло, – блестят, как ночью светлячки.

– Не помню что-то, – произнесла Лукреция спокойно. – Ах да, да, здесь, – спохватилась она, – должно быть, вот в этом шкапу.

И, не притворив дверец шкапа, в котором находился Моро, отошла с герцогиней к соседней гвардаробе.

«А еще говорила, что лгать не умеет! – подумал он с восхищением. – Какое присутствие духа! Женщины – вот у кого бы нам, государям, поучиться политике!»

Беатриче и Лукреция удалились из уборной.

Моро вздохнул свободнее, хотя все еще судорожно сжимал в руке обе ладанки – с мощами и мумией.

– Двести имперских дукатов в обитель Марии делле Грацие, Пречистой Заступнице – на елей и на свечи, ежели обойдется благополучно! – шептал он с пламенною верою.

Прибежала служанка, открыла шкап, с почтительно-лукавым видом выпустила герцога и объявила, что опасность миновала – светлейшая герцогиня изволила уехать, милостиво простившись с мадонною Лукрецией.

Он перекрестился набожно, вернулся в студиоло, выпил для подкрепления стакан воды Бальнеа Апонитана, взглянул на Лукрецию, которая сидела, как прежде, у камина, опустив голову, закрыв лицо руками, – и улыбнулся.

Потом тихими, лисьими шагами подкрался к ней сзади, наклонился и обнял.

Девушка вздрогнула.

– Оставьте меня, оставьте, уйдите! О, как вы можете после того, что было!..

Но герцог, не слушая, молча покрывал лицо ее, шею, волосы жадными поцелуями. Никогда еще не казалась она ему такой прекрасной: как будто женская ложь, которую он только что видел в ней, окружила ее новою прелестью.

Она боролась, но слабела и, наконец, закрыв глаза, с беспомощной улыбкой, медленно отдала ему свои губы.

Декабрьская вьюга выла в трубе очага, между тем как в розовом отблеске пламени вереница смеющихся голых детей под виноградной кущей Вакха плясала, играя святейшими орудиями Страстей Господних.

IV

В первый день нового тысяча четыреста девяносто седьмого года назначен был в замке бал.

Три месяца длились приготовления, в которых участвовали Браманте, Карадоссо, Леонардо да Винчи.

К пяти часам после полудня гости начали съезжаться во дворец. Приглашенных было более двух тысяч.

Метель занесла все дороги и улицы. На мрачном небе белели под снежными сугробами зубчатые стены, бойницы, каменные выступы для пушечных жерл. На дворе, у пылающих костров, грелись, весело гуторя, конюхи, скороходы, стремянные, вершники и носильщики паланкинов. У входа в Палаццо Дукале и далее, у железных опускных ворот во внутренний двор маленького замка Рокетты, раззолоченные, неуклюжие повозки, рыдваны и колымаги, запряженные цугом, теснились, высаживая синьор и кавалеров, закутанных в драгоценные московские меха. Обледенелые окна сияли праздничными огнями.

Вступая в прихожую, гости следовали между двумя длинными рядами герцогских телохранителей – турецких мамелюков, греческих страдиотов, шотландских арбалетчиков и швейцарских ландскнехтов, закованных в латы с тяжелыми алебардами. Впереди стояли стройные пажи, миловидные, как девушки, в одинаковых, отороченных лебяжьим пухом, двуцветных ливреях: правая половина – розового бархата, левая – голубого атласа, с вытканными на груди серебряными геральдическими знаками дома Сфорца Висконти; одежда прилегала к телу так плотно, что обозначала все его изгибы, и только спереди из-под пояса выступала короткими, тесными, трубчатыми складками. В руках держали они зажженные свечи, длинные, наподобие церковных, из красного и желтого воска.

Когда гость входил в приемную, герольд с двумя трубачами выкликал имя.

Открывался ряд громадных, ослепительно освещенных зал: «зала белых голубок по красному полю», «зала золотая» – с изображением герцогской охоты, «червчатая» – вся сверху донизу обтянутая атласом, с вышитыми золотом пламенеющими головнями и ведрами, обозначавшими самодержавную власть миланских герцогов, которые, по своему желанию, могут раздувать огонь войны и гасить его водою мира. В изящной маленькой «черной зале», построенной Браманте, служившей дамскою уборной, на сводах и стенах виднелись неоконченные фрески Леонардо.

Нарядная толпа гудела, подобно пчелиному рою. Одежды отличались многоцветною яркостью и безмерною, нередко безвкусною роскошью. В этой пестроте, в неуважительном к обычаям предков, порою шутовском и уродливом смешении разноязычных мод один сатирик видел «предзнаменование нашествия иноплеменных – грядущего рабства Италии».

Ткани женских платьев, с прямыми, тяжелыми складками, негнущимися, вследствие обилия золота и драгоценных камней, напоминали церковные ризы и были столь прочны, что передавались по наследству от прабабушек правнучкам. Глубокие вырезы обнажали плечи и грудь. Волосы, покрытые спереди золотою сеткою, заплетались, по ломбардскому обычаю, у замужних, так же как у девушек, в тугую косу, удлиненную до пола искуственными волосами и лентами. Мода требовала, чтобы брови были едва очерчены: женщины, обладавшие густыми бровями, выщипывали их особыми стальными щипчиками. Обходиться без румян и белил считалось непристойностью. Духи употреблялись крепкие, тяжелые – мускус, амбра, виверра, кипрский порошок с пронзительным одуряющим запахом.

В толпе попадались молодые девушки и женщины с особенною прелестью, которая нигде не встречается, кроме Ломбардии, – с теми воздушными тенями, тающими, как дым, на бледной матовой коже, на нежных, мягких округлостях лица, которые любил изображать Леонардо да Винчи.

Мадонну Виоланту Борромео, черноокую, чернокудрую, с понятною для всех побеждающею красотою, называли царицей бала. Мотыльки, обжигающие крылья о пламя свечи – предостережение влюбленным, – вытканы были золотом по темно-пунцовому бархату ее платья.

Но не мадонна Виоланта привлекала внимание избранных, а дондзелла Диана Паллавичини, с глазами холодными и прозрачными, как лед, волосами серыми, как пепел, с равнодушною улыбкой и говором медлительным, как звук виолы. Ее облекала простая одежда из белой струистой камки с длинными шелковыми лентами, тускло-зелеными, как водоросли. Окруженная блеском и шумом, казалась она чуждой всему, одинокою и печальною, как бледные водяные цветы, которые спят под

150

луной в заглохших прудах.

Грянули трубы, литавры, – и гости направились в большую «залу для игры в мяч», находившуюся в Рокетте. Под голубым, усеянным золотыми звездами сводом крестообразные перекладины с восковыми свечами горели огненными гроздьями. С балкона, служившего хорами, свешивались шелковые ковры с гирляндами лавров, плюща и можжевельника.

В час, минуту и секунду, назначенные астрологами, – ибо герцог шагу не делал, по выражению одного посла, рубашки не переменял, жены не целовал, не сообразуясь с положением звезд, – в залу вошли Моро и Беатриче, в царственных мантиях из золотой парчи, подбитых горностаем, с длинными шлейфами, которые несли бароны, камерьере, спендиторы и чамбелланы. На груди герцога в пряжке сиял рубин неимоверной величины, похищенный им у Джан-Галеаццо.

Беатриче похудела и подурнела. Странно было видеть живот беременной женщины у этой девочки, казавшейся почти ребенком, – с плоской грудью и резкими мальчишескими движениями.

Моро подал знак. Главный сенешаль поднял жезл, на хорах заиграла музыка – и гости стали садиться за пиршественные столы.

V

Произошло замешательство. Посол великого князя московского, Данило Мамыров, не пожелал сесть ниже посла Яснейшей республики Сан-Марко. Мамырова стали уговаривать. Но упрямый старик, никого не слушая, стоял на своем: «Не сяду – зазорно мне сие!»

Любопытные и насмешливые взгляды обращались на него отовсюду.

– Что такое? Опять с московитами неприятности? Дикий народ! Лезут на первые места – знать ничего не хотят. Никуда их приглашать нельзя. Варвары! А язык-то – слышите? – совсем турецкий. Зверское племя!..

Юркий и вертлявый мантуанец Бокалино, толмач, подскочил к Мамырову.

– Мессер Даниеле, мессер Даниеле, – залепетал он на ломаном русском языке, с подобострастными ужимками и поклонами, – не можно, не можно! Сесть надо. Обычай в Милане. Спорить не хорошо. Дука сердится.

Подошел к старику и молодой спутник его, Никита Карачаров, тоже дьяк посольского приказа.

– Данило Кузьмич, батюшка, не изволь серчать! В чужой монастырь со своим уставом не ходят. Люди иноземные, обычаев наших не ведают. Долго ли до греха? Еще выведут! Сраму наживем...

– Молчи, Никита, молчи! Млад ты учить меня, старика. Знаю, что делаю. Не быть тому вовеки! Не сяду ниже посла виницейского. Сие для чести нашей посольской поруха великая. Сказано: всякий посол лицо носит и речи говорит государя своего. А наш государь православный, самодержавный, всея Руси...

– Мессер Даниеле, о мессер Даниеле! – егозил толмач Бокалино.

– Отстань! Чего латошишь, обезьянья твоя рожа басурманская? Сказано, не сяду – и не сяду!

Под нахмуренными бровями маленькие медвежьи глазки Мамырова сверкали гневом, гордостью и непобедимым упрямством. Усыпанный изумрудами набалдашник посоха дрожал в крепко сжатых пальцах. Видно было, что никакие силы не принудят его уступить.

Моро подозвал к себе посла Венеции, с обаятельною любезностью, на которую был мастер, извинился, обещал ему свое благоволение и попросил, как о личном для себя одолжении, пересесть на другое место, во избежание споров и пререканий, уверяя, что нелепому честолюбию этих варваров никто не придает значения. На самом деле герцог весьма дорожил милостью «великого герцога Розийского» – «gran duca di Rosia», надеясь при помощи его заключить выгодный договор с турецким султаном.

Венецианец, взглянув на Мамырова с тонкой усмешкой и презрительно пожав плечами, заметил, что его высочество прав – подобные споры о местах недостойны людей, просвещенных светом «человечности» – humanita, – и сел на указанное место.

Данило Кузьмич не понял речи соперника. Но, если бы и понял, не смутился бы и продолжал считать правым себя, ибо знал, что десять лет назад, в 1487 году, на торжественном выходе папы Иннокентия VIII, московские послы Димитрий и Мануил Ралевы на ступенях апостольского трона заняли места, наиболее почетные после римских сенаторов, представителей древнего миродержавного города. Недаром в послании бывшего киевского митрополита Саввы Спиридона великий князь московский уже объявлен был единственным наследником двуглавого орла Византии, объединившего под сенью крыл своих Восток и Запад, так как Господь Вседержитель, сказано было в послании, низвергнув за ереси оба Рима, ветхий и новый, воздвиг третий, таинственный Град, дабы излить на него всю славу, всю силу и благодать Свою, третий полуночный Рим – православную Москву, – а четвертого Рима не будет вовеки.

Не обращая внимания на враждебные взоры, самодовольно поглаживая длинную седую бороду, поправляя пояс на толстом животе и соболью шубу пунцового бархата, грузно и важно кряхтя, опустился Данило Кузьмич на отвоеванное место. Чувство темное и пьяное, как хмель, наполняло ему душу.

Никита вместе с толмачом Бокалино сели на нижнем конце стола, рядом с Леонардо да Винчи.

Хвастливый мантуанец рассказывал о чудесах, виденных им в Московии, смешивая быль с небылицею. Художник, надеясь получить более точные сведения от самого Карачарова, обратился к нему через переводчика и стал расспрашивать о далекой стране, которая возбуждала любопытство Леонардо, как все безмерное и загадочное, – о ее бесконечных равнинах, лютых морозах, могучих реках и лесах, о приливе в Гиперборейском океане и Гирканийском море, о северном сиянии, так же как о друзьях своих, поселившихся в Москве: ломбардском художнике Пьетро Антонио Солари, который участвовал в постройке Грановитой палаты, и зодчем Аристотеле Фиоравенти из Болоньи, украсившем площадь Кремля великолепными зданиями.

– Мессере, – обратилась к толмачу сидевшая рядом бойкая, любопытная и плутоватая дондзелла Эрмеллина, – я слышала, будто бы эту удивительную страну потому называют Розия, что там растет много роз.

Правда ли это?

Бокалино рассмеялся и уверил дондзеллу, что это вздор, что в Розии, несмотря на ее имя, меньше роз, чем в какой-либо иной стране, и в доказательство привел итальянскую новеллу о русском холоде.

Некоторые купцы из города Флоренции приехали в Польшу. Далее в Розию не пустили их, потому что в это время польский король вел войну с великим герцогом Московии. Флорентинцы, желая купить соболей, пригласили русских купцов на берег Борисфена, отделяющего обе страны. Опасаясь быть взятыми в плен, московиты стали на одном берегу, итальянцы на другом и начали громко перекликаться через реку, торгуясь. Но стужа была так сильна, что слова, не достигая противоположного берега, замерзали в воздухе. Тогда находчивые ляхи разложили большой костер посредине реки, в том месте, куда по расчету слова доходили еще не замерзшими. Лед, твердый, как мрамор, мог выдержать какое угодно пламя. И вот, когда зажгли огонь, слова, в продолжение целого часа остававшиеся в воздухе неподвижными, обледенелыми, начали таять, струиться с тихим журчанием, подобно вешней капле, и наконец были услышаны флорентинцами явственно, несмотря на то что московиты давно удалились с противоположного берега.

Рассказ всем пришелся по вкусу. Взоры дам, полные сострадательного любопытства, обратились на Никиту Карачарова, обитателя столь злополучной, Богом проклятой земли.

В это время сам Никита, остолбенев от удивления, смотрел на невиданное зрелище – громадное блюдо с голою Андромедою, из нежных каплуньих грудинок, прикованною к скале из творожного сыру, и освободителем ее, крылатым Персеем, из телятины.

Во время мясной части пира все было червленое, золотое, во время рыбной – стало серебряным, соответственно водной стихии. Подали посеребренные хлебы, посеребренные салатные лимоны в чашках, и, наконец, на блюде между гигантскими осетрами, миногами и стерлядями появилась Афродита из белого мяса угрей в перламутровой колеснице, влекомой дельфинами над голубовато-зеленым, как морские волны, трепетным студнем, изнутри освещенным огнями.

Затем потянулись нескончаемые сладости – изваяния из марципанов, фисташек, кедровых орехов, миндаля и жженого сахару, исполненные по рисункам Браманте, Карадоссо и Леонардо, – Геркулес, добывающий золотые яблоки Гесперид, басня Ипполита с Федрою, Вакха с Ариадною, Юпитера с Данаею – весь Олимп воскресших богов.

Никита с детским любопытством глядел на эти чудеса, между тем как Данило Кузьмич, теряя охоту к еде при виде голых бесстыдных богинь, – ворчал себе под нос:

– Антихристова мерзость! Погань языческая!

VI

Начался бал. Тогдашние пляски – Венера и Завр, Жестокая Участь, Купидон – отличались медлительностью, так как платья дам, длинные и тяжелые, не позволяли быстрых движений. Дамы и кавалеры сходились-расходились с неторопливою важностью, с жеманными поклонами, томными вздохами и сладкими улыбками. Женщины должны были выступать, как павы, плыть, как лебедки. И музыка была тихая, нежная, почти унылая, полная страстным томлением, как песни Петрарки.

Главный полководец Моро, молодой синьор Галеаццо Сансеверино, изысканный щеголь, весь в белом, с откидными рукавами на розовой подкладке, с алмазами на белых туфлях, с красивым, вялым, испитым и женоподобным лицом, очаровывал дам. Одобрительный шепот пробегал в толпе, когда во время танца Жестокая Участь, роняя, как будто нечаянно, на самом деле нарочно, туфлю с ноги или накидку с плеча, продолжал он скользить и кружиться по залу с той «скучающею небрежностью», которая считалась признаком высшего изящества.

Данило Мамыров смотрел, смотрел на него и плюнул!

– Ах ты, шут гороховый!

Герцогиня любила танцы. Но в тот вечер на сердце у нее было тяжело и смутно. Лишь давняя привычка к лицемерию помогала ей разыгрывать роль гостеприимной хозяйки – отвечать на поздравления с Новым годом, на приторные любезности вельмож. Порою казалось ей, что она не вынесет – убежит или заплачет.

Не находя себе места, блуждая по многолюдным залам, зашла она в маленький дальний покой, где у весело пылавшего камина разговаривали в тесном кружке молодые дамы и синьоры.

Спросила, о чем они беседуют.

– О платонической любви, ваша светлость, – отвечала одна из дам. – Мессер Антонниотто Фрегозо доказывает, что женщина может целовать в губы мужчину, не нарушая целомудрия, если он любит ее небесною любовью.

– Как же вы это доказываете, мессер Антонниотто? – молвила герцогиня, рассеянно щуря глаза.

– С позволения вашей светлости, я утверждаю, что уста – орудие речи – служат вратами души, и, когда они соединяются в лобзании платоническом, души любовников устремляются к устам, как бы к естественному выходу своему. Вот почему Платон не возбраняет поцелуя, а царь Соломон в «Песни Песней», прообразуя таинственное слияние души человеческой с Богом, говорит: лобзай меня лобзанием уст твоих.

– Извините, мессере, – перебил его один из слушателей, старый барон, сельский рыцарь с честным и грубым лицом, – может быть, я этих тонкостей не разумею, но неужели полагаете вы, что муж, застав жену свою в объятиях любовника, должен терпеть?..

– Конечно, – возразил придворный философ, – сообразно с мудростью духовной любви...

– А как же брак?..

– Ах, Боже мой! Да мы о любви говорим, а не о браке! – перебила хорошенькая мадонна Фиордализа, нетерпеливо пожимая ослепительными голыми плечами.

– Но ведь и брак, мадонна, по всем законам человеческим... – начал было рыцарь.

– Законы! – презрительно сморщила Фиордализа свои алые губки. – Как можете вы, мессере, в такой возвышенной беседе упоминать о законах

154

человеческих – жалких созданиях черни, превращающих святые имена любовника и возлюбленной в столь грубые слова, как муж и жена?

Барон только руками развел.

А мессер Фрегозо, не обращая на него внимания, продолжал свою речь о тайнах небесной любви.

Беатриче знала, что при дворе в большой моде непристойнейший сонет этого самого мессера Антонниотто Фрегозо, посвященный красивому отроку и начинавшийся так:

Ошибся царь богов, похитив Ганимеда...

Герцогине сделалось скучно.

Она потихоньку удалилась и перешла в соседнюю залу.

Здесь читал стихи приезжий из Рима знаменитый стихотворец Серафино д'Аквила, по прозвищу Единственный – Unico, маленький, худенький, тщательно вымытый, выбритый, завитой и надушенный человечек с розовым младенческим личиком, томной улыбкой, скверными зубами и маслеными глазками, в которых сквозь вечную слезу восторга мелькала порой плутоватая хитрость.

Увидев среди дам, окружавших поэта, Лукрецию, Беатриче смутилась, чуть-чуть побледнела, но тотчас оправилась, подошла к ней с обычною ласкою и поцеловала.

В это время появилась в дверях полная, пестро одетая, сильно нарумяненная, уже не молодая и некрасивая дама, державшая платок у носа.

– Что это, мадонна Дионеджа? Не ушиблись ли вы? – спросила ее дондзелла Эрмеллина с лукавым участием.

Дионеджа объяснила, что во время танцев, должно быть от жары и усталости, кровь пошла у нее из носу.

– Вот случай, на который даже мессер Унико едва ли сумел бы сочинить любовные стихи, – заметил один из придворных.

Унико вскочил, выставил одну ногу вперед, задумчиво провел рукой по волосам, закинул голову и поднял глаза к потолку.

– Тише, тише, – благоговейно зашушукали дамы, – мессер Унико сочиняет! Ваше высочество, пожалуйте сюда, здесь лучше слышно.

Дондзелла Эрмеллина, взяв лютню, потихоньку перебирала струны, и под эти звуки поэт торжественно глухим, замирающим голосом чревовещателя проговорил сонет.

Амур, тронутый мольбами влюбленного, направил стрелу в сердце жестокой; но, так как на глазах бога повязка, – промахнулся; и вместо сердца —

Стрела пронзила носик нежный —
И вот в платочек белоснежный
Росою алой льется кровь.

Дамы захлопали в ладоши.

– Прелестно, прелестно, неподражаемо! Какая быстрота! Какая легкость! О, это не чета нашему Беллинчони, который целыми днями потеет над каждым сонетом. Ах, душечка, верите ли, когда он поднял глаза к небу, я почувствовала – точно ветер на лице, что-то сверхъестественное – даже страшно стало...

– Мессер Унико, не хотите ли рейнского? – суетилась одна.

– Мессер Унико, прохладительные лепешечки с мятой, – предлагала другая.

Его усаживали в кресло, обмахивали веерами.

Он млел, таял и жмурил глаза, как сытый кот.

Потом прочел другой сонет в честь герцогини, в котором говорилось, что снег, пристыженный белизной ее кожи, задумал коварную месть, превратился в лед, и потому-то недавно, выйдя прогуляться во двор замка, она поскользнулась и едва не упала.

Прочел также стихи, посвященные красавице, у которой не хватало переднего зуба: то была хитрость Амура, который, обитая во рту ее, пользуется этой щелкою, как бойницею, чтобы метать свои стрелы.

– Гений! – взвизгнула одна из дам. – Имя Унико в потомстве будет рядом с именем Данте!

– Выше Данте! – подхватила другая. – Разве можно у Данте научиться таким любовным тонкостям, как у нашего Унико?

– Мадонны, – возразил поэт со скромностью, – вы преувеличиваете. Есть и у Данте большие достоинства. Впрочем, каждому свое. Что касается меня, то за ваши рукоплескания я отдал бы свою славу Данте.

– Унико! Унико! – вздыхали поклонницы, изнемогая от восторга.

Когда Серафино начал новый сонет, где описывалось, как во время пожара в доме его возлюбленной не могли потушить огонь, потому что сбежавшиеся люди должны были заливать водою пламя собственных сердец, зажженное взорами красавицы, – Беатриче наконец не вытерпела и ушла.

Она вернулась в главные залы, велела своему пажу Ричардетто, преданному и даже, как порой казалось ей, влюбленному в нее мальчику, идти наверх, ожидать с факелом у дверей спальни, и, поспешно пройдя несколько ярко освещенных многолюдных комнат, вступила в пустынную, отдаленную галерею, где только стражи дремали, склонившись на копья; отперла железную дверцу, поднялась по темной витой лестнице в громадный сводчатый зал, служивший герцогскою спальнею, находившейся в четырехугольной северной башне замка; подошла со свечою к небольшому, вделанному в толщу каменной стены дубовому ларцу, где хранились важные бумаги и тайные письма герцога, вложила ключ, украденный у мужа, в замочную скважину, хотела повернуть, но почувствовала, что замок сломан, распахнула медные створы, увидела пустые полки и догадалась, что Моро, заметив пропажу ключа, спрятал письма в другое место.

Остановилась в недоумении.

За окнами веяли снежные хлопья, как белые призраки. Ветер шумел – то выл, то плакал. И древнее, страшное, вечное, знакомое сердцу напоминали эти голоса ночного ветра.

Взоры герцогини упали на чугунную заслонку, закрывавшую круглое отверстие Дионисиева уха – слуховой трубы, проведенной Леонардо в герцогскую спальню из нижних покоев дворца. Она подошла к отверстию и, сняв с него тяжелую крышку, прислушалась: волны звуков долетели до нее, подобные шуму далекого моря, который слышится в раковинах; с говором, с шелестом праздничной толпы, с нежными вздохами музыки сливался вой и свист ночного ветра.

Вдруг почудилось ей, что не там, внизу, а над самым ухом ее кто-то прошептал:

«Беллинчони... Беллинчони...»

Она вскрикнула и побледнела.

«Беллинчони!.. Как же я сама не догадалась? Да, да конечно! Вот от кого я узнаю все... К нему! Только как бы не заметили?.. Будут искать... Все равно! Я хочу знать, я больше не могу терпеть этой лжи!»

Она вспомнила, что Беллинчони, отговорившись болезнью, не приехал на бал, сообразила, что в этот час он почти наверное дома один, и кликнула пажа Ричардетто, который стоял у дверей.

– Вели двум скороходам с носилками ждать меня внизу, в парке, у потайных ворот замка. Только смотри, если хочешь угодить мне, чтобы никто об этом не знал – слышишь? – никто!

Дала ему поцеловать свою руку. Мальчик бросился исполнять приказание.

Беатриче вернулась в опочивальню, накинула на плечи шубу, надела черную шелковую маску и через несколько минут уже сидела в носилках, направлявшихся к Тичинским воротам, где жил Беллинчони.

VII

Поэт называл свой ветхий, полуразвалившийся домик «лягушачьей норою». Он получал довольно много подарков, но вел беспутную жизнь, пропивал или проигрывал все, что имел, и потому бедность, по собственному выражению Бернардо, преследовала его, «как нелюбимая, но верная жена».

Лежа на сломанной трехногой кровати, с поленом вместо четвертой ноги, с дырявым и тонким, как блин, тюфяком, допивая третий горшок дрянного кислого вина, сочинял он надгробную надпись для любимой собаки мадонны Чечилии. Поэт наблюдал, как потухают последние угли в камине, тщетно стараясь согреться, натягивал на свои тонкие журавлиные ноги изъеденную молью беличью шубенку вместо одеяла, слушал завывание вьюги и думал о холоде предстоявшей ночи.

На придворный бал, где должны были представить сочиненную им в честь герцогини аллегорию «Рай», не пошел он вовсе не потому, что был болен, – хотя в самом деле уже давно хворал и так был худ, что, по словам его, можно было, рассматривая тело его, изучать анатомию всех человеческих мускулов, жил и костей. Но будь он даже при последнем издыхании, все-таки потащился бы на праздник. Действительной причиной его отсутствия была зависть: лучше согласился бы он замерзнуть в своей конуре, чем видеть торжество соперника, наглого плута и пройдохи, мессера Унико, который нелепыми виршами успел вскружить головы светским дурам.

При одной мысли об Унико вся желчь приливала к сердцу Беллинчони. Он сжимал кулаки и вскакивал с постели. Но в комнате было так холодно, что тотчас же снова благоразумно ложился в постель, дрожал, кашлял и кутался.

– Негодяй! – ругался он. – Четыре сонета о дровах, да еще с какими рифмами – и ни щепки!.. Пожалуй, чернила замерзнут – нечем будет писать. Не затопить ли перилами от лестницы? Все равно порядочные люди не ходят ко мне, а если жид-ростовщик свихнет себе шею – не велика беда.

Но лестницы он пожалел. Взоры его обратились на толстое полено, служившее четвертой ногой хромому ложу. Остановился в минутном раздумье: что лучше – дрожать всю ночь от холода или спать на шатающемся ложе?

Вьюга завыла в оконную щель, заплакала, захохотала, как ведьма, в трубе очага. С отчаянной решимостью выхватил Бернардо полено из-под кровати, разрубил на щепки и стал бросать в камин. Пламя вспыхнуло, озаряя печальную келью. Он присел на корточки и протянул посиневшие руки к огню, последнему другу одиноких поэтов.

«Собачья жизнь! – размышлял Беллинчони. – А ведь чем я, подумаешь, хуже других? Не о моем ли прапращуре, знаменитом флорентинце, в те времена, как о доме Сфорца и помину еще не было, божественный Данте сложил этот стих:

Bellincion' Berti vid'io andar cinto
Di cuoio e d'osso?[28]

Небось в Милане, когда я приехал, придворные лизоблюды страмботто от сонета отличить не умели. Кто, как не я, научил их изяществам новой поэзии? Не с моей ли легкой руки ключ Гиппокрены разлился в целое море и грозит наводнением? Теперь, кажется, и в Большом Канале кастальские воды текут... И вот награда! Подохну, как пес в конуре на соломе!.. Впавшего в бедность поэта никто не узнает, точно лицо его скрыто под маскою, изуродовано оспой...»

Он прочел стихи из своего послания к герцогу Моро:

Иного я всю жизнь не слыхивал ответа,
Как «с Богом прочь ступай, все заняты места».
Что делать? Песенка моя, должно быть, спета.
Уж я и не прошу о колпаке шута, —
Но хоть на мельницу принять вели поэта,
О, щедрый государь, как вьючного скота.

И с горькою усмешкою опустил свою лысую голову.

Долговязый, тощий, с красным длинным носом, на корточках перед огнем, он походил на больную зябнущую птицу.

Внизу в двери дома послышался стук, потом сонная ругань сварливой, опухшей от водянки старухи, его единственной прислужницы, и шлепанье деревянных башмаков ее по кирпичному полу.

– Кой черт? – удивился Бернардо. – Уж не жид ли опять за процентами? У, нехристи окаянные! И ночью не дадут покоя...

Скрипнули ступени лестницы. Дверь отворилась, и в комнату вошла женщина в собольей шубе, в шелковой черной маске.

Бернардо вскочил и уставился на нее.

Она молча приблизилась к стулу.

– Осторожнее, мадонна, – предупредил хозяин, – спинка сломана.

---

28 Я Беллинчони Берти увидел; В кожаном поясе с костями (*ит.*).

И со светскою любезностью прибавил:

– Какому доброму гению обязан я счастьем видеть знаменитейшую синьору в смиренном жилище моем?

«Должно быть, заказчица. Какой-нибудь любовный мадригалишко, – подумал он. – Ну что ж, и то хлеб! Хоть на дрова. Только странно, как это одна, в такой час?.. А впрочем, имя мое тоже, видно, что-нибудь да значит. Мало ли неведомых поклонниц!»

Оживился, подбежал к очагу и великодушно бросил в огонь последнюю щепку.

Дама сняла маску.

– Это я, Бернардо.

Он вскрикнул, отступил и, чтобы не упасть, должен был схватиться рукой за дверную притолоку.

– Иисусе, Дева Пречистая! – пролепетал, выпучив глаза. – Ваша светлость... яснейшая герцогиня...

– Бернардо, ты можешь сослужить мне великую службу, – сказала Беатриче и потом спросила, оглядываясь: – Никто не услышит?

– Будьте покойны, ваше высочество, никто – кроме крыс да мышей!

– Послушай, – продолжала Беатриче медленно, устремив на него проницательный взор, – я знаю, ты писал для мадонны Лукреции любовные стихи. У тебя должны быть письма герцога с поручениями и заказами.

Он побледнел и молча смотрел на нее, расширив глаза, в оцепенении.

– Не бойся, – прибавила она, – никто не узнает. Даю тебе слово, я сумею наградить тебя, если ты исполнишь просьбу мою. Я озолочу тебя, Бернардо!

– Ваше высочество, – с усилием произнес он коснеющим языком, – не верьте... это клевета... никаких писем... как перед Богом...

Глаза ее сверкнули гневом; тонкие брови сдвинулись. Она встала и, не отводя от него тяжелого, пристального взора, подошла к нему.

– Не лги! Я знаю все. Отдай мне письма герцога, если жизнь тебе дорога, – слышишь, отдай! Берегись, Бернардо! Люди мои ждут внизу. Я с тобой не шутить пришла!..

Он упал перед нею на колени:

– Воля ваша, синьора! Нет у меня никаких писем...

– Нет? – повторила она, наклоняясь и заглядывая ему в глаза. – Нет, говоришь ты?..

– Нет...

– Погоди же, сводник проклятый, заставлю я тебя всю правду сказать. Собственными руками задушу, мерзавец!.. – крикнула она в бешенстве и в самом деле вцепилась ему в горло своими нежными пальцами с такою силою, что он задохся и жилы налились у него на лбу. Не сопротивляясь, опустив руки, только беспомощно моргая глазами, сделался он еще более похожим на жалкую, больную птицу.

«Убьет, как Бог свят, убьет, – думал Бернардо. – Ну что же, пусть... А герцога я не выдам».

Беллинчони был всю жизнь придворным шутом, беспутным бродягою, продажным стихокропателем, но никогда не был изменником. В жилах его текла благородная кровь, более чистая, чем у романьольских наемников, выскочек Сфорца, и теперь он готов был это доказать:

Bellincion' Berti vid'io andar cinto
Di cuoio e d'osso.

Герцогиня опомнилась; с отвращением выпустила из рук своих горло поэта, оттолкнула его, подошла к столу и, схватив маленькую, с продавленными боками, с нагоревшею светильнею, оловянную лампаду, направилась к двери соседней комнаты. Она уже раньше заметила ее и догадалась, что это студиоло – рабочая келья поэта.

Бернардо вскочил и, став перед дверью, хотел преградить ей путь. Но герцогиня молча смерила его таким взглядом, что он съежился, сгорбился и отступил.

Она вошла в обитель нищенской музы. Здесь пахло плесенью книг. На голых стенах с облупленною штукатуркою темнели пятна сырости. Разбитое стекло заиндевелого окошка заткнуто было тряпьем. На письменном наклонном поставце, забрызганном чернилами, с гусиными перьями, общипанными и обглоданными во время искания рифм, валялись бумаги, должно быть, черновые наброски стихов.

Поставив лампаду на полку и не обращая внимания на хозяина, Беатриче стала рыться в листках.

Здесь было множество сонетов придворным казначеям, ключникам, стольникам, кравчим, с шутовскими жалобами, с мольбами о деньгах, дровах, вине, теплой одежде, съестных припасах. В одном из них выпрашивал поэт у мессера Паллавичини к празднику Всех Святых жареного гуся, начиненного айвою. В другом, озаглавленном «От Моро к Чечилии», сравнивая герцога с Юпитером, герцогиню с Юноною, рассказывал, как однажды Моро, отправившись на свидание с любовницей и по дороге застигнутый бурею, должен был вернуться домой, потому что «ревнивая Юнона, догадавшись об измене мужа, сорвала диадему с головы своей и рассыпала жемчуг с небес, подобно бурному дождю и граду».

Вдруг под кипою бумаг заметила она изящную шкатулку из черного дерева, открыла ее и увидела тщательно перевязанную пачку писем. Бернардо, следивший за нею, всплеснул руками в ужасе. Герцогиня взглянула на него, потом на письма, прочла имя Лукреции, узнала почерк Моро и поняла, что это наконец то, что она искала – письма герцога, черновые наброски любовных стихов, заказанных им для Лукреции; схватила пачку, сунула ее себе за платье на грудь и молча, бросив поэту, как подачку собаке, кошелек с червонцами, вышла.

Он слышал, как она сходила по лестнице, как захлопнулась дверь, и долго стоял среди комнаты, точно громом пораженный. Пол, казалось ему, шатается под ним, как палуба во время качки.

Наконец, в изнеможении, повалился на свое трехногое хромающее ложе и заснул мертвым сном.

VIII

Герцогиня вернулась в замок.

Заметив ее отсутствие, гости перешептывались, спрашивали, что случилось. Герцог тревожился.

160

Войдя в залу, она приблизилась к нему с немного бледным лицом и сказала, что, почувствовав усталость после пира, удалилась во внутренние покои, чтобы отдохнуть.

– Биче, – молвил герцог, взяв ее руку, холодную и чуть-чуть задрожавшую в руке его, – если тебе нездоровится, скажи, ради Бога! Не забывай, что ты беременна. Хочешь, отложим до завтра вторую часть праздника? Я ведь и затеял-то все только для тебя, дорогая...

– Нет, не надо, – возразила герцогиня. – Пожалуйста, не беспокойся, Вико. Я давно не чувствовала себя так хорошо, как сегодня... так весело... Я хочу видеть «Рай». Я и плясать еще буду!..

– Ну слава Богу, милая, слава Богу! – успокоился Моро, целуя с почтительной нежностью руку жены.

Гости снова перешли в большую «залу для игры в мяч», где для представления «Рая» Беллинчони воздвигнута была машина, изобретенная придворным механиком Леонардо да Винчи.

Когда уселись по местам и потушили огни, раздался голос Леонардо:

– Готово!

Вспыхнула пороховая нить, и в темноте, как ледяные прозрачные солнца, засияли хрустальные шары, расположенные кругообразно, наполненные водою и освещенные изнутри множеством ярких огней, переливавшихся радугой.

– Посмотрите, – указывала соседке на художника дондзелла Эрмеллина, – посмотрите, какое лицо, – настоящий маг! Чего доброго, весь замок подымет на воздух, как в сказке!

– С огнем играть не следует! Долго ли до пожара, – молвила соседка.

В машине за хрустальными шарами спрятаны были черные круглые ящики. Из одного ящика появился ангел с белыми крыльями, возвестил начало представления и, произнося один из стихов пролога —

Великий Царь свои вращает сферы, —

указал на герцога, давая понять, что Моро управляет подданными с такою же мудростью, как Бог небесными сферами.

И в то же мгновение шары стали двигаться, вращаясь вокруг оси машины под странные, тихие, необычайно приятные звуки, как будто хрустальные сферы, цепляясь одна за другую, звенели таинственной музыкой, о которой повествуют пифагорейцы. Особые, изобретенные Леонардо стеклянные колокола, ударяемые клавишами, производили эти звуки.

Планеты остановились, и над каждой из них, по очереди, стали появляться соответственные боги – Юпитер, Аполлон, Меркурий, Марс, Диана, Венера, Сатурн, обращаясь с приветствием к Беатриче.

Меркурий произнес:

О, ты, затмившая все древние светила,
О, солнце для живых, о, зеркало небес!
Ты красотой своей Отца богов пленила,
Лампада из лампад и чудо из чудес!

Венера склонила колени пред герцогинею:

Все прелести мои ты обратила в прах,
Уже назвать себя Венерою не смею,
И, побежденная звезда в своих лучах,

О, солнце новое, от зависти бледнею!

Диана просила Юпитера:

Отдай меня, отец, отдай меня в рабыни

Богине всех богинь, миланской герцогине!

Сатурн, ломая смертоносную косу, восклицал:

И будет жизнь твоя блаженна и безбурна,

И Век твой Золотой, как древний Век Сатурна.

В заключение Юпитер представил ее высочеству трех эллинских Граций, семь христианских Добродетелей, и весь этот Олимп, или рай, под сенью белых ангельских крыл и креста, унизанного огнями зеленых лампад, символами надежды, снова начал вертеться, причем все боги и богини запели гимн во славу Беатриче, под музыку хрустальных сфер и рукоплескания зрителей.

– Послушайте, – сказала герцогиня сидевшему рядом вельможе Гаспаре Висконти, – отчего же нет здесь Юноны, ревнивой супруги Юпитера, «срывающей головную повязку с кудрей своих, чтобы рассыпать жемчуг на землю, подобно дождю и граду»?

Услышав эти слова, герцог быстро обернулся и посмотрел на нее. Она засмеялась таким странным насильственным смехом, что мгновенный холод пробежал по сердцу Моро. Но, тотчас же овладев собою, заговорила о другом, только крепче прижала под одеждой на груди своей пачку писем.

Предвкушаемая месть опьяняла ее, делала сильной, спокойной, почти веселой.

Гости перешли в другую залу, где ожидало их новое зрелище: запряженные неграми, леопардами, грифонами, кентаврами и драконами триумфальные колесницы Нумы Помпилия, Цезаря, Августа, Траяна с аллегорическими картинами и надписями, гласившими о том, что все эти герои – предтечи Моро; в заключение появилась колесница, влекомая единорогами, с огромным глобусом, подобием звездной сферы, на котором лежал воин в железных ржавых латах. Золотое голое дитя с ветвью шелковицы, по-итальянски *моро* , выходило из трещины в латах воина, что означало смерть старого, Железного, и рождение нового, Золотого Века, благодаря мудрому правлению Моро. К общему удивлению, золотое изваяние оказалось живым ребенком. Мальчик, вследствие густой позолоты, покрывавшей тело его, чувствовал себя нехорошо. В испуганных глазах его блестели слезы.

Дрожащим, заунывным голосом начал он приветствие герцогу с постоянно возвращавшимся, однозвучным, почти зловещим припевом:

Скоро к вам, о люди, скоро,

С обновленной красотой,

Я вернусь по воле Моро,

Беспечальный Век Златой.

Вокруг колесницы Золотого Века возобновился бал.

Нескончаемое приветствие надоело всем. Его перестали слушать. А мальчик, стоя на вышке, все еще лепетал золотыми коснеющими губами, с безнадежным и покорным видом:

Я вернусь по воле Моро,

Беспечальный Век Златой.

Беатриче танцевала с Гаспаре Висконти. Порой судорога смеха и рыданий сжимала ей горло. С нестерпимой болью стучала кровь в виски. В глазах темнело. Но лицо казалось беспечным. Она улыбалась.

Окончив пляску, вышла из праздничной толпы и вновь незаметно удалилась.

IX

Герцогиня прошла в уединенную башню Сокровищницы. Сюда никто не входил, кроме нее и герцога.

Взяв свечу у пажа Ричардетто, велела ему ожидать у входа и вступила в высокую залу, где было темно и холодно, как в погребе, села, вынула пачку писем, развязала, положила на стол и уже хотела читать, как вдруг, с пронзительным визгом, свистом и гулом, ветер ворвался в трубу очага, пронесся по всей башне, завыл, зашуршал и едва не задул свечу. Потом сразу наступила тишина. И ей казалось, что она различает звуки дальней бальной музыки и еще другие, чуть слышные голоса, звон железных оков – внизу, в подземелье, где была тюрьма.

И в то же мгновение почувствовала, что за нею, в темном углу, кто-то стоит. Знакомый ужас охватил ее. Она знала, что не надо смотреть, но не выдержала и оглянулась. В углу стоял тот, кого она видела уже раз, – длинный, черный, чернее мрака, закутанный, с поникшей головою, с монашеским куколем, опущенным так, что лица не было видно. Она хотела крикнуть, позвать Ричардетто, но голос ее замер. Вскочила, чтобы бежать, – ноги у нее подкосились. Упала на колени и прошептала:

– Ты... ты опять... зачем?..

Он медленно поднял голову.

И она увидела не мертвое, не страшное лицо покойного герцога Джан-Галеаццо и услышала его голос:

– Прости... бедная, бедная...

Он сделал к ней шаг, и в лицо ей пахнуло нездешним холодом.

Она закричала пронзительным, нечеловеческим криком и лишилась сознания.

Ричардетто, услышав этот крик, прибежал и увидел ее, лежавшую на полу, без чувств.

Он бросился бежать по темным галереям, кое-где освещенным тусклыми фонарями часовых, затем по ярким, многолюдным залам, отыскивая герцога, с воплем безумного ужаса:

– Помогите! Помогите!

Была полночь. На балу царствовала увлекательная веселость. Только что начали модную пляску, во время которой кавалеры и дамы проходили вереницею под аркою «верных любовников». Человек, изображавший Гения любви, с длинною трубою, находился на вершине арки; у подножия стояли судьи. Когда приближались «верные любовники», гений приветствовал их нежною музыкою, судьи принимали с радостью. Неверные же тщетно старались пройти сквозь волшебную арку: труба оглушала их страшными звуками; судьи встречали бурею конфетти, и несчастные под градом насмешек должны были обращаться в бегство.

Герцог только что прошел сквозь арку, сопровождаемый самыми тихими, сладостными звуками трубы, подобными пастушьей свирели или воркованию горлиц, – как вернейший из верных любовников.

В это мгновение толпа расступилась. В залу вбежал Ричардетто с отчаянным воплем:

– Помогите! Помогите!

Увидев герцога, он кинулся к нему:

– Ваше высочество, герцогине дурно... Скорее... Помогите!

– Дурно?.. Опять!..

Герцог схватился за голову.

– Где? Где? Да говори же толком!..

– В башне Сокровищницы...

Моро пустился бежать так быстро, что золотая чешуйчатая цепь на груди его звякала, пышная гладкая цаццера – прическа, похожая на парик, странно подскакивала на голове.

Гений на арке «верных любовников», все еще продолжавший трубить, наконец заметил, что внизу неладно, и умолк.

Многие побежали за герцогом, и вдруг вся блестящая толпа всколыхнулась, ринулась к дверям, как стадо баранов, обуянное ужасом. Арку повалили и растоптали. Трубач, едва успев соскочить, вывихнул себе ногу.

Кто-то крикнул:

– Пожар!

– Ну вот, говорила я, что с огнем играть не следует! – всплеснув руками, воскликнула дама, не одобрявшая хрустальных шаров Леонардо.

Другая взвизгнула, приготовляясь упасть в обморок.

– Успокойтесь, пожара нет, – уверяли одни.

– Что же такое? – спрашивали другие.

– Герцогиня больна!..

– Умирает! Отравили! – решил кто-то из придворных по внезапному наитию и тотчас же сам поверил своей выдумке.

– Не может быть! Герцогиня только что была здесь... танцевала...

– Разве вы не слышали? Вдова покойного герцога Джан-Галеаццо, Изабелла Арагонская, из мести за мужа... медленным ядом...

– С нами сила Господня!

Из соседней залы долетали звуки музыки.

Там ничего не знали. В танце «Венера и Завр» дамы с любезной улыбкой водили своих кавалеров на золотых цепях, как узников, и, когда они с томными вздохами падали ниц, – ставили им ногу на спину, как победительницы.

Вбежал камерьере, замахал руками и крикнул музыкантам:

– Тише, тише! Герцогиня больна...

Все обернулись на крик. Музыка стихла. Одна лишь виола, на которой играл тугой на ухо, подслеповатый старичок, долго еще заливалась в безмолвии жалобно-трепетным звуком.

Служители поспешно пронесли кровать, узкую, длинную, с жестким тюфяком, с двумя поперечными брусьями для головы, двумя колками по обеим сторонам для рук и перекладиною для ног родильницы, сохранявшуюся с незапамятных времен в гардеробных покоях дворца и

164

служившую для родов всем государыням дома Сфорца. Странной и зловещей казалась среди бала, в блеске праздничных огней, над толпой разряженных дам, эта родильная кровать.

Все переглянулись и поняли.

– Ежели от испуга или падения, – заметила пожилая дама, – следовало бы немедленно проглотить белок сырого яйца с мелко нарезанными кусочками алого шелка.

Другая уверяла, что красный шелк тут ни при чем, а надо съесть зародыши семи куриных яиц в желтке восьмого.

В это время Ричардетто, войдя в одну из верхних зал, услышал за дверями соседней комнаты такой страшный вопль, что остановился в недоумении и спросил, указывая на дверь, одну из женщин, проходивших с корзинами белья, грелками и сосудами с горячей водой:

– Что это?

Она не ответила.

Другая, старая, должно быть, повивальная бабка, посмотрела на него строго и проговорила:

– Ступай, ступай с Богом! Чего торчишь на дороге – только мешаешь. Не место здесь мальчишкам.

Дверь на мгновение приотворилась, и Ричардетто увидел в глубине комнаты, среди беспорядка сорванных одежд и белья, лицо той, которую любил безнадежною детскою любовью, – красное, потное, с прядями волос, прилипших ко лбу, с раскрытым ртом, откуда вылетал нескончаемый вопль. Мальчик побледнел и закрыл лицо руками.

Рядом с ним разговаривали шепотом разные кумушки, нянюшки, лекарки, знахарки, повитухи. У каждой было свое средство. Одна предлагала обернуть правую ногу родильницы змеиной кожей; другая – посадить ее на чугунный котел с кипятком; третья – подвязать к животу ее шапку супруга; четвертая – дать водки, настоянной на отростках оленьих рогов и кошенильном семени.

– Орлиный камень под правую мышку, магнитный – под левую, – шамкала древняя, сморщенная старушонка, хлопотавшая больше всех, – это, мать моя, первое дело! Орлиный камень либо изумруд.

Из дверей выбежал герцог и упал на стул, сжимая голову руками, всхлипывая, как ребенок:

– Господи! Господи! Не могу больше... не могу... Биче, Биче... Из-за меня, окаянного!..

Он вспомнил, как только что, увидев его, герцогиня закричала с неистовой злобой: «Прочь! прочь! Ступай к своей Лукреции!..»

Хлопотливая старушонка подошла к нему с оловянною тарелочкой:

– Откушать извольте, ваше высочество...

– Что это?

– Волчье мясо. Примета есть: как волчьего мяса отведает муж, родильнице легче. Волчье мясо, отец ты мой, первое дело!

Герцог с покорным и бессмысленным видом старался проглотить кусочек жесткого, черного мяса, который застрял у него в горле.

Старуха, наклонившись над ним, бормотала:

«Отче наш, иже еси.

Семь волков, одна волчиха.

На земле и небеси.

Взвейся, ветер, наше лихо

В чисто поле унеси.

Свят, свят, свят – во имя Троицы единосущной и безначальной. Крепко слово наше. Аминь!»

Из комнаты больной вышел главный придворный медик Луиджи Марлиани в сопровождении других врачей.

Герцог бросился к ним.

– Ну что? Как?..

Они молчали.

– Ваша светлость, – произнес наконец Луиджи, – все меры приняты. Будем надеяться, что Господь в своем милосердии...

Герцог схватил его за руку.

– Нет, нет... Есть же какое-нибудь средство... Так нельзя... Ради Бога... Ну сделайте же, сделайте что-нибудь!..

Врачи переглянулись, как авгуры, чувствуя, что надо его успокоить.

Марлиани, строго нахмурив брови, сказал по-латыни молодому врачу с румяным и наглым лицом:

– Три унции отвара из речных улиток с мушкатным орехом и красным толченым кораллом.

– Может быть, кровопускание? – заметил старичок с робким и добрым лицом.

– Кровопускание? Я уже думал, – продолжал Марлиани, – к несчастью, Марс – в созвездии Рака в четвертом доме Солнца. К тому же влияние нечетного дня...

Старичок смиренно вздохнул и притих.

– Как полагаете вы, учитель, – обратился к Марлиани другой врач, краснощекий, развязный, с непобедимо веселыми и равнодушными глазами, – не прибавить ли к отвару из улиток мартовского коровьего помета?

– Да, – задумчиво согласился Луиджи, потирая себе переносицу, – коровьего помета, – да, да, конечно!

– О Господи! Господи! – простонал герцог.

– Ваше высочество, – обратился к нему Марлиани, – успокойтесь, могу вас уверить, что все, предписываемое наукой...

– К черту науку! – вдруг, не выдержав, накинулся на него герцог, с яростью сжимая кулаки. – Она умирает, умирает, слышите! А вы тут с отваром из улиток, с коровьим пометом!.. Негодяи!.. Вздернуть бы вас всех на виселицу!..

И в смертельной тоске заметался он по комнате, прислушиваясь к неумолкавшему воплю.

Вдруг взор его упал на Леонардо. Он отвел его в сторону.

– Послушай, – забормотал герцог, точно в бреду, видимо сам едва помня, что говорит, – послушай, Леонардо, ты стоишь больше, чем все они вместе. Я знаю, ты обладаешь великими тайнами... Нет, нет, не возражай... Я знаю... Ах, Боже мой, Боже мой, этот крик!.. Что я хотел сказать? Да, да, – помоги мне, друг мой, помоги, сделай что-нибудь!.. Я душу отдам, только бы помочь ей хоть ненадолго, только бы этого крика не слышать!..

Леонардо хотел ответить; но герцог, уже забыв о нем, кинулся навстречу капелланам и монахам, входившим в комнату.

– Наконец-то! Слава Богу! Что у вас?

– Частицы мощей преподобного Амброджо, Пояс родопомощницы св. Маргариты, честнейший Зуб св. Христофора, Волос Девы Марии.

– Хорошо, хорошо, ступайте, молитесь!

Моро хотел войти с ними в комнату больной, но в это мгновение крик превратился в такой ужасающий визг и рев, что, заткнув уши, он бросился бежать. Миновав несколько темных зал, остановился в часовне, слабо освещенной лампадами, и упал на колени перед иконою.

– Согрешил я, Матерь Божия, согрешил, окаянный, невинного отрока погубил, законного государя моего Джан-Галеаццо! Но ты, Милосердная, Заступница единая, услышь молитву мою и помилуй! Все отдам, все отмолю, только спаси ее, возьми душу мою за нее!

Обрывки нелепых мыслей теснились в голове его, мешая молиться: он вспомнил рассказ, над которым недавно смеялся, – о том, как один корабельщик, погибая во время бури, обещал Марии Деве свечу величиною с мачту корабля; когда же товарищ спросил его, откуда возьмет он воска для такой свечи, тот ответил: молчи, только бы спастись нам теперь, а потом будет время подумать; к тому же я надеюсь, что Мадонна удовольствуется меньшею свечою.

– О чем это я, Боже мой! – опомнился герцог. – С ума схожу, что ли?..

Он сделал усилие, чтобы собрать мысли, и начал снова молиться.

Но яркие хрустальные шары, похожие на ледяные прозрачные солнца, поплыли, закружились перед ним, послышалась тихая музыка, вместе с назойливым припевом золотого мальчика:

Скоро к вам, о люди, скоро
Я вернусь по воле Моро.

Потом все исчезло.

Когда он проснулся, ему казалось, что прошло не более двух-трех минут; но, выйдя из часовни, увидел он в окнах, занесенных вьюгою, серый свет зимнего утра.

X

Моро вернулся в залы Рокетты. Здесь всюду была тишина. Навстречу ему попалась женщина, несшая короб с пеленками. Она подошла и сказала:

– Разрешиться изволили.

– Жива? – пролепетал он, бледнея.

– Слава Богу! Но ребеночек умер. Очень ослабели. Желают вас видеть – пожалуйте.

Он вошел в комнату и увидел на подушках крошечное, как у маленькой девочки, с громадными впадинами глаз, точно затканными паутиной, спокойное, странно знакомое и чужое лицо. Он подошел к ней и наклонился.

– Пошли за Изабеллой... скорее, – произнесла она шепотом.

Герцог отдал приказание. Через несколько минут высокая стройная женщина с печальным суровым лицом, герцогиня Изабелла Арагонская, вдова Джан-Галеаццо, вошла в комнату и приблизилась к умирающей. Все удалились, кроме духовника и Моро, ставших поодаль.

Некоторое время обе женщины разговаривали шепотом. Потом Изабелла поцеловала Беатриче со словами последнего прощения и, опустившись на колени, закрыв лицо руками, стала молиться.

Беатриче снова подозвала к себе мужа.

– Вико, прости. Не плачь. Помни... я всегда с тобою... Я знаю, что ты меня одну...

Она не договорила. Но он понял, что она хотела сказать: ты меня одну любил.

Она посмотрела на него ясным, как будто бесконечно далеким взором и прошептала:

– Поцелуй.

Моро коснулся губами лба ее. Она хотела что-то сказать, не могла и только вздохнула чуть слышно:

– В губы.

Монах стал читать отходную. Приближенные вернулись в комнату.

Герцог, не отрывая своих губ от прощального поцелуя, чувствовал, как уста ее холодеют, – и в этом последнем поцелуе принял последний вздох своей подруги.

– Скончалась, – молвил Марлиани.

Все перекрестились и стали на колени. Моро медленно приподнялся. Лицо его было неподвижно. Оно выражало не скорбь, а страшное, неимоверное напряжение. Он дышал тяжело и часто, как будто через силу подымался в гору. Вдруг неестественно и странно взмахнул сразу обеими руками, вскрикнул: «Биче!» – и упал на мертвое тело.

Из всех, кто там был, один Леонардо сохранил спокойствие. Глубоким испытующим взором следил он за герцогом.

В такие минуты любопытство художника превозмогало в нем все. Выражение великого страдания в человеческих лицах, в движениях тела наблюдал он как редкий, необычайный опыт, как новое, прекрасное явление природы. Ни одна морщина, ни один трепет мускула не ускользал от его бесстрастного всевидящего взора.

Ему хотелось как можно скорее зарисовать в памятную книжку лицо Моро, искаженное отчаянием. Он сошел в пустынные нижние покои дворца.

Здесь догорающие свечи коптили, роняя капли воска на пол. В одной из зал перешагнул он через опрокинутую, измятую арку «верных любовников». В холодном свете утра зловещими и жалкими казались пышные аллегории, прославлявшие Моро и Беатриче, – триумфальные колесницы Нумы Помпилия, Августа, Траяна, Золотого Века.

Он подошел к потухшему камину, оглянулся и, удостоверившись, что в зале нет никого, вынул записную книжку, карандаш и начал рисовать, как вдруг заметил в углу камина мальчика, служившего изваянием Золотого Века. Он спал, окоченелый от холода, скорчившись, съежившись, охватив руками колени, опустив на них голову. Последнее дыхание стынущего пепла не могло согреть его голого золотого тела.

Леонардо тихонько дотронулся до плеча его. Ребенок не поднял головы, только жалобно и глухо простонал. Художник взял его на руки.

Мальчик открыл большие, черно-синие, как фиалки, испуганные глаза и заплакал:

– Домой, домой!..

– Где ты живешь? Как твое имя? – спросил Леонардо.

– Липпи, – ответил мальчик. – Домой, домой! Ой, тошно мне, холодно...

Веки его сомкнулись; он залепетал в бреду:

Скоро к вам, о люди, скоро,
С обновленной красотой,
Я вернусь по воле Моро,
Беспечальный Век Златой.

Сняв с плеч своих накидку, Леонардо завернул в нее ребенка, положил на кресло, вышел в переднюю, растолкал храпевших на полу, напившихся во время суматохи слуг и узнал от одного из них, что Липпи – сын бедного старого вдовца, пекаря на улице Бролетто Ново, который за двадцать скуди отдал ребенка для представления триумфа, хотя добрые люди предупреждали отца, что мальчик может умереть от позолоты.

Художник отыскал свой теплый зимний плащ, надел его, вернулся к Липпи, бережно закутал его в шубу и вышел из дворца, намереваясь зайти в аптеку купить нужных снадобий, отмыть позолоту с тела ребенка и отнести его домой.

Вдруг вспомнил о начатом рисунке, о любопытном выражении отчаяния в лице Моро.

«Ничего, – подумал, – не забуду. Главное – морщины над высоко поднятыми бровями и странная, светлая, как будто восторженная улыбка на губах, та самая, которая делает сходным в человеческих лицах выражения величайшего страдания и величайшего блаженства – двух миров, по свидетельству Платона, разделенных в основаниях, вершинами сросшихся».

Он почувствовал, что мальчик дрожит от озноба.

«Наш Век Золотой», – подумал художник с печальной усмешкой.

– Бедная ты моя птичка! – прошептал он с бесконечной жалостью и, закутав теплее, прижал к своей груди так нежно и ласково, что больному ребенку приснилось, что покойная мать ласкает его и баюкает.

XI

Герцогиня Беатриче умерла во вторник, 2 января 1497 года, в 6 часов утра.

Более суток провел герцог у тела жены, не слушая никаких утешений, отказываясь от сна и пищи. Приближенные опасались, что он сойдет с ума.

Утром в четверг, потребовав бумаги и чернил, написал Изабелле д'Эсте, сестре покойной герцогини, письмо, в котором, извещая о смерти Беатриче, говорил между прочим:

«Легче было бы нам самим умереть. Просим вас, не присылайте никого для утешения, дабы не возобновлять нашей скорби».

В тот же день, около полудня, уступая мольбам приближенных, согласился принять немного пищи; но сесть за стол не хотел и ел с голой доски, которую держал перед ним Ричардетто.

Сначала заботы о похоронах герцог предоставил главному секретарю, Бартоломео Калько. Но, назначая порядок шествия, чего никто не мог сделать, кроме него, мало-помалу увлекся и с такою же любовью, как некогда великолепный новогодний праздник Золотого Века, начал устраивать похороны. Хлопотал, входил во все мелочи, с точностью определял вес огромных свечей из белого и желтого воска, число локтей золотой парчи, черного и кармазинного бархата для каждого из алтарных покровов, количество мелкой монеты, гороху и сала для раздачи бедным на поминовение усопшей. Выбирая сукно для траурных одежд придворных служителей, не преминул пощупать ткань и приблизить к свету, дабы удостовериться в ее добротности. Заказал и для себя из грубого шероховатого сукна особое торжественное облачение «великого траура» с нарочитыми прорехами, которое имело вид одежды, разодранной в порыве отчаяния.

Похороны назначены были в пятницу, поздно вечером. Во главе погребального шествия выступали скороходы, булавоносцы, герольды, трубившие в длинные серебряные трубы с подвешенными к ним знаменами из черного шелка, барабанщики, бившие дробь похоронного марша, рыцари с опущенными забралами, с траурными хоругвями, на конях, облеченных в попоны из черного бархата с белыми крестами, монахи всех монастырей и каноник Милана с горящими шестифунтовыми свечами, архиепископ Милана с причтом и клиром. За громадною колесницею с катафалками из серебряной парчи, с четырьмя серебряными ангелами и герцогскою короною, шел Моро в сопровождении брата своего, кардинала Асканио, послов цезарского величества, Испании, Неаполя, Венеции, Флоренции; далее – члены тайного совета, придворные, доктора и магистры Павийского университета, именитые купцы, по двенадцати выборных от каждых из Ворот Милана, и несметная толпа народа.

Шествие было так длинно, что хвост его еще не выходил из крепости, когда голова уже вступала в церковь Марии делле Грацие.

Через несколько дней герцог украсил могилу мертворожденного младенца Леоне великолепной надписью. Он сочинил ее сам по-итальянски, Мерула перевел на латинский язык:

«Несчастное дитя, я умер прежде, чем увидел свет, еще несчастнее тем, что, умирая, отнял жизнь у матери, у отца – супругу. В столь горькой судьбе мне отрада лишь то, что произвели меня на свет родители богоподобные – Лудовикус и Беатрикс, медиоланские герцоги. 1497 год, третьи ноны января».

Долго любовался Моро этою надписью, вырезанной золотыми буквами на плите черного мрамора, над маленькою гробницею Леоне, находившегося в том же монастыре Марии делле Грацие, где покоилась Беатриче. Он разделял простодушное восхищение каменщика, который, кончив работу, отошел, посмотрел издали, склонив голову набок, и, закрыв один глаз, прищелкнул языком от удовольствия:

– Не могилка – игрушечка!

Было морозное солнечное утро. Снег на крышах домов сиял белизной в голубых небесах. В хрустальном воздухе веяло тою свежестью, подобной запаху ландышей, которая кажется благоуханием снега.

Прямо с мороза и солнца, точно в склеп, вошел Леонардо в темную

170

душную комнату, обтянутую черною тафтою, с закрытыми ставнями и погребальными свечами. В первые дни после похорон герцог никуда не выходил из этой мрачной кельи.

Поговорив с художником о Тайной Вечере, которая должна была прославить место вечного упокоения Беатриче, он сказал ему:

– Я слышал, Леонардо, что ты взял на свое попечение мальчика, который представлял рождение Золотого Века на этом злополучном празднике. Как его здоровье?

– Ваше высочество, он умер в самый день похорон ее светлости.

– Умер! – удивился и в то же время как бы обрадовался герцог. – Умер... Как это странно!..

Он опустил голову и тяжело вздохнул. Потом вдруг обнял Леонардо:

– Да, да... Именно так и должно было случиться! Умер наш Век Золотой, умер вместе с моей ненаглядною! Похоронили мы его вместе с Беатриче, ибо не хотел и не мог он ее пережить! Не правда ли, друг мой, какое вещее совпадение, какая прекрасная аллегория!

XII

Целый год прошел в глубоком трауре. Герцог не снимал черной одежды с нарочитыми прорехами и, не садясь за стол, ел с доски, которую перед ним держали придворные.

«После смерти герцогини, – писал в своих донесениях Марино Сануто, посол Венеции, – Моро сделался набожным, присутствует на всех церковных службах, постится, живет в целомудрии, – так, по крайней мере, говорят, – и в помыслах своих имеет страх Божий».

Днем в государственных делах герцог забывался порою, хотя и в этих занятиях недоставало ему Беатриче. Зато ночью тоска грызла его. Часто видел он ее во сне шестнадцатилетнею девочкою, какою вышла она замуж – своенравною, резвою, как школьница, худенькою, смуглою, похожею на мальчика, столь дикою, что, бывало, пряталась в гвардаробные шкапы, чтобы не являться на торжественные выходы, столь девственной, что в течение трех месяцев после свадьбы все еще оборонялась от его любовных нападений ногтями и зубами, как амазонка.

В ночь за пять дней до первой годовщины смерти ее, Беатриче приснилась ему, какой он видел ее однажды во время рыбной ловли на берегу большого, тихого пруда, в ее любимом имении Куснаго. Улов был счастливый: ведра наполнились рыбой доверху. Она придумала забаву: засучив рукава, брала рыбу из влажных сетей и бросала пригоршнями в воду, смеясь и любуясь радостью освобожденных пленниц, их беглым чешуйчатым блеском в прозрачной волне. Скользкие окуни, язи, лещи трепетали в голых руках ее, брызги горели на солнце алмазами, горели глаза и смуглые щеки его милой девочки.

Проснувшись, почувствовал, что подушка смочена слезами.

Утром пошел в монастырь делле Грацие, помолился над гробом жены, откушал с приором и долго беседовал с ним о вопросе, который в те времена волновал богословов Италии, – о непорочном зачатии Девы Марии. Когда стемнело, прямо из монастыря отправился к мадонне Лукреции.

Несмотря на печаль о жене и на «страх Божий», не только не покинул он своих любовниц, но привязался к ним еще более. В последнее время мадонна Лукреция и графиня Чечилия сблизились. Имея славу «ученой героини», «новой Сафо», Чечилия была простою и доброю женщиной, хотя несколько восторженной. После смерти Беатриче представился ей удобный случай для одного из тех вычитанных в рыцарских романах подвигов любви, о которых она давно мечтала. Она решила соединить любовь свою с любовью молодой соперницы, чтобы утешить герцога. Лукреция сперва дичилась и ревновала герцога, но «ученая героиня» обезоружила ее своим великодушием. Волей-неволей Лукреция должна была предаться этой странной женской дружбе.

Летом 1497 года родился у нее сын от Моро. Графиня Чечилия пожелала быть крестной матерью и с преувеличенной нежностью – хотя у нее были собственные дети от герцога – стала нянчиться с ребенком, своим «внучком», как она его называла. Так исполнилась заветная мечта Моро: любовницы его подружились. Он заказал придворному стихотворцу сонет, где Чечилия и Лукреция сравнивались с вечернею и утреннею зарею, а сам он, неутешный вдовец, между обеими лучезарными богинями, – с темною ночью, навеки далекой от солнца – Беатриче.

Войдя в знакомый уютный покой палаццо Кривелли, увидел он обеих женщин, сидевших рядом у очага. Так же как и все придворные дамы, они были в трауре.

– Как здоровье вашего высочества? – обратилась к нему Чечилия – «вечерняя заря», непохожая на «утреннюю», хотя столь же прекрасная, с матово-белою кожею, с огненно-рыжим цветом волос, с нежными, зелеными глазами, прозрачными, как тихие воды горных озер.

В последнее время герцог привык жаловаться на свое здоровье. В тот вечер чувствовал себя не хуже, чем всегда. Но, по обыкновению, принял томный вид, тяжело вздохнул и сказал:

– Сами посудите, мадонна, какое может быть мое здоровье! Только об одном и думаю, как бы поскорее лечь в могилу рядом с моей голубкой...

– Ах, нет, нет, ваша светлость, не говорите так! – воскликнула Чечилия, всплеснув руками. – Это большой грех. Как можно? Если бы мадонна Беатриче слышала вас!.. Всякое горе от Бога, и мы должны принимать с благодарностью...

– Конечно, – согласился Моро. – Я не ропщу. Боже меня сохрани! Я знаю, что Господь заботится о нас более, чем мы сами. Блаженны плачущие, ибо утешатся.

И, крепко пожимая обеими руками руки своих любовниц, он поднял глаза к потолку.

– Да наградит вас Господь, мои милые, за то, что вы не покинули несчастного вдовца!

Вытер глаза платком и вынул из кармана траурного платья две бумаги. Одна из них была дарственная запись, коей герцог жертвовал громадные земли виллы Сфорцески у Виджевано Павийскому монастырю делле Грацие.

– Ваше высочество, – изумилась графиня, – кажется, вы так любили эту землю?

– Землю! – горько усмехнулся Моро. – Увы, мадонна, я разлюбил не только эту землю. Да и много ли надо человеку земли?..

Видя, что он опять хочет говорить о смерти, графиня с ласковым укором положила ему на губы свою розовую руку.

– А что же в другой? – спросила она с любопытством.

Лицо его просветлело; прежняя, веселая и лукавая улыбка заиграла на губах.

Он прочел им другую грамоту, тоже дарственную запись с перечнем земель, лугов, рощ, селений, охот, садков, хозяйственных зданий и прочих угодий, коими жаловал герцог мадонну Лукрецию Кривелли и незаконного сына своего, Джан-Паоло. Здесь была упомянута и любимая покойной Беатриче вилла Куснаго, которая славилась рыбной ловлей.

Голосом, дрожащим от умиления, прочел Моро последние слова грамоты: «Женщина сия, в дивных и редких узах любви, явила нам совершенную преданность и выказала столь возвышенные чувства, что часто в приятном с нею общении безмерную обретали мы сладость и великое облегчение от наших забот».

Чечилия радостно захлопала в ладоши и кинулась на шею подруге со слезами материнской нежности.

– Видишь, сестричка: говорила я тебе, что сердце у него золотое! Теперь мой маленький внучек Паоло богатейший из наследников Милана!

– Какое у нас число? – спросил Моро.

– Двадцать восьмое декабря, ваша светлость, – ответила Чечилия.

– Двадцать восьмое! – повторил он задумчиво.

Это был тот самый день, тот самый час, в который ровно год назад покойная герцогиня явилась в палаццо Кривелли и чуть не застала врасплох мужа с любовницей.

Он оглянулся. Все в этой комнате было по-прежнему: так же светло и уютно, так же зимний ветер выл в трубе; так же пылал веселый огонь в камине, и над ним плясала вереница голых глиняных амуров, играя орудиями Страстей Господних. И на круглом столике, крытом зеленою скатертью, стоял тот же граненый кувшин Бальнеа Апонитана, лежали те же ноты и мандолина. Двери были так же открыты в спальню и далее, в уборную, где виднелся тот самый гвардаробный шкап, в котором герцог спрятался от жены.

Чего бы, казалось ему, не дал он в это мгновение, чтобы вновь послышался внизу страшный стук молотка в двери дома, чтобы вбежала испуганная служанка с криком: «Мадонна Беатриче!» – чтобы хоть минутку постоять, как тогда, подрожать в гвардаробном шкапу, словно пойманному вору, слыша вдали грозный голос своей ненаглядной девочки. Увы, не быть, не быть тому вовеки!

Моро опустил голову на грудь, и слезы полились по щекам его.

– Ах, Боже мой! Вот видишь, опять плачет, – засуетилась графиня Чечилия. – Да ну же, приласкайся ты к нему как следует, поцелуй его, утешь. Как тебе не стыдно!

Она тихонько толкала соперницу в объятия своего любовника.

Лукреция давно уже испытывала от этой неестественной дружбы с графинею чувство, подобное тошноте, как от приторных духов. Ей хотелось встать и уйти. Она потупила глаза и покраснела. Тем не менее должна была взять герцога за руку. Он улыбнулся ей сквозь слезы и приложил ее руку к своему сердцу.

Чечилия взяла мандолину с круглого столика и, приняв то самое положение, в котором двенадцать лет назад изобразил ее Леонардо в знаменитом портрете новой Сафо, – запела песню Петрарки о небесном видении Лауры:

Levommi il mio pensier in parte ov'era
Quella ch'io cerco e non ritrovo in terra.
Я устремляю мои мысли к жилищу той,
Кого ищу и найти не могу на земле.
Среди блаженных, в третьем круге неба,
Я увидал ее вновь более прекрасной и менее гордой.
Взяв за руку меня, она сказала: «В этой сфере
Ты будешь вновь со мной уже навеки.
Я – та, что на земле с тобою враждовала
И раньше вечера окончила мой день».

Герцог вынул платок и с мечтательною томностью закатил глаза. Несколько раз повторил он последнюю строчку, всхлипывая и простирая руки как бы к пролетавшему видению:

И раньше вечера окончила мой день!

– Голубка моя!.. Да, да, раньше вечера!.. Знаете ли, мадонны, мне кажется, она смотрит с небес и благословляет нас троих... О, Биче, Биче!..

Он тихо склонился на плечо Лукреции, зарыдал и в то же время обнял ее стан и хотел привлечь к себе. Она противилась; ей было стыдно. Он поцеловал ее украдкою в шею. Заметив это зорким материнским оком, Чечилия встала, указывая Лукреции на Моро, как сестра, поручающая подруге тяжело больного брата, – вышла на цыпочках не в спальню, а в противоположный покой и заперла за собою дверь. «Вечерняя заря» не ревновала к «утренней», ибо знала по давнему опыту, что очередь за нею и что герцогу, после черных волос, покажутся еще прелестнее огненно-рыжие.

Моро оглянулся, обнял Лукрецию сильным, почти грубым движением и посадил к себе на колени. Слезы о покойной жене еще не высохли на глазах его, и на тонких, извилистых губах уже бродила шаловливая, откровенная улыбка.

– Точно монашенка – вся в черном! – смеялся он, покрывая ее шею поцелуями. – Ведь вот простенькое платьице, а как тебе к лицу. Это, должно быть, от черного кажется шейка такою белою?..

Он расстегивал агатовые пуговицы на ее груди, и вдруг блеснула нагота между складками траурного платья еще более ослепительная. Лукреция закрыла лицо руками.

А над весело пылавшим камином в глиняных изваяниях Карадоссо голые амуры или ангелы продолжали свою вечную пляску, играя орудиями Страстей Господних – гвоздями, молотом, клещами, копьем, – и казалось, что в мерцающем розовом отблеске пламени они лукаво перемигиваются, перешептываются, выглядывая из-под виноградной кущи Вакха на герцога Моро с мадонной Лукрецией, и что толстые, круглые щеки их готовы лопнуть от смеха.

174

А издалека доносились томные вздохи мандолины и пение графини Чечилии:

Ivi fra lor, che il terzo cerchio serra,
La rividi, piu bella e meno altera.

Там, среди блаженных, в третьем круге неба,
Я увидал ее вновь более прекрасной и менее гордой.

И маленькие древние боги, слушая стихи Петрарки – песню новой небесной любви, – хохотали, как безумные.

Книга IX
ДВОЙНИКИ
I

–Изволите ли видеть, вот здесь, на карте, в Индей ском океане, к западу от острова Тапробана, – надпись: *морские чуда сирены* . Кристофоро Коломбо рассказывал мне, что весьма удивился, доехав до этого места и не найдя сирен... Чему вы улыбаетесь?

– Нет, ничего, Гвидо. Продолжайте, я слушаю.

– Да уж знаю, знаю... Вы полагаете, мессер Леонардо, что сирен вовсе нет. Ну а что сказали бы вы о скиаподах, укрывающихся от солнца под тенью собственной ступни, как под зонтиком, или о пигмеях, с такими громадными ушами, что одно служит им подстилкою, другое одеялом? Или о дереве, приносящем вместо плодов яйца, из которых выходят птенцы в желтом пуху, наподобие утят, – мясо их имеет рыбный вкус, так что и в постные дни может быть употребляемо? Или об острове, на котором корабельщики, высадившись, разложили костер, сварили ужин, а потом увидели, что это не остров, а кит, о чем передавал мне старый моряк в Лиссабоне, человек трезвый, клявшийся кровью и плотью Господней в истине слов своих?

Этот разговор происходил пять лет спустя после открытия Нового Света, на Вербной неделе, 6 апреля 1498 года во Флоренции, недалеко от Старого рынка, на улице Меховщиков, в комнате над кладовыми торгового дома Помпео Берарди, который, имея товарные склады в Севилье, заведовал постройкой кораблей, отправлявшихся в земли, открытые Колумбом. Мессер Гвидо Берарди, племянник Помпео, с детства питал великую страсть к мореплаванию и намеревался принять участие в путешествии Васко да Гамы, когда заболел появившеюся в те времена страшною болезнью, названной итальянцами французскою, французами – итальянскою, поляками – немецкою, московитянами – польскою, а турками – христианскою. Тщетно лечился он у всех докторов и подвешивал восковые приапы ко всем чудотворным иконам. Разбитый параличом, осужденный на вечную неподвижность, он сохранял деятельную живость ума и, слушая рассказы моряков, просиживая ночи над книгами и картами, в мечтах переплывал океаны, открывал неведомые земли.

Мореходные снаряды – медные экваториальные круги, кадраны, секстанты, астролябии, компасы, звездные сферы делали комнату похожей на каюту корабля. В дверях, открытых на балкон – флорентинскую лоджию, темнело прозрачное небо апрельского вечера.

Пламя лампады порой колебалось от ветра. Снизу из товарных складов поднимался запах чужеземных пряностей – индейского перца, имбиря, корицы, мускатного ореха и гвоздики.

– Так-то, мессер Леонардо! – заключил Гвидо, потирая рукою больные закутанные ноги. – Недаром сказано: вера горами двигает. Если бы Коломбо сомневался, как вы, ничего бы он не сделал. А согласитесь, стоит поседеть в тридцать лет от безмерных страданий, чтобы совершить такое открытие – местоположение рая земного!

– Рая? – удивился Леонардо. – Что вы разумеете, Гвидо?

– Как? Вы и этого не знаете? Неужели же вы не слыхали о наблюдениях мессера Коломбо над Полярной звездой у Азорских островов, которыми доказал он, что Земля имеет вид не шара, не яблока, как полагали доныне, а груши с отростком или припухлостью, наподобие сосца женской груди? На этом-то сосце – горе, столь высокой, что вершина ее упирается в лунную сферу небес, – находится рай...

– Но, Гвидо, это противоречит всем выводам науки...

– Науки! – презрительно пожав плечами, перебил его собеседник. – Знаете ли, мессере, что говорит Коломбо о науке? Я приведу вам собственные слова его из «Книги пророчества» – «Libro de las profecias»: «Отнюдь не математика, не карты географов, не доводы разума помогли мне сделать то, что я сделал, а единственно – пророчество Исайи о новом небе и новой земле».

Гвидо умолк. У него началась обычная боль в суставах. По просьбе хозяина Леонардо кликнул слуг, которые унесли больного в спальню.

Оставшись один, художник стал проверять математические выкладки Колумба в исследованиях движения Полярной звезды у Азорских островов и нашел в них столь грубые ошибки, что глазам своим не поверил.

– Какое невежество! – удивлялся он. – Точно в темноте нечаянно наткнулся на новый мир и сам не видит, как слепой, – не знает, что открыл; думает – Китай, Офир Соломона, рай земной. Так и умрет, не узнав.

Он перечитал то первое письмо, от 29 апреля 1493 года, в котором Колумб возвещал Европе о своем открытии: «Письмо Христофора Коломба, коему век наш многим обязан, об островах Индийских над Гангом, недавно открытых».

Всю ночь просидел Леонардо над вычислениями и картами. Порой выходил на открытую лоджию, смотрел на звезды и, думая о пророке Новой Земли и Нового Неба – этом странном мечтателе, с умом и сердцем ребенка, невольно сравнивал судьбу его со своею:

«Как мало он знал, как много сделал! А я со всеми знаниями моими – неподвижен, точно этот Берарди, разбитый параличом: всю жизнь стремлюсь к неведомым мирам и шагу к ним не сделал. Вера, говорят они. Но разве совершенная вера и совершенное знание не одно и то же? Разве глаза мои не дальше видят, чем глаза Колумба, слепого пророка?.. Или таков удел человеческий: надо быть зрячим, чтобы знать, слепым, чтобы делать?»

Леонардо не заметил, как ночь прошла. Звезды потухли. Розовый свет озарил черепичные выступы кровель и деревянные косые перекладины в стенах ветхих кирпичных домов. На улице послышался шелест и говор толпы.

В дверь постучали. Он отпер. Вошел Джованни и напомнил учителю, что в этот день – Вербную субботу – назначен «огненный поединок».

– Что за поединок? – спросил Леонардо.

– Фра Доминико за брата Джироламо Савонаролу и фра Джульяно Рондинелли за врагов его войдут в огонь костра, и тот, кто останется невредим, докажет свою правоту перед Богом, – объяснил Бельтраффио.

– Ну что же... Ступай, Джованни. Желаю тебе любопытного зрелища.

– А разве вы не пойдете?

– Нет, – видишь, я занят.

Ученик хотел проститься, но, сделав над собой усилие, сказал:

– По дороге сюда встретил я мессера Паоло Соменци. Он обещал зайти за нами и провести нас на лучшее место, откуда видно все. Жаль, что вам некогда. А я думал... может быть... Знаете, мастер?.. Поединок назначен в полдень. Если бы вы к тому времени кончили работу, мы еще успели бы?..

Леонардо улыбнулся.

– А тебе так хочется, чтобы и я увидел это чудо?

Джованни потупил глаза.

– Ну, да уж нечего делать – пойду. Бог с тобою!

В назначенное время вернулся Бельтраффио к учителю вместе с Паоло Соменци, подвижным, вертлявым, точно ртутью налитым человеком, главным флорентинским шпионом герцога Моро, злейшего врага Савонаролы.

– Что это, мессер Леонардо? Правда ли, будто бы вы не желаете сопутствовать нам? – заговорил Паоло неприятным крикливым голосом, с шутовскими ужимками и кривляниями. – Помилуйте! Кому же, как не вам, любителю естественных наук, присутствовать при этом физическом опыте?

– Неужели позволят им войти в огонь? – молвил Леонардо.

– Как вам сказать? Ежели дело дойдет до того, – конечно, фра Доминико и перед огнем не отступит. Да и не он один. Две с половиной тысячи граждан, богатых и бедных, ученых и невежд, женщин и детей, объявили вчера в обители Сан-Марко, что желают участвовать в поединке. Такая, доложу вам, бессмыслица, что и у разумных людей голова идет кругом. Философы-то наши, вольнодумцы, и те боятся: а ну, как один из монахов возьмет да и не сгорит? Нет, мессере, вы только представьте себе лица благочестивых «плакс», когда оба сгорят!

– Не может быть, чтобы Савонарола верил, – произнес Леонардо в раздумье, как будто про себя.

– Он-то, пожалуй, и не верит, – возразил Соменци, – или, по крайней мере, не совсем верит. И рад бы на попятный двор, да поздно. На свою голову разлакомил чернь. У них у всех теперь слюнки текут – подавай им чудо, и конец! Ибо тут, мессере, тоже математика, и не менее любопытная, чем ваша: ежели есть Бог, то отчего бы не сделать Ему чуда, так чтобы дважды два было не четыре, а пять, по молитве верных, к посрамлению безбожных вольнодумцев – таких, как мы с вами?

– Ну что же, пойдем, кажется, пора? – сказал Леонардо, с нескрываемым отвращением взглянув на Паоло.

– Пора, пора! – засуетился тот. – Еще одно только словечко. Механику-то с чудом, думаете, кто подвел? Я! Вот мне и хочется, мессер Леонардо, чтобы вы ее оценили – ибо если не вы, то кто же?..

– Почему именно я? – произнес художник с брезгливостью.

– Будто бы не понимаете? Я человек простой, сами видите, душа нараспашку. Ну и ведь тоже отчасти философ. Знаю, чего стоят бредни, которыми монахи нас пугают. Мы с вами, мессер Леонардо, в этом деле сообщники. Вот почему, говорю я, на нашей улице праздник. Да здравствует разум, да здравствует наука, ибо, есть ли Бог или нет Его, – дважды два все-таки четыре!

Они вышли втроем. По улицам двигалась толпа. В лицах было выражение праздничного ожидания и любопытства, которое Леонардо уже заметил в лице Джованни.

На улице Чулочников, перед Орсанмикеле, там, где стояло в углублении стены бронзовое изваяние Андреа Вероккьо – апостол Фома, влагающий персты свои в язвы Господа, – была особенная давка. Одни читали по складам, другие слушали и толковали вывешенные на стене отпечатанные большими красными буквами восемь богословских тезисов, истину коих должен был подтвердить или опровергнуть огненный поединок:

I. Церковь Господня обновится.

II. Бог ее покарает.

III. Бог ее обновит.

IV. После кары Флоренция также обновится и возвеличится над всеми народами.

V. Неверные обратятся.

VI. Все это исполнится немедленно.

VII. Отлучение Савонаролы от Церкви папою Александром VI недействительно.

VIII. Не приемлющие отлучения сего не согрешают.

Теснимые толпою, Леонардо, Джованни и Паоло остановились, прислушиваясь к разговорам.

– Так-то оно так, а все же, братцы, страшно, – говорил старый ремесленник, – как бы греха не вышло?

– Какой же может быть грех, Филиппо? – возразил молодой подмастерье с легкомысленной и самонадеянной усмешкой. – Я полагаю, никакого греха тут быть не может...

– Соблазн, друг ты мой, – настаивал Филиппо. – Чуда просим, а достойны ли мы чуда? Сказано: Господа Бога твоего не искушай.

– Молчи, старик. Чего каркаешь? Кто веру имеет с горчичное зерно и велит горе сдвинуться, – будет по слову его. Не может Бог не сделать чуда, ежели веруем!

– Не может! Не может! – подхватили голоса в толпе.

– А кто, братцы, первый в огонь войдет, фра Доминико или фра

Джироламо?

– Вместе.

– Нет, фра Джироламо только молиться будет, а сам не войдет.

– Как не войдет? Кому же и входить, если не ему? Сперва Доминико, а потом и Джироламо, ну а за ними и мы сподобимся, грешные, – все, кто в монастыре Сан-Марко записались.

– А правда ли, будто отец Джироламо воскресит мертвеца?

– Правда! Сперва огненное чудо, а потом воскресение мертвого. Я сам читал письмо его к папе. Пусть, говорит, противника назначат: к могиле оба подойдем и скажем по очереди: встань! По чьему велению мертвый встанет из гроба, тот и есть пророк, а другой – обманщик.

– Погодите, братцы, то ли еще будет! Веру имейте и Сына Человеческого узрите во плоти, грядущего на облаках. Такие знамения пойдут, такие чудеса, каких и древле не бывало!

– Аминь! Аминь! – раздавалось в толпе, и лица бледнели, глаза загорались безумным огнем.

Толпа сдвинулась, увлекая их. В последний раз оглянулся Джованни на изваяние Вероккьо. И ему почудилось в нежной, лукавой и бесстрашно любопытной улыбке Фомы Неверного, влагающего пальцы в язвы Господа, сходство с улыбкой Леонардо.

III

Подходя к площади Синьории, попали они в такую давку, что Паоло вынужден был обратиться с просьбой к проезжавшему всаднику городского ополчения, чтобы он провел их к Рингьере - каменному помосту перед Ратушей, где были места для послов и знатных граждан.

Никогда, казалось Джованни, не видел он такой толпы. Не только вся площадь, но и лоджии, башни, окна, кровли домов кишели народом. Цепляясь за вбитые в стену железные подсвечники факелов, за решетки, кровельные выступы домов и водосточные трубы, люди висели, точно реяли, в головокружительной высоте. Дрались из-за мест. Кто-то упал и разбился до смерти.

Улицы заставлены были рогатками с цепями - кроме трех, где стояли городские стражники, пропускавшие поодиночке только мужчин, взрослых и безоружных.

Паоло, указав спутникам на костер, объяснил устройство «машины». От подножия Рингьеры, где находился Марцокко – геральдический бронзовый лев города Флоренции, по направлению к черепичному навесу - Крыше Пизанцев разложен был костер, узкий, длинный, с проходом для испытуемых - тропинкой, мощенной камнем, глиной и песком, между двумя стенами дров, обмазанных дегтем и обсыпанных порохом.

Из улицы Векереккиа вышли францисканцы, враги Савонаролы, потом - доминиканцы. Фра Джироламо в белой шелковой рясе с блистающей на солнце дароносицей в руках и фра Доминико в огненно-красной бархатной одежде заключали шествие.

«Воздайте славу Богу, – пели доминиканцы, – величие Его над Израилем и могущество Его на облаках. Страшен Ты, Боже, во Святилище Твоем».

И, подхватывая песнь монахов, толпа ответила им потрясающим криком:

– Осанна! Осанна! Благословен Грядый во имя Господне!

Враги Савонаролы заняли соседнюю с Ратушей, ученики его – другую половину Лоджии Орканьи, разделенной для этого случая надвое дощатою перегородкою.

Все было готово; оставалось зажечь костер и войти в него.

Каждый раз, как из Палаццо Веккьо выходили комиссары, устроители поединка, толпа замирала. Но, подбежав к фра Доминико и о чем-то с ним пошептавшись, возвращались они во Дворец. Фра Джульяно Рондинелли скрылся.

Недоумение, напряжение становились невыносимыми. Иные приподнимались на цыпочках, вытягивали шеи, чтобы лучше видеть; иные, крестясь и перебирая четки, молились простодушною, детскою молитвою, повторяя все одно и то же: «Сделай чудо, сделай чудо, сделай чудо, Господи!»

Было тихо и душно. Раскаты грома, слышные с утра, приближались. Солнце жгло.

На Рингьеру из Палаццо Веккьо вышло несколько знатных граждан, членов Совета, в длинных одеждах из темно-красного сукна, похожих на древнеримские тоги.

– Синьоры! Синьоры! – хлопотал старичок в круглых очках, с гусиным пером за ухом, должно быть, секретарь Совета. – Заседание не кончено. Пожалуйте, голоса собирают...

– Ну их к черту, провались они со своими голосами! – воскликнул один из граждан. – Довольно с меня! Уши вянут от глупостей.

– И чего ждут? – заметил другой. – Если они так желают сгореть, пустить их в огонь – и дело с концом!

– Помилуйте, смертоубийство...

– Пустяки! Подумаешь, какое горе, что на свете меньше будет двумя дураками!

– Вы говорите, сгорят. Но надо, чтобы по всем правилам Церкви, по канонам сгорели – вот в чем суть! Это дело тонкое, богословское...

– А если богословское, отправить к папе...

– При чем тут папа и не папа, монахи и не монахи? О народе, синьоры, должны мы подумать. Ежели бы можно было восстановить спокойствие в городе этою мерою, то, конечно, следовало бы отправить не только в огонь, но и в воду, воздух, землю всех попов и монахов!

– Достаточно – в воду. Мой совет: приготовить чан с водой и окунуть в него обоих монахов. Кто выйдет сух из воды, тот и прав. По крайней мере, безопасно!

– Слышали, синьоры? – подобострастно хихикая, вмешался Паоло. – Бедняга-то наш, фра Джульяно Рондинелли, так перетрусил, что заболел расстройством желудка. Кровь пустили, чтобы не умер от страха.

– Вы все шутите, мессеры, – молвил важный старик с умным и грустным лицом, – а я, когда слышу такие речи от первых людей моего народа, не знаю, что лучше – жить или умереть. Ибо воистину руки опустились бы у предков наших, основателей этого города, если бы могли они предвидеть, что потомки их дойдут до такого позора!..

Комиссары продолжали шмыгать из Ратуши в лоджию, из лоджии в Ратушу, и, казалось, переговорам конца не будет.

180

Францисканцы утверждали, что Савонарола заколдовал рясу Доминико. Он снял ее. Но чары могли быть и в нижнем платье. Тот пошел во дворец и, раздевшись донага, облекся в платье другого монаха. Ему запретили приближаться к брату Джироламо, чтобы тот не заколдовал его снова. Потребовали также, чтобы он оставил крест, который держал в руках. Доминико согласился, но сказал, что войдет в костер не иначе, как со Св. Дарами. Тогда францисканцы объявили, что ученики Савонаролы хотят сжечь Плоть и Кровь Господню. Напрасно Доминико и Джироламо доказывали, что Св. Причастие не может сгореть, что в огне погибнет только преходящий *модус*, а не вечная *субстанция*. Начался схоластический спор.

В толпе послышался ропот.

В то же время небо покрывалось тучами.

Вдруг из-за Палаццо Веккьо, из Львиной улицы – Виа деи Леони, где содержались в каменном логове львы, геральдические звери Флоренции, раздалось протяжное голодное рыканье. Должно быть, в тот день, в суматохе приготовлений, забыли их накормить.

Казалось, что медный Марцокко, возмущенный позором своего народа, рычит от ярости.

И на звериный рев толпа откликнулась еще более страшным голодным, человеческим ревом:

– Скорее, скорее! В огонь! Фра Джироламо! Чуда! Чуда! Чуда!

Савонарола, молившийся перед Чашей с Дарами, как будто очнулся, подошел к самому краю лоджии и прежним властным движением поднял руки, повелевая народу молчать.

Но народ не замолчал.

В задних рядах, под Крышею Пизанцев, среди шайки «бешеных», кто-то крикнул:

– Струсил!

И по всей толпе пронесся этот крик.

На задние ряды напирала железная конница «аррабиати». Они хотели, протеснившись к лоджии, напасть на Савонаролу и убить его в свалке.

– Бей, бей, бей проклятых святош! – послышались неистовые вопли.

Перед Джованни замелькали зверские лица. Он зажмурил глаза, чтобы не видеть, думая, что брата Джироламо сейчас схватят и растерзают.

Но в это мгновение грянул гром, небо вспыхнуло молнией, и хлынул дождь, такой, какого давно не видали во Флоренции.

Он длился недолго. Но когда стих, нечего было думать об огненном поединке: из прохода между двумя стенами дров, как из водосточного желоба, струился бурный поток.

– Ай да монахи! – смеялись в толпе. – Шли в огонь, попали в воду. Вот так чудо!

Отряд воинов провожал Савонаролу сквозь разъяренную толпу.

После бури наступило тихое ненастье.

Сердце Бельтраффио сжалось, когда увидел он, как, под медленным серым дождем, брат Джироламо шел торопливым, падающим шагом, сгорбившись, опустив куколь на глаза, в белой одежде, забрызганной уличной грязью.

Леонардо взглянул на бледное лицо Джованни и, взяв его за руку, опять, как во время сожжения сует, вывел из толпы.

IV

На следующий день, в той же комнате в доме Берарди, похожей на каюту корабля, доказывал художник мессеру Гвидо нелепость мнения Колумба о местоположении Рая на сосце грушевидной земли.

Тот сначала слушал внимательно, возражал и спорил; потом вдруг затих и опечалился, как будто обиделся на Леонардо за истину.

Немного погодя, жалуясь на боль в ногах, Гвидо велел унести себя в спальню.

«Зачем я огорчил его? – подумал художник. – Не истина нужна ему, так же как ученикам Савонаролы, а чудо».

В одной из рабочих тетрадей, которые он перелистывал, на глаза ему попались строки, писанные в памятный день, когда чернь ломилась в дом его, требуя Святейшего Гвоздя:

«О, дивная справедливость Твоя, Первый Двигатель! Ты не пожелал лишить никакую силу порядка и качества необходимых действий: ибо, если должно ей подвинуть тело на сто локтей и на пути встречается преграда, Ты повелел, чтобы сила удара произвела новое движение, получая замену непройденного пути различными толчками и сотрясениями. О, божественная необходимость Твоя, Первый Двигатель, – так принуждаешь Ты своими законами все последствия вытекать кратчайшим путем из причины. Вот чудо!»

И, вспомнив о Тайной Вечере, о лике Христа, которого он все еще искал и не находил, художник почувствовал, что между этими словами о Первом Двигателе, о божественной необходимости и совершенною мудростью Того, Кто сказал: «один из вас предаст Меня», – должна быть связь.

Вечером пришел к нему Джованни и рассказал о событиях дня.

Синьория повелела брату Джироламо и Доминико покинуть город. Узнав, что они медлят, «бешеные», с оружием, с пушками и несметной толпой народа, окружили обитель Сан-Марко и ворвались в церковь, где монахи служили вечерню. Они защищались, нанося удары горячими свечами, подсвечниками, деревянными и медными распятиями. В клубах порохового дыма, в зареве пожара казались они смешными, как разъяренные голуби, страшными, как дьяволы. Один взобрался на крышу церкви и бросал оттуда камни. Другой вскочил на алтарь и, стоя под Распятием, стрелял из аркебузы, выкрикивая после каждого выстрела: «Слава Господу!»

Монастырь взяли приступом. Братья молили Савонаролу бежать. Но он предался в руки врагов вместе с Доминико. Их повели в тюрьму.

Стражи Синьории напрасно хотели или делали вид, что хотят охранить их от оскорблений толпы.

Одни ударяли брата Джироламо сзади по щекам и гнусили, подражая церковному пению «плакс»:

– Пророки, пророки, ну-ка, Божий человек, кто ударил, пророки!

Другие ползали в ногах его, на четвереньках, как будто искали чего-то в грязи и хрюкали: «Ключика, ключика! Не видал ли кто Джироламова ключика?» – намекая на часто упоминавшийся в проповедях его «ключик»,

182

которым грозил он отпереть тайники римских мерзостей.

Дети, бывшие солдаты Священного Воинства маленьких инквизиторов, кидали в него гнилыми яблоками, тухлыми яйцами.

Те, кому не удалось пробраться сквозь толпу, вопили издали, повторяя все одни и те же бранные слова, как будто не могли ими насытиться:

– Трус! Трус! Трус! Иуда! Предатель! Содомит! Колдун! Антихрист!

Джованни проводил его до дверей тюрьмы в Палаццо Веккьо. На прощание, когда брат Джироламо переступал порог темницы, из которой должен был выйти на смертную казнь, один весельчак поддал ему коленом в зад и крикнул:

– Вот откуда выходили у него пророчества!

На следующее утро Леонардо с Джованни выехали из Флоренции.

Тотчас по приезде в Милан погрузился художник в работу, которую откладывал в течение восемнадцати лет, – над ликом Господним в Тайной Вечере.

V

В самый день неудавшегося огненного поединка, канун Вербного воскресенья, 7 апреля 1498 г., скоропостижно умер король Франции Карл VIII.

Весть о его кончине ужаснула Моро, ибо на престол должен был вступить под именем Людовика XII злейший недруг дома Сфорца, герцог Орлеанский. Внук Валентины Висконти, дочери первого миланского герцога, считал он себя единственным законным наследником Ломбардии и намеревался отвоевать ее, разорив дотла «разбойничье гнездо Сфорца».

Еще до смерти Карла VIII в Милане при дворе Моро происходил «ученый поединок», который так понравился герцогу, что через два месяца назначен был второй. Многие полагали, что он отменит это состязание ввиду предстоявшей войны, но ошиблись, ибо Моро, искушенный в притворстве, счел для себя выгодным показать врагам, что мало заботится о них, что под кроткою державою Сфорца более чем когда-либо процветают в Ломбардии возрожденные искусства и науки, «плоды золотого мира», что престол его охраняется не только оружием, но и славою просвещеннейшего из государей Италии, покровителя муз.

В Рокетте, в «большой зале для игры в мяч», собрались доктора, деканы, магистры Павийского университета, в красных четырехугольных шапках, в шелковых пунцовых наплечниках, подбитых горностаем, с фиолетовыми замшевыми перчатками и шитыми золотом мошнами у пояса. Придворные дамы – в роскошных бальных нарядах. В ногах у Моро, по обеим сторонам его трона, сидели мадонна Лукреция и графиня Чечилия.

Заседание открылось речью Джорджо Мерулы, который, сравнивая герцога с Периклом, Эпаминондом, Сципионом, Катоном, Августом, Меценатом, Траяном, Титом и множеством других великих людей, доказывал, что новые Афины – Милан превзошел древние.

Затем начался богословский спор о непорочном зачатии Девы Марии; медицинский – по вопросам:

«Красивые женщины плодороднее ли некрасивых? Естественно ли было исцеление Товия рыбною желчью? Есть ли женщина несовершенное создание природы? В какой внутренней части тела образовалась вода, вытекавшая из раны Господа, когда на костре Он пронзен был копьем? Женщина сладострастнее ли мужчины?»

Следовало состязание философское о том, многообразна ли первично-первая материя или едина?

– Что значит сия апофтегма? – спрашивал старичок с ядовитой беззубой усмешкой, с глазами мутными, как у грудных детей, великий доктор схоластики, сбивая с толку своих противников и устанавливая такое тонкое отличие *quidditas* от *habitus*[29], что никто не мог его понять.

– Первично-первая материя, – доказывал другой, – не есть ни субстанция, ни акцидент. Но поколику под всяким актом разумеется или акцидент, или субстанция, потолику первично-первая материя не есть акт.

– Я утверждаю, – восклицал третий, – что всякая созданная субстанция, духовная или телесная, причастна материи.

Старый доктор схоластики только покачивал головой, точно заранее знал все, что возразят ему противники, и мог разрушить софизмы их одним дуновением, как паутину.

– Скажем так, – объяснял четвертый, – мир есть дерево: корни – первая материя, листья – акцидент, ветви – субстанция, цвет – разумная душа, плод – ангельская природа, Бог – садовник.

– Первично-первая материя едина, – выкрикивал пятый, никого не слушая, – вторично-первая двойственна, третично-первая множественна. И все стремятся к единству. Omnia unitatem appetunt.

Леонардо слушал, как всегда, молчаливый и одинокий; порой тонкая усмешка скользила по его губам.

После перерыва математик, францисканский монах фра Лука Паччоли, показал хрустальные изображения многогранников – полиэдров, излагая пифагорейское учение о пяти первозданных правильных телах, из коих будто бы возникла вселенная, и прочел стихи, которыми эти тела сами себя прославляют:

Науки плод сладчайший и прелестный
Всех побуждал издревле мудрецов
Искать причины нашей неизвестной.
Мы красотой сияем бестелесной.
Мы – первое начало всех миров,
И нашею гармонией чудесной
Платон пленялся, Пифагор, Евклид.
Предвечную мы наполняем Сферу,
Такой имея совершенный вид,
Что всем телам даем закон и меру.

VI

Графиня Чечилия, указывая на Леонардо, шепнула что-то герцогу. Тот подозвал его и просил принять участие в поединке.

– Мессере, – приступила к нему сама графиня, – будьте любезны...

– Видишь, дамы просят, – молвил герцог. – Не скромничай. Ну, что тебе стоит? Расскажи нам что-нибудь позабавнее. Я ведь знаю, ум у тебя всегда полон чуднейшими химерами...

---

29 Сущности от внешнего (лат.).

– Ваше высочество, увольте. Я бы рад, мадонна Чечилия, но, право же, не могу, не умею...

Леонардо не притворялся. Он в самом деле не любил и не умел говорить перед толпою. Между словом и мыслью его была вечная преграда. Ему казалось, что всякое слово преувеличивает или недоговаривает, изменяет и лжет. Отмечая свои наблюдения в дневниках, он постоянно переделывал, перечеркивал и поправлял. Даже в разговоре запинался, путался, обрывал – искал и не находил слов. Ораторов, писателей называл болтунами, щелкоперами, а между тем, втайне, завидовал им. Округленная плавность речи, иногда у самых ничтожных людей, внушала ему досаду, смешанную с простодушным восхищением. «Дает же Бог людям такое искусство!» – думал он.

Но чем усерднее отказывался Леонардо, тем более настаивали дамы.

– Мессере, – щебетали они хором, окружив его, – пожалуйста! Мы все, видите, все умоляем вас. Ну расскажите же, расскажите нам что-нибудь хорошенькое!..

– О том, как люди будут летать, – предложила дондзелла Фиордализа.

– Лучше о магии, – подхватила дондзелла Эрмеллина, – о черной магии. Это так любопытно! Некромантия – как мертвецов из могил вызывают...

– Помилуйте, мадонна, могу вас уверить, я никогда мертвецов не вызывал...

– Ну, все равно, о чем-нибудь другом. Только пострашнее – и без математики...

Леонардо не умел отказывать, кто и о чем бы его ни просил.

– Я, право, не знаю, мадонны... – проговорил он в смущении.

– Согласен! Согласен! – захлопала в ладоши Эрмеллина. – Мессер Леонардо будет говорить. Слушайте!

– Что такое? А? Кто? – спрашивал выживший из ума от старости, тугой на ухо декан богословского факультета.

– Леонардо! – крикнул ему сосед, молодой магистр медицины.

– О Леонардо Пизано, математике, что ли?

– Нет, сам Леонардо да Винчи.

– Да Винчи? Доктор или магистр?

– Не доктор и не магистр, даже не бакалавр, а так, просто художник Леонардо, тот, что Тайную Вечерю писал.

– Художник? О живописи?

– Кажется, по естественным наукам...

– По естественным наукам? Да разве ныне художники учеными стали? Леонардо?.. Что-то не слыхал... Какие же у него сочинения?

– Никаких. Он не издает.

– Не издает?

– Говорят, все левою рукою пишет, – вмешался другой сосед, – тайным письмом, так, чтобы нельзя было разобрать.

– Чтобы нельзя было разобрать? Левою рукою? – с возрастающим изумлением повторял декан. – Да это, мессеры, должно быть, что-нибудь смешное. А? Для отдыха от занятий, я так полагаю, для развлечения герцога и прекраснейших синьор?

– Может быть, и смешное. Вот посмотрим...

– Ну, то-то. Вы бы так и сказали... Конечно, люди придворные: нельзя не повеселиться. Ну да и забавный народ эти художники – умеют потешить! Вот Буффальмако, шут, говорят, был тоже и весельчак хоть куда... Ну, послушаем, послушаем, какой такой Леонардо!

Он протер очки, чтобы лучше видеть предстоявшее зрелище.

С последней мольбой взглянул Леонардо на герцога. Тот, улыбаясь, хмурился. Графиня Чечилия грозила пальчиком.

«Пожалуй, рассердятся, – подумал художник. – Скоро надо просить о выдаче бронзы для Коня... Э, все равно, куда ни шло – расскажу им первое, что в голову взбредет, – только бы отвязаться!»

С отчаянною решимостью он взошел на кафедру и оглянул ученое собрание.

– Я должен предупредить ваши милости, – начал он, заикаясь и краснея, как школьник. – Для меня неожиданно... Только по настоянию герцога... То есть, я хочу сказать... мне кажется... ну, словом – я буду говорить о раковинах.

Он стал рассказывать об окаменелых морских животных, отпечатках водорослей и кораллов, находимых в пещерах и горах, вдали от моря, – свидетелях того, как с незапамятной древности лицо земли изменялось – там, где ныне суша и горы, было дно океана. Вода, двигатель природы – ее *возница* , – создает и разрушает горы. Приближаясь к середине морей, берега растут, и внутренние, средиземные моря постепенно обнажают дно, оставляя лишь русло единой реки, впадающей в океан. Так По, высушив Ломбардию, впоследствии сделает то же со всей Адриатикой. Нил, превратив Средиземное море в песчаные холмы и равнины, подобные Египту и Ливии, будет впадать в океан за Гибралтаром.

– Я уверен, – заключил Леонардо, – что исследование окаменелых животных и растений, которым доныне ученые пренебрегали, даст начало новой науке о земле, о ее прошлом и будущем.

Мысли его были так ясны, точны, полны, несмотря на видимую скромность, непоколебимой верою в знание, так не похожи на туманные пифагорейские бредни Паччоли, на мертвую схоластику ученых докторов, что, когда он умолк, на лицах выразилось недоумение: как быть? что делать? хвалить или смеяться? новая ли это наука или самонадеянный лепет невежды?

– Мы очень бы желали, мой Леонардо, – сказал герцог со снисходительной улыбкой, как взрослые говорят с детьми, – мы очень бы желали, чтобы пророчество твое исполнилось, чтобы Адриатическое море высохло, и венецианцы, наши враги, остались на лагунах своих, как раки на мели!

Все почтительно и вместе с тем преувеличенно засмеялись. Направление было дано – и придворные флюгеры повернулись по ветру. Ректор Павийского университета, Габриеле Пировано, серебристо-седой, благообразный старик, с величественным и ничтожным лицом, произнес, отражая в учтиво-осторожной, плоской улыбке своей снисходительную шутливость герцога:

– Сообщенные вами сведения очень любопытны, мессер Леонардо. Но я

186

позволю себе заметить: не проще ли объяснить происхождение этих маленьких ракушек – случайной, забавной, можно сказать, очаровательной, но совершенно невинной игры природы, на коей вы желаете основать целую науку, – не проще ли, говорю я, объяснить их происхождение, как и раньше это делали, – всемирным потопом?

– Да, да, потоп, – подхватил Леонардо, уже без всякого смущения, с непринужденностью, которая многим показалась чересчур вольной, даже дерзкой, – я знаю, все говорят: потоп. Только объяснение это никуда не годится. Посудите сами: уровень воды во время потопа, по словам того, кто измерял его, был на десять локтей выше высочайших гор. Следовательно, раковины, носимые бурными волнами, должны были бы опуститься сверху, непременно сверху, мессер Габриеле, а не сбоку, не у подножия гор, но внутри подземных пещер, и притом – в беспорядке, по прихоти волн, а не на одном и том же уровне, не последовательными слоями, как мы это наблюдаем. И ведь заметьте, – вот что любопытно! – те животные, которые водятся стадами, – слизняки, каракатицы, устрицы – так и лежат вместе; а живущие в одиночку лежат порознь, точь-в-точь как мы это можем видеть и ныне на морских берегах. Я сам много раз наблюдал расположение окаменелых раковин в Тоскане, в Ломбардии, в Пьемонте. Если же вы скажете, что они занесены не волнами потопа, а сами мало-помалу поднялись за водой, по мере того как она прибывала, то и это возражение очень легко опровергнуть, ибо раковина – животное столь же или даже еще более медлительное, чем улитка. Никогда не плавает она, а только ползает по песку и камням посредством движения створ, и самое большее, что может сделать в день такого пути, – три-четыре локтя. Как же, скажите на милость, как же вы хотите, мессер Габриеле, чтобы в течение сорока дней, которые длился потоп, по свидетельству Моисея, проползла она 250 миль, отделяющих холм Монферато от берегов Адриатики? Утверждать это посмеет лишь тот, кто, пренебрегая опытом и наблюдением, судит о природе по книгам, по измышлениям болтунов-словесников и ни разу не полюбопытствовал собственными глазами взглянуть на то, о чем говорит!

Наступило неловкое молчание. Все чувствовали, что возражение ректора слабо и что не он на Леонардо, а скорее Леонардо на него имеет право смотреть как учитель на ученика.

Наконец придворный астролог, любимец Моро, мессер Амброджо да Розате, предложил, ссылаясь на Плиния Натуралиста, другое объяснение: окаменелости, имеющие вид морских животных, образовались в недрах земли магическим действием звезд.

При слове «магический» покорная скучающая усмешка заиграла на губах Леонардо.

– Как же, мессер Амброджо, – возразил он, – объясните вы то, что влияние одних и тех же звезд, на одном и том же месте образовало животных не только различных пород, но и различных возрастов, ибо я открыл, что по разрезу раковин, так же как по рогам быков и овец, по разрубленным стволам деревьев, можно с точностью определить число не только лет, но и месяцев их жизни? Как объясните вы, что одни из них цельные, другие сломанные, третьи с песком, илом, клешнями крабов, с рыбьими костями и зубами, с крупным щебнем, подобным тому, какой встречается на морских берегах, из камешков, округленных волнами? А нежные отпечатки листьев на скалах высочайших гор? А водоросли, прилипшие к раковинам, окаменелые, слитые в один комок? Откуда все это? От влияния звезд? Но ведь ежели так рассуждать, мессере, то, я полагаю, во всей природе не найдется ни одного явления, которого бы нельзя было объяснить магическим влиянием звезд, – и тогда все науки, кроме астрологии, тщетны...

Старый доктор схоластики попросил слова и, когда ему дали его, заметил, что спор ведется неправильно, ибо одно из двух: или вопрос об ископаемых животных принадлежит низшему, «механическому» знанию, чуждому метафизики, и тогда говорить о нем нечего, так как не затем они сюда собирались, чтобы состязаться о предметах нефилософских; или же относится он к истинному высшему знанию – к диалектике; в таком случае и рассуждать о нем должно по правилам диалектики, возвысив помыслы к чистому умозрению.

– Знаю, – проговорил Леонардо с еще более покорным и скучающим видом, – знаю, что вы хотите сказать, мессере. Я тоже много думал об этом. Только все это не так!

– Не так? – усмехнулся старик и весь точно налился ядом. – А ежели не так, мессере, просветите нас, будьте добрым, научите, что же, по-вашему, так?

– Ах нет, я вовсе не хотел... Уверяю вас... Я только о раковинах... Я, видите ли, думаю... Словом, нет высших и низших знаний, а есть одно, вытекающее из опыта...

– Из опыта? Вот как! Ну а как же, позвольте вас спросить, как же метафизика Аристотеля, Платона, Плотина – всех древних философов, которые рассуждали о Боге, о духе, о сущностях, – неужели все это...

– Да, все это не наука, – возразил Леонардо спокойно. – Я признаю величие древних, но не в этом. В науке пошли они ложным путем. Хотели познать недоступное знанию, а доступное презрели. Запутали себя и других на много веков. Ибо, рассуждая о предметах недоказуемых, не могу люди прийти к соглашению. Там, где разумных доводов нет, они заменяются криками. Но кто знает, тому кричать не нужно. Слово истины едино, и когда оно сказано, все крики спорящих должны умолкнуть; если же они продолжаются, значит, нет еще истины. Разве в математике спорят о том, дважды три – шесть или пять? Равна ли сумма углов в треугольнике двум прямым или не равна? Не исчезает ли здесь всякое противоречие перед истиной, так что служители ее могут наслаждаться ею в мире, чего никогда не бывает в мнимых, софистических науках?..

Он хотел что-то прибавить, но, взглянув на лицо противника, умолк.

– Ну вот мы и договорились, мессер Леонардо! – еще язвительнее усмехнулся доктор схоластики. – Я, впрочем, знал, что мы с вами поймем друг друга. Одного я в толк не возьму, – вы уж меня, старика, извините. Как же так? Неужели все наши познания о душе, о Боге, о загробной жизни, естественному опыту не подлежащие, «недоказуемые», как вы сами изволили выразиться, не подтверждаются непреложным свидетельством Священного Писания?..

– Я этого не говорю, – остановил его Леонардо, нахмурившись. – Я оставляю вне спора книги боговдохновенные, ибо они суть высшая истина...

Ему не дали кончить. Произошло смятение. Одни кричали, другие смеялись, третьи, вскакивая с мест, обращались к нему с гневными лицами, четвертые, презрительно пожимая плечами, отвертывались.

– Довольно! Довольно! – Дайте возразить, мессеры! – Да что же тут возражать, помилуйте! – Бессмыслица! – Я прошу слова! – Платон и Аристотель! – Все-то дело выеденного яйца не стоит! – Как же позволяют? Истины святой нашей матери церкви! – Ересь, ересь! Безбожие...

Леонардо молчал. Лицо его было тихо и грустно. Он видел свое одиночество среди этих людей, считавших себя служителями знания; видел непереступную бездну, отделявшую его от них, и чувствовал досаду не на противников, а на себя за то, что не сумел замолчать вовремя, уклониться от спора; за то, что еще раз, наперекор бесчисленным опытам, соблазнился надеждой, будто бы достаточно открыть людям истину, чтобы они ее приняли.

Герцог с вельможами и придворными дамами, давно уже ничего не понимая, все же следили за спором с большим удовольствием.

– Славно! – радовался он, потирая руки. – Настоящее сражение! Смотрите, мадонна Чечилия, сейчас подерутся! Вон старичок из кожи лезет, весь трясется, кулаками грозит, шапку сорвал и махает. А черненький-то, черненький за ним – пена у рта! И ведь из-за чего? Из-за каких-то окаменелых раковин. Удивительный народ эти ученые! Беда с ними, право. А наш-то Леонардо каков! Еще тихоней прикидывался...

И все смеялись, любуясь на поединок ученых, как на бой петухов.

– Пойду-ка я спасать моего Леонардо, – молвил герцог, – а то его красные колпаки совсем заклюют!..

Он вошел в толпу ожесточенных противников, и они умолкли, расступились перед ним, как будто успокоительный елей пролился в бурное море: достаточно было одной улыбки Моро, чтобы примирить физику с метафизикой.

Приглашая гостей ужинать, он прибавил с любезностью:

– Ну, синьоры, поспорили, погорячились и довольно! Надо и силы подкрепить. Милости просим! Я полагаю, мои вареные животные из Адриатического моря – благо оно еще не высохло – возбудят меньше споров, чем окаменелые животные мессера Леонардо.

VII

За ужином Лука Паччоли, сидевший рядом с Леонардо, шепнул ему на ухо:

– Не сердитесь, друг мой, что я промолчал, когда на вас напали: они не так поняли; а в сущности, вы могли бы с ними сговориться, ибо одно другому не мешает – только крайностей не надо ни в чем, и все можно примирить, все соединить...

– Я с вами совершенно согласен, фра Лука, – сказал Леонардо.

– Ну вот, вот. Так-то лучше! В мире да в согласии. А то, помилуйте, говорю я, зачем же ссориться? Хороша метафизика, хороша и математика. Всем хватит места. Вы нам, а мы вам. Не так ли, дражайший?

– Именно так, фра Лука.

– Ну и прекрасно, и прекрасно! Значит, никаких недоразумений быть не может? Вы нам, а мы вам...

«Ласковый теленок двух маток сосет», – подумал художник, глядя на хитрое, с мышиной юркостью в глазах, умное лицо монаха-математика, умевшего примирить Пифагора с Фомой Аквинатом.

– За ваше здоровье, учитель! – поднимая кубок и наклоняясь к нему, с видом сообщника, молвил другой сосед, алхимик Галеотто Сакробоско. – Ловко же вы их, черт побери, на удочку поддели! Тончайшая аллегория!

– Какая аллегория?

– Ну вот опять! Нехорошо, мессере! Со мной-то уж, кажется, нечего хитрить. Слава Богу – посвященные! Друг друга не выдадим...

Старик лукаво подмигнул.

– Какая аллегория, спрашиваете вы, а вот какая: суша – сера, Солнце – соль, воды океана, покрывавшие некогда вершины гор, – ртуть, живая влага Меркурия. Что? Разве не так?

– Так, мессер Галеотто, именно так! – рассмеялся Леонардо. – Вы удивительно верно поняли мою аллегорию!

– Понял, видите? И мы, значит, кое-что разумеем! А раковины окаменелые – это и есть камень мудрецов, великая тайна алхимиков, образуемая соединением Солнца – соли, суши – серы и влаги – Меркурия. Божественное превращение металлов!

Подняв указательный палец и облезлые брови, опаленные огнем алхимических горнов, старик залился своим добрым, детски простодушным смехом:

– А ученые-то наши, красные колпаки, так ничего и не поняли! Ну, выпьемте же за ваше здоровье, мессер Леонардо, и за процветание матери нашей Алхимии!

– С удовольствием, мессер Галеотто! Я теперь вижу, что от вас в самом деле не спрячешься, и даю слово, что впредь уже никогда не буду хитрить.

После ужина гости разошлись. Только маленькое, избранное общество герцог пригласил в прохладный, уютный покой, куда принесли вина и плодов.

– Ах, прелесть, прелесть! – восхищалась дондзелла Эрмеллина. – Я бы никогда не поверила, что это так забавно. Признаться, думала – скука. А ведь вот лучше всяких балов! Я с удовольствием каждый день присутствовала бы на таких ученых поединках. Как они рассердились на Леонардо, как закричали! Жаль, не дали ему кончить. Мне так хотелось, чтобы он рассказал что-нибудь о своем колдовстве, о некромантии...

– Не знаю, правда ли, может быть, так только болтают, – произнес один старый вельможа, – будто бы Леонардо столь еретические мнения составил в уме своем, что и в Бога не верует. Предавшись наукам естественным, полагает он, что куда лучше быть философом, чем христианином...

– Вздор! – решил герцог. – Я его знаю. Золотое сердце. Храбрится только на словах, а на деле блохи не обидит. Говорят, опасный человек. Помилуйте, нашли кого бояться! Отцы-инквизиторы могут кричать, сколько душе их угодно, я никому моего Леонардо в обиду не дам!

– И потомство, – с почтительным поклоном молвил Бальдассаре

Кастильоне, изящный вельможа Урбинского двора, приехавший гостить в Милан, – потомство будет благодарно вашему высочеству за то, что вы сохранили столь необычайного, можно сказать, единственного в мире художника. А все-таки жаль, что он пренебрегает искусством, наполняя свой ум такими странными мечтаниями, такими чудовищными химерами...

– Ваша правда, мессер Бальдассаре, – согласился Моро. – Сколько раз говорил я ему: брось ты свою философию! Ну да ведь знаете, такой уж народ художники. Ничего не поделаешь. С них и требовать нельзя. Чудаки!

– Совершенно верно изволили выразиться, ваша светлость! – подхватил другой вельможа, главный комиссар соляных налогов, которому давно уже хотелось что-то рассказать о Леонардо. – Именно чудаки! Такое, знаете ли, иной раз подумают, что только диву даешься. Прихожу я как-то намедни в его мастерскую – рисуночек нужен был аллегорический для свадебного ящика. Что, говорю, мастер дома? «Нет, ушел, очень занят и заказов не принимает». – «А чем же, спрашиваю, занят?» – «Измеряет тяжесть воздуха». Я тогда подумал: смеются они надо мной. А потом встречаю самого Леонардо. «Что, правда, мессере, будто вы тяжесть воздуха измеряете?» – «Правда», говорит, и на меня же, как на дурака, посмотрел. Тяжесть воздуха! Как вам это нравится, мадонны? Сколько фунтов, сколько гран в зефире весеннем!..

– Это еще что! – заметил молодой камерьере с прилично тупым и самодовольным лицом. – А вот я слышал, он лодку такую изобрел, что против течения ходит без весел!

– Без весел? Сама собою?..

– Да, на колесах, силою пара.

– Лодка на колесах! Должно быть, вы это только что сами придумали...

– Честью могу вас уверить, мадонна Чечилия, я слышал от фра Луки Паччоли, который видел рисунок машины. Леонардо полагает, что в паре такая сила, что можно ею двигать не только лодки, но и целые корабли.

– Ну вот, вот видите, говорила я – это и есть черная магия, некромантия! – воскликнула дондзелла Эрмеллина.

– Да уж, чудак, чудак, нечего греха таить, – заключил герцог с добродушною усмешкою. – А все-таки люблю я его: с ним весело, никогда не соскучишься!

VIII

Возвращаясь домой, Леонардо шел тихою улицей предместья Верчельских ворот. По краям ее козы щипали траву. Загорелый мальчик в лохмотьях хворостиною гнал стадо гусей. Вечер был ясный. Только на севере, над невидимыми Альпами, громоздились тяжкие, точно каменные тучи, окаймленные золотом, и между ними, в бледном небе, горела одинокая звезда.

Вспоминая два поединка, которых был он свидетелем, – поединок чуда во Флоренции, поединок знания в Милане, – Леонардо думал о том, как они различны и вместе с тем похожи – точно двойники.

На каменной лестнице, прилепленной снаружи к ветхому домику, девочка лет шести ела ржаную лепешку с печеною луковицей.

Он остановился и поманил ее. Она посмотрела на него со страхом; потом, видимо доверившись улыбке его, сама улыбнулась и сошла, тихонько ступая коричневыми босыми ножками по ступеням, облитым кухонными помоями с яичными и раковыми скорлупами. Он вынул из кармана тщательно завернутый в бумагу, обсахаренный и позолоченный померанец, одно из тех лакомств, какие подавались при дворе: часто брал он их со стола и носил в кармане, чтобы раздавать уличным детям во время прогулок.

– Золотой! – прошептала девочка. – Золотой мячик!

– Не мячик, а яблоко. Вот попробуй: внутри сладкое.

Не решаясь отведать, она разглядывала невиданное лакомство с безмолвным восхищением.

– Как тебя зовут? – спросил Леонардо.

– Майя.

– А знаешь ли, Майя, как петух, козел и осел пошли рыбу ловить?

– Не знаю.

– Хочешь расскажу?

Он погладил ее по спутанным мягким волосам своей нежной, точно у молодой девушки, длинной и тонкой рукой.

– Ну, пойдем, сядем. Постой-ка, были у меня еще анисовые лепешки. А то, я вижу, Майя, ты золотого яблока не будешь есть.

Он стал искать в кармане.

На крыльце показалась молодая женщина. Она посмотрела на Леонардо и Майю, кивнула приветливо головой и села за прялку.

Вслед за ней вышла из дома сгорбленная старушка, с такими же ясными глазами, как у Майи, – верно, бабушка.

Она посмотрела тоже на Леонардо и вдруг, как будто узнав его, всплеснула руками, наклонилась к пряхе и что-то сказала ей на ухо; та вскочила и крикнула:

– Майя, Майя! Иди скорее!..

Девочка медлила.

– Да ступай же, негодница! Вот погоди, ужо я тебя!..

Испуганная Майя взбежала по лестнице. Бабушка вырвала у нее золотое яблоко и швырнула его через стену на соседний двор, где хрюкали свиньи. Девочка заплакала. Но старуха что-то шепнула ей, указывая на Леонардо. Майя тотчас притихла и посмотрела на него широко открытыми глазами, полными ужаса.

Леонардо отвернулся, опустил голову и молча быстро пошел прочь.

Он понял, что старуха знала его в лицо, слышала, будто бы он колдун, и подумала, что он может сглазить Майю.

Он уходил от них, точно убегал, в таком смущении, что продолжал искать в кармане уже ненужных анисовых лепешек, улыбаясь растерянной, виноватою улыбкою.

Перед этими испуганными, невинными глазами ребенка он чувствовал себя более одиноким, чем перед толпой народа, желавшего убить его, как безбожника, чем перед собранием ученых, смеявшихся над истиной, как над лепетом безумца; он чувствовал себя таким же далеким от людей, как одинокая вечерняя звезда в безнадежно ясном небе.

Вернувшись домой, вошел в рабочую комнату. Со своими пыльными книгами и научными приборами она показалась ему мрачною, как тюрьма. Он сел за стол, зажег свечу, взял одну из тетрадей и погрузился в недавно начатое исследование законов движения тел по наклонным плоскостям.

Математика, так же как музыка, имела власть успокаивать его. И в этот вечер дала она сердцу его знакомую отраду.

Окончив вычисление, вынул он дневник из потайного ящика в столе и левою рукою, обратным письмом, которое можно было прочесть только в зеркале, записал мысли, внушенные ему поединком ученых:

«Книжники и словесники, ученики Аристотеля, вороны в павлиньих перьях, глашатаи и повторители чужих дел, презирают меня, изобретателя. Но я мог бы им ответить, как Марий римским патрициям: украшаясь чужими делами, не хотите вы оставить мне плода моих собственных.

Между испытателями природы и подражателями древних такая же разница, как между предметом и его отражением в зеркале.

Они думают, что, не будучи словесником подобно им, я не имею права писать и говорить о науке, ибо не могу выражать моих мыслей как должно. Они не знают, что сила моя не в словах, а в опыте, учителе всех, кто хорошо писал.

Не желая и не умея, как они, ссылаться на книги древних, я сошлюсь на то, что правдивее книг, – на опыт, учителя всех учителей».

Свеча горела тускло. Единственный друг бессонных ночей его, кот, вскочив на стол, равнодушно ласкался, мурлыкая. Одинокая звезда сквозь стекла пыльных окон казалась теперь еще дальше, еще безнадежнее. Он взглянул на нее и вспомнил глаза Майи, устремленные на него с бесконечным ужасом, но не опечалился: он снова был ясен и тверд в своем одиночестве.

Только в сокровенной глубине его сердца, которой он сам не знал, как теплый ключ под корою льда на дне замерзшей реки, кипела непонятная горечь, подобная угрызению, точно в самом деле он в чем-то виноват был перед Майей, – хотел себя простить и не мог.

IX

На следующее утро собирался Леонардо в монастырь делле Грацие для работы над ликом Господним.

Механик Астро ждал на крыльце с тетрадями, кистями и ящиками красок. Выйдя на двор, художник увидел конюха Настаджо, который, стоя под навесом, усердно чистил скребницей серую в яблоках кобылу.

– Что Джаннино? – спросил Леонардо.

Джаннино было имя одной из его любимых лошадей.

– Ничего, – небрежно ответил конюх. – Пегий хромает.

– Пегий! – с досадой произнес Леонардо. – Давно ли?

– Четвертый день.

Не глядя на хозяина, молча и сердито продолжал Настаджо тереть зад лошади с такой силой, что она переминалась с ноги на ногу.

Леонардо пожелал видеть пегого. Настаджо повел его в конюшню.

Когда Джованни Бельтраффио вышел на двор, чтобы умыться свежей водой из колодца, он услыхал пронзительный, визгливый, точно женский голос, каким Леонардо кричал в тех припадках мгновенного, сильного, но никому не страшного гнева, которые иногда бывали у него.

– Кто, кто, говори, болван, пьяная твоя рожа, кто просил тебя лошадей лечить у коновала?

– Помилуйте, мессере, разве можно больной лошади не лечить?

– Лечить! Ты думаешь, ослиная твоя голова, этим вонючим снадобьем?..

– Не снадобьем, а слово есть такое – заговор. Вы этого дела не разумеете – оттого и сердитесь...

– Убирайся ты к черту со своими заговорами! Ну куда ему, неучу, живодеру, лечить, когда он о строении тела, об анатомии не слыхивал?

Настаджо поднял свои заплывшие ленивые глаза, посмотрел исподлобья на хозяина и молвил с видом бесконечного презрения:

– Анатомия!

– Негодяй!.. Вон, вон из дому моего!..

Конюх и бровью не повел: по давнему опыту знал он, что, когда вспышка минутного гнева пройдет, хозяин будет заискивать перед ним, только бы он остался, ибо ценил в нем великого знатока и любителя лошадей.

– Я и то хотел просить расчета, – проговорил Настаджо. – Три месяца жалованья за вашей милостью. А что касается сена, вины моей нет. Марко на овес денег не выдает.

– Это еще что такое? Как он смеет не давать, когда я велел?

Конюх пожал плечами, отвернулся, показывая, что не желает более разговаривать, деловито крякнул и снова принялся чистить лошадь, с таким видом, как будто хотел выместить на ней свою злобу.

Джованни слушал, с любопытно-веселой улыбкой, вытирая полотенцем лицо, красное от холодной воды.

– Ну что же, мастер? Пойдем, что ли? – спросил Астро, которому надоело ждать.

– Погоди, – молвил Леонардо, – я должен спросить Марко об овсе. Правду ли говорит этот мошенник?..

Он вошел в дом. Джованни последовал за ним.

Марко работал в мастерской. Как всегда, исполняя правила учителя с математическою точностью, отмеривал он черную краску для теней крохотной свинцовой ложечкой, то и дело справляясь с бумажкой, исписанной цифрами. Капли пота выступили на лбу его; жилы вздулись на шее. Он тяжело дышал, точно вскатывал камень на гору. Крепко сжатые губы, сгорбленная спина, упрямо торчавший рыжий хохол и красные руки с корявыми толстыми пальцами, как будто говорили: терпение и труд все перетрут.

– Ах, мессер Леонардо, вы еще не ушли. Пожалуйста, не можете ли проверить это вычисление? Я, кажется, запутался...

– Хорошо, Марко. Потом. А я вот о чем хотел тебя спросить. Правда ли, что ты денег не выдаешь на овес лошадям?

– Не выдаю.

– Как же так, друг мой? Ведь я говорил тебе, – продолжал художник, все более робким и нерешительным взором поглядывая на строгое лицо домоправителя, – я говорил тебе, Марко, непременно выдавай на овес лошадям. Разве ты не помнишь?..

– Помню. Да денег нет.

– Ну вот, вот, я так и знал, – опять денег нет! Помилуй, Марко, сам посуди, разве могут быть лошади без овса?

Марко ничего не ответил, только сердито отбросил кисть.

Джованни следил, как изменяются выражения их лиц: теперь учитель похож был на ученика, ученик на учителя.

– Послушайте, мастер, – произнес Марко, – вы меня просили, чтобы я взял на себя хозяйство и не беспокоил вас. Зачем же вы снова начинаете об этом?

– Марко! – с упреком воскликнул Леонардо. – Марко, да ведь я еще на прошлой неделе дал тебе тридцать флоринов...

– Тридцать флоринов! Из них, считайте-ка, четыре в долг Паччоли, два этому попрошайке, Галеотто Сакробоско, пять палачу, который трупы с виселиц ворует для вашей анатомии, три на починку стекол да печей в теплице, где у вас гады и рыбы, целых шесть золотых дукатов за этого дьявола полосатого...

– Ты хочешь сказать, за жирафа?

– Ну да, за жирафа. Самим есть нечего, а эту проклятую тварь откармливаем! И ведь все равно, что вы с ним ни делайте, подохнет...

– Ничего, Марко, пусть подохнет, – кротко заметил Леонардо, – я его анатомировать буду. Шейные позвонки у него любопытные...

– Шейные позвонки! Эх, мастер, мастер, если бы не все эти прихоти – лошади, трупы, жирафы, рыбы и прочие гады, – жили бы мы припеваючи, никому не кланялись. Не лучше ли кусок насущного хлеба?

– Насущный хлеб! Да как будто я чего-нибудь требую для себя, кроме насущного хлеба? Впрочем, я знаю, Марко, ты бы очень рад был, если бы подохли все мои животные, которых я, с таким трудом, за такие деньги, приобретаю, которые мне так необходимы, что ты себе и вообразить не можешь. Тебе бы только на своем поставить!..

Беспомощная обида зазвучала в голосе учителя.

Марко угрюмо молчал, потупив глаза.

– И что же это такое? – продолжал Леонардо. – Что, говорю я, будет с нами, Марко? Овса нет! Шутка ли сказать? Вот до чего дошло! Никогда еще с нами такого не бывало!..

– Всегда было и будет, – возразил Марко. – И чего вы хотите? Вот уже более года, как мы ни гроша от герцога не получаем. Амброджо Феррари каждый день вам обещает – завтра да завтра, а видно, только смеется...

– Смеется! – воскликнул Леонардо. – Ну нет, погоди, я ему покажу, как надо мною смеяться! Я герцогу пожалуюсь, вот что! Я этого мерзавца Амброджо в бараний рог согну, да пошлет ему Господь злую Пасху!..

Марко только рукой махнул, как бы желая сказать, что уж если кто кого согнет в бараний рог, то, конечно, не Леонардо герцогского казначея.

– Бросьте, учитель, бросьте, право! – молвил он, и вдруг в жестких, угловатых чертах лица его мелькнуло выражение доброе, нежное и покровительственное. – Бог милостив, как-нибудь вывернемся. Если уж вы непременно хотите, – ну, я, пожалуй, устрою, чтобы и на овес лошадям хватало...

Он знал, что для этого ему придется брать часть собственных денег, которые посылал он своей больной старухе-матери.

– Какой тут овес! – воскликнул Леонардо и в изнеможении опустился на стул.

Глаза его замигали, сузились, как от сильного холодного ветра.

– Послушай, Марко. Я ведь тебе еще об одном не говорил. Мне в будущем месяце непременно нужно восемьдесят дукатов, потому что я – видишь ли? – занял... Э, да не смотри ты на меня такими глазами...

– У кого заняли?

– У менялы Арнольдо.

Марко отчаянно всплеснул руками; рыжий хохол его так и затрясся.

– У менялы Арнольдо! Ну, поздравляю, нечего сказать, – удружили! Да знаете ли вы, что это такая бестия, что хуже всякого жида и мавра. Креста на нем нет! Ах, учитель, учитель, что вы наделали! И как же вы мне не сказали?..

Леонардо опустил голову.

– Деньги, Марко, до зарезу нужны были. Уж ты на меня не сердись...

И, немного помолчав, прибавил с боязливым и жалобным видом:

– Принеси-ка счета, Марко. Может быть, что-нибудь и придумаем?..

Марко был убежден, что ничего они не придумают, но, так как иначе нельзя было успокоить учителя, как истощив до конца его внезапную и мимолетную тревогу, покорно пошел за счетами.

Увидав их издали, Леонардо болезненно сморщился и с таким выражением взглянул на знакомую толстую книгу в зеленом переплете, с каким человек смотрит на собственную зияющую рану.

Они погрузились в вычисления, в которых великий математик делал ошибки в сложении и вычитании. Порой вдруг вспоминал о потерянном счете нескольких тысяч дукатов, искал его, рылся в шкатулках, ящиках, пыльных кипах бумаг, но, вместо того, находил ненужные, грошовые, старательно, собственною рукою переписанные счета, например, за плащ Салаино:

Серебряной парчи......................... 15 лир 4 сольди
Алого бархата на отделку............. 9 «
Шнурков..................................... – 9 сольди
Пуговиц...................................... – 12 «

Злобно рвал их и бросал клочки под стол, ругаясь.

Джованни наблюдал за выражением человеческой слабости в лице учителя и, вспоминая слова одного из поклонников Леонардо: «Новый бог Гермес Трисмегист соединился в нем с новым титаном Прометеем», – думал с улыбкою:

«Вот он – не бог, не титан, а такой же, как все, человек. И чего я боялся его? О, бедный, милый!»

X

Прошло два дня, и случилось то, что предвидел Марко: Леонардо так забыл о деньгах, как будто никогда не думал о них. Уже на следующий день попросил три флорина для покупки допотопной окаменелости с таким беззаботным видом, что Марко не имел духу огорчить его отказом и дал ему три флорина из собственных денег, отложенных для матери.

Казначей, несмотря на просьбы Леонардо, все еще не заплатил

жалованья: в это время сам герцог нуждался в деньгах для громадных приготовлений к войне с Францией.

Леонардо занимал у всех, у кого можно было занять, даже у собственных учеников.

И памятника Сфорца не давал ему окончить герцог. Глиняное изваяние, форма с железным остовом, запруда для жидкого металла, горн, плавильные печи – все было готово. Но когда художник представил счет за бронзу, Моро испугался, даже разгневался и отказал ему в свидании.

В двадцатых числах ноября 1498 года, доведенный нуждой до последней крайности, написал он письмо герцогу. В бумагах Леонардо остался черновой набросок этого письма – отрывочного, бессвязного, похожего на лепет человека, одолеваемого стыдом, не умеющего просить:

«Синьор, зная, что ум Вашего Высочества поглощен более важными делами, но вместе с тем боясь, чтобы молчание мое не было причиной гнева всемилостивейшего покровителя моего, дерзаю напомнить о моих маленьких нуждах и об искусствах, осужденных на безмолвие...

...В течение двух лет не получаю жалованья...

...Другие лица, находящиеся на службе Вашей Светлости, имея посторонние доходы, могут ждать, но я, с моим искусством, которое, впрочем, желал бы покинуть для более выгодного...

...Жизнь моя к услугам Вашего Высочества, и я нахожусь в постоянной готовности повиноваться...

...О памятнике ничего не говорю, ибо знаю времена...

...Прискорбно мне, что вследствие необходимости зарабатывать себе пропитание, я вынужден прерывать работу и заниматься пустяками. Я должен был кормить 6 человек в продолжение 56 месяцев, а у меня было только 50 дукатов...

...Недоумеваю, на что бы я мог употребить мои силы...

...Думать о славе или о хлебе насущном?..»

XI

Однажды в ноябре, вечером, после дня, проведенного в хлопотах у щедрого вельможи Гаспаре Висконти, у менялы Арнольдо, у палача, который требовал денег за два трупа беременных женщин, грозя доносом Святейшей Инквизиции в случае неуплаты, Леонардо усталый вернулся домой и сначала прошел в кухню, чтобы высушить платье, потом, взяв ключ у Астро, направился в рабочую комнату; но, подойдя к ней, услышал за дверями разговор.

«Двери заперты, – подумал он. – Что это значит? Уж не воры ли?»

Прислушался, узнал голоса учеников, Джованни, Чезаре, и догадался, что они рассматривают тайные бумаги его, которых он никому никогда не показывал. Хотел отпереть дверь, но вдруг представилось ему, какими глазами, застигнутые врасплох, они посмотрят на него, и ему сделалось стыдно за них. Крадучись на цыпочках, краснея и озираясь, как виноватый, отошел от двери и, пройдя мастерскую, с другого конца ее, притворным громким голосом, так, чтобы они не могли не услышать, крикнул:

– Астро! Астро! Дай свечу! Куда вы все запропастились? Андреа, Марко, Джованни, Чезаре!

Голоса в рабочей комнате умолкли. Что-то зазвенело, как будто упавшее стекло разбилось. Стукнула рама. Он все еще прислушивался, не решаясь войти. В душе его была не злоба, не горе, а скука и отвращение.

Он не ошибся: забравшись в комнату через окно со двора, Джованни и Чезаре рылись в ящиках рабочего стола его, рассматривая тайные бумаги, рисунки, дневники.

Бельтраффио с бледным лицом держал зеркало. Чезаре, наклонившись, читал по отражению в зеркале обратное письмо Леонардо:

– «Laude del Sole» – «Хвала Солнцу».

– «Я не могу не упрекнуть Эпикура, утверждавшего, будто бы величина Солнца в действительности такова, какой она кажется; удивляюсь Сократу, который, унижая столь великое светило, говорил, будто бы оно лишь раскаленный камень. И я хотел бы иметь слова достаточно сильные для порицания тех, кто обоготворение Человека предпочитает обоготворению Солнца...»

– Пропустить? – спросил Чезаре.

– Нет, прошу тебя, – молвил Джованни, – читай все до конца.

– «Поклоняющиеся богам в образах человеческих, – продолжал Чезаре, – весьма заблуждаются, ибо человек, даже если бы он был величиною с шар земной, казался бы менее самой ничтожной планеты, едва заметной точки во вселенной. К тому же все люди подвержены тлению...» Странно! – удивился Чезаре. – Как же так? Солнцу поклоняется, а Того, Кто смертью смерть победил, точно не бывало!..

Он перевернул страницу.

– А вот еще, – слушай. «Во всех концах Европы будут плакать о смерти Человека, умершего в Азии».

– Понимаешь?

– Нет, – прошептал Джованни.

– Страстная Пятница, – объяснил Чезаре. «О, математики, – читал он далее, – пролейте же свет на это безумие. Дух не может быть без тела, и там, где нет плоти, крови, костей, языка и мускулов, – не может быть ни голоса, ни движения». Тут нельзя разобрать, зачеркнуто. А вот конец: «Что же касается до всех других определений духа, я предоставляю их святым отцам, учителям народа, знающим по наитию свыше тайны природы». Гм, не поздоровилось бы мессеру Леонардо, если бы эти бумажки попали в руки святых отцов-инквизиторов... А вот опять пророчество: «Ничего не делая, презирая бедность и работу, люди будут жить в роскоши в зданиях, подобных дворцам, приобретая сокровища видимые ценою невидимых и уверяя, что это лучший способ быть угодным Богу». Индульгенции! – разгадал Чезаре. – А ведь на Савонаролу похоже! Папе камень в огород... «Умершие за тысячу лет будут кормить живых». Вот уж этого не понимаю. Что-то мудрено... А впрочем, – да, да, конечно! «Умершие за тысячу лет» – мученики и святые, именем которых монахи собирают деньги. «Говорить будут с теми, кто, имея уши, не слышит, зажигать лампады перед теми, кто, имея очи, не видит». Иконы. «Женщины станут признаваться мужчинам во всех своих похотях, в тайных постыдных делах». Исповедь. Как тебе нравится, Джованни? А? Удивительный человек! Ну подумай только, для кого измышляет он эти загадки? И ведь злобы настоящей нет в них. Так только – забава, игра в кощунство!..

Перевернув еще несколько листов, он прочел:

– «Многие, торгуя мнимыми чудесами, обманывают бессмысленную чернь, и тех, кто разоблачает обманы их, – казнят». Это, должно быть, об огненном поединке брата Джироламо и о науке, которая разрушает веру в чудеса.

Отложил тетрадь и взглянул на Джованни.

– Будет, что ли? Каких еще доказательств? Кажется, ясно?..

Бельтраффио покачал головой:

– Нет, Чезаре, это все не то... О, если бы найти такое место, где он говорит прямо!..

– Прямо? Ну нет, брат, этого не жди! Такая уж природа: все – надвое, все лукавит да виляет, как женщина. Недаром любит загадки. Поди-ка, слови его! Да он и сам себя не знает. Сам для себя – величайшая загадка!

«Чезаре прав, – подумал Джованни. – Лучше явное кощунство, чем эти насмешки, эта улыбка Фомы неверного, влагающего пальцы в язвы Господа...»

Чезаре указал ему на рисунок оранжевым карандашом на синей бумаге – маленький, затерянный среди машин и вычислений, изображавший Деву Марию с Младенцем в пустыне; сидя на камне, чертила Она пальцем на песке треугольники, круги и другие фигуры: Матерь Господа учила Сына геометрии – источнику всякого знания.

Долго рассматривал Джованни странный рисунок. Ему захотелось прочесть надпись под ним. Он приблизил зеркало. Чезаре взглянул на отражение и едва успел разобрать три первые слова: «необходимость – вечная наставница», – как из мастерской послышался голос Леонардо:

– Астро! Астро! Дай свечу! Куда вы все запропастились? Андреа, Марко, Джованни, Чезаре!

Джованни вздрогнул, побледнел и выронил зеркало. Оно разбилось.

– Дурная примета! – усмехнулся Чезаре.

Как пойманные воры, заторопились они, сунули бумаги в ящик, подобрали осколки зеркала, открыли окно, вскочили на подоконник и слезли на двор, цепляясь за водосточную трубу и толстые ветви обвивавших стену дома виноградных лоз. Чезаре сорвался, упал и едва не вывихнул ногу.

XII

В этот вечер Леонардо не находил обычной отрады в математике. То вставал и ходил по комнате, то садился, начинал рисунок и тотчас же бросал его; в душе его была неясная тревога, как будто он должен был что-то решить и не мог. Мысль упорно возвращалась к одному.

Он думал о том, как Джованни Бельтраффио бежал к Савонароле, потом опять вернулся и на время успокоился, всецело предавшись искусству. Но после злополучного огненного поединка и особенно с того дня, как в Милан пришла весть о гибели пророка, – сделался еще более жалким, потерянным.

Учитель видел, как он страдает, хочет и не может уйти от него, угадывал борьбу, происходившую в сердце ученика, слишком глубоком, чтобы не чувствовать, – слишком слабом, чтобы победить свои собственные противоречия. Иногда казалось Леонардо, что надо оттолкнуть Джованни от себя, прогнать, чтобы спасти, но сделать это не хватало духу.

«Если бы я знал, чем помочь ему», – думал художник.

Он усмехнулся горькой усмешкой.

«Сглазил я, испортил его! Должно быть, правду люди говорят: дурной глаз у меня...»

Поднявшись по крутым ступеням темной лестницы, постучался в дверь и, когда ему не ответили, приотворил ее.

В тесной келье был сумрак. Слышалось, как дождь стучит по крыше и шумит осенний ветер. Лампада мерцала в углу перед Мадонной. Черное Распятие висело на белой стене. Бельтраффио лежал на постели ничком, одетый, неловко свернувшись, как больные дети, поджав колени и спрятав лицо в подушку.

– Джованни, ты спишь? – сказал учитель.

Бельтраффио вскочил, слабо вскрикнул и посмотрел на Леонардо безумными, широко открытыми глазами, выставив руки вперед, с выражением того бесконечного ужаса, который был в глазах Майи.

– Что с тобой, Джованни? Это я...

Бельтраффио как будто очнулся и медленно провел рукой по глазам:

– Ах, это вы, мессер Леонардо... А мне показалось... Я видел страшный сон... Так это *вы* , – посмотрел он на него исподлобья, пристально, словно все еще не доверяя.

Учитель присел на край постели и положил ему на лоб свою руку.

– У тебя жар. Ты болен. Зачем ты не сказал мне?..

Джованни отвернулся было, но вдруг опять посмотрел на Леонардо, – углы губ его опустились, дрогнули, и, сложив руки с мольбой, он прошептал:

– Учитель, прогоните меня!.. А то я сам не уйду, а мне у вас оставаться нельзя, потому что я... да, да... я перед вами подлый человек... изменник!..

Леонардо обнял и привлек его к себе.

– Что ты, мальчик мой? Господь с тобою! Разве я не вижу, как ты мучишься? Если ты думаешь, что в чем-нибудь виноват передо мною, я прощаю тебе все: может быть, и ты когда-нибудь простишь меня...

Джованни тихо поднял на него большие, удивленные глаза и вдруг, с неудержимым порывом, прижался к нему, спрятал лицо свое на груди его, в мягкой, как шелк, бороде.

– Если я когда-нибудь, – лепетал он сквозь рыдания, которые потрясали все его тело, – если я уйду от вас, учитель, не думайте, что я вас не люблю! Я и сам не знаю, что со мной... Такие у меня страшные мысли, точно я с ума схожу... Бог меня покинул... О, только не думайте, – нет, я люблю вас больше всего на свете, больше, чем отца моего фра Бенедетто! Никто не может вас так любить, как я!..

Леонардо, с тихою улыбкою, гладил его по голове, по щекам, мокрым от слез, и утешал, как ребенка:

– Ну, полно, полно, перестань! Разве я не знаю, что ты меня любишь, мальчик мой бедный, глупенький... А ведь это опять, должно быть, Чезаре наговорил тебе? – прибавил он. – И зачем ты слушаешь его? Он умный и тоже бедный – любит меня, хотя думает, что ненавидит. Он не понимает

200

многого...

Джованни вдруг затих, перестал плакать, заглянул в глаза учителя странным, испытующим взором и покачал головой:

– Нет, – произнес он медленно, как бы с трудом выговаривая слова, – нет, не Чезаре. Я сам... и не я, а *он* ...

– Кто он? – спросил учитель.

Джованни крепче прижался к нему; глаза его опять расширились от ужаса.

– Не надо, – проговорил он чуть слышно, – прошу вас... не надо о *нем* ...

Леонардо почувствовал, как он дрожит в его объятиях.

– Послушай, дитя мое, – произнес он тем строгим, ласковым и немного притворным голосом, которым врачи говорят с больными, – я вижу, у тебя есть что-то на сердце. Ты должен сказать мне все. Я хочу знать все, Джованни, слышишь? Тогда и тебе будет легче.

И, подумав, прибавил:

– Скажи мне, о ком ты сейчас говорил?

Джованни боязливо оглянулся, приблизил губы свои к самому уху Леонардо и прошептал задыхающимся шепотом:

– О вашем двойнике.

– О моем двойнике? Что это значит? Ты видел во сне?

– Нет, наяву...

Леонардо посмотрел на него пристально, и на одно мгновение показалось ему, что Джованни бредит.

– Ведь вы, мессер Леонардо, ко мне сюда не заходили третьего дня, во вторник, ночью?

– Не заходил. Но разве ты сам не помнишь?

– Нет, я-то помню... Ну так вот, видите, учитель, – теперь значит, уже наверное, это был *он* !..

– Да откуда ты взял, что у меня двойник? Как это случилось?

Леонардо чувствовал, что самому Джованни хочется рассказать, и надеялся, что признание облегчит его.

– Как случилось? А вот как. Пришел *он* ко мне так же, как вы сегодня, в этот самый час, и тоже сел на край постели, как вы теперь сидите, и все говорил и делал, как вы, и лицо у него, как ваше лицо, только в зеркале. *Он* не левша. И сейчас же я подумал, что, может быть, это – не вы; и *он* знал, что я это думаю, но виду не подал, – притворился, будто мы оба ничего не знаем. Только, уходя, обернулся ко мне и говорит: «А ты, Джованни, никогда не видел моего двойника? Если увидишь, не бойся». Тут я все понял...

– И ты до сих пор веришь, Джованни?

– Как же не верить, когда я видел *его* , вот как вас теперь вижу?.. И *он* говорил со мной...

– О чем?

Джованни закрыл лицо руками.

– Лучше скажи, – произнес Леонардо, – а то будешь думать и мучиться.

– Нехорошее, – молвил Бельтраффио и с безнадежною мольбою взглянул на учителя, – ужасное говорил *он* ! Будто бы все в мире – одна механика, будто бы все – как этот страшный паук, с вертящимися лапами, который *он* ... то есть нет, не *он* , а вы – изобрели...

– Какой паук? Ах да, да, помню. Ты видел у меня рисунок военной машины?

– И еще говорил *он* , – продолжал Джованни, – будто бы то самое, что люди называют Богом, есть вечная сила, которою движется страшный паук, со своими железными, окровавленными лапами, и что *ему* все равно – правда или неправда, добро или зло, жизнь или смерть. И нельзя *его* умолить, потому что *он* – как математика: дважды два не может быть пять...

– Ну хорошо, хорошо. Не мучь себя. Довольно. Я уж знаю...

– Нет, мессер Леонардо, погодите, вы еще не знаете всего. Вы только послушайте, учитель! *Он* говорил, что и Христос напрасно пришел – умер и не воскрес, смертью смерть не победил – истлел в гробу. И когда он это сказал, я заплакал. *Он* меня пожалел и стал утешать: не плачь, говорит, мальчик мой бедный, глупенький, – нет Христа, но есть любовь; великая любовь – дочь великого познания; кто знает все, тот любит все... Видите, вашими, все вашими словами! Прежде, говорит, была любовь от слабости, чуда и незнания, а теперь – от силы, истины и познания, ибо змий не солгал: вкусите от Древа Познания и будете как боги. И после этих слов *его* я понял, что *он* – от дьявола, и проклял *его* , и *он* ушел, но сказал, что вернется...

Леонардо слушал с таким любопытством, как будто это был уже не бред больного. Он чувствовал, как взор Джованни, теперь почти спокойный, обличительный, проникает в самую тайную глубину сердца его.

– И всего страшнее, – прошептал ученик, медленным движением отстраняясь от учителя и глядя на него в упор остановившимся, пронзительным взором, – всего отвратительнее было то, что *он* улыбался, когда все это мне говорил, улыбался, ну да, да... совсем как вы теперь... как вы!..

Лицо Джованни вдруг побелело, перекосилось, и, оттолкнув Леонардо, он закричал диким, сумасшедшим криком:

– Ты... ты... опять!.. Притворился... Именем Бога... сгинь, сгинь, пропади, окаянный!..

Учитель встал и молвил, посмотрев на него властным взором:

– Бог с тобою, Джованни! Я вижу, что в самом деле лучше тебе уйти от меня. Помнишь, сказано в Писании: боящийся в любви не совершен. Если бы ты любил меня совершенною любовью, то не боялся бы – понял бы, что все это – бред и безумие, что я не такой, как думают люди, что нет у меня двойника, что я, может быть, верую во Христа моего и Спасителя более тех, кто называет меня слугою Антихриста. Прости, Джованни! Господь да сохранит тебя. Не бойся, – двойник Леонардо к тебе уже никогда не вернется...

Голос его дрогнул от бесконечной, безгневной печали. Он встал, чтобы уйти.

«Так ли это? Правду ли я ему говорю?» – подумал он и в то же мгновение почувствовал, что, если ложь необходима, чтобы спасти его, он готов солгать.

Бельтраффио упал на колени, целуя руки учителя.

202

– Нет, нет, я не буду!.. Я знаю, что это безумие... Я верю вам... Вот увидите, я прогоню от себя эти страшные мысли... только простите, простите, учитель, не покидайте меня!..

Леонардо взглянул на него с неизъяснимою жалостью и, наклонившись, поцеловал в голову.

– Ну, смотри же, помни, Джованни, – ты мне обещал. А теперь, – прибавил уже обычным спокойным голосом, – пойдем скорее вниз. Здесь холодно. Я больше не пущу тебя сюда, пока ты совсем не поправишься. Кстати, есть у меня спешная работа: ты мне поможешь.

XIII

Он повел его в спальню, рядом с мастерскою, раздул огонь в очаге и, когда пламя затрещало, сказал, что ему нужно приготовить доску для картины.

Леонардо надеялся, что работа успокоит больного.

Так и случилось. Мало-помалу Джованни увлекся. С видом сосредоточенным, как будто это было самое любопытное и важное дело, помогал учителю пропитывать доску ядовитым раствором для предохранения от червоточины – водкою с двусернистым мышьяком и сулемою. Потом стали они наводить первый слой паволоки, заделывая пазы и щели алебастром, кипарисовым лаком, мастикою, ровняя шероховатости плоским железным скребком. Дело, как всегда, спорилось, кипело и казалось игрою в руках Леонардо. В то же время давал он советы, учил, как вязать кисти, начиная от самых толстых, жестких, из свиной щетины в свинцовой оправе, кончая самыми тонкими и мягкими, из беличьих волос, вставленных в гусиное перо; или как для того, чтобы потрава скорее сохла, следует прибавлять к ней венецианской яри с красной железистой охрой.

По комнате распространился приятный, напоминавший о работе, летуче-свежий запах скипидара и мастики. Джованни изо всей силы втирал в доску замшевою тряпочкою горячее льняное масло. Ему сделалось жарко. Озноб совсем прошел.

На минуту остановившись, чтобы перевести дух, с раскрасневшимся лицом, оглянулся на учителя.

– Ну, ну, скорее, не зевай! – торопил Леонардо. – Простынет, так не впитается.

И, выгнув спину, расставив ноги, плотно сжав губы, Джованни с новым усердием продолжал работу.

– Что, как ты себя чувствуешь? – спросил Леонардо.

– Хорошо, – ответил Джованни с веселой улыбкой.

Собрались и другие ученики в этот теплый, светлый угол громадного кирпичного, покрытого бархатисто-черной сажей ломбардского очага, откуда приятно было слушать вой ветра и шум дождя. Пришел озябший, но как всегда беспечный Андреа Салаино, одноглазый циклоп кузнец, Зороастро да Перетола, Джакопо и Марко д'Оджоне. Лишь Чезаре де Сесто, по обыкновению, не было в их дружеском кружке.

Отложив доску, чтобы дать ей просохнуть, Леонардо показал им лучший способ добывания чистого масла для красок. Принесли большое глиняное блюдо, где отстоявшееся тесто орехов, моченных в шести переменах воды, выделило белый сок, с густым, всплывшим на поверхности, слоем янтарного жира. Взяв хлопчатой бумаги и скрутив из нее длинные косицы, наподобие лампадных светилен, одним концом опустил он их в блюдо, другим – в жестяную воронку, вставленную в горлышко стеклянного сосуда. Впитываясь в хлопчатую бумагу, масло стекало в сосуд золотисто-прозрачными каплями.

– Смотрите, смотрите, – восхищался Марко, – какое чистое! А у меня всегда муть, сколько ни процеживаю.

– Должно быть, ты верхней кожицы с орехов не снимаешь, – заметил Леонардо, – она потом на полотне выступает, и краски от нее чернеют.

– Слышите? – торжествовал Марко. – Величайшее произведение искусства от этакой дряни – от ореховой шелухи погибнуть может! А вы еще смеетесь, когда я говорю, что правила должно соблюдать с математическою точностью...

Ученики, внимательно следившие за приготовлением масла, в то же время болтали и шалили. Несмотря на поздний час, спать никому не хотелось, и, не слушая ворчания Марко, дрожавшего над каждым поленом, то и дело подбрасывали дров. Как иногда бывает в таких неурочных собраниях, всеми овладела безотчетная веселость.

– Давайте рассказывать сказки! – предложил Салаино и первый представил в лицах новеллу о священнике, который в Страстную субботу ходил по домам и, зайдя в мастерскую живописца, окропил святой водою картины. «Зачем ты это сделал?» – спросил его художник. «Затем, что желаю тебе добра, ибо сказано: сторицею воздастся вам свыше за доброе дело». Живописец промолчал; но, когда патер ушел, подстерег его, вылил ему на голову из окна чан холодной воды и крикнул: «Вот тебе сторицею свыше за добро, которое ты мне сделал, испортив мои картины!»

Посыпались новеллы за новеллами, выдумки за выдумками – одна нелепее другой. Все утешались несказанно, но более всех Леонардо.

Джованни любил наблюдать, как он смеется: в это время глаза его суживались, делались как щелки, лицо принимало выражение детски простодушное, и, мотая головою, вытирая слезы, проступавшие на глазах, заливался он странным для его большого роста и могущественного телосложения тонким смехом, в котором звучали те же визгливые женские ноты, как и в гневных криках его.

Около полуночи почувствовали голод. Нельзя было лечь, не закусив, тем более что и поужинали впроголодь, ибо Марко держал их в черном теле.

Астро принес все, что было в кладовой: скудные остатки окорока, сыра, десятка четыре маслин и краюху черствого пшеничного хлеба; вина не было.

– Наклонял ли ты бочку как следует? – спрашивали его товарищи.

– Да уж наклонял небось, во все стороны наворачивал: ни капли.

– Ах, Марко, Марко, что же ты с нами делаешь! Как же быть без вина?

– Ну вот, наладили – Марко да Марко. Я-то чем виноват, коли денег нет?

– Деньги есть, и вино будет! – крикнул Джакопо, подбросив на ладони золотую монету.

– Откуда у тебя, чертенок? Опять украл! Погоди, выдеру я тебя за уши! –

погрозил ему пальцем Леонардо.

– Да нет же, мастер, не украл, ей-богу. Чтоб мне на этом месте провалиться, отсохни язык мой, если я в кости не выиграл!

– Ну, смотри, коли воровским вином нас угостишь...

Сбегав в соседний погребок Зеленого Орла, еще не запертый, так как всю ночь гуляли в нем швейцарские наемники, Джакопо вернулся с двумя оловянными кружками.

От вина сделалось еще веселее. Мальчик разливал его, подобно Ганимеду, высоко держа сосуд, так что красное пенилось розовою, белое – золотистою пеною, и в восхищении при мысли, что он угощает на свои деньги, шалил, дурачился, прыгал, неестественно хриплым голосом, в подражание пьяным гулякам, напевал то удалую песенку монаха-расстриги:

К черту рясу, куколь, четки!
Хи-хи-хи да ха-ха-ха —
Ой вы, девушки красотки,
Долго ль с вами до греха! —

то важный гимн из латинской шутовской Обедни Вакху, сочиненной школярами-бродягами:

Те, кто воду пьет с вином,
Вымокнут, – и верьте,
В пасти ада над огнем
Высушат их черти.

Никогда, казалось Джованни, не едал и не пивал он так вкусно, как за этой нищенской трапезой Леонардо, с окаменелым сыром, черствым хлебом и подозрительным, быть может, воровским вином Джакопо.

Пили за здоровье учителя, за славу его мастерской, за избавление от бедности и друг за друга.

В заключение Леонардо, оглянув учеников, сказал с улыбкой:

– Я слышал, друзья мои, что св. Франциск Ассизский называл уныние худшим из пороков и утверждал, что, если кто желает угодить Богу, тот должен быть всегда веселым. Выпьемте же за мудрость Франциска – за вечное веселье в Боге.

Все немного удивились, но Джованни понял, что хотел сказать учитель.

– Эх, мастер, – укоризненно покачал головою Астро, – веселье, говорите вы; да какое же может быть веселье, пока мы по земле козявками ползаем, как черви могильные? Пусть другие пьют за что угодно, а я – за крылья человеческие, за летательную машину! Как взовьются крылатые люди под облака – тут только и начнется веселье. И чтоб черт побрал всякую тяжесть – законы механики, которые мешают нам...

– Ну нет, брат, без механики далеко не улетишь! – остановил его учитель, смеясь.

Когда все разошлись, Леонардо не отпустил Джованни наверх; помог ему устроить постель у себя в спальне, поближе к потухающим ласковым углям камина, и, отыскав небольшой рисунок, сделанный цветными карандашами, подал ученику.

Лицо юноши, изображенное на рисунке, казалось Джованни таким знакомым, что он сначала принял его за портрет: было сходство и с братом Джироламо Савонаролой, – только, должно быть, в ранние годы юности, и с шестнадцатилетним сыном богатого миланского ростовщика, ненавидимого всеми, старого жида Барукко – болезненным, мечтательным отроком, погруженным в тайную мудрость Каббалы, воспитанником раввинов, по словам их, будущим светилом Синагоги.

Но, когда Бельтраффио внимательнее вгляделся в этого еврейского мальчика, с густыми рыжеватыми волосами, низким лбом, толстыми губами, – он узнал Христа, не так, как узнают Его на иконах, а как будто сам видел, забыл и теперь вдруг вспомнил Его.

В голове, склоненной, как цветок на слишком слабом стебле, в младенчески невинном взоре опущенных глаз было предчувствие той последней скорби на горе Елеонской, когда Он, ужасаясь и тоскуя, сказал ученикам своим: «Душа моя скорбит смертельно» – и отошел на вержение камня, пал на лицо Свое и говорил: «Авва Отче! все возможно Тебе. Пронеси чашу сию мимо Меня. Впрочем, не Моя воля, но Твоя да будет». И еще второй и третий раз говорил: «Отче Мой, если не может чаша сия миновать Меня, чтобы Мне не пить ее, да будет воля Твоя». И, находясь в борении, прилежнее молился, и был пот его подобен каплям крови, падающим на землю.

«О чем Он молился? – подумал Джованни. – Как же просил, чтобы не было того, что не могло не быть, что было Его собственной волею, – для чего Он в мир пришел? Неужели и Он изнемогал, как я, и Он до кровавого пота боролся с теми же страшными двоящимися мыслями?»

– Ну что? – спросил Леонардо, вернувшись в комнату, из которой вышел ненадолго. – Да ты, кажется, опять?..

– Нет-нет, учитель! О, если бы вы знали, как мне хорошо и спокойно... Теперь все прошло...

– И слава Богу, Джованни! Я ведь говорил, что пройдет. Смотри же, чтобы больше никогда не возвращалось...

– Не вернется, не бойтесь! Теперь я вижу, – он указал на рисунок, – я вижу, что вы так его любите, как никто из людей... И если ваш двойник, – прибавил он, – опять придет ко мне, я знаю, чем прогнать его: я только напомню ему об этом рисунке.

XIV

Джованни слышал от Чезаре, что Леонардо оканчивает лик Господень в Тайной Вечере, и ему хотелось увидеть его. Много раз просил он об этом учителя; тот все обещал, но откладывал.

Наконец однажды утром повел его в трапезную Марии делле Грацие и на месте, столь ему знакомом, которое оставалось пустым в течение шестнадцати лет, между Иоанном и Иаковом Заведеевым, в четырехугольнике открытого окна, на тихой дали вечереющего неба и холмов Сиона, увидел он лик Господа.

Спустя несколько дней, вечером, глухими пустырями, по берегу Кантаранского канала, возвращался Джованни домой от алхимика Галеотто Сакробоско: учитель послал его к нему за редкой книгой, сочинением по математике.

После ветра и оттепели сделалось тихо и морозно. Лужи в грязных колеях дороги подернулись иглами хрупкого льда. Низкие тучи как будто цеплялись за голые лиловые верхушки лиственниц с растрепанными галочьими гнездами. Быстро темнело. Только по самому краю неба тянулась длинная медно-желтая полоса унылого заката. Вода в незамерзшем канале, тихая, тяжелая, черная, как чугун, казалась бездонно-глубокою.

Джованни, хотя самому себе не признавался в этих мыслях и гнал их прочь с последним усилием разума, думал о двух Леонардовых изображениях лика Господня. Стоило ему закрыть глаза, чтобы оба они вместе стали перед ним, как живые: один – родной, полный человеческою немощью, лик Того, Кто на горе Елеонской скорбел до кровавого пота и молился детскою молитвою о чуде; другой – нечеловечески спокойный, мудрый, чуждый и страшный.

И Джованни думал о том, что, может быть, в своем неразрешимом противоречии – оба они истинны.

Мысли его путались, как в бреду. Голова горела. Он сел на камень над водой узкого черного канала, в изнеможении склонился и опустил голову на руки.

– Что ты здесь делаешь? Точно тень влюбленного на берегу Ахерона, – молвил насмешливый голос. Он почувствовал руку на плече своем, вздрогнул, обернулся и увидел Чезаре.

В зимних сумерках, пыльно-серых, как паутина, под голыми лилово-черными лиственницами с растрепанными галочьими гнездами, – длинный, тощий, с длинным бледно-серым больным лицом, закутанный в серый плащ, сам Чезаре казался похожим на зловещий призрак.

Джованни встал, и они молча продолжали путь; только сухие листья шуршали под ногами.

– Знает он, что мы намедни рылись в его бумагах? – спросил наконец Чезаре.

– Знает, – ответил Джованни.

– И, конечно, не сердится. Я так и думал. Всепрощение! – рассмеялся Чезаре злобным, насильственным смехом.

Опять замолчали. Ворон, хрипло каркнув, перелетел через канал.

– Чезаре, – произнес Джованни тихо, – видел ты лик Господень в Тайной Вечере?

– Видел.

– Ну что?.. как?

Чезаре быстро обернулся к нему.

– А тебе как? – спросил он.

– Я не знаю... Мне, видишь ли, кажется...

– Говори прямо: не нравится, что ли?..

– Нет. Но я не знаю. Мне приходит на ум, что, может быть, это – не Христос...

– Не Христос? А кто же?

Джованни не ответил, только замедлил шаг и опустил голову.

– Послушай, – продолжал он в глубоком раздумье, – видел ли ты другой рисунок, тоже для головы Христа, цветными карандашами, где Он изображен почти ребенком?

– Знаю, еврейским мальчиком, рыжим, с толстыми губами, с низким лбом

– лицо как у этого жиденка, сына старого Барукко. Ну так что же? Тебе Тот больше нравится?

– Нет… А только я думаю, как Они не похожи друг на друга, эти два Христа!

– Не похожи? – удивился Чезаре. – Помилуй, да это одно лицо! В Тайной Вечере Он старше лет на пятнадцать… А впрочем, – прибавил он, – может быть, ты и прав. Но если это даже два Христа, все-таки Они похожи друг на друга, как двойники.

– Двойники! – повторил Джованни, вздрогнув, и остановился. – Как ты это сказал, Чезаре, – двойники?

– Ну да. Чего же ты так испугался? Разве ты сам этого не заметил?

Опять пошли молча.

– Чезаре! – воскликнул вдруг Бельтраффио с неудержимым порывом. – Как же ты не видишь? Неужели Тот, всемогущий и всезнающий, Кого изобразил учитель в Тайной Вечере, неужели мог Он тосковать на горе Елеонской, на вержении камня, до кровавого пота, и молиться нашей человеческою молитвою, как молятся дети, – о чуде: «Пусть не будет того, для чего Я в мир пришел, – чего, Я знаю, не может не быть. Авва Отче, пронеси чашу сию мимо Меня». Но ведь в этой молитве – все, все, слышишь, Чезаре? – и нет без нее Христа, и я не отдам ее ни за какую мудрость! Кто не молился этою молитвою, тот не был человеком, тот не страдал, не умирал, как мы!..

– Так вот ты о чем, – медленно произнес Чезаре. – А ведь и в самом деле… Да, да, я понимаю тебя! О, конечно, тот Христос, в Тайной Вечере, *так* молиться не мог…

Совсем стемнело. Джованни с трудом различал лицо своего спутника: ему казалось, что оно странно изменилось.

Вдруг Чезаре остановился, поднял руку и произнес глухим, торжественным голосом:

– Ты хочешь знать, кого изобразил он, ежели не Того, Кто молился на горе Елеонской, – не твоего Христоса? Слушай: «В начале было Слово, и Слово было у Бога, и Слово было Бог. Оно было в начале у Бога. Все через Него начало быть, и без Него ничего не начало быть, что начало быть. И Слово стало плотию». Слышишь, – разум Бога – Слово стало плотию. Среди учеников Своих, которые, слыша из уст Его: «Один из вас предаст Меня», – скорбят, негодуют, ужасаются, – Он спокоен, Он всем равно близок и чужд – Иоанну, возлежащему на груди Его, Иуде, предающему Его, – потому что нет для Него более зла и добра, жизни и смерти, любви и ненависти, а есть только воля Отца – вечная необходимость: «Не Моя, но Твоя да будет воля», – ведь это сказал и Твой, и Тот, Кто молился на горе Елеонской, на вержении камня о невозможном чуде. Вот почему говорю я: Они двойники. «Чувства принадлежат земле; разум – вне чувств, когда созерцает», ты помнишь? – это слова Леонардо. В лицах и движениях апостолов, величайших людей, изобразил он все чувства земные; но Тот, Кто сказал: «Я победил мир», «Я и Отец – одно», – разум созерцающий – вне чувств. Помнишь и эти другие слова Леонардо о законах механики: «О, дивная справедливость Твоя, Первый Двигатель!» Христос его есть Первый Двигатель, который, будучи началом и средоточием всякого движения, – сам неподвижен; Христос его есть вечная необходимость, сама себя в человеке познавшая и возлюбившая, как божественную справедливость, как волю Отца: «Отче праведный! и мир Тебя не познал, а Я познал Тебя. И Я открыл им имя Твое и открою, да любовь, которою Ты возлюбил Меня, в них будет». Слышишь: любовь – от познания. «Великая любовь есть дочь великого познания». Леонардо, один из людей, понял это слово Господа и воплотил его во Христе своем, который «любит все, потому что знает все».

Чезаре умолк, и долго шли они в бездыханной тишине сгущавшихся морозных сумерек.

– Помнишь, Чезаре, – произнес наконец Джованни, – три года назад шли мы с тобой, точно так же как теперь, предместьем Верчельских ворот и спорили о Тайной Вечере? Ты тогда смеялся над учителем, говорил, что никогда не кончить ему лика Господня, а я возражал. Теперь ты за него – против меня. Знаешь ли, я бы ни за что не поверил, что ты, именно ты, можешь так говорить о нем!..

Джованни хотел заглянуть в лицо спутнику, но Чезаре поспешно отвернулся.

– Я рад, – заключил Бельтраффио, – что ты любишь его, да, любишь, Чезаре, может быть, сильнее, чем я, – хочешь ненавидеть – и любишь!..

Товарищ медленно обернул к нему лицо свое, бледное, искаженное.

– А ты что думал? Люблю! Мне ли не любить его? Хочу ненавидеть, а должен любить, ибо того, что он сделал в Тайной Вечере, никто, быть может, и он сам, не понимает, как я, – я, злейший враг его!..

И опять засмеялся он своим насильственным смехом:

– А ведь вот подумаешь, не странно ли сердце человеческое создано? Если уж на то пошло, я, пожалуй, скажу тебе правду, Джованни: я все-таки не люблю его, еще более не люблю его, чем тогда!..

– За что?

– А хотя бы за то, что я желаю быть самим собою, – слышишь? – последним из последних, но все же не ухом, не глазом, не пальцем от ноги его! Ученики Леонардо – цыплята в орлином гнезде! Правила науки, ложечки для измерения красок, таблички для носов – пусть этим утешается Марко! Посмотрел бы я, как сам Леонардо со всеми своими правилами создал бы лик Господень! О, конечно, он учит нас, цыплят своих, летать по-орлиному – от доброго сердца, ибо жалеет нас, так же, как слепых щенят дворовой суки, и хромую клячу, и преступника, которого провожает на смертную казнь, чтобы наблюдать за содроганиями мускулов в лице его, и стрекозу осеннюю с крылышками окоченелыми. Избыток благости своей, как солнце, на все изливает... Только, видишь ли, друг, у каждого свой вкус: одному приятно быть замерзшей стрекозой или червяком, которого учитель, подобно св. Франциску, с дороги подняв, на зеленый лист кладет, чтобы прохожие ногой не раздавили. Ну а другому... знаешь, Джованни, лучше бы уж он меня попросту, не мудрствуя, раздавил!..

– Чезаре, – произнес Джованни, – если это так, зачем же ты не уходишь от него?..

– А ты зачем не уходишь? Крылья опалил, как мотылек на свече, а вьешься – лезешь в огонь. Ну так вот, может быть, и я в том же огне хочу сгореть. А впрочем, кто знает? Есть у меня и надежда...

– Какая?

– О, самая пустая, пожалуй, безумная! А все-таки нет-нет да и подумаешь: что, если придет другой, на него непохожий и равный ему, не Перуджино, не Боргоньоне, не Боттичелли, не даже великий Мантенья, – я знаю цену учителю: никто из них ему не страшен, – но еще неведомый? Мне бы только взглянуть на славу другого, только бы напомнить мессеру Леонардо, что и такие насекомые, из милости не раздавленные, как я, могут ему предпочесть другого и уязвить, ибо, несмотря на овечью шкуру, несмотря на жалость и всепрощение, гордыня-то в нем все-таки дьявольская!..

Чезаре не кончил, оборвал, и Джованни почувствовал, что он схватил его за руку дрожащею рукою.

– Я знаю, – произнес Чезаре уже другим, почти робким и молящим, голосом, – я знаю, никогда бы тебе самому это в голову не пришло. Кто сказал тебе, что я люблю его?..

– Он сам, – ответил Бельтраффио.

– Сам? Вот что! – произнес Чезаре в невыразимом смущении. – Так, значит, он думает...

Голос его пресекся.

Они посмотрели друг другу в глаза и вдруг оба поняли, что им более не о чем говорить, что каждый слишком погружен в свои собственные мысли и муки.

Молча, не простившись, расстались они на ближайшем перекрестке.

Джованни продолжал свой путь неверным шагом, опустив голову, ничего не видя, не помня, куда идет, глухими пустырями, между голых лиственниц, по берегу прямого, длинного канала, с тихою, тяжкою, чугунно-черною водою, где ни одна звезда не отражалась, – повторяя с безумным остановившимся взором:

– Двойники... двойники...

XV

В начале марта 1499 года Леонардо неожиданно получил из герцогского казначейства задержанное за два года жалованье.

В это время ходили слухи, будто бы Моро, пораженный известием о заключении против него тройственного союза Венеции, папы и короля, намеревался, при первом появлении французского войска в Ломбардии, бежать в Германию к императору. Желая упрочить за собой верность подданных во время своего отсутствия, герцог облегчал налоги и подати, расплачивался с должниками, осыпал приближенных подарками.

Немного времени спустя удостоился Леонардо нового знака герцогской милости:

«Лудовик Мариа Сфортиа, герцог Медиолана, Леонардуса Квинтия флорентинца, художника знаменитейшего, шестнадцатью пертик земли с виноградником, приобретенным у монастыря Св. Виктора, именуемым Подгородным, что у Верчельских ворот, жалует», – сказано было в дарственной записи.

Художник пошел благодарить герцога. Свидание назначено было

вечером. Но ждать пришлось до поздней ночи, так как Моро завален был делами. Весь день провел он в скучных разговорах с казначеями и секретарями, в проверке счетов за военные припасы, ядра, пушки, порох, в распутывании старых, в изобретении новых узлов той бесконечной сети обманов и предательств, которые нравились ему, когда он был в ней хозяином, как паук в паутине, и в которой теперь он чувствовал себя как пойманная муха.

Окончив дела, пошел в галерею Браманте, над одним из рвов Миланского замка.

Ночь была тихая. Порой лишь слышались звуки трубы, протяжный оклик часовых, железный скрежет ржавой цепи подъемного моста.

Паж Ричардетто принес два факела, вставил их в чугунные подсвечники, вбитые в стену, и подал герцогу золотое блюдце с мелко нарезанным хлебом. Из-за угла, во рву, по черному зеркалу вод, привлекаемые светом факелов, выплыли белые лебеди. Облокотившись на перила, он бросал кусочки хлеба в воду и любовался, как они ловили их, беззвучно рассекая грудью водное стекло.

Маркиза Изабелла д'Эсте, сестра покойной Беатриче, прислала в подарок этих лебедей из Мантуи, с тихих плоскобережных заводей Минчо, обильных камышами и плакучими ивами, – давнишнего приюта лебединых стай.

Моро всегда любил их: но в последнее время еще больше пристрастился к ним и каждый вечер кормил их из собственных рук, что было для него единственным отдыхом от мучительных дум о делах, о войне, о политике, о своих и чужих предательствах. Лебеди напоминали ему детство, когда он так же кормил их, бывало, на сонных, поросших зеленой ряской прудах Виджевано.

Но здесь, во рву Миланского замка, меж грозными бойницами, башнями, пороховыми складами, пирамидами ядер и жерлами пушек – тихие, чистые, белые, в голубовато-серебряном лунном тумане – казались они еще прекраснее. Гладь воды, отразившая небо, под ними была почти невидимой, и, качаясь, скользили они, как видения, со всех сторон окруженные звездами, полные тайны, между двумя небесами – небом вверху и небом внизу, – одинаково чуждые и близкие обоим.

За спиною герцога маленькая дверца скрипнула, и высунулась голова камерьере Пустерло. Почтительно согнувшись, подошел он к Моро и подал бумагу.

– Что это? – спросил герцог.

– От главного казначея, мессера Боргонцо Ботто, счет за военные припасы, порох и ядра. Очень извиняются, что принуждены беспокоить. Но обоз в Мортару выезжает на рассвете...

Моро схватил бумагу, скомкал и швырнул ее прочь:

– Сколько раз говорил я тебе, чтобы ни с какими делами не лезть ко мне после ужина! О Господи, кажется, скоро и ночью в постели не дадут покоя!..

Камерьере, не разгибая спины, пятясь к двери задом, произнес шепотом так, чтобы герцог мог не расслышать, если не захочет:

– Мессер Леонардо.

– Ах да, Леонардо. Зачем ты давно не напомнил? Проси.

И, снова обернувшись к лебедям, подумал:

«Леонардо не помешает».

На желтом, обрюзгшем лице Моро с тонкими, хитрыми и хищными губами выступила добрая улыбка.

Когда в галерею вошел художник, герцог, продолжая кидать кусочки хлеба, перевел на него ту самую улыбку, с которой смотрел на лебедей.

Леонардо хотел преклонить колено, но герцог удержал его и поцеловал в голову.

– Здравствуй. Давно мы с тобой не видались. Как поживаешь, друг?

– Я должен благодарить вашу светлость...

– Э, полно! Таких ли даров ты достоин? Вот ужо дай срок, я сумею наградить тебя по заслугам.

Вступив в беседу с художником, он расспрашивал его о последних работах, изобретениях и замыслах, нарочно таких, которые казались герцогу самыми невозможными, сказочными, – о подводном колоколе, лыжах для хождения по морю, как посуху, о человеческих крыльях. Когда же Леонардо наводил речь на дела – укрепления замка, канал Мартезану, отливку памятника, – тотчас уклонялся от разговора с брезгливым скучающим видом.

Вдруг, о чем-то задумавшись, как это последнее время с ним часто бывало, умолк и понурил голову с таким отчужденным, сосредоточенным выражением, точно забыл о собеседнике.

Леонардо стал прощаться.

– Ну, с Богом, с Богом! – кивнул ему головою герцог рассеянно.

Но когда художник был уже в дверях, окликнул его, подошел, положил ему обе руки на плечи и заглянул в глаза печальным долгим взором.

– Прощай, – молвил он, и голос его дрогнул, – прощай, мой Леонардо! Кто знает, свидимся ли еще наедине?..

– Ваше высочество покидает нас?

Моро тяжело вздохнул и ничего не ответил.

– Так-то, друг, – продолжал он, помолчав. – Вот ведь шестнадцать лет прожили вместе, и ничего я от тебя, кроме хорошего, ну, да и ты от меня, кажется, дурного не видал. Пусть люди говорят что угодно, – а в будущих веках кто назовет Леонардо, тот и герцога Моро помянет добром!

Художник, не любивший чувствительных излияний, проговорил единственные слова, которые хранил в своей памяти для тех случаев, когда требовалось от него придворное красноречие:

– Синьор, я бы хотел иметь больше, чем одну жизнь, чтобы отдать их все на служение вашей светлости.

– Верю, – произнес Моро. – Когда-нибудь и ты вспомнишь обо мне и пожалеешь...

Не кончил, всхлипнул, крепко обнял и поцеловал его.

– Ну, дай тебе Бог, дай тебе Бог!

Когда Леонардо удалился, Моро долго еще сидел в галерее Браманте, любуясь лебедями, и в душе его было чувство, которого не сумел бы он выразить словами. Ему казалось, что в темной, может быть, преступной жизни его Леонардо был подобен этим белым лебедям, в черной воде, во

212

рву Миланской крепости, меж грязными бойницами, башнями, пороховыми складами, пирамидами ядер и жерлами пушек, – такой же бесполезный и прекрасный, такой же чистый и девственный.

В безмолвии ночи слышалось только падение медленных капель смолы с догорающих факелов. В их розовом свете, сливавшемся со светом голубой луны, плавно качаясь, дремали, полные тайны, окруженные звездами, как видения, между двумя небесами – небом вверху и небом внизу, одинаково чуждые и близкие обоим, лебеди со своими двойниками в темном зеркале воды.

XVI

От герцога, несмотря на поздний час ночи, Леонардо пошел в монастырь Сан-Франческо, где находился больной ученик его, Джованни Бельтраффио. Четыре месяца назад, вскоре после разговора с Чезаре о двух изображениях лика Господня, заболел он горячкою.

То было в двадцатых числах декабря 1498 года. Однажды, навестив прежнего учителя своего, фра Бенедетто, Джованни застал у него гостя из Флоренции, доминиканского монаха фра Паоло. По просьбе Бенедетто и Джованни он рассказал им о смерти Савонаролы.

Казнь была назначена на 23 мая 1498 года, в девять часов утра, на площади Синьории, перед палаццо Веккио, там же, где происходило сожжение сует и огненный поединок.

В конце длинных мостков был разложен костер; над ним стояла виселица – толстое бревно, вбитое в землю, с поперечною перекладиною, с тремя петлями и железными цепями. Вопреки усилиям плотников, долго возившихся с поперечной перекладиною, то укорачивавших, то удлинявших ее, виселица имела вид Креста.

Такая же несметная толпа, как в день поединка, кишела на площади, в окнах, лоджиях и на крышах домов.

Из дверей палаццо вышли осужденные: Джироламо Савонарола, Доминико Буонвиничи и Сильвестро Маруффи.

Сделав несколько шагов по мосткам, остановились перед трибуной епископа Вазонского, посланника папы Александра VI. Епископ встал, взял брата Джироламо за руку и проговорил слова отлучения нетвердым голосом, не подымая глаз на Савонаролу, который смотрел ему прямо в лицо. Последние слова произнес неверно:

– Separo te ab Ecclesia militante atque triumphante. Отлучаю тебя от Церкви, воинствующей и торжествующей.

– Militante, non triumphante, hoc enim tum non est. От воинствующей, не торжествующей, сие не во власти твоей, – поправил его Савонарола.

С отлученных сорвали одежды, оставили их полунагими, в исподних рубахах, – и они продолжали путь, еще дважды останавливаясь перед трибуною апостолических комиссаров, которые прочли решение церковного суда, и перед трибуною Восьми Мужей Флорентинской республики, объявивших смертный приговор от лица народа.

Во время этого последнего пути фра Сильвестро едва не упал, оступившись; Доминико и Савонарола тоже споткнулись; впоследствии оказалось, что уличные шалуны, солдаты бывшего Священного Воинства маленьких инквизиторов, забравшись под мостки, просунули колья между досками, чтобы ранить ноги шедшим на смертную казнь.

Фра Сильвестро Маруффи, юродивый, первый должен был взойти на виселицу. Сохраняя бессмысленный вид, как будто не сознавая, что с ним происходит, взобрался он по ступеням. Но когда палач накинул ему петлю на шею, уцепился за лестницу, поднял глаза к небу и воскликнул:

– В руки Твои, Господи, предаю дух мой!

Потом сам, без помощи палача, разумным, бесстрашным движением соскочил с лестницы.

Фра Доминико, ожидая очереди, переминался с ноги на ногу, в радостном нетерпении, и, когда ему подали знак, устремился к виселице с такою улыбкою, как будто шел прямо в рай.

Труп Сильвестро висел на одном конце перекладины, на другом – Доминико. Среднее место ожидало Савонаролу.

Взойдя по лестнице, остановился он, опустил глаза и взглянул на толпу.

Наступила тишина, точно такая же, как бывало в соборе Марии делле Грацие перед проповедью. Но когда продел он голову в петлю, кто-то крикнул:

– Сделай чудо, пророк!

Никто не понял, была ли это насмешка или крик безумной веры.

Палач столкнул его с лестницы.

Старичок ремесленник, с кротким, набожным лицом, в течение нескольких часов сторожеивший у костра, – только что брат Джироламо повис, поспешно перекрестился и сунул горящий факел в дрова, с теми самыми словами, с которыми некогда Савонарола зажег костер сует и анафем:

– Во имя Отца, и Сына, и Духа Святого!

Пламя вспыхнуло. Но ветер отклонил его в сторону. Толпа всколыхнулась. Давя друг друга, люди побежали, объятые ужасом. Послышались крики:

– Чудо! Чудо! Чудо! Не горят!

Ветер стих. Пламя вновь поднялось и охватило трупы. Веревка, которой связаны были руки брата Джироламо, истлела, – они развязались, упали, как будто зашевелились в огне, и многим почудилось, что он в последний раз благословил народ.

Когда костер потух и остались только обугленные кости да клочья мяса на железных цепях, ученики Савонаролы протиснулись к виселице, желая собрать останки мучеников. Стражи отогнали их, свалили пепел на телегу и отвезли на Понте Веккьо, чтобы бросить в реку. Но по дороге «плаксы» успели похитить щепотки пепла и частицы будто бы не сгоревшего сердца Савонаролы.

Окончив рассказ, фра Паоло показал своим слушателям ладанку с пеплом. Фра Бенедетто долго целовал ее и обливал слезами.

Оба монаха пошли ко всенощной. Джованни остался один.

Вернувшись, они нашли его лежащим в беспамятстве на полу перед Распятием; в окоченелых пальцах сжимал он ладанку.

В течение трех месяцев Джованни был между жизнью и смертью. Фра Бенедетто ни на минуту не отходил от него.

Часто, в безмолвии ночей, сидя у изголовья больного и прислушиваясь к бреду его, ужасался.

Джованни бредил Савонаролою, Леонардо да Винчи и Божьей Матерью, которая, черта пальцем на песке пустыни геометрические фигуры, учит Младенца Христа законам вечной необходимости.

«О чем Ты молишься? – повторял больной с невыразимой тоской. – Или не знаешь, что нет чуда, не может чаша сия пройти мимо Тебя, так же как не может не быть прямая кратчайшим расстоянием между двумя точками!»

Его мучило также другое видение – два лика Господня, противоположные и подобные, как двойники: один, полный человеческим страданием и немощью, – лик Того, Кто на вержении камня молился о чуде; другой лик страшного, чуждого, всемогущего и всезнающего, Слова, ставшего плотью, – Первого Двигателя. Они обращены были друг к другу, как в поединке два вечных противника. И между тем как Джованни вглядывался в них, – лик смиренного, скорбного темнел, искажался, превращаясь в демона, которого некогда Леонардо изобразил в карикатуре на Савонаролу, и, обличая Двойника своего, называл его Антихристом.................................. ....

Фра Бенедетто спас жизнь Бельтраффио. В начале июня 1499 года, когда он поправился настолько, что мог ходить, – несмотря на все мольбы и увещания монаха, вернулся Джованни в мастерскую Леонардо.

В конце июля того же года войско французского короля Людовика XII, под начальством сеньоров Обиньи, Луи Люксембурга и Джан-Джакопо Тривульцио, перевалив через Альпы, вступило в Ломбардию.

Книга X
ТИХИЕ ВОЛНЫ
I

Обитая железом маленькая дверь в северо-западной башне Рокетты вела в подвал, уставленный дубовыми сундуками, – казнохранилище герцога Моро. Над этой дверью, в неоконченных фресках Леонардо, изображен был бог Меркурий, подобный грозному ангелу. Ночью 1 сентября 1499 года придворный казначей Амброджо да Феррари и управитель герцогских доходов Боргонцо Ботто с помощниками вынимали из этого подвала деньги, жемчуг, который, как зерно, черпали ковшами, и другие драгоценности, складывали в кожаные мешки и запечатывали; слуги выносили их в сад и навьючивали на мулов. Двести сорок мешков были наполнены; тридцать мулов навьючены – а заплывшие огарки все еще озаряли в глубине сундуков груды червонцев.

Моро сидел у входа в казнохранилище за письменным поставцом, заваленным счетными книгами, и, не обращая внимания на работу казначеев, бессмысленным взором смотрел на пламя свечи.

С того дня, как получил весть о бегстве главного полководца своего, синьора Галеаццо Сансеверино, и о приближении французов к Милану, погрузился он в это странное оцепенение.

Когда все драгоценности были вынесены из подвалов, казначей спросил его, желает ли он взять с собою или оставить золотую и серебряную посуду. Моро посмотрел на него, нахмурившись, как бы напрягая мысль, чтобы понять, о чем он говорит; он тотчас отвернулся, махнул рукой и снова устремил неподвижный взор на пламя свечи. Когда мессер Амброджо повторил вопрос, герцог уже не расслышал вовсе. Казначеи ушли, так и не добившись ответа. Моро остался один.

Старый камерьере Мариоло Пустерло доложил о приходе нового начальника крепости, Бернардино да Корте. Моро провел рукой по лицу, встал и проговорил:

– Да, да, конечно, прими!

Питая недоверие к потомкам знатных родов, любил он создавать людей из ничего, первых делать последними, последних – первыми. Среди вельмож его были дети истопников, огородников, поваров, погонщиков мулов. Бернардино, сын придворного лакея, впоследствии кухонного счетовода, в молодости сам носил ливрею. Моро возвысил его до первых должностей государственных и теперь оказывал ему величайшее доверие, поручал защиту Миланского замка, последней твердыни своего могущества в Ломбардии.

Герцог милостиво принял нового префекта, усадил, развернул перед ним планы замка и начал объяснять военные знаки для переговоров крепостного отряда с жителями города: необходимость скорой помощи обозначали: днем – кривой садовый нож, ночью – три зажженные факела, показанные с главной башни замка; измену солдат – белая простыня, вывешенная на башне Боны Савойской; недостаток пороха – стул, спущенный на веревке из бойницы, недостаток вина – женская юбка, хлеба – мужские штаны из черной фустаньи, врача – глиняный ночной горшок.

Моро сам изобрел эти знаки и простодушно утешался ими, как будто в них заключалась теперь вся надежда на спасение.

– Помни, Бернардино, – заключил он, – все предусмотрено, всего у тебя вдоволь: денег, пороха, съестных припасов, огнестрельных орудий; трем тысячам наемников заплачено вперед; в руках твоих крепость, которая могла бы выдержать осаду в течение трех лет, но я прошу только о трех месяцах, и, если не вернусь к тебе на выручку, – делай, что знаешь... Ну, теперь, кажется, все. Прощай. Господь да сохранит тебя, сын мой!

Он обнял его на прощание.

Когда префект ушел, Моро велел пажу постлать походную постель, помолился, лег, но не мог уснуть. Опять зажег свечу, вынул из дорожной сумки пачку бумаг и отыскал стихотворение соперника Беллинчони, некоего Антонио Камелли да Пистойя, изменившего герцогу, своему благодетелю, и бежавшего к французам. В стихотворении изображалась война Моро с Францией под видом борьбы крылатой Змеи Сфорца с древним галльским Петухом:

Борьбу я вижу Петуха и Змея:

Вцепилися друг в друга, вьются клубом;

Уж выщербил Петух Дракону глаз,

Змей хочет взвиться и не может.

Когтями рот ему зажал Петух,

И корчится Змея от боли.

Издохнет гад, и воцарится Галл;

И тем, кто мнил себя превыше неба,
Побрезгуют не только люди – звери
И падалью питающийся ворон.
Всегда он трусом был, но лишь в раздорах наших
Казалось мужественным сердце труса.

За то, что ты врагов в отечество призвал,
Похитил власть, племянника ограбив,
О Моро, Бог тебя бедою поразил,
Для коей нет врача иного, кроме смерти;
И если своего ты счастья не забыл,
Теперь ты знаешь, Лодовико,
Как тех страдание велико,
Кто говорит: я счастлив был!

Грустное и в то же время почти сладостное чувство обиды было в сердце Моро. Он вспомнил недавние раболепные гимны того же самого Антонио Камелли да Пистойя:

Кто видит славу Моро, каменеет
В священном ужасе, как от лица Медузы.
Владыка мира и войны,
Одной ногой ты попираешь небо,
Другою – землю.
Тебе, о герцог наш, поднять довольно палец,
Чтоб повернуть весь мир;
Ты первый, после Бога, правишь
Рулем вселенной, колесом Фортуны.

Было за полночь. Пламя догоревшей свечи трепетало, потухая, когда герцог все еще ходил взад и вперед по сумрачной башне Сокровищницы. Он думал о своих страданиях, о несправедливости судьбы, о неблагодарности людей.

«Что я им сделал? За что они возненавидели меня? Говорят: злодей, убийца. Но ведь тогда и Ромул, умертвивший брата, и Цезарь, и Александр, все герои древности – только убийцы и злодеи! Я хотел им дать новый век золотой, какого народы не видели со времени Августа, Траяна и Антонина. Еще бы немного – и под моею державою в объединенной Италии расцвели бы древние лавры Аполлона, оливы Паллады, наступило бы царство вечного мира, царство божественных Муз. Первый из государей, я искал величия не в кровавых подвигах, а в плодах золотого мира – в просвещении. Браманте, Пачили, Карадоссо, Леонардо и сколько других! В отдаленнейшем потомстве, когда суетный шум оружия умолкнет, имена их будут звучать вместе с именем Сфорца. И то ли бы еще я сделал, на такую ли бы высоту вознес бы, новый Перикл, мои новые Афины, если бы не это дикое полчище северных варваров!.. За что, за что же, Господи?»

Опустив голову на грудь, он повторил стихи поэта:
Теперь ты знаешь, Лодовико,
Как тех страдание велико,
Кто говорит: я счастлив был!

Пламя в последний раз вспыхнуло, озарило своды башни, бога Меркурия над дверью казнохранилища – и потухло. Герцог вздрогнул, ибо угасание догоревшей свечи было дурною приметою. В темноте, ощупью, чтобы не будить Ричардетто, он подошел к постели, разделся, лег и на этот раз тотчас уснул.

Ему приснилось, будто бы стоит он на коленях перед мадонною Беатриче, которая, только что узнав о любовном свидании мужа с Лукрецией, ругает и бьет его по щекам. Ему больно, но не обидно; он рад, что она опять жива и здорова. Покорно подставляя лицо свое под удары, ловит он ее маленькие смуглые ручки, чтобы припасть к ним губами, и плачет от любви, от жалости к ней. Но вдруг перед ним – уже не Беатриче, а бог Меркурий, тот самый, что изображен на фреске Леонардо над железной дверью, подобный грозному ангелу. Бог схватил его за волосы и кричит: «Глупый! глупый! на что ты надеешься? Думаешь, помогут тебе твои хитрости, спасут от кары Господней, убийца!»

Когда он проснулся, свет утра брезжил в окнах. Рыцари, вельможи, ратные люди, немецкие наемники, которые должны были сопровождать его в Германию, – всего около трех тысяч всадников – ожидали выхода герцога на главной аллее парка и на большой дороге к северу – к Альпам.

Моро сел на коня и поехал в монастырь делле Грацие последний раз помолиться над гробом жены.

С первыми лучами солнца печальный поезд тронулся в путь.

II

Вследствие осенней непогоды, испортившей дороги, путешествие затянулось более чем на две недели.

Восемнадцатого сентября, поздно вечером, на одном из последних переходов, герцог, больной и усталый, решил переночевать на высоте в пещере, служившей приютом пастухов. Нетрудно было найти более спокойное и удобное убежище, но он выбрал нарочно это дикое место для свидания с отправленным к нему послом императора Максимилиана.

Костер озарял сталактиты в нависших сводах пещеры. На походном вертеле жарились фазаны для ужина. Герцог сидел на походном ременчатом стуле, закутанный, с грелкой в ногах. Рядом, ясная и тихая, как всегда, с домашним хозяйственным видом, мадонна Лукреция приготовляла полоскание от зубной боли, собственного изобретения, из вина, перца, гвоздики и других крепких пряностей: у герцога болели зубы.

– Так-то, мессер Одоардо, – говорил он послу императора, не без тайного самодовольства утешаясь величием собственных бедствий, – вы можете передать государю, где и как встретили вы законного герцога Ломбардии!

Он был в одном из тех припадков внезапной болтливости, которые теперь иногда овладевали им после долгого молчания и оцепенения.

– Лисицы имеют норы, птицы – гнезда, я же не имею места, где приклонить голову! Корио, – обратился он к придворному летописцу, – когда будешь составлять хронику, упомяни и об этом ночлеге в пастушьем вертепе – последнем убежище потомка великих Сфорца, из рода троянского героя Англа, Энеева спутника!

– Синьор, ваши несчастья достойны пера нового Тацита! – заметил Одоардо.

Лукреция подала герцогу зубное полоскание. Он взглянул на нее и залюбовался. Бледная, свежая, в розовом отблеске пламени, с черными

218

гладкими начесами волос на ушах, с бриллиантом на тонкой нити фероньеры посредине лба, смотрела она на него с улыбкой материнской нежности, немного исподлобья, своими внимательными, строгими и важными, как у детей, невинными глазами.

«О милая! Вот кто не предаст, не изменит», – подумал герцог и, окончив полоскание, молвил:

– Корио, запиши: в горниле великих страданий познается истинная дружба, как золото в огне.

Карлик-шут Янаки подошел к Моро.

– Куманек, а куманек! – заговорил он, усаживаясь в ногах его и дружески хлопая герцога по колену. – Чего ты нос повесил, как мышь на крупу надулся? Брось, право, брось! От всякого горя, кроме смерти, есть лекарство. И то сказать: лучше быть живым ослом, чем мертвым государем. Седла! – закричал он вдруг, указывая на кучу сбруи, лежавшей на полу. – Куманек, посмотри-ка: ослиные седла!

– Чему же ты обрадовался? – спросил герцог.

– Старая басенка, Моро! Не мешало бы и тебе напомнить. Хочешь, расскажу?

– Расскажи, пожалуй!..

Карлик привскочил, так что все бубенчики на нем зазвенели, и помахал шутовской палкой, на конце которой висел пузырь, наполненный сухим горохом.

– Жил да был у короля неаполитанского Альфонсо живописец Джотто. Однажды приказал ему государь изобразить свое королевство на стене дворца. Джотто написал осла, который, имея на спине седло с государственным гербом – золотой короной и скипетром, обнюхивает другое, новое седло, лежащее у ног его, с таким же точно гербом. «Что это значит?» – спросил Альфонсо. «Это ваш народ, государь, который, что ни день, то желает себе нового правителя», – ответил художник... Вот тебе и вся моя сказочка, куманек. Хоть я и дурак, а слово мое верно: французское седло, что€ нынче миланцы обнюхивают, скоро им спину натрет, – дай только ослику вволю натешиться, и старое опять покажется новым, новое – старым.

– Stulti aliquando sapientes. Глупые иногда мудры, – с грустной усмешкой молвил герцог. – Корио, запиши...

Но на этот раз не суждено ему было произнести достопамятного изречения: у входа в пещеру послышалось фырканье лошади, топот копыт, заглушенные голоса. Вбежал камерьере Мариоло Пустерло с испуганным лицом и что-то прошептал на ухо главному секретарю, Бартоломео Калько.

– Что случилось? – спросил Моро.

Все притихли.

– Ваше высочество... – молвил секретарь, но голос его дрогнул, и, не кончив, он отвернулся.

– Синьоре, – произнес Луиджи Марлиани, подходя к Моро, – Господь да сохранит вашу светлость! Будьте готовы ко всему: недобрые вести...

– Говорите, говорите скорее! – воскликнул Моро и вдруг побледнел.

У входа в пещеру, среди солдат и придворных, увидел он человека в кожаных высоких сапогах, забрызганного грязью. Все расступились молча. Герцог оттолкнул от себя мессера Луиджи, бросился к вестнику, вырвал у него из рук письмо, распечатал, пробежал, вскрикнул и повалился навзничь. Пустерло и Марлиани едва успели его поддержать.

Боргонцо Ботто извещал Моро о том, что семнадцатого сентября, в день св. Сатира, изменник Бернардино да Корте сдал Миланский замок маршалу французского короля, Джан-Джакопо Тривульцио.

Герцог любил и умел падать в обморок. Он иногда пользовался этим средством как дипломатической хитростью. Но на этот раз обморок был непритворный.

Долго не могли привести его в чувство. Наконец он открыл глаза, вздохнул, приподнялся, набожно перекрестился и проговорил:

– От Иуды до наших дней не было большего предателя, чем Бернардино да Корте!

И более в этот день не произнес ни слова.

Несколько дней спустя, в городе Инсбруке, где император Максимилиан милостиво принял Моро, в поздний час ночи, наедине с главным секретарем Бартоломео Калько, расхаживая по одному из покоев во дворце кесаря, герцог сочинял, а мессер Бартоломео записывал доверительные грамоты двум послам, которых тайно отправлял Моро в Константинополь к турецкому султану.

Лицо старого секретаря ничего не выражало, кроме внимания. Перо послушно бегало по бумаге, едва поспевая за быстрою речью герцога.

– Пребывая постоянно твердым и неизменным в добрых намерениях и расположении к вашему величеству, а ныне, особливо, для возвращения нашего государства, на великодушную помощь повелителя Оттоманской империи уповая, решили мы послать трех гонцов тремя различными путями, дабы по крайней мере один из них исполнил наши поручения...

Далее герцог жаловался султану на папу Александра VI:

– Папа, будучи по природе своей коварным и злым...

Бесстрастное перо секретаря остановилось. Он поднял брови, сморщил кожу на лбу и переспросил, думая, что ослышался:

– Папа?

– Ну да, да. Пиши скорее.

Секретарь еще ближе наклонил голову к бумаге, и снова перо заскрипело.

– Папа, будучи, как известно вашему величеству, по природе своей коварным и злым, побудил французского короля к походу на Ломбардию.

Описывались победы французов:

– Получив об этом известие, объяты были мы страхом, – признавался Моро, – и почли за благо удалиться к императору Максимилиану в ожидании помощи вашего величества. Все предали и обманули нас, но более всех Бернардино...

При этом имени голос его задрожал.

– Бернардино да Корте – змей, отогретый у сердца нашего, раб, осыпанный милостями и щедротами нашими, который продал нас, как Иуда... Впрочем, нет, погоди, об Иуде не надо, – спохватился Моро, вспомнив, что пишет неверному турку.

Изобразив свои бедствия, умолял он султана напасть на Венецию с моря и суши, обещая верную победу и уничтожение исконного врага Оттоманской империи, республики Сан-Марко.

– И да будет вам известно, – заключал он послание, – что в сей войне, как во всяком ином предприятии, все, что мы имеем, принадлежит вашему величеству, которое едва ли найдет в Европе более сильного и верного союзника.

Он подошел к столу, что-то хотел прибавить, но махнул рукой и опустился в кресло.

Бартоломео посыпал из песочницы последнюю невысохшую страницу. Вдруг поднял глаза и посмотрел на государя: герцог, закрыв лицо руками, плакал. Спина, плечи, пухлый двойной подбородок, синеватые бритые щеки, гладкая прическа – ца?ккера беспомощно вздрагивали от рыданий.

– За что, за что? Где же правда Твоя, Господи?

Обратив к секретарю сморщенное лицо, напоминавшее в это мгновение лицо слезливой старой бабы, он пролепетал:

– Бартоломео, я тебе верю: ну скажи, по совести, прав ли я или не прав?

– Ваша светлость разумеет турецкое посольство?

Моро кивнул головой. Старый политик задумчиво поднял брови, выпятил губы и сморщил кожу на лбу.

– Конечно, с одной стороны, с волками жить – по-волчьи выть, ну а с другой... осмелюсь доложить вашему высочеству: если бы подождать?..

– Ни за что! – воскликнул Моро. – Довольно я ждал! Я покажу им, что миланского герцога они из игры, как ненужную пешку, не вышвырнут, потому что, – видишь ли, друг мой, – когда правый обижен, как я, кто дерзнет судить его, ежели обратится он за помощью не только к Великому Турку, но к самому дьяволу?

– Ваше высочество, – вкрадчиво молвил секретарь, – не должно ли опасаться, что нашествие турок на Европу может иметь последствия неожиданные... например, для церкви христианской?

– О, Бартоломео, неужели ты думаешь, что я этого не предвидел? Лучше согласился бы я тысячу раз умереть, чем причинить какой-либо вред святой нашей матери церкви. Сохрани меня Боже! Ты еще не знаешь всех моих замыслов, – прибавил он с прежнею хитрою и хищною усмешкою. – Погоди, ужо такую кашу заварим, такими сетями врагов оплетем, что свету Божьего не взвидят! Одно скажу тебе: Великий Турок – только орудие в руках моих. Придет пора – и мы уничтожим его, нечестивую секту Магомета истребим, Гроб Господень от ига неверных освободим!..

Ничего не ответив, Бартоломео уныло потупил глаза.

«Плох, – подумал он, – совсем плох! Замечтался. Какая уж тут политика!»

Долго в эту ночь с горячею верою и надеждой на помощь Великого Турка молился герцог перед своей любимой иконой работы Леонардо да Винчи, где Матерь Господа изображена была под видом прекрасной наложницы Моро, графини Чечилии Бергамини.

III

Дней за десять до сдачи Миланского замка маршал Тривульцио, при радостных кликах народа: «Франция! Франция!» и звоне колоколов, въехал в Милан как в завоеванный город.

Въезд короля назначен был на шестое октября. Граждане готовили торжественную встречу.

Для праздничного шествия торговые синдики извлекли из соборной ризницы двух ангелов, которые, пятьдесят лет назад, еще во времена Амброзианской Республики, изображали гениев народной свободы. Ветхие пружины, приводившие в движение позолоченные крылья, ослабели. Синдики отдали их починить бывшему герцогскому механику Леонардо да Винчи.

В это время Леонардо занят был изобретением новой летательной машины. Однажды, ранним, еще темным утром, сидел он за чертежами и математическими выкладками. Легкий камышовый остов крыльев, обтянутый тафтою, подобной перепонке, напоминал не летучую мышь, как прежняя машина, а исполинскую ласточку. Одно из крыльев было готово и, тонкое, острое, необычайно прекрасное, вздымалось от полу до потолка, а внизу, в тени его, Астро копошился, поправляя сломанные пружины у двух деревянных ангелов Миланской Коммуны.

На этот раз Леонардо решил как можно ближе следовать строению тел пернатых, в котором сама природа дает человеку образец летательной машины. Он все еще надеялся разложить чудо полета на законы механики. По-видимому, все, что можно было знать, – он знал и, однако, чувствовал, что есть в полете тайна, ни на какие законы механики не разложимая. Опять, как в прежних попытках, подходил к тому, что отделяет создание природы от дела рук человеческих, строение живого тела от мертвой машины, и ему казалось, что он стремится к невозможному.

– Ну, слава Богу, кончено! – воскликнул Астро, заводя пружины.

Ангелы замахали тяжелыми крыльями. В комнате пронеслось дуновение – и тонкое, легкое крыло исполинской ласточки зашевелилось, зашелестело, как живое. Кузнец взглянул на него с невыразимой нежностью.

– Времени-то сколько даром на этих болванов ушло! – проворчал он, указывая на ангелов. – Ну да уж теперь, воля ваша, мастер, а я не выйду отсюда, пока не кончу крыльев. Пожалуйте чертеж хвоста.

– Не готов еще, Астро. Погоди, надо обдумать.

– Как же, мессере? Вы третьего дня обещали...

– Что делать, друг! Ты знаешь, хвост нашей птицы – вместо руля. Тут, ежели самая малая ошибка, – все пропало.

– Ну-ну, хорошо, вам лучше знать. Я подожду, а пока второе крыло...

– Астро, – молвил учитель, – ты бы подождал. А то я боюсь, как бы чего-нибудь опять изменить не пришлось...

Кузнец не ответил. Бережно поднял он и стал поворачивать камышовый остов, затянутый переплетом бечевок из воловьих жил. Потом, вдруг обернувшись к Леонардо, произнес глухим, дрогнувшим голосом:

– Мастер, а мастер, вы на меня не сердитесь, но ежели опять вы с вашими вычислениями до того дойдете, что и на этой машине нельзя будет лететь, – я все-таки полечу, назло вашей механике полечу, – да, да, не могу я дольше терпеть, сил моих нет! Потому что я знаю: если и на этот раз...

Не кончил и отвернулся. Леонардо внимательно посмотрел на его широкоскулое, тупое и упрямое лицо, в котором была неподвижность единой, безумной и всепоглощающей мысли.

– Мессере, – заключил Астро, – скажите лучше прямо, полетим мы или не полетим?

Такой страх и такая надежда была в словах его, что Леонардо не имел духа сказать правду.

– Конечно, – ответил он, потупившись, – знать нельзя, пока не сделаем опыта; но думаю, Астро, что полетим...

– Ну и довольно, довольно! – с восторгом замахал руками кузнец. – Слышать больше ничего не хочу! Если уж и вы говорите, что полетим, – значит, полетим!

Он, видимо, хотел удержаться, но не мог и рассмеялся счастливым, детским смехом.

– Чего ты? – удивился Леонардо.

– Простите, мессере. Я все мешаю вам. Ну да уж в последний раз, – больше не буду... Верите ли, как вспомню о миланцах, о французах, о герцоге Моро, о короле, так вот меня разбирает, – и смешно, и жалко: копошатся, бедненькие, дерутся и ведь тоже, поди, думают, – великие дела творят, – черви ползучие, козявки бескрылые! И никто-то из них не ведает, какое чудо готовится. Вы только представьте себе, мастер, как выпучат они глаза, рты разинут, когда увидят крылатых, летящих по воздуху. Ведь это уже не деревянные ангелы, что крыльями машут на потеху черни! Увидят и не поверят. Боги, подумают. Ну то есть меня-то, пожалуй, за бога не примут, скорее за черта, а вот вы с крыльями воистину будете как бог. Или, может быть, скажут – Антихрист. И ужаснутся, падут и поклонятся вам. И сделаете вы с ними, что хотите. Я так полагаю, учитель, что тогда уже не будет ни войн, ни законов, ни господ, ни рабов, – все переменится, наступит все новое, такое, о чем мы теперь и подумать не смеем. И соединятся народы, и, паря на крыльях, подобно ангельским хорам, воспоют единую осанну... О, мессер Леонардо! Господи! Господи! Да неужели вправду?..

Он говорил точно в бреду.

«Бедный! – подумал Леонардо. – Как верит! Чего доброго, в самом деле с ума сойдет. И что мне с ним делать? Как ему правду сказать?»

В это мгновение в наружную дверь дома раздался громкий стук, потом голоса, шаги и, наконец, такой же стук в запертые двери мастерской.

– Кого еще нелегкая несет? Нет на них погибели! – злобно проворчал кузнец. – Кто там? Мастера видеть нельзя. Уехал из Милана.

– Это я, Астро! Я – Лука Пачоли. Ради Бога, отопри скорее!

Кузнец отпер и впустил монаха.

– Что с вами, фра Лука? – спросил художник, вглядываясь в испуганное лицо Пачоли.

– Не со мной, мессер Леонардо, – впрочем, да, и со мной, но об этом после, а теперь... О, мессер Леонардо!.. Ваш Колосс... гасконские арбалетчики, – я только что из Кастелло, собственными глазами видел, – французы вашего Коня разрушают... Бежим, бежим скорее!

– Зачем? – спокойно возразил Леонардо, только лицо его слегка побледнело. – Что мы можем сделать?

– Как – что? Помилуйте! Не будете же вы тут сидеть сложа руки, пока величайшее произведение ваше погибает. У меня есть лазейка к сиру де ла

Тремуйлю. Надо хлопотать...

– Все равно не успеем, – проговорил художник.

– Успеем, успеем! Мы напрямик, огородами, через плетень. Только скорее!

Увлекаемый монахом, Леонардо вышел из дома, и они пустились почти бегом к Миланскому замку.

По дороге фра Лука рассказал ему о своем собственном горе: накануне ночью ландскнехты разграбили погреб каноника Сан-Симпличано, где жил Пачоли, – перепились, начали буйствовать и, между прочим, найдя в одной из келий хрустальные изображения геометрических тел, приняли их за дьявольские выдумки черной магии, за «кристаллы гадания», и разбили вдребезги.

– Ну что им сделали, – сетовал Пачоли, – что им сделали мои невинные хрусталики?

Вступив на площадь Замка, увидели они у главных Южных ворот, на подъемном мосту Баттипонте, у башни Торре дель Филарете молодого французского щеголя, окруженного свитой.

– Мэтр Жиль! – воскликнул фра Лука и объяснил Леонардо, что этот мэтр Жиль птичник, так называемый «свистун рябчиков», учивший пению, говору и прочим хитростям чижей, попугаев, дроздов его христианнейшего величества, короля французского, – лицо при дворе немаловажное. Ходили слухи, что во Франции под дудку мэтра Жиля пляшут не одни сороки. Пачоли давно уже собирался преподнести ему свои сочинения – «Божественную Пропорцию» и «Сумму Арифметики» – в роскошных переплетах.

– Пожалуйста, не беспокойтесь обо мне, фра Лука, – сказал Леонардо. – Ступайте к мэтру Жилю: я и один сумею сделать все, что нужно.

– Нет, к нему потом, – проговорил Пачоли в смущении. – Или вот что, знаете? Мигом слетаю к мэтру Жилю, только расспрошу, куда он едет, – и тотчас к вам. А вы пока прямо к сиру де ла Тремуйлю...

Подобрав полы коричневой ряски, юркий монах засеменил босыми ножками в дробно стукающих цоколях и побежал вприпрыжку за свистуном королевских рябчиков.

Через подъемные ворота Баттипонте вступил Леонардо на Марсово Поле – внутренний двор Миланского замка.

IV

Утро было туманное. Огни костров догорали. Площадь и окрестные здания, загроможденные пушками, ядрами, лагерным скарбом, кулями овса, ворохами соломы, кучами навоза, превращены были в одну огромную казарму, конюшню и кабак. Вокруг походных лавок и кухонных вертелов, бочек, полных и пустых, опрокинутых, служивших игорными столами, слышались крики, хохот, клятвы, разноязычная брань, богохульства и пьяные песни. Порою все затихало, когда проходили начальники; трещал барабан, играли медные трубы рейнских и швабских ландскнехтов, заливались пастушьими унылыми звуками альпийские роги наемников из вольных кантонов Ури и Унтервальдена.

Пробравшись на середину площади, художник увидел своего Колосса почти нетронутым.

Великий герцог, завоеватель Ломбардии, Франческо-Аттендоло Сфорца, с лысой головой, похожей на голову римского императора, с выражением львиной мощи и лисьей хитрости, по-прежнему сидел на коне, который взвился на дыбы, попирая копытами павшего воина.

Швабские аркебузники, граубюндские стрелки, пикардийские пращники, гасконские арбалетчики толпились вокруг изваяния и кричали, плохо разумея друг друга, дополняя слова телодвижениями, по которым Леонардо понял, что речь идет о предстоявшем состязании двух стрелков, немца и француза. Они должны были стрелять по очереди на расстоянии пятидесяти шагов, выпив четыре кружки крепкого вина. Мишенью служила родинка на щеке Колосса.

Отмерили шаги и бросили жребий, кому стрелять первому. Маркитантка нацедила вина. Немец выпил, не переводя духу, одну за другой, четыре условленных кружки, отошел, прицелился, выстрелил и промахнулся. Стрела оцарапала щеку, отбила край левого уха, но родинки не задела.

Француз приложил к плечу арбалет, когда в толпе произошло движение. Солдаты расступились, пропуская поезд пышных герольдов, сопровождавших рыцаря. Он проехал, не обратив внимания на потеху стрелков.

– Кто это? – спросил Леонардо стоявшего рядом пращника.

– Сир де ла Тремуйль.

«Еще не поздно! – подумал художник. – Бежать за ним, просить...»

Но он стоял, не двигаясь, чувствуя такую неспособность к действию, такое непреодолимое оцепенение, расслабление воли, что казалось, если бы в эту минуту дело шло о спасении жизни его, – не пошевельнул бы пальцем. Страх, стыд, отвращение овладевали им при одной мысли о том, как надо протискиваться сквозь толпу лакеев, конюхов и бежать за вельможей, подобно Луке Пачоли.

Гасконец выстрелил. Стрела свистнула и вонзилась в родинку.

– Bigore! Bigore! Montjoie Saint-Denis![30] – махая беретами, кричали солдаты. – Франция победила!

Стрелки окружили Колосса и продолжали состязание.

Леонардо хотел уйти, но, прикованный к месту, точно в страшном и нелепом сне, покорно смотрел, как разрушается создание шестнадцати лучших лет его жизни, – быть может, величайшее произведение ваяния со времен Праксителя и Фидия.

Под градом пуль, стрел и камней глина осыпалась мелким песком, крупными глыбами и разлеталась пылью, обнажая скрепы, точно кости железного остова.

Солнце вышло из-за туч. В радостно брызнувшем блеске казалась еще более жалкой развалина Колосса, с обезглавленным туловищем героя на безногом коне, с обломком царственного скипетра в уцелевшей руке и надписью внизу на подножии: «Ecce deus!» – «Се бог!»

В это время по площади проходил главный полководец французского короля, старый маршал Джан-Джакопо Тривульцио. Взглянув на Колосса, остановился он в недоумении, еще раз взглянул, заслонил глаза рукой от солнца, потом обернулся к сопровождавшим его и спросил:

---

30 Здесь: Так его! (фр.) Святой Денис, покровитель отечества! (фр.) – старинный боевой клич французов. (Здесь и далее прим. ред.)

– Что это?

– Монсеньор, – молвил подобострастно один из лейтенантов, – капитан Жорж Кокебурн разрешил арбалетчикам собственной властью...

– Памятник Сфорца, – воскликнул маршал, – произведение Леонардо да Винчи – мишень гасконских стрелков!..

Он подошел к толпе солдат, которые так увлеклись стрельбой, что ничего не видели, схватил за шиворот пикардийского пращника, повалил его на землю и разразился неистовой бранью.

Лицо старого маршала побагровело, жилы вздулись на шее.

– Монсеньор! – лепетал солдат, стоя на коленях и дрожа всем телом. – Монсеньор, мы не знали... Капитан Кокебурн...

– Погодите, собачьи дети, – кричал Тривульцио, – покажу я вам капитана Кокебурна, за ноги всех перевешаю!..

Сверкнула шпага. Он замахнулся и ударил бы, но Леонардо левою рукою схватил его за руку, немного повыше кисти, с такою силою, что медный наручник сплющился.

Тщетно стараясь высвободить руку, маршал взглянул на Леонардо с изумлением.

– Кто это? – спросил он.

– Леонардо да Винчи, – ответил тот спокойно.

– Как ты смеешь!.. – начал было старик в бешенстве, но, встретив ясный взор художника, умолк. – Так ты – Леонардо, – произнес он, вглядываясь в лицо его. – Руку-то, руку пусти. Наручник согнул. Вот так сила! Ну, брат, смелый же ты человек...

– Монсеньор, умоляю вас, не гневайтесь, простите их! – молвил художник почтительно.

Маршал еще внимательнее посмотрел ему в лицо, усмехнулся и покачал головой:

– Чудак! Они лучшее твое произведение уничтожили, – и ты за них просишь?

– Ваша светлость, если вы их всех перевешаете, какая польза мне и моему произведению? Они не знают, что делают.

Старик задумался. Вдруг лицо его прояснилось; в умных маленьких глазах засветилось доброе чувство.

– Послушай, мессер Леонардо, одного я в толк не возьму. Как же ты стоял тут и смотрел? Зачем не дал знать, не пожаловался мне или сиру де ла Тремуйлю? Кстати, он, должно быть, только что здесь проезжал?

Леонардо потупил глаза и проговорил, запинаясь и краснея, как виноватый:

– Не успел... Сира де ла Тремуйля в лицо я не знаю...

– Жаль, – заключил старик, оглядываясь на развалину. – Сотню лучших людей моих отдал бы я за твоего Колосса!..

Возвращаясь домой и проходя через мост с изящной лоджией Браманте, где произошло последнее свидание Моро с Леонардо, художник увидел французских пажей и конюхов, забавлявшихся охотою на ручных лебедей, любимцев миланского герцога. Шалуны стреляли из луков. В тесном рву, отовсюду закрытом высокими стенами, птицы метались в ужасе. Среди белого пуха и перьев на черной воде плавали, качаясь, окровавленные тела. Только что раненный лебедь, с пронзительно жалобным криком, выгнув длинную шею, трепетал слабеющими крыльями, как будто пытаясь взлететь перед смертью.

Леонардо отвернулся и поскорее прошел мимо. Ему казалось, что он сам похож на этого лебедя.

V

В воскресенье шестого октября король Франции Людовик XII въехал в Милан через Тичинские ворота. В сопровождавшем его поезде был Чезаре Борджа, герцог Валентино, сын папы. Во время шествия от Соборной площади к замку ангелы Миланской Коммуны исправно махали крыльями.

С того дня, как разрушен был Колосс, Леонардо более не возвращался к работе над летательной машиной. Астро один кончил прибор. Художник не имел духа сказать ему, что и эти крылья не годятся. Видимо, избегая учителя, кузнец также не заговаривал о предстоявшем полете, только иногда украдкой взглядывал на него с безмолвным укором своим единственным глазом, в котором горел унылый, безумный огонь.

Однажды утром, в двадцатых числах октября, Пачоли прибежал к Леонардо с известием, что король требует его во дворец. Художник пошел неохотно. Встревоженный исчезновением крыльев, он боялся, чтобы Астро, забрав себе в голову лететь во что бы то ни стало, не наделал беды.

Когда Леонардо вошел в столь памятные залы Рокетты, Людовик XII принимал старшин и синдиков Милана.

Художник взглянул на своего будущего повелителя, короля Франции.

Ничего царственного не было в его наружности: хилое, слабое тело, узкие плечи, вдавленная грудь, лицо с некрасивыми морщинами, страдальческое, но не облагороженное страданием, – плоское, будничное, с выражением мещанской добродетели.

На верхней ступени трона стоял молодой человек лет двадцати, в простом черном платье без украшений, кроме нескольких жемчужин на отворотах берета и золотой цепи из раковин ордена св. Архангела Михаила, с длинными белокурыми волосами, маленькою, слегка раздвоенною темно-русою бородою, ровною бледностью в лице и черно-синими, приветливо-умными глазами.

– Скажите, фра Лука, – шепнул художник на ухо спутнику, – кто этот вельможа?

– Сын папы, – отвечал монах, – Чезаре Борджа, герцог Валентино.

Леонардо слышал о злодействах Чезаре. Хотя явных улик не было, никто не сомневался, что он убил брата Джованни Борджа, наскучив быть младшим, желая сбросить кардинальский пурпур и наследовать звание военачальника – гонфалоньера церкви. Ходили слухи еще более невероятные, будто бы причиной Каинова злодеяния было соперничество братьев не только из-за милостей отца, но также из-за кровосмесительной похоти к родной сестре, мадонне Лукреции.

«Не может быть!» – думал Леонардо, вглядываясь в спокойное лицо его, в невинные глаза.

Должно быть, почувствовав на себе пристальный взор, Чезаре оглянулся, потом, наклонившись к стоявшему рядом благообразному старику в длинной темной одежде, вероятно секретарю своему, что-то шепнул, указывая на Леонардо, и, когда старик ответил, – посмотрел на художника пристально. Тонкая усмешка скользнула по губам Валентино. И в то же мгновение Леонардо почувствовал:

«Да, может быть, все может быть – и даже еще худшее, чем о нем говорят!»

Старшина синдиков, окончив унылое чтение, подошел к трону, стал на колени и поднес королю прошение. Людовик нечаянно уронил пергаментный свиток. Старшина засуетился, желая поднять. Но Чезаре, предупредив его, быстрым и ловким движением поднял свиток и подал королю с поклоном.

– Хам! – злобно прошептал кто-то за спиной Леонардо, в толпе французских вельмож. – Обрадовался, выскочил!

– Ваша правда, мессере, – подхватил другой. – Сын папы отлично исполняет должность лакея. Если бы только видели, как утром, когда король одевался, он ему прислуживает, рубашку греет. Чай, и конюшню чистить не побрезгал бы?

Художник заметил подобострастное движение Чезаре, но оно показалось ему скорее страшным, чем гнусным, – как предательская ласковость хищного зверя.

В это время Пачоли хлопотал, волновался, подталкивал спутника под локоть, но, видя, что Леонардо, со своей обычной застенчивостью, чего доброго, целый день простоит в толпе, не найдя случая привлечь внимание короля, – принял решительные меры, схватил его за руку и, весь изогнувшись, с быстрым непрерывным свистом и шипением превосходных степеней: stupendissimo, prestantissimo, invincibilissimo[31], – представил королю художника.

Людовик заговорил о Тайной Вечере; хвалил изображения апостолов, но более всего восхищался перспективой потолка.

Фра Лука ожидал с минуты на минуту, что его величество пригласит Леонардо к себе на службу. Но вошел паж и подал королю письмо, только что полученное из Франции.

Король узнал почерк жены, возлюбленной своей бретонки Анны: то было известие о разрешении королевы от бремени.

Вельможи начали поздравлять его. Толпа оттеснила Леонардо и Пачоли. Король взглянул было на них, вспомнил, хотел что-то сказать, но тотчас снова забыл, любезно пригласил дам поскорее выпить за здоровье новорожденной и вышел в другую залу.

Пачоли, ухватив за руку спутника, потащил его за собой.

– Скорее! Скорее!

– Нет, фра Лука, – спокойно возразил Леонардо. – Благодарю вас за хлопоты; но я напоминать о себе не буду: его величеству теперь не до меня.

И он ушел из дворца.

На подъемном мосту Баттипонте, в южных воротах Кастелло, догнал его секретарь Чезаре Борджа, мессер Агапито. Он предложил ему от имени

---

31 Изумительнейший, превосходнейший, непобедимейший (ит.).

герцога место «главного строителя», ту самую должность, которую исполнял Леонардо у Моро.

Художник обещал дать ответ через несколько дней.

Подходя к дому, еще издали, на улице, заметил он толпу народа и ускорил шаг. Джованни, Моро, Салаино, Чезаре несли, должно быть, за неимением носилок, на громадном, измятом, продранном и сломанном крыле новой летательной машины, подобном крылу исполинской ласточки, своего товарища, кузнеца Астро да Перетола, в разорванной, окровавленной одежде, с мертвенно-бледным лицом.

Случилось то, чего боялся учитель: кузнец решил испытать крылья, полетел, сделал два-три взмаха, упал и убился бы до смерти, если бы одно крыло машины не зацепилось за ветви рядом стоявшего дерева.

Леонардо помог внести носилки в дом и бережно уложил больного в постель. Когда он наклонился к нему, чтобы осмотреть раны, Астро пришел в себя и прошептал, взглянув на Леонардо с бесконечной мольбою:

– Простите, учитель!

VI

В первых числах ноября, после великолепных торжеств в честь новорожденной, Людовик XII, приняв от миланцев присягу и назначив наместником Ломбардии маршала Тривульцио, уехал во Францию.

В соборе отслужили благодарственную обедню Духу Святому. В городе было восстановлено спокойствие, но только наружное: народ ненавидел Тривульцио за его жестокость и коварство. Приверженцы Моро бунтовали чернь, распространяли подметные письма. Те, кто еще так недавно провожал его в изгнание насмешками и бранью, теперь вспоминали о нем как о лучшем из государей.

В последних числах января толпа у Тичинских ворот разгромила прилавки французских сборщиков пошлин. В тот же день на вилле Лардираго, около Павии, французский солдат посягнул на честь молодой ломбардской поселянки. Защищаясь, ударила она обидчика метлою по лицу. Солдат пригрозил ей топором. На крик прибежал отец ее с палкою. Француз убил старика. Собралась толпа и умертвила солдата. Французы напали на ломбардцев, перебили множества народа и опустошили местечко. В Милане известие это было тем же, что искра, упавшая на порох. Народ запрудил площади, улицы, рынки с яростными воплями:

– Долой короля! Долой наместника! Бейте, бейте французов! Да здравствует Моро!

У Тривульцио было слишком мало людей, чтобы защищаться против населения трехсоттысячного города. Поставив пушки на башню, временно служившую колокольнею собора, направил он жерла в толпу, велел по первому знаку стрелять и, желая сделать последнюю попытку примирения, вышел к народу. Чернь едва не убила его, загнала в ратушу, и здесь бы он погиб, если бы на помощь не подоспел из крепости отряд швейцарских наемников с капитаном, синьором Курсенжем, во главе.

Начались поджоги, убийства, грабежи, казни французов, попадавших в руки бунтовщиков, и граждан, подозреваемых в сочувствии французам.

В ночь на первое февраля Тривульцио тайно ушел из крепости, оставив ее под защиток капитана д'Эспи и Кодебекара. В ту же ночь возвратившийся из Германии Моро радостно принят был жителями города Комо. Граждане Милана ждали его как избавителя.

Леонардо в последние дни мятежа, опасаясь пушечной пальбы, которая разрушила несколько соседних домов, переселился в свой погреб, искусно провел в него ночные трубы, устроил очаги и несколько жилых покоев. Как в маленькую крепость, перенесли сюда все, что было ценного в доме: картины, рисунки, рукописи, книги, научные приборы.

В это время окончательно решил он поступить на службу к Чезаре Борджа. Но, прежде чем отправиться в Романью, куда, по условиям заключенного с мессером Агапито договора, Леонардо должен был прибыть не позже летних месяцев 1500 года, намеревался он заехать к старому другу своему Джироламо Мельци, чтобы переждать опасное время войны и бунта на его уединенной вилле Ваприо близ Милана.

Утром 2 февраля, в день Сретения Господня, прибежал к художнику фра Лука Пачоли и объявил, что в замке – наводнение: миланец Луиджи да Порто, бывший на службе у французов, бежал к бунтовщикам и открыл ночью шлюзы каналов, наполнявших крепостные рвы. Вода разлилась, затопила мельницу в парке у стены Рокетты, проникла в подвалы, где хранились порох, масло, хлеб, вино и прочие припасы; так что, если бы французам не удалось с большим трудом спасти от воды некоторую часть их, – голод принудил бы их к сдаче крепости, на что и рассчитывал мессер Луиджи. Во время наводнения соседние с крепостью каналы в низменном предместье Верчельских ворот вышли из берегов и затопили болотистую местность, где находился монастырь делле Грацие. Фра Лука сообщил художнику свои опасения, как бы вода не повредила Тайной Вечери, и предложил пойти осмотреть, цела ли картина.

С притворным равнодушием возразил Леонардо, что ему теперь некогда и что он за Тайную Вечерю не боится, – картина, будто бы, на такой высоте, что сырость не может причинить ей вреда. Но только что Пачоли ушел, Леонардо побежал в монастырь.

Войдя в трапезную, увидел на кирпичном полу грязные лужи – следы наводнения. Пахло сыростью. Один из монахов сказал, что вода поднялась на четверть локтя.

Леонардо подошел к стене, где была Тайная Вечеря.

Краски оставались по-видимому ясными.

Прозрачные, нежные, не водяные, как в обычной стенописи, а масляные, они были его собственным изобретением. Он приготовил и стену особенным способом: загрунтовал ее слоем глины с можжевельным лаком и олифою, на первый, нижний грунт навел второй – из мастики, смолы и гипса. Опытные мастера предсказывали непрочность масляных красок на сырой стене, сложенной в болотистой низменности. Но Леонардо, со свойственным ему пристрастием к новым опытам, к неведомым путям в искусстве, упорствовал, не обращая внимания на советы и предостережения. От стенописи водяными красками отвращало его и то, что работа на только что наведенной влажной извести требует быстроты и решительности, тех именно свойств, которые были ему чужды. «Малого достигает художник несомневающийся», – утверждал он. Эти

230

необходимые для него сомнения, колебания, поправки, искания ощупью, бесконечная медлительность работы возможны были только в живописи масляными красками.

Наклонившись к стене, он рассматривал в увеличительное стекло поверхность картины. Вдруг в левом нижнем углу, под скатертью стола, за которым сидели апостолы, у ног Варфоломея, увидел маленькую трещину и рядом, на чуть поблекших красках, бархатисто-белый, как иней, налет выступающей плесени.

Он побледнел. Но, тотчас же овладев собой, еще внимательнее продолжал осмотр.

Первый глиняный грунт покоробился вследствие сырости и отстал от стены, приподнимая верхний слой гипса с тонкою корою красок и образуя в ней неуловимые для глаза трещинки, сквозь которые просачивалось выпотение селитренной сырости из ветхих ноздреватых кирпичей.

Участь Тайной Вечери была решена: если самому художнику не суждено было видеть увядания красок, которые могли сохраниться лет сорок, даже пятьдесят, то все же не было сомнения в страшной истине: величайшее из его произведений погибло.

Перед тем чтобы выйти из трапезной, взглянул он в последний раз на лик Христа и – словно теперь только увидев его впервые – вдруг понял, как это произведение ему дорого.

С гибелью Тайной Вечери и Колосса порывались последние нити, которые связывали его с живыми людьми, если не с ближними, по крайней мере, с дальними, теперь одиночество его становилось еще безнадежнее.

Глиняная пыль Колосса развеется ветром; на стене, где был лик Господень, тусклую чешую облупившихся красок покроет плесень, и все, чем он жил, исчезнет как тень.

Он вернулся домой, вошел в подземелье и, проходя через комнату, где лежал Астро, остановился на минуту. Бельтраффио делал больному примочки из холодной воды.

– Опять жар? – спросил учитель.

– Да, бредит.

Леонардо наклонился, чтобы осмотреть перевязку, и прислушался к быстрому бессвязному лепету.

– Выше, выше! Прямо к солнцу. Не загорелись бы крылья. Маленький? Откуда? Как твое имя? Механика? Никогда я не слыхивал, чтобы черта звали Механикой. Чего зубы скалишь?.. Ну же, брось. Пошутил и довольно. Тащит, тащит... Не могу, погоди, – дай вздохнуть... Ох, смерть моя!..

Крик ужаса вырвался из груди его. Ему казалось, что он падает в бездну.

Потом опять забормотал поспешно:

– Нет, нет, не смейтесь над ним! Моя вина. Он говорил, что крылья не готовы. Кончено... Осрамил, осрамил я учителя!.. Слышите? Что это? Знаю, о нем же, о маленьком, о самом тяжелом из дьяволов – о Механике!.. «И повел Его дьявол во Иерусалим, – продолжал больной нараспев, как читают в церкви, – и поставил на крыле храма и сказал Ему: если ты Сын Божий, бросься отсюда вниз. Ибо написано: ангелам своим заповедает о Тебе сохранить Тебя; и на руках понесут Тебя, да не преткнешься о камень ногою Твоею...» А вот и забыл, что ответил Он бесу Механики? Не помнишь, Джованни?

Он посмотрел на Бельтраффио почти сознательным взором.

Тот молчал, думая, что он все еще бредит.

– Не помнишь? – настаивал Астро.

Чтобы успокоить его, Джованни привел стих двенадцатой главы четвертой Евангелия от Луки:

– «Иисус Христос сказал ему в ответ: сказано, не искушай Господа Бога Твоего!»

– «Не искушай Господа Бога Твоего!» – повторил больной с невыразимым чувством, но тотчас же опять начал бредить: – Синее, синее, ни облачка... Солнца нет и не будет – и вверху, и внизу только синее небо. И крыльев не надо. О, если бы учитель знал, как хорошо, как мягко падать в небо!..

Леонардо смотрел и думал:

«Из-за меня, и он из-за меня погибает! Соблазнил единого от малых сих, сглазил я и его, как Джованни!..»

Он положил руку на горячий лоб Астро. Больной мало-помалу затих и задремал.

Леонардо вошел в свою подземную келью, зажег свечу и погрузился в вычисления.

Для избежания новых ошибок в устройстве крыльев изучал он механику ветра – течений воздуха, по механике волн – течений воды.

«Если ты бросишь два камня одинаковой величины в спокойную воду на некотором расстоянии один от другого, – писал он в дневнике, – то на поверхности образуются два расходящихся круга. Спрашивается: когда один круг, постепенно расширяясь, встретится с другим, соответственным, войдет ли он в него и разрежет, или удары волн отразятся в точках соприкосновения под равными углами?»

Простота, с которою природа решала эту задачу механики, так пленила его, что сбоку на полях он приписал:

«Questo e bellissimo, questo e sottile! – Вот прекраснейший вопрос, и тонкий!»

«Отвечаю на основании опыта, – продолжал он. – Круги пересекутся, не сливаясь, не смешиваясь и сохраняя постоянными средоточиями оба места, где камни упали».

Сделав вычисление, убедился, что математика законами внутренней необходимости разума оправдывает естественную необходимость механики.

Часы за часами пролетали неслышно. Наступил вечер.

Поужинав и отдохнув в беседе с учениками, Леонардо снова принялся за работу.

По знакомой остроте и ясности мыслей предчувствовал, что приближается к великому открытию.

«Посмотри, как ветер в поле гонит волны ржи, как они струятся, одна за другой, а стебли, склоняясь, остаются недвижимыми. Так волны бегут по недвижной воде; эту рябь от брошенного камня или ветра должно назвать скорее дрожью воды, чем движением, – в чем можешь убедиться, бросив соломинку на расходящиеся круги волн и наблюдая, как она колеблется, не двигаясь».

Опыт с соломинкой напомнил ему другой, подобный же, который он уже делал, изучая законы движения звуков. Перевернув несколько страниц, прочел в дневнике:

«Удару в колокол отвечает слабой дрожью и гулом другой, соседний колокол; струна, звучащая на лютне, заставляет звучать на соседней лютне струну того же звука, и, если положишь на нее соломинку, увидишь, как она дрожит».

И вдруг внезапная, как молния, ослепляющая мысль сверкнула в уме его:

«Один закон механики и здесь, и там! Как волны по воде от брошенного камня, так волны звуков расходятся в воздухе, пересекаясь, не смешиваясь и храня средоточием место рождения каждого звука. А свет? Как эхо есть отражение звука, так отражение света в зеркале есть эхо света. Единый закон механики во всех явлениях силы. Единая воля и справедливость Твоя, Первый Двигатель: угол падения равен углу отражения!»

Лицо его было бледно, глаза горели. Он чувствовал, что снова, и на этот раз так страшно близко, как еще никогда, заглядывает в бездну, в которую никто из живых до него не заглядывал. Он знал, что это открытие, если будет оправдано опытом, есть величайшее в механике со времен Архимеда.

Два месяца назад, получив от мессера Гвидо Берарди письмо с только что пришедшим в Европу известием о путешествии Васко да Гамы, который, переплыв через два океана и обогнув южный мыс Африки, открыл новый путь в Индию, Леонардо завидовал. И вот теперь он имел право сказать, что сделал большее открытие, чем Колумб и Васко да Гама, что увидел более таинственные дали нового неба и новой земли.

За стеной раздался стон больного. Художник прислушался и сразу вспомнил свои неудачи – бессмысленное разрушение Колосса, бессмысленную гибель Тайной Вечери, глупое и страшное падение Астро.

«Неужели, – думал он, – и это открытие погибнет так же бесследно, как все, что я делаю? Неужели никто никогда не услышит голоса моего, и вечно буду я один, как теперь, – во мраке, под землей, точно заживо погребенный, – с мечтою о крыльях?»

Но эти мысли не заглушили в нем радости.

«Пусть – один. Пусть во мраке, в молчании, в забвении. Пусть никто никогда не узнает. Я знаю!»

Такое чувство силы и победы наполнило душу его, как будто те крылья, которых он жаждал всю жизнь, были уже созданы и подымали его ввысь.

Ему стало тесно в подземелье, захотелось неба и простора.

Выйдя из дому, направился он к Соборной площади.

VII

Ночь была ясная, лунная. Над крышами домов вспыхивали дымно-бегровые зарева пожаров. Чем ближе к середине города, к площади Бролетто, тем гуще становилась толпа. То в глубоком сиянии луны, то в красном свете факелов выступали искаженные яростью лица, мелькали белые с алыми крестами знамена Миланской Коммуны, шесты с подвешенными фонарями, аркебузы, мушкеты, пищали, булавы, палицы, копья, рогатины, косы, вилы, дреколья. Как муравьи, копошились люди, помогая волам тащить огромную старинную бомбарду из бочоночных досок, соединенных железными обручами. Гудел набат. Грохотали пушки. Французские наемники, засевшие в крепости, обстреливали улицы Милана. Осажденные хвастали, что, прежде чем сдадутся, в городе не останется камня на камне. И с гулом колоколов, с пушечным грохотом сливался бесконечный вопль народа:

– Бейте, бейте французов! Долой короля! Да здравствует Моро!

Все, что видел Леонардо, похоже было на страшный и нелепый сон.

У Восточных ворот, в Бролетто, на Рыбной площади вешали попавшего в плен пикардийского барабанщика, мальчика лет шестнадцати. Он стоял на лестнице, прислоненной к стене. Веселый балагур златошвей Маскарелло исполнял должность палача. Накинув ему на шею веревку и слегка ударив по голове пальцами, произнес он с шутовской торжественностью:

– Раб Божий, французский пехотинец Перескочи-Куст, прозвищем На-брюхе-шелк-а-в-брюхе-щелк, в рыцари Пенькового Ожерелья посвящается. Во имя Отца, и Сына, и Духа Святого!

– Аминь! – ответила толпа.

Барабанщик, должно быть, плохо понимал, что с ним происходит, быстро и часто моргал глазами, как дети, готовые заплакать, – ежился и, крутя тонкою шеей, поправлял петлю. Странная улыбка не сходила с губ его. Вдруг в последнее мгновение, как будто очнувшись от столбняка, повернул он к толпе свое удивленное, сразу побледневшее, хорошенькое личико, попытался что-то сказать, о чем-то попросить. Но толпа заревела. Мальчик слабо и покорно махнул рукою, вынул из-за пазухи серебряный крестик, подарок сестры или матери, на голубой тесемке, и, торопливо поцеловав его, перекрестился. Маскарелло столкнул его с лестницы и весело крикнул:

– А ну-ка, рыцарь Пенькового Ожерелья, покажи, как пляшут французскую гальярду!

При общем смехе тело мальчика повисло на крюке подсвечника для факелов, задергалось в предсмертной судороге, точно в самом деле заплясало.

Пройдя несколько шагов, Леонардо увидел старуху, одетую в лохмотья, которая, стоя на улице перед ветхим домишком, только что развалившимся от пушечных ядер, среди нагроможденной кухонной посуды, домашней рухляди, пуховиков и подушек, протягивала голые, костлявые руки и вопила:

– Ой, ой, ой! Помогите!

– Что с тобой, тетка? – спросил башмачник Корболо.

– Мальчика, мальчика задавило! В постельке лежал... Пол провалился... Может быть, жив еще... Ой, ой, ой! Помогите!..

Чугунное ядро, разрывая воздух с визгом и свистом, шлепнулось в покосившуюся кровлю домика. Балки треснули. Пыль взвилась столбом. Кровля рухнула, и женщина умолкла.

Леонардо подошел к Ратуше. Против Лоджии Озиев у Меняльного ряда школяр, должно быть, студент Павийского университета, стоя на скамье, служившей ему кафедрой, ораторствовал о величии народа, о равенстве бедных и богатых, о низвержении тиранов. Толпа слушала недоверчиво.

– Граждане! – выкрикивал школяр, размахивая ножом, который в обычное время служил ему для мирных надобностей – чинки гусиных перьев, разрезывания белой колбасы из мозгов – червеллаты, изображения пронзенных стрелами сердец с именами трактирных нимф на коре вязов в подгородных рощах, и который теперь называл он «кинжалом Немезиды». – Граждане, умрем за свободу! Омочим кинжал Немезиды в крови тиранов! Да здравствует республика!

– Что он такое врет? – послышались голоса в толпе. – Знаем мы, какая у вас на уме свобода, предатели, шпионы французские! К черту республику! Да здравствует герцог! Бейте изменника!

Когда оратор стал пояснять свою мысль классическими примерами и ссылками на Цицерона, Тацита, Ливия, – его стащили со скамьи, повалили и начали бить, приговаривая:

– Вот тебе за свободу, вот тебе за республику! Так, так, братцы, в шею ему! Шалишь, брат, дудки – не обманешь! Будешь помнить, как народ бунтовать против законного герцога!

Выйдя на площадь Аренго, Леонардо увидел лес белых стрельчатых игл и башен собора, подобных сталактитам, в двойном освещении, голубом от луны, красном от зарева пожаров.

Перед дворцом архиепископа из толпы, похожей на груду наваленных тел, слышались вопли.

– Что это? – спросил художник старика ремесленника с испуганным, добрым и грустным лицом.

– Кто их разберет? Сами, поди, не знают. Шпион, говорят, подкупленный французами, рыночный викарий, мессер Джакопо Кротто. Отравленными припасами будто бы народ кормил. А может быть, и не он. Кто первый под руку попался, того и бьют. Страшное дело! О, Господи Иисусе Христе, помилуй нас, грешных!

Из груды тел выскочил Горгольо, выдувальщик стекла, махая, как трофеем, длинным шестом с воткнутой на конце окровавленной головой.

Уличный мальчишка Фарфаниккио бежал за ним, подпрыгивая, и визжал, указывая на голову:

– Собаке собачья смерть! Смерть изменникам!

Старик перекрестился набожно и проговорил слова молитвы:

– A furore populi libera nos, Domine! От ярости народа избави нас, Боже!

Со стороны замка послышались трубные звуки, бой барабанов, треск аркебузной пальбы и крики солдат, шедших на приступ. В то же мгновение с бастионов крепости грянул выстрел, такой, что земля задрожала и, казалось, весь город рушится. Это был выстрел знаменитой гигантской бомбарды, медного чудовища, называвшегося у французов Margot la Folle, у немцев die Tolle Grete – Бешеная Маргарита.

Ядро ударилось за Борго-Нуово в горевший дом. Огненный столб взвился к ночному небу. Площадь озарилась красным светом – и тихое сияние луны померкло.

Люди, как черные тени, сновали, бегали, метались, обуянные ужасом.

Леонардо смотрел на эти человеческие призраки.

Каждый раз, как он вспоминал о своем открытии, – в блеске огня, в криках толпы, в гуле набата, в грохоте пушек чудились ему тихие волны звуков и света, которые, плавно колеблясь, как рябь по воде от упавшего камня, расходились в воздухе, пересекаясь, не сливаясь и храня средоточием место своего рождения. И великая радость наполняла душу его при мысли о том, что люди ничем никогда не могут нарушить этой бесцельной игры, этой гармонии бесконечных невидимых волн и царящего надо всем, как единая воля Творца, закона механики, закона справедливости – угол падения равен углу отражения.

Слова, которые некогда записал он в дневнике своем и потом столько раз повторял, – опять звучали в душе его:

«О, mirabile giustizia di te, primo Motore! О, дивная справедливость Твоя, Первый Двигатель! Никакую силу не лишаешь Ты порядка и качества неминуемых действий. О, божественная необходимость! Ты принуждаешь все последствия вытекать кратчайшим путем из причины».

Среди толпы обезумевшего народа – в сердце художника был вечный покой созерцания, подобный тихому свету луны над заревом пожаров.

Утром 4 февраля 1500 года Моро въехал в Милан через ворота Порта-Нуово.

Накануне этого дня Леонардо отправился на виллу Мельци, Ваприо.

VIII

Джироламо Мельци служил при дворе Сфорца. Когда, лет десять назад, скончалась молодая жена его, он покинул двор, поселился в уединенной вилле, у подножия Альп, в пяти часах езды к северо-востоку от Милана, и зажил здесь философом, вдали от треволнений света, собственными руками обрабатывая сад и предаваясь изучению сокровенных знаний и музыки, которой был страстным любителем. Рассказывали, будто бы мессер Джироламо занимается черной магией для того, чтобы вызывать из мира загробного тень покойной жены.

Алхимик Галеотто Сакробоско и фра Лука Пачоли нередко гостили у него, проводя целые ночи в спорах о тайнах Платоновых идей и о законах пифагорейских чисел, управляющих музыкой сфер. Но наибольшую радость доставляли хозяину посещения Леонардо.

Работая над сооружением канала Мартезаны, художник часто бывал в этих краях и полюбил прекрасную виллу.

Ваприо находилась на левом берегу реки Адды. Канал проложен был между рекой и садом. Здесь быстрое течение Адды преграждалось порогами. Слышен был непрерывный шум воды, напоминавший гул морского прибоя. В обрывистых берегах из выветренного желтого песчаника Адда стремила холодные зеленые воды – бурная, вольная; а рядом зеркально гладкий, тихий канал, с такой же зеленою горною водою, как в Адде, но успокоенною, укрощенною, дремотно тяжелою, безмолвно скользил в прямых берегах. Эта противоположность казалась художнику полною вещего смысла: он сравнивал и не мог решить, что прекраснее – создание разума и воли человеческой, его собственное создание – канал Мартезана, или гордая, дикая сестра его, Адда; сердцу его были одинаково близки и понятны оба течения.

С верхней площадки сада открывался вид на зеленую равнину Ломбардии между Бергамо, Тревильо, Кремоной и Брешией. Летом с необозримых поемных лугов пахло сеном. На тучных нивах буйная рожь и пшеница заслоняли до самых верхушек плодовые деревья, соединенные лозами так, что колосья целовались с грушами, яблоками, вишнями, сливами – и вся равнина казалась огромным садом.

К северу чернели горы Комо. Над ними возвышались полукругом первые отроги Альп, и еще выше, в облаках, сияли золотисто-розовые снежные вершины.

Между веселою равниною Ломбардии, где каждый уголок земли был возделан руками человека, и дикими, пустынными громадами Альп Леонардо чувствовал такую же противоположность, полную гармонии, как между тихой Мартезаной и грозно бушующей Аддою.

Вместе с ним на вилле гостили фра Лука Пачоли и алхимик Сакробоско, дом которого у Верчельских ворот разрушен был французами. Леонардо держался в стороне от них, предпочитая уединение. Но зато с маленьким сыном хозяина, Франческо, он скоро сошелся.

Робкий, стыдливый, как девочка, мальчик долго дичился его. Но однажды, зайдя к нему в комнату по поручению отца, увидел разноцветные стекла, с помощью которых изучал художник законы дополнительных цветов. Леонардо предложил ему посмотреть сквозь них. Забава понравилась мальчику. Знакомые предметы принимали сказочный вид – то угрюмый, то радостный, то враждебный, то ласковый – смотря по тому, глядел ли он в желтое, голубое, красное, лиловое или зеленое стекло.

Понравилось ему и другое изобретение Леонардо – камера-обскура: когда на листе белой бумаги явилась живая картина, где можно было отчетливо видеть, как вертятся колеса мельницы, стая галок кружится над церковью, серый ослик дровосека Пеппо, навьюченный хворостом, перебирает ногами по грязной дороге, и верхушки тополей склоняются под ветром, – Франческо не выдержал – захлопал в ладоши от восторга.

Но более всего пленял его «дождемер», состоявший из медного кольца с делениями, палочки, подобной коромыслу весов, и двух подвешенных к ней шариков: одного – обернутого воском, другого – хлопчатой бумагой; когда воздух насыщался влагою, хлопок впитывал ее, обернутый им шарик тяжелел и, опускаясь, наклонял коромысло весов на несколько делений круга, по которым можно было с точностью измерить степень влажности, между тем как восковой оставался для нее непроницаемым, по-прежнему легким. Таким образом, движения коромысла предвещали погоду за день или за два. Мальчик устроил свой собственный дождемер и радовался, когда, к удивлению домашних, исполнялись его предсказания.

В сельской школе старого аббата соседней каноники, дома Лоренцо, Франческо учился лениво: латинскую грамматику зубрил с отвращением; при виде замазанного чернилами зеленого корешка арифметики лицо его вытягивалось. Не такова была наука Леонардо; она казалась ребенку любопытною, как сказка. Приборы механики, оптики, акустики, гидравлики манили его к себе, словно живые волшебные игрушки. С утра до вечера не уставал он слушать рассказы Леонардо. Со взрослыми художник был скрыт, ибо знал, что всякое неосторожное слово может навлечь на него подозрения или насмешку. С Франческо говорил обо всем доверчиво и просто. Не только учил, но и сам учился у него. И, вспоминая слово Господне: «Истинно, истинно говорю вам, ежели не обратитесь и не станете как дети, не можете войти в царствие небесное», – прибавлял: «Не можете войти и в царствие познания».

В то время писал он «Книгу о звездах».

В мартовские ночи, когда первое дыхание весны уже веяло в еще холодном воздухе, стоя на крыше виллы вместе с Франческо, наблюдал он течение звезд, срисовывал пятна Луны, чтобы впоследствии, сравнив их, узнать, не меняют ли они своих очертаний. Однажды мальчик спросил его, правда ли то, что говорит о звездах Пачоли, будто бы, как алмазы, вставлены они Богом в хрустальные сферы небес, которые, вращаясь, увлекают их в своем движении и производят музыку. Учитель объяснил, что, по закону трения, сферы, вращаясь в продолжение стольких тысяч лет с неимоверной быстротою, разрушились бы, хрустальные края их истерлись бы, музыка прекратилась бы, и «неугомонные плясуньи» остановились бы в своем движении.

Проколов иголкою лист бумаги, он дал ему посмотреть сквозь отверстие. Франческо увидел звезды, лишенные лучей, похожие на светлые круглые, бесконечно малые точки или шарики.

– Эти точки, – сказал Леонардо, – огромные, многие из них в сотни, в тысячи раз бо€льшие миры, чем наш, который, впрочем, отнюдь не хуже, не презреннее, чем все небесные тела. Законы механики, царящие на Земле, открываемые разумом человеческим, управляют мирами и солнцами.

Так восстановлял он «благородство нашего мира».

– Такой же нетленною звездою, – говорил учитель, – такой же светлою пылинкою кажется Земля обитателям других планет, как нам – эти миры.

Многого из слов его не понимал Франческо. Но когда, закинув голову, смотрел в звездное небо, – ему делалось страшно.

– Что же там, за звездами? – спрашивал он.

– Другие миры, Франческо, другие звезды, которых мы не видим.

– А за ними?

– Еще другие.

– Ну а в конце, в самом конце?

– Нет конца.

– Нет конца? – повторил мальчик, и Леонардо почувствовал, что в руке его рука Франческо дрогнула, – при свете неподвижного пламени лампады, горевшей на маленьком столике среди астрономических приборов, он увидел, что лицо ребенка покрылось внезапной бледностью.

– А где же, – медленно, с возрастающим недоумением произнес он, – где же рай, мессер Леонардо, – ангелы, угодники, Мадонна и Бог Отец, сидящий на престоле, и Сын, и Дух Святой?

Учитель хотел было возразить, что Бог – везде, во всех песчинках земли, так же как в солнцах и вселенных, но промолчал, жалея детскую веру.

IX

Когда деревья стали распускаться, Леонардо и Франческо, проводя целые

238

дни в саду виллы или в соседних рощах, наблюдали воскресающую жизнь растений. Порой художник срисовывал какое-нибудь дерево или цветок, стараясь уловить, как в портрете, живое сходство – то особенное, единственное лицо его, которое уже никогда нигде не повторится.

Он объяснял Франческо, как по числу кругов в стволе разрубленного дерева узнавать, сколько ему лет, и по толщине каждого из этих кругов степень влажности соответственного года, и в каком направлении росли ветви, ибо круги, обращенные к северу, – толще, а сердцевина ствола всегда находится к южной стороне дерева, нагреваемой солнцем, ближе, чем к северной.

Рассказывал ему, как вешний сок, собираясь между внутренней зеленой кожицей ствола – «рубашечкою» – и наружною корою, уплотняет, распирает, морщит ее, образуя в прошлогодних трещинах новые, более голубокие, и таким образом увеличивает объем растения. Ежели срезать сук или содрать кору, врачующая сила жизни стягивает к больному месту большее обилие питательной влаги, чем во все другие места, так что впоследствии на залеченной язве кора утолщается. И столь могущественно это стремление соков, что, достигнув поранения, не могут они остановиться с разбега, подымаются выше больного места и проступают наружу разными почкованиями – узловатыми наростами, «наподобие пузырей кипящей воды».

Сдержанно, как будто холодно и сухо, заботясь только о научной ясности, говорил Леонардо о природе. Нежную подробность весенней жизни растения определял с бесстрастною точностью, словно речь шла о мертвой машине: «Угол ветви и ствола тем острее, чем ветвь моложе и тоньше». К отвлеченной математике сводил таинственные законы кристаллически правильного, конусообразного расположения хвойных игл на пихтах, соснах и елях.

А между тем под этим бесстрастием и холодом Франческо угадывал любовь его ко всему живому – и к жалобно сморщенному, как личико новорожденного, листику, который природа поместила под шестым верхним листом, нарочно так, чтобы первому было светло, чтобы ничем не задерживалась капля дождя, стекающая к нему по стеблю, – и к древним могучим ветвям, которые тянутся из тени к солнцу, как молящие руки, и к силе растительных соков, которые устремляются на помощь к раненому месту, как живая кипящая кровь.

Порою в чаще леса останавливался он и долго с улыбкой глядел, как из-под увядших прошлогодних листьев пробивается зеленая былинка, как в чашечку нераспустившегося подснежника с трудом пролезает пчела, слабая от зимней спячки. Кругом было так тихо, что Франческо слышал удары собственного сердца. Робко подымал он глаза на учителя: солнце сквозь полупрозрачные ветви озаряло белокурые волосы, длинную бороду и густые нависшие брови Леонардо, окружая голову его сиянием; лицо было спокойно и прекрасно, – в эти минуты походил он на древнего Пана, который прислушивается, как трава растет, как подземные родники лепечут и таинственные силы жизни пробуждаются.

Все было для него живым: вселенная – одним великим телом, как тело человека – малою вселенною.

В капле росы видел он подобие водной сферы, объемлющей землю. На шлюзах, в местечке Треццо, близ Ваприо, где начинался канал Мартезана, изучал он водопады, водовороты реки, которые сравнивал с волнами женских кудрей.

– Заметь, – говорил он, – как волосы следуют по двум течениям: одному – прямому, главному, по которому влечет их собственная тяжесть, другому – возвратному, которое завивает их в кольца кудрей. Так и в движении воды одна часть устремляется вниз, а другая образует водовороты, извивы струй, подобные локонам.

Художника привлекали эти загадочные сходства, созвучия в явлениях природы, как бы из разных миров перекликающиеся голоса.

Исследуя происхождение радуги, заметил он, что те же переливы красок встречаются и в перьях птиц, и в стоячей воде около гнилых корней, и в драгоценных камнях, и в жире на поверхности воды, и в старых мутных стеклах. В узорах инея на деревьях, на замерзших окнах находил он сходство с живыми листьями, цветами и травами, – как будто уже в мире ледяных кристаллов природе снятся вещие сны о растительной жизни.

И порою чувствовал, что подходит к великому новому миру познания, который, может быть, откроется только грядущим векам. Так, о силе магнита и янтаря, натертого сукном, писал в дневнике: «Я не вижу способа, которым бы ум человеческий мог объяснить это явление. Полагаю, что сила магнита есть одна из многих неизвестных людям сил. Мир полон бесчисленными возможностями, никогда не воплощенными».

Однажды приехал к ним в гости поэт, живший близ Ваприо, в Бергамо, Джудотто Престинари. За ужином, обидевшись на Леонардо, который недостаточно хвалил стихи его, – затеял он спор о преимуществах поэзии перед живописью. Художник молчал. Но наконец ожесточение стихотворца рассмешило его; он стал возражать ему полушутя.

– Живопись, – сказал между прочим Леонардо, – выше поэзии уже потому, что изображает дела Бога, а не человеческие вымыслы, которыми довольствуются поэты, по крайней мере, наших дней: они не изображают, а только описывают, заимствуя у других все, что имеют, торгуя чужими товарами; они только сочиняют – собирают старый хлам различных наук; их можно бы сравнить с продавцами краденых вещей...

Фра Лука, Мельци и Галеотто стали возражать, Леонардо мало-помалу увлекся и заговорил, уже без шутки:

– Глаз дает человеку более совершенное знание природы, чем ухо. Виденное достовернее слышанного. Вот почему живопись, немая поэзия, ближе к точной науке, чем поэзия, слепая живопись. В словесном описании – только ряд отдельных образов, следующих один за другим; в картине же все образы, все краски являются вместе, сливаясь в одно, подобно звукам в созвучии, что делает в живописи, так же как в музыке, возможной бо?льшую степень гармонии, чем в поэзии. А там, где нет высшей гармонии, нет и высшей прелести... Спросите любовника, что ему приятнее – портрет возлюбленной или описание, сделанное хотя бы величайшим поэтом.

Все невольно улыбнулись этому доводу.

– Вот какой случай был со мною, – продолжал Леонардо. – Одному

240

флорентинскому юноше так понравилось женское лицо в моей картине, что он купил ее и хотел уничтожить те признаки, по которым видно было, что картина священная, дабы целовать без страха любимый образ. Но совесть преодолела желания любви. Он удалил картину из дома, так как иначе не было ему покоя. Ну-ка, стихотворцы, попробуйте, описывая прелесть женщины, возбудить в человеке такую силу страсти. Да, мессеры, скажу не о себе, – я знаю, сколь многого недостает мне, – но о таком художнике, который достиг совершенства: воистину, по силе созерцания он уже не человек. Захочет быть зрителем небесной прелести или образов чудовищных, смешных, плачевных, ужасных – надо всем он владыка, как Бог!

Фра Лука пенял учителю за то, что он не собирает и не печатает сочинений своих. Монах предлагал найти издателя. Но Леонардо упорно отказывался.

Он остался верен себе до конца: ни одна строка его не была напечатана при жизни. А между тем он писал свои заметки так, как будто вел беседу с читателем. В начале одного из дневников извинялся в беспорядке своих записок, в частых повторениях: «Не брани меня за это, читатель, потому что предметы бесчисленны, и память моя не может вместить их, так чтобы знать, о чем было и о чем не было говорено в прежних заметках, тем более что я пишу с большими перерывами, в разные годы жизни».

Однажды, желая представить развитие человеческого духа, нарисовал он ряд кубов: первый, падая, валит второй, второй – третий, третий – четвертый, и так без конца. Внизу надпись: «Один толкает другого». И еще прибавлено: «Эти кубы обозначают поколения и познания человеческие».

На другом рисунке изобразил плуг, взрывающий землю, с надписью: *Упрямая суровость* .

Он верил, что очередь и до него дойдет в ряду падающих кубов, – что когда-нибудь люди откликнутся и на его призыв.

Он подобен был человеку, проснувшемуся в темноте, слишком рано, когда все еще спят. Одинокий среди ближних, писал он свои дневники сокровенными письменами для дальнего брата, и для него, в предутренней мгле, пустынный пахарь вышел в поле пролагать таинственные борозды плугом, с «упрямой суровостью».

X

В последних числах марта на виллу Мельци стали приходить все более тревожные вести. Войско Людовика XII, под начальством сира де ла Тремуйля, перевалило через Альпы. Моро, подозревая измену солдат, уклонялся от битвы и, томимый суеверными предчувствиями, сделался «трусливее женщины».

Слухи о войне и политике доходили как слабый, заглушенный гул на виллу Ваприо.

Не думая ни о французском короле, ни о герцоге, Леонардо с Франческо блуждали по окрестным холмам, долинам и рощам. Иногда уходили вверх по течению реки в лесистые горы. Здесь нанимал он рабочих и делал раскопки, отыскивая допотопные раковины, окаменелых морских животных и водоросли.

Однажды, возвращаясь с прогулки, сели они отдохнуть под старою липою, на крутом берегу Адды, над обрывом. Бесконечная равнина, с рядами придорожных тополей и вязов, расстилалась у ног их. В свете вечернего солнца виднелись приветные белые домики Бергамо. Снежные громады Альп, казалось, реяли в воздухе. Все было ясно. Только вдали, почти на самом краю неба, между Тревильо, Кастель-Роццоне и Бриньяно, клубилось дымное облачко.

– Что это? – спросил Франческо.

– Не знаю, – ответил Леонардо. – Может быть, сражение... Вон, видишь, огоньки. Как будто пушечные выстрелы. Не стычка ли французов с нашими?

В последние дни такие случайные перестрелки все чаще виднелись то здесь то там на равнине Ломбардии.

Несколько мгновений глядели они молча на облачко. Потом, забыв о нем, стали рассматривать добычу последних раскопок. Учитель взял в руки большую кость, острую, как игла, еще покрытую землею, – должно быть, из плавника допотопной рыбы.

– Сколько народов, – произнес он задумчиво, как будто про себя, и лицо его озарилось тихою улыбкою, – сколько царей уничтожило время с тех пор, как эта рыба с дивным строением тела уснула в глубоких извилинах пещеры, где мы нашли ее сегодня. Сколько тысячелетий пронеслось над миром, какие перевороты совершились в нем, пока лежала она в тайнике, отовсюду закрытом, подпирая тяжелые глыбы земли голыми костями остова, разрушенного терпеливым временем!

Он обвел рукою расстилавшуюся перед ними равнину.

– Все, что ты видишь здесь, Франческо, было некогда дном океана, покрывавшего большую часть Европы, Африки и Азии. Морские животные, которых мы находим в здешних горах, свидетельствуют о тех временах, когда вершины Апеннин были островами великого моря, и над равнинами Италии, где ныне реют птицы, плавали рыбы...

Они взглянули опять на далекий дымок с искрами пушечных выстрелов. Теперь показался он им таким маленьким в бесконечной дали, таким безмятежным и розовым в лампадном сиянии вечернего солнца, что трудно было поверить, что там – сражение и люди убивают друг друга.

Стая птиц пролетела по небу. Следя за ними взором, Франческо старался вообразить себе рыб, некогда плававших здесь, в волнах великого моря, такого же глубокого и пустынного, как небо.

Они молчали. Но в это мгновение оба чувствовали одно и то же: не все ли равно, кто кого победит – французы ломбардцев или ломбардцы французов, король или герцог, свои или чужие? Отечество, политика, слава, война, падение царств, возмущение народов – все, что людям кажется великим и грозным, не похоже ли на это маленькое, в вечернем свете тающее облачко – среди вечной ясности природы?

XI

На вилле Ваприо окончил Леонардо картину, которую начал много лет назад, еще во Флоренции.

Матерь Божия, среди скал, в пещере, обнимая правою рукою младенца Иоанна Крестителя, осеняет левою – Сына, как будто желая соединить обоих – человека и Бога – в одной любви. Иоанн, сложив благоговейно руки, преклонил колено перед Иисусом, который благословляет его двуперстным знамением. По тому, как Спаситель-младенец, голый на голой земле, сидит, подогнув одну пухлую с ямочками ножку под другую, опираясь на толстую ручку, с растопыренными пальчиками, видно, что он еще не умеет ходить – только ползает. Но в лице Его – уже совершенная мудрость, которая есть в то же время и детская простота. Коленопреклоненный ангел, одной рукой поддерживая Господа, другой указывая на Предтечу, обращает к зрителю полное скорбным предчувствием лицо свое с нежной и странной улыбкой. Вдали, между скалами, влажное солнце сияет сквозь дымку дождя над туманно-голубыми, тонкими и острыми горами, вида необычайного, неземного, похожими на сталактиты. Эти скалы, как будто изглоданные, источенные соленой волной, напоминают высохшее дно океана. И в пещере – глубокая тень, как под водой. Глаз едва различает подземный родник, круглые лапчатые листья водяных растений, слабые чашечки бледных ирисов. Кажется, слышно, как медленные капли сырости падают сверху, с нависшего свода черных слоистых скал доломита, просочившись между корнями ползучих трав, хвощей и плаунов. Только лицо Мадонны, полудетское-полудевичье, светится во мраке, как тонкий алебастр с огнем внутри. Царица Небесная является людям впервые в сокровенном сумраке, в подземной пещере, быть может, убежище древнего Пана и нимф, у самого сердца природы, как тайна всех тайн, – Матерь Богочеловека в недрах Матери Земли.

Это было создание великого художника и великого ученого вместе. Слияние тени и света, законы растительной жизни, строение человеческого тела, строение земли, механика складок, механика женских кудрей, которые вьются, как струи водоворотов, так что угол падения равен углу отражения, – все, что ученый исследовал с «упрямою суровостью», пытал и мерил с бесстрастною точностью, рассекал, как безжизненный труп, – художник вновь соединил в божественное целое, превратил в живую прелесть, в немую музыку, в таинственный гимн Пречистой Деве, Матери Сущего. С равною любовью и знанием изображал он тонкие жилки в лепестках ириса, и ямочку в пухлом локотке младенца, и тысячелетнюю морщину в доломитовом утесе, и трепет глубокой воды в подземном источнике, и трепет глубокой печали в улыбке ангела.

Он знал все и все любил, потому что великая любовь есть дочь великого познания.

XII

Алхимик Галеотто Сакробоско задумал сделать опыт с «тростью Меркурия». Так назывались палки из миртового, миндального, тамаринового или какого-либо иного «астрологического» дерева, имеющего будто бы сродство с металлами. Палки эти служили для указания в горах медных, золотых и серебряных жил.

С этой целью отправился он с мессером Джироламо на восточный берег озера Лекко, где было много приисков. Леонардо сопровождал их, хотя не верил в трость Меркурия и смеялся над нею так же, как над прочими бреднями алхимиков.

Недалеко от селения Манделло, у подножия горы Кампионе, был

железный рудник. Окрестные жители рассказывали, что несколько лет назад обвал похоронил в нем множество рабочих, что в самой глубине его серные пары вырываются из щели, и камень, брошенный в нее, летит с бесконечным, постепенно замирающим гулом, не достигая дна, ибо у пропасти нет дна.

Эти рассказы возбудили любопытство художника. Он решил, пока товарищи будут заняты опытами с тростью Меркурия, исследовать покинутый рудник. Но поселяне, полагая, что в нем обитает нечистая сила, отказывались проводить его. Наконец один старый рудокоп согласился.

Крутой, темный, наподобие колодца, подземный ход, с полуразвалившимися степенями, спускаясь по направлению к озеру, вел в шахты. Проводник с фонарем шел впереди; за ним – Леонардо, неся на руках Франческо. Мальчик, несмотря на просьбы отца и отговорки учителя, умолил взять его с собой.

Подземный ход становился все у?же и круче. Насчитали более двухсот ступеней, а спуск продолжался, и казалось, конца ему не будет. Снизу веяло душною сыростью. Леонардо ударял заступом в стены, прислушиваясь к звуку, рассматривая камни, слои почвы, яркие слюдяные блестки в жилах гранита.

– Страшно? – спросил он с ласковой улыбкой, чувствуя, как Франческо прижимается к нему.

– Нет, ничего, – с вами я не боюсь.

И, помолчав, прибавил тихо:

– Правда ли, мессер Леонардо, – отец говорит, будто бы вы скоро уедете?

– Да, Франческо.

– Куда?

– В Романью, на службу к Чезаре, герцогу Валентино.

– В Романью? Это далеко?

– В нескольких днях пути отсюда.

– В нескольких днях! – повторил Франческо. – Значит, мы больше не увидимся?

– Нет, отчего же? Я приеду к вам, как только можно будет.

Мальчик задумался; потом вдруг обеими руками с порывистою нежностью обнял шею Леонардо, прижался к нему еще крепче и прошептал:

– О, мессер Леонардо, возьмите, возьмите меня с собой.

– Что ты, мальчик? Разве тебе можно? Там война...

– Пусть война! Я же говорю, что с вами ничего не боюсь!.. Вот ведь, как страшно здесь, а если и еще страшнее, я не боюсь!.. Я буду вашим слугою, платье буду чистить, комнаты мести, лошадям корм задавать, еще, вы знаете, я раковины умею находить и растения углем печатать на бумаге. Ведь вы же сами намедни говорили, что я хорошо печатаю. Я все, все, как большой, буду делать, что вы прикажете... О, только возьмите меня, мессер Леонардо, не покидайте!..

– А как же мессер Джироламо? Или, ты думаешь, он тебя отпустит со мной?..

– Отпустит, отпустит! Я упрошу его. Он добрый. Не откажет, если буду плакать... Ну а не отпустит, так я потихоньку уйду... Только скажите, что можно... Да?

– Нет, Франческо, – я ведь знаю, ты только так говоришь, а сам не уйдешь от отца. Он старый, бедный, и ты его жалеешь...

– Жалею, конечно, я жалею... Но ведь и вас. О, мессер Леонардо, вы не знаете, думаете, я маленький. А я все знаю! Тетка Бона говорит, что вы колдун, и школьный учитель дон Лоренцо тоже говорит, будто вы злой и с вами я душу могу погубить. Раз, когда он нехорошо говорил о вас, я ему такое ответил, что он меня чуть не высек. И все они боятся вас. А я не боюсь, потому что вы лучше всех, и я хочу всегда быть с вами!..

Леонардо молча гладил его по голове, и почему-то вспоминалось ему, как несколько лет назад так же нес он в объятиях своих того маленького мальчика, который изображал Золотой Век на празднике Моро.

Вдруг ясные глаза Франческо померкли, углы губ опустились, и он прошептал:

– Ну что же? И пусть, пусть! Я ведь знаю, почему вы не хотите взять меня с собой. Вы не любите... А я...

Он зарыдал неудержимо.

– Перестань, мальчик. Как тебе не стыдно? Лучше послушай, что я тебе скажу. Когда ты вырастешь, я возьму тебя в ученики, и славно заживем мы вместе и уже никогда не расстанемся.

Франческо поднял на него глаза, с еще блестевшими на длинных ресницах слезами, и посмотрел пытливым, долгим взором.

– Правда возьмете? Может быть, вы только так говорите, чтобы утешить меня, а потом забудете?..

– Нет, обещаю тебе, Франческо.

– Обещаете? А через сколько лет?

– Ну, через восемь-девять, когда тебе будет пятнадцать...

– Девять, – пересчитал он по пальцам. – И мы уж больше никогда не расстанемся?

– Никогда, до самой смерти.

– Ну хорошо, – если наверное, только уж наверное – через восемь лет?

– Да, будь спокоен.

Франческо улыбнулся ему счастливой улыбкой, ласкаясь особенной, им изобретенной лаской, которая состояла в том, чтобы тереться, как это делают кошки, о лицо его щекою.

– А знаете, мессер Леонардо, как это удивительно! Мне снилось раз, будто я спускаюсь в темноте по длинным-длинным лестницам, вот так же точно, как теперь, и будто это всегда было и будет, и нет им конца. И кто-то несет меня на руках. Лица я не вижу. Но знаю, что это матушка. Ведь я ее не помню: она умерла, когда я был очень маленький. И вот теперь – этот сон наяву. Только – вы, а не матушка. Но с вами мне так же хорошо, как с нею. И не страшно...

Леонардо взглянул на него с бесконечною нежностью.

В темноте глаза ребенка сияли таинственным светом. Он протянул к нему свои губы доверчиво, точно в самом деле к матери. Учитель поцеловал их – и ему казалось, что в этом поцелуе Франческо отдает ему душу свою.

Чувствуя, как у сердца его бьется сердце ребенка, твердым шагом, с неутолимою пытливостью, за тусклым фонарем, по страшной лестнице железного рудника, Леонардо спускался все ниже и ниже в подземный мрак.

XIII

Возвратившись домой, обитатели Ваприо были встревожены вестью, что французские войска приближаются.

Разгневанный король в отмщение за измену и бунт отдавал Милан на разграбление наемникам. Кто мог, спасался в горы. По дорогам тянулись возы, нагруженные скарбом, с плачущими детьми и женщинами. Ночью из окон виллы виднелись на равнине «красные петухи» – зарево пожаров. Со дня на день ожидали сражения под стенами Новары, которое должно было решить участь Ломбардии.

Однажды фра Лука Пачоли, вернувшись на виллу из города, сообщил о последних страшных событиях.

10 апреля назначена была битва. Утром, когда герцог, выйдя из Новары, уже в виду неприятеля строил войска, главная сила его, швейцарские наемники, подкупленные маршалом Тривульцио, отказались идти в сражение. Герцог со слезами умолял их не губить его и клялся отдать им, в случае победы, часть своих владений. Они остались непреклонны. Моро переоделся монахом и хотел бежать. Но один швейцарец из Люцерна, по имени Шаттенхальб, указал на него французам. Герцога схватили и отвели к маршалу, который заплатил швейцарцам тридцать тысяч дукатов – «тридцать сребреников Иуды-предателя».

Людовик XII поручил сиру де ла Тремуйлю доставить пленника во Францию. Того, кто, по выражению придворных поэтов, «первый после Бога правил колесом Фортуны, кормилом вселенной», повезли на телеге, в решетчатой клетке, как пойманного зверя. Рассказывали, будто бы герцог просил у тюремщиков, как особой милости, позволения взять с собой во Францию «Божественную Комедию» Данте.

Пребывание на вилле с каждым днем становилось опаснее. Французы опустошали Ломеллину, ландскнехты – Сеприо, венецианцы – область Мартезаны. Разбойничьи шайки бродили по окрестностям Ваприо. Мессер Джироламо с Франческо и теткою Боною собирался в Киавенну.

Леонардо проводил последнюю ночь на вилле Мельци. По обыкновению, отмечал он в дневнике все, что слышал и видел любопытного в течение дня.

«Когда хвост у птицы маленький, – писал он в ту ночь, – а крылья широкие, – она сильно взмахивает ими, повертываясь так, чтобы ветер дул ей прямо под крылья и подымал ее вверх, как я наблюдал это в полете молодого ястреба над каноникой Ваприо, слева от дороги в Бергамо, утром 14 апреля 1500 года».

И рядом на той же странице:

«Моро потерял государство, имущество, свободу, и все дела его кончились ничем».

Более ни слова – как будто гибель человека, с которым провел он шестнадцать лет, низвержение великого дома Сфорца для него были менее важны и любопытны, чем пустынный полет хищной птицы.

246

Книга XI
БУДУТ КРЫЛЬЯ
I

В Тоскане, между Пизой и Флоренцией, недалеко от города Эмполи, на западном склоне Монте-Альбано находилось селение Винчи – родина Леонардо.

Устроив дела свои во Флоренции, художник пожелал, перед отъездом в Романью на службу к Чезаре Борджа, посетить это селение, где жил старый дядя его, сире Франческо да Винчи, брат отца, разбогатевший на шелковом промысле. Один из всей семьи любил он племянника. Художнику хотелось повидать его и, если возможно, поселить в доме сире Франческо ученика своего, механика Зороастро да Перетола, который все еще не оправился от последствий страшного падения. Ему грозила опасность остаться на всю жизнь калекою. Горный воздух, сельская тишина и спокойствие, надеялся учитель, помогут больному лучше всякого лечения.

Леонардо выехал из Флоренции, один, верхом на муле, через ворота Аль-Прато, вниз по течению Арно. У города Эмполи, покинув долину реки с большою Пизанскою дорогою, свернул на узкую проселочную, извивавшуюся по невысоким однообразным холмам.

День был не жаркий, облачный. Мутно-белое, заходившее в тумане солнце, с жидким рассеянным светом, предвещало северный ветер.

Кругозор по обеим сторонам дороги ширился. Холмы незаметно и плавно, как волны, подымались. За ними чувствовались горы. На лужайках росла не густая и не яркая весенняя трава. И все кругом было не яркое, тихое, зеленовато-серое, простое, почти бедное, напоминающее север, – поля с бледными колосьями, бесконечные виноградники с каменными стенами и, в равном расстоянии одна от другой, оливы с коленчатыми, крепкими стволами, бросавшие на землю тонкие переплетенные паукообразные тени. Кое-где, перед одинокою часовнею, пустынным загородным домом с гладкими желтыми стенами, с редкими, неправильно расположенными решетчатыми окнами и черепичными навесами для земледельческих орудий, на тихой ровной дали уже показавшихся тоже сероватых гор, резко и стройно выделялись ряды угольно-черных, кругло-острых, как веретена, кипарисов, подобных тем, какие можно видеть на картинах старых флорентинских мастеров.

Горы вырастали. Чувствовался медленный, но непрерывный подъем. Дышалось легче. Путник миновал Сант-Аузано, Калистри, Лукарди, капеллу Сан-Джованни.

Темнело. Облака рассеялись. Замигали звезды. Ветер свежел. Это было начало пронзительно-холодного и звонко-ясного северного ветра – трамонтано.

Вдруг, за последним крутым поворотом, сразу открылось селение Винчи. Тут уже почти не было ровного места. Холмы перешли в горы, равнина – в холмы. И к одному из них, небольшому, острому, прилепилось каменное тесное селение. На сумеречном небе тонко и легко подымалась черная башня старой крепости. В окнах домов мерцали огни.

У подножия горы, на перекрестке двух дорог, лампада освещала в углублении стены с детства знакомое художнику изваяние Божьей Матери из глины, покрытой глянцевитой белой и синей глазурью. Перед Мадонной стояла на коленях, согнувшись и закрыв лицо руками, женщина в бедном темном платье, должно быть, поселянка.

– Катарина, – прошептал Леонардо имя своей покойной матери, тоже простой поселянки из Винчи.

Переехав через мост над быстрою горною речкою, взял он вправо, узкою тропинкою между садовыми оградами. Здесь было уже совсем темно. Ветвь розового куста, свесившаяся через ограду, тихонько задела его по лицу, как будто поцеловав в темноте, и пахнула душистою свежестью.

Перед ветхими деревянными воротами в стене он спешился, поднял камень и ударил в железную скобу. Это был дом, некогда принадлежавший деду его, Антонио да Винчи – ныне дяде Франческо, где Леонардо провел свои детские годы.

Никто не откликнулся. В тишине слышалось журчание потока Молине-ди-Гатте, на дне оврага. Наверху, в селении, разбуженные стуком собаки залаяли. Им ответил на дворе хриплым, надтреснутым лаем, должно быть, очень дряхлый пес.

Наконец вышел с фонарем седой сгорбленный старик. Он был туг на ухо и долго не мог понять, кто такой Леонардо. Но когда узнал его, то заплакал от радости, едва не выронил фонарь, кинулся целовать руки господина, которого лет сорок или более назад носил на собственных руках, – и все повторял сквозь слезы: «О, синьор, синьор, мой Леонардо!» Дворовый пес лениво, видимо только для угождения старому хозяину, вилял опущенным хвостом. Джан-Баттиста – так звали старика садовника – сообщил, что сире Франческо уехал в свой виноградник у Мадонны д'Эрта, откуда хотел быть в Марчильяну, где знакомый монах лечил его от боли в пояснице златотысячной настойкой, и что вернется он дня через два. Леонардо решил подождать, тем более что на следующий день утром должны были приехать из Флоренции Зороастро и Джованни Бельтраффио.

Старик повел его в дом, где в это время никого не было – дети Франческо жили во Флоренции, – засуетился, позвал хорошенькую белокурую шестнадцатилетнюю внучку и начал заказывать ужин. Но Леонардо попросил только винчианского вина, хлеба и родниковой воды, которой славилось имение дяди. Сире Франческо, несмотря на достаток, жил так же, как отец его, дед и прадед, с простотою, которая могла бы казаться бедностью человеку, привыкшему к удобствам больших городов.

Художник вступил в столь ему знакомую нижнюю комнату, в одно и то же время приемную и кухню, с немногими неуклюжими стульями, скамьями и сундуками из потемневшего, зеркально гладкого от старости, точеного дерева, с поставцом для тяжелой оловянной посуды, с продольными закоптелыми балками потолка, с подвешенными к ним пучками сушеных лекарственных трав, с голыми белыми стенами, огромным закоптелым очагом и кирпичным полом. Единственной новизной были толстые, мутно-зеленые, с ячейкообразными круглыми гранями стекла в окнах. Леонардо помнил, что в детские годы его окна были затянуты, как и во всех домах тосканских поселян, навощенным холстом, так что в комнатах и днем был сумрак. А в верхних покоях, служивших спальнями, закрывались они лишь деревянными ставнями, и нередко по утрам в зимнюю стужу, которая в этих местах бывает суровою, вода в рукомойниках замерзала.

Садовник развел огонь из душистого горного вереска и можжевельника – джинепри, зажег маленькую, висевшую внутри камина на медной цепочке глиняную лампаду с длинным узким горлом и ручкою, подобною тем, какие находятся в древних этрусских гробницах. Ее изящный, нежный облик в простой, бедной комнате казался еще прелестнее. Здесь, в полудиком уголке Тосканы, в крови, в языке, в домашней утвари, в обычаях народа, сохранились отпечатки незапамятной древности – следы этрусского племени.

Пока молодая девушка хлопотала, ставя на стол круглый пресный хлеб, плоский, похожий на лепешку, блюдо с латуковым салатом в уксусе, кувшин с вином и сушеные фиги, Леонардо взошел по скрипучей лестнице в верхние покои. И здесь было все по-старому. Посередине просторной, низкой горницы – та же громадная четырехугольная кровать, где могло поместиться целое семейство, и где добрая бабушка, мона Лучиа, жена Антонио да Винчи, некогда спала вместе с маленьким Леонардо. Теперь семейное свято хранимое ложе досталось по наследству дяде Франческо. Так же у изголовья на стене висело Распятие, образок Мадонны, раковина для святой воды, пучок серой сухой травы, называвшейся «туманом» – «неббиа», и ветхий листик с латинской молитвой.

Он вернулся вниз, сел у огня, выпил воды с вином из деревянной круглой чашки, – у нее был свежий запах оливы, который также напомнил ему самое далекое детство, – и, оставшись один, когда Джан-Баттиста с внучкой ушли спать, погрузился в ясные, тихие думы.

II

Он думал об отце своем, нотариусе Флорентинской Коммуны, сире Пьеро да Винчи, которого видел на днях во Флоренции, в его собственном благоприобретенном доме на бойкой улице Джибеллино, – семидесятилетнем, еще бодром старике с красным лицом и белыми курчавыми волосами. Леонардо не встречал во всю свою жизнь человека, который бы любил жизнь такой простодушной любовью, как сире Пьеро. В былые годы нотариус питал отеческую нежность к своему незаконнорожденному первенцу. Но когда подросли двое младших, законных сыновей, Антонио и Джульяно, – опасаясь, как бы отец не выделил старшему часть наследства, они старались поссорить Леонардо с отцом. В последнее свидание он чувствовал себя чужим в семье. Особенное сокрушение по поводу распространявшихся в это время слухов о его безбожии выказал брат Лоренцо, почти мальчик по летам, но уже деловитый – ученик Савонаролы, «плакса», добродетельный и скопидомный лавочный сиделец цеха флорентинских шерстников. Нередко заговаривал он с художником при отце о христианской вере, о необходимости покаяния, смиренномудрия, о еретических мнениях некоторых нынешних философов и на прощание подарил ему душеспасительную книжку собственного сочинения.

Теперь, сидя у камина в старинной семейной комнате, вынул Леонардо эту книжку, исписанную мелким, старательным лавочным почерком.

«Книга Исповедальная, сочиненная мною, Лоренцо ди сире Пьеро да Винчи, флорентинцем, посланная Нанне, невестке моей, наиполезнейшая всем исповедаться в грехах своих желающим. Возьми книгу и читай: когда увидишь в перечне свой грех, записывай, а в чем неповинен, пропускай, оное будет для другого пользительно, ибо о таковой материи, будь уверен, даже тысячи языков всего не могли бы пересказать».

Следовал подробный, составленный юным шерстником с истинною торговою щепетильностью перечень грехов и восемь благочестивых размышлений, «кои должен иметь в душе своей каждый христианин, приступая к таинству исповеди».

С богословскою важностью рассуждал Лоренцо, грех или не грех носить сукна и другие шерстяные товары, за которые не уплачены пошлины. «Что касается души, – решал он, – то таковое ношение чужеземных тканей никакого вреда причинить не может, ежели пошлина неправедна. А посему да не смущается совесть ваша, возлюбленные братья и сестры мои, но будьте благонадежны! А если кто скажет: Лоренцо, на чем ты утверждаешься, полагая так о заграничных сукнах? – я отвечу: в прошлом, 1499 году, находясь по торговым делам в городе Пизе, слышал я в церкви Сан-Микеле проповедь монаха ордена Св. Доминика, некоего брата Дзаноби, с удивительным и почти невероятным обилием ученых доказательств, утверждавшего то самое о заграничных сукнах, что и я ныне».

В заключение, все с тем же унылым, тягучим многословием, рассказывал он, как дьявол долго удерживал его от написания душеполезной книги, между прочим, под предлогом будто бы он, Лоренцо, не обладет потребной к сему ученостью и красноречием, и что более приличествует ему, как доброму шерстнику, заботиться о делах своей лавки, нежели о писании духовных книг. Но, победив искушения дьявола и придя к заключению, что в этом деле не столь научные познания и красноречие, сколь христианское любомудрие и богомыслие потребны, – с помощью Господа и Приснодевы Марии, окончил он «книгу сию, посвящаемую невестке Нанне, так же как всем братьям и сестрам во Христе».

Леонардо обратил внимание на изображения четырех добродетелей христианских, которые Лоренцо, быть может, не без тайной мысли о брате своем, знаменитом художнике, советовал живописцам представлять со следующими аллегориями: Благоразумие – с тремя лицами, в знак того, что оно созерцает настоящее, прошлое и будущее; Справедливость – с мечом и весами; Силу – облокотившейся на колонну; Умеренность – с циркулем в одной руке, с ножницами в другой, «коими обрезает и пресекает она всякое излишество».

От книги этой веяло на Леонардо знакомым духом того мещанского благочестия, которое окружало детские годы его и царило в семье, передаваемое из поколения в поколение.

Уже за сто лет до его рождения родоначальники дома Винчи были такими же честными, скопидомными и богобоязненными чиновниками на службе Флорентинской Коммуны, как отец его сире Пьеро. В 1339 году в деловых записях впервые упоминался прапращур художника, нотарий

Синьории, некий сире Гвидо ди сире Микеле да Винчи.

Как живой, вставал перед ним дед Антонио. Житейская мудрость деда была точь-в-точь такая же, как мудрость внука, Лоренцо. Он учил детей не стремиться ни к чему высокому – ни к славе, ни к почестям, ни к должностям государственным и военным, ни к чрезмерному богатству, ни к чрезмерной учености.

«Держаться середины во всем, – говаривал он, – есть наиболее верный путь».

Леонардо помнил спокойный и важный старческий голос, которым преподавал он это краеугольное правило жизни – *середину во всем* :

– О дети мои, берите пример с муравьев, которые заботятся сегодня о нуждах завтрашнего дня. Будьте бережливы, будьте умеренны. С кем сравню я доброго хозяина, отца семейства? С пауком сравню его, в средоточии широко раскинутой паутины, который, чувствуя колебание тончайшей нити, спешит к ней на помощь.

Он требовал, чтобы каждый день к вечернему колоколу Ave Maria все члены семьи были в сборе. Сам обходил дом, запирал ворота, относил ключи в спальню и прятал под подушку. Никакая мелочь в хозяйстве не ускользала от недремлющего глаза его: сена ли мало задано волам, светильня ли в лампаде чересчур припущена служанкою, так что лишнее масло сгорает, – все замечал, обо всем заботился. Но скаредности не было в нем. Он сам употреблял и детям советовал выбирать для платья лучшее сукно, не жалея денег, ибо оно прочнее, – реже приходится менять, а потому одежда из доброго сукна не только почетнее, но и дешевле.

Семья, по мнению деда, должна жить, не разделяясь, под одной кровлей: «Ибо, – говорил он, – когда все едят за одним столом, нужно две скатерти и два огня; когда греет всех один очаг, довольно одной вязанки дров, а для двух нужны две, – и так во всем».

На женщин смотрел свысока: «Им следует заботиться о кухне и детях, не вмешиваясь в мужнины дела; глупец – кто верит в женский ум».

Мудрость сире Антонио не лишена была хитрости.

– Дети мои, – повторял он, – будьте милосердны, как того требует святая мать наша Церковь; но все же друзей счастливых предпочитайте несчастным, богатых – бедным. В том и заключается высшее искусство жизни, чтобы, оставаясь добродетельным, перехитрить хитреца.

Он учил их сажать плодовые деревья на пограничной меже своего и чужого поля так, чтобы они кидали тень на ниву соседа; учил просящему взаймы отказывать с любезностью.

– Тут корысть двойная, – прибавлял он, – и деньги сохраните, и получите удовольствие посмеяться над тем, кто желал вас обмануть. И ежели проситель умный человек, он поймет вас и станет еще больше уважать за то, что вы сумели отказать ему с благопристойностью. Плут – кто берет, глуп – кто дает. Родным же и домашним помогайте не только деньгами, но и по?том, кровью, честью – всем, что имеете, не жалея самой жизни для благополучия рода, ибо, помните, возлюбленные мои: гораздо большая слава и прибыль человеку – делать благо своим, нежели чужим.

После тридцатилетнего отсутствия, сидя под кровлей отчего дома, слушая завывание ветра и следя, как потухают угли в очаге, художник думал о том, что вся его жизнь была великим нарушением этой скопидомной, древней, как мир, паучьей и муравьиной дедовской мудрости – была тем буйным избытком, беззаконным излишеством, которое, по мнению брата Лоренцо, богиня Умеренности должна обрезать своими железными ножницами.

III

На следующий день рано утром вышел он из дома, не разбудив садовника, и, пройдя через бедное селение Винчи с высокими и узкими домиками, тесно лепившимися по склону холма вокруг крепости, стал подыматься в соседний поселок Анкиано крутою дорогою, все время в гору.

Опять, как вчера, светило печальное белое, точно зимнее, солнце, небеса были безоблачны и холодны, с мутно-лиловыми краями, даже в это раннее утро. Трамонтано за ночь усилился. Но ветер не рвал и не метал, как вчера, а дул ровно, прямо с севера, как будто падая с неба, однообразно свистя в ушах. Опять те же бледные тихие нивы с редкими колосьями – здесь, на этой высоте, еще более напоминавшие север, расположенные по склонам холмов полукруглыми ярусами – лунками, как выражались поселяне из Винчи, – тощие виноградники, не густые и не яркие травы, облетающие маки, пыльно-серые оливы, крепкие черные сучья которых коротко и болезненно вздрагивали от ветра.

Войдя в поселок Анкиано, Леонардо остановился, не узнавая мест. Он помнил, что некогда здесь были развалины замка Адимари и в одной из уцелевших башен – маленькая сельская харчевня. Теперь на этом месте, на так называемом Кампо делла Торрачча, виднелся новый, с гладко выбеленными стенами дом среди виноградника. За низкой каменной оградой поселянин окапывал заступом лозы. Он объяснил художнику, что владелец харчевни умер, а наследники продали землю богатому овцеводу из Орбиньяно, который, очистив вершину холма, развел на нем виноградник и рощу олив.

Недаром расспрашивал Леонардо об анкианском кабачке: он родился в нем.

Здесь, на самом въезде в бедный горный поселок, над большой дорогой, которая, переваливая через Монте-Альбано, вела из долины Ньеволе в Прато и Пистойю, в мрачном остове рыцарской башни Адимари, лет пятьдесят назад, ютилась веселая сельская харчевня – остерия. Вывеска на скрипучих заржавленных петлях с надписью «Боттильерия» – распивочная, открытая дверь с видневшимися рядами бочек, два подслеповатых, точно лукаво подмигивающих решетчатых окошка без стекол, с почерневшими ставнями, и гладко вытертые ногами посетителей ступеньки крылечка выглядывали из-под свежего навеса виноградных лоз, сквозивших на солнце. Жители окрестных селений по пути на ярмарку в Сан-Миньято или Фучеккио, охотники за дикими козами, погонщики мулов, доганьеры – стражники флорентинской пограничной таможни и другой невзыскательный люд заходили сюда покалякать, распить фиаско дешевого терпкого вина, сыграть в шашки, карты, зернь, дзару или тарокку.

Служанкою в кабаке была девушка лет шестнадцати, круглая сирота, бедная контадина – поселянка из Винчи, по имени Катарина.

Однажды весною, в 1451 году, молодой флорентинский нотариус Пьеро ди сире Антонио да Винчи, приехав погостить к отцу на виллу из Флоренции, где проводил он большую часть года в делах, был приглашен в Анкиано для заключения договора по долгосрочному найму шестой части каменного масличного точила. Скрепив условия законным порядком, поселяне пригласили нотариуса вспрыснуть договор в соседнем кабачке на Кампо делла Торрачча. Сире Пьеро, человек простой, любезный и обходительный даже с простыми людьми, охотно согласился. Им прислуживала Катарина. Молодой нотариус, как сам признавался впоследствии, с первого взгляда влюбился в нее. Под предлогом охоты на перепелов отложил до осени отъезд во Флоренцию и, сделавшись завсегдатаем кабачка, стал ухаживать за Катариной, которая оказалась девушкой более недоступною, чем он предполагал. Но сире Пьеро недаром слыл победителем сердец. Ему было двадцать четыре года; он одевался щеголем; был красив, ловок, силен и обладал самонадеянным любовным красноречием, которое пленяет простых женщин. Катарина долго сопротивлялась, молила помощи у Пречистой Девы Марии, но, наконец, не устояла. К тому времени, когда тосканские перепела, разжиревшие на сочных осенних гроздьях, улетают из долины Ньеволе, – она забеременела.

Слух о связи сире Пьеро с бедной сиротой, служанкой анкианской харчевни, дошел до сире Антонио да Винчи. Пригрозив сыну отцовским проклятием, снарядил он его немедленно во Флоренцию и в ту же зиму, чтобы, по собственному выражению, «остепенить малого», женил на мадонне Альбьере да сире Джованни Амадори, девушке не молодой, не красивой, но из почтенного семейства, с хорошим приданым, а Катарину выдал замуж за поденщика своего, бедного поселянина из Винчи, некоего Аккаттабригу ди Пьеро дель Вакка, человека пожилого, угрюмого, с тяжелым нравом, который, рассказывали, заколотил в гроб побоями под пьяную руку первую жену. Позарившись на обещанные тридцать флоринов и маленький клочок оливковой рощи, Аккаттабрига не побрезгал покрыть чужой грех своею честью. Катарина покорилась безропотно. Но заболела от горя и едва не умерла после родов. Молока у нее не было. Чтобы кормить маленького Леонардо – так назвали ребенка, – взяли козу с Монте-Альбано. Пьеро, несмотря на свою любовь и печаль о Катарине, тоже покорился, но упросил отца взять Леонардо в свой дом на воспитание. В те времена побочных детей не стыдились, почти всегда воспитывали наравне с законными и даже нередко оказывали им предпочтение. Дед согласился, тем более что первый брак сына был бездетным, и поручил мальчика заботам жены своей, доброй старой бабушки моны Лучии ди Пьеро-Зози да Бакаретто.

Так Леонардо, сын незаконной любви двадцатичетырехлетнего флорентинского нотариуса и соблазненной служанки анкианского кабачка, вошел в добродетельное, богобоязненное семейство да Винчи.

В государственном архиве города Флоренции в переписи – катасто от 1457 года хранилась отметка, сделанная рукой деда, нотариуса Антонио да Винчи:

«Леонардо, сын вышереченного Пьеро, незаконнорожденный, от его и от Катарины, ныне жены Аккаттабриги ди Пьеро дель Вакка да Винчи, пяти лет от роду».

Леонардо помнил мать, как сквозь сон, в особенности ее улыбку, нежную, неуловимо скользящую, полную тайны, как будто немного лукавую, странную в этом простом, печальном, строгом, почти сурово прекрасном лице. Однажды во Флоренции, в музее Медичейских садов Сан-Марко, увидел он изваяние, найденное в Ареццо, старинном городе Этрурии, – маленькую медную Кибелу, незапамятно древнюю Богиню Земли, с такою же странною улыбкою, как у молодой поселянки из Винчи, его матери.

О Катарине думал художник, когда писал в своей «Книге о живописи»:

«Не замечал ли ты, как женщины гор, одетые в грубые и бедные ткани, побеждают красотой тех, которые наряжены?»

Знавшие мать его в молодости уверяли, что Леонардо похож на нее. В особенности тонкие длинные руки, мягкие, как шелк, золотистые кудри и улыбка его напоминали Катарину. От отца унаследовал он могущественное телосложение, силу здоровья, любовь к жизни; от матери – женственную прелесть, которой все существо его было проникнуто.

Домик, где жила Катарина с мужем, находился неподалеку от виллы сире Антонио. В полдень, когда дед почивал и Аккаттабрига уходил с волами в поле на работу, мальчик пробирался по винограднику, перелезал через стену и бежал к матери. Она поджидала, сидя на крыльце с веретеном в руках. Завидев его издали, протягивала руки. Он бросался к ней, и она покрывала поцелуями его лицо, глаза, губы, волосы.

Еще более нравились им ночные свидания. В праздничные вечера старый Аккаттабрига уходил в кабак или к кумовьям метать кости. Ночью Леонардо тихонько вставал с широкой семейной постели, где спал рядом с бабушкой Лучией; полуодевшись, неслышно отворял ставни, вылезал из окна, по сучьям развесистого фигового дерева спускался на землю и бежал к дому Катарины. Сладки были ему холод росистой травы, крики ночных коростелей, ожоги крапивы, острые камни, резавшие босые ноги, и блеск далеких звезд, и страх, чтобы бабушка, проснувшись, не хватилась его, и тайна как будто преступных объятий, когда, забравшись в постель Катарины, во мраке, под одеялом, прижимался он к ней всем своим телом.

Мона Лучиа любила и баловала внука. Он помнил всегда одинаковое темно-коричневое платье бабушки, белый платок вокруг темного, покрытого морщинами, доброго лица ее, тихие колыбельные песни и лакомый запах сельского печения – берлингоццо, с поджаренной в сметане корочкой, которое она готовила.

Но с дедом они не поладили. Сначала сире Антонио сам учил внука. Мальчик слушал уроки неохотно. Когда ему исполнилось семь лет, поступил он в школу при церкви св. Петрониллы, рядом с Винчи. Латинская грамота также не шла ему впрок.

Нередко, выйдя поутру из дому, вместо школы забирался он в дикий овраг, поросший тростником, ложился на спину и, закинув голову, целыми часами следил за пролетавшими станицами журавлей с мучительною завистью. Или, не срывая, а только бережно, так, чтобы не повредить, развертывая лепестки цветов, дивился их нежному строению, опушенным рыльцам, влажным от меда тычинкам и пыльникам. Когда сире Антонио уезжал в город по делам, маленький Нардо, пользуясь добротой бабушки, убегал на целые дни в горы и по каменным кручам, над пропастями, никому не ведомыми тропинками, где лазают лишь козы, взбирался на голые вершины Монте-Альбано, откуда видны необозримые луга, рощи, нивы, болотное озеро Фучеккио, Пистойя, Прато, Флоренция, снежные Апуанские Альпы и, в ясную погоду, узкая туманно-голубая полоса Средиземного моря. Возвращался домой исцарапанный, пыльный, загорелый, но такой веселый, что мона Лучиа не имела духу браниться и жаловаться дедушке.

Мальчик жил одиноко. С ласковым дядей Франческо и отцом, дарившим ему городские лакомства, – оба проводили большую часть года во Флоренции, – виделся редко, со школьными товарищами не сходился вовсе. Их игры были ему чужды. Когда обрывали они крылья бабочке, любуясь, как она ползает, – болезненно морщился, бледнел и уходил. Увидев раз, как на скотном дворе старая ключница резала к празднику откормленного молочного поросенка, не объясняя причины, отказывался от мяса, к негодованию сире Антонио.

Однажды школьники, под предводительством некоего Россо, смелого, умного и злого шалуна, поймали крота и, насладившись его мучениями, полуживого, привязали за лапку, чтобы отдать на растерзание овчаркам. Леонардо бросился в толпу детей, повалил трех мальчиков – он был силен и ловок, – пользуясь остолбенением школьников, которые не ожидали такой выходки от всегда тихого Нардо, схватил крота и во весь дух помчался в поле. Опомнившись, товарищи устремились за ним, с криком, смехом, свистом и бранью, швыряя каменьями. Долговязый Россо – он был лет на пять старше Нардо – вцепился ему в волосы, и началась драка. Если бы не подоспел дедушкин садовник Джан-Баттиста, они избили бы его жестоко. Но мальчик достиг своей цели. Во время свалки крот убежал и спасся. В пылу борьбы, защищаясь от нападавшего Россо, Леонардо подбил ему глаз. Отец шалуна, повар жившего на соседней вилле вельможи, пожаловался дедушке. Сире Антонио так рассердился, что хотел высечь внука. Заступничество бабушки отклонило казнь. Нардо был только заперт на несколько дней в чулан под лестницей.

Впоследствии, вспоминая об этой несправедливости, первой в бесконечном ряду других, которые суждено ему было испытать, он спрашивал себя в дневнике своем:

«Если уже в детстве тебя сажали в тюрьму, когда ты поступал, как следует, – что же сделают с тобой теперь, взрослым?»

Сидя в темном чулане, мальчик смотрел, как паук в сердце паутины, отливавшей радугой в луче солнца, высасывал муху. Жертва билась в лапах его с тонким, постепенно замиравшим жужжанием. Нардо мог бы спасти ее, как спас крота. Но смутное, непобедимое чувство остановило его: не мешая пауку пожирать добычу, наблюдал он алчность чудовищного насекомого с таким же бесстрастным и невинным любопытством, как тайны нежного строения цветов.

IV

Неподалеку от Винчи строилась большая вилла для синьора Пандольфо

255

Ручеллаи флорентинским зодчим Биаджо да Равенна, учеником великого Альберти. Леонардо, часто бывая на месте стройки, смотрел, как рабочие выводят стены, ровняют кладку камней угломером, подымают их машинами. Однажды сире Биаджо, заговорив с мальчиком, был удивлен его ясным умом. Сначала мимоходом, полушутя, потом мало-помалу увлекшись, стал он учить его первым основам арифметики, алгебры, геометрии, механики. Невероятной, почти чудесной казалась учителю легкость, с которой ученик схватывал все на лету, как будто вспоминая то, что и прежде знал сам без него.

Дед смотрел косо на причуды внука. Не нравилось ему и то, что он левша: это считалось недобрым знаком. Полагали, что люди, заключающие договор с дьяволом, колдуны и чернокнижники, родятся левшами. Неприязненное чувство к ребенку усилилось в сире Антонио, когда опытная знахарка из Фальтуньяно уверила его, что старуха с Монте-Альбано, из глухого местечка Форнелло, которой принадлежала черная коза, кормилица Нардо, – была ведьмой. Легко могло статься, что колдунья, в угоду дьяволу, очаровала молоко Нардовой козы.

«Что правда, то правда, – думал дед. – Как волка ни корми, все в лес глядит. Ну да видно, воля Господня! В семье не без урода».

С нетерпением ждал старик, чтобы любимый сын Пьеро осчастливил его рождением законного внука, достойного наследника, ибо Нардо был как бы случайный подкидыш, воистину «незаконнорожденный» в этой семье.

Жители Монте-Альбано рассказывали об одной особенности тех мест, нигде более не встречающейся, – белой окраске многих растений и животных: тот, кто не видел собственными глазами, не поверил бы этим рассказам; но путнику, бродившему по Альбанским рощам и лугам, хорошо известно, что в самом деле попадаются там нередко белые фиалки, белая земляника, белые воробьи и даже в гнездах черных дроздов белые птенчики. Вот почему, уверяют обитатели Винчи, вся эта гора еще в незапамятной древности получила название Белой – Монте-Альбано.

Маленький Нардо был одним из чудес Белой горы, уродом в добродетельной и будничной семье флорентинских нотариусов – белым птенцом в гнезде черных дроздов.

V

Когда мальчику исполнилось тринадцать лет, отец взял его из Винчи в свой дом во Флоренцию. С тех пор Леонардо редко посещал родину.

От 1494 года – в это время был он на службе миланского герцога – в одном из дневников художника сохранилась краткая и, по обыкновению, загадочная запись:

«Катарина прибыла 16 июля 1493 года».

Можно было подумать, что речь идет о служанке, принятой в дом по хозяйственной надобности. На самом деле это была мать Леонардо.

После кончины мужа, Аккаттабриги ди Пьеро дель Вакка, Катарина, чувствуя, что и ей остается жить недолго, пожелала перед смертью увидеть сына.

Присоединившись к странницам, которые отправлялись из Тосканы в Ломбардию для поклонения мощам св. Амвросия и честнейшему Гвоздю Господню, пришла она в Милан. Леонардо принял ее с благоговейной

256

нежностью.

Он по-прежнему чувствовал себя с нею маленьким Нардо, каким, бывало, тайно ночью с босыми ножками прибегал и, забравшись в постель, под одеяло, прижимался к ней.

Старушка после свидания с сыном хотела вернуться в родное селение, но он удержал ее, нанял ей и заботливо устроил покойную келью в соседнем девичьем монастыре Санта-Кьяра у Верчельских ворот. Она заболела, слегла, но упорно отказывалась перейти к нему в дом, чтобы не причинить беспокойства. Он поместил ее в лучшей, построенной герцогом Франческо Сфорца, похожей на великолепный дворец больнице Милана – Оспедале Маджоре и навещал каждый день. В последние дни болезни не отходил от нее. А между тем никто из друзей, даже из учеников, не знал о пребывании Катарины в Милане. В дневниках своих он почти не говорил о ней. Только раз упомянул, и то вскользь, по поводу любопытного, как он выражался, «сказочного» лица одной молодой девушки, измученной тяжким недугом, которую наблюдал в то самое время, в той самой больнице, где мать его умирала:

«Giovannina – viso fantastico – sta, asca Catarina, all'ospedale» – «Джованнина – сказочное лицо, – спроси Катарину в больнице». Когда в последний раз прикоснулся он губами к ее холодеющей руке, ему казалось, что этой бедной поселянке из Винчи, смиренной обитательнице гор, обязан он всем, что есть у него. Он почтил ее великолепными похоронами, как будто Катарина была не скромной служанкой анкианского кабачка, а знатною женщиной. С такою же точностью, унаследованною от отца, нотариуса, с какою, бывало, без всякой нужды записывал цены пуговиц, серебряных галунов и розового атласа для нового наряда Андреа Салаино, записал и счет похоронных издержек.

Через шесть лет, в 1500 году, в Милане, уже после гибели Моро, укладывая вещи перед отъездом во Флоренцию, нашел он в одном из шкапов своих тщательно перевязанный небольшой узелок. Это был сельский гостинец, принесенный ему из Винчи Катариною, – две рубахи грубого серого холста, тканного ее собственными руками, и три пары чулок из козьего пуха, тоже самодельных. Он не надевал их, потому что привык к тонкому белью. Но теперь, вдруг увидев этот узелок, забытый среди научных книг, математических приборов и машин, почувствовал, как сердце наполнилось жалостью.

Впоследствии, во время долголетних, одиноких и унылых скитаний из края в край, из города в город, никогда не забывал он брать с собой ненужный, бедный узелок с чулками и рубахами, и каждый раз, пряча его от всех, стыдливо и старательно укладывал с теми вещами, которые были ему особенно дороги.

VI

Эти воспоминания проносились в душе Леонардо, когда по крутой, знакомой с детства тропинке он всходил на Монте-Альбано.

Под уступом скалы, где меньше было ветра, присел на камень отдохнуть и оглянулся: малорослые неопадающие корявые дубы с прошлогодними сухими листьями, мелкие пахучие цветы тускло-зеленого вереска, который здешние поселяне называли «скопа» – «метелка», бледные дикие фиалки, и надо всем неуловимый свежий запах, не то полыни, не то весны, не то каких-то горных неведомых трав. Волнистые горизонты уходили, понижаясь, к долине Арно. Направо возносились голые каменные горы с извилистыми тенями, змеевидными трещинами и серо-лиловыми пропастями. У самых ног его Анкиано белело на солнце. Глубже в долине к заостренно-круглому холму лепилось маленькое, похожее на осиный улей селение Винчи, с башнею крепости, такой же острою и черною, как два кипариса на Анкианской дороге.

Ничто не изменилось: казалось, вчера еще карабкался он по этим тропинкам; и теперь, как сорок лет назад, росла здесь обильная скопа и беловатые фиалки; сухо шелестели дубы сморщенными, темно-коричневыми листьями; сумрачно синело Монте-Альбано; и такое же все кругом было простое, тихое, бедное, бледное, напоминающее Север. А между тем сквозь эту тишину и бледность порой тонкая, едва уловимая прелесть благороднейшей в мире земли, некогда Этрурии, ныне Тосканы, вечно весенней земли Возрождения, сквозила, подобная странной и нежной улыбке в строгом, почти сурово-прекрасном лице молодой поселянки из Винчи, Леонардовой матери.

Он встал и пошел дальше круто подымавшеюся в гору тропинкою. Чем выше, тем холоднее и злее становился ветер.

Опять воспоминания обступили его – теперь о первых годах юности.

VII

Дела нотариуса сире Пьеро да Винчи процветали. Ловкий, веселый и добродушный, один из тех, у которых в жизни все идет как по маслу, которые сами живут и другим жить не мешают, – умел он ладить со всеми. В особенности лица духовного звания благоволили к нему. Сделавшись доверенным богатого монастыря Святейшей Аннунциаты и многих других богоугодных учреждений, сире Пьеро округлял свое имущество, приобретал новые участки, дома, виноградники в окрестностях Винчи, не изменяя прежнего скромного образа жизни, согласно с житейской мудростью сире Антонио. Только на украшения церквей охотно жертвовал и, заботясь о чести рода, положил могильную плиту на семейную гробницу Винчи во Флорентинской Бадии.

Когда умерла первая жена его, Альбьера Амадори, быстро утешившись, тридцативосьмилетний вдовец женился на совсем молоденькой прелестной девушке, почти ребенке, Франческе ди сире Джованни Ланфредини. Детей и от второй жены у него не было. В это время Леонардо жил с отцом во Флоренции, в нанимаемом у некоего Микеле Брандолини доме, на площади Сан-Фиренце, близ Палаццо Веккьо. Сире Пьеро намеревался незаконнорожденному первенцу своему дать хорошее воспитание, не жалея денег, чтобы, может быть, впоследствии, за неимением законных детей, сделать наследником – тоже, конечно, флорентинским нотариусом, как и все старшие сыновья в роде Винчи.

Во Флоренции жил тогда знаменитый естествоиспытатель, математик, физик и астроном Паоло даль Поццо Тосканелли. Он обратился к Христофору Колумбу с письмом, в котором вычислениями доказывал, что морской путь в Индию через страны антиподов не так далек, как предполагают, ободрял к путешествию и предрекал успех. Без помощи и напутствия Тосканелли Колумб не совершил бы своего открытия: великий мореплаватель был только послушным орудием в руках неподвижного созерцателя, – исполнил то, что было задумано и рассчитано в уединенной келье флорентинского ученого. В стороне от блестящего двора Лоренцо Медичи, от изящных и бесплодных болтунов-неоплатоников, подражателей древности, Тосканелли «жил, как святой», по выражению современников, – молчальник, бессребреник, постник, никогда не вкушавший от мяса, и совершенный девственник. Лицо имел безобразное, почти отталкивающее; только светлые, тихие и младенчески простые глаза его были прекрасны.

Когда однажды ночью в 1470 году постучался в двери дома его у палаццо Питти молодой незнакомец, почти мальчик, Тосканелли принял его сурово и холодно, подозревая в госте обычное праздное любопытство. Но, вступив в беседу с Леонардо, он, так же как некогда сире Биаджо да Равенна, поражен был математическим гением юноши. Сире Паоло сделался его учителем. В ясные летние ночи подымались они на один из холмов близ Флоренции, Поджо аль Пино, покрытый вереском, пахучим можжевельником и смолистыми черными соснами, где полуразвалившаяся от ветхости деревянная сторожка служила обсерваторией великому астроному. Он рассказывал ученику все, что знал сам о законах природы.

В этих беседах Леонардо почерпнул веру в новое, еще неведомое людям могущество знания.

Отец не стеснял его, только советовал выбрать какое-либо доходное занятие. Видя, что он постоянно лепит или рисует, сире Пьеро отнес некоторые из этих работ старому приятелю своему, золотых дел мастеру, живописцу и скульптору Андреа дель Вероккьо.

Вскоре Леонардо поступил к нему в мастерскую на выучку.

VIII

Вероккьо, сын бедного кирпичника, был старше Леонардо на семнадцать лет.

Когда с очками на носу и с лупой в руках сидел он за прилавком в полутемной мастерской – боттеге своей, недалеко от Понте Веккьо, в одном из тех старинных, покосившихся домиков, с гнилыми подпорками, стены которых купаются в мутно-зеленых водах Арно, – сире Андреа был скорее похож на обыкновенного флорентинского лавочника, чем на великого художника. Лицо имел неподвижное, плоское, белое, круглое и пухлое, с двойным подбородком; лишь в тонких, плотно сжатых губах и в пронзительно-остром, как игла, взоре крошечных глаз виден был ум, точный и бесстрашно любопытный.

Учителем своим Андреа считал древнего мастера Паоло Учелло. Рассказывали, будто бы, занимаясь отвлеченной математикой, которую он применял к искусству, и головоломными задачами перспективы, презренный и покинутый всеми, Учелло впал в нищету и едва не сошел с ума; целые дни проводил без пищи, целые ночи без сна; порой, лежа в постели с открытыми глазами в темноте, будил жену восклицанием:

– О, сколь сладостная вещь перспектива!

Умер осмеянный и непонятый.

Вероккьо, так же как Учелло, полагал математику общей основой искусства и науки, говорил, что геометрия, будучи частью математики – «матери всех наук», есть в то же время «мать рисунка – отца всех искусств». Совершенное знание и совершенное наслаждение красотою было для него одно и то же. Когда встречал он редкое по уродству или прелести лицо или другую часть тела человеческого, то не отворачивался с брезгливостью, не забывался в мечтательной неге, подобно таким художникам, как Сандро Боттичелли, а изучал, делал анатомические слепки из гипса, чего никто из мастеров не делал до него. С бесконечным терпением сравнивал, мерил, искал новой прелести – но не в чуде, не в сказке, не в соблазнительных сумерках, где Олимп сливается с Голгофою, как Сандро, а в таком проникновении в тайны природы, на какое не дерзал еще никто, ибо не чудо было для Вероккьо истиной, а истина – чудом.

В тот день, как сире Пьеро да Винчи привел к нему в мастерскую своего восемнадцатилетнего сына, участь обоих была решена. Андреа сделался не только учителем, но и учеником ученика своего, Леонардо.

В картине, заказанной Вероккьо монахами Валломброзы, изображавшей крещение Спасителя, Леонардо написал коленопреклоненного ангела. Все, что Вероккьо смутно предчувствовал и чего искал ощупью, как слепой, – Леонардо увидел, нашел и воплотил в этом образе. Впоследствии рассказывали, будто бы учитель, приведенный в отчаяние тем, что мальчик превзошел его, – отказался от живописи. На самом деле вражды между ними не было. Они дополняли друг друга: ученик обладал тою легкостью, которой природа не одарила Вероккьо, учитель – тем сосредоточенным упорством, которого недоставало слишком разнообразному и непостоянному Леонардо. Не завидуя и не соперничая, они часто сами не знали, кто у кого заимствует.

В это время Вероккьо отливал из меди Христа с Фомою для Орсанмикеле.

На смену райским видениям фра Беато и сказочному бреду Боттичелли, впервые, в образе Фомы, влагающего пальцы в язвы Господа, явилось людям еще небывалое на земле дерзновение человека перед Богом – испытующего разума перед чудом.

IX

Первым произведением Леонардо был рисунок для шелковой завесы, тканной золотом во Фландрии, подарка флорентийских граждан королю Португалии. Рисунок изображал грехопадение Адама и Евы. Коленчатый ствол одной из райских пальм изображен был с таким совершенством, что, по словам очевидца, «ум помрачался при мысли о том, как могло быть у человека столько терпения». Женоподобный лик демона-змея дышал соблазнительной прелестью и, казалось, слышались слова его:

«Нет, не умрете, но знает Бог, что в день, в который вкусите их, откроются глаза ваши, и вы будете как боги, знающие добро и зло».

И жена протягивала руку к дереву познания, с тою же улыбкою дерзновенного любопытства, с которой в изваянии Вероккьо Фома Неверный влагал персты свои в язвы Распятого.

Однажды сире Пьеро, по поручению соседа своего, поселянина из Винчи, услугами которого пользовался для рыбной ловли и охоты, попросил

Леонардо изобразить что-либо на круглом деревянном щите, так называемой «ротелле». Подобные щиты с аллегорическими картинами и надписями употреблялись для украшения домов.

Художник задумал изобразить чудище, которое внушало бы зрителю ужас, подобно голове Медузы.

В комнату, куда никто не входил, кроме него, собрал он ящериц, змей, сверчков, пауков, сороконожек, ночных бабочек, скорпионов, летучих мышей и множество других безобразных животных. Выбирая, соединяя, увеличивая разные части их тел, образовал он сверхъестественное чудовище, не существующее и действительное, – постепенно вывел то, чего нет, из того, что есть, с такою же ясностью, с какой Евклид или Пифагор выводят одну теорему из другой.

Видно было, как животное выползает из расщелины утеса, и, казалось, слышно, как шуршит по земле кольчатым черно-блестящим скользким брюхом. Зияющая пасть выхаркивала смрадное дыхание, очи – пламя, ноздри – дым. Но всего изумительнее было то, что ужас чудовища пленял и притягивал, подобно прелести.

Целые дни и ночи проводил Леонардо в запертой комнате, где невыносимое зловоние издохших гадов так заражало воздух, что трудно было дышать. Но в другое время чрезмерно, почти изнеженно чувствительный ко всякому дурному запаху, теперь не замечал он его. Наконец объявил отцу, что картина готова и что он может взять ее. Когда сире Пьеро пришел, Леонардо попросил его подождать в другой комнате, вернулся в мастерскую, поставил картину на деревянный постав, окружил ее черной тканью, притворил ставни так, что один лишь луч падал прямо на ротеллу, и позвал сире Пьеро. Тот вошел, взглянул, вскрикнул и отступил в испуге: ему показалось, что он видит перед собой живое чудовище. Пристальным взором следя, как страх на лице его сменяется удивлением, художник молвил с улыбкой:

– Картина достигает цели: действует именно так, как я того хотел. Возьмите ее – она готова.

В 1481 году от монахов Сан-Донато-а-Скопето получил Леонардо заказ написать запрестольную икону Поклонения Волхвов.

В наброске для этой иконы обнаружил он такое знание анатомии и выражения человеческих чувств в движениях тела, какого до него не было ни у одного из мастеров.

В глубине картины виднеются как бы образы древней эллинской жизни – веселые игры, единоборства наездников, голые тела прекрасных юношей, пустынные развалины храма с полуразрушенными арками и лестницами. В тени оливы на камне сидит Матерь Божия с младенцем Иисусом и улыбается робкою детскою улыбкою, как будто удивляясь тому, что царственные пришельцы неведомых стран приносят сокровища – ладан, мирру и золото, все дары земного величия – в яслях Рожденному. Усталые, согбенные под бременем тысячелетней мудрости, склоняют они свои головы, заслоняя ладонями полуослепшие очи, смотрят на чудо, которое больше всех чудес, – на явление Бога в человеке, и падают ниц перед Тем, Кто скажет: «Истинно, истинно говорю вам, ежели не обратитесь и не станете как дети, не можете войти в царствие Божие».

В этих первых двух созданиях Леонардо как бы очертил весь круг своего созерцания: в Грехопадении – змеиную мудрость в дерзновении разума; в Поклонении Волхвов – голубиную простоту в смирении веры.

Он, впрочем, не кончил этой картины, как впоследствии не кончал ни одной из своих работ. В погоне за совершенством недосягаемым создавал себе трудности, которых кисть не могла победить: утолению, по слову Петрарки, мешала «чрезмерность желания».

Вторая жена сире Пьеро, мадонна Франческа, умерла в юности. Он женился в третий раз на Маргерите, дочери сире Франческо ди Гульельмо, взяв за нею в приданое 365 флоринов. Махеча невзлюбила Леонардо, особенно с тех пор, как осчастливила мужа рождением двух сыновей, Антонио и Джулиано.

Леонардо был расточителен. Сире Пьеро, хотя и не щедро, помогал ему. Мона Маргерита поедом ела мужа за то, что он отнимает имущество у законных наследников и «отдает подкидышу, пащенку, питомцу ведьминой козы», как называла Леонардо.

Среди товарищей в боттеге Вероккьо и в других мастерских было у него также много врагов. Один из них, ссылаясь на необычайную дружбу между учителем и учеником, составил безымянный донос, где обвинял их в содомии. Клевета приобретала подобие вероятия благодаря тому, что молодой Леонардо, будучи прекраснейшим из юношей Флоренции, удалялся от женщин. «Во всей его наружности, – говорил современник, – было такое сияние красоты, что при виде его всякая печальная душа прояснялась».

В том же году, покинув мастерскую Вероккьо, он поселился один. Тогда уже ходили слухи и об «еретических мнениях», о «безбожии» Леонардо. Пребывание во Флоренции становилось для него все более тягостным.

Сире Пьеро доставил сыну выгодный заказ у Лоренцо Медичи. Но Леонардо не сумел ему угодить. От своих приближенных Лоренцо прежде всего требовал хотя и высшего, утонченного, но все же подобострастного поклонения. Слишком смелых и свободных людей недолюбливал.

Тоска бездействия овладевала Леонардо. Он даже вступил было в тайные переговоры с одним вельможей – диодарием Сирийским через посольство египетского султана Каит-бея, которое прибыло во Флоренцию, – чтобы поступить на службу к диодарию главным строителем, хотя знал, что для этого должен был отречься от Христа и перейти в мусульманскую веру.

Ему было все равно куда, только бы прочь из Флоренции. Он чувствовал, что погибнет, если останется в ней.

Случай спас его. Он изобрел многострунную серебряную лютню, наподобие лошадиного черепа. Лоренцо Великолепному, большому любителю музыки, понравился необычный вид и звук этой лютни. Он предложил изобретателю поехать в Милан, чтобы поднести ее в дар герцогу Ломбардии, Лодовико Сфорца Моро.

В 1482 году, тридцати лет от роду, Леонардо покинул Флоренцию и отправился в Милан, не в качестве художника или ученого, а только придворного музыканта. Перед отъездом написал герцогу Моро:

«Изучив и обсудив, Синьор мой Славнейший, работы нынешних изобретателей военных машин, я нашел, что в них нет ничего такого, чем бы они отличались от находящихся во всеобщем употреблении. А посему решаюсь обратиться к Вашей Светлости, дабы открыть ей тайны моего искусства».

И перечислил свои изобретения: мосты чрезвычайно легкие и несгораемые; новый способ разрушать, без помощи бомбард, всякую крепость или замок, ежели только основания их не высечены в камне; подземные ходы и подкопы, пролагаемые бесшумно и быстро под рвами и реками; крытые повозки, врезающиеся во вражий строй, так что никакие силы не могут им противиться; бомбарды, пушки, мортиры, пассаволанты нового «весьма прекрасного и полезного устройства»; осадные тараны, исполинские метательные снаряды и другие орудия «действия изумительного»; и для каждого отдельного случая всевозможное оборонительное и наступательное оружие, корабли, стены которых выдерживают каменные и чугунные ядра; никому не известные взрывчатые составы.

«В мирное время, – заключал он, – надеюсь удовлетворить Вашу Светлость в зодчестве, в сооружении частных и общественных зданий, в устройстве каналов и водопроводов.

Также в искусстве ваяния из мрамора, меди, глины и в живописи могу исполнить какие угодно заказы не хуже всякого другого, кто бы ни был.

И еще могу принять на себя работу по отливке из бронзы Коня, долженствующего быть вечною славою блаженной памяти синьора Вашего отца и всего именитейшего дома Сфорца.

А ежели какие-либо из вышеозначенных изобретений покажутся невероятными, предлагаю сделать опыт в парке вашего замка или во всяком другом месте, которое угодно будет назначить Вашей Светлости, милостивому вниманию коей поручает себя Вашего Высочества всепокорнейший слуга *Леонардо да Винчи* ».

Когда над зеленой равниной Ломбардии увидел он впервые снежные вершины Альп, то почувствовал, что начинается новая жизнь и что эта чужая земля будет для него родной.

X

Так, подымаясь на Монте-Альбано, вспоминал Леонардо полвека своей жизни.

Он уже близок был к вершине Белой горы – к перевалу. Теперь тропинка шла вверх прямо, без извилин, между сухим кустарником и тощими корявыми дубами с прошлогодними листьями. Горы, мутно-лиловые под дыханием ветра, казались дикими, страшными и пустынными – точно не на земле, а на другой планете. Ветер бил в лицо, колол его льдистыми иглами, слепил глаза. Порой камень, сорвавшийся из-под ноги, катился с гулом в пропасть.

Он поднимался все выше и выше – и странная, знакомая с детства отрада была в этом усилии подъема: как будто побеждал он суровые, нахмуренные горы, облитые ветром, и с каждым шагом взор становился длиннее, острее, необъятнее, потому что с каждым шагом даль открывалась все шире и шире.

Весны уже не было: на деревьях – ни почки; даже трава едва зеленела. Пахло только пронзительно влажными мхами. А еще выше, там, куда он шел, были одни камни и бледное небо. Противоположной долины, где находилась Флоренция, не было видно. Но все необозримое пространство до Эмполи расстилалось перед глазами: сначала – горы, холодные, мутно-лиловые, с широкими тенями, уступами и провалами; потом – бесконечные волны холмов, от Ливорно через Кастелину-Маритиму и Вольтерано до Сан-Джиминьяно. И везде – пространство, пустота, воздушность, – как будто узкая тропинка уходила из-под ног, и медленно, с неощутимой плавностью, он летел над этими волнистыми, падающими далями на исполинских крыльях. Здесь крылья казались естественными, нужными, и то, что их нет, вызывало в душе удивление и страх, как у человека, сразу лишившегося ног.

Он вспомнил, как, будучи ребенком, следил за полетом журавлей и, когда доносилось до него чуть слышное курлыканье, как будто призыв: полетим! полетим! – плакал от зависти. Вспомнил, как выпускал тайком скворцов и малиновок из дедушкиных клеток, любуясь радостью освобожденных пленниц; как однажды школьный учитель-монах рассказал ему о сыне Дедала, Икаре, который задумал лететь на крыльях, сделанных из воска, упал и погиб, и как впоследствии на вопрос учителя, кто самый великий из героев древности, он ответил без колебания: «Икар, сын Дедала!» Вспомнил также свое удивление и радость, когда в первый раз на Кампанилле – колокольне флорентинского собора Марии дель Фьоре, среди барельефов Джотто, изображавших все искусства и науки, увидел смешного, неуклюжего человека, летящего механика Дедала, с головы до ног покрытого птичьими перьями. Было у него и еще одно воспоминание самого первого детства, из тех, которые кажутся другим нелепыми, а тому, кто хранит их в душе, полными тайною, как вещие сны.

«Должно быть, подробно писать о Коршуне – судьба моя, – говорил он об этом воспоминании в одном из дневников, – ибо, помню однажды, в раннем детстве, снилось мне, что я лежу в колыбели, и некий Коршун прилетел ко мне, и открыл мне уста, и много раз провел по ним перьями, как бы в знак того, что всю жизнь я буду говорить о Крыльях».

Пророчество исполнилось: Человеческие Крылья стали последнею целью всей его жизни.

И теперь опять, на том же склоне Белой горы, как ребенку сорок лет назад, нестерпимою обидою и невозможностью казалось ему то, что люди бескрылы.

«Кто знает все, тот может все, – думал он. – Только бы знать – и Крылья будут!»

XI

На одном из последних поворотов тропинки почувствовал, что кто-то схватил его сзади за край одежды, – обернулся и увидел ученика своего, Джованни Бельтраффио.

Зажмурив глаза, наклонив голову, придерживая рукой шляпу, Джованни боролся с ветром. Видно было, что давно уже кричал и звал, но ветром относило голос. Когда же учитель обернулся, на этой пустынной мертвой высоте, с развевающимися длинными волосами, с длинной бородой, откинутой ветром за плечи, с выражением непреклонной, как бы беспощадной воли и мысли в глазах, в глубоких морщинах лба, в сурово сдвинутых бровях, лицо его показалось таким чужим и страшным, что ученик едва узнал его. Широкие, бившиеся по ветру складки темно-красного плаща походили на крылья исполинской птицы.

– Только что из Флоренции, – кричал Джованни, но в шуме ветра крик его казался шепотом, и можно было разобрать только отдельные слова: «письмо... важное... велено передать... сейчас...».

Леонардо понял, что получено письмо от Чезаре Борджа.

Джованни передал его учителю. Художник узнал почерк мессера Агапито, секретаря герцога.

– Ступай вниз! – крикнул он, взглянув на посинелое от холода лицо Джованни. – Я сейчас...

Бельтраффио начал спускаться по круче, цепляясь за ветви кустарников, скользя по камням, согнувшись, съёжившись, – такой маленький, жалкий, хилый и слабый, что вот-вот, казалось, буря подымет и умчит его, как былинку.

Леонардо смотрел ему вслед, и жалобный вид ученика напомнил учителю собственную слабость его – проклятье бессилья, тяготевшее над всей его жизнью, – бесконечный ряд неудач: бессмысленную гибель Колосса, Тайной Вечери, падение механика Астро, несчастия всех, кто любил его, ненависть Чезаре, болезнь Джованни, суеверный ужас в глазах Майи и страшное, вечное одиночество.

«Крылья! – подумал он. – Неужели и это погибнет, как все, что я делаю?»

И ему пришли на память слова, которые больной механик Астро шептал в бреду, – ответ Сына Человеческого тому, кто соблазнял его ужасом и восторгом полета: «Не искушай Господа Бога твоего».

Он поднял голову, еще суровее сжал тонкие губы, сдвинул брови и снова стал подыматься, побеждая ветер и гору.

Тропинка исчезла; он шел теперь без дороги, по голому камню, где, может быть, никто никогда не ходил до него.

Еще одно усилие, один последний шаг – и он остановился на краю обрыва. Дальше идти было некуда, можно было только лететь. Скала окончилась, оборвалась, и по ту сторону открылась доселе невидимая, противоположная бездна. Воздушная, мглистая, мутно-лиловая, зияла она, как будто внизу, под ногами, была не земля, а такое же небо, пустота, бесконечность, как вверху, над головою.

Ветер превратился в ураган, гудел и грохотал в ушах, подобно оглушающему грому, – точно невидимые быстрые, злые птицы пролетали мимо, рой за роем, трепеща и свистя исполинскими крыльями.

Леонардо наклонился, заглянул в бездну, и вдруг опять, но с такою силою, как еще никогда, знакомое с детства чувство естественной необходимости, неизбежности полета охватило его.

– Будут, – прошептал он, – будут крылья! Не я, так другой, все равно – человек полетит. Дух не солгал: познавшие крылаты будут, как боги!

И ему представился царь воздуха, победитель всех пределов и тяжестей, сын человеческий, во славе и силе своей, Великий Лебедь, летящий на крыльях, исполинских, белых, сверкающих, как снег, в лазури неба.

И душу его наполнила радость, подобная ужасу.

Когда он спускался с Монте-Альбано, солнце уже близко было к закату. Кипарисы под густыми желтыми лучами казались черными, как уголь, удалявшиеся горы – нежными и прозрачными, как аметист. Ветер слабел.

Он подошел к Анкиано. Вдруг из-за поворота, внизу, в глубокой, уютной долине, похожей на колыбель, открылось маленькое темное селение Винчи – осиный улей, с острой, как черные кипарисы, башней крепости.

Остановился, вынул памятную книжку и записал:

«С Горы, которая получила имя свое от Победителя», – Vinci-vincere значит *побеждать* , – «предпримет свой первый полет Великая Птица – человек на спине большого Лебедя, наполняя мир изумлением, наполняя все книги своим бессмертным именем. И вечная слава гнезду, где он родился!»

Взглянув на родное селение у подножия Белой горы, он повторил:

– Вечная слава гнезду, где родился Великий Лебедь!

Письмо Агапито требовало немедленного прибытия нового герцогского механика в лагерь Чезаре для сооружения осадных машин к предстоящему приступу Фаэнцы.

Через два дня Леонардо выехал из Флоренции в Романью к Чезаре Борджа.

Книга XII
ИЛИ ЦЕЗАРЬ – ИЛИ НИЧТО
I

«Мы, Чезаре Борджа де Франча, Божьей милостью герцог Романьи, князь Андрии, повелитель Пиомбино и прочее, и прочее, Святейшей Римской Церкви Знаменосец и главный Капитан.

Всем наместникам, кастелланам, военачальникам, Кондотьерам, Оффичиалам, солдатам и подданным нашим повелеваем: подателя сего, именитейшего и возлюбленнейшего, главного при особе нашей Строителя и Зодчего, Леонардо Винчи, дружественно принимать, ему и всем, кто с ним, пропуск чинить беспошлинный, – мерить, осматривать и всякую по желанию виденную вещь в крепостях и замках наших обсуждать дозволяя, потребных людей немедленно наряжая, всякую помощь и содействие усердно оказывая. С волей же вышереченного Леонардо, кому надзор за крепостями и замками во владениях наших поручаем, остальным строителям нашим по всякому делу в соглашение входить приказываем.

Дано в Павии, августа 18-го дня, года от Рождества Христова 1502-го, правления же нашего в Романье лета второго. Чезаре, Герцог Романьи. Cesar Dux Romandiolae».

Таков был пропуск Леонардо для предстоявшего осмотра крепостей.

В это время, при помощи обманов и злодеяний, совершаемых под верховным покровительством римского первосвященника и христианнейшего короля Франции, Чезаре Борджа завоевывал древнюю Церковную Область, полученную будто бы папами в подарок от императора Константина Равноапостольного. Отняв город Фаэнцу у законного государя, восемнадцатилетнего Асторре Манфреди, город Форли у Катарины Сфорца, – обоих, ребенка и женщину, доверившихся рыцарской чести его, бросил он в римскую тюрьму Св. Ангела. С герцогом Урбино заключил союз для того, чтобы, обезоружив его, предательски напасть, как нападают разбойники на больших дорогах, и ограбить.

Осенью 1502 года задумал поход на Бентиволио, правителя Болоньи, дабы, овладев этим городом, сделать его столицей нового государства. Ужас напал на соседних правителей, которые поняли, что каждый из них, в свою очередь, рано или поздно будет жертвой Чезаре, и что он мечтает, уничтожив соперников, объявить себя единым самодержавным повелителем Италии.

28 сентября враги Валентино, кардинал Паоло, герцог Гравина Орсини, Вителоццо Вителли, Оливеротто да Фермо, Джан-Паоло Бальони, правитель Перуджи, и Антонио Джордани да Венафро, посол правителя Сиены, Пандольфо Петруччи, собрались в городе Маджоне, на равнине Карпийской, и заключили тайный союз против Чезаре. Между прочим, на этом собрании Вителоццо Вителли поклялся клятвой Ганнибала – в течение года умертвить, заточить или выгнать из Италии общего врага.

Только что распространилась весть о маджонском заговоре – к нему присоединились бесчисленные государи, обиженные Чезаре. Герцогство Урбино возмутилось и отпало. Собственные войска изменяли ему. Король Франции медлил с помощью. Чезаре был на краю гибели. Но, преданный и покинутый, почти безоружный, он был все еще страшен. Пропустив в малодушных перекорах и колебаниях самое выгодное время, чтобы уничтожить его, враги вступили с ним в переговоры и согласились на перемирие. Хитростями, угрозами и обещаниями обольстил он их, опутал и разъединил. Со свойственным ему глубоким искусством лицемерия, очаровывая любезностями новых друзей, звал их в только что сдавшийся город Синигаллию, будто бы для того, чтобы уже не на словах, а на деле, в общем походе, доказать свою преданность.

Леонардо был одним из главных приближенных Чезаре Борджа.

По поручению герцога украшал завоеванные города великолепными зданиями, дворцами, школами, книгохранилищами, строил обширные казармы для Чезаревых войск на месте разрушенной крепости Кастель-Болоньезе, вырыл гавань Порто-Чезенатико, лучшую на всем западном берегу Адриатического моря, и соединил ее каналом с Чезеною; заложил могущественную крепость в Пьомбино; сооружал боевые машины, рисовал военные карты и, следуя всюду за герцогом, присутствуя во всех местах, где совершались кровавые подвиги Чезаре – в Урбино, Пезаро, Имоле, Фаэнце, Чезене, Форли, по обыкновению, вел краткий, точный дневник. Но ни единым словом не упоминал в этих заметках о Чезаре, как будто не видя или не желая видеть того, что совершалось вокруг. Записывал каждую мелочь, встречавшуюся на пути: способ, которым земледельцы Чезены соединяли плодовые деревья висячими лозами, устройство рычагов, приводивших в движение соборные колокола в Сиене, странную, тихую музыку в звуках падающих струй городского фонтана Римини. Срисовывал голубятню и башню с витою лестницей в замке Урбино, откуда только что бежал злополучный герцог Гвидобальдо, ограбленный Чезаре, по выражению современников, «в одной нижней сорочке». Наблюдал, как в Романье, у подножия Апеннин, пастухи, чтобы усилить звучность рога, вставляют его широким концом в узкое отверстие глубоких пещер – и громоподобный звук, наполняющий долину, повторяемый эхом, становится так силен, что стада, пасущиеся на самых далеких горах, слышат его. Один на берегу пустынного моря в Пьомбино, целыми днями следил, как набегает волна на волну, то выбрасывая, то всасывая щебень, щепки, камни и водоросли. «Так сражаются волны из-за добычи, которая достается победителю», – писал Леонардо. И между тем как вокруг него нарушались все законы справедливости человеческой – не осуждая, не оправдывая, созерцал он в движении волн, по виду случайном и прихотливом, на самом деле неизменном и правильном, ненарушимые законы справедливости божественной – механики, установленной Первым Двигателем.

9 июня 1502 года, близ Рима, в Тибре, найдены были мертвые тела юного государя Фаэнцы, Асторре, и брата его, удавленных, с веревками и камнями на шее, выброшенных в реку из тюрьмы Св. Ангела. Тела эти, по словам современников, столь прекрасные, что «подобных им не нашлось бы среди тысячи», хранили знаки противоестественного насилия. Народной молвой злодеяние было приписано Чезаре.

В это время Леонардо отметил в своем дневнике:

«В Романье употребляют повозки на четырех колесах; два передних – маленькие, два задних – большие; устройство нелепое, ибо по законам физики – смотри пятый параграф моих Элементов – вся тяжесть упирается в передние колеса».

Так, умалчивая о величайших нарушениях законов духовного равновесия, возмущался он нарушением законов механики в устройстве романьольских телег.

II

Во второй половине декабря 1502 года герцог Валентино со всем своим двором и войском переехал из Чезены в город Фано, на берегу Адриатического моря, на речке Арцилле, милях в двадцати от Синигаллии, где назначено было свидание с бывшими заговорщиками, Оливератто да Фермо, Орсини и Вителли. В конце этого же месяца к Чезаре выехал Леонардо из Пезаро.

Отправившись утром, он думал быть на месте к сумеркам. Но поднялась вьюга. Горы покрыты были непроходимыми снегами. Мулы то и дело спотыкались. Копыта скользили по обледенелым камням. Внизу, слева от узкой, над самой кручей, горной тропинки, шумели волны Адриатики, черные, разбивавшиеся о белый снежный берег. К ужасу проводника, мул его шарахнулся, почуяв тело висельника, качавшееся на суке осины.

Стемнело. Поехали наудачу, отпустив поводья, доверившись умным животным. Вдали замерцал огонек. Проводник узнал большой постоялый двор под Новиларою, местечком в горах, как раз на полпути между Фано и Пезаро.

Долго пришлось им стучаться в громадные двери, обитые железными гвоздями, похожие на ворота крепости. Наконец вышел заспанный конюх с фонарем, потом хозяин гостиницы. Он отказал в ночлеге, объявив, что не только все комнаты, но и конюшни битком набиты – нет будто бы ни одной постели, на которой не спало бы в эту ночь человека по три, по четыре, и все люди знатные – военные и придворные из свиты герцога.

Когда Леонардо назвал ему себя и показал пропуск с печатью и подписью герцога, хозяин рассыпался в извинениях, предложил свою собственную комнату, занятую пока лишь тремя начальниками ратных людей из французского союзного отряда Ив-д'Аллегра, которые, напившись, спали мертвым сном, а сам с женой вызвался лечь в каморке, рядом с кузницей.

Леонардо вошел в комнату, служившую столовой и кухней, точно такую же, как во всех гостиницах Романьи, – закоптелую, грязную, с пятнами сырости на голых облупленных стенах, с курами и цесарками, дремавшими тут же на шесте, поросятами, визжавшими в решетчатой закуте, рядами золотистых луковиц, кровяных колбас и окороков, подвешенных к почернелым брусьям потолка. В огромном очаге с нависшей кирпичной трубой пылал огонь, и на вертеле шипела свиная туша. В красном отблеске пламени, за длинными столами, гости ели, пили, кричали, спорили, играли в зернь, шашки и карты. Леонардо присел к огню в ожидании заказанного ужина.

За соседним столом, где среди слушателей художник узнал старого капитана герцогских копейщиков Бальдассаре Шипионе, главного придворного казначея, Алессандро Спаноккия и феррарского посла, Пандольфо Коленуччо, неизвестный человек, размахивая руками, с необыкновенным воодушевлением говорил тонким, визгливым голосом:

– Примерами из новой и древней истории могу я это доказать, синьоры, с точностью математической! Вспомните только государства, которые приобрели военную славу, – римлян, лакедемонян, афинян, этолийцев, ахеян и множество племен по ту сторону Альп. Все великие завоеватели набирали войска из граждан собственного народа: Нин – из ассирийцев, Кир – из персов, Александр – из македонян... Правда, Пирр и Ганнибал одерживали победы с наемниками; но тут уже все дело в необычайном искусстве вождей, сумевших вдохнуть в чужеземных солдат мужество и доблесть народного ополчения. К тому же не забывайте главного положения, краеугольного камня военной науки: в пехоте, говорю я, и только в пехоте решающая сила войска, а не в коннице, не в огнестрельных орудиях и порохе – этой нелепой выдумке новых времен!..

– Увлекаетесь, мессер Никколо, – с вежливой улыбкой возразил капитан копейщиков, – огнестрельные орудия приобретают с каждым днем все большее значение. Что бы вы ни говорили о спартанцах и римлянах, смею думать, что нынешние войска гораздо лучше вооружены, чем древние. Не в обиду будь сказано вашей милости, эскадрон французских рыцарей или артиллерии с тридцатью бомбардами опрокинул бы скалу, а не только отряд вашей римской пехоты!

– Софизмы! Софизмы! – горячился мессер Никколо. – Я узнаю в словах ваших, синьоре, пагубное заблуждение, которым лучшие военные люди нашего века извращают истину. Погодите, когда-нибудь полчища северных варваров протрут итальянцам глаза, и увидят они жалкое бессилие наемников, убедятся в том, что конница и артиллерия выеденного яйца не стоят перед твердыней правильной пехоты, – но будет поздно… И как только люди спорят против очевидности? Хоть бы о том подумали, что с ничтожным отрядом пехоты Лукулл разбил сто пятьдесят тысяч конницы Тиграна, среди которой были когорты всадников точь-в-точь такие же, как эскадроны нынешних французских рыцарей!..

С любопытством посмотрел Леонардо на этого человека, говорившего о победах Лукулла так, как будто видел их собственными глазами.

На незнакомце было длинное платье из темно-красного сукна, величавого покроя, с прямыми складками, какое носили почтенные государственные люди Флорентийской Республики, между прочим, секретари посольства. Но платье имело вид поношенный: кое-где, правда на местах не очень заметных, были пятна; рукава лоснились. Судя по краю рубашки, которая обыкновенно выставлялась наружу тонкой полоской на шее из-под плотно застегнутого ворота, белье было сомнительной свежести. Большие узловатые руки с мозолью на среднем пальце, как у людей, которые много пишут, замараны чернилами. Представительного, внушающего людям почтение мало было в наружности этого человека, еще не старого, лет сорока, худощавого, узкоплечего, с поразительно живыми, резкими, угловатыми чертами лица, странными до необычайности. Иногда во время разговора, подняв вверх плоский и длинный, точно утиный нос, закинув маленькую голову назад, прищурив глаза и задумчиво выставив вперед оттопыренную нижнюю губу, смотрел он поверх головы собеседника, как будто вдаль, делаясь похожим на зоркую птицу, которая вглядывается в очень далекий предмет, вся насторожившись и вытянув тонкую длинную шею. В беспокойных движениях, в лихорадочном румянце на выдающихся широких скулах над смуглыми и впалыми бритыми щеками и особенно в больших серых тяжко-пристальных глазах угадывался внутренний огонь. Эти глаза хотели быть злыми; но порой сквозь выражение холодной горечи, едкой насмешки мелькало в них что-то робкое и жалобное.

Мессер Никколо продолжал развивать свою мысль о военной силе пехоты, и Леонардо удивлялся смешению правды и лжи, безграничной смелости и рабского подражания древним в словах этого человека. Доказывая бесполезность огнестрельного оружия, упомянул он между прочим о том, как труден прицел пушек большого размера, ядра которых проносятся или чересчур высоко над головами врагов, или чересчур низко, не долетая до них. Художник оценил остроту и меткость этого наблюдения, зная сам по опыту несовершенства тогдашних бомбард. Но тотчас же затем, высказав мнение, что крепости не могут защитить государства, сослался Никколо на римлян, не строивших крепостей, и жителей Лакедемона, не позволявших укреплять Спарту, дабы иметь оплотом лишь мужество граждан, и, как будто все, что делали и думали древние, было истиной непререкаемой, привел знаменитое в школах изречение спартанца о стенах Афин: «Они были бы полезны, если бы в городе обитали только женщины».

Окончания спора Леонардо не слышал, потому что хозяин повел его наверх в комнату, приготовленную для ночлега.

К утру вьюга разыгралась. Проводник отказывался ехать, уверяя, что в такую погоду добрый человек и собаки из дома не выгонит. Художник должен был остаться еще на день.

От нечего делать он стал прилаживать в кухонном очаге самовращающийся вертел собственного изобретения – большое колесо с наискось расположенными лопастями, приводимое в движение тягой нагретого воздуха в трубе и, в свою очередь, двигавшее вертел.

– С такою машиною, – объяснил Леонардо удивленным зрителям, – повару нечего бояться, что жаркое пригорит, ибо степень жара остается равномерной: когда он увеличивается, вертел ускоряет, когда уменьшается – замедляет движение.

Совершенный кухонный вертел устраивал художник с такою же любовью и вдохновением, как человеческие крылья.

В той же комнате мессер Никколо объяснял молодым французским сержантам артиллерии, отчаянным игрокам, найденное будто бы им в законах отвлеченной математики правило выигрывать в кости наверняка, побеждая прихоти «фортуны-блудницы», как он выражался. Умно и красноречиво излагал он правило, но каждый раз, как пытался доказать его на деле, – проигрывал, к немалому удивлению своему и злорадству слушателей, утешаясь, впрочем, тем, что допустил ошибку в применении верного правила. Игра кончилась объяснением, неприятным для мессера Никколо: когда наступило время расплачиваться, оказалось, что кошелек его пуст и что он играл в долг.

Поздно вечером приехала с огромным количеством тюков и ящиков, с многочисленными слугами, пажами, конюхами, шутами, арапками и разными потешными животными вельможная венецианская кортиджана, «великолепная блудница» Лена Гриффа, та самая, которая некогда во Флоренции едва не подверглась нападению Священного Воинства маленьких инквизиторов брата Джироламо Савонаролы.

Года два назад, по примеру многих подруг своих, мона Лена покинула свет, превратилась в кающуюся Магдалину и постриглась в монахини, для того чтобы впоследствии возвысить себе цену в знаменитом «Тарифе кортиджан, или Рассуждении для знатного иностранца, в коем обозначены цены и качества всех кортиджан Венеции с именами их своден». Из темной монашеской куколки выпорхнула блестящая бабочка. Лена Гриффа быстро пошла в гору: по обыкновению кортиджан высшего полета, уличная венецианская «маммола» – «душка» сочинила себе пышное родословное древо, из коего явствовало, что она ни более ни менее как незаконная дочь брата миланского герцога, кардинала Асканио Сфорца. В то же время сделалась главной наложницей одного дряхлого, наполовину выжившего из ума и несметно богатого кардинала. К нему-то Лена Гриффа и ехала теперь из Венеции в город Фано, где монсеньор ожидал ее при дворе Чезаре Борджа.

Хозяин был в затруднении: отказать в ночлеге такой знатной особе – «ее преподобию», наложнице кардинала, не смел, а свободных комнат не было. Наконец удалось ему войти в соглашение с анконскими купцами, которые за обещанную скидку в счете перешли ночевать в кузницу, уступив свою спальню свите вельможной блудницы. Для самой госпожи потребовал он комнату у мессера Никколо и его сожителей, французских рыцарей Ив-д'Аллегра, предложив им лечь тоже в кузнице, вместе с купцами.

Никколо рассердился и начал было горячиться, спрашивая хозяина, в своем ли он уме, понимает ли, с кем имеет дело, позволяя себе такие дерзости с порядочными людьми из-за первой встречной потаскухи. Но тут вступилась хозяйка, женщина словоохотливая и воинственная, которая «жиду языка не закладывала». Она заметила мессеру Никколо, что, прежде чем браниться и буянить, следовало бы заплатить по счету за свой собственный харч, слугу и трех лошадей, кстати отдать и четыре дуката, которые муж ее ссудил ему по доброте сердечной еще в прошлую пятницу. И как будто про себя, но достаточно громко, чтобы все присутствовавшие могли ее слышать, пожелала злую Пасху тем шаромыжникам, прощелыгам, что шляются по большим дорогам, выдают себя невесть за каких важных господ, а живут на даровщинку, и туда же, нос еще задирают перед честными людьми.

Должно быть, в словах этой женщины была доля правды; по крайней мере, Никколо неожиданно притих, потупив глаза под ее обличительным взором, и, видимо, размышлял, как бы отступить поприличнее.

Слуги уже выносили вещи из его комнаты, и безобразная мартышка, любимица мадонны Лены, полузамерзшая во время путешествия, корчила жалобные рожи, вскочив на стол с бумагами, перьями и книгами мессера Никколо, среди которых были «Декады» Тита Ливия и «Жизни знаменитых людей» Плутарха.

– Мессере, – обратился к нему Леонардо с любезной улыбкой, – если бы вам угодно было разделить со мной ночлег, я счел бы за большую честь для себя оказать вашей милости эту незначительную услугу.

Никколо обернулся к нему с некоторым удивлением и еще более смутился, но тотчас оправился и поблагодарил с достоинством.

Они перешли в комнату Леонардо, где художник позаботился отвести своему новому сожителю лучшее место.

Чем больше наблюдал он его, тем привлекательнее и любопытнее казался ему этот странный человек.

Он сообщил ему свое имя и звание – Никколо Макиавелли, секретарь Совета Десяти Флорентинской Республики.

Месяца три назад лукавая и осторожная Синьория отправила Макиавелли для переговоров к Чезаре Борджа, которого надеялась перехитрить, отвечая на все его предложения оборонительного союза против общих врагов, Бентиволио, Орсини и Вителли, платоническими и двусмысленными изъявлениями дружбы. На самом деле Республика, опасаясь герцога, не желала иметь его ни врагом, ни другом. Мессеру Никколо Макиавелли, лишенному всяких действительных полномочий, поручено было выхлопотать только пропуск флорентинским купцам через владения герцога по берегу Адриатического моря – дело, впрочем, немаловажное для торговли, «этой кормилицы Республики», как выражалась напутственная грамота Синьоров.

Леонардо также назвал ему себя и свой чин при дворе Валентино. Они разговорились с естественной легкостью и доверием, свойственным людям противоположным, одиноким и созерцательным.

– Мессере, – тотчас признался Никколо, и эта откровенность понравилась художнику, – я слышал, конечно, что вы великий мастер. Но должен вас предупредить, в живописи я ничего не смыслю и даже не люблю ее, хотя полагаю, что искусство это могло бы мне ответить то же, что Данте некогда ответил зубоскалу, который на улице показал ему фигу: одной моей я не дам тебе за сто твоих. Но я слышал также, что герцог Валентино считает вас глубоким знатоком военной науки, и вот о чем хотелось бы мне когда-нибудь побеседовать с вашею милостью. Всегда казалось мне, что это – предмет тем более важный и достойный внимания, что гражданское величие народов зиждется на могуществе военном, на количестве и качестве постоянного войска, как я докажу в моей книге о монархиях и республиках, где естественные законы, управляющие жизнью, ростом, упадком и смертью всякого государства, будут определены с такою же точностью, с какой математик определяет законы чисел, естествоиспытатель – законы физики и механики. Ибо надо вам сказать, до сих пор все, кто писал о государстве...

Но тут он остановился и перебил себя с добродушною улыбкою:

– Виноват, мессере! Я, кажется, злоупотребляю вашею любезностью: может быть, политика вас так же мало занимает, как живопись меня?..

– Нет-нет, напротив, – молвил художник, – или вот что: скажу вам так же откровенно, как вы, мессер Никколо. Я в самом деле не люблю обычных толков людей о войне и делах государственных, потому что эти разговоры лживы и суетны. Но ваши мнения так непохожи на мнения большинства, так новы и необычайны, что, поверьте, я слушаю вас с большим удовольствием.

– Ой, берегитесь, мессере Леонардо! – рассмеялся Никколо еще добродушнее. – Как бы не пришлось вам раскаяться: вы меня еще не знаете; ведь это мой конек – сяду на него и уж не слезу, пока вы сами не прикажете мне замолчать! Хлебом не корми меня, только с умным человеком дай поговорить о политике! Но вот беда, где их возьмешь, умных людей? Наши великолепные синьоры знать ничего не хотят, кроме рыночных цен на шерсть да на шелк, а я, – прибавил он с гордой и горькой усмешкой, – я, видно, уж таким уродился по воле судеб, что, не умея рассуждать ни об убытках, ни о прибылях, ни о шерстяном, ни о шелковом промысле, должен выбрать одно из двух: или молчать, или говорить о делах государственных.

Художник еще раз успокоил его и, чтобы возобновить беседу, которая в самом деле казалась ему любопытною, спросил:

– Вы только что сказали, мессере, что политика должна быть точным знанием, таким же, как науки естественные, основанные на математике, почерпающие свою достоверность из опыта и наблюдения над природой. Так ли я вас понял?

– Так, так! – произнес Макиавелли, сдвинув брови, прищурив глаза, смотря поверх головы Леонардо, весь насторожившись и сделавшись похожим на зоркую птицу, которая вглядывается в очень далекий предмет, вытянув тонкую длинную шею. – Может быть, я не сумею этого сделать, – продолжал он, – но я хочу сказать людям то, чего никто никогда еще не говорил о делах политических. Платон в своей «Республике», Аристотель в «Политике», св. Августин в «Граде Господнем» – все, кто писал о государстве, не видели самого главного – законов естественных, управляющих жизнью всякого народа и находящихся вне человеческой воли, вне зла и добра. Все говорили о том, что кажется добрым и злым, благородным и низким, воображая себе такие правления, какие должны быть, но каких нет и не может быть в действительности. Я же хочу не того, что должно быть, и не того, что кажется, а лишь того, что есть на самом деле. Я хочу исследовать природу великих тел, именуемых республиками и монархиями, – без любви и ненависти, без хвалы и порицания, как математик исследует природу чисел, анатом – строение тела. Знаю, что это трудно и опасно, ибо люди нигде так не боятся истины и не мстят за нее, как в политике, но я все-таки скажу им истину, хотя бы потом они сожгли меня на костре, как брата Джироламо!

С невольной улыбкой следил Леонардо за выражением пророческой и в то же время легкомысленной, словно школьнической дерзости в лице Макиавелли, в глазах его, блестевших странным, почти безумным блеском, – и думал:

«С каким волнением говорит он о спокойствии, с какой страстью – о бесстрастии!»

– Мессер Никколо, – молвил художник, – ежели вам удастся исполнить этот замысел, открытия ваши будут иметь не менее великое значение, чем Евклидова геометрия или исследования Архимеда в механике.

Леонардо в самом деле был удивлен новизной того, что слышал от мессере Никколо. Он вспомнил, как, еще тринадцать лет назад, окончив книгу с рисунками, изображавшими внутренние органы человеческого тела, приписал сбоку на полях:

«Да поможет мне Всевышний изучить природу людей, их нравов и обычаев, так же, как я изучаю внутреннее строение человеческого тела».

IV

Они беседовали долго. Леонардо, между прочим, спросил его, как мог он во вчерашнем разговоре с капитаном копейщиков отрицать всякое боевое значение крепостей, пороха, огнестрельного оружия; не было ли это простой шуткою?

– Древние спартанцы и римляне, – возразил Никколо, – непогрешимые учителя военного искусства, не имели понятия о порохе.

– Но разве опыт и познания природы, – воскликнул художник, – не открыли нам многого, и каждый день не открывает еще большего, о чем и помышлять не смели древние?

Макиавелли упрямо стоял на своем.

– Я думаю, – твердил он, – в делах военных и государственных новые народы впадают в ошибки, уклоняясь от подражания древним.

– Возможно ли такое подражание, мессер Никколо?

– Отчего же нет? Разве люди и стихии, небо и Солнце изменили движение, порядок и силы свои, стали иными, чем в древности?

И никакие доводы не могли его разубедить. Леонардо видел, как смелый до дерзости во всем остальном, становился он вдруг суеверным и робким, словно школьный педант, только что речь заходила о древности.

«У него великие замыслы, но как-то исполнит он их?» – подумал художник, невольно вспомнив игру в кости, во время которой Макиавелли так остроумно излагал отвлеченные правила, но каждый раз, как пытался доказать их на деле – проигрывал.

– А знаете ли, мессере, – воскликнул Никколо среди спора с искрою неудержимой веселости в глазах, – чем больше я слушаю вас, тем больше удивляюсь – ушам своим не верю!.. Ну подумайте только, какое нужно было редкое соединение звезд, чтобы мы с вами встретились! Умы человеческие, говорю я, бывают трех родов: первые – те, кто сам все видит и угадывает; вторые видят, когда им другие указывают, последние сами не видят и того, на что им указывают, не понимают. Первые – лучшие и наиболее редкие; вторые – хорошие, средние; последние обычные и никуда не годные. Вашу милость... ну да, пожалуй, и себя, чтобы не быть заподозренным в чрезмерной скромности, я причисляю к первому роду людей. Чему вы смеетесь? Разве не правда? Воля ваша – думайте, что хотите, а я верю, что это недаром, что тут воля верховных судеб совершается, и для меня не скоро в жизни повторится такая встреча, как сегодня с вами, ибо я знаю, как мало на свете умных людей. А чтобы достойно увенчать нашу беседу, позвольте мне прочесть одно прекраснейшее место из Ливия и послушайте мое объяснение.

Он взял со стола книгу, придвинул заплывший сальный огарок, надел железные, сломанные и тщательно перевязанные ниткою очки с большими круглыми стеклами и придал лицу своему выражение строгое, благоговейное, как во время молитвы или священнодействия.

Но только что поднял он брови и указательный палец, готовясь искать ту главу, из коей явствует, что победы и завоевания ведут государства неблагоустроенные скорее к гибели, чем к величию, и произнес первые, звучащие как мед, слова торжественного Ливия, – дверь тихонько отворилась, и в комнату, крадучись, вошла маленькая, сгорбленная и сморщенная старушка.

– Синьоры мои, – прошамкала она, кланяясь низко, – извините за беспокойство. Госпожи моей, яснейшей мадонны Лены Гриффы любимый зверек сбежал – кролик с голубою ленточкой на шейке. Ищем, ищем, весь дом обшарили, с ног сбились, ума не приложим, куда запропастился...

– Никакого здесь кролика нет, – сердито прервал ее мессер Никколо, – ступайте прочь!

И встал, чтобы выпроводить старуху, но вдруг посмотрел на нее внимательно сквозь очки, потом, опустив их на кончик носа, посмотрел еще раз поверх стекол, всплеснул руками и воскликнул:

– Мона Альвиджа! Ты ли это, старая хрычовка? А я-то думал, что давно уже черти крючьями стащили падаль твою в пекло!..

Старуха прищурила подслеповатые хитрые глаза и осклабилась, отвечая на ласковые ругательства беззубой улыбкой, от которой сделалась еще безобразнее:

– Мессере Никколо! Сколько лет, сколько зим! Вот не гадала, не чаяла, что Бог приведет еще встретиться...

Макиавелли извинился перед художником и пригласил мону Альвиджу в кухню покалякать, вспомнить доброе старое время. Но Леонардо уверил его, что они ему не мешают, взял книгу и сел в стороне. Никколо подозвал слугу и велел подать вина с таким видом, точно был в доме почтеннейшим гостем.

– Скажи-ка, братец, этому мошеннику хозяину, чтобы не смел угощать нас той кислятиной, что подал мне намедни, ибо мы с моной Альвиджей не любим скверного вина, так же как священник Арлотто, который, говорят, и перед Святыми Дарами из плохого вина ни за что бы не стал на колени, полагая, что оно не может претвориться в кровь Господню!..

Мона Альвиджа забыла кролика, мессер Никколо – Тита Ливия, и за кувшином вина разговорились они, как старые друзья.

Из беседы этой Леонардо понял, что старуха некогда сама была кортиджаной, потом содержательницей дома терпимости во Флоренции, сводней в Венеции и теперь служила главной ключницей, заведующей гвардаробою мадонны Лены Гриффы. Макиавелли расспрашивал ее об общих знакомых, о пятнадцатилетней голубоглазой Аталанте, которая однажды, говоря о любовном грехе, воскликнула с невинною улыбкою: «Разве это хула на Духа Святого? Монахи и священники могут проповедовать, что им угодно, – никогда не поверю я, будто бы доставлять бедным людям удовольствие – смертный грех!» – о прелестной мадонне Риччеи, муж которой замечал с равнодушием философа, когда ему сообщали об изменах супруги: жена в доме, что огонь в очаге – давай соседям, сколько хочешь, не убудет. Вспомнили и толстую рыжую Мармилию, которая каждый раз, бывало, склоняясь на мольбы своих поклонников, набожно опускала завесу перед иконою, «чтобы Мадонна не увидала».

Никколо в этих сплетнях и непристойностях, по-видимому, чувствовал себя как рыба в воде. Леонардо удивлялся превращению государственного мужа, секретаря Флорентийской Республики, тихого и мудрого собеседника в беспутного гуляку, завсегдатая притонов. Впрочем, истинной веселости не было в Макиавелли, и художник угадывал тайную горечь в его циничном смехе.

– Так-то, государь мой! Молодое растет, старое старится, – заключила Альвиджа, впадая в чувствительность и качая головой, как дряхлая парка любви. – Времена уже нынче не те...

– Врешь, старая ведьма, чертова угодница! – лукаво подмигнул ей Никколо. – Не гневи-ка ты Бога, кума. Кому другому, а вашей сестре нынче масленица. Теперь у хорошеньких женщин ревнивых и бедных мужей не бывает вовсе, и, вступив в дружбу с такими мастерицами, как ты, живут они припеваючи. Самые гордые синьоры охотно сдаются за деньги – по всей Италии свальный грех да непотребство. Распутную женщину от честной только разве и отличишь, что по желтому знаку...

Упомянутый желтый знак был особою шафранного цвета головною повязкою, которую закон обязывал носить блудниц, с тою целью, чтобы не смешивали их в толпе с честными женщинами.

– Ох, не говорите, мессере! – сокрушенно вздохнула старуха. – Куда же нынешнему веку против прежнего? Да хотя бы то взять: не так давно еще в Италии о французской болезни никто не слыхивал – жили мы как у

Христа за пазухой. Или опять же насчет этого желтого знака – и, Боже ты мой, просто беда! Верите ли, в прошлый карнавал госпожу мою едва в тюрьму не упрятали. Ну посудите сами, статочное ли дело мадонне Лене желтый знак носить?

– А почему бы ей не носить?

– Что вы, что вы, как можно, помилуйте! Разве яснейшая мадонна какая-нибудь уличная девчонка из тех, что со всякой сволочью шляются? Да известно ли милости вашей, что одеяло на ее постели великолепнее папских облачений в день св. Пасхи? Что же касается до ума и учености, тут уж она, полагаю, и самих докторов Болонского университета за пояс заткнет. Послушали бы вы только, как рассуждает она о Петрарке, о Лауре, о бесконечности небесной любви!..

– Еще бы, – усмехнулся Никколо, – кому же и знать бесконечность любви, как не ей!..

– Да уж смейтесь, смейтесь, мессере, а ведь вот, ей-богу, чтобы мне с этого места не встать: намедни, как читала она свое послание в стихах одному бедному юноше, которому советует обратиться к упражнению в добродетелях, слушала я, слушала, да и расплакалась, ну так за душу и хватает, точь-в-точь как бывало в Санта-Мария дель Фьоре на проповедях брата Джироламо, царствие ему небесное. Воистину новый Туллий Цицерон! И то сказать, недаром же знатнейшие господа платят ей за один разговор о тайнах платонической любви разве что на два или на три дуката менее, чем другим за целую ночь. А вы говорите – желтый знак!

В заключение мона Альвиджа рассказала про собственную молодость: и она была прекрасна, и за нею ухаживали; все ее прихоти исполнялись; и чего только она, бывало, не выделывала. Однажды в городе Падуе, в соборной ризнице сняла митру с епископа и надела на свою рабыню. Но с годами красота поблекла, поклонники рассеялись, и пришлось ей жить сдачей комнат внаймы да стиркою белья. А тут еще заболела и дошла до такой нищеты, что хотела на церковной паперти просить подаяния, чтобы купить яду и отравиться. Только Пречистая Дева спасла ее от смерти: с легкой руки одного старого аббата, влюбленного в ее соседку, жену кузнеца, вступила мона Альвиджа на торный путь, занялась более выгодным промыслом, чем стирка белья.

Рассказ о чудесной помощи Матери Господа, ее особливой Заступницы, прерван был служанкою мадонны Лены, прибежавшей сказать, что госпожа требует у ключницы баночки с мазью для мартышки, отморозившей лапу, и «Декамерона» Боккаччо, которого вельможная блудница читала перед сном и прятала под подушку вместе с молитвенником.

По уходе старухи Никколо вынул бумагу, очинил перо и стал сочинять донесение великолепным синьорам Флоренции о замыслах и действиях герцога Валентино – послание, полное государственной мудрости, несмотря на легкий, полушутливый слог.

– Мессере, – молвил он вдруг, поднимая глаза от работы и взглядывая на художника, – а признайтесь-ка, удивились вы, что я так внезапно перешел от беседы о самых великих и важных предметах, о добродетелях древних спартанцев и римлян к болтовне о девчонках со сводней? Но не осуждайте меня слишком строго и вспомните, государь мой, что этому разнообразию нас учит сама природа в своих вечных противоположностях и превращениях. А ведь главное – бесстрашно следовать природе во всем! Да и к чему притворяться? Все мы люди, все человеки. Знаете старую басню о том, как философ Аристотель в присутствии ученика своего Александра Великого, по прихоти распутной женщины, в которую влюблен был без памяти, стал на четвереньки и взял ее к себе на спину, и бесстыдная, голая, поехала верхом на мудреце, как на муле? Конечно, это только басня, но смысл ее глубок. Уж если сам Аристотель решился на такую глупость из-за смазливой девчонки, – где же нам, грешным, устоять?..

Час был поздний. Все давно спали. Было тихо. Только сверчок пел в углу и слышалось, как за деревянной перегородкой в соседней комнате мона Альвиджа что-то лепечет, бормочет, натирая лекарственной мазью отмороженную лапку обезьяны.

Леонардо лег, но долго не мог заснуть и смотрел на Макиавелли, прилежно склоненного над работою с обгрызенным гусиным пером в руках. Пламя огарка бросало на голую белую стену огромную тень от головы его с угловатыми резкими очертаниями, с оттопыренною нижнею губою, непомерно длинною тонкой шеей и длинным птичьим носом. Кончив донесение о политике Чезаре, запечатав обертку сургучом и сделав обычную на спешных посылках надпись – cito, citissime, celerrime – скорее, самое скорое, наискорейшее! – открыл он книгу Тита Ливия и погрузился в любимый многолетний труд – составление объяснительных примечаний к Декадам.

«Юний Брут, притворившись дураком, – писал он, – приобрел больше славы, чем самые умные люди. Рассматривая всю его жизнь, прихожу я к тому заключению, что он действовал так, дабы избегнуть подозрений и тем легче низвергнуть тирана, – пример, достойный подражания для всех цареубийц. Ежели могут они восстать открыто, то, конечно, это благороднее. Но когда сил не хватает для явной борьбы, следует действовать тайно, вкрадываясь в милость государя и не брезгуя ничем, чтобы ее заслужить, деля с монархом все его пороки и будучи ему сообщником в распутстве, ибо такое сближение, во-первых, спасет жизнь мятежника, во-вторых, позволит ему, при удобном случае, погубить государя. Итак, говорю я, должно притворяться дураком, подобно Юнию Бруту – хваля, порицая и утверждая обратное тому, что думаешь, дабы вовлечь тирана в погибель и возвратить свободу отечеству».

Леонардо следил, как при свете потухающего огарка странная черная тень на белой стене плясала и корчила бесстыдные рожи, между тем как лицо секретаря Флорентинской Республики хранило торжественное спокойствие, словно отблеск величия Древнего Рима. Только в самой глубине глаз да в углах извилистых губ сквозило порой выражение двусмысленное, лукавое и горько-насмешливое, почти такое же циничное, как во время беседы о девочках со своднею.

V

На следующее утро вьюга утихла. Солнце искрилось в заиндевелых мутно-зеленых стеклах маленьких окошек постоялого двора, как в бледных изумрудах. Снежные поля и холмы сияли, мягкие, как пух, ослепительно белые под голубыми небесами.

Когда Леонардо проснулся, сожителя уже не было в комнате. Художник сошел вниз, в кухню. Здесь в очаге пылал большой огонь и на новом самовращающемся вертеле шипело жаркое. Хозяин не мог налюбоваться машиною Леонардо, а дряхлая старушка, пришедшая из глухого горного селения, смотрела, выпучив глаза, в суеверном ужасе, на баранью тушу, которая сама себя подрумянивала, ходила, как живая, повертывая бока так, чтобы не пригореть.

Леонардо велел проводнику седлать мулов и присел к столу, чтобы закусить на дорогу. Рядом мессер Никколо в чрезвычайном волнении разговаривал с двумя новыми приезжими. Один из них был гонец из Флоренции, другой – молодой человек безукоризненной светской наружности, с лицом, как у всех, не глупым, не умным, не злым и не добрым, незапоминаемым лицом толпы, – некий мессер Лучо, как впоследствии узнал Леонардо, двоюродный племянник Франческо Веттори, знатного гражданина, имевшего большие связи и дружески расположенного к Макиавелли, родственник самого гонфалоньера Пьеро Содерини. Отправляясь по семейным делам в Анкону, Лучо взялся отыскать Никколо в Романье и передать ему письмо флорентинских друзей. Приехал он вместе с гонцом.

– Напрасно изволите беспокоиться, мессер Никколо, – говорил Лучо. – Дядя Франческо уверяет, что деньги скоро будут высланы. Еще в прошлый четверг синьоры обещали ему...

– У меня, государь мой, – злобно перебил его Макиавелли, – двое слуг да три лошади, которых обещаниями великолепных синьоров не накормишь! В Имоле получил я 60 дукатов, а долгов заплатил на 70. Если бы не сострадание добрых людей, секретарь Флорентинской Республики умер бы с голоду. Нечего сказать, хорошо заботятся синьоры о чести города, принуждая доверенное лицо свое при чужом дворе выпрашивать по три, по четыре дуката на бедность!..

Он знал, что жалобы тщетны. Но ему было все равно, только бы излить накипевшую горечь. В кухне почти никого не было: они могли говорить свободно.

– Наш соотечественник, мессер Леонардо да Винчи, – гонфалоньер должен его знать, – продолжал Макиавелли, указывая на художника, и Лучо вежливо поклонился ему, – мессер Леонардо вчера еще был свидетелем оскорблений, которым я подвергаюсь... Я требую, слышите, не прошу, а требую отставки! – закончил он, все более горячась и, видимо, воображая в лице молодого флорентинца всю Великолепную Синьорию. – Я человек бедный. Дела мои в расстройстве. Я, наконец, болен. Если так будет продолжаться, меня привезут домой в гробу! К тому же все, что можно было сделать с данными мне полномочиями, я здесь уже сделал. А затягивать переговоры, ходить вокруг да около, шаг вперед, шаг назад, и хочется, и колется – слуга покорный! Я считаю герцога слишком умным для такой ребяческой политики. Я, впрочем, писал вашему дяде...

– Дядя, – возразил Лучо, – конечно, сделает для вас, мессере, все, что в силах, – но вот беда: Совет Десяти считает донесения ваши столь необходимыми для блага Республики, проливающими такой свет на здешние дела, что никто и слышать не хочет о вашей отставке. Мы бы де и рады, да заменить его некем. Единственный, говорят, золотой человек, ухо и око нашей Республики. Могу вас уверить, мессер Никколо, – письма ваши имеют такой успех во Флоренции, что большего вы сами не могли бы желать. Все восхищаются неподражаемым изяществом и легкостью вашего слога. Дядя мне говорил, что намедни в зале Совета, когда читали одно из шуточных ваших посланий, синьоры так и покатывались со смеху...

– А, так вот оно что! – воскликнул Макиавелли, и лицо его вдруг передернулось. – Ну, теперь я все понимаю: синьорам письма мои по вкусу пришлись. Слава Богу, хоть на что-нибудь да пригодился мессер Никколо! Они там, изволите ли видеть, со смеху покатываются, изящество слога моего оценивают, пока я здесь живу как собака, мерзну, голодаю, дрожу в лихорадке, терплю унижение, бьюсь как рыба об лед – все для блага Республики, черт бы ее побрал вместе с гонфалоньером, этой слезливой старой бабой. Чтоб вам всем ни гроба ни савана...

Он разразился площадной бранью. Привычное бессильное негодование наполняло его при мысли об этих вождях народа, которых он презирал и у которых был на посылках.

Желая переменить разговор, Лучо подал Никколо письмо от молодой жены его, моны Мариетты.

Макиавелли пробежал несколько строк, нацарапанных детским крупным почерком на серой бумаге.

«Я слышала, – писала между прочим Мариетта, – что в тех краях, где вы находитесь, свирепствуют лихорадки и другие болезни. Можете себе представить, каково у меня на душе. Мысли о вас ни днем, ни ночью не дают мне покоя. Мальчик, слава Богу, здоров. Он становится удивительно похож на вас. Личико белое, как снег, а головка в густых черных-пречерных волосиках, точь-в-точь как у вашей милости. Он кажется мне красивым, потому что похож на вас. И такой живой, веселый, как будто ему уже год. Верите ли, только что родился, открыл глазенки и закричал на весь дом... А вы не забывайте нас, и очень, очень прошу, приезжайте скорее, потому что я более ждать не могу и не буду. Ради Бога, приезжайте! А пока да сохранит вас Господь, Приснодева Мария и великомощный мессер Антонио, коему непрестанно о здравии вашей милости молюсь».

Леонардо заметил, что во время чтения этого письма лицо Макиавелли озарилось доброю улыбкой, неожиданной для резких, угловатых черт его, как будто из-за них выглянуло лицо другого человека. Но оно тотчас же скрылось. Презрительно пожав плечами, скомкал он письмо, сунул в карман и проворчал сердито:

– И кому только понадобилось сплетничать о моей болезни?

– Невозможно было скрыть, – возразил Лучо. – Каждый день мона Мариетта приходит к одному из ваших друзей или членов Совета Десяти, расспрашивает, выпытывает, где вы и что с вами...

– Да уж знаю, знаю, не говорите – беда мне с ней!

Он нетерпеливо махнул рукой и прибавил:

– Дела государственные должно поручать людям холостым. Одно из двух – или жена, или политика!

И, немного отвернувшись, резким, крикливым голосом продолжал:

– Не имеете ли вы намерения жениться, молодой человек?

– Пока нет, мессер Никколо, – ответил Лучо.

– И никогда, слышите, никогда не делайте этой глупости. Сохрани вас Бог. Жениться, государь мой, это все равно что искать угря в мешке со змеями! Супружеская жизнь – бремя для спины Атласа, а не обыкновенного смертного. Не так ли, мессер Леонардо?

Леонардо смотрел на него и угадывал, что Макиавелли любит мону Мариетту с глубокою нежностью, но, стыдясь этой любви, скрывает ее под маскою бесстыдства.

Гостиница опустела. Постояльцы, вставшие спозаранку, разъехались. Собрался в путь и Леонардо. Он пригласил Макиавелли ехать вместе. Но тот грустно покачал головою и ответил, что ему придется ждать из Флоренции денег, чтобы расплатиться с хозяином и нанять лошадей. От недавней напускной развязности в нем и следа не оставалось. Он весь вдруг поник, опустился, казался несчастным и больным. Скука неподвижности, слишком долгого пребывания на одном и том же месте была для него убийственна. Недаром в одном письме члены Совета Десяти упрекали его за слишком частые, беспричинные переезды, которые производили путаницу в делах: «Видишь, Никколо, до чего доводит нас этот твой непоседливый дух, столь жадный к перемене мест».

Леонардо взял его за руку, отвел в сторону и предложил денег взаймы. Никколо отказался...

– Не обижайте меня, друг мой, – молвил художник. – Вспомните то, что сами вчера говорили: какое нужно редкое соединение звезд, чтобы встретились такие люди, как мы. Зачем же лишаете вы меня и себя этого благодеяния судьбы? И разве вы не чувствуете, что не я вам, а вы мне оказали бы сердечную услугу?..

В лице и голосе художника была такая доброта, что Никколо не имел духу огорчить его и взял тридцать дукатов, которые обещал возвратить, как только получит деньги из Флоренции. Тотчас расплатился он в гостинице с щедростью вельможи.

VI

Выехали. Утро было тихое, нежное, с почти весеннею теплотою и капелью на солнце, с душисто-морозною свежестью в тени. Глубокий снег с голубыми тенями хрустел под копытами. Между белыми холмами сверкало бледно-зеленое зимнее море, и желтые косые паруса, подобные крыльям золотистых бабочек, кое-где мелькали на нем.

Никколо болтал, шутил и смеялся. Каждая мелочь вызывала его на неожиданно забавные или печальные мысли.

Проезжая бедное селение рыбаков на берегу моря и горной речки Арциллы, увидели путники на маленькой церковной площади жирных веселых монахов в толпе молодых поселянок, которые покупали у них крестики, четки, кусочки мощей, камешки из дома Лореттской Богоматери и перышки из крыльев Архангела Михаила.

– Чего зеваете? – крикнул Никколо мужьям и братьям поселянок, стоявшим тут же на площади. – Не подпускайте монахов к женщинам! Разве вы не знаете, как жир легко зажигается огнем и как любят святые отцы, чтобы красавицы не только называли их, но и делали отцами?

Заговорив со спутником о римской церкви, он стал доказывать, что она погубила Италию.

– Клянусь Вакхом, – воскликнул он, и глаза его загорелись негодованием, – я полюбил бы, как себя самого, того, кто принудил бы всю эту сволочь – попов и монахов отречься или от власти, или от распутства!

Леонардо спросил его, что он думает о Савонароле. Никколо признался, что одно время был пламенным его приверженцем, надеялся, что он спасет Италию, но скоро понял бессилие пророка.

– Опротивела мне до тошноты вся эта ханжеская лавочка. И вспоминать не хочется. Ну их к черту! – заключил он брезгливо.

VII

Около полудня въехали они в ворота города Фано. Все дома переполнены были солдатами, военачальниками и свитой Чезаре. Леонардо, как придворному зодчему, отвели две комнаты близ дворца на площади. Одну из них предложил он спутнику, так как достать другое помещение было трудно.

Макиавелли пошел во дворец и вернулся с важною новостью: главный герцогский наместник дон Рамиро де Лорка был казнен. Утром в день Рождества, 25 декабря, народ увидел на Пьяцетте между Замком и Роккою Чезены обезглавленный труп, валявшийся в луже крови, рядом – топор, и на копье, воткнутом в землю, отрубленную голову Рамиро.

– Причины казни никто не знает, – заключил Никколо. – Но теперь об этом только и говорят по всему городу. И мнения прелюбопытные! Я нарочно зашел за вами. Пойдемте-ка на площадь, послушаем. Право же, грешно пренебрегать таким случаем изучения на опыте естественных законов политики!

Перед древним собором Санто-Фортунато толпа ожидала выхода герцога. Он должен был проехать в лагерь для смотра войск. Разговаривали о казни наместника. Леонардо и Макиавелли вмешались в толпу.

– Как же, братцы? Я в толк не возьму, – допытывался молодой ремесленник с добродушным и глуповатым лицом, – как же сказывали, будто бы более всех вельмож любил он и жаловал наместника?

– Потому-то и взыскал, что любил, – наставительно молвил кузнец благообразной, почтенной наружности, в беличьей шубе. – Дон Рамиро обманывал герцога. Именем его народ угнетал, в тюрьмах и пытках морил, лихоимствовал. А перед государем овечкой прикидывался. Думал, шито да крыто. Не тут-то было! Час пришел, исполнилась мера долготерпения государева, и первого вельможу своего не пощадил он для блага народа, приговора не дождавшись, голову на плахе отрубил, как последнему злодею, чтобы другим не повадно было. Теперь небось все, у кого рыльце в пуху, хвосты поджали – видят, страшен гнев его, праведен суд. Смиренного милует, гордого сокрушает!

– Regas eos in virga ferrea, – привел монах слова Откровения: «Будешь пасти их жезлом железным».

– Да, да, жезлом бы их всех железным, собачьих детей, мучителей народа!

– Умеет казнить – умеет миловать!

– Лучшего государя не надо!

– Истинно так! – молвил поселянин. – Сжалился, видно, Господь над Романьей. Прежде, бывало, с живого и с мертвого шкуру дерут, поборами разоряют. И так-то есть нечего, а тут за недоимки последнюю пару волов со двора уводят. Только и вздохнули при герцоге Валентино – пошли ему Господь здоровья!

– Тоже и суды, – продолжал купец. – Бывало, таскают, таскают – всю душу вымотают. А теперь мигом решат, так что скорее не надо!

– Сироту защитил, вдовицу утешил, – прибавил монах.

– Жалеет, что говорить, жалеет народ!

– Никому в обиду не даст!

– О Господи, Господи! – всхлипывая от умиления, залепетала дряхлая старушка-нищенка. – Отец ты наш, благодетель, кормилец, сохрани тебя Матерь Царица Небесная, солнышко наше ясное!..

– Слышите, слышите? – шепнул Макиавелли на ухо спутнику. – Глас народа – глас Божий! Я всегда говорил: надо быть в долине, чтобы видеть горы, – надо быть с народом, чтобы знать государя. Вот куда привел бы я тех, кто считает герцога извергом! Утаил сие от премудрых, неразумным открыл.

Зазвучала военная музыка. Толпа заволновалась.

– Он... Он... Едет... Смотрите...

Приподымались на цыпочки, вытягивали шеи. Из окон высовывались любопытные головы. Молодые девушки и женщины с влюбленными глазами выбегали на балконы и лоджии, чтобы видеть героя – «Чезаре белокурого, прекрасного» – «Cesare biondo e bello». Это было редкое счастье, ибо герцог почти никогда не показывался народу.

Впереди шли музыканты с оглушительно звонким бряцаньем литавров, сопровождавшим тяжелую поступь солдат. За ними романьольская гвардия герцога – все отборные молодые красавцы, с трехлоктевыми алебардами, в железных шлемах и панцирях, в двухцветной одежде – правая половина желтая, левая красная. Никколо налюбоваться не мог истинно древнею римскою стройностью этого войска, созданного Чезаре. За гвардией выступали пажи и стремянные, в одеждах невиданной роскоши – в камзолах золотой парчи, в накидках пунцового бархата, с вытканными золотом листьями папоротника; ножны и пояса мечей – из змеиной чешуи с пряжками, изображавшими семь голов ехидны, мечущих к небу свой яд, – знаменье Борджа. На груди выткано было серебром по черному шелку: «Caesar». Далее – телохранители герцога, албанские страдиоты в зеленых турецких чалмах, с кривыми ятаганами. Маэстро дель кампо – начальник лагеря, Бартоломео Капраника, нес поднятый вверх обнаженный меч Знаменосца Римской Церкви. За ним, на черном берберийском жеребце с бриллиантовым солнцем в челке, ехал сам повелитель Романьи, Чезаре Борджа, герцог Валентино, в бледно-лазоревой шелковой мантии, с белыми жемчужными лилиями Франции, в гладких, как зеркало, бронзовых латах, с разинутой львиной пастью на панцире, в шлеме, изображавшем морское чудовище или дракона с колючими перьями, крыльями и плавниками из кованой, тонкой, при каждом движении звонко трепещущей меди.

Лицо Валентино – ему было двадцать шесть лет – похудело и осунулось с тех пор, как Леонардо увидел его впервые при дворе Людовика XII в Милане. Черты сделались резче. Глаза с черно-синим блеском вороненой стали – тверже и непроницаемее. Белокурые волосы, все еще густые, и раздвоенная бородка потемнели. Удлинившийся нос напоминал клюв хищной птицы. Но совершенная ясность, как прежде, царила в этом бесстрастном лице. Только теперь в нем было выражение еще более стремительной отваги и ужасающей остроты, как в обнаженном отточенном лезвии.

За герцогом следовала артиллерия, лучшая во всей Италии – тонкие медные кулеврины, фальконеты, чербонаты, толстые чугунные мортиры, стрелявшие каменными ядрами. Запряженные волами, катились они с глухим потрясающим гулом и грохотом, который сливался со звуками труб и литавров. В багровых лучах заходящего солнца пушки, панцири, шлемы, копья вспыхивали молниями, и казалось, Чезаре ехал в царственном пурпуре зимнего вечера, как триумфатор, прямо к этому огромному, низкому и кровавому солнцу.

Толпа смотрела на героя молча, затаив дыхание, желая и не смея приветствовать его криками, в благоговении, подобном ужасу. Слезы текли по щекам старой нищенки.

– Святые угодники!.. Матерь Пречистая! – лепетала она, крестясь. – Привел-таки Господь увидеть светлое личико твое, солнышко ты наше красное!..

И сверкающий меч, врученный папой Чезаре для защиты Церкви Господней, казался ей огненным мечом самого Архангела Михаила.

Леонардо невольно усмехнулся, заметив одинаковое выражение простодушного восторга в лице Никколо и полоумной нищенки.

VIII

Вернувшись домой, художник нашел подписанное главным секретарем герцога, Агапито, приказание на следующий день явиться к его высочеству.

Лучо, который, продолжая путь в Анкону, остановился отдохнуть в городе Фано и должен был выехать утром, пришел к ним проститься. Никколо заговорил о казни Рамиро де Лорки. Лучо спросил его, что думает он о действительной причине этой казни.

– Угадывать причины действий такого государя, как Чезаре, трудно, почти невозможно, – возразил Макиавелли. – Но ежели угодно вам знать, что я думаю, – извольте. До завоевания герцогом Романьи, как вам известно, находясь под игом множества отдельных ничтожных тиранов, полна была буйствами, грабежами и насилиями. Чезаре, чтобы положить им сразу конец, назначил главным наместником умного и верного слугу своего, дона Рамиро де Лорку. Лютыми казнями, пробудившими в народе спасительный страх перед законом, в короткое время прекратил он беспорядок и водворил совершенное спокойствие в стране. Когда же государь увидел, что цель достигнута, то решил истребить орудие жестокости своей: велел схватить наместника под предлогом лихоимства, казнить и выставить на площади труп. Это ужасное зрелище в одно и то же время удовлетворило и оглушило народ. А герцог извлек три выгоды из действия, полного глубокою и достойною подражания мудростью: во-первых, с корнем вырвал плевелы раздоров, посеянные в Романье прежними слабыми тиранами; во-вторых, уверив народ, будто бы жестокости совершены были без ведома государя, умыв руки во всем и свалив бремя ответственности на голову наместника, воспользовался добрыми плодами его свирепости; в-третьих, принося в жертву народу своего любимого слугу, явил образец высокой и неподкупной справедливости.

Он говорил спокойным, тихим голосом, сохраняя бесстрастную неподвижность в лице, как будто излагал выводы отвлеченной математики; только в самой глубине глаз дрожала, то потухая, то вспыхивая, искра шаловливой, дерзкой, почти школьнически задорной веселости.

– Хороша справедливость, нечего сказать! – воскликнул Лучо. – Да ведь из ваших слова, мессере Никколо, выходит, что это мнимое правосудие – величайшая гнусность!

Секретарь Флоренции опустил глаза, стараясь потушить их резвый огонь.

– Может быть, – прибавил он холодно, – очень может быть, мессере; но что же из того?

– Как – что из того? Неужели гнусность считаете вы достойною подражания государственною мудростью?

Макиавелли пожал плечами.

– Молодой человек, когда вы приобретете некоторую опытность в политике, то сами увидите, что между тем, как люди поступают, и тем, как должно поступать, такая разница, что забывать ее – значит обрекать себя на верную гибель, ибо все люди по природе злы и порочны, ежели выгода или страх не принуждают их к добродетели. Вот почему, говорю я, государь, чтобы избегнуть гибели, должен прежде всего научиться искусству казаться добродетельным, но быть или не быть им, смотря по нужде, не страшась укоров совести за те тайные пороки, без коих сохранение власти невозможно, ибо, с точностью исследуя природу зла и добра, приходишь к заключению, что многое кажущееся доблестью уничтожает, а кажущееся пороком возвеличивает власть государей.

– Помилуйте, мессере Никколо! – возмутился наконец Лучо. – Да ведь если так рассуждать, то все позволено, нет такого злодейства и низости, которых бы нельзя оправдать...

– Да, все позволено, – еще холоднее и тише произнес Никколо и, как бы углубляя значение этих слов, поднял руку и повторил: – Все позволено тому, кто хочет и может властвовать! Итак, – продолжал он, – возвращаясь к тому, с чего мы начали, я заключаю, что герцог Валентино, объединивший Романью при помощи дона Рамиро, прекративший в ней грабежи и насилия, – не только разумнее, но и милосерднее в своей жестокости, чем, например, флорентинцы, допускающие постоянные мятежи и буйства в подчиненных им землях, ибо лучше жестокость, поражающая немногих, чем милосердие, от которого гибнут в мятежах народы.

– Позвольте, однако, – видимо, запутанный и ошеломленный,

спохватился Лучо. – Как же так? Разве не было великих государей, чуждых всякой жестокости? Ну хотя бы император Антонин или Марк Аврелий – да мало ли других в летописях древних и новых народов?..

– Не забывайте, мессере, возразил Никколо, – что я пока имел в виду не столько наследственные, сколько завоеванные монархии, не столько сохранение, сколько приобретение власти. Конечно, императоры Антонин и Марк Аврелий могли быть милосердными без особенного вреда для государства, потому что в прошлые века совершенно было достаточно свирепых и кровавых деяний. Вспомните только, что при основании Рима один из братьев, вскормленных волчицею, умертвил другого – злодеяние ужасное, – но, с другой стороны, как знать, если бы не совершилось братоубийство, необходимое для установления единодержания, – существовал ли бы Рим, не погиб ли бы он среди неизбежных раздоров двоевластия? И кто посмеет решить, какая чаша весов перевесит, если на одну положить братоубийство, на другую – все добродетели и мудрость Вечного Города? Конечно, следует предпочитать самую темную долю величию царей, основанному на подобных злодеяниях. Но тот, кто раз покинул путь добра, должен, если не хочет погибнуть, вступить на эту роковую стезю без возврата, чтобы идти по ней до конца, ибо люди мстят только за малые и средние обиды, тогда как великие отнимают у них силы для мщения. Вот почему государь может причинять своим подданным только безмерные обиды, воздерживаясь от малых и средних. Но большею частью, выбирая именно этот средний путь между злом и добром, самый пагубный, люди не смеют быть ни добрыми, ни злыми до конца. Когда злодейство требует величия духа, они отступают перед ним и с естественною легкостью совершают только обычные подлости.

– Волосы дыбом встают от того, что вы говорите, мессере Никколо! – ужаснулся Лучо, и так как светское чувство подсказывало ему, что всего приличнее отделаться шуткой, прибавил, стараясь улыбнуться: – Впрочем, воля ваша, я все-таки представить себе не могу, чтобы вы в самом деле думали так. Мне кажется невероятным...

– Совершенная истина почти всегда кажется невероятною, – прервал его Макиавелли сухо.

Леонардо, внимательно слушавший, давно уже заметил, что, притворяясь равнодушным, Никколо бросал на собеседника украдкою испытующие взоры, как бы желая измерить силу впечатления, которое производят мысли его, – удивляет ли, пугает ли новизна их и необычайность? В этих косвенных, неуверенных взорах было тщеславие. Художник чувствовал, что Макиавелли не владеет собой и что ум его, при всей своей остроте и тонкости, не обладает спокойною побеждающей силой. Из нежелания думать как все, из ненависти к общим местам впадал он в противоположную крайность – в преувеличение, в погоню за редкими, хотя бы неполными, но во что бы то ни стало поражающими истинами. Он играл неслыханными сочетаниями противоречивых слов – например, *добродетель* и *свирепость*, как фокусник играет обнаженными шпагами, с бесстрашною ловкостью. У него была целая оружейная палата этих отточенных, блестящих, соблазнительных и страшных полуистин, которыми он метал, словно ядовитыми стрелами, во врагов своих, подобных мессеру Лучо, – людей толпы, мещански благопристойных и здравомыслящих. Он мстил им за их торжествующую пошлость, за свое непонятное превосходство, колол, язвил – но не убивал, даже не ранил.

И художнику вспомнилось вдруг его собственное чудовище, которое некогда изобразил он на деревянном щите – ротелле, по заказу сире Пьеро да Винчи, создав его из разных частей отвратительных гадов. Не образовал ли и мессер Никколо так же бесцельно и бескорыстно своего богоподобного изверга, несуществующего и невозможного Государя, противоестественное и пленительное чудовище, голову Медузы – на страх толпе?

Но вместе с тем под этой беспечною прихотью и шалостью воображения, под бесстрастием художника Леонардо угадывал в нем действительно великое страдание – как будто фокусник, играя мечами, нарочно резал себя до крови: в прославление чужих жестокостей была жестокость к самому себе.

«Не из тех ли он жалких больных, которые ищут утоления боли, растравляя собственные раны?» – думал Леонардо.

И все-таки последней тайны этого темного, сложного, столь близкого и чуждого сердца он еще не знал.

В то время как он смотрел на Макиавелли с глубоким любопытством, мессер Лучо беспомощно, как в нелепом сне, боролся с призрачною головою Медузы.

– Что ж? Я спорить не буду, – отступал он в последнюю твердыню здравого смысла. – Может быть, есть некоторая доля правды в том, что говорите вы о необходимой жестокости государей, если применить это к великим людям прошедших веков. Им простится многое, потому что добродетель и подвиги их выше всякой меры. Но помилуйте, мессере Никколо, при чем же тут герцог Романьи? Quod licet Jovi, non licet bovi[32]. Что позволено Александру Великому и Юлию Цезарю, позволено ли Александру VI и Чезаре Борджа, о котором пока ведь еще неизвестно, что он такое – Цезарь или ничто?[33], aut nihil» (*лат.*) – девиз Чезаре Борджа.] Я, по крайней мере, думаю, и со мною все согласятся...

– О, конечно, с вами все согласятся! – уже явно теряя самообладание, перебил Никколо. – Только это еще не доказательство, мессере Лучо. Истина обитает не на больших дорогах, по которым ходят все. А чтобы кончить спор, вот вам последнее слово мое: наблюдая действия Чезаре, я нахожу их совершенными и полагаю, что тем, кто приобретает власть оружием и удачей, можно указать на него как на лучший образец для подражания. Такая свирепость с такою добродетелью соединились в нем, он так умеет ласкать и уничтожать людей, так прочны основания власти, заложенные им в столь короткое время, что уже и теперь это – самодержец, единственный в Италии, может быть, в Европе, а что ожидает его в будущем, и представить себе трудно...

Голос его дрожал. Красные пятна выступили на впалых щеках. Глаза горели, как в лихорадке. Он был похож на ясновидящего. Из-за насмешливой маски циника выглядывало лицо бывшего ученика

---

32 Что позволено Юпитеру, то не позволено быку (лат.).
33 «Aut Caesar – император, царь

Савонаролы.

Но только что Лучо, утомленный спором, предложил заключить мировую двумя-тремя бутылками в соседнем погребке, – ясновидец исчез.

– Знаете ли что, – возразил Никколо, – пойдемте-ка лучше в другое местечко. У меня на это нюх собачий! Здесь нынче, полагаю, должны быть прехорошенькие девочки...

– Ну какие могут быть девочки в этом дрянном городишке? – усомнился Лучо.

– Послушайте, молодой человек, – остановил его секретарь Флоренции с важностью, – никогда не брезгуйте дрянными городишками. Боже вас упаси! В этих самых грязненьких предместьицах, в темненьких переулочках можно иногда такое откопать, что пальчики оближешь!..

Лучо развязно потрепал Макиавелли по плечу и назвал его шалуном.

– Темно, – отнекивался он, – да и холодно, замерзнем...

– Фонари возьмем, – настаивал Никколо, – шубы наденем, каппы[34] на лицо. По крайней мере никто не узнает. В таких похождениях чем таинственнее, тем приятнее. Мессере Леонардо, вы с нами?

Художник отказался.

Он не любил обычных грубых мужских разговоров о женщинах, избегал их с чувством непреодолимой стыдливости. Этот пятидесятилетний человек, бестрепетный испытатель тайн природы, провожавший людей на смертную казнь, чтобы следить за выражением последнего ужаса в лицах, иногда терялся от легкомысленной шутки, не знал, куда девать глаза, и краснел, как мальчик.

Никколо увлек мессера Лучо.

IX

На следующий день рано утром пришел из дворца камерьере узнать, доволен ли главный герцогский строитель отведенным ему помещением, не терпит ли недостатка в городе, переполненном таким множеством иностранцев, и передал ему с приветствием герцога подарок, состоявший, по гостеприимному обычаю тех времен, из хозяйственных припасов – куля с мукой, бочонка с вином, бараньей туши, восьми пар каплунов и кур, двух больших факелов, трех пачек восковых свечей и двух ящиков конфетти. Видя внимание Чезаре к Леонардо, Никколо попросил его замолвить за него словечко у герцога – выхлопотать ему свидание.

В одиннадцать часов ночи, обычное время приема у Чезаре, отправились они во дворец.

Образ жизни герцога был странен. Когда однажды феррарские послы жаловались папе на то, что не могут добиться приема у Чезаре, его святейшество ответил им, что он и сам недоволен поведением сына, который обращает день в ночь и по два, по три месяца откладывает деловые свидания.

Время его распределялось так: летом и зимою ложился он спать в четыре или пять часов утра, в три пополудни для него только что брезжила утренняя заря, в четыре вставало солнце, в пять вечера он одевался, тотчас обедал, иногда лежа в постели, во время обеда и после занимался

---

34 Капюшоны (от ит. сарра).

делами. Всю свою жизнь окружал тайной непроницаемой, не только по естественной скрытности, но и по расчету. Из дворца выезжал редко, почти всегда в маске. Народу показывался во все дни великих торжеств, войску – во время сражения, в минуты крайней опасности. Зато каждое из его явлений было поражающим, как явление полубога: он любил и умел удивлять.

О щедрости его ходили слухи невероятные. На содержание Главного Капитана Церкви не хватало золота, непрерывно стекавшегося в казну св. Петра со всего христианского мира. Послы уверяли государей, будто бы он тратит не менее тысячи восьмисот дукатов в день. Когда Чезаре проезжал по улицам городов, толпа бежала за ним, зная, что он подковывает лошадей своих особыми, легко спадающими серебряными подковами, чтобы нарочно терять их в пути, в подарок народу.

Чудеса рассказывали и о телесной силе его: однажды будто бы, в Риме, во время боя быков, юный Чезаре, бывший тогда кардиналом Валенсии, разрубил череп быку ударом палаша. В последние годы французская болезнь только потрясла, но не сокрушила его здоровья. Пальцами прекрасной, женственной тонкой руки гнул он лошадиные подковы, скручивал железные прутья, разрывал корабельные канаты. Недоступного собственным вельможам и послам великих держав, можно было видеть его на холмах в опресностях Чезены, присутствующим на кулачных боях полудиких горных пастухов Романьи. Порой и сам принимал он участие в этих играх.

В то же время – совершенный кавальере, законодатель светских мод. Однажды, ночью, в день свадьбы сестры своей, мадонны Лукреции, покинув осаду крепости, прямо из лагеря прискакал во дворец жениха, Альфонсо д'Эсте, герцога Феррарского; никем не узнанный, весь в черном бархате, в черной маске, прошел толпу гостей, поклонился и, когда они расступились перед ним, один, под звуки музыки, начал пляску и сделал несколько кругов по зале с таким изяществом, что тотчас все его узнали. «Чезаре! Чезаре! Единственный Чезаре!» – пронесся восторженный шепот в толпе. Не обращая внимания на гостей и хозяина, он отвел невесту в сторону и, наклонившись, стал что-то шептать ей на ухо. Лукреция потупила глаза, вспыхнула, потом побледнела как полотно и сделалась еще прекраснее, вся нежная, бледная, как жемчужина, быть может, невинная, но слабая, бесконечно покорная страшной воле брата, покорная, как уверяли, даже до кровосмешения.

Он заботился об одном: чтобы не было явных улик. Может быть, молва преувеличивала злодеяния герцога, может быть, действительность была еще ужаснее молвы. Во всяком случае, он умел прятать концы в воду.

X

Дворцом его высочеству служила старинная готическая ратуша Фано.

Пройдя через большую, унылую и холодную залу, общую приемную для менее знатных посетителей, Леонардо и Макиавелли вступили в маленький внутренний покой, должно быть, некогда часовню, с цветными стеклами в стрельчатых окнах, высокими седалищами церковного хора, где в тонкой дубовой резьбе изображены были двенадцать апостолов и учителя первых веков христианства. В увядшей фреске на потолке, среди облаков и ангелов, реял голубь Духа Святого. Здесь находились приближенные. Разговаривали полушепотом: близость государя чувствовалась через стену.

Плешивый старичок, злополучный посол Римини, уже третий месяц дожидавшийся свидания с герцогом, видимо усталый от многих бессонных ночей, дремал в углу на церковном седалище.

Иногда дверь приотворялась, секретарь Агапито, с озабоченным видом, с очками на носу и пером за ухом, просовывал голову и приглашал к его высочеству кого-нибудь из присутствовавших.

При каждом его появлении посол Римини болезненно вздрагивал, приподымался, но видя, что очередь не за ним, тяжело вздыхал и опять погружался в дремоту, под звук аптекарского пестика в медной ступе.

За неимением других удобных комнат в тесной ратуше, часовня превращена была в походную аптеку. Перед окном, где было место алтаря, на столе, загроможденном бутылями, колбами и банками врачебной лаборатории, епископ Санта-Джуста, Гаспаре Торелла, главный врач – архиатрос его святейшества папы и Чезаре, приготовлял недавно вошедшее в моду лекарство от «французской болезни» – сифилиса, настойку из так называемого «святого дерева» – *гуайяко*, привозимого с новооткрытых Колумбом полуденных островов. Растирая в красивых руках остро пахнущую шафранно-желтую сердцевину гуайяко, слипавшуюся в жирные комки, врач-епископ объяснял с любезной улыбкой природу и свойства целительного дерева.

Все слушали с любопытством: многие из присутствовавших знали по опыту страшную болезнь.

– И откуда только взялась она? – в горестном недоумении покачивал головой кардинал Санта-Бальбина.

– Испанские жиды и мавры, говорят, занесли, – молвил епископ Эльна. – Теперь, как издали законы против богохульников, – еще, слава Богу, поутихла. А лет пять-шесть назад – не только люди, но и животные, лошади, свиньи, собаки заболевали, даже деревья и хлеба на полях.

Врач выразил сомнение в том, чтобы французскою болезнью могли заболевать пшеница и овес.

– Покарал Господь, – сокрушенно вздохнул епископ Трани, – за грехи послал нам бич гнева Своего!

Собеседники умолкли. Раздавался лишь мерный звон пестика в ступе, и казалось, что учителя первых веков христианства, изображенные в хорах по стенам, с удивлением внимают этой странной беседе новых пастырей церкви Господней. В часовне, озаренной мерцающим светом аптекарской лампочки, где удушливый камфарный запах лекарственного дерева смешивался с едва уловимым благоуханием прежнего ладана, собрание римских прелатов как будто совершало тайное священнодействие.

– Монсеньоры, – обратился к врачу герцогский астролог Вальгулио, – правда ли, будто бы эта болезнь передается через воздух?

Врач сомнительно пожал плечами.

– Конечно, через воздух! – подтвердил Макиавелли с лукавой усмешкой. – Как же иначе могла бы она распространиться не только в мужских, но и в женских обителях.

290

Все усмехнулись.

Один из придворных поэтов, Баттисто Орфино, торжественно, как молитву, прочел посвящение герцогу новой книги епископа Тореллы о французской болезни, где он между прочим уверяя, будто бы Чезаре добродетелями своими затмил великих древних мужей: Брута – справедливостью, Деция – постоянством, Сципиона – воздержанием, Марка Регула – верностью и Павла Эмилия – великодушием, – прославлял Знаменосца Римской Церкви как основателя ртутного лечения.

Во время этой беседы секретарь Флоренции, отводя то одного, то другого придворного в сторону, ловко расспрашивал их о предстоящей политике Чезаре, выпытывал, выслеживал и нюхал воздух, как ищейка. Подошел и к Леонардо и, опустив голову на грудь, приложив указательный палец к губам, поглядывая на него исподлобья, проговорил несколько раз в глубокой задумчивости:

– Съем артишок... съем артишок...

– Какой артишок? – удивился художник.

– В том-то и штука – какой артишок?.. Недавно герцог загадал загадку посланнику Феррары, Пандольфо Коленуччо: я, говорит, съем артишок, лист за листом. Может быть, это означает союз врагов его, которых он, разделив, уничтожит, а может быть, и что-нибудь совсем другое. Вот уже целый час ломаю голову!

И, наклонившись к уху Леонардо, прошептал:

– Тут все загадки да ловушки! О всяком вздоре болтают, а только что заговоришь о деле – немеют, как рыбы или монахи за едою. Ну да меня не проведешь! Я чую – что-то у них готовится. Но что именно? Что? Верите ли, мессере, – душу заложил бы дьяволу, только бы знать, что именно!

И глаза у него заблестели, как у отчаянного игрока.

Из приотворенной двери высунулась голова Агапито. Он сделал знак художнику.

Через длинный, полутемный ход, занятый телохранителями – албанскими страдиотами, вступил Леонардо в опочивальню герцога, уютный покой с шелковыми коврами по стенам, на которых выткана была охота за единорогом, с лепною работою на потолке, изображавшею басню о любви царицы Пазифаи к быку. Этот бык, багряный или золотой телец, геральдический зверь дома Борджа, повторялся во всех украшениях комнаты, вместе с папскими трехвенечными тиарами и ключами св. Петра.

В комнате было жарко натоплено: врачи советовали больным после ртутного втирания беречься сквозняка, греясь на солнце или у огня. В мраморном очаге пылал благовонный можжевельник; в лампадах горело масло с примесью фиалковых духов: Чезаре любил ароматы.

По обыкновению, лежал он, одетый, на низком ложе без полога, посередине комнаты. Только два положения тела были ему свойственны: или в постели, или верхом. Неподвижный, бесстрастный, облокотившись на подушки, следил он, как двое придворных играют в шахматы рядом с постелью на яшмовом столике, и слушал доклад секретаря: Чезаре обладал способностью разделять внимание на несколько предметов сразу. Погруженный в задумчивость, медленным, однообразным движением перекатывал он из одной руки в другую золотой шар, наполненный благоуханиями, с которым никогда не расставался, так же как со своим дамасским кинжалом.

XI

Он принял Леонардо со свойственной ему очаровательной любезностью. Не позволяя преклонить колено, дружески пожал художнику руку и усадил его в кресло.

Пригласил его, чтобы посоветоваться о планах Браманте для нового монастыря в городе Имоле, так называемой *Валентины*, с богатою часовнею, больницею и странноприимным домом. Чезаре желал сделать эти благотворительные учреждения памятником своего христианского милосердия.

После чертежей Браманте показал ему новые, только что вырезанные образчики букв для печатного станка Джеронимо Сончино, в городе Фано, которому покровительствовал, заботясь о процветании искусств и наук в Романье.

Агапито представил государю собрание хвалебных гимнов придворного поэта Франческо Уберти. Его высочество благосклонно принял их и велел щедро наградить поэта.

Затем, так как он требовал, чтобы ему представляли не только хвалебные гимны, но и сатиры, секретарь подал ему эпиграмму неаполитанского поэта Манчони, схваченного в Риме и посаженного в тюрьму Св. Ангела – сонет, полный жестокою бранью, где Чезаре назывался лошаком, отродьем блудницы и папы, восседающего на престоле, которым некогда владел Христос, ныне же владеет сатана, – турком, обрезанцем, кардиналом-расстригою, кровосмесителем, братоубийцей и богоотступником.

«Чего ты ждешь, о Боже терпеливый, – восклицал поэт, – или не видишь, что святую церковь он в стойло мулов обратил и в непотребный дом?»

– Как прикажете поступить с негодяем, ваше высочество? – спросил Агапито.

– Оставь до моего возвращения, – тихо молвил герцог. – Я с ним сам расправлюсь.

Потом прибавил еще тише:

– Я сумею научить писателей вежливости.

Известен был способ, которым Чезаре «учил писателей вежливости»: за менее тяжкие обиды отрубал им руки и прокалывал языки раскаленным железом.

Кончив доклад, секретарь удалился.

К Чезаре подошел главный придворный астролог Вальгулио с новым гороскопом. Герцог выслушал его внимательно, почти благоговейно, ибо верил в неизбежность рока, в могущество звезд. Между прочим объяснил Вальгулио, что последний припадок французской болезни у герцога зависел от дурного действия сухой планеты Марс, вступившей в знак влажного Скорпиона; но только что соединится Марс с Венерою, при восходящем Тельце, – болезнь пройдет сама собою. Затем посоветовал, в случае, если его высочество намерен предпринять какое-либо важное действие, выбрать 31-е число декабря, после полудня, так как соединение светил в этот день знаменует счастье Чезаре. И, подняв указательный палец, наклонившись к уху герцога, молвил он трижды таинственным шепотом:

– Сделай так! Сделай так! Сделай так!

Чезаре потупил глаза и ничего не ответил. Но художнику показалось, что по лицу его промелькнула тень.

Движением руки отпустив звездочета, обратился он снова к придворному строителю.

Леонардо разложил перед ним военные чертежи и карты. Это были не только исследования ученого, объяснявшие строение почвы, течение воды, преграды, образуемые горными цепями, исходы рек, открываемые долинами, но и произведения великого художника – картины местностей, как бы снятые с высоты птичьего полета. Море обозначено было синею краскою, горы – коричневою, реки – голубою, города – темно-алою, луга – бледно-зеленою; и с бесконечным совершенством исполнена каждая подробность – площади, улицы, башни городов, так что их сразу можно было узнать, не читая названий, приписанных сбоку. Казалось, будто бы летишь над землей и с головокружительной высоты видишь у ног своих необозримую даль. С особенным вниманием рассматривал Чезаре карту местности, ограниченной с юга озером Бельсенским, с севера – долиною речки, впадающей в Арно, Валь-д'Эмою, с запада – Ареццо и Перуджей, с востока Сиеною и приморскою областью. Это было сердце Италии, родина Леонардо, земля Флоренции, о которой герцог давно уже мечтал как о самой лакомой добыче.

Углубленный в созерцание, наслаждался Чезаре этим чувством полета. Словами не сумел бы он выразить того, что испытывал, но ему казалось, что он и Леонардо понимают друг друга, что они – сообщники. Он смутно угадывал великую новую власть над людьми, которую может дать наука, и хотел для себя этой власти, этих крыльев для победоносного полета. Наконец поднял глаза на художника и пожал ему руку с обворожительно-любезной улыбкой:

– Благодарю тебя, мой Леонардо! Служи мне, как до сих пор служил, и я сумею тебя наградить. Хорошо ли тебе? – прибавил заботливо. – Доволен ли жалованьем? Может быть, есть у тебя какое-либо желание? Ты знаешь, я рад исполнить всякую просьбу твою.

Леонардо, пользуясь случаем, замолвил слово за мессера Никколо – попросил для него свидания у герцога. Чезаре пожал плечами с добродушною усмешкою.

– Странный человек этот мессер Никколо! Добивается свиданий, а когда принимаю его, говорить нам не о чем. И зачем только прислали мне этого чудака?

Помолчав, спросил, какого мнения Леонардо о Макиавелли.

– Я полагаю, ваше высочество, что это один из самых умных людей, каких я когда-либо встречал в моей жизни.

– Да, умен, – согласился герцог, – пожалуй, кое-что и в делах разумеет. А все-таки... нельзя на него положиться. Мечтатель, ветреник. Меры не знает ни в чем. Я, впрочем, всегда ему желал добра, а теперь, когда узнал, что он твой друг, – тем более. Он ведь добряк! Нет в нем никакого лукавства, хотя он и воображает себя коварнейшим из людей и старается меня обмануть, как будто я враг вашей Республики. Я, впрочем, не сержусь: понимаю, что он это делает потому, что любит отечество больше, чем душу свою... Ну что же, пусть придет ко мне, ежели ему так хочется... Скажи, что я рад. А кстати, от кого это намедни я слышал, будто бы мессер Никколо задумал книгу о политике или о военной науке, что ли?

Чезаре опять усмехнулся своею тихою усмешкою, как будто вспомнил вдруг что-то веселое.

– Говорил он тебе о своей македонской фаланге? Нет? Так слушай. Однажды из этой самой книги о военной науке объяснил Никколо моему начальнику лагеря, Бартоломео Капранику, и другим капитанам правило для расположения войск в порядке, подобном древней македонской фаланге, с таким красноречием, что всем захотелось увидеть ее на опыте. Вышли в поле перед лагерем, и Никколо начал командовать. Бился, бился с двумя тысячами солдат, часа три продержал их на холоде, под ветром и дождем, а хваленой фаланги не выстроил. Наконец Бартоломео потерял терпение, вышел также к войску и, хотя отроду ни одной книги о военной науке не читывал, – во мгновение ока, под звук тамбурина, расположил пехоту в прекрасный боевой порядок. И тогда-то все еще раз убедились, сколь великая разница между делом и словом. Только смотри, Леонардо, ему ты об этом не сказывай: Никколо не любит, чтобы ему напоминали македонскую фалангу!

Было поздно, около трех часов утра. Герцогу принесли легкий ужин – блюдо овощей, форель, немного белого вина: как настоящий испанец, отличался он умеренностью в пище.

Художник простился. Чезаре еще раз с пленительной любезностью поблагодарил его за военные карты и велел трем пажам проводить с факелами, в знак почета.

Леонардо рассказал Макиавелли о свидании с герцогом.

Узнав о картах, снятых им для Чезаре с окрестностей Флоренции, Никколо ужаснулся.

– Как? Вы – гражданин Республики – для злейшего врага отечества?..

– Я полагал, – возразил художник, – что Чезаре считается нашим союзником...

– Считается! – воскликнул секретарь Флоренции, и в глазах его блеснуло негодование. – Да знаете ли вы, мессере, что, если только это дойдет до сведения великолепных синьоров[35], вас могут обвинить в измене?..

– Неужели? – простодушно удивился Леонардо. – Вы, впрочем, не думайте, Никколо, – я в самом деле ничего не смыслю в политике – точно слепой...

Они молча посмотрели друг другу в глаза, и вдруг оба почувствовали, что в этом они до последней глубины сердца навеки различны, чужды друг другу и никогда не сговорятся: для одного как будто вовсе не было родины; другой любил ее, по выражению Чезаре, «больше, чем душу свою».

XII

В ту ночь уехал Никколо, не сказав, куда и зачем.

---

35 Здесь: членов флорентинской Синьории.

Вернулся на следующий день после полудня, тщательно запер двери, объявил, что давно уже хотелось ему поговорить с ним о деле, которое требует глубокой тайны, и повел речь издалека.

Однажды, три года назад, в сумерки, в пустынной местности Романьи, между городами Червией и Порто-Чезенатико, вооруженные всадники в масках напали на конный отряд, провожавший из Урбино в Венецию жену Баттисто Карачоло, капитана пехоты Яснейшей республики, мадонну Доротею, отбили ее и ехавшую с ней двоюродную сестру ее, Марию, пятнадцатилетнюю послушницу Урбинского девичьего монастыря, усадили на коней и ускакали. С того дня Доротея и Мария пропали без вести.

Совет и Сенат Венеции почли оскорбленной Республику в лице своего капитана и обратились к Людовику XII, к испанскому королю и папе с жалобами на герцога Романьи, обвиняя его в похищении Доротеи. Но улик не было, и Чезаре ответил с насмешкою, что, не терпя недостатка в женщинах, не имеет нужды отбивать их по большим дорогам.

Ходили слухи, будто бы мадонна Доротея быстро утешилась, следуя за герцогом во всех его походах и не слишком горюя о муже.

У Марии был брат, мессер Диониджо, молодой капитан на службе Флоренции, в Пизанском лагере. Когда все ходатайства флорентинских синьоров оказались столь же бесполезными, как жалобы Яснейшей республики, Диониджо решил сам попытать счастья, приехал в Романью под чужим именем, представился герцогу, заслужил его доверие, проник в башню Чезенской крепости и бежал с Марией, переодетой мальчиком. Но на границе Перуджи настигла их погоня. Брата убили. Марию вернули в крепость.

Макиавелли, как секретарь Флорентинской Республики, принимал участие в этом деле. Мессер Диониджо подружился с ним, доверил ему тайну отважного замысла, рассказал все, что мог узнать о сестре своей от тюремщиков, которые считали ее святой и уверяли, будто бы она творит исцеления, пророчествует, будто бы руки и ноги ее запечатлены кровавыми крестными язвами, подобными стигматам святой Екатерины Сиенской.

Когда Чезаре наскучила Доротея, он обратил свое внимание на Марию. Знаменитый обольститель женщин, зная за собой очарование, которому самые чистые не могли противиться, был уверен, что, рано или поздно, Мария окажется такой же покорной, как все. Но ошибся. Воля его встретила в сердце этого ребенка непобедимое сопротивление. Молва гласила, что в последнее время герцог часто бывал в ее тюремной келье, подолгу оставался с ней наедине, но то, что происходило на этих свиданиях, для всех было тайною.

В заключение Никколо объявил, что намерен освободить Марию.

– Если бы вы, мессере Леонардо, – прибавил он, – согласились помочь мне, я повел бы это дело так, что никто ничего не узнал бы о вашем участии. Я, впрочем, хотел просить у вас лишь некоторых сведений о внутреннем расположении и устройстве крепости Сан-Микеле, где находится Мария. Вам, как придворному строителю, было бы легче проникнуть туда и все разузнать.

Леонардо смотрел на него молча, с удивлением, и под этим испытующим взглядом Никколо рассмеялся вдруг неестественным, резким, почти злобным смехом.

– Смею надеяться, – воскликнул он, – в излишней чувствительности и в рыцарском великодушии вы меня не заподозрите! Соблазнит ли герцог эту девочку или нет, мне, конечно, все равно. Из-за чего же хлопочу я, угодно вам знать? Да хотя бы из-за того, чтобы доказать великолепным синьорам, что и я могу на что-нибудь пригодиться, кроме шутовства. А главное, надо же чем-нибудь позабавиться. Человеческая жизнь такова, что, если не позволять себе изредка глупостей, околеешь от скуки. Надоело мне болтать, играть в кости, ходить в непотребные дома и писать ненужные донесения флорентийским шерстникам! Вот и придумал я это дело – все-таки не слова ведь, а дело!.. Да и жаль пропустить случай. Весь план готов с чуднейшими хитростями!..

Он говорил поспешно, как бы в чем-то оправдываясь. Но Леонардо уже понял, что Никколо мучительно стыдится доброты своей и, по обыкновению, скрывает ее под цинической маской.

– Мессере, – остановил его художник, – прошу вас, рассчитывайте на меня, как на себя, в этом деле – с одним условием, чтобы, в случае неудачи, ответил я так же, как вы.

Никколо, видимо, тронутый, ответил на пожатие руки его и тотчас изложил ему свой план.

Леонардо не возражал, хотя в глубине души сомневался, чтобы столь же легким оказался на деле, как на словах, этот план, в котором было что-то слишком тонкое и хитрое, непохожее на действительность.

Освобождение Марии назначили на 30 декабря – день отъезда герцога из Фано.

Дня за два перед тем прибежал к ним поздно вечером один из подкупленных тюремщиков предупредить о грозящем доносе. Никколо не было дома. Леонардо отправился искать его по городу.

После долгих поисков нашел он секретаря Флоренции в игорном вертепе, где шайка негодяев, большею частью испанцев, служивших в войске Чезаре, обирала неопытных игроков.

В кружке молодых кутил и развратников объяснял Макиавелли знаменитый сонет Петрарки:

Ferito in mezzo di core di Laura —

Пораженный Лаурою в самое сердце, —

открывая непристойное значение в каждом слове и доказывая, что Лаура заразила Петрарку французскою болезнью. Слушатели хохотали до упаду.

Из соседней комнаты послышались крики мужчин, визги женщин, стук опрокидываемых столов, звон шпаг, разбитых бутылок и рассыпанных денег: поймали шулера. Собеседники Никколо бросились на шум. Леонардо шепнул ему, что имеет сообщить важную новость по делу Марии. Они вышли.

Ночь была тихая, звездная. Девственный, только что выпавший снег хрустел под ногами. После духоты игорного дома Леонардо с наслаждением вдыхал морозный воздух, казавшийся душистым.

Узнав о доносе, Никколо решил с неожиданной беспечностью, что пока еще беспокоиться не о чем.

– Удивились вы, найдя меня в этом притоне? – обратился он к спутнику. – Секретарь Флорентинской Республики – чуть ли не в должности шута придворной сволочи! Что же делать? Нужда скачет, нужда пляшет, нужда песенки поет. Они хоть и мерзавцы, а щедрее наших великолепных синьоров!..

Такая жестокость к самому себе была в этих словах Никколо, что Леонардо не выдержал, остановил его.

– Неправда! Зачем вы так о себе говорите, Никколо? Разве не знаете, что я ваш друг и сужу не как все?..

Макиавелли отвернулся и, немного помолчав, продолжал тихим, изменившимся голосом:

– Знаю... Не сердитесь на меня, Леонардо! Порой, когда на сердце слишком тяжело – я шучу и смеюсь, вместо того чтобы плакать...

Голос его оборвался, и, опустив голову, проговорил он еще тише:

– Такова судьба моя! Я родился под несчастною звездою. Между тем как сверстники мои, ничтожнейшие люди, преуспевают во всем, живут в довольстве, в почестях, приобретают деньги и власть, – я один остаюсь позади всех, затертый глупцами. Они считают меня человеком легкомысленным. Может быть, они правы. Да, я не боюсь великих трудов, лишений, опасностей. Но терпеть всю жизнь мелкие и подлые оскорбления, сводить концы с концами, дрожать над каждым грошем – я в самом деле не умею. Э, да что говорить!.. – безнадежно махнул он рукою, и в голосе его задрожали слезы. – Проклятая жизнь! Ежели Бог надо мной не сжалится, я, кажется, скоро брошу все, дела, мону Мариетту, мальчика, – ведь я им только в тягость, пусть думают, что я умер, – убегу на край света, спрячусь в какую-нибудь дыру, где никто меня не знает, к подесте в письмоводители, что ли, наймусь, или детей буду учить азбуке в сельской школе, чтобы не околеть с голоду, пока не отупею, не потеряю сознания, – ибо всего ужаснее, друг мой, сознавать, что силы есть, что мог бы что-нибудь сделать и что никогда ничего не сделаешь – погибнешь бессмысленно!..

XIII

Время шло, и, по мере того как приближался день освобождения Марии, Леонардо замечал, что Никколо, несмотря на самоуверенность, слабеет, теряет присутствие духа, то медлит неосторожно, то суетится без толку. По собственному опыту художник угадывал то, что происходило в душе Макиавелли. Это была не трусость, а та непонятная слабость, нерешительность людей, не созданных для действия, та мгновенная измена воли в последнюю минуту, когда нужно решать не сомневаясь и не колеблясь, которые ему самому, Леонардо, были так знакомы.

Накануне рокового дня Никколо отправился в местечко по соседству с башней Сан-Микеле, чтобы все окончательно приготовить к побегу Марии. Леонардо должен был утром приехать туда же.

Оставшись один, ожидал он с минуты на минуту плачевных известий, теперь уже не сомневаясь, что дело кончится глупой неудачей, как шалость школьников.

Тусклое зимнее утро брезжило в окнах. Постучали в дверь. Художник отпер. Вошел Никколо, бледный и растерянный.

– Кончено! – произнес он, в изнеможении опускаясь на стул.

– Так я и знал, – без удивления молвил Леонардо. – Я говорил вам, Никколо, что попадемся.

Макиавелли посмотрел на него рассеянно.

– Нет, не то, – продолжал он. – Мы-то не попались, а птичка из клетки улетела. Опоздали.

– Как улетела?

– Да так. Сегодня перед рассветом нашли Марию на полу тюрьмы с перерезанным горлом.

– Кто убийца? – спросил художник.

– Неизвестно, но, судя по виду ран, едва ли герцог. На что другое, а на это Чезаре и его палачи – мастера: сумели бы перерезать горло ребенку. Говорят, умерла девственницей. Я думаю, сама...

– Не может быть! Такая, как Мария, – ее ведь считали святою?..

– Все может быть, – продолжал Никколо, – вы их еще не знаете! Этот изверг...

Он остановился и побледнел, но кончил с неудержимым порывом:

– Этот изверг на все способен! Должно быть, и святую сумели довести до того, что сама на себя наложила руки... В прежнее время, – прибавил он, – когда еще ее не так стерегли, я видел ее раза два. Худенькая, тоненькая, как былинка. Личико детское. Волосы редкие, светлые, как лен, точно у Мадонны Филиппино Липпи в Бадии Флорентинской, что является св. Бернарду. И красоты-то в ней особенной не было. Чем только герцог прельстился... О, мессере Леонардо, если бы вы знали, какой это был жалкий и милый ребенок!..

Никколо отвернулся, и художнику показалось, что на ресницах его заблестели слезы.

Но, тотчас спохватившись, докончил он резким, крикливым голосом:

– Я всегда говорил: честный человек при дворе все равно что рыба на сковороде. Довольно с меня! Я не создан быть слугою тиранов. Добьюсь наконец, чтобы Синьория отозвала меня в другое посольство – все равно куда, лишь бы подальше отсюда!

Леонардо жалел Марию, и ему казалось, что он не остановился бы ни перед какой жертвой, чтобы спасти ее, но в то же время в самой тайной глубине сердца его было чувство облегчения, освобождения при мысли о том, что не надо больше действовать. И он угадывал, что Никколо испытывает то же самое.

XIV

Тридцатого декабря, с рассветом, главные боевые силы Валентино, около десяти тысяч пехоты и двух тысяч конницы, выступили из города Фано и расположились лагерем по дороге в Синигаллию, на берегу речки Метавр, в ожидании герцога, который должен был выехать на следующий день, назначенный астрологом Вальгулио, – 31 декабря.

Заключив мир с Чезаре, маджонские заговорщики, по соглашению с ним, предприняли общий поход на Синигаллию. Город сдался, но кастеллан объявил, что не откроет ворот никому, кроме герцога. Бывшие враги его, теперешние союзники, в последнюю минуту, предчувствуя недоброе, уклонялись от свидания. Но Чезаре обманул их еще раз и успокоил, как впоследствии выразился Макиавелли, – «чаруя ласками подобно василиску, который манит жертву сладким пением».

Сгоравший любопытством Никколо не захотел дожидаться Леонардо и отправился тотчас вслед за герцогом.

Через несколько часов художник выехал один.

Дорога шла на юг, так же как от Пезаро, по самому берегу моря. Справа были горы. Их подножия иногда так близко подступали к берегу, что едва оставалось узкое пространство для дороги.

День был серый, тихий. Море такое же серое, ровное, как небо. Бездыханный воздух окован дремотой. Карканье ворон предвещало оттепель. Вместе с каплями едва моросившего дождя или талого снега падали ранние сумерки.

Показались черно-красные кирпичные башни Синигаллии.

Город, стиснутый между двумя преградами – водой и горами, как настоящая западня, находился на расстоянии мили от плоского взморья и арбалетного выстрела от подножия Апеннин. Достигнув речки Мизы, дорога круто заворачивала влево. Здесь был мост, построенный наискось через реку, и против него городские ворота. Перед ними небольшая площадь с низкими домиками предместья – большей частью кладовыми венецианских купцов.

В то время Синигаллия была обширным полуазиатским рынком, где купцы Италии обменивались товарами с турками, армянами, греками, персами, славянами из Черногории и Албании. Но теперь даже самые многолюдные улицы – Кипра, Занте, Кандии, Кефалонии – были пусты. Леонардо никого не встречал, кроме солдат. Кое-где в бесконечно длинных, однообразно тянувшихся по обеим сторонам улиц сводчатых навесах торговых рядов с кладовыми и фондаками заметил он следы грабежа – разбитые стекла в окнах, сорванные замки и запоры, выломанные двери, разбросанные тюки товаров. Пахло гарью. Полуобгоревшие здания еще дымились, и по углам старинных кирпичных дворцов, на толстых кольцах чугунных факельных подсвечников, виднелись трупы висельников.

Темнело, когда на главной площади города, между палаццо Дукале и круглою, приземистою, с грозными зубцами синигалльскою крепостью, окруженною глубоким рвом, среди войска, при свете факелов, увидел Леонардо Чезаре.

Он казнил солдат, виноватых в грабеже. Мессер Агапито читал приговор.

По знаку Чезаре осужденных повели на виселицу.

В то время как художник искал глазами в толпе придворных, кого бы расспросить о том, что здесь произошло, увидел он секретаря Флоренции.

– Знаете? Слышали? – обратился к нему Никколо.

– Нет, ничего не знаю и рад, что встретил вас. Расскажите.

Макиавелли повел его в соседнюю улицу, потом, через несколько тесных и темных переулков, занесенных снежными сугробами, в глухое предместье на взморье, около верфи, где в одинокой покривившейся лачуге, у вдовы корабельного мастера, удалось ему в это утро, после долгих поисков, найти единственное свободное помещение в городе – две маленькие каморки, одну для себя, другую для Леонардо.

Безмолвно и поспешно засветил Никколо свечу, вынул из походного погребка бутылку вина, раздул головни в очаге и уселся против собеседника, вперив в него горящий взор.

– Так вы еще не знаете? – произнес торжественно. – Слушайте. Событие необычайное и достопамятное! Чезаре отомстил врагам. Заговорщики схвачены. Оливеротто, Орсини и Вителли ожидают смерти.

Он откинулся на спинку стула и посмотрел на Леонардо молча, наслаждаясь его изумлением. Потом, делая над собой усилие, чтобы казаться спокойным и бесстрастным, как летописец, излагающий события давних времен, как ученый, описывающий явление природы, начал рассказ о знаменитой «Синигалльской западне».

Приехав рано поутру в лагерь на реке Метавре, Чезаре отправил вперед двести всадников, двинул пехоту и следом за ней выехал сам с остальною конницей. Он знал, что союзники встретят его и что главные силы их удалены в соседние с городом крепости, чтобы очистить место для новых войск.

Подъезжая к воротам Синигаллии, там, где дорога, заворачивая влево, идет по берегу Мизы, велел коннице остановиться и выстроил ее в два ряда – один задом к реке, другой задом к полю, оставив между ними проход для пехоты, которая, не останавливаясь, переходила через мост и вступала в ворота Синигаллии.

Союзники – Вителоццо, Вителли, Гравина и Паоло Орсини – выехали ему навстречу верхом на мулах, в сопровождении многочисленных всадников.

Как будто предчувствуя гибель, Вителоццо казался таким печальным, что на него дивились те, кто знал его прошлое счастье и храбрость. Впоследствии рассказывали, что перед отъездом в Синигаллию он простился с домашними, как будто предвидел, что идет на смерть.

Союзники спешились, сняли береты и приветствовали герцога. Он также сошел с коня, сначала подал руку по очереди каждому, потом обнял и поцеловал их, называя милыми братьями.

В это время военачальники Чезаре, как заранее было условлено, окружили Орсини и Вителли так, что каждый из них оказался между двумя приближенными герцога, который, заметив отсутствие Оливеротто, подал знак своему капитану, дону Микеле Корелле. Тот поскакал вперед и нашел его в Борго. Оливеротто присоединился к поезду, и все вместе, дружески беседуя о военных делах, направились во дворец перед крепостью.

В сенях союзники хотели было проститься, но герцог, все с той же пленительной любезностью, удержал их и пригласил войти во дворец.

Только что вступили в приемную, как двери заперлись, восемь вооруженных людей бросились на четырех, по двое на каждого, схватили их, обезоружили и связали. Таково было изумление несчастных, что они почти не сопротивлялись.

Ходили слухи, будто бы герцог намерен покончить с врагами в ту же ночь, удавив их в тайниках дворца.

– О, мессер Леонардо, – заключил Макиавелли свой рассказ, – если бы вы только видели, как он обнимал их, как целовал! Один неверный взгляд, одно движение могло его погубить. Но такая искренность была в лице его и в голосе, что – верите ли? – до последней минуты я не подозревал ничего – отдал бы руку на отсечение, что он не притворяется. Я полагаю, что из всех обманов, какие совершались в мире с тех пор, как существует политика, это прекраснейший!

Леонардо усмехнулся.

– Конечно, – молвил он, – нельзя отказать герцогу в отваге и хитрости, но все же, признаюсь, Никколо, я так мало посвящен в политику, что не понимаю, чем, собственно, вы так восхищаетесь в этом предательстве?

– Предательство? – остановил его Макиавелли. – Когда дело, мессере, идет о спасении отечества, не может быть речи о предательстве и верности, о зле и добре, о милосердии и жестокости, – но все средства равны, только бы цель была достигнута.

– При чем же тут спасение отечества, Никколо? Мне кажется, герцог думал только о собственной выгоде...

– Как? И вы, и вы не понимаете? Но ведь это же ясно, как день! Чезаре – будущий объединитель и самодержец Италии. Разве вы не видите?.. Никогда еще не было столь благоприятного времени для пришествия героя, как теперь. Ежели нужно было Израилю томиться в египетском рабстве, дабы восстал Моисей, персам – под игом мидийским, дабы возвеличился Кир, афинянам погибать в междоусобиях, дабы прославился Тезей, – то так же точно и в наши дни нужно было, чтобы Италия дошла до такого позора, в котором находится ныне, испытала худшее рабство, чем евреи, тягчайшее иго, чем персы, бо?льшие раздоры, чем афиняне, – без главы, без вождя, без правления, опустошенная, растоптанная варварами, претерпевшая все бедствия, какие только может претерпеть народ, – дабы явился новый герой, спаситель отечества! И хотя в былые времена как будто мелькала для нее надежда в людях, казавшихся избранниками Божьими, но каждый раз судьба изменяла им, на самой высоте величия, перед совершением подвига. И полумертвая, почти бездыханная, все еще ожидает она того, кто уврачует ее раны – прекратит насилия в Ломбардии, грабежи и лихоимства в Тоскане и Неаполе, исцелит эти смрадные, от времени гноящиеся язвы. И днем, и ночью взывает к Богу, молит об Избавителе...

Голос его зазвенел, как слишком натянутая струна, – и оборвался. Он был бледен; весь дрожал; глаза горели. Но вместе с тем в этом внезапном порыве было что-то судорожное и бессильное, похожее на припадок.

Леонардо вспомнил, как несколько дней назад, по поводу смерти Марии, называл он Чезаре «извергом».

Художник не указал ему на это противоречие, зная, что он теперь отречется от жалости к Марии, как от постыдной слабости.

– Поживем – увидим, Никколо, – молвил Леонардо. – А только вот о чем я хотел бы спросить вас: почему именно сегодня вы как будто окончательно уверились в божественном избрании Чезаре? Или «западня Синигалльская» с большею ясностью, чем все его прочие действия, убедила вас в том, что он герой?

– Да, – ответил Никколо, уже овладев собой и опять притворяясь бесстрастным. – Совершенство этого обмана больше, чем прочие действия герцога, показывает в нем столь редкое в людях соединение великих и противоположных качеств. Заметьте, я не хвалю, не порицаю – я только исследую. И вот моя мысль: для достижения каких бы то ни было целей существуют два способа действия – законный или насильственный. Первый – человеческий, второй – зверский. Желающий властвовать должен обладать обоими способами – умением быть по произволу человеком и зверем. Таков сокровенный смысл древней басни о том, как царь Ахиллес и другие герои вскормлены были кентавром Хироном, полубогом-полузверем. Государи, питомцы кентавра, так же как он, соединяют в себе обе природы – зверскую и божескую. Обыкновенные люди не выносят свободы, боятся ее больше, чем смерти, и, совершив преступление, падают под бременем раскаяния. Только герой, избранник судьбы, имеет силу вынести свободу – переступает закон без страха, без угрызения, оставаясь невинным во зле, как звери и боги. Сегодня в первый раз увидел я в Чезаре эту последнюю свободу – печать избрания!

– Да. Теперь я вас понимаю, Никколо, – в глубокой задумчивости проговорил художник. – Только мне кажется, не тот свободен, кто, подобно Чезаре, смеет все, потому что не знает и не любит ничего, а тот, кто смеет, потому что знает и любит. Только такой свободой люди победят зло и добро, верх и низ, все преграды и пределы земные, все тяжести, станут как боги и – полетят...

– Полетят? – изумился Макиавелли.

– Когда у них, – пояснил Леонардо, – будет совершенное знание, они создадут крылья, изобретут такую машину, чтобы летать. Я много думал об этом. Может быть, ничего не выйдет – все равно, не я, так другой, но человеческие крылья будут.

– Ну, поздравляю! – рассмеялся Никколо. – Договорились мы до крылатых людей. Хорош будет мой государь, полубог-полузверь – с птичьими крыльями. Вот уж подлинно химера!

Прислушавшись к бою часов на соседней башне, он вскочил и заторопился. Ему надо было поспеть во дворец, чтобы узнать о предстоявшей казни заговорщиков.

XV

Итальянские государи поздравляли Чезаре с «прекраснейшим обманом». Людовик XII, узнав о «западне Синигалльской», назвал ее «подвигом, достойным древнего римлянина». Маркиза Мантуанская, Изабелла Гонзага, прислала в подарок Чезаре к предстоявшему карнавалу сотню разноцветных шелковых масок.

«Знаменитейшая Синьора, досточтимая кума и сестрица наша, – отвечал ей герцог, – присланную Вашею Светлостью в дар сотню масок мы получили, и они весьма для нас приятны, по причине редкого изящества и разнообразия, особливо же потому, что прибыли ко времени и месту, лучше коих нельзя было выбрать, – точно Синьория ваша заранее предугадала значение и порядок наших действий, ибо милостью Божьей мы в течение одного дня городом и страною Синигаллии со всеми крепостями овладели, праведною казнью коварных изменников, супостатов наших казнили, Кастелло, Фермо, Чистерну, Монтоне и Перуджу от ига тиранов освободили и в должное повиновение

Святейшему Отцу, Наместнику Христову привели. Всего же более сердцу нашему личины сии любезны как нелицемерное свидетельство братского к нам благоволения Вашей Светлости».

Никколо, смеясь, уверял, что нельзя себе представить лучшего дара мастеру всех притворств и личин – лисице Борджа от лисицы Гонзага, чем эта сотня масок.

XVI

В начале марта 1503 года Чезаре вернулся в Рим.

Папа предложил кардиналам наградить героя знаком высшего отличия, даруемым церковью ее защитникам, – Золотою Розою. Кардиналы согласились, и через два дня назначен был обряд.

В первом ярусе Ватикана, в зале Первосвященников, выходившей окнами на двор Бельведера, собралась Римская Курия и послы великих держав.

Сияя драгоценными каменьями плувиала, в трехвенечной тиаре, обвеваемый павлиньими опахалами, по ступеням трона взошел тучный бодрый семидесятилетний старик с добродушно-величавым и благообразным лицом – папа Александр VI.

Прозвучали трубы герольдов, и по знаку главного чередмониере, немца Иоганна Бурхарда, в залу вступили оруженосцы, пажи, скороходы, телохранители герцога и начальник лагеря, мессер Бартоломео Капраника, державший поднятый вверх острием обнаженный меч Знаменосца Римской Церкви.

Третья, нижняя часть меча была вызолочена, и по ней вырезаны тонкие рисунки: богиня Верности на престоле с надписью: *Верность сильнее оружия*; Юлий Цезарь триумфатор на колеснице с надписью: *Или цезарь, или ничто*. Переход через Рубикон со словами: *Жребий брошен;* и, наконец, жертвоприношение Быку, или Апису, рода Борджа, с нагими юными жрицами, которые жгут фимиам над только что заколотой человеческой жертвой; на алтаре надпись: «Deo Optimo Maximo Hostia» – *Богу Всеблагому, Всемогущему Жертва*. И внизу другая: «In nomine Caesaris omen» – *Имя Цезаря – счастие Цезаря*. Человеческая жертва богу-зверю приобретала тем более ужасный смысл, что эти рисунки и надписи были заказаны в то время, когда Чезаре замышлял убийство брата своего, Джованни Борджа, чтобы получить в наследство меч Капитана и Знаменосца Римской Церкви.

За мечом шел герой. На голове его был высокий герцогский берет, осененный жемчужным голубем Духа Святого.

Он приблизился к папе, снял берет, стал на колени и поцеловал рубиновый крест на туфле первосвященника.

Кардинал Монреале подал его святейшеству Золотую Розу, чудо ювелирного искусства, со спрятанным в главном, среднем цветке, внутри золотых лепестков, маленьким сосудцем, из которого сочилось миро, распространяя как бы дыхание бесчисленных роз.

Папа встал и произнес дрожащим от умиления голосом:

– Прими, возлюбленное чадо мое, Розу сию, знаменующую радость обоих Иерусалимов, земного и небесного, Церкви воинствующей и торжествующей, цвет неизглаголанный, блаженство праведных, красу нетленных венцов, дабы и твоя добродетель цвела во Христе, подобно

Розе, на бреге многих вод прозябающей. Аминь.

Чезаре принял из рук отца таинственную Розу. Папа не выдержал; по выражению очевидца – «плоть одолела его»: к негодованию чопорного Бурхарда, нарушая чин обряда, склонился он, протянул трепещущие руки к сыну, и лицо его сморщилось, все тучное тело заколыхалось. Выпятив толстые губы и старчески захлебываясь, он пролепетал:

– Дитя мое... Чезаре... Чезаре!..

Герцог должен был передать Розу стоявшему рядом кардиналу Климента. Папа порывисто обнял сына и прижал к своей груди, смеясь и плача.

Снова прозвучали трубы герольдов, загудел колокол на соборе Петра – и ему ответили колокола со всех церквей Рима и с крепости Святого Ангела грохот пушечной пальбы.

– Да здравствует Чезаре! – кричала романьольская гвардия на дворе Бельведера.

Герцог вышел к войску на балкон.

Под голубыми небесами, в блеске утреннего солнца, в пурпуре и золоте царственных одежд, с жемчужным голубем Духа Святого над головою, с таинственною Розою в руках – радостью обоих Иерусалимов, – казался он толпе не человеком, а богом.

XVII

Ночью устроено было великолепное шествие в масках, по рисунку на мече Валентино – Триумф Юлия Цезаря.

На колеснице в надписью *Божественный Цезарь* восседал герцог Романьи, с пальмовой ветвью в руках, с головой, обвитой лаврами. Колесницу окружали солдаты, переодетые в древнеримских легионеров, с железными орлами и связками копий. Все исполнено было с точностью по книгам, памятникам, барельефам и медалям.

Перед колесницею шел человек в длинной белой одежде египетского иерофанта, держа в руках священную хоругвь с геральдическим, позолоченным червленым золотом, багряным быком рода Борджа, Аписом, богом – покровителем папы Александра VI. Отроки в серебряных туниках, с тимпанами, пели:

Vivat diu Bos! Vivat diu Bos! Borgia vivat!

Слава Быку! Слава Быку! Борджа слава!

И высоко над толпою в звездном небе, озаренный мерцанием факелов, колебался идол зверя, огненно-красный, как восходящее солнце.

В толпе был ученик Леонардо, Джованни Бельтраффио, только что приехавший к учителю в Рим из Флоренции. Он смотрел на багряного зверя и вспоминал слова Апокалипсиса:

«И поклонились Зверю, говоря: кто подобен Зверю сему? И кто может сразиться с ним?

И я увидел Жену, сидящую на Звере Багряном, преисполненном именами богохульными, с седьмью головами и десятью рогами.

И на челе ее написано имя: Тайна, Вавилон великий, мать блудницам и мерзостям земным».

И так же, как некогда писавший эти слова, Джованни, глядя на Зверя, «дивился удивлением великим».

Книга XIII
БАГРЯНЫЙ ЗВЕРЬ
I

У Леонардо был виноградник близ Флоренции, на холме Фьезоле. Сосед, желая отнять кусок земли, затеял с ним тяжбу. Будучи в Романье, художник поручил это дело Джованни Бельтраффио и в конце марта 1503 года вызвал его к себе в Рим.

По дороге заехал Джованни в Орвьетто взглянуть на знаменитые, недавно оконченные фрески Луки Синьорелли в соборе. Одна из фресок изображала пришествие Антихриста.

Лицо Антихриста поразило Джованни. Сначала показалось ему злым, но когда он вгляделся, то увидел, что оно не злое, а только бесконечно страдальческое. В ясных глазах с тяжелым, кротким взором отражалось последнее отчаяние мудрости, отрекшейся от Бога. Несмотря на уродливые острые уши сатира, искривленные пальцы, напоминавшие когти зверя, – он был прекрасен. И перед Джованни из-под этого лица выступало точно такое же, как некогда в горячечном бреду, иное, до ужаса сходное, Божественное Лицо, которое он хотел и не смел узнать.

Слева, на той же картине, изображена была гибель Антихриста. Взлетев к небесам на невидимых крыльях, чтобы доказать людям, что он Сын Человеческий, грядущий на облаках судить живых и мертвых, враг Господень падал в бездну, пораженный Ангелом. Этот неудавшийся полет, эти человеческие крылья пробудили в Джованни знакомые страшные мысли о Леонардо.

Вместе с Бельтраффио рассматривали фрески тучный, откормленный монах лет пятидесяти и спутник его, долговязый человек неопределенных лет, с голодным и веселым лицом, в платье кочующего клерка, из тех, которых в старину звали бродячими школярами, вагантами и голиардами.

Они познакомились с Джованни и поехали вместе. Монах был немец из Нюрнберга, ученый библиотекарь августинского монастыря, по имени Томас Швейниц. В Рим ехал он хлопотать о спорных бенефициях и пребендах. Спутник его, тоже немец, из города Зальцбурга, Ганс Платер, служил ему не то секретарем, не то шутом и конюхом.

По дороге беседовали о делах церкви.

Спокойно, с научною ясностью, доказывал Швейниц бессмыслицу догмата папской непогрешимости, уверяя, будто бы двадцать лет не пройдет, как вся Германия восстанет и свергнет иго Римской Церкви.

«Этот не умрет за веру, – думал Джованни, глядя на сытое, круглое лицо нюрнбергского монаха, – не пойдет в огонь, как Савонарола. Но, как знать, может быть, он опаснее для церкви».

Однажды вечером, вскоре по приезде в Рим, Джованни встретился на площади Сан-Пьетро с Гансом Платером. Школяр повел его в соседний переулок Синибальди, где было множество немецких постоялых дворов для чужеземных богомольцев – в маленький винный погреб под вывеской Серебряного Ежа, принадлежавший чеху-гуситу, Яну Хромому, который охотно принимал и угощал отборными винами своих единомышленников – тайных врагов папы, с каждым днем размножавшихся вольнодумцев, чаявших великого обновления церкви.

За первою общею комнатою была у Яна другая, заветная, куда допускались лишь избранные. Здесь собралось целое общество. Томас Швейниц сидел на верхнем почетном конце стола, прислонившись к бочке спиной, сложив толстые руки на толстом животе. Пухлое лицо его с двойным подбородком было неподвижно; крохотные осовелые глазки слипались: он, должно быть, выпил лишнее. Изредка подымал он стакан на уровень с пламенем свечи, любуясь бледным золотом рейнского в граненом хрустале.

Захожий монашек, фра Мартино, изливал свое негодование на лихоимство Курии в однообразных жалобах:

– Ну возьми раз, возьми два, но ведь и честь, говорю, надо знать, а то, помилуйте, что же это такое? Лучше разбойникам в руки попасть, чем здешним прелатам. Дневной грабеж! Пенитенциарию дай, протонотарию дай и кубикуларию, и остиарию, и конюху, и повару, и тому, кто ведро с помоями выносит у ее преподобия, кардинальской наложницы, прости Господи! Как в песне поется:

Продают они Христа,

Новые Иуды.

Ганс Платер встал, принял торжественный вид и, когда все умолкли, обратив на него взоры, – возгласил протяжным голосом, подражая церковному чтению:

– Приступили к папе ученики его, кардиналы, и спросили: что нам делать, чтобы спастись. И сказал Александр: что спрашиваете меня? в законе написано, и я говорю вам: люби золото и серебро всем сердцем твоим и всею душой твоею, и люби богатого, как самого себя. Сие творите и живы будете. И воссел папа на престоле своем и сказал: блаженны имущие, ибо узрят лицо мое, блаженны приносящие, ибо нарекутся сынами моими, блаженны грядущие во имя серебра и золота, ибо тех есть Курия папская. Горе бедным, приходящим с пустыми руками, лучше было бы им, если бы навесили им жернов на шею и ввергли в море. Кардиналы ответили: сие исполним. И сказал папа: дети, пример вам даю, чтобы как я грабил, так и вы грабили с живого и мертвого.

Все рассмеялись. Органный мастер Отто Марпург, седенький, благообразный старичок с детскою улыбкою, до сих пор сидевший молча в углу, вынул из кармана сложенные тщательно листочки и предложил прочесть только что полученную в Риме и ходившую по рукам во множестве списков сатиру на Александра VI, в виде безымянного письма одному вельможе, Паоло Савелли, бежавшему от преследования папы к императору Максимилиану. Здесь, в длинном перечне, обличались злодейства и мерзости, происходившие в доме римского первосвященника, начиная от симонии, кончая братоубийством Цезаря и кровосмешением папы с Лукрецией, собственной дочерью. Послание заключалось ко всем государям и правителям Европы увещанием соединиться, дабы уничтожить «этих извергов, зверей в человеческом образе».

«Антихрист пришел, ибо воистину у веры и церкви Божьей никогда еще не было таких врагов, как папа Александр VI и сын его, Чезаре».

После чтения все заговорили, обсуждая, действительно ли папа Антихрист.

Мнения были различны. Органщик Отто Марпург признался, что давно уже мысли эти не дают ему покоя и что он полагает, что не папа настоящий Антихрист, а его сын, Чезаре, который, как думают многие, после смерти отца сделается папою. Фра Мартино доказывал, ссылаясь на одно место из книги «Восхождение Иесеево», что Антихрист, имея образ человеческий, в действительности будет не человеком, а только бесплотным призраком, ибо, по словам святого Кирилла Александрийского, – «сын погибели, грядущий во тьме, именуемый Антихристом, есть не что иное, как сам Сатана, великий Змий, ангел Велиар, князь мира сего, пришедший в мир».

Томас Швейниц покачал головой:

– Ошибаетесь, фра Мартино. Иоанн Златоуст прямо говорит: «Кто сей? не сатана ли? – Отнюдь. Но *человек* , всю силу его принявший, ибо два естества в нем, одно дьявольское, другое человеческое». Впрочем, ни папа, ни Чезаре не могут быть Антихристом: сыном Девы надлежит ему быть...

И Швейниц привел выдержку из Ипполитовой книги «О кончине мира».

И слова Ефрема Сирина: «Дьявол осенит деву из колена Данова, и внидет во чрево ее Змей похотливый – и зачнет, и родит».

Все приступили к Швейницу с вопросами и недоумениями. Ссылаясь на св. Иеронима, Киприана, Иренея и многих других отцов церкви, монах рассказал им о пришествии Антихриста.

– Одни утверждают, что родится он в Галилее, как Христос, другие – в великом граде, именуемом духовно Вавилон или Содом и Гоморра. Лицо у него будет, как лицо оборотня, и многим будет казаться похожим на лицо Христа. И сотворит он великие знамения. Скажет морю – утихнет, скажет солнцу – померкнет; и горы сдвинутся, и камни обратятся в хлебы, и насытит голодных, и больных исцелит, и немых, и слепых, и расслабленных. Воскресит ли мертвых, не знаю, ибо в третьей книге Сибилловой сказано: воскресит; но святые отцы сомневаются. «Над духами, говорит Ефрем, власти не имеет, – non habet potestatem in spiritus». И притекут к нему все племена и народы с четырех ветров неба – Гог и Магог, так что земля убелится палатками, море – парусами. И соберет их, и воссядет в Иерусалиме, во храме Бога Всевышнего, и скажет: я есмь Сущий, я – Сын и Отец.

– Ах ты, пес окаянный! – воскликнул фра Мартино, не выдержав, и ударил кулаком по столу. – Кто же поверит ему? Я так полагаю, фра Томас, младенцев неразумных и тех не обманет?

Швейниц опять покачал головой:

– Поверят, многие поверят, фра Мартино, и соблазнятся личиною святости, ибо плоть свою умертвит, чистоту соблюдет, с женами не осквернится, от мяса не вкусит, и не только людей, но и всякую живую тварь, всякое дыхание будет миловать. Как лесная куропатка, созовет чужой выводок обманчивым голосом: придите ко мне, скажет, все труждающиеся и обремененные, и я успокою вас...

– Если так, – проговорил Джованни, – кто же узнает его, кто обличит?

Монах посмотрел на него глубоким, проникновенным взором и ответил:

– Человеку сие невозможно – разве Богу. Великие праведники и те не узнают, ибо разум их помутится, и мысли раздвоятся, так что не увидят, где свет и тьма. И будет на земле уныние народов и недоумение, каких еще не было от начала мира. И скажут люди горам: падите и скройте нас. И будут издыхать от страха и ожидания бедствий, грядущих на вселенную, ибо силы небесные поколеблются. И тогда сидящий на престоле во храме Бога Всевышнего скажет: «О чем смущаетесь и чего хотите? Овцы ли не узнали голоса Пастыря. О, род неверный и лукавый! Знаменья хотите – и будет вам знаменье. Се узрите Сына Человеческого, грядущего на облаках судить живых и мертвых». И возьмет великие крылья, устроенные хитростью бесовской, и вознесется на небо в громах и молниях, окруженный учениками своими, в образе ангелов – и полетит...

Джованни слушал, бледнея, с неподвижными глазами, полными ужаса: ему вспоминались широкие складки в одежде Антихриста, низвергаемого ангелом в бездну, на картине Луки Синьорелли и точно такие же складки, бившиеся по ветру, похожие на крылья исполинской птицы, за плечами Леонардо да Винчи, стоявшего у края пропасти, на пустынной вершине Монте-Альбано.

В это время за дверью, в соседней общей комнате, куда скрылся школяр, потому что не любил слишком долгих ученых бесед, послышались крики, девичий смех, беготня, стук падающих стульев, звон разбитого стакана: то подвыпивший Ганс шалил с хорошенькой трактирною служанкою.

Вдруг все затихло, – должно быть, он поймал ее, поцеловал и усадил к себе на колени.

Под рокот струн зазвучала старинная песня:

Дева винных погребов,

Сладостная роза,

Ave, ave[36], я пою,

Virgo gloriosa![37]

Наш трактирщик трезвый плут,

С хитрой лисьей рожей, —

Все же погреб твой люблю

Больше Церкви Божьей.

От Кипридиных сетей

И от стрел Амура

Не спасают клобуки,

Четки и тонзура.

За единый поцелуй

Я пойду на плаху.

Нацеди же мне вина,

Доброму монаху.

Не боюсь святых отцов;

Знаем мы законы:

В Риме золотом звучат, —

И молчат каноны.

Рим – разбойничий вертеп,

---

36 Радуйся, радуйся (лат.).
37 Славная дева! (лат.)

Путь в геенну торный.
Папа – Божьей Церкви столп,
Только столп позорный,
Ну же, дева, поцелуй!
Dum vinum potamus[38] —
Богу Вакху пропоем:
Te deum laudamus![39]

Томас Швейниц прислушался, и жирное лицо его расплылось в блаженную улыбку. Он поднял стакан, в котором искрилось бледное золото рейнского, и тонким дребезжащим голосом ответил на старую песню бродячих школяров, вагантов и голиардов, первых мятежников, восставших на Римскую церковь:

Богу Вакху пропоем:
Te deum laudamus!

II

Леонардо занимался анатомией в больнице Сан-Спирито. Бельтраффио помогал ему.

Однажды, заметив постоянную грусть Джованни и желая чем-нибудь развлечь его, учитель предложил ему пойти вместе с ним во дворец папы.

В это время испанцы и португальцы обратились к Александру VI за разрешением спорных вопросов о владении новыми землями и островами, которые были недавно открыты Христофором Колумбом. Папа должен был окончательно освятить пограничную черту, разделявшую шар земной, проведенную им десять лет назад, при первом известии об открытии Америки. Леонардо приглашен был вместе с другими учеными, с которыми папа желал посоветоваться. Джованни сперва отказался, но потом любопытство превозмогло: ему хотелось увидеть того, о ком он так много слышал.

На следующее утро отправились они в Ватикан и, пройдя большую залу Первосвященников, ту самую, где Александр VI вручил Чезаре Золотую Розу, вступили во внутренние покои – в приемную, так называемую залу Христа и Божьей Матери, потом – в рабочую комнату папы. Своды и полукруги – простеночные лунки между арками, украшены были фресками Пинтуриккьо, картинами из Нового Завета и житиями святых.

Рядом, на тех же сводах, изобразил художник языческие таинства. Сын Юпитера – Озирис, бог солнца, сходит с неба и обручается с богинею земли Изидою. Учит людей возделывать землю, собирать плоды, насаждать лозу. Люди убивают его. Он воскресает, выходит из земли и снова является под видом белого быка, непорочного Аписа.

Как ни странно было здесь, в покоях римского первосвященника, соседство картин из Нового Завета с обожествлением золотого быка рода Борджа, под видом Аписа, – единая всепроникающая радость жизни примиряла оба таинства – сына Иеговы и сына Юпитера: тонкие молодые кипарисы гнулись под ветром между уютными холмами, подобными холмам пустынной Умбрии, и в небе реявшие птицы играли в весенние игры любви; рядом со св. Елизаветой, обнимавшей Матерь Божию с

---

38 Упиваясь вином (лат.).
39 Тебя, Бога, хвалим! (лат.)

приветствием: «Благословен плод чрева Твоего», – крошечный паж учил собачку стоять на задних лапках; а в «Обручении Озириса с Изидою» такой же точно шалун ехал голый верхом на жертвенном гусе: все дышало единою радостью; во всех украшениях, между цветочными гирляндами, ангелами с крестами и кадильницами, козлоногими пляшущими фавнами с тирсами и корзинами плодов, являлся таинственный бык, златобагряный зверь – и от него-то, казалось, как свет от солнца, изливалась эта радость.

«Что это? – думал Джованни. – Кощунство или детская невинность? Не то же ли святое умиление – в лице Елизаветы, у которой младенец взыграл во чреве, и в лице Изиды, плачущей над растерзанными членами бога Озириса? Не тот же ли молитвенный восторг – в лице Александра VI, склонившего колена перед Господом, выходящим из гроба, и в лице египетских жрецов, принимающих бога солнца, убитого людьми и воскресшего под видом Аписа?»

И тот бог, перед которым люди падают ниц, поют славословия, жгут фимиам на алтарях, геральдический бык рода Борджа, преображенный золотой телец был не кто иной, как сам римский первосвященник, обожествленный поэтами:

Caesare magna fuit, nunc Roma est maxima: Sextus
Regnat Alexander, ille vir, iste deus.

Рим был великим при Цезаре, ныне же стал величайшим:
Царствует в нем Александр: тот – человек, этот – бог.

И страшнее всякого противоречия казалось Джованни это беззаботное примирение Бога и зверя.

Рассматривая живопись, в то же время прислушивался он к разговорам вельмож и прелатов, наполнявших залы в ожидании папы.

– Откуда вы, Бельтрандо? – спрашивал феррарского посланника кардинал Арбореа.

– Из собора, монсеньоре.

– Ну что? Как его святейшество? Не утомился ли?

– Нисколько. Так пропел обедню, что лучшего желать нельзя. Величие, святость, благолепие ангелоподобное! Мне казалось, что я не на земле, а на небе, среди святых Божьих угодников. И не я один, многие плакали, когда папа возносил чашу с Дарами...

– От какой болезни умер кардинал Микеле? – полюбопытствовал недавно приехавший французский посланник.

– От пищи или питья, которые оказались вредными его желудку, – ответил вполголоса датарий, дон Хуан Лопес, родом испанец, как большинство приближенных Александра VI.

– Говорят, – молвил Бельтрандо, – будто бы в пятницу, как раз на следующий день после смерти Микеле, его святейшество отказал в приеме испанскому послу, которого ожидал с таким нетерпением, – извиняясь горем и заботой, причиненными ему смертью кардинала.

В этой беседе, кроме явного, был тайный смысл: так, недосуг и забота, причиненные папе смертью кардинала Микеле, заключались в том, что он весь день пересчитывал деньги покойного; пища, вредная для желудка его преподобия, был знаменитый яд Борджа – сладкий белый порошок, убивавший постепенно, в какие угодно заранее назначаемые сроки, или же настойка из высушенных, протертых сквозь сито шпанских мух. Папа изобрел этот быстрый и легкий способ доставать деньги: в точности следя за доходами всех кардиналов, в случае надобности, первого, кто казался ему достаточно разбогатевшим, отправлял на тот свет и объявлял себя наследником. Говорили, что он откармливает их, как свиней на убой. Немец Иоганн Бурхард, церемониймейстер, то и дело отмечал в дневнике своем среди описаний церковных торжеств внезапную смерть того или другого прелата с невозмутимой краткостью:

«Испил чашу. – Biberat calicem».

– А правда ли, монсеньоры, – спросил камерарий, тоже испанец Педро Каранса, – правда ли, будто бы сегодня ночью заболел кардинал Монреале?

– Неужели? – воскликнул Арбореа. – Что же с ним такое?

– Не знаю наверное. Тошнота, говорят, рвота...

– О Господи, Господи! – тяжело вздохнул Арбореа и пересчитал по пальцам: – Кардиналы Орсини, Феррари, Микеле, Монреале...

– Не здешний ли воздух или, может быть, тибрская вода имеют столь вредные свойства для здоровья ваших преподобий? – лукаво заметил Бельтрандо.

– Один за другим! Один за другим! – шептал Арбореа, бледнея. – Сегодня жив человек, а завтра...

Все притихли.

Новая толпа вельмож, рыцарей, телохранителей под начальством внучатого племянника папы, дона Родригеса Борджа, камерариев, кубикулариев, датариев и других сановников Апостолической Курии хлынула в покои из обширных соседних зал Папагалло.

«Святой отец, святой отец!» – прошелестел и замер почтительный шепот.

Толпа заволновалась, раздвинулась, двери распахнулись – и в приемную вступил папа Александр VI Борджа.

III

В молодости он был хорош собою. Уверяли, что ему достаточно взглянуть на женщину, чтобы воспламенить ее страстью, как будто в глазах его сила, которая притягивает к нему женщин, как магнит – железо. До сих пор черты его, хотя расплылись в чрезмерной тучности, сохранили величавое благообразие: смуглый цвет лица, череп голый, с остатками седых волос на затылке, большой орлиный нос, отвислый подбородок, маленькие быстрые глазки, полные живостью необыкновенною, мясистые мягкие губы, выдававшиеся вперед, с выражением сластолюбивым, лукавым и в то же время почти детски-простодушным.

Напрасно Джованни искал в наружности этого человека чего-либо страшного или жестокого. Александр Борджа обладал в высшей степени даром светских приличий – врожденным изяществом. Что бы ни говорил и ни делал, казалось, что так именно следует сказать и сделать – нельзя иначе.

«Папе семьдесят лет, – писал один посланник, – но с каждым днем он молодеет; самые тяжкие горести его длятся не более суток; природа у него веселая; все, за что он берется, служит к пользе его, да он, впрочем, и не думает ни о чем, кроме славы и счастья детей своих».

Борджа выводили свой род из кастильских мавров, выходцев из Африки, и в самом деле, судя по смуглому цвету кожи, толстым губам, огненному взору Александра VI, в жилах его текла африканская кровь.

«Нельзя себе представить, – думал Джованни, – лучшего ореола для него, чем эти фрески Пинтуриккьо, изображающие славу древнего Аписа, рожденного солнцем быка».

Сам старый Борджа, несмотря на семьдесят лет, здоровый и могучий, как матерый бык, казался потомком своего геральдического зверя, златобагряного быка, бога солнца, веселья, сладострастья и плодородия.

Александр VI вошел в залу, разговаривая с евреем, золотых дел мастером Саломоне да Сессо, тем самым, который изобразил триумф Юлия Цезаря на мече Валентино. Особой милости его святейшества заслужил он, вырезав на плоском, большом изумруде, в подражание древним камням, Венеру Каллипигу; она так понравилась папе, что этот камень он велел вставить в крест, которым благословлял народ во время торжественных служб в соборе Петра, и таким образом, целуя Распятие, целовал прекрасную богиню.

Он, впрочем, не был безбожником: не только исполнял все внешние обряды церкви, но и в тайне сердца своего был набожен; особливо же чтил Пречистую Деву Марию и полагал ее своей нарочитою Заступницей, всегдашнею теплою Молитвенницей перед Богом.

Лампада, которую теперь заказывал он жиду Саломоне, была даром, обещанным Марии дель Пополо за исцеление мадонны Лукреции.

Сидя у окна, рассматривал папа драгоценные камни. Он любил их до страсти. Длинными, тонкими пальцами красивой руки тихонько трогал их, перебирал, выпятив толстые губы, с выражением лакомым и сластолюбивым.

Особенно понравился ему большой хризопраз, более темный, чем изумруд, с таинственными искрами золота и пурпура.

Он велел принести из собственной сокровищницы шкатулку с жемчугом.

Каждый раз, как открывал ее, вспоминалась ему возлюбленная дочь его, Лукреция, похожая на бледную жемчужину. Отыскав глазами в толпе вельмож посланника феррарского герцога Альфонсо д'Эсте, своего зятя, подозвал его к себе.

– Смотри же, Бельтрандо, не забудь гостинчика для мадонны Лукреции. Не добро тебе к ней возвращаться с пустыми руками от дядюшки.

Он называл себя «дядюшкой», потому что в деловых бумагах именовалась мадонна Лукреция не дочерью, а племянницей его святейшества: римский первосвященник не мог иметь законных детей.

Он порылся в шкатулке, вынул огромную, в лесной орех, продолговатую розовую индийскую жемчужину, которой не было цены, поднял к свету и залюбовался: она представилась ему в глубоком вырезе черного платья на матово-белой груди мадонны Лукреции, и он почувствовал нерешимость, кому отдать ее – герцогине Феррарской или Деве Марии? Но тотчас, подумав, что грешно отнимать у Царицы Небесной обещанный дар, передал жемчужину еврею и приказал вставить в лампаду на самое видное место, между хризопразом и карбункулом, подарком султана.

– Бельтрандо, – снова обратился он к посланнику, – когда увидишь герцогиню, скажи ей от меня, чтоб здорова была и усерднее молилась Царице Небесной. Мы же, как видишь, милостью Господа и Приснодевы Марии, всегдашней Заступницы нашей, в здравии совершенном обретаемся и ей апостольское шлем благословение. А гостинчик доставим тебе на дом сегодня же вечером.

Испанский посол, подойдя к шкатулке, воскликнул почтительно:

– Никогда не видывал я такого множества жемчуга! По крайней мере, семь пшеничных мер?

– Восемь с половиною! – поправил папа с гордостью. – Да, можно чести приписать жемчужок изрядный! Двадцать лет коплю. У меня ведь дочка до перлов охотница...

И, прищурив левый глаз, рассмеялся тихим странным смехом.

– Знает, плутовка, что ей к лицу. Я хочу, – прибавил торжественно, – чтобы после смерти моей у Лукреции были лучшие перлы в Италии!

Погружая обе руки в жемчуг, забирал он его пригоршнями и ссыпал между пальцами, любуясь, как тусклые нежные зерна струятся с шуршанием и матовым блеском.

– Все, все для нее, дочки нашей возлюбленной! – повторял, захлебываясь.

И вдруг в горящих глазах его что-то промелькнуло, от чего холод ужаса пробежал по сердцу Джованни – и вспомнились ему слухи о чудовищной похоти старого Борджа к собственной дочери.

IV

Его святейшеству доложили о Чезаре.

Папа пригласил его по важному делу: французский король, выражая через своего посланника при дворе Ватикана неудовольствие на враждебные замыслы герцога Валентино против Республики Флорентинской, находившейся под верховным покровительством Франции, обвинял Александра VI в том, что он поддерживает сына в этих замыслах.

Когда доложили о приходе сына, папа взглянул украдкою на французского посланника, подошел к нему, взял его под руку и, говоря что-то на ухо, подвел как бы нечаянно к двери той комнаты, где ожидал Чезаре; потом, войдя в нее, оставил дверь, должно быть тоже нечаянно, приотворенной, так что сказанное в соседнем покое могло быть услышано стоявшими у двери, в том числе французским посланником.

Скоро послышались оттуда яростные крики папы.

Чезаре начал было возражать ему спокойно и почтительно. Но старик затопал на него ногами и закричал неистово:

– Прочь с глаз моих! Чтоб тебе удавиться, собачьему сыну, блудницыну пащенку!..

– Ах, Боже мой! Слышите? – шепнул французский посланник своему соседу, венецианскому оратору Антонио Джустиниани. – Они подерутся, он прибьет его!

Джустиниани только пожал плечами: он знал, что если кто кого побьет, то скорее сын отца, чем отец сына. Со времени убийства Чезарева брата, герцога Гандии, папа трепетал перед Чезаре, хотя полюбил его еще с большею нежностью, в которой суеверный ужас соединялся с гордостью.

Все помнили, как молоденького камерария Перотто, спрятавшегося от разгневанного герцога под одежду папы, Чезаре заколол на груди его, так что в лицо ему брызнула кровь.

Джустиниани догадывался также, что теперешняя ссора их – обман: они хотят окончательно сбить с толку французского посланника, доказав ему, что, если бы даже у герцога были какие-либо замыслы против Республики, папа в них не участвует. Джустиниани говаривал, что они всегда помогают друг другу: отец никогда не делает того, что говорит; сын никогда не говорит того, что делает.

Погрозив вдогонку уходившему герцогу отцовским проклятьем и отлучением от церкви, папа вернулся в приемную, весь дрожа от бешенства, задыхаясь и вытирая пот с побагровевшего лица. Только в самой глубине его глаз блестела веселая искра.

Подойдя к французскому посланнику, снова отвел его в сторону, на этот раз в углубление двери, выходившей на двор Бельведера.

– Ваше святейшество, – начал было извиняться вежливый француз, – мне бы не хотелось быть причиною гнева...

– А разве вы слышали? – простодушно изумился папа и, не давая опомниться, отечески ласковым движением взял его за подбородок двумя пальцами – знак особого внимания – и быстро, плавно, с неудержимым порывом заговорил о своей преданности королю и о чистоте намерений герцога.

Посланник слушал, отуманенный, ошеломленный, и, хотя имел почти неопровержимые доказательства обмана, готов был скорее не верить собственным глазам, чем выражению глаз, лица, голоса папы.

Старый Борджа лгал естественно, никогда не обдумывал заранее лжи, которая слагалась на устах его сама собой, так же невинно, почти непроизвольно, как в любви у женщин. Всю жизнь развивал он в себе упражнением эту способность и наконец достиг такого совершенства, что, хотя все знали, что он лжет и что, по выражению Макиавелли, «чем менее было у папы желания что-либо исполнить, тем более давал он клятв», – все ему, однако, верили, ибо тайна этой лжи заключалась в том, что он и сам себе верил, как художник, увлекаясь вымыслом.

V

Кончив беседу с посланником, Александр VI обратился к своему главному секретарю, Франческо Ремолино да Илерда, кардиналу Перуджи, который некогда присутствовал на суде и казни брата Джироламо Савонаролы. Он ожидал с готовой к подписи буллой об учреждении духовной цензуры. Папа сам обдумывал и составлял ее.

«Признавая, – говорилось в ней, между прочим, – пользу печатного станка, изобретения, которое увековечивает истину и делает ее доступной всем, но желая предотвратить могущее произойти для Церкви зло от сочинений вольнодумных и соблазнительных, сим возбраняем печатать какую бы то ни было книгу без разрешения начальства духовного – окружного викария или епископа».

Выслушав буллу, папа обвел взором кардиналов с обычным вопросом:

– Quod videtur? Как полагаете?

– Помимо книг печатных, – возразил Арбореа, – не должно ли принять какие-либо меры и против таких сочинений рукописных, как безымянное письмо к Паоло Савелли?

– Знаю, – перебил папа. – Илерда показывал мне.

– Если вашему святейшеству уже известно...

Папа посмотрел кардиналу прямо в глаза. Тот смутился.

– Ты хочешь сказать: как же не начал я розыска, не постарался уличить виновного? О, сын мой, за что же б я стал преследовать моего обвинителя, когда в словах его нет ничего, кроме истины?

– Отче святый! – ужаснулся Арбореа.

– Да, – продолжал Александр VI голосом торжественным и проникновенным, – прав обвинитель мой! Последний из грешников есмь аз – и тать, и лихоимец, и прелюбодей, и человекоубийца! Трепещу и не знаю, куда скрыть лицо мое на суде человеческом, – что же будет на Страшном судилище Христовом, когда и праведный едва оправдывается?.. Но жив Господь, жива душа моя! И за меня окаянного венчан был тернием, бит по ланитам и распят и умер Бог мой на кресте! Довольно капли крови Его, дабы убелить и такого, как я, паче снега. Кто же, кто из вас, обличители – братья мои, испытал глубины милосердия Божьего так, чтобы сказать о грешнике: осужден? Пусть же праведные судом оправдаются, мы же, грешные, – только смирением и покаянием, ибо знаем, что нет без греха покаяния, без покаяния нет спасения. И согрешу, и покаюсь, и паки согрешу, и паки восплачу о грехах моих, как мытарь и блудница. Ей, Господи, как разбойник на кресте, исповедую имя Твое! И ежели не только люди, может быть, столь же грешные, как я, но и ангелы, силы, начала и власти небесные осудят и отвергнут меня, – не умолкну, не перестану вопить к Заступнице моей, Деве Пречистой, – и знаю, Она меня помилует, помилует!..

С глухим рыданием, потрясшим все тучное тело его, протянул он руки к Божьей Матери в картине Пинтуриккьо над дверью залы. Многие думали, что в этой фреске, по желанию самого папы, художник придал Мадонне сходство с прекрасной римлянкой Джулией Фарнезе[40], наложницей его святейшества, матерью Чезаре и Лукреции.

Джованни глядел, слушал и недоумевал: что это – шутовство или вера? а может быть, и то и другое вместе?

– Одно еще скажу, друзья мои, – продолжал папа, – не себе в оправдание, а во славу Господа. Писавший послание к Паоло Савелли называет меня еретиком. Свидетельствуюсь Богом живым – в сем неповинен! Вы сами... или нет, вы в лицо мне правды не скажете, – но хоть ты, Илерда, я знаю, ты один меня любишь и видишь сердце мое, ты не льстец, – скажи же мне, Франческо, скажи, как перед Богом, повинен ли я в ереси?

– Отче святый, – произнес кардинал с глубоким чувством, – мне ли тебя судить? Злейшие враги твои, если читали творение папы Александра VI «Щит Святой Римской Церкви», должны признать, что в ереси ты неповинен.

– Слышите, слышите? – воскликнул папа, указывая на Илерду и торжествуя, как ребенок. – Если уж он меня оправдал, значит, и Бог

---

40 Матерью Чезаре и Лукреции Борджа была римлянка Ваноцца Катанеи.

оправдает. В чем другом, а в вольнодумстве, в мятежном любомудрии века сего, в ереси неповинен! Ни единым помыслом, ниже сомнением богопротивным не осквернил я души моей. Чиста и непоколебима вера наша. Да будет же булла сия о цензуре духовной новым щитом адамантовым Церкви Господней!

Он взял перо и крупным, детски неуклюжим, но величественным почерком вывел на пергаменте:

«Fiat. Быть по сему. – Alexander Sextus episcopus servus servorum Dei. – Александр Шестый, епископ, раб рабов Господних».

Два монаха-цистерцианца, из апостолической коллегии «печатников» – пиомбаторе, подвесили к булле на шелковом шнуре, продетом сквозь отверстия в толще пергамента, свинцовый шар и расплющили его железными щипцами в плоскую печать с оттиснутым именем папы и крестом.

– Ныне отпущаеши раба Твоего! – прошептал Илерда, подымая к небу впалые глаза, горевшие огнем безумной ревности.

Он в самом деле верил, что, если бы положить на одну чашу весов все злодеяния Борджа, а на другую эту буллу о духовной цензуре, – она перевесила бы.

VI

Тайный кубикуларий приблизился к папе и что-то сказал ему на ухо. Борджа с озабоченным видом прошел в соседнюю комнату и далее, через маленькую дверь, спрятанную ковровыми обоями, в узкий сводчатый проход, озаренный висячим фонарем, где ожидал его повар отравленного кардинала Монреале. До Александра VI дошли слухи, будто бы количество яда оказалось недостаточным и больной выздоравливает.

Расспросив повара с точностью, папа убедился, что, несмотря на временное улучшение, он умрет через два-три месяца. Это было еще выгоднее, так как отклоняло подозрения.

«А все-таки, – подумал он, – жаль старика! Веселый был, обходительный человек и добрый сын Церкви».

Сокрушенно вздохнул, понурив голову и добродушно выпятив пухлые мягкие губы.

Папа не лгал: он в самом деле жалел кардинала, и если бы можно было отнять у него деньги, не причинив ему вреда, – был бы счастлив.

Возвращаясь в приемную, увидел в зале Свободных Искусств, иногда служившей трапезною для маленьких дружеских полдников, накрытый стол и почувствовал голод.

Деление земного шара отложено было на послеобеденное время. Его святейшество пригласил гостей в трапезную.

Стол украшен был живыми белыми лилиями в хрустальных сосудах, цветами Благовещения, которые папа особенно любил, потому что девственная прелесть их напоминала ему Лукрецию.

Блюда не были роскошными: Александр VI в пище и питье отличался умеренностью.

Стоя в толпе камерариев, Джованни прислушивался к застольной беседе.

Датарий, дон Хуан Лопес, навел речь на сегодняшнюю ссору его святейшества с Чезаре и, как будто не подозревая, что она притворная, начал усердно оправдывать герцога.

Все присоединились к нему, превознося добродетели Чезаре.

– Ах, нет, нет, не говорите! – качал головой папа с ворчливою нежностью. – Не знаете вы, друзья мои, что это за человек. Каждый день я жду, какую еще штуку выкинет. Помяните слово мое, доведет он нас всех до беды, да и сам себе шею сломает...

Глаза его блеснули отеческою гордостью.

– И в кого только уродился, подумаешь? Вы ведь меня знаете: я человек простой, бесхитростный. Что на уме, то и на языке. А Чезаре, Господь его ведает, – все-то он молчит, все-то прячется. Верите ли, мессеры, иногда кричу на него, ругаюсь, а сам боюсь, да, да, собственного сына боюсь, потому что вежлив он, даже слишком вежлив, а как вдруг поглядит – точно нож в сердце...

Гости принялись еще усерднее защищать герцога.

– Ну да уж знаю, знаю, – молвил папа с хитрою усмешкою, – вы его любите, как родного, и нам в обиду не дадите...

Все притихли, недоумевая, каких еще похвал ему нужно.

– Вот вы все говорите: такой он, сякой, – продолжал старик, и глаза его загорелись уже неудержимым восторгом, – а я вам прямо скажу: никому из вас и не снилось, что такое Чезаре! О, дети мои, слушайте – я открою вам тайну сердца моего. Не себя ведь я в нем прославляю в некий высший Промысел. Два было Рима. Первый собрал племена и народы земные под властью меча. Но взявший меч от меча погибнет. И Рим погиб. Не стало в мире власти единой, и рассеялись народы, как овцы без пастыря. Но миру нельзя быть без Рима. И новый Рим хотел собрать языки[41] под властью Духа, и не пошли к нему, ибо сказано: будешь пасти их жезлом железным. Единый же духовный жезл над миром власти не имеет. Я, первый из пап, дал церкви Господней сей меч, сей жезл железный, коим пасутся народы и собираются в стадо единое. Чезаре – мой меч. И се, оба Рима, оба меча соединяются, да будет папа Кесарем и Кесарь папою, царство Духа на царстве Меча в последнем вечном Риме!

Старик умолк и поднял глаза к потолку, где золотыми лучами, как солнце, сиял багряный зверь.

– Аминь! Аминь! Да будет! – вторили сановники и кардиналы Римской церкви.

В зале становилось душно. У папы немного кружилась голова, не столько от вина, сколько от опьяняющих грез о величии сына.

Вышли на балкон – рингиеру, выходившую на двор Бельведера.

Внизу папские конюхи выводили кобыл и жеребцов из конюшен.

– Алонсо, ну-ка припусти! – крикнул папа старшему конюху.

Тот понял и отдал приказ: случка жеребцов с кобылами была одной из любимых потех его святейшества.

Ворота конюшни распахнулись; бичи захлопали; послышалось веселое ржание, и целый табун рассыпался по двору; жеребцы преследовали и покрывали кобыл.

Окруженный кардиналами и вельможами церкви, долго любовался папа

---

41 Языки (церковнослав.) – народы.

этим зрелищем.

Но мало-помалу лицо его омрачилось: он вспомнил, как несколько лет назад любовался этой же самой потехой вместе с мадонной Лукрецией. Образ дочери встал перед ним, как живой: белокурая, голубоглазая, с немного толстыми чувственными губами – в отца, вся свежая, нежная, как жемчужина, бесконечно покорная, тихая, во зле не знающая зла, в последнем ужасе греха непорочная и бесстрастная. Вспомнил он также с возмущением и ненавистью теперешнего мужа ее, феррарского герцога Альфонсо д'Эсте. Зачем он отдал ее, зачем согласился на брак?

Тяжело вздохнув и понурив голову, как будто вдруг почувствовав на плечах своих бремя старости, вернулся папа в приемную.

VII

Здесь уже приготовлены были сферы, карты, циркули, компасы для проведения великого меридиана, который должен был пройти в трехстах семидесяти португальских «легуах» к западу от островов Азорских и Зеленого Мыса. Место это выбрано было потому, что именно здесь, как утверждал Колумб, находился «пуп земли», отросток грушевидного глобуса, подобный сосцу женской груди, – гора, достигающая лунной сферы небес, в существовании коей убедился он по отклонению магнитной стрелки компаса во время своего первого путешествия.

От крайней западной точки Португалии с одной стороны и берегов Бразилии – с другой отметили равные расстояния до меридиана. Впоследствии кормчие и астрономы должны были с большею точностью определить эти расстояния днями морского пути.

Папа сотворил молитву, благословил земную сферу тем самым крестом, в котором вставлен был изумруд с Венерой Каллипигою, и, обмакнув кисточку в красные чернила, провел по Атлантическому океану от Северного полюса к Южному великую миротворную черту: все острова и земли, открытые или имевшие быть открытыми к востоку от этой черты, принадлежали Испании, к западу – Португалии.

Так, одним движением руки разрезал он шар земли пополам, как яблоко, и разделил его между христианскими народами.

В это мгновение, казалось Джованни, Александр VI, благолепный и торжественный, полный сознанием своего могущества, походил на предсказанного им миродержавного Кесаря-Папу, объединителя двух царств – земного и небесного, от мира и не от мира сего.

В тот же день вечером, в своих покоях в Ватикане, Чезаре давал его святейшеству и кардиналам пир, на котором присутствовало пятьдесят прекраснейших римских «благородных блудниц» – meretrices honestae.

После ужина закрыли окна ставнями, двери заперли, со столов сняли огромные серебряные подсвечники и поставили их на пол. Чезаре, папа и гости кидали жареные каштаны блудницам, и они подбирали их, ползая на четвереньках, совершенно голые, между бесчисленным множеством восковых свечей: дрались, смеялись, визжали, падали; скоро на полу, у ног его святейшества, зашевелилась голая груда смуглых, белых и розовых тел в ярком, падавшем снизу, блеске догоравших свечей.

Семидесятилетний папа забавлялся, как ребенок, бросал каштаны пригоршнями и хлопал в ладоши, называя кортиджан своими «птичками трясогузочками».

Но мало-помалу лицо его омрачилось точно такою же тенью, как после полдника на рингиере Бельведера: он вспомнил, как в 1501 году, в ночь кануна Всех Святых, любовался вместе с мадонной Лукрецией, возлюбленною дочерью, этой же самой игрою с каштанами.

В заключение праздника гости спустились в собственные покои его святейшества, в залу Господа и Божьей Матери. Здесь устроено было любовное состязание между кортиджанами и сильнейшими из романьольских телохранителей герцога; победителям раздавались награды.

Так отпраздновали в Ватикане достопамятный день Римской Церкви, ознаменованный двумя великими событиями – разделением шара земного и учреждением духовной цензуры.

Леонардо присутствовал на этом ужине и видел все. Приглашение на подобные празднества считалось величайшей милостью, от которой невозможно было отказаться.

В ту же ночь, вернувшись домой, писал он в дневнике:

«Правду говорит Сенека: в каждом человеке есть бог и зверь, скованные вместе».

И далее, рядом с анатомическим рисунком:

«Мне кажется, что люди с низкими душами, с презренными страстями, недостойны такого прекрасного и сложного строения тела, как люди великого разума и созерцания: довольно с них было бы мешка с двумя отверстиями, одним – чтобы принимать, другим – чтобы выбрасывать пищу, ибо воистину они не более как проход для пищи, как наполнители выгребных ям. Только лицом и голосом похожи на людей, а во всем остальном хуже скотов».

Утром Джованни застал учителя в мастерской за работой над св. Иеронимом.

В пещере, подобной львиному логову, отшельник, стоя на коленях и глядя на Распятие, бьет себя камнем в грудь с такою силой, что прирученный лев, лежащий у ног его, смотрит ему в глаза, открыв пасть, должно быть, с протяжным, унылым рыканьем, как будто зверю жаль человека.

Бельтраффио вспомнил другую картину Леонардо – белую Леду с белым лебедем, богиню сладострастия, объятую пламенем на костре Савонаролы. И опять, как уже столько раз, спрашивал себя Джованни: какая из этих двух противоположных бездн ближе сердцу учителя – или обе ему одинаково близки?

VIII

Наступило лето. В городе свирепствовала гнилая лихорадка Понтийских болот – малярия. В конце июля и в начале августа не проходило дня, чтобы не умирал кто-либо из приближенных папы.

В последние дни казался он тревожным и печальным. Но не страх смерти, а иная, давнишняя тоска грызла его, – тоска по мадонне Лукреции. У него и прежде бывали такие припадки неистовых желаний, слепых и глухих, подобных безумию, и он боялся их: ему казалось, что, если он не утолит их тотчас, они задушат его.

Он писал ей, умолял приехать, хотя бы на несколько дней, надеясь потом удержать ее силою. Она ответила, что муж не пускает ее. Ни перед каким злодеянием не остановился бы старый Борджа, чтобы истребить этого последнего, ненавистнейшего зятя своего, так же как уже истребил он всех остальных мужей Лукреции. Но с герцогом Феррары шутки были плохи: у него была артиллерия, лучшая во всей Италии.

5 августа отправился папа на загородную виллу кардинала Адриана. За ужином, несмотря на предостережение врачей, ел свои любимые пряные блюда, запивал их тяжелым сицилийским вином и долго наслаждался опасною свежестью римского вечера.

На следующее утро почувствовал недомогание. Впоследствии рассказывали, будто бы, подойдя к открытому окну, папа увидел сразу два похоронных шествия – одного из своих камерлингов и мессера Гульельмо Раймондо. Оба покойника были тучными.

– Опасное время года для нашего брата, тучных людей, – молвил будто бы папа.

И только что он это сказал, горлинка влетела в окно, ударилась об стену и, оглушенная, упала к ногам его святейшества.

– Дурная примета! Дурная примета! – прошептал он, бледнея, и тотчас удалился в опочивальню.

Ночью сделалась с ним тошнота и рвота.

Врачи определили болезнь различно: одни называли ее терцианою, третичною лихорадкою, другие – разлитием желчи, третьи – «кровяным ударом». По городу ходили слухи об отравлении папы.

С каждым часом он ослабевал. 16 августа решили прибегнуть к последнему средству – лекарству из толченых драгоценных камней. От него больному сделалось еще хуже.

Однажды ночью, очнувшись от забытья, стал шарить на груди, под рубашкою. В течение многих лет Александр VI носил на себе маленький золотой ковчежец, нательную дароносицу, в виде шарика, с частицами Крови и Тела Господня. Астрологи предсказали ему, что он не умрет, пока будет ее иметь при себе. Сам ли он потерял ее, или украл кто-либо из бывших при нем, желая ему смерти, – осталось тайною. Узнав, что нигде не могут отыскать ее, смежил глаза с безнадежною покорностью и произнес:

– Значит, умру. Кончено!

Утром 17 августа, почувствовав смертельную слабость, велел выйти всем и, подозвав к себе любимого врача своего, епископа Ванозы, напомнил ему о способе лечения, изобретенном одним евреем, врачом Иннокентия VIII, перелившим будто бы в жилы умирающего папы кровь трех младенцев.

– Ваше святейшество, – возразил епископ, – вам известно, чем кончился опыт?

– Знаю, знаю, – пролепетал папа. – Но, может быть, не удалось потому, что дети были семи-восьми лет, а нужно, говорят, самых маленьких, грудных...

Епископ ничего не ответил. Глаза больного померкли. Он уже бредил:

– Да, да, самых маленьких... беленьких... Кровь у них чистая, алая... Я деток люблю... Sinite parvulos ad me venire. Не возбраняйте малым приходить ко мне...

От этого бреда в устах умирающего наместника Христова покоробило даже невозмутимого, ко всему привыкшего епископа.

Однообразным, беспомощным, словно утопающий, судорожно-торопливым движением руки папа все еще шарил, шарил, искал на груди своей пропавшей дароносицы с Телом и Кровью Господнею.

Во время болезни ни разу не вспомнил о детях. Узнав, что Чезаре тоже при смерти, остался равнодушен. Когда же спросили, не желает ли, чтобы сыну или дочери была передана его последняя воля, – отвернулся молча, как будто для него уже не было тех, кого всю жизнь любил он такой неистовой любовью.

18 августа, в пятницу, утром, исповедался духовнику своему, епископу Каринола, Пьеро Гамбоа, и приобщился.

К повечерию стали читать отходную. Несколько раз умирающий усиливался что-то сказать или сделать знак рукою. Кардинал Илерда наклонился к нему и по слабым звукам, выходившим из уст его, понял, что папа говорит:

– Скорей... скорей... читай молитву Заступнице...

Хотя по церковному чину над умирающими молитву эту читать не полагалось, Илерда исполнил последнюю волю друга и прочел: Stabat Mater Dolorosa[42] стояла скорбящая Матерь Божия (*лат.*).].

На Голгофе, Матерь Божья,
Ты стояла у подножья
Древа Крестного, где был
Распят Сын Твой, – и, разящий,
Душу Матери Скорбящей
Смертной муки меч пронзил.
Как Он умер, Сын Твой нежный,
Одинокий, безнадежный,
Очи видели Твои.

....

Не отринь меня, о Дева,
Дай и мне стоять у Древа
Обагренного, – в крови, —
Ибо, видишь, сердце жаждет,
Пострадать, как Сын Твой страждет.
Дева дев, родник любви,
Дай мне болью ран упиться,
Крестной мукой насладиться,
Мукой Сына Твоего,
Чтоб, огнем любви сгорая,
И томясь, и умирая,
Мне увидеть славу рая
В смерти Бога моего!

Невыразимое чувство блеснуло в глазах Александра VI, как будто он уже видел пред собою Заступницу. С последним усилием протянул он руки, весь встрепенулся, приподнялся, повторил коснеющим языком:

---

42 У креста

– «Не отринь меня, о Дева!» – упал на подушки – и его не стало.

IX

В это время Чезаре также был между жизнью и смертью.

Врач, епископ Гаспаре Торелла, подверг его необычному способу лечения: велел распороть брюхо мулу и погрузить больного, потрясаемого ознобом, в окровавленные дымящиеся внутренности; потом окунули его в ледяную воду. Не столько лечением, сколько неимоверным усилием воли Чезаре победил болезнь.

В эти страшные дни сохранял он совершенное спокойствие; следил за происходившими событиями, выслушивал доклады, диктовал письма, отдавал приказания. Когда пришла весть о кончине папы, велел перенести себя через потайной ход из Ватикана в крепость Св. Ангела.

По городу распространялись целые сказания о смерти Александра VI. Венецианский посланник Марино Сануто доносил Республике, будто бы умирающий видел обезьяну, которая дразнила его, прыгая по комнате, и, когда один из кардиналов предложил поймать ее, воскликнул в ужасе: «Оставь ее, оставь: это – дьявол!» Другие рассказывали, что он повторял: «Иду, иду, только погоди еще немного!» – и объясняли это тем, что, находясь в конклаве, избиравшем папу после кончины Иннокентия VIII, – Родриго Борджа, будущий Александр VI, заключил договор с дьяволом, продав ему душу свою за двенадцать лет папства. Уверяли также, будто бы, за минуту до смерти, у изголовья его появилось семь бесов; только что он умер, тело его начало разлагаться, кипеть, выбрасывая пену изо рта, точно котел на огне, стало поперек себя толще, вздулось горой, утратив всякий человеческий образ, и почернело, «как уголь или самое черное сукно, а лицо сделалось, как лицо эфиопа».

По обычаю, перед погребением римского первосвященника, следовало служить заупокойные обедни в соборе Св. Петра в течение десяти дней. Но таков был ужас, внушаемый останками папы, что никто не хотел служить. Вокруг тела не было ни свечей, ни ладана, ни чтецов, ни стражей, ни молящихся. Долго не могли найти гробовщиков. Наконец отыскалось шесть негодяев, готовых на все за стакан вина. Гроб оказался не впору. Тогда с головы папы сняли трехвенечную тиару, набросили на него, вместо покрова, дырявый ковер и кое-как пинками втиснули тело в слишком короткий и узкий ящик. Другие уверяли, будто бы, не удостоив гроба, сволокли его в яму за ноги, привязав к ним веревку, как падаль или труп зачумленного.

Но и после того, как тело зарыли, не было ему покоя: суеверный ужас в народе все увеличивался. Казалось, что в самом воздухе Рима к смертоносному дыханию малярии присоединился новый, неведомый, еще более отвратительный и зловещий смрад. В соборе Св. Петра стала являться черная собака, которая бегала с неимоверною скоростью, правильными расходящимися кругами. Жители Борго не смели выходить из домов с наступлением сумерек. И многие были твердо уверены в том, что папа Александр VI умер не настоящею смертью – воскреснет, сядет снова на престол – и тогда начнется царство Антихриста.

Обо всех этих событиях и слухах Джованни подробно узнавал в переулке Синибальди, в погребе чеха-гусита Яна Хромого.

В это время Леонардо, вдали от всех, безмятежно работал над картиною, которую начал давно по заказу монахов-сервитов для церкви их, Санта-Мария дель Аннунциата во Флоренции, и потом, будучи на службе Чезаре Борджа, продолжал со своею обычною медлительностью. Картина изображала св. Анну и Деву Марию.

Среди пустынного горного пастбища, на высоте, откуда виднеются голубые вершины дальних гор и тихие озера, Дева Мария, по старой привычке, сидя на коленях матери, удерживает Иисуса Младенца, который схватил ягненка за уши, пригнул его к земле и поднял ножку с шаловливою резвостью, чтобы вскочить верхом. Св. Анна подобна вечно юной Сибилле. Улыбка опущенных глаз и тонких, извилистых губ, неуловимо скользящая, полная тайны и соблазна, как прозрачно-голубая вода, – улыбка змеиной мудрости, напоминала Джованни улыбку самого Леонардо. Рядом с ней младенческий ясный лик Марии дышал простотою голубиною. Мария была совершенная любовь, Анна – совершенное знание. Мария знает, потому что любит, Анна любит, потому что знает. И Джованни казалось, что, глядя на эту картину, он понял впервые слово учителя: великая любовь есть дочь великого познания.

В то же время Леонардо исполнял рисунки разнообразных машин, гигантских подъемных лебедок, водокачальных насосов, приборов для вытягивания проволок, пил для самого твердого камня, станков сверлящих для выделки железных прутьев, – ткацких, суконострижных, канатопрядильных, гончарных.

И Джованни удивлялся тому, что учитель соединяет эти две работы – над машинами и над св. Анной. Но соединение не было случайным.

«Я утверждаю, – писал он в Началах Механики, – что сила есть нечто духовное, незримое; духовное, потому что в ней жизнь бестелесная; незримое, потому что тело, в котором рождается сила, не меняет ни веса, ни вида».

С одинаковой радостью созерцал он, как по членам прекрасных машин – колесам, рычагам, пружинам, дугам, приводным ремням, бесконечным винтам, шурупам, стержням, могучим железным валам и маленьким зубчикам, спицам, тончайшим калевкам – ходит сила, переливается; и точно так же – любовь, сила Духа, которою движутся миры, течет, переливается от неба к земле, от матери к дочери, от дочери к внуку, таинственному Агнцу, чтобы, совершая вечный круг, вернуться вновь к Началу Своему.

Участь Леонардо решалась вместе с участью Чезаре. Несмотря на спокойствие и отвагу, которые сохранял Чезаре, – «великий знаток судьбы», по выражению Макиавелли, чувствовал, что счастье от него отвернулось. Узнав о смерти папы и болезни герцога, враги его соединились и захватили земли Римской Кампаньи. Просперо Колонна подступал к воротам города; Вителли двигался на Читта-ди-Кастелло; Джан-Паоло Бальони – на Перуджу; Урбино возмутился; Камерино, Кальи, Пьомбино, одно за другим, отпадали; конклав, открытый для избрания нового папы, требовал удаления герцога из Рима. Все изменяло, все рушилось.

И те, кто недавно трепетали перед ним, теперь издевались и приветствовали гибель его – лягали издыхающего льва ослиным копытом. Поэты слагали эпиграммы:

«Или ничто, или Цезарь!» – А если и то, и другое?

Цезарем ты уже был, будешь ты скоро ничем.

Однажды, во дворце Ватикана, беседуя с венецианским посланником Антонио Джустиниани, тем самым, который, во дни величия герцога, предсказывал, что он «сгорит, как соломенный огонь», Леонардо завел речь о мессере Никколо Макиавелли.

– Говорил ли он вам про свое сочинение о государственной науке?

– Как же, беседовали не раз. Мессер Никколо, конечно, изволит шутить. Никогда не выпустит он в свет этой книги. Разве о таких предметах пишут? Давать советы правителям, разоблачать перед народом тайны власти, доказывать, что всякое государство есть не что иное, как насилие, прикрытое личиной правосудия, – да ведь это все равно что кур учить лисьим хитростям, вставлять овцам волчьи зубы. Сохрани нас Боже от такой политики!

– Вы полагаете, что мессер Никколо заблуждается и переменит мысли?

– Ничуть. Я с ним совершенно согласен. Так надо делать, как он говорит, но не говорить. Впрочем, если он и выпустит в свет эту книгу, никто не пострадает, кроме него самого. Бог милостив, овцы и куры поверят, как верили доныне своим законным повелителям, волкам и лисицам, которые обвинят его в дьявольской политике – в лисьей хитрости, в волчьей лютости. И все останется по-прежнему. По крайней мере, на наш век хватит!

XI

Осенью 1503 года пожизненный гонфалоньер Флорентинской Республики Пьеро Содерини пригласил к себе Леонардо на службу, намереваясь послать его в качестве военного механика в Пизанский лагерь для устройства осадных машин.

Художник проводил в Риме последние дни.

Однажды вечером бродил он на холме Палатинском. Там, где возвышались некогда дворцы императоров – Августа, Калигулы, Септемия Севера, – теперь только ветер шумел в развалинах, и между серыми оливами слышалось блеяние пасущихся овец да стрекотание кузнечиков. Судя по множеству обломков белого мрамора, изваяния богов неведомой прелести почивали в земле, как мертвецы, ожидающие воскресения.

Вечер был ясный. Кирпичные остовы арок, сводов и стен, озаренные солнцем, горячо алели в темно-синем небе. И царственнее, чем пурпур и золото, которые некогда украшали чертоги римских императоров, были пурпур и золото осенних листьев.

На северном склоне холма, недалеко от садов Капроника, Леонардо, стоя на коленях, раздвигал травы и внимательно рассматривал осколок древнего мрамора с тонким узором.

По узкой тропинке из кустов вышел человек. Леонардо взглянул на него, встал, взглянул еще раз, подошел и воскликнул:

– Вы ли это, мессер Никколо? – И, не дожидаясь ответа, обнял и поцеловал как родного.

Одежда секретаря Флоренции казалась еще старее и беднее, чем в Романье: видно было, что правители Республики по-прежнему не баловали его – держали в черном теле. Он похудел; бритые щеки осунулись; длинная тонкая шея вытянулась; плоский утиный нос выдавался вперед еще острее, и ярче горели глаза лихорадочным блеском.

Леонардо стал расспрашивать его, надолго ли он в Рим и с какими поручениями. Когда художник упомянул о Чезаре, Никколо отвернулся, избегая взоров его и пожимая плечами, возразил холодно, с напускною небрежностью:

– По воле судеб я был в моей жизни свидетелем таких событий, что давно уже не удивляюсь ничему...

И, видимо желая переменить разговор, спросил, в свою очередь, Леонардо, что он поделывает. Узнав, что художник поступил на службу Флорентийской Республики, Макиавелли только махнул рукой:

– Не обрадуетесь! Бог знает, что лучше – злодеяния такого гения, как Чезаре, или добродетели такого муравейника, как наша Республика. Впрочем, одно стоит другого. Меня спросите: я ведь кое-что знаю о прелестях народного правления! – усмехнулся он своею горькою усмешкою.

Леонардо сообщил ему слова Антония Джустиниани о лисьей хитрости, которой будто бы он, Макиавелли, собирается учить кур, о волчьих зубах, которые он хочет вставить овцам.

– Что правда, то правда! – добродушно рассмеялся Никколо. – Раздразню я гусей – отсюда вижу, как честные люди готовы будут сжечь меня на костре за то, что я первый заговорил о том, что делают все. Тираны объявят меня бунтовщиком народа, народ – приспешником тиранов, святоши – безбожником, добрые – злым, а злые возненавидят меня больше всех, потому что я буду им казаться злее, чем сами они.

И прибавил с тихою грустью:

– Помните наши беседы в Романье, мессер Леонардо? Я часто думаю о них, и мне кажется иногда, что у нас с вами общая судьба. Открытие новых истин всегда было и будет столь же опасно, как открытие новых земель. У тиранов и толпы, у малых и великих – мы с вами везде чужие, лишние – бездомные бродяги, вечные изгнанники. Кто не похож на всех, тот один против всех, ибо мир создан для черни, и нет в нем никого, кроме черни... Так-то, друг мой, – продолжал он еще тише и задумчивее, – скучно, говорю я, жить на свете, и, пожалуй, самое скверное в жизни не заботы, не болезни, не бедность, не горе – а скука...

Молча спустились они по западному склону Палатина и тесной грязной улицей вышли к подножию Капитолия, к развалинам храма Сатурна – месту, где некогда был Римский Форум.

XII

По обеим сторонам древней Священной улицы, Сакра-Виа, от арки Септимия Севера до амфитеатра Флавиев, лепились жалкие, ветхие домишки. Рассказывали, будто бы основания многих из них сложены из обломков драгоценных изваяний, из членов олимпийских богов: в течение столетий Форум служил каменоломней. В развалинах языческих капищ уныло и робко ютились христианские церкви. Наслоение уличного мусора, пыли, навоза возвысили уровень почвы больше чем на десять локтей. Но все еще кое-где возносились древние колонны с частями архитравов, грозивших падением.

Никколо указал спутнику место Римского Сената, Курии, народного Собрания, теперь называвшееся Коровьим Полем. Здесь был скотный рынок. Пары белых круторогих быков и черных буйволов лежали на земле; свиньи хрюкали в лужах, поросята визжали. И упавшие мраморные колонны, плиты с полустертыми надписями, облепленные скотским пометом, утопали в черной жидкой грязи. К триумфальной арке Тита Веспасиана прислонилась старая рыцарская башня, некогда разбойничье гнездо баронов Франджипани. Тут же, перед аркою, была харчевня для земледельцев, приезжавших на скотный рынок. Из окон слышались крики ругавшихся женщин и вылетал клубами чад прогорклого масла и жареной рыбы. На веревке сушились лохмотья. Старый нищий с лицом, изможденным лихорадкой, сидя на камне, завертывал в рубище больную распухшую ногу.

Внутри, по обеим сторонам победной арки, были два барельефа: на одном – император Тит Веспасиан, завоеватель Иерусалима, в триумфальном шествии, на колеснице, запряженной квадригою; на другой – еврейские пленники в оковах, с трофеями победителя – жертвенною трапезой Иеговы, хлебами предложения и седмисвещниками Соломонова храма; вверху, посередине свода – ширококрылый орел, возносящий на Олимп обожествленного Кесаря. На челе ворот Никколо прочел уцелевшую надпись: «Senatus populusque Romanus divo Tito divi Vespasiani filio Vespasiano Augusto»[43]» (*лат.*).].

Солнце, проникая под арку со стороны Капитолия, озарило триумф императора последними багровыми лучами сквозь голубоватые, подобные облакам фимиама, смрадные волны кухонного чада.

И сердце Никколо болезненно сжалось, когда, в последний раз оглянувшись на Форум, увидел он розовый отблеск вечернего света на трех одиноких колоннах из белого мрамора перед церковью Мария Либератриче. Унылый, дряхло-лепечущий звон колоколов, вечерний благовест Ave Maria казался похоронной жалобой над Римским Форумом.

Они вошли в Колизей.

– Да, – проговорил Никколо, глядя на исполинские глыбы камня в стенах амфитеатра, – те, кто умел строить такие здания, не нам чета. Только здесь, в Риме, чувствуешь, какая разница между нами и древними. Куда уж нам соперничать с ними! Мы и представить себе не можем, что это были за люди...

– Мне кажется, – возразил Леонардо медленно, как будто с усилием, выходя из задумчивости, – мне кажется, Никколо, вы не правы. Есть и у нынешних людей сила не меньшая, чем у древних, только иная...

– Уж не христианское ли смирение?

– Да, между прочим, и смирение...

– Может быть, – произнес Макиавелли холодно.

_____
43 «Весь народ – божественному Титу, божественного Веспасиана сыну, Веспасиану Августу [императору

Они присели отдохнуть на нижнюю, полуразрушенную ступень амфитеатра.

– Я полагаю, – продолжал Никколо с внезапным порывом, – я полагаю, что людям следовало бы или принять, или отвергнуть Христа. Мы же не сделали ни того, ни другого. Мы не христиане и не язычники. От одного отстали, к другому не пристали. Быть добрыми силы не имеем, быть злыми страшимся. Мы ни черные, ни белые – только серые; ни холодные, ни горячие – только теплые. Так изолгались, измалодушествовались, виляя, хромая на обе ноги между Христом и Велиаром, что нынче уж и сами, кажется, не знаем, чего хотим, куда идем. Древние, те, по крайней мере, знали и делали все до конца – не лицемерили, не подставляли правой щеки тому, кто ударял их по левой. Ну а с тех пор, как люди поверили, что ради блаженства на небе должно терпеть всякую неправду на земле, негодяям открылось великое и безопасное поприще. И что же в самом деле, как не это новое учение, обессилило мир и отдало его в жертву мерзавцам?..

Голос его дрожал, глаза горели почти ненавистью, лицо исказилось как бы от нестерпимой боли.

Леонардо молчал. В душе его проходили ясные, детские мысли, такие простые, что он не сумел бы их выразить: он смотрел на голубое небо, сиявшее сквозь трещины стен Колизея, и думал о том, что нигде не кажется лазурь небес такой вечно юной и радостной, как в щелях полуразрушенных зданий.

Некогда завоеватели Рима, северные варвары, не умевшие добывать руду из земли, вынули железные скрепы, соединявшие камни в стенах Колизея, чтобы древнее римское железо перековать на новые мечи; и птицы свили себе гнезда в отверстиях вынутых скреп. Леонардо следил, как черные галки, слетаясь на ночлег с веселыми криками, прятались в гнезда, и думал о том, что миродержавные кесари, воздвигавшие это здание, варвары, разрушавшие его, не подозревали, что трудятся для тех, о которых сказано: они не сеют, не жнут, не собирают в житницы, и Отец Небесный питает их.

Он не возражал Макиавелли, чувствуя, что тот не поймет, ибо все, что для него, Леонардо, было радостью, для Никколо было скорбью; мед его был желчью Никколо; великая ненависть – дочерью великого познания.

– А знаете ли, мессер Леонардо, – произнес Макиавелли, желая, по обыкновению, кончить разговор шуткою, – я теперь только вижу, как ошибаются те, кто считает вас еретиком и безбожником. Попомните слово мое: в день Страшного суда, как разделят нас на овец и на козлищ, быть вам со смиренными овечками Христовыми, быть вам в раю со святыми угодниками!

– И с вами, мессер Никколо! – подхватил художник, смеясь. – Если уж я попаду в рай, то и вам не миновать.

– Ну нет, слуга покорный! Заранее уступаю место мое всем желающим. Довольно с меня скуки земной...

И лицо его вдруг озарилось добродушною веселостью.

– Послушайте, друг мой, вот какой вещий сон приснился мне однажды: привели меня будто бы в собрание голодных и грязных оборванцев, монахов, блудниц, рабов, калек слабоумных и объявили, что это те самые, о коих сказано: блаженны нищие духом, ибо их есть Царствие Небесное. Потом привели меня в другое место, где увидел я сонм величавых мужей, подобных древнему Сенату; здесь были полководцы, императоры, папы, законодатели, философы – Гомер, Александр Великий, Платон, Марк Аврелий; они беседовали о науке, искусстве, делах государственных. И мне сказали, что это ад и души грешников, отвергнутых Богом за то, что возлюбили они мудрость века сего, которая есть безумие пред Господом. И спросили, куда я желаю, в ад или в рай? «В ад, – воскликнул я, – конечно, в ад к мудрецам и героям!»

– Да, если все это в действительности так, как вам приснилось, – возразил Леонардо, – то ведь и я, пожалуй, не прочь...

– Ну нет, поздно! Теперь уж не отвертитесь. Насильно потащат. За христианские добродетели наградят вас и раем христианским.

Когда они вышли из Колизея, стемнело. Огромный желтый месяц выплыл из-за черных сводов базилики Константина, разрезая слои облаков, прозрачных, как перламутр. Сквозь дымную, сизую мглу, расстилавшуюся от Арки Тита Веспасиана до капитолия, три одинокие, бледные колонны перед церковью Мария Либератриче, подобные призракам, в сиянии луны казались еще прекраснее. И дряхло-лепечущий колокол, сумеречный Angelus[44]» (*лат.*) – католическая молитва.] еще заунывнее звучал, как похоронный плач, над Римским Форумом.

Книга XIV
МОНА ЛИЗА ДЖОКОНДА
I

Леонардо писал в *Книге о живописи* :

«Для портретов имей особую мастерскую – двор продолговатый, четырехугольный, шириной в десять, длиной в двадцать локтей, со стенами, крашенными в черную краску, с кровельным выступом по стенам и полотняным навесом, устроенным так, чтобы, собираясь или распускаясь, смотря по надобности, служил он защитой от солнца. Не натянув полотна, пиши только перед сумерками или когда облачно и туманно. Это – свет совершенный».

Такой двор для писания портретов устроил он в доме хозяина своего, знатного флорентийского гражданина, комисария Синьории, сире Пьеро ди Барто Мартелли, любителя математики, человека умного и дружески расположенного к Леонардо, – во втором доме по левой стороне улицы Мартелли, ежели идти от площади Сан-Джованни к Палаццо Медичи.

Однажды, в конце весны 1505 года, был тихий, теплый и туманный день. Солнце просвечивало сквозь влажную дымку облаков тусклым, точно подводным светом, с тенями нежными, тающими как дым – любимым светом Леонардо, дающим, как он утверждал, особенную прелесть женским лицам.

«Неужели не придет?» – думал он о той, чей портрет писал почти три года, с небывалым для него постоянством и усердием.

---

44 «Ангел [Божий возвестил Марии

Он приготовил мастерскую для ее приема. Джованни Бельтраффио украдкой следил за ним и удивлялся тревоге ожидания, почти нетерпению, которые были несвойственны всегда спокойному учителю.

Леонардо привел в порядок на полке разнообразные кисти, палитры, горшки с красками, которые, застыв, подернулись, как будто льдом, светлою корою клея; снял полотняный покров с портрета, стоявшего на выдвижном трехногом поставе – леджо; пустил фонтан посередине двора, устроенный им для ее забавы, в котором ниспадавшие струи, ударяясь о стеклянные полушария, вращали их и производили странную тихую музыку; вокруг фонтана росли его рукой посаженные и взлелеянные ее любимые цветы – ирисы; принес нарезанного хлеба в корзине для ручной лани, которая бродила тут же по двору и которую *она* кормила из собственных рук; поправил пушистый ковер перед креслом из гладкого темного дуба с решетчатою спинкою и налокотниками. На этом ковре, привычном месте своем, уже свернулся и мурлыкал белый кот редкой породы, привезенный из Азии, купленный тоже для ее забавы, с разноцветными глазами, правым – желтым, как топаз, левым – голубым, как сапфир.

Андреа Салаино принес ноты и начал настраивать виолу. Пришел и другой музыкант, Аталанте. Леонардо знавал его еще в Милане при дворе герцога Моро. Особенно хорошо играл он на изобретенной художником серебряной лютне, имевшей сходство с лошадиным черепом.

Лучших музыкантов, певцов, рассказчиков, поэтов, самых остроумных собеседников приглашал Леонардо в свою мастерскую, чтобы они развлекали *ее* , во избежание скуки, свойственной лицам тех, с кого пишут портреты. Он изучал в ее лице игру мыслей и чувств, возбуждаемых беседами, повествованиями и музыкой.

Впоследствии собрания эти сделались реже: он знал, что они больше не нужны, что она и без них не соскучится. Не прекращалась только музыка, которая помогала обоим работать, потому что и *она* принимала участие в работе над своим портретом.

Все было готово, а она еще не приходила.

«Неужели не придет? – думал он. – Сегодня свет и тени как будто нарочно для нее. Не послать ли? Но она ведь знает, как я жду. Должна прийти».

И Джованни видел, как нетерпеливая тревога его увеличивалась.

Вдруг легкое дыхание ветра отклонило струю фонтана; стекло зазвенело, лепестки белых ирисов под водяной пылью вздрогнули. Чуткая лань, вытянув шею, насторожилась. Леонардо прислушался. И Джованни, хотя сам ничего еще не слышал, по лицу его понял, что это – *она* .

Сначала, со смиренным поклоном, вошла сестра Камилла, монахиня-конвертита, которая жила у нее в доме и каждый раз сопровождала ее в мастерскую художника, имея свойство стираться и делаться невидимой, скромно усевшись в углу с молитвенником в руках, не подымая глаз и не произнося ни слова, так что за три года их посещений Леонардо почти не слыхал ее голоса.

Вслед за Камиллою вошла та, которую здесь ожидали все, – женщина лет тридцати, в простом темном платье, с прозрачно-темной дымкой, опущенной до середины лба, – мона Лиза Джоконда.

Бельтраффио знал, что она неаполитанка из древнего рода, дочь некогда богатого, но во время французского нашествия в 1495 году разорившегося вельможи Антонио Джерардини, жена флорентинского гражданина, Франческо дель Джокондо. В 1481 году вышла за него дочь Мариано Ручеллаи. Через два года она умерла. Он женился на Томазе Виллани и после смерти ее уже в третий раз – на моне Лизе. Когда Леонардо писал с нее портрет, художнику было за пятьдесят лет, а супругу моны Лизы, мессеру Джокондо, сорок пять. Он был выбран одним из двенадцати буономини и скоро должен был сделаться приором. Это был человек обыкновенный, каких много всегда и везде, – ни очень дурной, ни очень хороший, деловитый, расчетливый, погруженный в службу и сельское хозяйство. Изящная молодая женщина казалась ему самым пристойным украшением в доме. Но прелесть моны Лизы была для него менее понятной, чем достоинство новой породы сицилийских быков или выгода таможенной пошлины на сырые овечьи шкуры. Рассказывали, что замуж вышла она не по любви, а только по воле отца, и что первый жених ее нашел добровольную смерть на поле сражения. Ходили также слухи, может быть, только сплетни, и о других ее страстных, упорных, но всегда безнадежных поклонниках. Впрочем, злые языки – а таких во Флоренции было немало – не могли сказать ничего дурного о Джоконде. Тихая, скромная, благочестивая, строго соблюдавшая обряды церкви, милосердная к бедным, была она доброю хозяйкою, верною женою и не столько мачехой для своей двенадцатилетней падчерицы Дианоры, сколько нежною матерью.

Вот все, что знал о ней Джованни. Но мона Лиза, приходившая в мастерскую Леонардо, казалась ему совсем другою женщиною.

В течение трех лет – время не истощало, а, напротив, углубляло это странное чувство – при каждом ее появлении он испытывал удивление, подобное страху, как перед чем-то призрачным. Иногда объяснял он чувство это тем, что до такой степени привык видеть лицо ее на портрете и столь велико искусство учителя, что живая мона Лиза кажется ему менее действительной, чем изображенная на полотне. Но тут еще было и что-то другое, более таинственное.

Он знал, что Леонардо имеет случай видеть ее только во время работы, в присутствии других, порой многих приглашенных, порой одной, неразлучной с нею сестры Камиллы – и никогда наедине, а между тем Джованни чувствовал, что есть у них тайна, которая сближает и уединяет их. Он также знал, что это – не тайна любви или, по крайней мере, не того, что люди называют любовью.

Он слышал от Леонардо, что все художники имеют наклонность в изображаемых ими телах и лицах подражать собственному телу и лицу. Учитель видел причину этого в том, что человеческая душа, будучи создательницей своего тела, каждый раз, как ей предстоит изобрести новое тело, стремится и в нем повторить то, что уже некогда было создано ею, – и так сильна эта наклонность, что порой даже в портретах, сквозь внешнее сходство с изображаемым, мелькает если не лицо, то, по крайней мере, душа самого художника.

Происходившее теперь в глазах Джованни было еще поразительнее: ему казалось, что не только изображенная на портрете, но и сама живая мона Лиза становится все более и более похожей на Леонардо, как это иногда бывает у людей, постоянно, долгие годы живущих вместе. Впрочем, главная сила возраставшего сходства заключалась не столько в самих чертах – хотя и в них в последнее время она иногда изумляла его, – сколько в выражении глаз и в улыбке. Он вспоминал с неизъяснимым изумлением, что эту же самую улыбку видел у Фомы Неверного, влагающего руку в язвы Господа, в изваянии Вероккьо, для которого служил образцом молодой Леонардо, и у прародительницы Евы перед Древом Познания в первой картине учителя, и у ангела *Девы в скалах* , и у Леды с лебедем, и во многих других женских лицах, которые писал, рисовал и лепил учитель, еще не зная моны Лизы, – как будто всю жизнь, во всех своих созданиях, искал он отражения собственной прелести и наконец нашел в лице Джоконды.

Порой, когда Джованни долго смотрел на эту общую улыбку их, становилось ему жутко, почти страшно, как перед чудом: явь казалась сном, сон явью, как будто мона Лиза была не живой человек, не супруга флорентинского гражданина, мессера Джоконды, обыкновеннейшего из людей, а существо, подобное призракам, – вызванное волей учителя, – оборотень, женский двойник самого Леонардо.

Джоконда гладила свою любимицу, белую кошку, которая вскочила к ней на колени, и невидимые искры перебегали по шерсти с чуть слышным треском под нежными тонкими пальцами.

Леонардо начал работу. Но вдруг оставил кисть, внимательно всматриваясь в лицо ее: от взоров его не ускользала малейшая тень или изменение в этом лице.

– Мадонна, – проговорил он, – вы сегодня чем-нибудь встревожены?

Джованни также чувствовал, что она менее похожа на свой портрет, чем всегда.

Лиза подняла на Леонардо спокойный взор.

– Да, немного, – ответила она. – Дианора не совсем здорова. Я всю ночь не спала.

– Может быть, устали, и вам теперь не до моего портрета? Не лучше ли отложить?..

– Нет, ничего. Разве вам не жаль такого дня? Посмотрите, какие нежные тени, какое влажное солнце: это мой день!.. Я знала, – прибавила она, помолчав, – что вы ждете меня. Пришла бы раньше, да задержали, – мадонна Софонизба...

– Кто такая? Ах да, знаю... Голос, как у площадной торговки, и пахнет, как из лавки продавца духов...

Джоконда усмехнулась.

– Мадонне Софонизбе – продолжала она, – непременно нужно было рассказать мне о вчерашнем празднике в Палаццо Веккьо у яснейшей синьоры Арджентины, жены гонфалоньера, и что именно подавали за ужином, и какие были наряды, и кто за кем ухаживал...

– Ну так и есть! Не болезнь Дианоры, а болтовня этой трещотки расстроила вас. Как странно! Замечали вы, мадонна, что иногда какой-нибудь вздор, который мы слышим от посторонних людей и до которого нам дела нет – обыкновенная человеческая глупость или пошлость, – внезапно омрачает душу и расстраивает больше, чем сильное горе?

Она склонила молча голову: видно было, что давно уже привыкли они понимать друг друга почти без слов, по одному намеку.

Он снова попытался начать работу.

– Расскажите что-нибудь, – проговорила мона Лиза.

– Что?

Немного подумав, она сказала:

– О царстве Венеры.

У него было несколько любимых ею рассказов, большею частью из своих или чужих воспоминаний, путешествий, наблюдений над природою, замыслов картин. Он рассказывал их почти всегда одними и теми же словами, простыми, полудетскими, под звуки тихой музыки.

Леонардо сделал знак и, когда Андреа Салаино на виоле, Аталанте на серебряной лютне, подобной лошадиному черепу, заиграли то, что было заранее выбрано и неизменно сопровождало рассказ о *царстве Венеры* , начал своим тонким женственным голосом, как старую сказку или колыбельную песню:

– Корабельщики, живущие на берегах Киликии, уверяют, будто бы тем, кому суждено погибнуть в волнах, иногда, во время самых страшных бурь, случается видеть остров Кипр – царство богини любви. Вокруг бушуют волны, вихри, смерчи, и многие мореходы, привлекаемые прелестью острова, сломали корабли свои об утесы, окруженные водоворотами. О, сколько их разбилось, сколько потонуло! Там, на берегу, еще виднеются их жалобные остовы, полузасыпанные песком, обвитые морскими травами: одни выставляют нос, другие – корму; одни – зияющие бревна боков, подобные ребрам полусгнивших трупов, другие – обломки руля. И так их много, что это похоже на день Воскресения, когда море отдаст все погибшие в нем корабли. А над самым островом – вечно голубое небо, сияние солнца на холмах, покрытых цветами, и в воздухе такая тишина, что длинное пламя курильниц на ступенях перед храмом тянется к небу столь же прямое, недвижное, как белые колонны и черные кипарисы, отраженные в зеркально гладком озере. Только струи водометов, переливаясь через край и стекая из одной порфировой чаши в другую, сладко журчат. И утопающие в море видят это близкое тихое озеро; ветер приносит им благовоние миртовых рощ – и чем страшнее буря, тем глубже тишина в царстве Киприды.

Он умолк; струны лютни и виолы замерли, и наступила та тишина, которая прекраснее всяких звуков, – тишина после музыки. Только струи фонтана журчали, ударяясь о стеклянные полушария.

И как будто убаюканная музыкой, огражденная тишиною от действительной жизни – ясная, чуждая всему, кроме воли художника, – мона Лиза смотрела ему прямо в глаза с улыбкою, полною тайны, как тихая вода, совершенно прозрачная, но такая глубокая, что сколько бы взор ни погружался в нее, как бы ни испытывал, дна не увидит, – с его собственною улыбкою.

И Джованни казалось, что теперь Леонардо и мона Лиза подобны двум зеркалам, которые, отражаясь одно в другом, углубляются до бесконечности.

На следующий день утром художник работал в Палаццо Веккьо над *Битвой при Ангиари* .

В 1503 году, приехав из Рима во Флоренцию, получил он заказ от пожизненного гонфалоньера, тогдашнего верховного правителя Республики, Пьеро Содерини, изобразить какую-либо достопамятную битву на стене новой залы Совета, во дворце Синьории, в Палаццо Веккьо. Художник выбрал знаменитую победу флорентинцев при Ангиари, в 1440 году, над Никколо Пичинино, военачальником герцога Ломбардии, Филиппо-Мария Висконти.

На стене залы Совета была уже часть картины: четыре всадника сцепились и дерутся из-за боевого знамени; на конце длинной палки треплется лохмотье; древко сломано. Пять рук ухватились за него и с яростью тащат в разные стороны. В воздухе скрещены сабли. По тому, как рты разинуты, видно, что неистовый крик вылетает из них. Искаженные человеческие лица не менее страшны, чем звериные морды баснословных чудовищ на медных панцирях. Люди заразили коней своим бешенством: они взвились на дыбы, сцепились передними ногами и с прижатыми ушами, сверкая дико скошенным зрачком, оскалив зубы, как хищные звери, грызутся. Внизу, в кровавой грязи, под копытами, один человек убивает другого, схватив его за волосы, ударяя головой о землю и не замечая, что тотчас они оба вместе будут раздавлены.

Это война во всем своем ужасе, бессмысленная бойня, «самая зверская из глупостей» – «pazzia bestialissima», по выражению Леонардо, которая «не оставляет ни одного ровного места на земле, где бы не было следов, наполненных кровью».

Только что начал он работу, по звонкому кирпичному полу пустынной залы послышались шаги. Он узнал их и, не оборачиваясь, поморщился.

То был Пьеро Содерини, один из тех людей, о которых Никколо Макиавелли говорил, что они – ни холодные, ни горячие – только теплые, ни черные, ни белые – только серые. Флорентинские граждане, потомки разбогатевших лавочников, вылезших в знать, избрали его в вожди Республики, как равного всем, как совершенную посредственность, безразличную и безопасную для всех, надеясь, что он будет их послушным орудием. Но ошиблись. Содерини оказался другом бедных, защитником народа. Этому, впрочем, никто не придавал значения. Он был все-таки слишком ничтожен: вместо государственных способностей была у него чиновничья старательность, вместо ума – благоразумие, вместо добродетели – добродушие. Всем было известно, что его супруга, надменная и неприступная мадонна Арджентина, не скрывавшая своего презрения к мужу, иначе не называла его, как «моя крыса». И в самом деле, мессер Пьеро напоминал старую, почтенную крысу канцелярского подполья. У него не было даже той ловкости, врожденной пошлости, которые необходимы правителям, как сало для колес машины. В республиканской честности своей он был сух, тверд, прям и плосок, как доска, – столь неподкупен и чист, что, по выражению Макиавелли, от него «пахло мылом, как от только что вымытого белья». Желая всех примирить, он только всех раздражал. Богатым не угодил, бедным не помог. Вечно садился между двумя стульями, попадал между двух огней. Был мученик золотой середины. Однажды Макиавелли, которому Содерини покровительствовал, сочинил на него эпиграмму в виде надгробной надписи:

В ту ночь, как умер Пьеро Содерини,
Душа его толкнулась было в ад.
«Куда ты, глупая? – Плутон ей крикнул. —
Ступай-ка в средний круг для маленьких детей!»

Принимая заказ, Леонардо должен был подписать очень стеснительный договор, с неустойкою в случае малейшей просрочки. Великолепные синьоры отстаивали выгоды свои, как лавочники. Большой любитель канцелярской переписки, Содерини докучал ему требованиями отчетности во всяком гроше, выданном из казначейства, на постройку лесов, на покупку лака, соды, извести, красок, льняного масла и на другие материалы. Никогда на службе «тиранов», как презрительно выражался гонфалоньер, – при дворе Моро и Чезаре, не испытывал Леонардо такого рабства, как на службе народа, в свободной Республике, в царстве мещанского равенства. И хуже всего было то, что, подобно большинству людей, в искусстве бездарных и невежественных, мессер Пьеро имел страсть давать советы художникам.

Содерини обратился к Леонардо с вопросом о деньгах, выданных на покупку тридцати пяти фунтов александрийских белил и не записанных в отчете. Художник признался, что белил не покупал, забыл, на что истратил деньги, и предложил возвратить их в казну.

– Что вы, что вы! Помилуйте, мессер Леонардо. Я ведь так только напоминаю, для порядка и точности. Вы уж с нас не взыщите. Сами видите: мы люди маленькие, скромные. Может быть, в сравнении с щедростью таких великолепных государей, как Сфорца и Борджа, бережливость наша кажется вам скупостью. Но что же делать? По одежке протягивай ножки. Мы ведь не самодержцы, а только слуги народа и обязаны ему отчетом в каждом сольди, ибо, сами знаете, казенные деньги дело святое, тут и лепта вдовицы, и капли пота честного труженика, и кровь солдата. Государь один – нас же много, и все мы равны перед законом. Так-то, мессер Леонардо! Тираны платили вам золотом, мы же медью; но не лучше ли медь свободы, чем золото рабства, и не выше ли всякой награды спокойная совесть?..

Художник слушал молча, делая вид, что соглашается. Он ждал, чтобы речь Содерини кончилась, с унылою покорностью, как путник на большой дороге, застигнутый вихрем пыли, ждет, наклонив голову и зажмурив глаза. В этих обыкновенных мыслях обыкновенных людей чувствовал Леонардо силу слепую, глухую, неумолимую, подобную силам природы, с которыми спорить нельзя, и хотя на первый взгляд они казались только плоскими, но, глубже вдумываясь в них, испытывал он такое ощущение, как будто заглядывал в страшную пустоту, в головокружительную бездну.

Содерини увлекся. Ему хотелось вызвать противника на спор. Чтобы задеть его за живое, заговорил он о живописи.

Надев серебряные круглые очки, с важным видом знатока начал

рассматривать оконченную часть картины.

– Превосходно! Удивительно! Что за лепка мускулов, какое знание перспективы! А лошади, лошади – точно живые!

Потом, взглянув на художника поверх очков, добродушно и строго, как учитель на способного, но недостаточно прилежного ученика:

– А все-таки, мессер Леонардо, я и теперь скажу, что уже много раз говорил: если вы кончите, как начали, действие картины будет слишком тяжелое, удручающее, и вы уж на меня не сердитесь, почтеннейший, за мою откровенность, я ведь всегда говорю людям правду в глаза, – не на то мы надеялись...

– На что же вы надеялись? – спросил художник с робким любопытством.

– А на то, что вы увековечите в потомстве военную славу Республики, изобразите достопамятные подвиги наших героев, – что-нибудь такое, знаете, что, возвышая души людей, может им подать благой пример любви к отечеству и доблестей гражданских. Пусть война в действительности такова, как вы ее представили. Но почему же, спрошу я вас, мессер Леонардо, почему не облагородить, не украсить или, по крайней мере, не смягчить некоторых крайностей, ибо мера нужна во всем. Может быть, я ошибаюсь, но кажется мне, что истинное назначение художника состоит именно в том, чтобы, наставляя и поучая, приносить пользу народу...

Заговорив о пользе народа, он уже не мог остановиться. Глаза его сверкали вдохновением здравого смысла; в однообразном звуке слов было упорство капли, которая точит камень.

Художник слушал молча, в оцепенении, и только порой, когда, очнувшись, старался представить себе, что собственно думает этот добродетельный человек об искусстве, – ему делалось жутко, как будто входил он в тесную, темную комнату, переполненную людьми, с таким спертым воздухом, что нельзя в нем пробыть ни мгновения, не задохнувшись.

– Искусство, которое не приносит пользы народу, – говорил мессер Пьеро, – есть забава праздных людей, тщеславная прихоть богатых или роскошь тиранов. Не так ли, почтеннейший?

– Конечно, так, – согласился Леонардо и прибавил с чуть заметной усмешкой в глазах: – А знаете ли, синьоре? Вот что следовало бы сделать нам, дабы прекратить наш давний спор: пусть бы в этой самой зале Совета, на общем народном собрании, решили граждане Флорентинской Республики белыми и черными шарами, по большинству голосов – может ли моя картина принести пользу народу или не может? Тут двойная выгода: во-первых, достоверность математическая, ибо только стоит сосчитать голоса, чтобы знать истину. А во-вторых, всякому сведущему и умному человеку, ежели он один, свойственно заблуждаться, тогда как десять, двадцать тысяч невежд или глупцов, сошедшихся вместе, ошибиться не могут, ибо глас народа – глас Божий.

Содерини сразу не понял. Он так благоговел перед священнодействием белых и черных шаров, что ему в голову не пришло, чтобы кто-нибудь мог себе позволить насмешку над этим таинством. Когда же понял, то уставился на художника с тупым удивлением, почти с испугом, и маленькие подслеповатые круглые глазки его запрыгали, забегали, как у крысы, почуявшей кошку.

Он скоро, впрочем, оправился. По врожденной склонности ума своего смотрел гонфалоньер на всех вообще художников, как на людей, лишенных здравого смысла, и потому шуткой Леонардо не оскорбился.

Но мессеру Пьеро стало грустно: он считал себя благодетелем этого человека, ибо, несмотря на слухи о государственной измене Леонардо, о военных картах с окрестностей Флоренции, которые он будто бы снимал для Чезаре Борджа, врага отечества, Содерини великодушно принял его на службу Республики, надеясь на доброе свое влияние и на раскаяние художника.

Переменив разговор, мессер Пьеро, уже с деловым начальническим видом, объявил ему между прочим, что Микеланджело Буонарроти получил заказ написать военную картину на противоположной стене той же залы Совета, – сухо простился и ушел.

Художник посмотрел ему вслед: серенький, седенький, с кривыми ногами, круглой спиной, издали он еще более напоминал крысу.

III

Выходя из Палаццо Веккьо, остановился Леонардо на площади, перед Давидом Микеланджело.

Здесь, у ворот Флорентийской ратуши, как бы на страже, стоял он, этот исполин из белого мрамора, выделяясь на темном камне строгой и стройной башни.

Голое отроческое тело худощаво. Правая рука с пращою свесилась, так что выступили жилы; левая, поднятая перед грудью, держит камень. Брови сдвинуты, и взор устремлен вдаль, как у человека, который целится. Над низким лбом кудри сплелись, как венец.

И Леонардо вспомнил слова Первой Книги Царств.

«Сказал Давид Саулу: раб твой пас овец у отца своего, и когда, бывало, приходил лев или медведь и уносил овцу из стада, то я гнался за ним, и нападал на него, и отнимал из пасти его, а если он бросался на меня, то я брал его за космы, и поражал его, и умерщвлял его. И льва, и медведя убивал раб твой, и с этим филистимлянином необрезанным будет то же, что с ними. – И взял посох свой в руку свою и выбрал себе пять гладких камней из ручья, и положил их в пастушескую суму, и с сумою, и с пращою в руке своей выступил против филистимлянина. И сказал филистимлянин Давиду: что ты идешь на меня с палкою и камнями – разве я собака? И сказал Давид: нет, но хуже собаки. Ныне предаст тебя Господь в руку мою, и я убью тебя, и сниму с тебя голову твою, и отдам труп твой и трупы войска филистимского птицам небесным и зверям земным – и узнает вся земля, что есть Бог во Израиле».

На площади, где был сожжен Савонарола, Давид Микеланджело казался тем Пророком, которого тщетно звал Джироламо, тем Героем, которого ждал Макиавелли.

В этом создании своего соперника Леонардо чувствовал душу, быть может, равную своей душе, но навеки противоположную, как действие противоположно созерцанию, страсть – бесстрастью, буря – тишине. И эта чуждая сила влекла его к себе, возбуждала в нем любопытство и желание приблизиться к ней, чтобы познать ее до конца.

В строительных складах флорентинского собора Мария дель Фьоре лежала огромная глыба белого мрамора, испорченная неискусным ваятелем: лучшие мастера отказывались от нее, полагая, что она уже ни на что не годится.

Когда Леонардо приехал из Рима, ее предложили ему. Но пока, с обычною медлительностью, обдумывал он, вымеривал, высчитывал и колебался, другой художник, на двадцать три года моложе его, Микеланджело Буонарроти, перехватил заказ и с неимоверною быстротою, работая не только днем, но и ночью при огне, кончил своего Исполина в течение двадцати пяти месяцев. Шестнадцать лет Леонардо работал над памятником Сфорца, глиняным Колоссом, а сколько времени понадобилось бы ему для мрамора такой величины, как Давид, он и подумать не смел.

Флорентинцы объявили Микеланджело в искусстве ваяния соперником Леонардо. И Буонарроти без колебания принял вызов.

Теперь, приступая к военной картине в зале Совета, хотя до тех пор почти не брал кистей в руки, с отвагою, которая могла казаться безрассудной, начинал он состязание с Леонардо и в живописи.

Чем бо?льшую кротость и благоволение встречал Буонарроти в сопернике, тем беспощаднее становилась ненависть его. Спокойствие Леонардо казалось ему презрением. С болезненною мнительностью он прислушивался к сплетням, выискивал предлогов для ссор, пользовался каждым случаем, чтобы уязвить врага.

Когда окончен был Давид, синьоры пригласили лучших флорентинских живописцев и ваятелей для совещания о том, куда его поставить. Леонардо присоединился к мнению зодчего Джульяно да Сан-Галло, что следует поместить Гиганта на площади Синьории, в глубине лоджии Орканьи, под среднею аркою. Узнав об этом, Микеланджело объявил, что Леонардо из зависти хочет спрятать Давида в самый темный угол так, чтобы солнце никогда не освещало мрамора и чтобы никто не мог его видеть.

Однажды в мастерской, во дворе с черными стенами, где писал Леонардо портрет Джоконды, на одном из обычных собраний, в присутствии многих мастеров, между прочим, братьев Поллайоли, старика Сандро Боттичелли, Филиппино Липпи, Лоренцо ди Креди, ученика Перуджино, зашла речь о том, какое искусство выше, ваяние или живопись, – любимый в то время среди художников спор.

Леонардо слушал молча. Когда же приступили к нему с вопросами, сказал:

– Я полагаю, что искусство тем совершеннее, чем дальше от ремесла.

И с двусмысленной скользящей улыбкой своей, так что трудно было решить, искренне ли он говорит или смеется, прибавил:

– Главное отличие этих двух искусств заключается в том, что живопись требует бо?льших усилий духа, ваяние – тела. Образ, заключенный, как ядро, в грубом и твердом камне, ваятель медленно освобождает, высекая из мрамора ударами резца и молота, с напряжением всех телесных сил, с великою усталостью, как поденщик, обливаясь потом, который, смешиваясь с пылью, становится грязью; и лицо у него замарано, обсыпано мраморною белою мукою, как у пекаря, одежда покрыта осколками, точно снегом, дом наполнен камнями и пылью. Тогда как живописец в совершенном спокойствии, в изящной одежде, сидя в мастерской, водит легкою кистью с приятными красками. И дом у него – светлый, чистый, наполненный прекрасными картинами; всегда в нем тишина, и работа его услаждается музыкою, или беседою, или чтением, которых не мешают ему слушать ни стук молотков, ни другие докучные звуки...

Слова Леонардо были переданы Микеланджело, который принял их на свой счет, но, заглушая злобу, только пожал плечами и возразил с ядовитой усмешкой:

– Пусть мессер да Винчи, незаконный сын трактирной служанки, корчит из себя белоручку и неженку. Я – потомок древнего рода, не стыжусь моей работы, не брезгую по ? том и грязью, как простой поденщик. Что же касается до преимуществ ваяния или живописи, то это спор нелепый: искусства все равны, вытекая из одного источника, стремясь к одной цели. А ежели тот, кто утверждает, будто бы живопись благороднее ваяния, столь же сведущ и в других предметах, о которых берется судить, то едва ли он смыслит в них больше, чем моя судомойка.

С лихорадочною поспешностью принялся Микеланджело за картину в зале Совета, желая догнать соперника, что, впрочем, было нетрудно.

Он выбрал случай из войны Пизанской: в жаркий летний день флорентинские солдаты купаются в Арно; забили тревогу – показались враги: солдаты торопятся на берег, вылезают из воды, где усталые тела их нежились в прохладе, и, покорные долгу, натягивают потное, пыльное платье, одеваются в медные, раскаленные солнцем брони и панцири.

Так, возражая на картину Леонардо, изобразил Микеланджело войну не как бессмысленную бойню – «самую зверскую из глупостей», но как мужественный подвиг, совершение вечного долга – борьбу героев из-за славы и величия родины.

За этим поединком Леонардо и Микеланджело следили флорентинцы с любопытством, свойственным толпе при соблазнительных зрелищах. И так как все, в чем не было политики, казалось им пресным, как блюдо без перца и соли, поспешили объявить, что Микеланджело стоит за Республику против Медичи, Леонардо – за Медичи против Республики. И спор, сделавшись понятным для всех, разгорелся с новою силою, перенесен был из домов на улицы, площади, и участие в нем приняли те, кому не было никакого дела до искусства. Произведения Леонардо и Микеланджело стали боевыми знаменами двух враждующих лагерей.

Дошло до того, что по ночам неизвестные люди стали швырять камнями в Давида. Знатные граждане обвиняли в этом народ, вожаки народа – знатных граждан, художники – учеников Перуджино, открывшего недавно мастерскую во Флоренции, а Буонаротти, в присутствии гонфалоньера, объявил, что негодяев, швырявших камнями в Давида, подкупил Леонардо.

И многие этому поверили или, по крайней мере, притворились, что верят.

Однажды, во время работы над портретом Джоконды – в мастерской никого не было, кроме Джованни и Салаино, – когда зашла речь о Микеланджело, Леонардо сказал моне Лизе:

– Мне кажется иногда, что, если бы я поговорил с ним с глазу на глаз, все объяснилось бы само собою и не осталось бы следа от этой глупой ссоры: он понял бы, что я ему не враг и что нет человека, который бы мог полюбить его, как я...

– Полно, так ли, мессер Леонардо? Понял ли бы он?

– Понял бы, – воскликнул художник, – не может такой человек не понять! Все горе в том, что он слишком робок и не уверен в себе. Мучится, ревнует и боится, потому что сам еще не знает себя. Это бред и безумие! Я сказал бы ему все, и он успокоился бы. Ему ли бояться меня? Знаете ли, мадонна, – намедни, когда я увидел его рисунок для «Купающихся воинов», я глазам своим не поверил. Никто и представить себе не может, кто он и чем он будет. Я знаю, что он уже и теперь не только равен мне, но сильнее, да, да, я это чувствую, сильнее меня!..

Она посмотрела на него тем взором, который, казалось Джованни, отражал в себе взор Леонардо, как в зеркале, и улыбнулась тихой странной улыбкой.

– Мессере, – молвила она, – помните то место в Священном Писании, где Бог говорит Илии-пророку, бежавшему от нечестивого царя Ахава в пустыню, на гору Хорив: «Выйди и стань на горе пред лицом Господним. И вот Господь пройдет, и большой, и сильный ветер, раздирающий горы и сокрушающий скалы – пред Господом; но не в ветре Господь. После ветра – землетрясение; но не в землетрясении Господь; после землетрясения – огнь; но не в огне Господь. После огня – веяние тихого ветра, – и там Господь». Может быть, мессер Буонаротти силен, как ветер, раздирающий горы и сокрушающий скалы пред Господом. Но нет у него тишины, в которой Господь. И он это знает и ненавидит вас за то, что вы сильнее его – как тишина сильнее бури.

В часовне Бранкаччи, в заречной старой церкви Мариа дель Кармине, где были знаменитые фрески Томмазо Мазаччо – школа всех великих мастеров Италии, по ним учился некогда и Леонардо, увидел он однажды незнакомого юношу, почти мальчика, который изучал и срисовывал эти фрески. На нем был замаранный красками, старый черный камзол, белье чистое, но грубое, должно быть, домашнего изделия. Он был строен, гибок, с тонкою шеей, необычайно белою, нежною и длинною, как у малокровных девушек, с немного жеманною и слащавою прелестью продолговато-круглого, как яичко, прозрачно-бледного лица, с большими черными глазами, как у поселянок Умбрии, с которых Перуджино писал своих Мадонн, – глазами, чуждыми мысли, глубокими и пустыми, как небо.

Через некоторое время Леонардо снова встретил этого юношу в монастыре Мария Новелла, в зале Папы, где выставлен был картон *Битвы при Ангиари*. Он изучал и срисовывал его так же усердно, как фрески Мазаччо. Должно быть, теперь, уже зная Леонардо в лицо, юноша впился в него глазами, видимо, желая и не смея с ним заговорить.

Заметив это, Леонардо сам подошел к нему. Торопясь, волнуясь и краснея, с чуть-чуть навязчивой, но детски невинною вкрадчивостью, молодой человек объявил ему, что считает его своим учителем, величайшим из мастеров Италии, и что Микеланджело недостоин развязать ремень обуви у творца *Тайной Вечери*.

Еще несколько раз встречался Леонардо с этим юношей, подолгу беседовал с ним, рассматривал его рисунки и чем больше узнавал его, тем больше убеждался, что это будущий великий мастер.

Чуткий и отзывчивый, как эхо, на все голоса, податливый на все влияния, как женщина, – подражал он и Перуджино, и Пинтуриккьо, у которого недавно работал в Сиенском книгохранилище, в особенности же Леонардо. Но под этой незрелостью учитель угадывал в нем такую свежесть чувства, какой еще ни в ком никогда не встречал. Всего же больше удивляло его то, что этот мальчик проникал в глубочайшие тайны искусства и жизни как будто нечаянно, сам того не желая; побеждал величайшие трудности с легкостью, точно играя. Все ему давалось даром, как будто вовсе не было для него в художестве тех бесконечных поисков, трудов, усилий, колебаний, недоумений, которые были мукой и проклятием всей жизни Леонардо. И когда учитель говорил ему о необходимости медленного, терпеливого изучения природы, о математически точных правилах и законах живописи, юноша смотрел ему в глаза своими большими, удивленными и бездумными глазами, видимо, скучая и внимательно слушая только из уважения к учителю.

Однажды сорвалось у него слово, которое изумило, почти испугало Леонардо своей глубиною:

– Я заметил, что, когда пишешь, думать не надо: лучше выходит.

Как будто этот мальчик всем существом своим говорил ему, что того единства, той совершенной гармонии чувства и разума, любви и познания, которых он искал, – вовсе нет и быть не может.

И перед кроткою, безмятежною, бессмысленною ясностью его Леонардо испытывал бо?льшие сомнения, бо?льший страх за глядущие судьбы искусства, за дело всей своей жизни, чем перед возмущением и ненавистью Буонарроти.

– Откуда ты, сын мой? – спросил он его в одно из первых свиданий. – Кто отец твой и как твое имя?

– Я родом из Урбино, – ответил юноша со своею ласковой, немного приторной улыбкой. – Отец мой – живописец Джованни Санти. Имя мое – Рафаэль.

IV

В это время Леонардо принужден был покинуть Флоренцию по важному делу.

С незапамятных времен Республика вела войну с соседним городом Пизою – бесконечную, беспощадную, изнурительную для обоих городов.

Однажды в беседе с Макиавелли художник рассказал ему военный замысел: направить воды Арно из старого в новое русло, отвести их от Пизы в Ливурнское болото посредством каналов, дабы, отрезав осажденный город от сообщения с морем и превратив подвоз съестных припасов, принудить к сдаче. Никколо, со свойственным ему пристрастием ко всему необычайному, пленился этим замыслом и сообщил его гонфалоньеру, отчасти убедил и увлек его своим красноречием, ловко задев самолюбие мессера Пьеро, чьей бездарности в последнее время многие приписывали все неудачи Пизанской войны; отчасти обманул, скрыв действительные издержки и трудности замысла.

Когда гонфалоньер предложил его Совету Десяти, едва не подняли его на смех. Содерини обиделся, решил доказать, что у него не меньше здравого смысла, чем у кого бы то ни было, и начал действовать с таким упорством, что добился своего, благодаря усердной помощи врагов своих, которые подали голоса за предложение, казавшееся им верхом нелепости, – чтобы погубить мессера Пьеро. От Леонардо Макиавелли до поры до времени скрыл свои хитрости, рассчитывая на то, что впоследствии, окончательно втянув в это дело гонфалоньера, станет вертеть им, как пешкою, и достигнет всего, что им нужно.

Начало работ казалось удачным. Уровень воды в реке понизился. Но скоро обнаружились трудности, которые требовали все больших и больших издержек, а бережливые синьоры торговались из-за каждого гроша.

Летом 1505 года река, вышедшая из берегов после сильного грозового ливня, разрушила часть плотины. Леонардо был вызван на место работ.

За день до отъезда, возвращаясь домой из-за Арно от Макиавелли, с которым беседовал по этому делу и который ужаснул его своими признаниями, художник переходил через мост Санта-Тринита, по направлению к улице Торнабуони.

Время было позднее. Прохожих мало. Тишина нарушалась только шумом воды на мельничной плотине за Понте алла Карайя. День был жаркий. Но перед вечером прошел дождь и освежил воздух. На мосту пахло теплою летнею водою. Из-за черного холма Сан-Миньято подымался месяц. Справа, по набережной Понте Веккьо, маленькие ветхие домики, с неровными выступами на кривых деревянных подпорках, отражались, как в зеркале, в мутно-зеленой воде, углубленной и утишенной запрудою. Слева, над предгорьями Монте-Альбано, лиловыми и нежными, дрожала одинокая звезда.

Облик Флоренции вырезывался в чистом небе, подобно заглавному рисунку на тусклом золоте старинных книг, – облик единственный в мире, знакомый, как живое лицо человека: сначала к северу древняя колокольня Санта-Кроче, потом прямая, стройная и строгая башня Палаццо Веккьо, белая мраморная кампанила Джотто и красноватый черепичный купол Мария дель Фьоре, похожий на исполинский, не распустившийся цветок древней геральдической Алой Лилии; вся Флоренция, в двойном вечернем и лунном свете, была как один огромный серебристо-темный цветок.

Леонардо заметил, что у каждого города, точно так же, как у каждого человека, – свой запах: у Флоренции – запах влажной пыли, как у ирисов, смешанный с едва уловимым свежим запахом лака и красок очень старых картин.

Он думал о Джоконде.

Почти так же мало знал он ее жизнь, как Джованни. Его не оскорбляла, но удивляла мысль, что у нее есть муж, мессер Франческо, худой, высокий, с бородавкой на левой щеке и густыми бровями, положительный человек, который любит рассуждать о преимуществах сицилийской породы быков и о новой пошлине на бараньи шкуры. Бывали мгновения, когда Леонардо радовался ее призрачной прелести, чуждой, дальней, не существующей и более действительной, чем все, что есть; но бывали и другие минуты, когда он чувствовал ее живую красоту.

Мона Лиза не была одной из тех женщин, которых в те времена называли «учеными героинями». Никогда не выказывала она своих книжных сведений. Только случайно он узнал, что она читает по-латыни и по-гречески. Она держала себя и говорила так просто, что многие считали ее неумной. На самом деле, казалось ему, у нее было то, что глубже ума, особенно женского, – вещая мудрость. У нее были слова, которые вдруг делали ее родной ему, близкой, ближе всех, кого он знал, единственною, вечною подругою и сестрою. В эти мгновения хотелось ему переступить заколдованный круг, отделяющий созерцание от жизни. Но тотчас же он подавлял в себе это желание, и каждый раз, как умерщвлял живую прелесть моны Лизы, вызванный им призрачный образ ее на полотне картины становился все живее, все действительнее.

И ему казалось, что она это знает и покоряется и помогает ему приносить себя в жертву собственному призраку – отдает ему свою душу и радуется.

Было ли то, что их соединяло, любовью?

Ничего, кроме скуки и смеха, не возбуждали в нем тогдашние платонические бредни, томные вздохи небесных любовников, слащавые сонеты во вкусе Петрарки. Не менее чуждо ему было и то, что большинство людей называет любовью. Так же, как не ел мяса, потому что оно казалось ему не запретным, но противным, он воздерживался и от женщин, потому что всякое телесное обладание – все равно, в супружестве или в прелюбодеянии – казалось ему не грешным, но грубым. «Действие совокупления, – писал он в своих анатомических заметках, – и члены, служащие ему, отличаются таким уродством, что если бы не прелесть лиц, не украшения действующих и не сила похоти, род человеческий прекратился бы». И он удалялся от этого «уродства», от сладострастной борьбы самцов и самок, точно так же, как от кровавой бойни пожирающих и пожираемых, не возмущаясь, не порицая и не оправдывая, признавая закон естественной необходимости в борьбе любви и голода, только сам не желая участвовать в ней, подчиняясь иному закону – любви и целомудрия.

Но если бы он и любил ее, мог ли бы желать более совершенного соединения с возлюбленной, чем в этих глубоких и таинственных ласках – в созидании бессмертного образа, нового существа, которое зачиналось, рождалось от них, как дитя рождается от отца и матери, – было он и она вместе?

А между тем он чувствовал, что и в этом, столь непорочном, союзе есть опасность, быть может, большая, чем в союзе обычной плотской любви. Оба они шли по краю бездны, там, где еще никто никогда не ходил, – побеждая соблазн и притяжение бездны. Между ними были скользкие, прозрачные слова, в которых тайна сквозила, как солнце сквозь влажный туман. И порой он думал: что, если туман рассеется и блеснет ослепляющее солнце, она не выдержит, переступит черту – и созерцание сделается жизнью? Имеет ли он право испытывать, с таким же бесстрастным любопытством, как законы механики или математики, как жизнь растения, отравленного ядами, как строение рассеченного мертвого тела, – живую душу, единственно близкую душу вечной подруги и сестры своей? Не возмутится ли она, не оттолкнет ли его с ненавистью и презрением, как оттолкнула бы всякая другая женщина?

И ему казалось порой, что он казнит ее страшною, медленною казнью. И он ужасался ее покорности, которой так же не было предела, как его нежному и беспощадному любопытству.

Только в последнее время ощутил он в себе самом этот предел, понял, что, рано или поздно, должен будет решить, кто она для него – живой человек или только призрак – отражение собственной души в зеркале женственной прелести. У него была еще надежда, что разлука отдалит на время неизбежность решения, и он почти радовался, что покинет Флоренцию. Но теперь, когда разлука наступала, он понял, что ошибся, что она не только не отсрочит, но приблизит решение.

Погруженный в эти мысли, не заметил он, как вошел в глухой переулок, и, когда оглянулся, не сразу узнал, где он. Судя по видневшейся над крышами домов мраморной колокольне Джотто, он был недалеко от собора. Одна сторона узкой длинной улицы вся была в непроницаемо черной тени, другая – в ярком, почти белом лунном свете. Вдали краснел огонек. Там, пред угловым балконом, с пологим черепичным навесом, с полукруглыми арками на стройных столбах, – флорентинской лоджией, – люди в черных масках и плащах под звуки лютни пели серенаду. Он прислушался.

Это была старая песня любви, сложенная Лоренцо Медичи Великолепным, сопровождавшая некогда карнавальное шествие бога Вакха и Ариадны, – бесконечно радостная и унылая песня любви, которую Леонардо любил, потому что часто слышал ее в юности:

Quant'e bella giovinezza,
Che ai fugge tuttavia.
Chi vuol'esser' lieto, sia —
Di doman' non c'e certezza.
О, как молодость прекрасна,
Но мгновенна! Пой же, смейся,
Счастлив будь, кто счастья хочет, —
И на завтра не надейся.

Последний стих отозвался в сердце его темным предчувствием.

Не посылала ли ему судьба теперь, на пороге старости, в его подземный мрак и одиночество родную, живую душу? Оттолкнет ли он ее, отречется ли, как уже столько раз отрекался, от жизни для созерцания, пожертвует ли снова ближним дальнему, действительным несуществующему и единственно прекрасному? Кого выберет – живую или бессмертную Джоконду? Он знал, что, выбрав одну, потеряет другую, и обе были ему одинаково дороги; также знал, что надо выбрать, что нельзя больше медлить и длить эту казнь. Но воля его была бессильна. И не хотел, и не мог он решить, что лучше: умертвить живую для бессмертной или бессмертную для живой – ту, которая есть, или ту, которая будет всегда на полотне картины?

Пройдя еще две улицы, он подошел к дому своего хозяина, Мартелли.

Двери были заперты, огни потушены. Он поднял молоток, висевший на цепи, и ударил в чугунную скобу. Привратник не ответил – должно быть, спал или ушел. Удары, повторенные гулкими сводами каменной лестницы, замерли; наступила тишина; казалось, лунный свет углублял ее.

Вдруг раздались тяжкие, медленно-мерные медные звуки – бой часов на соседней башне. Их голос говорил о безмолвном и грозном полете времени, о темной одинокой старости, о невозвратимости прошлого.

И долго еще последний звук, то слабея, то усиливаясь, дрожал и колебался в лунной тишине расходящимися звучными волнами, как будто повторяя:

Di doman'non c'e certezza —

И на завтра не надейся.

V

На следующий день мона Лиза пришла к нему в мастерскую в обычное время, в первый раз одна, без всегдашней спутницы своей, сестры Камиллы. Джоконда знала, что это – их последнее свидание.

День был солнечный, ослепительно яркий. Леонардо задернул полотняный полог – и во дворе с черными стенами воцарился тот нежный, сумеречный свет – прозрачная, как будто подводная тень, которая лицу ее давала наибольшую прелесть.

Они были одни.

Он работал молча, сосредоточенно, в совершенном спокойствии, забыв вчерашние мысли о предстоящей разлуке, о неизбежном выборе, как будто не было для него ни прошлого, ни будущего, и время остановилось, – как будто всегда она сидела так и будет сидеть перед ним, со своею тихою, странною улыбкою. И то, чего не мог сделать в жизни, он делал в созерцании: сливал два образа в один, соединял действительность и отражение – живую и бессмертную. И это давало ему радость великого освобождения. Он теперь не ждал ее и не боялся. Знал, что она ему будет покорна до конца – все примет, все вытерпит, умрет и не возмутится. И порой он смотрел на нее с таким же любопытством, как на тех осужденных, которых провожал на казнь, чтобы следить за последними содроганиями боли в их лицах.

Вдруг почудилось ему, что чуждая тень живой, не им внушенной, ему не нужной мысли мелькнула в лице ее, как туманный след живого дыхания на поверхности зеркала. Чтобы оградить ее – снова вовлечь в свой призрачный круг, прогнать эту живую тень, он стал ей рассказывать певучим и повелительным голосом, каким волшебник творит заклинания, одну из тех таинственных сказок, подобных загадкам, которые иногда записывал в дневниках своих:

– «Не в силах будучи противостоять моему желанию видеть новые, неведомые людям образы, созидаемые искусством природы, и, в течение долгого времени, совершая путь среди голых, мрачных скал, достиг я наконец Пещеры и остановился у входа в недоумении. Но, решившись и наклонив голову, согнув спину, положив ладонь левой руки на колено правой ноги и правой рукой заслоняя глаза, чтобы привыкнуть к темноте, я вошел и сделал несколько шагов. Насупив брови и зажмурив глаза,

344

напрягая зрение, часто изменял я мой путь и блуждал во мраке, ощупью, то туда, то сюда, стараясь что-нибудь увидеть. Но мрак был слишком глубок. И когда я некоторое время пробыл в нем, то во тьме пробудились и стали бороться два чувства – страх и любопытство, – страх перед исследованием темной Пещеры и любопытство – нет ли в ней какой-либо чудесной тайны?»

Он умолк. С лица ее чуждая тень все еще не исчезала.

– Какое же из двух чувств победило? – молвила она.

– Любопытство.

– И вы узнали тайну Пещеры?

– Узнал то, что можно знать.

– И скажете людям?

– Всего нельзя, и я не сумею. Но я хотел бы внушить им такую силу любопытства, чтобы всегда оно побеждало в них страх.

– А что, если мало одного любопытства, мессер Леонардо? – проговорила она с неожиданно блеснувшим взором. – Что, если нужно другое, большее, чтобы проникнуть в последние и, может быть, самые чудесные тайны Пещеры?

И она посмотрела ему в глаза с такою усмешкою, какой он никогда не видал у нее.

– Что же нужно еще? – спросил он.

Она молчала.

В это время тонкий и острый, ослепляющий луч солнца проник сквозь щель между двумя полотнищами полога. Подводный сумрак озарился. И на лице ее очарование нежных, подобных дальней музыке, светлых теней и «темного света» было нарушено.

– Вы уезжаете завтра? – проговорила Джоконда.

– Нет, сегодня вечером.

– Я тоже скоро уеду, – сказала она.

Он взглянул на нее пристально, хотел что-то прибавить, но промолчал: догадался, что она уезжает, чтобы не оставаться без него во Флоренции.

– Мессер Франческо, – продолжала мона Лиза, – едет по делам в Калабрию, месяца на три, до осени; я упросила его взять меня с собою.

Он обернулся и с досадою, нахмурившись, взглянул на острый, злой и правдивый луч солнца. Дотоле одноцветные, безжизненно и призрачно-белые брызги фонтана, теперь, в этом преломляющем, живом луче, вспыхнули противоположными и разнообразными цветами радуги – цветами жизни.

И вдруг он почувствовал, что возвращается в жизнь – робкий, слабый, жалкий и жалеющий.

– Ничего, – проговорила мона Лиза, – задерните полог. Еще не поздно. Я не устала.

– Нет, все равно. Довольно, – сказал он и бросил кисть.

– Вы никогда не кончите портрета?

– Отчего же? – возразил он поспешно, точно испугавшись. – Разве вы больше не придете ко мне, когда вернетесь?

– Приду. Но, может быть, через три месяца я буду уж совсем другая, и вы меня не узнаете. Вы же сами говорили, что лица людей, особенно женщин, быстро меняются...

– Я хотел бы кончить, – произнес он медленно, как будто про себя. – Но не знаю. Мне кажется иногда, что того, что я хочу, сделать нельзя...

– Нельзя? – удивилась она. – Я, впрочем, слышала, что вы никогда не кончаете, потому что стремитесь к невозможному...

В этих словах ее послышался ему, может быть, только почудился, бесконечно кроткий, жалобный укор.

«Вот оно», – подумал он, и ему сделалось страшно.

– Ну что же, пора. Прощайте, мессер Леонардо. Счастливого пути.

Он поднял на нее глаза – и опять почудились ему в лице ее последний безнадежный упрек и мольба.

Он знал, что это мгновение для них обоих невозвратимо и вечно, как смерть. Знал, что нельзя молчать. Но чем больше напрягал волю, чтобы найти решение и слово, тем больше чувствовал свое бессилие и углублявшуюся между ними непреступную бездну. А мона Лиза улыбалась ему прежнею, тихою и ясною улыбкою. Но теперь ему казалось, что эта тишина и ясность подобны тем, какие бывают в улыбке мертвых.

Сердце его пронзила бесконечная, нестерпимая жалость и сделала его еще бессильнее.

Мона Лиза протянула руку, и он молча поцеловал эту руку, в первый раз с тех пор, как они друг друга знали, – и в то же мгновение почувствовал, как, быстро наклонившись, она коснулась губами волос его.

– Да сохранит вас Бог, – сказала она все так же просто.

Когда он пришел в себя, ее уже не было. Кругом была тишина мертвого летнего полдня, более грозная, чем тишина самой глухой темной полночи.

И точно так же, как ночью, но еще грознее и торжественнее, послышались медленно-мерные, медные звуки – бой часов на соседней башне. Они говорили о безмолвном и страшном полете времени, о темной, одинокой старости, о невозвратимости прошлого.

И долго еще дрожал, замирая, последний звук и, казалось, повторял:

Di doman'non c'e certezza —

И на завтра не надейся.

VI

Соглашаясь принять участие в работах по отводу Арно от Пизы, Леонардо был почти уверен, что это военное предприятие повлечет за собою, рано или поздно, другое, более мирное и более важное.

Еще в молодости мечтал он о сооружении канала, который сделал бы Арно судоходным от Флоренции до Пизанского моря и, оросив поля сетью водяных питательных жил и увеличив плодородие земли, превратил бы Тоскану в один цветущий сад. «Прато, Пистойя, Пиза, Лукка, – писал он в своих заметках, – приняв участие в этом предприятии, возвысили бы свой ежегодный оборот на 200 000 дукатов. Кто сумеет управлять водами Арно в глубине и на поверхности, тот приобретет в каждой десятине земли сокровище».

Леонардо казалось, что теперь, перед старостью, судьба дает ему, быть может, последний случай исполнить на службе народа то, что не удалось на службе государей, – показать людям власть науки над природою.

Когда Макиавелли признался ему, что обманул Содерини, скрыл действительные трудности замысла и уверил его, будто бы достаточно тридцати—сорока тысяч рабочих дней, Леонардо, не желая принимать на себя ответственности, решил объявить гонфалоньеру всю правду и представил расчет, в котором доказывал, что для сооружения двух отводных, до Ливорнского болота, каналов в 7 футов глубины, 20 и 30 ширины, представляющих площадь в 800 000 квадратных локтей, потребуется не менее 200 000 рабочих дней, а может быть, и более, смотря по свойствам почвы. Синьоры ужаснулись. Со всех сторон посыпались на Содерини обвинения: недоумевали, как могла подобная нелепость прийти ему в голову.

А Никколо все еще надеялся, хлопотал, хитрил, обманывал, писал красноречивые послания, уверяя в несомненном успехе начатых работ. Но, несмотря на огромные, с каждым днем возраставшие издержки, дело шло все хуже и хуже.

Точно зарок был положен на мессера Никколо: все, к чему ни прикасался он, – изменяло, рушилось, таяло в руках его, превращаясь в слова, в отвлеченные мысли, в злые шутки, которые больше всего вредили ему самому. И невольно вспоминал художник его постоянные проигрыши при объяснении правила выигрывать наверняка – неудачное освобождение Марии, злополучную македонскую фалангу.

В этом странном человеке, неутолимо жаждавшем действия и совершенно к нему не способном, могучем в мысли, бессильном в жизни, подобное лебедю на суше, – узнавал Леонардо себя самого.

В донесении гонфалоньеру и синьорам советовал он или тотчас отказаться от предприятия, или кончить его, не останавливаясь ни перед какими расходами. Но правители Республики предпочли, по своему обыкновению, средний путь. Решили воспользоваться уже вырытыми каналами как рвами, которые служили бы преградой движению пизанских войск, и, так как чересчур смелые замыслы Леонардо никому не внушали доверия, пригласили из Феррары других водостроителей и землекопов. Но, пока во Флоренции спорили, обличали друг друга, обсуждали вопрос во всевозможных присутственных местах, собраниях и советах по большинству голосов, белыми и черными шарами, – враги, не дожидаясь, пушечными ядрами разрушили то, что было сделано.

Все это предприятие до того наконец опротивело художнику, что он не мог слышать о нем без отвращения. Дела давно позволяли ему вернуться во Флоренцию. Но, узнав случайно, что мессер Джоконда возвращается из Калабрии в первых числах октября, Леонардо решил приехать на десять дней позже, чтобы уже наверное застать мону Лизу во Флоренции.

Он считал дни. Теперь, при мысли о том, что разлука может затянуться, такой суеверный страх и тоска сжимали сердце его, что он старался не думать об этом, не говорил ни с кем и не расспрашивал, из опасения, как бы ему не сказали, что она не вернется к сроку.

Рано поутру приехал во Флоренцию.

Осенняя, тусклая, сырая – казалась она ему особенно милой, родственной, напоминавшей Джоконду. И день был ее – туманный, тихий, с влажнотусклым, как бы подводным солнцем, которое давало женским лицам особую прелесть.

Он уже не спрашивал себя, как они встретятся, что он ей скажет, как сделает, чтобы больше никогда не расставаться с нею, чтобы супруга мессера Джокондо была ему единственной, вечной подругой. Знал, что все устроится само собой, – трудное будет легким, невозможное возможным – только бы свидеться.

«Главное, не думать, тогда лучше выходит, – повторял он слова Рафаэля. – Я спрошу ее, и теперь она скажет мне то, что тогда не успела сказать: что нужно, кроме любопытства, чтобы проникнуть в последние, может быть, самые чудные тайны Пещеры?»

И такая радость наполняла душу его, как будто ему было не пятьдесят четыре, а шестнадцать лет, как будто вся жизнь была впереди. Только в самой глубине сердца, куда не досягал ни единый луч сознания, под этой радостью было грозное предчувствие.

Он пошел к Никколо, чтобы передать ему деловые бумаги и чертежи землекопных работ. К мессеру Джоконда предполагал зайти на следующее утро; но не вытерпел и решил в тот же вечер, возвращаясь от Макиавелли и проходя мимо их дома на Лунгарно делле Грацие, спросить у конюха, слуги и привратника, вернулись ли хозяева и все ли у них благополучно.

Леонардо спускался по улице Торнабуони к мосту Санта-Тринити – по тому же пути, только в обратном направлении, как в последнюю ночь перед отъездом.

Погода к вечеру изменилась внезапно, как это часто бывает во Флоренции осенью. Из ущелья Муньоне подул северный ветер, пронзительный, точно сквозной. И высоты Муджелло сразу побелели, точно поседели, от инея. Накрапывал дождь. Вдруг снизу, из-под полога туч, как будто отрезанного и оставлявшего над горизонтом узкую полосу чистого неба, брызнуло солнце и осветило грязные, мокрые улицы, глянцевитые крыши домов и лица людей медно-желтым, холодным и грубым светом. Дождь сделался похожим на медную пыль. И кое-где вдали засверкали оконные стекла, точно раскаленные уголья.

Против церкви Санта-Тринита, у моста, на углу набережной и улицы Торнабуони, возвышался огромный, из дикого коричнево-серого камня, с решетчатыми окнами и зубцами, напоминавший средневековую крепость, палаццо Спини. Внизу, по стенам его, как у многих старинных флорентийских дворцов, тянулись широкие каменные лавки, на которых сиживали граждане всех возрастов и званий, играя в кости или шашки, слушая новости, беседуя о делах, зимою греясь на солнце, летом отдыхая в тени. С той стороны дворца, что выходила на Арно, над скамьей устроен был черепичный навес со столбиками, вроде лоджии.

Проходя мимо навеса, увидел Леонардо собрание полузнакомых людей. Одни сидели, другие стояли. Разговаривали так оживленно, что не замечали порывов резкого ветра с дождем.

– Мессер, мессер Леонардо! – окликнули его. – Пожалуйте сюда, разрешите-ка наш спор.

Он остановился.

Спорили о нескольких загадочных стихах «Божественной Комедии» в

348

тридцать четвертой песне «Ада», где поэт рассказывает о великане Дите, погруженном в лед до середины груди, на самом дне Проклятого Колодца. Это – главный вождь низвергнутых ангельских полчищ, «Император Скорбного Царства». Три лица его – черное, красное, желтое – как бы дьявольское отражение божественных ипостасей Троицы. И в каждой из трех пастей – по грешнику, которых он вечно гложет: в черной – Иуда Предатель, в красной – Брут, в желтой – Кассий. Спорили о том, почему Алигьери казнит того, кто восстал на Человекобога, казнит убийцу Юлия Цезаря и величайшего из Отступников, того, кто восстал на Богочеловека, почти одинаковою казнью, – ибо вся разница лишь в том, что у Брута ноги внутри Дитовой пасти, голова – снаружи, тогда как ноги Иуды – снаружи, а голова – внутри. Одни объясняли это тем, что Данте, пламенный гибеллин, защитник власти императорской против земного владычества пап, считал Римскую монархию столь же или почти столь же священною и нужною для спасения мира, как Римскую Церковь. Другие возражали, что такое объяснение отзывается ересью и не соответствует христианскому духу благочестивейшего из поэтов. Чем больше спорили, тем неразгаданнее становилась тайна поэта.

Пока старый богатый шерстник подробно объяснял художнику предмет спора, Леонардо, немного прищурив глаза от ветра, смотрел вдаль, в ту сторону, откуда, по набережной Лунгарно Ачайоли, тяжелою, неуклюжею, точно медвежьей, поступью шел небрежно и бедно одетый человек, сутулый, костлявый, с большой головой, с черными, жесткими курчавыми волосами, с жидкою и клочковатою козлиною бородкою, с оттопыренными ушами, с широкоскулым и плоским лицом. Это был Микеланджело Буонарроти. Особенное, почти отталкивающее уродство придавал ему нос, переломленный и расплющенный ударом кулака еще в ранней молодости, во время драки с одним ваятелем-соперником, которого злобными шутками довел он до бешенства. Зрачки маленьких желто-карих глаз отливали порою странным багровым блеском. Воспаленные веки, почти без ресниц, были красны, потому что, не довольствуясь днем, работал он и ночью, прикрепляя ко лбу круглый фонарик, что делало его похожим на Циклопа с огненным глазом посередине лба, который копошится в подземной темноте и с глухим медвежьим бормотаньем и лязгом железного молота яростно борется с камнем.

– Что скажете, мессере? – обратились к Леонардо спорившие.

Леонардо всегда надеялся, что ссора его с Буонарроти кончится миром. Он мало думал об этой ссоре во время своего отсутствия из Флоренции и почти забыл ее.

Такая тишина и ясность были в сердце его в эту минуту и он готов был обратиться к сопернику с такими добрыми словами, что Микеланджело, казалось ему, не мог не понять.

– Мессер Буонарроти – великий знаток Алигьери, – молвил Леонардо с вежливою, спокойною улыбкою, указывая на Микеланджело. – Он лучше меня объяснит вам это место.

Микеланджело шел, по обыкновению, опустив голову, не глядя по сторонам, и не заметил, как наткнулся на собрание. Услышав имя свое из уст Леонардо, остановился и поднял глаза.

Застенчивому и робкому до дикости, были ему тягостны взоры людей, потому что никогда не забывал он о своем уродстве и мучительно стыдился его: ему казалось, что все над ним смеются.

Застигнутый врасплох, он в первую минуту растерялся: подозрительно поглядывал на всех исподлобья своими маленькими желто-карими глазками, беспомощно моргая воспаленными веками, болезненно жмурясь от солнца и человеческих взоров.

Но когда увидел ясную улыбку соперника и проницательный взор его, устремленный невольно сверху вниз, потому что Леонардо был ростом выше Микеланджело, – робость, как это часто с ним бывало, мгновенно превратилась в ярость. Долго не мог он произнести ни слова. Лицо его то бледнело, то краснело неровными пятнами. Наконец с усилием проговорил глухим, сдавленным голосом:

– Сам объясняй! Тебе и книги в руки, умнейший из людей, который доверился каплунам-ломбардцам, шестнадцать лет возился с глиняным Колоссом и не сумел отлить его из бронзы – должен был оставить все с позором!..

Он чувствовал, что говорит не то, что следует, искал и не находил достаточно обидных слов, чтобы унизить соперника.

Все притихли, обратив на них любопытные взоры.

Леонардо молчал. И несколько мгновений оба молча смотрели друг другу в глаза – один с прежнею кроткою улыбкою, теперь удивленной и опечаленной, другой – с презрительной усмешкой, которая ему не удавалась, только искажала лицо его судорогой, делая еще безобразнее.

Перед яростной силой Буонарроти тихая, женственная прелесть Леонардо казалась бесконечною слабостью.

У Леонардо был рисунок, изображавший борьбу двух чудовищ – Дракона и Льва: крылатый змей, царь воздуха, побеждал бескрылого царя земли.

То, что теперь помимо сознания и воли их происходило между ними, было похоже на эту борьбу.

И Леонардо почувствовал, что мона Лиза права: никогда соперник не простит ему «тишины, которая сильнее бури».

Микеланджело хотел что-то прибавить, но только махнул рукою, быстро отвернулся и пошел дальше своею неуклюжею, медвежьей поступью, с глухим, неясным бормотаньем, понурив голову, согнув спину, как будто неимоверная тяжесть давила ему плечи. И скоро скрылся, точно растаял в мутной, огненно-медной пыли дождя и зловещего солнца.

Леонардо также продолжал свой путь.

На мосту догнал его один из бывших в собрании у палаццо Спини – вертлявый и плюгавый человечек, похожий на еврея, хотя и чистокровный флорентинец. Художник не помнил, кто этот человечек и как его имя, только знал, что он злой сплетник.

Ветер на мосту усилился; свистел в ушах, колол лицо ледяными иглами. Волны реки, уходившие вдаль к низкому солнцу, под низким и темным, точно каменным небом казались подземным потоком расплавленной меди.

Леонардо шел по узкому сухому месту, не обращая внимания на спутника, который поспевал за ним, шлепая по грязи, вприпрыжку, забегая вперед, как собачонка, заглядывая в глаза ему и заговаривая о Микеланджело. Он, видимо, желал подхватить какое-нибудь словцо Леонардо, чтобы тотчас передать сопернику и разнести по городу. Но Леонардо молчал.

– Скажите, мессере, – не отставал от него назойливый человечек, – ведь вы еще не кончили портрета Джоконды?

– Не кончил, – ответил художник и нахмурился. – А вам что?

– Нет, ничего, так. Вот ведь, подумаешь, целых три года бьетесь над одною картиною, и все еще не кончили. А нам, непосвященным, она уже и теперь кажется таким совершенством, что большего мы и представить себе не можем!..

И усмехнулся подобострастно.

Леонардо посмотрел на него с отвращением. Этот плюгавый человечек вдруг сделался ему так ненавистен, что, казалось, если бы только он дал себе волю, то схватил бы его за шиоврот и бросил в реку.

– Что же, однако, будет с портретом? – продолжал неугомонный спутник. – Или вы еще не слышали, мессере Леонардо?..

Он, видимо, нарочно тянул и мямлил: у него было что-то на уме.

И вдруг художник, сквозь отвращение, почувствовал животный страх к своему собеседнику – словно тело его было скользким и коленчато-подвижным, как тело насекомого. Должно быть, и тот уже что-то почуял. Он еще более сделался похожим на жида; руки его затряслись, глаза запрыгали.

– Ах, Боже мой, а ведь и в самом деле, вы только сегодня утром приехали и еще не знаете. Представьте себе, какое несчастье. Бедный мессер Джокондо. Третий раз овдовел. Вот уже месяц, как мадонна Лиза волею Божьей преставилась...

У Леонардо в глазах потемнело. Одно мгновение казалось ему, что он упадет. Человек так и впился в него своими колючими глазками.

Но художник сделал над собой неимоверное усилие – и лицо его, только слегка побледнев, осталось непроницаемым; по крайней мере, спутник ничего не заметил.

Окончательно разочаровавшись и увязнув по щиколотку в грязи на площади Фрескобальди, он отстал.

Первою мыслью Леонардо, когда он опомнился, было то, что сплетник солгал, нарочно выдумал это известие, чтобы увидеть, какое впечатление он произведет на него, и потом всюду рассказывать, давая новую пищу давно уже ходившим слухам о любовной связи Леонардо с Джокондой.

Правда смерти, как это всегда бывает в первую минуту, казалась невероятною.

Но в тот же вечер узнал он все: на возвратном пути из Калабрии, где мессер Франческо выгодно устроил дела свои, между прочим, поставку сырых бараньих шкур во Флоренцию, – в маленьком глухом городке Лагонеро, мона Лиза Джоконда умерла, одни говорили, от болотной лихорадки, другие – от заразной горловой болезни.

VII

Дело с каналом для отвода Арно от Пизы кончилось постыдною неудачею.

Во время осеннего разлива наводнение уничтожило начатые работы и превратило цветущую низменность в гнилую трясину, где рабочие умирали от заразы. Огромный труд, деньги, человеческие жизни – все пропало даром.

Феррарские водостроители сваливали вину на Содерини, Макиавелли и Леонардо. Знакомые на улицах отворачивались от них и не кланялись. Никколо заболел от стыда и горя.

Года два назад умер отец Леонардо:

«9 июля 1504 г., в среду, в седьмом часу ночи, – записал он с обычною краткостью, – скончался отец мой, сире Пьеро да Винчи, нотариус во дворце Подеста. Ему было восемьдесят лет. Он оставил десять человек детей мужского и двух женского пола».

Сире Пьеро неоднократно, при свидетелях, выражал намерение завещать своему незаконному первенцу Леонардо такую же долю имения, как остальным детям. Сам ли изменил он перед смертью это намерение, или сыновья не захотели исполнить волю покойного, но они объявили, что, в качестве побочного сына, Леонардо в разделе не участвует. Тогда один из ростовщиков, ловкий еврей, у которого художник брал деньги под обеспечение ожидаемого наследства, предложил ему купить права его в тяжбе с братьями. Как ни страшился Леонардо семейных и судебных дрязг, денежные дела его в это время так запутались, что он согласился. Началась тяжба из-за 300 флоринов, которой суждено было длиться шесть лет. Братья, пользуясь всеобщим раздражением против Леонардо, подливали масла в огонь, обвиняли его в безбожии, в государственной измене во время службы у Чезаре Борджа, в колдовстве, в кощунстве над христианскими могилами при откапывании трупов для анатомических сечений, воскресили и двадцать пять лет назад похороненную сплетню о противоестественных пороках его, бесчестили память покойной матери его, Катарины Аккаттабрига.

Ко всем этим неприятностям присоединилась неудача с картиной в зале Совета.

Так сильна была привычка Леонардо к медлительности, допускаемой в стенописи масляными красками, и отвращение к поспешности, требуемой водяными, что, несмотря на предостерегающий опыт с Тайной Вечерей, решил он и Битву при Ангиари писать хотя другими, как он полагал, усовершенствованными, но все же масляными красками. Когда половина работы была исполнена, развел большой огонь на железных жаровнях перед картиною, чтобы по новому, изобретенному им способу ускорить впитывание красок в известь; но скоро убедился, что жар действует только на нижнюю часть картины, между тем как в верхней, удаленной от жара, лак и краски не сохнут.

После многих тщетных усилий понял он окончательно, что второй опыт с масляной стенописью будет столь же неудачен, как первый: Битва при Ангиари так же погибнет, как Тайная Вечеря; и опять, по выражению Буонарроти, он должен был «оставить все с позором».

Картина в зале Совета опостылела ему еще больше, чем дело с Пизанским каналом и тяжба с братьями.

Содерини мучил его требованиями канцелярской точности в исполнении заказа, торопил окончанием работы к назначенному сроку, грозил неустойкою и, видя, что ничего не помогает, начал открыто обвинять в нечестности, в присвоении казенных денег. Когда же, заняв у друзей, Леонардо хотел отдать ему все, что получил из казны, мессер Пьеро отказался принять, а между тем во Флоренции ходило по рукам распространяемое друзьями Буонарроти письмо гонфалоньера к флорентинскому поверенному в Милане, который хлопотал об отпуске художника к наместнику французского короля в Ломбардии, сеньору Шарлю д'Амбуазу.

«Действия Леонардо неблаговидны, – говорилось между прочим в этом письме. – Забрав большие деньги вперед и едва начав работу, бросил он все и поступил в этом деле с Республикой, как изменник».

Однажды зимою ночью сидел Леонардо один в своей рабочей комнате.

Вьюга выла в трубе очага. Стены дома вздрагивали от ее порывов; пламя свечи колебалось; подвешенное к деревянной перекладине в приборе для изучения полета чучело птицы на крыльях, изъеденных молью, казалось, точно собиралось взлететь, и в углу, под полкою с томами Плиния Натуралиста, знакомый паук тревожно бегал в своей паутине. Капли дождя или талого снега ударяли в оконные стекла, словно кто-то тихонько стучался.

После дня, проведенного в житейских заботах, Леонардо почувствовал себя усталым, разбитым, как после ночи, проведенной в бреду. Пытался было приняться за давишнюю работу – изыскания о законах движения тел по наклонной плоскости; потом – за карикатуру старухи с маленьким, как бородавка, вздернутым носом, свиными глазками и гигантскою, чудовищно оттянутою книзу верхнею губой; пробовал читать; но все валилось из рук. А спать не хотелось, и целая ночь была впереди.

Он взглянул на груды старых, пыльных книг, на колбы, реторты, банки с бледными уродцами в спирту, на медные квадранты, глобусы, приборы механики, астрономии, физики, гидравлики, оптики, анатомии – и неизъяснимое отвращение наполнило ему душу.

Не был ли сам он – как этот старый паук в темном углу над пахнущими плесенью книгами, костями человеческих остовов и мертвыми членами мертвых машин? Что ему в жизни, что от смерти – кроме нескольких листков бумаги, которые покроет он значками никому не понятных письмен?

И вспомнилось ему, как в детстве, на Монте-Альбано, слушая крики журавлиных станиц, вдыхая запах смолистых трав, глядя на Флоренцию, прозрачно-лиловую в солнечной дымке, словно аметист, такую маленькую, что вся она умещалась между двумя цветущими золотистыми ветками поросли, которая покрывает склоны этих гор весною, – он был счастлив, ничего не зная, ни о чем не думая.

Неужели весь труд его жизни – только обман, и великая любовь – не дочь великого познания?

Он прислушивался к вою, визгу, грохоту вьюги. И ему приходили на память слова Макиавелли: «Самое страшное в жизни не заботы, не бедность, не горе, не болезнь, даже не смерть, – а скука».

Нечеловеческие голоса ночного ветра говорили о понятном

человеческому сердцу, родном и неизбежном – о последнем одиночестве в страшной, слепой темноте, в лоне отца всего сущего, древнего Хаоса, – о беспредельной скуке мира.

Он встал, взял свечу, отпер соседнюю комнату, вошел в нее, приблизился к стоявшей на треножном поставе картине, завешенной тканью с тяжелыми складками, подобной савану, – и откинул ее.

Это был портрет моны Лизы Джоконды.

Он не открывал его с тех пор, как работал над ним в последний раз, в последнее свидание. Теперь казалось ему, что он видит его впервые. И такую силу жизни почувствовал он в этом лице, что ему сделалось жутко перед собственным созданием. Вспомнил суеверные рассказы о волшебных портретах, которые, будучи проколоты иглою, причиняют смерть изображенному. Здесь, подумал, – наоборот: у живой отнял он жизнь, чтобы дать ее мертвой.

Все в ней было ясно, точно – до последней складки одежды, до крестиков тонкой узорчатой вышивки, обрамлявшей вырез темного платья на бледной груди. Казалось, что, всмотревшись пристальнее, можно видеть, как дышит грудь, как в ямочке под горлом бьется кровь, как выражение лица изменяется.

И вместе с тем была она призрачная, дальняя, чуждая, более древняя в своей бессмертной юности, чем первозданные глыбы базальтовых скал, видневшиеся в глубине картины, – воздушно-голубые, сталактитоподобные горы как будто нездешнего, давно угасшего мира. Извилины протоков между скалами напоминали извилины губ ее с вечной улыбкой. И волны волос падали из-под прозрачно-темной дымки по тем же законам божественной механики, как волны воды.

Только теперь – как будто смерть открыла ему глаза – понял он, что прелесть моны Лизы была все, чего искал он в природе с таким ненасытным любопытством, – понял, что тайна мира была тайной моны Лизы.

И уже не он ее, а она его испытывала. Что значил взор этих глаз, отражавших душу его, углублявшихся в ней, как в зеркале, – до бесконечности?

Повторяла ли она то, чего не договорила в последнее свидание: нужно больше, чем любопытство, чтобы проникнуть в самые глубокие и, может быть, самые чудные тайны Пещеры?

Или это была равнодушная улыбка всеведения, с которою мертвые смотрят на живых?

Он знал, что смерть ее – не случайность: он мог бы спасти ее, если бы хотел. Никогда еще, казалось ему, не заглядывал он так прямо и близко в лицо смерти. Под холодным и ласковым взором Джоконды невыносимый ужас леденил ему душу.

И первый раз в жизни отступил он перед бездною, не смея заглянуть в нее, – не захотел знать.

Торопливым, как будто воровским движением опустил на лицо ее покров с тяжелыми складками, подобный савану.

Весною, по просьбе французского наместника Шарля д'Амбуаза, получил Леонардо отпуск из Флоренции на три месяца и отправился в Милан.

Он был так же рад покинуть родину и таким же бесприютным изгнанником увидел снежные громады Альп над зеленою равниною Ломбардии, как двадцать пять лет назад.

Книга XV
СВЯТЕЙШАЯ ИНКВИЗИЦИЯ
I

Во время первого пребывания в Милане, будучи на службе Моро, Леонардо занимался анатомией вместе с одним еще очень молодым, лет восемнадцати, но уже знаменитым ученым, Марко-Антонио, из древнего рода веронских патрициев делла Торре, у которых любовь к науке была наследственной. Отец Марко-Антонио преподавал медицину в Падуе, братья также были учеными. Сам он с отроческих лет посвятил себя служению науке, подобно тому, как некогда потомки славных родов посвящали себя рыцарскому служению даме сердца и Богу. Ни игры детства, ни страсти юности не отвлекали его от этого строгого служения. Он полюбил девушку; но, решив, что нельзя служить двум госпожам – любви и науке, – покинул невесту и окончательно отрекся от мира. Еще в детстве расстроил он свое здоровье чрезмерными занятиями. Худое, бледное, точно у сурового подвижника, но все еще прекрасное лицо его напоминало лицо Рафаэля, только с выражением более глубокой мысли и грусти.

Когда он был отроком, два знаменитых университета Северной Италии, Падуанский и Павийский, спорили из-за него. Когда же Леонардо вернулся в Милан, двадцатилетний Марко-Антонио считался одним из первых ученых Европы.

Стремления в науке были у них, по-видимому, общие: оба заменяли схоластическую анатомию средневековых арабских толкователей Гиппократа и Галена опытом и наблюдением над природою, исследованием строения живого тела; но под внешним сходством скрывалось и глубокое различие.

На последних пределах знания художник чувствовал тайну, которая сквозь все явления мира притягивала его к себе, как магнит и сквозь ткань притягивает железо. Описывая мускулы плеча, он говорил: «Эти мускулы концами тонких нитей прикреплены только к внешнему краю вместилищ своих: Великий Мастер устроил так, дабы имели они возможность свободно расширяться и суживаться, удлиняться и сокращаться, смотря по нужде». В примечаниях к рисунку, изображавшему связки бедренных мускулов, он писал: «Рассмотри эти прекрасные мускулы – a, b, c, d и e, и если кажется тебе, что их много, попробуй – убавь, если мало – прибавь, а достаточно – воздай хвалу первому Строителю столь дивной машины». Так, последнею целью всякого знания было для него великое удивление перед Непознаваемым, перед Божественной Необходимостью – волей Первого Двигателя в механике, Первого Строителя в анатомии.

Марко-Антонио также чувствовал тайну в явлениях природы, но не смирялся перед нею и, не будучи в силах ни отвергнуть, ни победить ее, боролся с нею и страшился ее. Наука Леонардо шла к Богу; наука Марко-Антонио – против Бога, и утраченную веру хотел он заменить новою верою – в разум человеческий.

Он был милосерд. Нередко, отказывая богатым, ходил к беднякам, лечил их даром, помогал деньгами и готов был отдать им все, что имел. У него была доброта, свойственная людям не от мира сего, погруженным в созерцание. Но когда речь заходила о невежестве монахов и церковников, врагов науки, лицо его искажалось, глаза сверкали неукротимою злобою, и Леонардо чувствовал, что этот милосердный человек, если бы дали ему власть, посылал бы людей на костер во имя разума, точно так же, как враги его, монахи и церковники, сжигали во имя Бога.

Леонардо в науке был столь же одинок, как в искусстве; Марко-Антонио окружен учениками. Он увлекал толпу, зажигал сердца, как пророк, творил чудеса, воскрешал больных не столько лекарствами, сколько верою. И юные слушатели, как все ученики, доводили до крайности мысли учителя. Они уже не боролись, а беспечно отрицали тайну мира, думали, что не сегодня, так завтра наука все победит, все разрешит, не оставит камня на камне от ветхого здания веры. Хвастали безверием, как дети обновкою, буйствовали, как школьники, – и победоносная резвость их напоминала визгливую резвость щенят.

Для художника изуверство мнимых служителей знания было столь же противно, как изуверство мнимых служителей Бога.

«Когда наука восторжествует, – думал он с грустью, – и чернь войдет в ее святилище, не осквернит ли она своим признанием и науку, точно так же, как осквернила церковь, и будет ли менее пошлым знание толпы, чем вера толпы?»

В те времена добывание мертвых тел для анатомических сечений, воспрещенных буллою папы Бонифация VIII Extravagantes, было делом трудным и опасным. Двести лет назад Мундини деи Луцци, первый из ученых, дерзнул произвести всенародное анатомическое сечение двух трупов в Болонском университете. Он выбрал женщин, как «более близких к животной природе». И тем не менее совесть мучила его, по собственному признанию, так что анатомировать голову, «обиталище духа и разума», он вовсе не посмел.

Времена изменились. Слушатели Марко-Антонио были менее робки. Не останавливаясь ни перед какими опасностями и даже преступлениями, добывали они свежие трупы: не только покупали за большие деньги у палачей и больничных гробовщиков, но и силой отнимали, крали с виселиц, вырывали из могил на кладбищах и, если бы учитель позволил, убивали бы прохожих по ночам в глухих предместьях.

Обилие трупов делало работу делла Торре особенно важной и драгоценной для художника.

Он готовил целый ряд анатомических рисунков пером и красным карандашом, с объяснениями и заметками на полях. Здесь, в приемах исследования, еще более сказывалась противоположность исследователей.

Один был только ученый, другой – и ученый, и художник вместе. Марко-

356

Антонио знал. Леонардо знал и любил – и любовь углубляла познание. Рисунки его были так точны и в то же время так прекрасны, что трудно было решить, где кончается искусство и начинается наука: одно входило в другое, одно сливалось с другим в неразделимое целое.

«Тому, кто мне возразит, – писал он в этих заметках, – что лучше изучать анатомию на трупах, чем по моим рисункам, я отвечу: это было бы так, если бы ты мог видеть в одном сечении все, что изображает рисунок; но, какова бы ни была твоя проницательность, ты увидел и узнал бы лишь несколько вен. Я же, дабы иметь совершенное знание, произвел сечения более чем десяти человеческих тел различных возрастов, разрушая все члены, снимая до последних частиц все мясо, окружавшее вены, не проливая крови, разве только чуть заметные капли из волосяных сосудов. И когда одного тела не хватало, потому что оно разлагалось во время исследования, я рассекал столько трупов, сколько требовало совершенное знание предмета, и дважды начинал одно и то же исследование, дабы видеть различия. Умножая рисунки, я даю изображения каждого члена и органа так, как будто ты имел их в руках и, повертывая, рассматривал со всех сторон, внутри и снаружи, сверху и снизу».

Ясновидение художника давало глазу и руке ученого точность математического прибора. Никому не известные разделения вен, скрытые в соединительных тканях или в слизистых оболочках, тончайшие кровеносные сосуды и нервы, разветвленные в мышцах и мускулах, ощупывала скальпелем, обнажала левая рука его – такая сильная, что гнула подковы, такая нежная, что улавливала тайну женственной прелести в улыбке Джоконды.

И Марко-Антонио, не желавший верить ни во что, кроме разума, испытывал порой смущение, почти страх перед этим вещим знанием, как перед чудом.

Иногда художник говорил себе: «Так должно быть, так хорошо». И когда, исследуя, убеждался, что действительно так есть, то воля Творящего как будто отвечала воле созерцающего: красота была истиной, истина – красотою.

Чувствуя, что Леонардо предается и науке, как всему, только на время и сохраняет свободу для новых увлечений, точно играя, Марко-Антонио вместе с тем видел, какого бесконечного терпения, какой «упрямой суровости» требует работа, казавшаяся в руках учителя игрой и забавою.

«И ежели ты имеешь любовь к науке, – обращался Леонардо в своих заметках к читателю, – не помешает ли тебе чувство брезгливости? И ежели ты преодолеешь брезгливость – не овладеет ли тобою страх в ночные часы перед мертвецами, истерзанными, окровавленными? И если победишь ужас, окажется ли у тебя сокровенно ясный предварительный замысел, необходимый для такого изображения тел? И ежели есть у тебя замысел, обладаешь ли ты знанием перспективы? И ежели оно есть у тебя, владеешь ли ты приемами геометрических доказательств и потребными сведениями в механике для измерения сил и напряжения мускулов? И, наконец, хватит ли у тебя самого главного – терпения и точности? Насколько я обладаю всеми этими качествами, покажут сто двадцать книг *Анатомии* , которые я сочинил. И причина того, что я не привел труда моего к желанному концу, – не корысть или небрежность, а только недостаток времени.

Точно так же, как до меня Птоломей описывал мир в своей *Космографии* , я описываю человеческое тело – эту маленькую вселенную – мир в мире».

Он предчувствовал, что труды его, если б были узнаны и поняты людьми, произвели бы величайший переворот в науке, ждал «последователей», «преемников», которые могли бы оценить в его рисунках «благодеяние, оказанное им человеческому роду».

«Пусть книга о началах механики, – писал он, – предшествует твоему исследованию законов движений и сил человека и других животных, дабы ты мог, ссылаясь на механику, доказывать всякое положение анатомии с ясностью геометрическою».

Он рассматривал члены людей и животных как живые рычаги. Корни всякого знания погружались для него в механику, которая была воплощением «дивной справедливости Первого Двигателя». И благая воля Первого Строителя вытекала из правосудной воли Первого Двигателя – Тайны всех тайн.

Рядом с математической точностью у Леонардо были догадки, предчувствия, пророчества, которые пугали Марко-Антонио своею смелостью, казались ему невероятными, подобно тому, как человеку, видящему горы в первый раз, далекие вершины кажутся облаками, висящими в воздухе, и трудно ему поверить, что у этих призраков – корни гранитные, уходящие в сердце земли.

Изучая на трупах беременных женщин последовательные ступени развития зародыша в матке, Леонардо поражен был сходством в строении тел людей и животных, не только четвероногих, но и рыб и птиц.

«Сравни человека, – писал он, – с обезьяною и многими другими животными почти той же породы. Сравни внутренности человека с внутренностями обезьяны, и льва, и быка, и рыб, и птиц. Сравни пальцы человеческой руки с пальцами медвежьей лапы, с хрящами рыбьих плавников, с кистями птичьих крыльев и крыльев летучей мыши.

Тому, кто обладает совершенным знанием строения человеческого тела, легко быть всеобъемлющим, ибо члены всех животных сходствуют».

В многообразии телесных строений прозревал он единый закон развития, единый связующий замысел природы.

Марко-Антонио спорил, горячился, называл догадки эти бреднями, не достойными ученого и противными духу точного знания; но иногда, побежденный, как бы очарованный, умолкал и слушал. В эти минуты детски нежное и монашески строгое лицо его было прекрасно. И, глядя в глубокие, всегда печальные глаза его, Леонардо чувствовал, что этот затворник науки – не только жрец ее, но и жертва: для него великая скорбь была «дочь великого познания».

II

По ходатайству наметника Шарля д'Амбуаза и французского короля, художник получил от Флорентинской Синьории отпуск на неопределенное время, а в следующем, 1507 году, перейдя окончательно на службу Людовика XII, поселился в Милане и только изредка по делам наезжал во Флоренцию.

Прошло четыре года.

В конце 1511-го Джованни Бельтраффио, в то время уже считавшийся в искусстве мастером, работал над стенописью в новой церкви Сан-Маурицио, принадлежавшей старинной, построенной на развалинах древнеримского цирка и храма Юпитера женской обители Маджоре. Рядом, за высокой оградой, выходившей на улицу Делла Винья, находился запущенный сад и некогда великолепный, но давно покинутый и полуразвалившийся дворец владетельного рода Карманьола.

Монахи сдавали внаймы эту землю и дом алхимику Галеотто Сакробоско и его племяннице, дочери Галеоттова брата, мессера Луиджи, знаменитого собирателя древностей, моне Кассандре, которые недавно вернулись в Милан.

Вскоре после первого нашествия французов и разграбления маленького домика повивальной бабки моны Сидонии у Катаранской плотины за Верчельскими воротами уехали они из Ломбардии и девять лет провели в скитаниях по Востоку, Греции, островам Архипелага, Малой Азии, Палестине, Сирии. Странные слухи ходили о них: одни уверяли, будто бы алхимик нашел камень мудрецов, превращающий олово в золото; другие – будто бы он выманил у диодария Сирийского для опытов огромные деньги и, присвоив их, бежал; третьи – что мона Кассандра, по договору с дьяволом и по записи отца своего, откопала древний клад, зарытый на месте финикийского храма Астарты; четвертые, наконец, – что она ограбила в Константинополе старого, несметно богатого смирнского купца, которого очаровала и опоила приворотными зельями. Как бы то ни было, уехав из Милана нищими, они вернулись богачами.

Бывшая ведьма, ученица Деметрия Халкондилы, воспитанница старой ведьмы Сидонии, Кассандра сделалась или, по крайней мере, притворилась благочестивой дочерью церкви; строго соблюдала все обряды и посты, посещала церковные службы и щедрыми вкладами заслужила особое покровительство не только сестер монастыря Маджоре, приютивших ее на своей земле, но и самого владыки, архиепископа Миланского. Злые языки утверждали, впрочем (может быть, только из свойственной людям зависти к внезапному обогащению), будто бы она вернулась из своих далеких странствий еще большей язычницей, что ведьма с алхимиком должны были бежать из Рима, спасаясь от Святейшей Инквизиции, и что рано или поздно не миновать им костра.

Перед Леонардо мессер Галеотто все так же благоговел и считал его своим учителем – обладателем «сокровенной мудрости трижды великого Гермеса».

Алхимик привез с собой из путешествия много редких книг, большею частью александрийских ученых времен Птоломеев, по математическим наукам. Художник брал у него эти книги, за которыми обыкновенно посылал Джованни, работавшего по соседству в церкви Сан-Маурично. Через некоторое время Бельтраффио, по старой привычке, стал заходить к ним все чаще и чаще под каким-либо предлогом, в действительности же только для того, чтобы видеть Кассандру.

Девушка была с ним в первые свидания настороже, притворялась кающейся грешницей, говорила о своем желании постричься; но, мало-помалу, убедившись, что бояться нечего, стала доверчивей.

Они вспоминали беседы свои десять лет назад, когда они были почти детьми, на пустынном пригорке над Катаранской плотиной, у стен монастыря св. Редегонды; вспоминали вечер с бледными зарницами, с душным запахом летней воды из канала, с глухим, точно подземным, ворчанием грома, и то, как она предрекала ему воскресение олимпийских богов, и как звала на шабаш ведьм.

Теперь жила она отшельницей; была или казалась больною и почти все время, свободное от служб церковных, проводила в уединенной комнате, куда никого не пускала, в одном из немногих уцелевших покоев старого дворца – мрачной зале со стрельчатыми окнами, выходившими в заглохший сад, где безмолвной оградою возвышались кипарисы и яркий влажный мох покрывал стволы дуплистых вязов. Убранство этой комнаты напоминало музей и книгохранилище. Здесь находились древности, привезенные ею с Востока, – обломки эллинских статуй, псоглавые боги Египта из гладкого черного гранита, резные камни гностиков с волшебным словом *Абраксас* , изображающим триста шестьдесят пять горних небес, византийские пергаменты, твердые, как слоновая кость, с обрывками навеки утраченных произведений греческой поэзии, глиняные черепки с клинообразными ассирийскими надписями, книги персидских магов, закованные в железо, и прозрачно-тонкие, как лепестки цветов, мемфисские папирусы.

Она рассказывала ему о своих странствиях, о виденных чудесах, о пустынном величии храмов из белого мрамора на черных, изъеденных морем утесах, среди вечно голубых, пахнущих солью, как будто свежестью голого тела Пеннорожденной богини, Ионических волн, – о неимоверных трудах своих, бедах, опасностях. И однажды, когда он спросил, чего она искала в этих странствиях, зачем собирала эти древности, претерпевая столько мучений, – ответила ему словами отца своего, мессера Луиджи Сакробоско:

– Чтобы воскресить мертвых!

И глаза ее загорелись огнем, по которому узнал он прежнюю ведьму Кассандру.

Она мало изменилась. У нее было все то же лицо, чуждое печали и радости, неподвижное, как у древних изваяний, – широкий низкий лоб, прямые тонкие брови, строго сжатые губы, на которых нельзя было представить себе улыбки, – и глаза, как янтарь, прозрачно-желтые. Но теперь утонченное болезнью или единой, чрезмерно обострившейся мыслью лицо это, особенно нижняя часть, слишком узкая, маленькая, с нижнею губою, немного выдавшейся вперед, – еще яснее выразило суровое спокойствие и в то же время детскую беспомощность. Сухие пушистые волосы, живые, живее всего лица, точно обладавшие отдельной жизнью, как змеи Медузы, окружали бледное лицо черным ореолом, от которого казалось оно еще бледнее и неподвижнее, алые губы ярче, желтые глаза прозрачнее. И еще неотразимее, чем десять лет назад, влекла к себе Джованни прелесть этой девушки, возбуждавшая в нем любопытство, страх и жалость.

Во время путешествия по Греции посетила Кассандра родину своей матери, унылый маленький городок Мистру, близ развалин Лакедемона, меж пустынных, выжженных холмов Пелопоннеса, где полвека назад умер последний из учителей эллинской мудрости, Гемистос Плетон. Собрала неизданные отрывки его сочинений, письма, благоговейные предания учеников, которые верили, что душа Платона, еще раз сойдя с Олимпа, воплотилась в Плетоне. Рассказывая Джованни об этом посещении, повторила она пророчество, уже слышанное им от нее, в одну из их прошлых бесед у Катаранской плотины и с тех пор часто ему вспоминавшееся, – слова Плетона, сказанные будто бы столетним старцем-философом за три года до смерти:

«Немного лет спустя после кончины моей над всеми племенами и народами земными воссияет единая истина, и обратятся все во единую веру». Когда же спрашивали его – в какую, во Христову или Магометову, – он отвечал: «Ни в ту, ни в другую, но в новую веру, от древнего язычества не отличную».

– Прошло уже более полвека со смерти Плетона, – возразил Джованни, – а пророчество не исполняется. Неужели вы все еще верите, мона Кассандра?..

– Истины совершенной, – молвила она спокойно, – не было у Плетона. Он во многом заблуждался, ибо многого не знал.

– Чего? – спросил Джованни и вдруг, под ее глубоким пристальным взором, почувствовал, что сердце его падает.

Вместо ответа взяла она с полки старинный пергамент – это была трагедия Эсхила *Скованный Прометей* – и прочла ему несколько стихов. Джованни понимал немного по-гречески, а то, чего не понял, она объяснила ему.

Перечислив дары свои людям – забвение смерти, надежду и огонь, похищенный с неба, которые рано или поздно сделают их равными богам, – Титан предрекал падение Зевса:

В тот страшный день исполнится над ним
Отцовское проклятье, что на сына
Обрушил Кронос, падая с небес.
И указать от этих бед спасенье
Из всех богов могу лишь я один —
Я знаю тайну.

Посланник олимпийцев, Гермес, возвещал Прометею:

До той поры не жди конца страданьям,
Пока другой не примет мук твоих,
Страдалец-бог и к мертвым в темный Тартар
Во глубину Аида не сойдет.

– Как ты думаешь, Джованни, – молвила Кассандра, закрывая книгу, – кто этот «Страдалец-бог, сходящий в Тартар»?

Джованни ничего не ответил; ему казалось, что перед ним, точно при свете внезапно блеснувшей молнии, открывается бездна.

А мона Кассандра по-прежнему смотрела на него в упор своими ясными, прозрачными глазами; в это мгновение была она действительно похожа на злополучную пленницу Агамемнона, вещую деву Кассандру.

– Джованни, – прибавила она, немного помолчав, – слышал ли ты о человеке, который, более десяти веков назад, так же как философ Плетон, мечтал воскресить умерших богов, – об императоре Флавии Клавдии Юлиане?

– Об Юлиане Отступнике?

– Да, о том, кто врагам своим галилеянам и себе – увы! – казался отступником, но не дерзнул им быть, ибо в новые мехи влил старое вино: эллины так же, как христиане, могли бы назвать его отступником...

Джованни рассказал ей, что видел однажды во Флоренции мистерию Лоренцо Медичи Великолепного, которая изображала мученическую смерть Сан-Джованни и Паоло, двух юношей, казненных за веру Христову Юлианом Отступником. Он даже помнил несколько стихов из этой мистерии, особенно поразивших его, – между прочим предсмертный крик Юлиана, пронзенного мечом св. Меркурия:

Ты победил, Галилеянин!

О Cristo Galileo, tu hai pur vinto!

– Слушай, Джованни, – продолжала Кассандра, – в странной и плачевной судьбе этого человека есть великая тайна. Оба они, говорю я, и кесарь Юлиан, и мудрец Плетон, были одинаково не правы, потому что обладали только половиной истины, которая, без другой половины, есть ложь: оба забыли пророчество Титана, что тогда лишь боги воскреснут, когда Светлые соединятся с Темными, небо вверху – с небом внизу, и то, что было Двумя, будет Едино. Этого не поняли они и тщетно отдали душу свою за богов Олимпийских...

Она остановилась, как будто не решалась договорить, и потом прибавила тихо:

– Если бы ты знал, Джованни, если бы могла я сказать тебе все до конца!.. Но нет, теперь еще рано. Пока скажу одно: есть бог среди богов олимпийских, который ближе всех других к подземным братьям своим, бог светлый и темный, как утренние сумерки, беспощадный, как смерть, сошедший на землю и давший смертным забвение смерти – новый огонь от огня Прометеева – в собственной крови своей, в опьяняющем соке виноградных лоз. И кто из людей, брат мой, кто поймет и скажет миру, как мудрость венчанного гроздьями подобна мудрости Венчанного Терниями, – Того, Кто сказал: «Я есмь истинная виноградная лоза», и так же, как бог Дионис, опьяняет мир Своею кровью? Понял ли ты, о чем я говорю, Джованни? Если не понял, молчи, не спрашивай, ибо здесь тайна, о которой еще нельзя говорить...

В последнее время у Джованни явилось новое, дотоле неведомое дерзновение мысли. Он ничего не боялся, потому что ему нечего было терять. Он чувствовал, что ни вера фра Бенедетто, ни знание Леонардо не утолят муки его, не разрешат противоречий, от которых душа его умирала. Только в темных пророчествах Кассандры чудился ему, быть может, самый страшный, но единственный путь к примирению, и по этому последнему пути он шел за нею с отвагою отчаяния.

Они сходились все ближе и ближе.

Однажды он спросил ее, зачем она притворяется и скрывает от людей то, что ей кажется истиной?

– Не все – для всех, – возразила Кассандра. – Исповедание мучеников, так же как чудо и знаменье, нужно для толпы, ибо лишь те, кто верит не до конца, умирают за веру, чтобы доказать ее другим и себе. Но совершенная вера есть совершенное знание. Разве ты думаешь, что смерть Пифагора подтвердила бы истины геометрии, открытые им? Совершенная вера безмолвна, и тайна ее выше исповедания, как учитель сказал: «Вы знайте всех, вас же пусть никто не знает».

– Какой учитель? – спросил Джованни и подумал: «Это мог бы сказать Леонардо: он тоже знает всех, а его никто».

– Египетский гностик Базилид, – отвечала Кассандра и объяснила, что *гностиками – знающими* называли себя великие учителя первых веков христианства, для которых совершенная вера и совершенное знание было одно и то же.

И она поведала ему странные, иногда чудовищные, подобные бреду, сказания.

Особенно поразило его одно из них – учение александрийских офитов, змеепоклонников, о создании мира и человека.

«Надо всеми небесами есть Мрак безымянный, недвижный, нерождаемый, прекраснее всякого света. Отец Непознаваемый, – Бездна и Молчание. Единородная дочь его, Премудрость божия, отделившись от отца, познала бытие и омрачилась, и восскорбела. И сын ее скорби был Иальдаваоф, созидающий бог. Он захотел быть один и, отпав от матери, погрузился еще глубже, чем она, в бытие и создал мир плоти, искаженный образ мира духовного, и в нем человека, который должен был отразить величие создателя и свидетельствовать о его могуществе. Но помощники Иальдаваофа, стихийные духи, сумели вылепить из перси только бессмысленную громаду плоти, пресмыкавшуюся, как червь, в первозданной тине. И, когда привели ее к царю своему, Иальдаваофу, дабы вдохнул он в нее жизнь, – Премудрость божия, сжалившись над человеком, отомстила сыну свободы и скорби своей за то, что он отпал от нее, и вместе с дыханием плотской жизни через уста Иальдаваофовы вдохнула в человека искру божественной мудрости, полученной ею от отца Непознаваемого. И жалкое создание – перст от перси, прах от праха, на котором творец хотел показать свое всемогущество, стало вдруг неизмеримо выше своего создателя, сделалось образом и подобием не Иальдаваофа, а истинного бога, отца Непознаваемого. И поднял человек из праха лицо свое. И творец, при виде твари, вышедшей из-под власти его, исполнился гнева и ужаса. И устремил свои очи, горевшие огнем поедающей ревности, в самые недра вещества, в первобытную черную тину – и там их мрачный пламень и все лицо его, полное ярости, отразилось, как в зеркале, и этот образ сделался Ангелом Тьмы, Змеевидным, Офиоморфом, ползучим и лукавым, Сатаною – Проклятою Мудростью. И с помощью его создал Иальдаваоф все три царства природы и в самую глубь их, как в смрадную темницу, бросил человека и дал ему закон: делай то и то, не делай того и, ежели преступишь закон, смертью умрешь. Ибо все еще надеялся поработить свою тварь игом закона, страхом зла и смерти. Но Премудрость божия, Освободительница, не покинула человека и, возлюбив, возлюбила его до конца, и послала ему Утешителя, Духа Познания, Змеевидного, Крылатого, подобного утренней звезде, Ангела Денницы, того, о ком сказано: „Будьте мудры, как змеи". И сошел он к людям и сказал: „Вкусите и познаете, и откроются глаза ваши, и станете как боги".

– Люди толпы, дети мира сего, – заключила Кассандра, – суть рабы Иальдаваофа и Змея лукавого, живущие под страхом смерти, пресмыкающиеся под игом закона. Но дети Света, Знающие, гностики, избранники Софии[45], посвященные в тайны Премудрости, попирают все законы, преступают все пределы, как духи – неуловимы, как боги – свободны, крылаты, добром не возвышаются и остаются чистыми во зле, как золото в грязи. И Ангел Денницы, подобный звезде, мерцающей в утренних сумерках, ведет их сквозь жизнь и смерть, сквозь зло и добро, сквозь все проклятия и ужасы Иальдаваофова мира к Матери своей, Софии Премудрости, и через нее – в лоно Мрака безымянного, царящего над всеми небесами и безднами, недвижного, нерождаемого, который прекраснее всякого света, в лоно Отца Непознаваемого.

Слушая это предание офитов, Джованни сравнивал Иальдаваофа с Кронионом, божественную искру Софии с огнем Прометеевым, Змия благого, Ангела светоносного – Люцифера со скованным Титаном.

Так, во всех веках и народах – в трагедии Эсхила, в сказаниях гностиков, в жизни императора Юлиана Отступника, в учении мудреца Платона – находил он дальние, родные отголоски великого разлада и борьбы, наполнявших его собственное сердце. Скорбь углублялась и утишалась сознанием того, что за десять веков люди уже страдали, боролись с теми же «двоящимися мыслями», погибали от тех же противоречий и соблазнов, как он.

Бывали минуты, когда он просыпался от этих мыслей, как от тяжелого опьянения или горячечного бреда. И тогда казалось ему, что мона Кассандра притворяется сильной и вещей, посвященною в тайну, а в действительности так же ничего не знает, так же заблудилась, как он: оба они – еще более жалкие, потерянные и беспомощные дети, чем двенадцать лет назад, и этот новый шабаш полубожественной-полусатанинской мудрости – еще безумнее, чем шабаш ведьм, на который некогда звала она его и который теперь презирала, как забаву черни. Ему делалось страшно, хотелось бежать. Но было поздно. Сила любопытства, подобно наваждению, влекла его к ней, и он чувствовал, что не уйдет, пока не узнает всего до конца, – спасется или погибнет вместе с нею.

В это время приехал в Милан знаменитый доктор богословия, инквизитор фра Джорджо да Казале. Папа Юлий II, встревоженный слухами о небывалом распространении колдовства в Ломбардии, отправил его с грозными буллами. Сестры монастыря Маджоре и покровители, бывшие у моны Кассандры во дворце архиепископа, предупреждали ее об опасности. Фра Джорджо был тот самый член Инквизиции, от которого мона Кассандра и мессер Галеотто едва успели бежать из Рима. Они знали, что если бы еще раз попались ему в руки, то никакое покровительство не могло бы их выручить, и решили скрыться во Францию, а ежели надо будет, – дальше: в Англию, Шотландию.

---

45 Софи я – премудрость (греч.).

Утром, дня за два до отъезда, Джованни беседовал с моной Кассандрою, по обыкновению в рабочей комнате ее, уединенной зале дворца Карманьола.

Солнце, проникавшее в окна сквозь густые черные ветви кипарисов, казалось бледным, как лунный свет; лицо девушки – особенно прекрасным и неподвижным. Только теперь, перед разлукой, понял Джованни, как она ему близка.

Он спросил, увидятся ли они еще раз и откроет ли она ему ту последнюю тайну, о которой часто говорила.

Кассандра взглянула на него и молча вынула из шкатулки плоский четырехугольный прозрачно-зеленый камень. Это была знаменитая Tabula Smaragdina – изумрудная скрижаль, найденная будто бы в пещере близ города Мемфиса в руках мумии одного жреца, в котором, по преданию, воплотился Гермес Трисмегист, египетский Ор, бог пограничной межи, путеводитель мертвых в царство теней. На одной стороне изумруда вырезано было коптскими, на другой – древними эллинскими письменами четыре стиха:

Ourano anw ourano catw

Astera anw astera catw

Pan anw pau touto catw

Tautc labe cai estsce

Небо – вверху, небо – внизу,

Звезды – вверху, звезды – внизу.

Все, что вверху, все и внизу, —

Если поймешь, благо тебе.

– Что это значит? - сказал Джованни.

– Приходите ко мне ночью сегодня, – проговорила она тихо и торжественно. - Я скажу тебе все, что знаю сама, слышишь, – все до конца. А теперь, по обычаю, перед разлукой выпьем последнюю братскую чашу.

Она достала маленький круглый, запечатанный воском глиняный сосуд, из тех, какие употребляются на Дальнем Востоке, налила густого, как масло, вина, странно пахучего, золотисто-розового, в древний кубок из хризолита, с резьбою по краям, изображавшей бога Диониса и вакханок, и, подойдя к окну, подняла чашу, как будто для жертвенного возлияния. В луче бледного солнца на прозрачных стенках оживились розовым вином, словно теплою кровью, голые тела вакханок, славивших пляской бога, венчанного гроздьями.

– Было время, Джованни, – молвила она еще тише и торжественнее, – когда я думала, что учитель твой Леонардо обладает последнею тайною, ибо лицо его так прекрасно, как будто в нем соединился бог олимпийский с подземным Титаном. Но теперь вижу я, что он только стремится и не достигает, только ищет и не находит, только знает, но не сознает. Он предтеча того, кто идет за ним и кто больше, чем он. Выпьем же вместе, брат мой, этот прощальный кубок за Неведомого, которого оба зовем, за последнего Примирителя!

И благоговейно, как будто великое таинство, она выпила чашу до половины и подала ее Джованни.

– Не бойся, – молвила, – здесь нет запретных чар. Это вино непорочно и свято: оно из лоз, растущих на холмах Назарета. Это – чистейшая кровь Диониса-Галилеянина.

Когда он выпил, она, положив ему на плечи обе руки с доверчивою ласкою, прошептала быстрым, вкрадчивым шепотом:

– Приходи же, если хочешь знать все, приходи, я скажу тебе тайну, которой никому никогда не говорила, – открою последнюю муку и радость, в которой мы будем вместе навеки, как брат и сестра, как жених и невеста!

И в луче солнца, проникавшем сквозь густые ветви кипарисов, бледном, точно лунном, – так же как в памятную грозовую ночь у Катаранской плотины, в блеске бледных зарниц, – приблизила к лицу его неподвижное, грозное лицо свое, белое, как мрамор изваяний, в ореоле черных пушистых волос, живых, как змеи Медузы, с губами алыми, как кровь, глазами желтыми, как янтарь.

Холод знакомого ужаса пробежал по сердцу Бельтраффио, и он подумал: «Белая Дьяволица!»

III

В условленный час стоял он у калитки в пустынном переулке Делла Винья, перед стеной сада, окружавшего дворец Карманьола.

Дверь была заперта. Он долго стучался. Не отворяли. Подошел с другой стороны, с улицы Сант-Аньезе к воротам соседнего монастыря Маджоре, и узнал от привратницы страшную новость: инквизитор папы Юлия II, фра Джорджо да Казале, появился в Милане внезапно и велел тотчас схватить Галеотто Сакробоско, алхимика, и племянницу его, мону Кассандру, как лиц, наиболее подозреваемых в черной магии.

Галеотто успел бежать. Мона Кассандра была в застенках Святейшей Инквизиции.

Узнав об этом, Леонардо обратился с просьбами и ходатайствами за несчастную к доброжелателям своим, главному казначею Людовика XII Флоримонду Роберте и к наместнику французского короля в Милане Шарлю д'Амбуазу.

Джованни также хлопотал, бегал, носил письма учителя и ходил для разведок в Судилище Инквизиции, которое помещалось около собора, в Архиепископском дворце.

Здесь познакомился он с главным письмоводителем фра Джорджо, фра Микеле да Вальвердой, магистром теологии, написавшим книгу о черной магии: «Новейший Молот Ведьм», где между прочим доказывалось, что так называемый *Ночной Козел* – Hyrcus Nocturnus, председатель шабаша, есть ближайший родственник козлу, которого некогда эллины приносили в жертву богу Дионису, среди сладострастных плясок и хоров, из коих впоследствии вышла трагедия. Фра Микеле был вкрадчиво любезен с Бельтраффио. Он принял или делает вид, что принимает живое участие в судьбе Кассандры, верит в ее невиновность, и в то же время, притворяясь поклонником Леонардо, «величайшего из христианских мастеров», как он выражался, расспрашивал ученика о жизни, привычках, занятиях и мыслях учителя. Но, только что речь заходила о Леонардо, Джованни настораживался и скорее умер бы, чем выдал единым словом учителя. Убедившись, что хитрости бесполезны, фра Микеле объявил однажды, что, несмотря на краткий срок знакомства, успел полюбить его, Джованни, как брата, и считает долгом предупредить его об опасности, грозящей ему от мессера да Винчи, подозреваемого в колдовстве и черной магии.

– Ложь! – воскликнул Джованни. – Никогда не занимался он черной магией и даже…

Бельтраффио не кончил. Инквизитор посмотрел на него долгим взором.

– Что хотели вы сказать, мессер Джованни?

– Нет, ничего.

– Вы не желаете быть со мной откровенным, друг мой. Я ведь знаю, вы хотели сказать: мессер Леонардо даже не верит в возможность черной магии.

– Я этого не хотел сказать, – спохватился Джованни. – Впрочем, если он и не верил, неужели это доказательство виновности?

– Дьявол, – возразил монах с тихой усмешкой, – превосходный логик. Порой самых опытных врагов своих ставит он в тупик. От одной ведьмы узнали мы недавно речь его на шабаше. «Дети мои, – сказал он, – радуйтесь и веселитесь, ибо с помощью новых союзников наших, ученых, которые, отрицая могущество дьявола, тем самым притупляют меч Святейшей Инквизиции, мы в скором времени одержим совершенную победу и распространим наше царство по всей вселенной».

Спокойно и уверенно говорил фра Микеле о самых неимоверных действиях Силы Нечистой, например, о признаках, по которым можно отличить младенцев-оборотней, рожденных от бесов и ведьм: всегда оставаясь маленькими, они гораздо тяжелее обыкновенных грудных детей, весят от 80 до 100 фунтов, постоянно кричат и высасывают молоко пяти-шести кормилиц.

С математической точностью знал число главных властителей Ада – 572, и подданных, младших бесов различного звания – 7 405 926.

Но особенно поразило Джованни учение об инкубах и суккубах, демонах двуполых, принимающих по произволу вид то мужчины, то женщины, дабы, соблазняя людей, вступать с ними в плотское соединение. Монах объяснял ему, как бесы, то уплотняя воздух, то похищая трупы с виселиц, образуют тела для блуда, которые, впрочем, в самых пламенных любовных ласках остаются холодными, точно мертвые. Он приводил слова св. Августина, отрицавшего существование антиподов как богохульную ересь и не сомневавшегося в инкубах и суккубах, некогда будто бы чтимых язычниками под именем фавнов, сатиров, нимф, гамадриад и других божеств, обитающих в деревьях, воде и воздухе.

– Как в древности, – прибавлял уже от себя фра Микеле, – нечистые боги и богини сходили к людям для скверного смешения, так точно и ныне не только младшие, но и старшие, самые могущественные демоны, например, Аполлон и Вакх, могут являться инкубами, Диана и Венера – суккубами.

Из этих слов Джованни мог заключить, что Белая Дьяволица, которая преследовала его всю жизнь, была суккубою – Афродитою.

Иногда приглашал его фра Микеле в судилище, во время делопроизводства: должно быть, все еще надеясь рано или поздно найти в нем сообщника и доносчика, зная по опыту, как ужасы инквизиции втягивают. Преодолевая страх и отвращение, Джованни не отказывался присутствовать на допросах и пытках, потому что, в свою очередь, надеялся если не облегчить судьбу Кассандры, то, по крайней мере, что-нибудь узнать о ней.

Отчасти в самом судилище, отчасти из рассказов инквизитора узнавал Джованни почти невероятные случаи, в которых смешное соединялось с ужасным.

Одна ведьма, еще совсем молоденькая девушка, раскаявшись и вернувшись в лоно Церкви, благословляла истязателей своих за то, что они спасли ее от когтей саната, переносила все муки с бесконечным терпением и кротостью, радостно и тихо шла на смерть, веруя, что временное пламя избавит ее от вечного; только умоляла судей, чтобы перед смертью вырезали у нее черта из руки, который будто бы вошел в нее в виде острого веретена. Святые отцы пригласили опытного хирурга. Но, несмотря на большие деньги, которые предлагали ему, врач отказался вырезывать черта, боясь, чтобы во время операции бес не свернул ему шеи.

Другую ведьму, вдову хлебопека, женщину здоровую и красивую, обвиняли в том, что прижила она, в восемнадцатилетней связи с дьяволом, нескольких оборотней. Эта несчастная во время страшных пыток то молилась, то лаяла собакой, то коченела от боли, немея, и делалась бесчувственной, так что должны были насильно открывать ей рот особым деревянным снарядом, чтобы заставить говорить; наконец, вырвавшись из рук палачей, бросилась на судей с неистовым воплем: «Я отдала душу мою дьяволу и буду принадлежать ему вовеки!» – и пала бездыханною.

Нареченная тетка Кассандры, мона Сидония, также схваченная, после долгих мучений, однажды ночью, чтобы избегнуть пыток, подожгла в тюрьме соломенную подстилку, на которой лежала, и задохлась в дыму.

Полоумную старушку лоскутницу уличили в том, что каждую ночь она ездит на шабаш верхом на своей собственной дочери, с искалеченными руками и ногами, которую будто бы черти подковывают. Добродушно и лукаво подмигивая судьям, как будто они были ее сообщниками в заранее условленной шутке, старушка охотно соглашалась со всеми обвинениями, которые взводили на нее.

Она была очень зябкою. «Огонек! Огонек! – пролепетала она радостно, захлебываясь от смеха, как очень маленькие дети, когда подвели ее к пылавшему костру, чтобы сжечь, – дай вам Бог здоровья, миленькие: наконец-то я погреюсь!»

Девочка лет десяти без стыда и страха рассказывала судьям, как однажды вечером, на скотном дворе, хозяйка ее, коровница, дала ей кусок хлеба с маслом, посыпанный чем-то кисло-сладким, очень вкусным. Это был черт. Когда она съела хлеб, подбежал к ней черный кот с глазами, горевшими, как уголья, и начал ласкаться, мурлыкая и выгибая спину колесом. Она вошла с ним в ригу и здесь, на соломе отдалась ему и много раз, шаля, не думая, что это дурно, позволяла ему все, что он хотел. Коровница сказала ей: «Видишь, какой у тебя жених!» И потом родился у нее большой, величиной с грудное дитя, белый червь с черной головой. Она зарыла его в навоз. Но кот явился к ней, исцарапал ее и человеческим голосом велел кормить ребенка, прожорливого червяка, парным молоком. Все это рассказывала девочка так точно и подробно, глядя на инквизиторов такими невинными глазами, что трудно было решить, лжет ли она странной, бесцельной ложью, иногда свойственной детям, или бредит.

Но особенный, незабываемый ужас возбудила в Джованни шестнадцатилетняя ведьма необычайной красоты, которая на все вопросы и увещевания судей отвечала одним и тем же упорным, непреклонно умоляющим криком: «Сожгите! сожгите меня!» Она уверяла, будто бы дьявол прохаживается в теле ее, «как в собственном доме», и, когда «он бегает, катается внутри ее спины, словно крыса в подполье», на сердце у нее становится так жутко, так темно, что, если бы в это время ее не держали за руки или не связывали веревками, она размозжила бы себе голову об стену. О покаянии и прощении не хотела слышать, потому что считала себя беременной от дьявола, невозвратно погибшею, осужденною еще при жизни вечным судом, и молила, чтобы сожгли ее прежде, чем родится чудовище. Она была сирота и очень богата. После смерти ее огромное имение должно было перейти в руки дальнего родственника, скупого старика. Святые отцы знали, что если бы несчастная осталась в живых, то пожертвовала бы свои богатства на дело Инквизиции, и потому старались ее спасти, но тщетно. Наконец послали ей духовника, который славился искусством умягчать сердца закоренелых грешников. Когда начал он уверять ее, что нет и быть не может такого греха, которого бы Господь не искупил Своею Кровью, и что Он все простит, она отвечала своим страшным криком: «Не простит, не простит, – я знаю. Сожгите меня, или я сама наложу на себя руки!» По выражению фра Микеле, «душа ее алкала святого огня, как раненый олень – источника водного».

Главный инквизитор, фра Джорджо да Казале, был старичок, сгорбленный, с худеньким, бледным личиком, добрым, тихим и простым, напоминавшим лицо св. Франциска. По словам близко знавших его, это был «кротчайший из людей на земле», великий бессребреник, постник, молчальник и девственник. Порою, когда Джованни вглядывался в это лицо, ему казалось, что в самом деле нет в нем злобы и хитрости, что он страдает больше своих жертв и мучит, и сжигает их из жалости, потому что верит, что нельзя иначе спасти их от вечного пламени.

Но иногда, особенно во время самых утонченных пыток и чудовищных признаний, в глазах фра Джорджо мелькало вдруг такое выражение, что Джованни не мог бы решить, кто страшнее, кто безумнее – судьи или подсудимые?

Однажды старая колдунья, повивальная бабка, рассказывала инквизиторам, как, нажимая большим пальцем, продавливала темя новорожденным и умертвила этим способом более двухсот младенцев, без всякой цели, только потому, что ей нравилось, как мягкие детские черепа хрустят, подобно яичной скорлупе. Описывая эту забаву, она смеялась таким смехом, от которого мороз пробегал по спине Джованни. И вдруг почудилось ему, что у старого инквизитора глаза горят точно таким же сладострастным огнем, как у ведьмы. И хотя в следующее мгновение подумал, что ему только померещилось, но в душе его осталось впечатление невысказанного ужаса.

В другой раз, со смиренным сокрушением, признался фра Джорджо, что больше всех грехов мучит совесть его то, что много лет назад велел он, «из преступного милосердия, внушенного дьяволом», семилетних детей, заподозренных в блудном смешении с инкубами и суккубами, вместо того чтобы сжечь, только бить плетьми на площади перед кострами, где горели отцы их и матери.

Безумие, которое царствовало в застенках Инквизиции среди жертв и палачей, распространялось по городу. Здравомыслящие люди верили тому, над чем в обыкновенное время смеялись как над глупыми баснями. Доносы умножились. Слуги показывали на господ своих, жены на мужей, дети на родителей. Одну старуху сожгли только за то, что она сказала: «Да поможет мне черт, если не Бог!» Другую объявили ведьмой, потому что корова ее, по мнению соседок, давала втрое больше молока, чем следует.

В женский монастырь Санта-Мария делла Скала чуть не каждый день после Ave Maria повадился черт под видом собаки и осквернял по очереди всех монахинь, от шестнадцатилетней послушницы до дряхлой игуменьи, не только в кельях, но и в церкви, во время службы. Сестры Санта-Мария так привыкли к черту, что уже не боялись и не стыдились его. И длилось это в течение восьми лет.

В горных селениях около Бергамо нашли сорок одну ведьму-людоедку, сосавших кровь и пожиравших мясо некрещеных младенцев. В самом Милане уличили тридцать священников, крестивших детей «не во имя Отца, Сына и Духа Святого, а во имя дьявола»; женщин, которые нерожденных детей своих обрекали сатане; девочек и мальчиков от шести до трех лет, соблазненных дьяволом, предававшихся с ним несказанному блуду: опытные инквизиторы узнавали этих детей по особенному блеску глаз, по томной улыбке и влажным, очень красным губам. Спасти их нельзя было ничем, кроме огня.

И всего страшнее казалось то, что, по мере возраставшей ревности отцов-инквизиторов, бесы не только не прекращали, а, напротив, умножали козни свои, как будто входили во вкус и резвились.

В покинутой лаборатории мессера Галеотто Сакробоско нашли необычайно толстого, мохнатого черта, одни уверяли – живого, другие – только что издохшего, но отлично сохранившегося, заключенного будто бы в хрустальную чечевицу, и хотя, по исследовании, оказалось, что это был не черт, а блоха, которую алхимик рассматривал в увеличительное стекло, многие все-таки остались при убеждении, что это был подлинный черт, но превратившийся в блоху в руках инквизиторов, дабы надругаться над ними.

Все казалось возможным: исчезла граница между явью и бредом. Ходили слухи о том, что фра Джорджо открыл в Ломбардии заговор 12 000 ведьм и колдунов, поклявшихся произвести в течение трех лет такие неурожаи по всей Италии, что люди принуждены будут пожирать друг друга, как звери.

Сам главный инквизитор, опытный полководец войска Христова, изучивший козни древнего Врага, испытывал недоумение, почти страх перед этим небывалым, возрастающим натиском сатанинского полчища.

– Я не знаю, чем это кончится, – сказал однажды фра Микеле в откровенной беседе с Джованни. – Чем больше мы сжигаем их, тем больше из пепла рождается новых.

Обычные пытки – испанские сапоги, железные колодки, постепенно сжимаемые винтами, так что кости жертв хрустели, вырывание ногтей раскаленными добела клещами – казались игрою в сравнении с новыми, утонченными муками, изобретаемыми «кротчайшим из людей», фра Джорджо, – например, пыткою бессонницей – tormentum insomniae, состоявшею в том, что подсудимых, не давая им уснуть, в течение нескольких дней и ночей гоняли по переходам тюрьмы, так что ноги их покрывались язвами, и несчастные впадали в умоисступление. Но и над этими муками Враг смеялся, ибо он был настолько сильнее голода, сна, жажды, железа и огня, насколько дух сильнее плоти.

Тщетно прибегали судьи к хитростям: вводили ведьм в застенок задом, чтобы взгляд их не очаровал судью и не внушил ему преступной жалости; перед пыткою женщин и девушек раздевали донага и брили, не оставляя на теле ни волоса, дабы удобнее было отыскивать «дьявольскую печать» – stigma diabolicum, которая, скрываясь под кожею или в волосах, делала ведьму бесчувственной; поили и кропили их святою водою; окуривали ладаном орудия пыток, освящали их частицами Проскомидийного Агнца и мощей; опоясывали подсудимых полотняною лентою, длиной тела Господня, подвешивали им бумажки, на которых начертаны были слова, произнесенные на кресте Спасителем.

Ничто не помогало: враг торжествовал над всеми святынями.

Монахини, каявшиеся в блудном сожительстве с дьяволом, уверяли, будто бы он входит в них между двумя Ave Maria, и даже имея Святое Причастие во рту, чувствовали они, как проклятый любовник оскверняет их бесстыднейшими ласками. Рыдая, сознавались несчастные, что тело их «принадлежит ему вместе с душою».

Устами ведьм в судилище издевался Лукавый над инквизиторами, изрыгал такие богохульства, что у самых бестрепетных вставали дыбом волосы, и смущал докторов и магистров теологии хитросплетенными софизмами, тончайшими богословскими противоречиями или же обличал их вопросами, полными такого сердцеведения, что судьи превращались в подсудимых, обвиненные – в обвинителей.

Уныние граждан достигло крайней степени, когда распространилась молва о полученном будто бы папою доносе, с неопровержимыми доказательствами того, что волк в шкуре овечьей, проникший в ограду Пастыря, слуга дьявола, притворившийся гонителем его, дабы вернее погубить стадо Христово, глава сатанинского полчища есть не кто иной, как сам великий инквизитор Юлия II – фра Джорджо да Казале.

По словам и действиям судей Бельтраффио мог заключить, что сила дьявола кажется им равной силе Бога и что вовсе еще неизвестно, кто кого одолеет в этом поединке. Он удивлялся тому, как эти два учения – инквизитора фра Джорджо и ведьмы Кассандры – сходятся в своих крайностях, ибо для обоих верхнее небо равно было нижнему, смысл человеческой жизни заключался в борьбе двух бездн в человеческом сердце – с тою лишь разницею, что ведьма все еще искала, может быть, недостижимого примирения, тогда как инквизитор раздувал огонь этой вражды и углублял ее безнадежность.

И в образе дьявола, с которым так беспомощно боролся фра Джорджо, в образе змееподобного, пресмыкающегося, лукавого узнавал Джованни помраченный, словно в мутном искажающем зеркале, образ Благого Змия, Крылатого, Офиоморфа, Сына верховной освобождающей Мудрости, Светоносного, подобного утренней звезде, Люцифера или титана Прометея. Бессильная независимость врагов его, жалких слуг Иальдаваофовых, была как бы новой песнью победною Непобедимому.

В это время фра Джорджо объявил народу назначенное через несколько дней, на страх врагам, на радость верным чадам Церкви Христовой, великолепное празднество – сожжение на площади Бролетто ста тридцати девяти колдунов и ведьм.

Услышав об этом от фра Микеле, Джованни произнес, бледнея:

– А мона Кассандра?

Несмотря на притворную сообщительность монаха, Джованни до сих пор еще не узнал о ней ничего.

– Мона Кассандра, – отвечал доминиканец, – осуждена вместе с другими, хотя достойна злейшей казни. Фра Джорджо полагает, что это – самая сильная ведьма из всех, каких он когда-либо видел. Столь непобедимы чары бесчувственности, которые ограждают ее во время пыток, что, не говоря уже о признании или раскаянии, мы так и не добились от нее ни слова, ни стона – даже звука голоса ее не слышали.

И, сказав это, посмотрел в глаза Джованни глубоким взором, как бы чего-то ожидая. У Бельтраффио мелькнула мысль покончить сразу – донести на себя, сознаться, что он сообщник моны Кассандры, чтобы погибнуть с нею. Он этого не сделал не из страха, а из равнодушия – странного оцепенения, которое все более овладевало им в последние дни в было похоже на «чары бесчувственности», ограждавшие ведьму от пыток. Он был спокоен, как спокойны мертвые.

Поздно вечером, накануне дня, назначенного для сожжения ведьм и колдунов, сидел Бельтраффио в рабочей комнате учителя. Леонардо кончил рисунок, изображавший сухожилия, мускулы верхней части руки и плеча, тем более для него любопытные, что ими должны были приводиться в движение рычаги летательной машины. Лицо его в этот вечер казалось Джованни особенно прекрасным. Несмотря на первые, недавно, после смерти моны Лизы, углубившиеся морщины, в нем была совершенная тишина и ясность созерцания.

Иногда, подымая глаза от работы, он взглядывал на ученика. Оба молчали. Джованни давно уже ничего не ждал от учителя и ни на что не надеялся.

Для него не могло быть сомнения в том, что Леонардо знает об ужасах Инквизиции, о предстоящей казни моны Кассандры и других несчастных, о его, Джованни, собственной гибели. Часто спрашивал он себя, что обо всем этом думает учитель.

Окончив рисунок, сбоку на том же листе, над изображением мышц и мускулов плеча, Леонардо сделал надпись:

«И ты, человек, в этих рисунках созерцающий дивные создания природы, если считаешь преступным уничтожить мой труд, – подумай, насколько преступнее отнять у человека жизнь, подумай также, что телесное строение, кажущееся тебе таким совершенным, ничто в сравнении с душою, обитающей в этом строении, ибо она, чем бы ни была, есть все-таки нечто божественное. И, судя по тому, как неохотно расстается она с телом, плач и скорбь ее не без причины. Не мешай же ей обитать в созданном ею теле, сколько сама она пожелает, и пусть коварство твое или злоба не разрушают этой жизни, столь прекрасной, что воистину – кто ее не ценит, тот ее не стоит».

Пока учитель писал, ученик с такой же безнадежною отрадою смотрел на тихое лицо его, как заблудившийся в пустыне, умирающий от зноя и жажды путник смотрит на снежные горы.

IV

На следующий день Бельтраффио не выходил из комнаты. Ему с утра недомогалось, болела голова. До вечера пролежал в постели, ни о чем не думая.

Когда стемнело, послышался над городом необычайный, не то похоронный, не то праздничный, перезвон колоколов, и в воздухе распространился слабый, но упорный и отвратительный запах гари. От этого запаха у него еще сильнее разболелась голова и стало тошнить.

Он вышел на улицу.

День был душный, с воздухом сырым и теплым, как в бане, один из тех дней, какие бывают в Ломбардии во время сирокко, поздним летом и ранней осенью. Дождя не было. Но с крыш и с деревьев капало. Кирпичная мостовая лоснилась. И под открытым небом, в мутно-желтом липком тумане еще сильнее пахло зловонною гарью.

Несмотря на позднее время, на улицах было людно. Все шли с одной стороны – с площади Бролетто. Когда он вглядывался в лица, ему казалось, что встречные в таком же полузабытьи, как он, – хотят и не могут проснуться.

Толпа гудела смутным тихим гулом. Вдруг, по случайно долетевшим до него отрывочным словам о только что сожженных ста тридцати девяти колдунах и ведьмах, о моне Кассандре, он понял причину страшного запаха, который его преследовал: это был смрад обгорелых человеческих тел.

Ускорил шаг, почти побежал, сам не зная куда, натыкаясь на людей, шатаясь, как пьяный, дрожа от озноба и чувствуя, как зловонная гарь, в мутно-желтом, липком тумане, гонится за ним, окутывает, душит, проникает в легкие, сжимает виски тупо ноющей болью и тошнотою.

Не помнил, как доплелся до обители Сан-Франческо и вошел в келью фра Бенедетто. Монахи пустили, но фра Бенедетто не было – уехал в Бергамо.

Джованни запер дверь, зажег свечу и в изнеможении упал на постель.

В этой смиренной обители, столь ему знакомой, все по-прежнему дышало тишиной и святостью. Он вздохнул свободнее: не было страшного зловония, а был особенный монастырский запах постной оливы, церковного ладана, воска, старых кожаных книг, свежего лака и тех легких, нежных красок, которыми фра Бенедетто, в простоте сердечной, пренебрегая суетным знанием перспективы и анатомии, писал своих

Мадонн с детскими лицами, праведников, осиянных горнею славою, ангелов с радужными крыльями, с кудрями, золотыми, как солнце, в туниках, голубых, как небо. Над изголовьем постели, на гладкой белой стене, висело черное Распятие и над ним подарок Джованни, засохший венчик из алых маков и темных фиалок, собранных в памятное утро в кипарисовой роще, на высотах Фьезоле, у ног Савонаролы, в то время как братья Сан-Марко пели, играли на виолах и плясали вокруг учителя, как маленькие дети или ангелы.

Он поднял глаза на Распятие. Спаситель все так же распростирал пригвожденные руки, как будто призывая мир в Свои объятия: «Придите ко мне, все труждающиеся и обремененные». Не единая ли это, не совершенная ли истина? – подумал Джованни. – Не упасть ли к ногам Его, не воскликнуть ли: Ей, Господи, верую, помоги моему неверию!»

Но молитва замерла на губах его. И он почувствовал, что, если бы вечная гибель грозила ему, он не мог бы солгать, не знать того, что знал, – ни отвергнуть, ни примирить двух истин, которые спорили в сердце его.

В прежнем тихом отчаянии отвернулся он от Распятия – и в то же мгновение почудилось ему, что смрадный туман, страшный запах гари проникает и сюда, в последнее убежище.

Закрыл лицо руками.

И ему представилось то, что он видел недавно, хотя не мог бы сказать, было ли то во сне или наяву: в глубине застенка, в отблеске красного пламени, среди орудий пытки и палачей, среди окровавленных человеческих тел – обнаженное тело Кассандры, охраняемое чарами Благого Змия, Освободителя, бесчувственное под орудиями пытки, под железом, огнем и взорами мучителей – нетленное, неуязвимое, как девственно-чистый и твердый мрамор изваяний.

Очнувшись, понял по догорающей свече и числу колокольных ударов на монастырской башне, что несколько часов прошло в забытьи и что теперь уже за полночь.

Было тихо. Туман, должно быть, рассеялся. Смрадного запаха не было; но сделалось еще жарче. В окне мелькали бледно-голубые зарницы, и, как в памятную грозовую ночь у Катаранской плотины, слышалось глухое, точно подземное, ворчание грома.

У него кружилась голова; во рту пересохло; мучила жажда. Вспомнил, что в углу стоит кувшин с водой. Встал, держась рукой за стену, дотащился, выпил несколько глотков, помочил голову и уже хотел вернуться на постель, как вдруг почувствовал, что в келье кто-то есть, – обернулся и увидел, что под черным Распятием кто-то сидит на постели фра Бенедетто, в длинной, до земли, темной, точно монашеской одежде с остроконечным куколем, как у братьев «баттути», закрывающим лицо. Джованни удивился, потому что знал, что дверь заперта на ключ, – но не испугался. Испытывал скорее облегчение, как будто только теперь, после долгих усилий, проснулся. Голова сразу перестала болеть.

Подошел к сидевшему и начал всматриваться. Тот встал. Куколь откинулся. И Джованни увидел лицо, недвижное, белое, как мрамор изваяний, с губами алыми, как кровь, глазами желтыми, как янтарь, окруженное ореолом черных волос, живых, живее самого лица, словно обладавших отдельною жизнью, как змеи Медузы.

И торжественно, и медленно, как бы для заклятья, подняла Кассандра – это была она – руки вверх. Послышались раскаты грома, уже близкого, и ему казалось, что голос грома вторит словам ее:

Небо – вверху, небо – внизу,

Звезды – вверху, звезды – внизу,

Все, что вверху, все и внизу, —

Если поймешь, благо тебе.

Черные одежды, свившись, упали к ногам ее – и он увидел сияющую белизну тела, непорочного, как у Афродиты, вышедшей из тысячелетней могилы, – как у пеннорожденной богини Сандро Боттичелли с лицом Пречистой Девы Марии, с неземною грустью в глазах, – как у сладострастной Леды на пылающем костре Савонаролы.

В последний раз взглянул Джованни на Распятие, последняя мысль блеснула в уме его, полная ужасом: «Белая Дьяволица!» – и как будто завеса жизни разорвалась перед ним, открывая последнюю тайну последнего соединения.

Она приблизилась к нему, охватила его руками и сжала в объятиях. Ослепляющая молния соединила небо и землю.

Они опустились на бедное ложе монаха.

И всем своим телом Джованни почувствовал девственный холод тела ее, который был ему сладок и страшен, как смерть.

V

Зороастро да Перитола не умер, но и не выздоровел от последствий своего падения при неудачном опыте с крыльями: на всю жизнь остался он калекою. Говорить разучился, только бормотал невнятные слова, так что никто, кроме учителя, не разумел его. То бродил по дому, не находя себе места, хромая на костылях, огромный, неуклюжий, взъерошенный, как большая птица; то вслушивался в речи людей, как будто стараясь что-то понять; то, сидя в углу, поджав под себя ноги и не обращая ни на кого внимания, быстро наматывал длинную полотняную ленту на круглый брусок – занятие, придуманное для него учителем, так как в руках механика оставалась прежняя ловкость и потребность движения; строгал деревянные палочки, выпиливал чурки для городков, вырезывал волчки; или целыми часами, в полузабытьи, с бессмысленной улыбкой, раскачиваясь и махая руками, точно крыльями, мурлыкал себе под нос все одну и ту же песенку:

Курлы, курлы,

Журавли, орлы

Среди солнечной мглы,

Где не видно земли,

Журавли, журавли...

Курлы, курлы.

Потом, глядя на учителя своим единственным глазом, начинал вдруг тихо плакать.

В эти минуты он был так жалок, что Леонардо поскорее отворачивался или уходил. Но совсем удалить больного не имел духу. Никогда, во всех скитаниях, не покидал его, заботился о нем, посылал ему деньги и только что поселялся где-нибудь, брал в свой дом.

Так проходили годы, и этот калека был как бы живым укором, вечною насмешкою над усилиями всей жизни Леонардо – созданием крыльев человеческих.

Не менее жалел он и другого ученика своего, может быть, самого близкого сердцу его – Чезаре де Сесто.

Не довольствуясь подражанием, Чезаре хотел быть самим собою. Но учитель уничтожал его, поглощал, претворял в себя. Недостаточно слабый, чтобы покориться, недостаточно сильный, чтобы победить, Чезаре только безысходно мучился, озлоблялся и не мог до конца ни спастись, ни погибнуть. Подобно Джованни и Астро, был калекою – ни живым, ни мертвым, одним из тех, которых Леонардо «сглазил», «испортил».

Андреа Салаино сообщал учителю о тайной переписке Чезаре с учениками Рафаэля Санти, работавшего в Риме у папы Юлия II над фресками в покоях Ватикана. Многие предсказывали, что в лучах этого нового светила суждено померкнуть славе Леонардо. Иногда учителю казалось, что Чезаре замышляет измену.

Но едва ли не хуже измены врагов была верность друзей.

Под именем Леонардовой Академии образовалась в Милане школа молодых ломбардских живописцев, отчасти прежних учеников его, отчасти новых пришельцев, бесчисленных, которые плодились, теснились к нему, сами воображая и других уверяя, будто бы идут по следам его. Издали следил он за суетою этих невинных предателей, которые не знали сами, что творят. И порой подымалось в нем чувство брезгливости, когда он видел, как все, что было в жизни его святого и великого, становится достоянием черни: лик Господень в Тайной Вечери передается потомству в снимках, примиряющих его с церковною пошлостью; улыбка Джоконды бесстыдно обнажается, делаясь похотливой, или же, претворяясь в грезах платонической любви, добреет и глупеет.

Зимой 1512 года, в местечке Рива-ди-Тренто, на берегу Гардского озера, умер Марко-Антонио делла Торре, тридцати лет от роду, заразившись гнилой горячкой от бедняков, которых лечил.

Леонардо терял в нем последнего из тех, кто был ему если не близок, то менее чужд, чем другие, ибо, по мере того как на жизнь его сходили тени старости, – нить за нитью порывались связи его с миром живых, все бо?льшая пустыня и молчание окружали его, так что иногда казалось ему, что он спускается в подземный мрак по узкой темной лестнице, пролагая путь железным заступом сквозь каменные глыбы, «с упрямою суровостью» и, может быть, с безумною надеждою, что там, под землею, есть выход в другое небо.

Однажды, зимнею ночью, сидел он один в своей комнате, прислушиваясь к вою вьюги, точно так же, как в ночь того дня, когда узнал о смерти Джоконды. Нечеловеческие голоса ночного ветра говорили о понятном человеческому сердцу, родном и неизбежном – о последнем одиночестве в страшной слепой темноте, о лоне Отца всего сущего, древнего Хаоса – о беспредельной скуке мира.

Думал о смерти, и эта мысль, которая теперь все чаще приходила к нему, сливалась с мыслью о Джоконде.

Вдруг кто-то постучался в дверь. Он встал и отпер.

В комнату вошел незнакомый юноша, с веселыми и добрыми глазами, с морозным румянцем на свежем лице, с тающими звездами снега в темно-русых кудрях.

– Мессер Леонардо! – воскликнул юноша. – Не узнаете?

Леонардо вгляделся и узнал маленького друга своего, восьмилетнего мальчика, с которым бродил по весенним рощам Ваприо, – Франческо Мельци.

Он обнял его с отеческою нежностью.

Франческо рассказал, что он из Болоньи, куда отец его уехал вскоре после французского нашествия в 1500 году, не желая видеть позора и бедствий родины, и где заболел тяжелою болезнью, длившейся долгие годы; недавно он умер, и Мельци поспешил к Леонардо, помня его обещание.

– Какое обещание? – спросил учитель.

– Как? Забыли? А я-то, глупый, надеялся!.. Да неужели вы в самом деле не помните?.. Это было в последние дни перед нашей разлукой, в селении Манделло, на озере Лекко, у подножия горы Кампионе. Мы спускались в покинутый рудник, и вы несли меня на руках, чтобы я не упал, и когда сказали, что уезжаете в Романью на службу к Чезаре Борджа, я заплакал и хотел бежать с вами от отца, но вы не захотели и дали мне слово, что через десять лет, когда я вырасту...

– Помню, помню! – прервал его учитель радостно.

– Ну то-то же! Я знаю, мессер Леонардо, что я вам не нужен. Но ведь и мешать не буду. Не гоните же меня. Впрочем, все равно не уйду, если и станете гнать... Воля ваша, учитель, делайте со мной что хотите, а я уже вас никогда не покину...

– Мальчик мой милый!.. – произнес Леонардо, и голос его дрогнул.

Он снова обнял его, поцеловал в голову, и Франческо прижался к его груди с такою же доверчивой ласкою, как маленький мальчик, которого нес Леонардо в руках своих в железном руднике, спускаясь все ниже и ниже в подземный мрак, по скользкой страшной лестнице.

VI

С тех пор как художник покинул Флоренцию в 1507 году, он числился придворным живописцем короля французского, Людовика XII. Но, не получая жалованья, должен был рассчитывать на милости. Часто забывали о нем вовсе, а напоминать о себе своими произведениями он не умел, потому что с годами работал все меньше и медленнее. По-прежнему, вечно нуждаясь и все больше запутываясь в денежных делах, занимал у всех, у кого можно было занять – даже у собственных учеников, и, не расплатившись со старыми долгами, делал новые. Такие же стыдливые, неловкие и униженные просьбы писал французскому наместнику Шарлю д'Амбуазу и казначею Флоримонду Роберте, как некогда герцогу Моро.

«Не желая более докучать вашей милости, беру на себя смелость спросить, буду ли получать жалованье. Неоднократно писал я об этом вашей Синьории, но до сих пор ответа не имею».

В приемных вельмож, среди других просителей, смиренно ожидал очереди, хотя, с наступающей старостью, все круче казались чужие лестницы, все горше вкус чужого хлеба. Чувствовал себя на службе государей таким же лишним, как на службе народа, – всегда, везде чужим.

Пока Рафаэль, пользуясь щедростью папы, из полунищего стал богачом, римским патрицием; пока Микеланджело сколачивал сольди на черный день, – Леонардо по-прежнему оставался бездомным скитальцем, не зная, где перед смертью преклонить голову.

Войны, победы, поражения своих и чужих, перемены законов и правительств, угнетение народов, низвержение тиранов – все, что кажется людям единственно важным и вечным, – проносилось мимо него, как пыльный вихрь мимо странника на большой дороге. С таким же неизменным равнодушием к политике укреплял он замок Милана для французского короля против ломбардцев, как некогда для ломбардского герцога – против французов. В честь победы Людовика XII над венецианцами при Аньяделло воздвиг триумфальную арку с теми же самыми деревянными ангелами, которые некогда приветствовали, махая позолоченными крыльями, Амброзианскую республику, Франческо Сфорца, Лодовико Моро.

Через три года папа, кесарь и король Испании, Фердинанд Католический, заключили союз под именем Священной Лиги против Людовика XII, выгнали французов из Ломбардии и, с помощью швейцарцев, посадили на престол Массимилиано Моретто, «маленького Моро», сына Лодовико Сфорца, девятнадцатилетнего юношу, выросшего в изгнании, при дворе императора.

Леонардо и ему воздвиг триумфальную арку.

Правительство Моретто оказалось непрочным: швейцарские наемники вовсе о нем не заботились, обращаясь с ним, как с ничего не значившей куклой; союзники Священной Лиги заботились о нем слишком усердно, как семь нянек, у которых дитя без головы. Маленькому герцогу было не до живописи. Тем не менее принял он Леонардо на службу, заказал ему портрет и назначил жалованье, которого не платил.

В Тоскане в это время произошел точно такой же переворот, как в Ломбардии. Воля народа, воля Божья и пушки Фердинанда Католического удалили злополучного Пьеро Содерини. Разочаровавшись окончательно в республиканских добродетелях сограждан, бежал он в Рагузу. Прежние тираны, братья Медичи, сыновья Лоренцо Великолепного, вернулись во Флоренцию. Один из них, Джулиано, странный мечтатель, равнодушный к власти и почестям, грустный и добрый чудак, большой любитель алхимии, наслышавшись всяких чудес от приютившегося у него после бегства из Милана Галеотто Сакробоско о сокровенных знаниях Леонардо, пригласил его к себе на службу, не столько в качестве художника, сколько алхимика.

В начале 1513 года маршал Джан-Джакопо Тривульцио вступил в переговоры с швейцарцами о выдаче маленького Моро. Ему грозила та же участь, как отцу его. Леонардо предвидел новый переворот в Ломбардии.

В последние годы начинал он чувствовать усталость от этих однообразных и прихотливых случайностей политики – от вечного похмелья на чужих пирах: воздвигать триумфальные арки, чинить пружины в крыльях обветшалых ангелов надоело, и все чаще казалось, что пора бы этим ангелам, так же как ему, на покой.

Он решил покинуть Милан и перейти на службу Медичи.

Умер папа Юлий II. Преемником избран был Джованни Медичи, под именем Льва X. Новый папа назначил брата своего, Джулиано, главным Капитаном и Знаменосцем Римской Церкви, на должность, исполнявшуюся некогда Чезаре Борджа. Джулиано отправился в Рим. Леонардо должен был следовать за ним туда же осенью.

За несколько дней до его отъезда из Милана, на заре той ночи, когда сожжены были сто тридцать девять колдунов и ведьм на площади Бролетто, монахи и обители Сан-Франческо в келье фра Бенедетто нашли ученика Леонардо, Джованни Бельтраффио, лежавшим на полу в беспамятстве.

По-видимому, это был припадок той же болезни, как пятнадцать лет назад, после рассказа фра Паоло о смерти Савонаролы. Но на этот раз Джованни скоро оправился. Только иногда в равнодушных глазах его, в странно-неподвижном, точно мертвом лице мелькало выражение, которое внушало Леонардо больший страх за него, чем прежняя тяжелая болезнь.

Все еще сохраняя надежду спасти его, удалив от себя, от своего «дурного глаза», – учитель советовал ему остаться в Милане у фра Бенедетто до совершенного выздоровления. Но Джованни молил не покидать его, взять с собою в Рим, с таким непреклонным упорством, с таким тихим отчаянием, что у Леонардо не хватило духу отказать.

Французские войска приближались к Милану. Чернь волновалась. Маленький Моро губил себя ребяческим безрассудством и своенравием. Нельзя было медлить.

Как некогда от Лоренцо Медичи к Моро, от Моро к Чезаре, от Чезаре к Содерини, от Содерини к Людовику XII, отправлялся теперь Леонардо к новому покровителю, Джулиано Медичи, – со скучающей покорностью, продолжая, вечный скиталец, свои безнадежные странствия.

«23 сентября 1513 года, – отметил в дневнике своем с обычною краткостью, – выехал я из Милана в Рим, с Франческо Мельци, Салаино, Чезаре, Астро и Джованни».

Книга XVI
ЛЕОНАРДО, МИКЕЛАНДЖЕЛО И РАФАЭЛЬ
I

И папа Лев X, верный преданиям рода Медичи, сумел прослыть великим покровителем искусств и наук. Узнав о своем избрании, он сказал брату своему, Джулиано Медичи:

– Насладимся папскою властью, так как Бог нам ее даровал!

А любимый шут его, монах фра Мариано, с философической важностью прибавил:

– Заживем, святый отче, в свое удовольствие, ибо все прочее вздор!

И папа окружил себя поэтами, музыкантами, художниками, учеными. Всякий, кто умел сочинять в изобилии, хотя бы посредственные, но гладкие стихи, мог рассчитывать на жирную пребенду, на теплое местечко у его святейшества. Наступил золотой век подражателей-словесников, у которых была одна незыблемая вера – в недосягаемое совершенство прозы Цицерона и стихов Вергилия.

«Мысль о том, – говорили они, – что новые поэты могут превзойти древних, есть коречнь всяческого нечестия».

Пастыри душ христианских избегали в проповедях называть Христа по имени, так как этого слова нет в речах Цицерона, монахинь звали весталками, Святой Дух – дыханием верховного Юпитера и просили у папы разрешения причислить Платона к лику святых.

Сочинитель *Азолани* , диалога о неземной любви, и неимоверно цинической поэмы *Приап* , будущий кардинал, Пьетро Бембо, признался, что не читает посланий апостола Павла, «дабы не испортить себе слога».

Когда Франциск I, после победы над папою, требовал у него в подарок недавно открытого Лаокоона, Лев X объявил, что скорее расстанется с головой Апостола, мощи коей хранились в Риме, чем с Лаокооном.

Папа любил своих ученых и художников, но едва ли не больше любил своих шутов. Знаменитого стихокропателя, обжору и пьяницу Куерно, получившего звание архипоэта, венчал в торжественном триумфе лавро-капустным венком и осыпал его такими же щедротами, как Рафаэля Санти. На роскошные пиры ученых тратил огромные доходы с Анконской Марки, Сполетто, Романьи; но сам отличался умеренностью, ибо желудок его святейшества плохо варил. Этот эпикуреец страдал неизлечимой болезнью – гнойною фистулой. И душу его, так же как тело, разъедала тайная язва – скука. Он выписывал в зверинец свой редких животных из далеких стран, в свое собрание шутов – забавных калек, уродов и помешанных из больниц. Но развлечь его не могли ни звери, ни люди. На праздниках и пиршествах, среди самых веселых шутов, с лица его не исчезало выражение скуки и брезгливости.

Только в политике выказывал он свою истинную природу: был столь же холодно жесток и клятвопреступен, как Борджа.

Когда Лев X лежал при смерти, всеми покинутый, монах фра Мариано, любимый шут его, едва ли не единственный из друзей, оставшийся верным ему до конца, человек добрый и благочестивый, видя, что он умирает как язычник, умолял его со слезами: «Вспомните о Боге, отче святый, вспомните о Боге!» Это была невольная, но самая злая насмешка над вечным насмешником.

Несколько дней после приезда в Рим в приемной папы, во дворце Ватикана, Леонардо ожидал очереди, уже не в первый раз, так как добиться свидания с его святейшеством даже для тех, кого сам он выразил желание видеть, было очень трудно.

Леонардо слушал беседу придворных о предполагаемом триумфе папского любимца, чудовищного карлика Барабалло, которого должны были возить по улицам на слоне, недавно присланном из Индии. Рассказывали также о новых подвигах фра Мариано, о том, как намедни за ужином, в присутствии папы, вскочив на стол, начал он бегать, при общем хохоте, ударяя кардиналов и епископов по головам и перекидываясь с ними жареными каплунами с одного конца стола на другой, так что струи подливок текли по одеждам и лицам их преподобий.

Пока Леонардо слушал рассказ, из-за дверей приемной послышались музыка и пение. На лицах, истомленных ожиданием, выразилось еще большее уныние.

Папа был плохим, но страстным музыкантом. Концерты, в которых он всегда сам участвовал, длились бесконечно, так что приходившие к нему по делам при звуках музыки впадали в отчаяние.

– Знаете ли, мессере, – проговорил на ухо Леонардо сидевший рядом непризнанный поэт с голодным лицом, тщетно ожидавший очереди в течение двух месяцев, – знаете, какое есть средство добиться свидания с его святейшеством? Объявить себя шутом. Мой старый друг, знаменитый ученый Марко Мазуро, видя, что ученостью тут ничего не поделаешь, велел папскому камерьеру доложить о себе как о новом Барабалло – и тотчас приняли его, и он получил все, чего желал.

Леонардо не последовал доброму совету, не объявил себя шутом и снова, не дождавшись, ушел.

В последнее время испытывал он странные предчувствия. Они казались ему беспричинными. Житейские заботы, неудачи при дворе Льва X и Джулиано Медичи не беспокоили его: он давно к ним привык. А между тем зловещая тревога увеличивалась. И особенно в этот лучезарный осенний вечер, когда возвращался он домой от дворца, сердце его ныло, как перед близкой бедой.

Во второй приезд жил он там же, где и в первый, при Александре VI, – в нескольких шагах от Ватикана, позади собора Св. Петра, в узком переулке, в одном из маленьких, отдельных зданий папского Монетного двора. Здание было ветхое и мрачное. После отъезда Леонардо во Флоренцию оставалось оно в течение нескольких лет необитаемым, отсырело и приняло еще более мрачный вид.

Он вошел в обширный сводчатый покой, с паукообразными трещинами на облупившихся стенах, с окнами, упиравшимися в стену соседнего дома, так что, несмотря на ранний ясный вечер, здесь уже стемнело.

В углу, поджав ноги, сидел больной механик Астро, строгал какие-то палочки и, по обыкновению, раскачиваясь, мурлыкал себе под нос унылую песенку:

Курлы, курлы,
Журавли да орлы,
Среди солнечной мглы,
Где не видно земли —
Журавли, журавли...
Курлы, курлы.

Сердце Леонардо еще сильнее заныло от вещей тоски.

– Что ты, Астро? – спросил он ласково, положив ему руку на голову.

– Ничего, – ответил тот и посмотрел на учителя пристально, почти разумно, даже лукаво. – Я ничего. А вот Джованни... Ну да ведь и ему так лучше. Полетел...

– Что ты говоришь, Астро? Где Джованни? – произнес Леонардо и понял вдруг, что вещая тоска, которой ныло сердце его, была о нем, о Джованни.

Не обращая более внимания на учителя, больной начал снова строгать.

– Астро, – приступил к нему Леонардо и взял его за руку, – прошу тебя, друг мой, вспомни, что ты хотел сказать. Где Джованни? Слышишь, Астро, мне очень нужно видеть его сейчас!.. Где он? Что с ним?

– Да разве вы еще не знаете? – произнес больной. – Он там, наверху. Утомился... удалился...

Он, видимо, искал и не находил нужного звука, ускользавшего из памяти. Это бывало с ним часто. Он путал отдельные звуки и даже целые слова, употребляя одно вместо другого.

– Не знаете? – прибавил спокойно. – Ну пойдем. Я покажу. Только не бойтесь. Так лучше...

Встал и, неуклюже переваливаясь на костылях, повел его по скрипучей лестнице.

Взошли на чердак.

Здесь было душно от нагретой солнцем черепичной кровли; пахло птичьим пометом и соломою. Из слухового окна проникал косой, пыльный красный луч солнца. Когда они вошли, испуганная стая голубей с шелестом крыльев вспорхнула и улетела.

– Вот, – по-прежнему спокойно молвил Астро, указывая в глубину чердака, где было темно.

И Леонардо увидел под одной из поперечных толстых балок Джованни, стоявшего прямо, неподвижно, странно вытянувшегося и как будто глядевшего на него в упор широко раскрытыми глазами.

– Джованни! – вскрикнул учитель и вдруг побледнел, голос пресекся.

Он бросился к нему, увидел страшно искаженное лицо, прикоснулся к руке его, она была холодна. Тело качнулось: оно висело на крепком шелковом шнурке, одном из тех, какие употреблял учитель для своих летательных машин, привязанном к новому железному крюку, видимо, недавно ввинченному в балку. Тут же лежал кусок мыла, которым самоубийца, должно быть, намылил петлю.

Астро, снова забывшись, подошел к слуховому окну и заглянул в него.

Здание стояло на пригорке. С вышины открывался вид на черепичные крыши, башни, колокольни Рима, на волнистую, как море, мутно-зеленую равнину Кампаньи в лучах заходящего солнца, с длинными, черными, кое-где обрывавшимися нитями римских акведуков, на горы Альбано, Фраскати, Рокка-ди-Папа, на чистое небо, где реяли ласточки.

Он смотрел, полузакрыв глаза, и, с блаженной улыбкой, раскачиваясь, махал руками, точно крыльями:

Курлы, курлы,

Журавли да орлы...

Леонардо хотел бежать, звать на помощь, но не мог пошевелиться и стоял, в оцепенении ужаса, между двумя учениками своими – мертвым и безумным.................. ....

Через несколько дней, разбирая бумаги покойного, учитель нашел среди них дневник. Он прочел его внимательно.

Тех противоречий, от которых Джованни погиб, Леонардо не понял, только почувствовал еще яснее, чем когда-либо, что был причиной этой гибели – «сглазил», «испортил» его, отравил плодами Древа Познания.

Особенно поразили его последние строки дневника, писанные, судя по разнице в цвете чернил и почерке, после многолетнего перерыва:

«Намедни, в обители фра Бенедетто, монах, приехавший с Афона, показывал мне в древнем пергаментном свитке, в раскрашенном заставном рисунке, Иоанна Предтечу Крылатого. Таких изображений в Италии нет; взято с греческих икон. Члены тонки и длинны. Лик странен и страшен. Тело, покрытое мохнатой одеждой верблюжьего волоса, кажется пернатым, как у птицы. „Вот, Я посылаю Ангела Моего, и он приготовит путь предо Мною, и внезапно пройдет во храм Свой Господь, Которого вы ждете, и Ангел завета, Которого вы желаете. Вот Он идет“. Пророк Малахия III, 1. – Но это не ангел, не дух, а человек с исполинскими крыльями.

В 1503 году, в последний год царствования Багряного Зверя, папы Александра VI Борджа, августинский монах Томас Швейниц в Риме говорил о полете Антихриста:

«И тогда сидящий на престоле во храме Сионском Бога Всевышнего, Зверь, похитивший с неба огонь, скажет людям: „Зачем смущаетесь и чего хотите? О, род неверный и лукавый, знаменья хотите – и будет вам знаменье: се, узрите Сына Человеческого, грядущего на облаках судить живых и мертвых“. Так скажет Он и возьмет великие огненные крылья, устроенные хитростью бесовскою, и вознесется в громах и молниях, окруженный учениками своими в образе ангелов, – и полетит».

Следовали отрывочные, писанные, видимо, дрожавшею рукою, во многих местах зачеркнутые слова:

«Подобие Христа и Антихриста – совершенное подобие. Лик Антихриста в лике Христа, лик Христа в лике Антихриста. Кто отличит? Кто не соблазнится? Последняя тайна – последняя скорбь, какой не было в мире».

«В Орвьетском соборе, в картине Луки Синьорелли – развеваемые ветром, складки в одежде Антихриста, летящего в бездну. И точно такие же складки, похожие на крылья исполинской птицы, – за плечами Леонардо, когда стоял он у края пропасти, на вершине Монте-Альбано, над селением Винчи».

На последней странице, в самом низу, опять другим почерком, должно быть, снова после долгого перерыва, было написано:

«Белая Дьяволица – всегда, везде. Будь она проклята! Последняя тайна: два – едино. Христос и Антихрист – едино. Небо вверху, и небо внизу. – Да не будет, да не будет сего! Лучше смерть. Предаю душу мою в руки Твои, Боже мой! Суди меня».

Дневник кончился этими словами. И Леонардо понял, что они были написаны накануне или в самый день самоубийства.

II

В одном из приемных покоев Ватикана, в так называемой Станца делла Сеньятура, с недавно оконченною стенописью Рафаэля, под фрескою, изображавшею бога Аполлона среди муз на Парнасе, сидел папа Лев X, окруженный сановниками Римской церкви, учеными, поэтами, фокусниками, карликами, шутами.

Огромное тело его, белое, пухлое, как у старых женщин, страдающих водянкою, лицо толстое, круглое, бледное, с белесоватыми лягушачьими глазами навыкате, были безобразны; одним глазом он почти совсем не видел, другим видел плохо и, когда ему надо было что-нибудь рассмотреть, употреблял, вместо приближающего стекла, граненый берилловый очек – «окиале»; в зрячем глазу светился ум, холодный, ясный и безнадежно скучающий. Гордостью папы были руки его, действительно красивые: при каждом удобном случае он выставлял их напоказ и хвастал ими, так же как своим приятным голосом.

После делового приема святой отец отдыхал, беседуя с приближенными о двух новых поэмах.

Обе написаны были безукоризненно изящными латинскими стихами в подражание «Энеиде» Вергилия. Одна под заглавием «Христиада» – переложение Евангелия, с модным в те времена смещением христианских и яыческих образов: так, Святое Причастие называлось «божественною пищею, скрытою для слабого зрения людей под видом Цереры и Вакха», то есть хлеба и вина; Диана, Фетида, Эол оказывали услуги Божией Матери; когда архангел Гавриил благовествовал в Назарете, Меркурий подслушивал у двери и передавал эту весть собранию олимпийцев, советуя принять решительные меры.

Другая поэма Фракастора, озаглавленная «Siphilis», посвященная будущему кардиналу Пьетро Бембо, тому самому, который избегал читать послания апостола Павла, дабы «не испортить себе слога», воспевала столь же безупречными стихами во вкусе Вергилия французскую болезнь и способы лечения серными ваннами и ртутной мазью. Происхождение болезни объяснялось между прочим тем, что однажды, в древние времена, некий пастух, по имени Siphilis, своими насмешками прогневил бога Солнца, который наказал его недугом, не уступавшим никакому лечению, пока нимфа Америка не посвятила его в свои таинства и не привела к роще целебных гвайяковых деревьев, серному источнику и ртутному озеру. Впоследствии испанские путешественники, переплыв океан и открыв Новые Земли, где обитала нимфа Америка, также оскорбили бога Солнца, застрелив на охоте посвященных ему птиц, из коих одна провещала человечьим голосом, что за это святотатство Аполлон пошлет им французскую болезнь.

Папа прочел наизусть несколько отрывков из обеих поэм. Особенно удалась ему речь Меркурия перед богами Олимпа о благовестии Архангела и любовная жалоба пастуха Сифила, обращенная к нимфе Америке.

Когда при шепоте восторженных похвал и почтительно-сдержанных, как бы нечаянно сорвавшихся рукоплесканиях он кончил, ему доложили о Микеланджело, недавно приехавшем из Флоренции.

Папа немного нахмурился, но тотчас же велел его принять.

Сумрачный Буонарроти внушал Льву X чувство, подобное страху. Он предпочитал веселого, готового на все, покладистого «доброго малого» Рафаэля.

Папа принял Микеланджело со своею неизменною скучающею любезностью. Но, когда художник заговорил о деле, в котором считал себя смертельно обиженным, о данном ему и внезапно отнятом заказе нового мраморного фасада флорентийской церкви Сан-Лоренцо, святой отец замял разговор и, привычным движением вставив в свой зрячий глаз берилловый очек, посмотрел на него с добродушием, под которым скрывалось насмешливое лукавство, и молвил:

– Мессер Микеланджело, есть у нас одно дельце, о котором мы хотели бы знать твое мнение: брат наш, герцог Джулиано, советует нам воспользоваться для какой-либо работы твоим земляком, флорентинцем Леонардо да Винчи. Скажи, сделай милость, что ты думаешь о нем, и какую работу было бы всего пристойнее поручить этому художнику?

Угрюмо потупив глаза и, по обыкновению, мучаясь под устремленными на него любопытными взорами, от непреодолимой робости и сознания своего уродства, Микеланджело молчал. Но папа смотрел на него пристально в берилловой очке, ожидая ответа.

– Вашему святейшеству, – произнес наконец Буонарроти, – может быть, известно, что многие считают меня врагом мессера да Винчи. Правда это или нет, – я полагаю, что мне всего менее прилично быть судьею в этом деле и высказывать какое бы то ни было мнение, дурное или хорошее.

– Клянусь Вакхом, – оживляясь и, видимо, готовя что-то забавное, воскликнул папа, – если бы даже это было действительно так, тем более желали бы мы знать твое мнение о мессере Леонардо, ибо другого кого, а тебя не считаем способным к пристрастию и не сомневаемся, что в суждении о враге сумеешь ты выказать благородство не меньшее, чем в суждении о друге. Но никогда, впрочем, я не верил и не поверю тому, что вы в самом деле – враги. Полно! Такие художники, как ты и он, не могут не быть выше всякого тщеславия. И что вам делить, из-за чего соперничать? А если и было между вами что-нибудь, – зачем об этом вспоминать? Не лучше ли жить в мире? Говорят, в согласии малое растет, в раздоре умаляется великое. И неужели, сын мой, если бы я, твой отец, пожелал соединить ваши руки, неужели ты отказал бы мне, не подал бы ему руки своей?

Глаза Буонарроти блеснули; как это часто бывало с ним, рабость мгновенно превратилась в ярость.

– Я не подаю руки изменникам! – проговорил он глухо и отрывисто, едва владея собой.

– Изменникам? – подхватил папа, еще более оживляясь. – Тяжкое обвинение, Микеланджело, тяжкое, и мы уверены, что ты не решился бы высказать его, не имея доказательств...

– Никаких доказательств нет у меня, да их и не надо! Я говорю то, что знают все. Пятнадцать лет был он прихвостнем герцога Моро, того, кто первый призвал на Италию варваров и предал им отечество. Когда же Господь наказал тирана заслуженною казнью и он погиб, Леонардо перешел на службу к еще боольшему негодяю – Чезаре Борджа, и, будучи гражданином Флоренции, снимал военные карты с Тосканы, дабы облегчить врагу завоевание собственной родины.

– Не судите, да не судимы будете, – молвил папа с тихою усмешкою. – Ты забываешь, друг мой, что мессер Леонардо – не воин, не государственный муж, а только художник. Служители вольных Камен не имеют ли права на бо?льшую свободу, чем прочие смертные? Какое дело до политики, до вражды народов и государей – вам, художникам, обитателям области высшей, где нет ни рабов, ни свободных, ни иудея, ни эллина, ни варвара, ни скифа, но всяческая и во всех – Аполлон? Подобно древним философам, не могли бы ли и вы назвать себя гражданами вселенной, для коих где хорошо – там и отечество?

– Извините меня, ваше святейшество, – прервал его Микеланджело почти с грубостью. – Я человек простой, не словесный, тонкостей философических не разумею. Белое привык называть белым, черное – черным. И презреннейшим из негодяев кажется мне тот, кто не чтит своей матери, отрекается от родины. Я знаю, мессер Леонардо считает себя выше всех законов человеческих. Но по какому праву? Он все обещает, собирается мир удивить чудесами. Не пора ли и за дело? Где они, чудеса его и знамения? Уж не эти ли шутовские крылья, на которых вздумал лететь один из учеников его и как дурак сломал себе шею? Доколе же нам верить ему на слово? Не вправе ли и мы, простые смертные, усомниться и полюбопытствовать, что же такое скрывается, наконец, под всеми загадками его и тайнами?.. Э, да что говорить! В старину, бывало, проходимцев так и величали проходимцами, негодяев негодяями, а нынче зовут из мудрецами, гражданами вселенной, и скоро, кажется, не будет такого плута и бездельника, который бы не корчил из себя бога Гермеса Триджывеликого и титана Прометея!..

Папа, уставившись на Микеланджело своими светлыми лягушачьими глазами, спокойно и холодно наблюдал его и, размышляя о тщете всего земного, в суете суетствий, созерцал унижение гордого, ничтожество великого. Он уже мечтал о том, как бы свести обоих соперников, натравить их друг на друга, устроить зрелище невиданное, вроде петушиного боя в исполинских размерах – философскую потеху, которой бы он, любитель всего редкого и чудовищного, наслаждался с таким же эпикурейским, немного брезгливым и скучающим любопытством, как дракой шутов своих, калек, юродивых, обезьян и карликов.

– Сын мой, – произнес наконец с тихим, грустным вздохом, – я вижу теперь, что вражда, которой до сей поры не хотелось нам верить, действительно есть между вами, и удивлен, да, признаюсь, удивлен и опечален суждением твоим о мессере Леонардо. Как же так, Микеланджело, помилуй! Мы слышали о нем столько хорошего; не говоря уже о великом искусстве и учености, – сердце, говорят, у него такое доброе, что не только людей, но и тварей бессловесных, даже растения жалеет он, не позволяет, чтобы люди причиняли им какой-либо вред, – подобно мудрецам индийским, именуемым гимнософистами, о коих путешественники рассказывают нам столько чудесного...

Микеланджело молчал, отвернувшись. Лицо его порой искажалось злобною судорогой. Он чувствовал, что папа над ним издевается. Стоявший рядом и внимательно следивший за беседою Пьетро Бембо понял, что шутка может плохо кончиться: Буонарроти неудобен для игры, затеянной папою. Ловкий царедворец вступился тем охотнее, что и сам недолюбливал Леонардо, по слухам, за его насмешки над словесниками, «подражателями древних», «воронами в чужих перьях».

– Ваше святейшество, – произнес он, – может быть, в словах мессера Микеланджело есть доля правды; по крайней мере, о Леонардо ходят слухи столь противоречивые, что в самом деле не знаешь порой, чему верить. Тварей, говорят, милует, от мяса не вкушает; а вместе с тем изобретает смертоносные орудия для истребления рода человеческого и любит провожать преступников на казнь, наблюдая в их лицах выражение последнего ужаса. Я слышал также, что ученики его и Марко-Антонио для анатомических сечений не только воровали трупы из больниц, но откапывали их из земли на христианских кладбищах. Кажется, впрочем, во все времена великим ученым свойственны были необычайные странности: так древние повествуют о знаменитых александрийских естествоиспытателях Эразистрате и Герофиле, которые будто бы производили свои анатомические сечения над живыми людьми, преступниками, осужденными на казнь, оправдывая жестокость к людям любовью к знанию, о чем свидетельствует Цельзий: Herophylus homine odit ut nosset. Герофил людей ненавидел, чтобы знать...

– Молчи, молчи, Пьетро! С нами сила Господня! – остановил его папа уже в непритворном смятении. – Живых людей резать – славная наука, нечего сказать!.. Никогда не смей нам говорить об этих мерзостях. И ежели мы только узнаем, что Леонардо...

Не кончил и набожно перекрестился. Все толстое, пухлое тело его заколыхалось.

Будучи скептиком, Лев X в то же время был суеверен, как старая женщина. В особенности же боялся черной магии. Одной рукой награждая сочинителей таких поэм, как «Сифилис» и «Приап», другой скреплял полномочия великого инквизитора, фра Джорджо да Казале для борьбы с колдунами и ведьмами.

Услышав о краже мертвых тел из могил, вспомнил только что полученный донос, на который сперва не обратил внимания, – одного из людей Джулиано Медичи, немецкого зеркальщика Иоганна, жившего в доме Леонардо и обвинявшего мастера в том, что, под предлогом анатомии, на самом деле для черной магии, он вырезает зародыши из трупов беременных женщин.

Ужас папы длился, впрочем, недолго: по уходе Микеланджело устроен был концерт, в котором особенно удалась его святейшеству трудная ария, что всегда приводило его в доброе расположение духа; затем, во время полдника, учреждая в шутовском совете порядок триумфального шествия карлика Барабалло на слоне, он окончательно развлекся и забыл о Леонардо.

Но на следующий день настоятель Сан-Спирито, где в монастырской больнице художник занимался анатомией, получил строжайшее внушение – не давать ему трупов, не пускать в больничные покои, вместе с напоминанием буллы Бонифация VIII De sepulturis, запрещавшей, под страхом церковного отлучения, вскрытие человеческих тел без ведома Апостолической Курии.

III

После смерти Джованни Леонардо стал тяготиться пребыванием в Риме. Неизвестность, ожидание, вынужденное бездействие утомили его. Обычные занятия – книги, машины, опыты, живопись – опротивели.

В долгие осенние вечера, когда в доме, теперь еще более мрачном, наедине с безумным Астро и тенью Джованни, становилось ему слишком жутко, уходил он в гости к мессеру Франческо Веттори, флорентинскому посланнику, который переписывался с Никколо Макиавелли, рассказывал о нем и давал читать его письма художнику.

Судьба по-прежнему преследовала Никколо. Мечта всей жизни его – созданное им народное ополчение, от которого ждал он спасения Италии, оказалось никуда не годным: при осаде Прато в 1512 году под первыми испанскими ядрами разбежалось оно на глазах его, как стадо баранов. Когда вернулись Медичи, Макиавелли отставили от должности, «низложили, удалили и лишили всего». Вскоре затем открыт был заговор для восстановления Республики и низвержения тиранов. Никколо в нем участвовал. Его схватили, судили, пытали, четыре раза подымали на виску. Пытки вынес он с мужеством, которого, по собственному признанию, «не ожидал от себя». Отпустив на поруки, оставили под надзором и запретили в течение года переезжать границу Тосканы. Он впал в такую нищету, что должен был покинуть Флоренцию и поселиться на маленьком наследственном клочке земли в горном селении, близ Сан-Кашьяно, милях в десяти от города, по Римской дороге. Но и здесь, после всех испытанных бедствий, не угомонился: из пламенного республиканца обернулся вдруг столь же пламенным другом тиранов, с искренностью, свойственной ему в этих внезапных превращениях, переходах от одной крайности к другой. Еще сидя в тюрьме, обращался к Медичи с покаянными и хвалебными посланиями в стихах. В книге «О Государе», посвященной Лоренцо Великолепному, племяннику Джулиано, предлагал, как высший образец государственной мудрости, Чезаре Борджа, тогда уже умершего в изгнании, некогда им же самим столь жестоко развенчанного и теперь снова окруженного ореолом почти сверхчеловеческого величия, сопричисленного к лику бессмертных героев. Втайне чувствовал Макиавелли, что сам себя обманывает: мещанское самодержавие Медичи столь же противно ему, как мещанская республика Содерини; но, уже не в силах будучи отказаться от этой последней мечты, он хватался за нее, как утопающий за соломинку. Больной, одинокий, с незаживавшими на руках и ногах рубцами от веревок, которыми вздергивали его на дыбу, молил Веттори похлопотать за него у папы, у Джулиано, достать ему «хоть какое-нибудь местечко», потому что бездействие для него страшнее смерти: только бы приняли его опять на службу – он готов на всякую работу, «хоть камни ворочать».

Чтобы не надоесть покровителю вечными просьбами и жалобами, Никколо старался иногда позабавить его шутками и рассказами о своих любовных похождениях. В пятьдесят лет, отец голодной семьи, он был или притворялся влюбленным, как школьник. «Я отложил в сторону все умные, важные мысли: ни повествования о подвигах древности, ни разговоры о современной политике не занимают меня: я люблю».

Когда Леонардо читал эти игривые послания, ему приходили на память слова Никколо, однажды сказанные в Романье, при выходе из игорного притона, где кривлялся он, как шут, перед испанскою сволочью: «Нужда пляшет, нужда скачет, нужда песенки поет». Порой и в этих письмах, среди эпикурейских советов, любовных излияний и бесстыдно-цинического смеха над самим собою вырывался крик отчаяния:

«Неужели ни одна живая душа не вспомнит обо мне? Если вы еще любите меня, мессер Франческо, как любили когда-то, то не могли бы вы видеть без негодования ту бесславную жизнь, которой я теперь живу».

В другом письме описывал так свою жизнь:

«Охота на дроздов была доселе главным моим развлечением. Я вставал до света, собственноручно прилаживал силки и выходил из дому, нагруженный клетками, уподобляясь Гэте-вольноотпущеннику, который с книгами Амфитриона возвращается из гавани. Обыкновенно я брал не меньше двух, не более шести дроздов. – Так провел я сентябрь. Потом и этой забавы не стало, и, сколь ни была она глупа, я пожалел о ней.

Теперь встаю несколько позже, отправляюсь в рощу мою, которую рубят, остаюсь в ней часа два, осматривая вчерашнюю работу и болтая с дровосеками. Затем иду к колодцу; оттуда в лес, где прежде охотился. Со мной всегда какая-нибудь книга – Данте, Петрарка, Тибулл или Овидий. Читая их страстные жалобы, думаю о собственных делах сердечных и нахожу недолгое, но сладкое забвение в этих грезах. Потом иду в гостиницу на большой дороге, беседую с приезжими, слушаю новости, наблюдая человеческие вкусы, привычки и прихоти. Когда наступает обеденный час, возвращаюсь домой, сажусь за стол с домашними, утоляю голод теми скромными блюдами, которые дозволяют скудные доходы с имения. После обеда опять бреду в гостиницу. Тут уже в сборе целое общество: хозяин, мельник, мясник, двое пекарей. Всю остальную часть дня провожу с ними, играя в шашки, кости, крикку. Спорим, горячимся, бранимся, большею частью из-за гроша, и так шумим, что слышно в Сан-Кашьяно.

Вот в какой грязи я утопаю, заботясь об одном, как бы не заплесневеть окончательно или с ума не сойти от скуки, предоставляя, впрочем, судьбе топтать меня ногами, делать со мной все, что ей угодно, дабы знать наконец, есть ли предел ее бесстыдству.

Вечером иду домой. Но перед тем, чтобы запереться в комнате, снимаю с себя грязное, будничное платье, надеваю придворные или сенаторские одежды и в этом пристойном наряде вступаю в чертоги древности, где великие мудрецы и герои встречают меня с благосклонностью, где питаюсь я пищею, для которой рожден, – не смущаясь, беседую с ними, спрашиваю, узнаю причины из действий, и, по доброте своей, они отвечают мне, как равному. В течение нескольких часов не скучаю, не боюсь ни бедности, ни смерти, забываю все мои страдания и весь живу в прошлом. Потом записываю все, что узнал от них, и сочиняю таким образом книгу «О Государе».

IV

Читая эти письма, Леонардо чувствовал, как Никколо, несмотря на всю противоположность ему, близок. Он вспомнил его пророчество, что судьба у них общая: оба они останутся навеки бездомными скитальцами в этом мире, где «нет никого, кроме черни». В самом деле, жизнь Леонардо в Риме была такая же бесславная, как жизнь Макиавелли в захолустье Сан-Кашьяно, – та же скука, то же одиночество, вынужденное бездействие, которое страшнее всякой пытки, то же сознание силы своей и ненужности людям. Так же как Никколо, предоставлял он судьбе топтать его ногами, делать с ним все, что ей угодно, только с большею покорностью, не желая даже знать, есть ли предел ее бесстыдству, ибо давно уже уверился, что этого предела нет.

Лев X, занятый триумфом шута Барабалло, все еще не удосужился принять Леонардо и, чтобы отделаться от него, поручил ему усовершенствовать чеканный станок на папском Монетном Дворе. По обыкновению не брезгуя никакой работой, даже самою скромною, художник исполнил заказ в совершенстве – изобрел такую машину, что монеты, прежде с неровными, зазубренными краями, теперь выходили безукоризненно круглые.

В это время дела его, вследствие прежних долгов, были в таком расстройстве, что большая часть жалованья уходила на уплату процентов. Если бы не помощь Франческо Мельци, который получил от отца наследство, Леонардо терпел бы крайнюю нужду.

Летом 1514 года заболел он римской малярией. Это была первая трудная болезнь во всю его жизнь. Лекарств не принимал, врачей не допускал к себе. Один Франческо ухаживал за ним, и с каждым днем Леонардо привязывался к нему все более и более, ценил простую любовь его, и порой казалось учителю, что Бог послал ему в нем последнего друга, ангела-хранителя, посох бездомной старости.

Художник чувствовал, что о нем забывают, и делал иногда напрасные попытки напомнить о себе. Больной, писал он своему покровителю, Джулиано Медичи, приветственные письма, с обычною в те времена, плохо удававшеюся придворною любезностью:

«Когда узнал я о вашем столь желанном выздоровлении, знаменитейший государь мой, радость моя была столь велика, что она меня самого исцелила, как бы чудом воскресила из мертвых».

К осени малярия прошла. Но все еще оставалось недомогание и слабость. В течение нескольких месяцев после смерти Джованни Леонардо опустился и постарел, как будто за долгие годы.

Странное малодушие, тоска, подобная смертельной усталости, овладевали им все чаще.

По-видимому с жаром принимался иногда за какое-нибудь прежде любимое дело – математику, анатомию, живопись, летательную машину, – но тотчас бросал; начинал другое, чтобы и его покинуть с отвращением.

В самые черные дни свои увлекался детскими забавами.

Тщательно вымытые и высушенные бараньи кишки, такие мягкие и тонкие, что могли бы уместиться в горсти руки, соединял через стену с кузнечными мехами, спрятанными в соседней комнате, и, когда они раздувались исполинскими пузырями, так что испуганный зритель должен был отступать и жаться в угол, – сравнивал их с добродетелью, которая тоже вначале кажется малою, презренною, но, постепенно разрастаясь, наполняет мир.

Огромную ящерицу, найденную в саду Бельведера, облепил красивыми рыбьими и змеиными чешуями, приделал ей рога, бороду, глаза, крылья, наполненные ртутью, трепетавшие при каждом движении зверя, посадил его в ящик, приручил и стал показывать гостям, которые, принимая это чудовище за дьявола, отпрядывали в ужасе.

Или из воска лепил маленьких сверхъестественных животных с

390

крыльями, наполнял теплым воздухом, отчего они делались такими легкими, что подымались и реяли. А Леонардо, наслаждаясь удивлением и суеверным страхом зрителей, торжествовал, и в суровых морщинах лица его, в тусклых, печальных глазах мелькало вдруг что-то простодушное, детски веселое, но вместе с тем такое жалкое в этом старом, усталом лице, что сердце у Франческо обливалось кровью.

Однажды нечаянно услышал он, как Чезаре да Сесто говорил, провожая гостей, как учитель вышел из комнаты:

– Так-то, мессеры. Вот какими игрушками нынче мы занимаемся. Что греха таить? Старичок-то наш из ума выжил, в детство впал, бедненький. Начал с крыльев человеческих, кончил летающими восковыми куполками. Гора мышь родила!

И прибавил, рассмеявшись своим злобным, принужденным смехом:

– Удивляюсь я папе: ведь в чем другом, а в шутах да юродивых знает, кажется, толк. Мессер Леонардо истинный клад для него. Они точно созданы друг для друга. Право же, синьоры, похлопочите-ка за мастера, чтобы святой отец принял его на службу. Не бойтесь, останется доволен: старик наш сумеет его утешить лучше самого фра Мариано и даже карлика Барабалло!

Шутка эта была ближе к истине, чем можно было думать: когда слухи о фокусах Леонардо, о бараньих кишках, раздуваемых мехами, о крылатой ящерице и летающих восковых изваяниях дошли до Льва Х, ему так захотелось видеть их, что даже страх, внушаемый колдовством и безбожием Леонардо, папа готов был забыть. Ловкие царедворцы давали понять художнику, что наступило время действовать: судьба посылает ему случай сделаться соперником не только Рафаэля, но и самого Барабалло в милостях его святейшества. Но Леонардо снова, как уже столько раз в жизни, не внял совету мудрости житейской – не сумел воспользоваться случаем и ухватиться вовремя за колесо Фортуны.

Угадывая чутьем, что Чезаре – враг Леонардо, Франческо предостерегал учителя; но тот не верил.

– Оставь его, не трогай, – заступался он за Чезаре. – Ты не знаешь, как он любит меня, хотя и желал бы ненавидеть. Он такой же несчастный, даже несчастнее, чем...

Леонардо не кончил. Но Мельци понял, что он хотел сказать: несчастнее, чем Джованни Бельтраффио.

– И мне ли судить его? – продолжал учитель. – Я, может быть, сам виноват перед ним...

– Вы – перед Чезаре? – изумился Франческо.

– Да, друг мой. Ты этого не поймешь. Но мне кажется иногда, что я сглазил, испортил его, потому что, видишь ли, мальчик мой, у меня, должно быть, в самом деле дурной глаз...

И, немного подумав, прибавил с тихою, доброю улыбкою:

– Оставь его, Франческо, и не бойся: он не сделает мне зла и никуда не уйдет от меня, никогда не изменит. А что возмутился он и борется со мной, то ведь это – за душу свою, за свободу, потому что он ищет себя, хочет быть самим собою. И пусть! Помоги ему Господь, – ибо я знаю, когда он победит, то вернется ко мне, простит меня, поймет, как я его люблю, и тогда я дам ему все, что имею, – открою все тайны искусства и знания, чтобы он, после смерти моей, проповедовал их людям. Потому что если не он, то кто же?..

Еще летом, во время болезни Леонардо, Чезаре целыми неделями пропадал из дому. Осенью исчез окончательно и более не возвращался.

Заметив его отсутствие, Леонардо спросил о нем Франческо. Тот потупил глаза в смущении и ответил, что Чезаре уехал в Сиену для исполнения спешного заказа.

Франческо боялся, что Леонардо станет расспрашивать, почему уехал он, не простившись. Но, поверив или притворяясь, что верит неискусной лжи, учитель заговорил о другом. Только углы губ его дрогнули и опустились с тем выражением горькой брезгливости, которое все чаще в последнее время стало появляться на лице его.

V

Осень была дождливая. Но в конце ноября наступили солнечные дни, лучезарно-тихие, которые нигде не бывают так прекрасны, как в Риме: пышное увядание осени родственно пустынному великолепию Вечного Города.

Леонардо давно уже собирался в Сикстинскую часовню, чтобы видеть фрески Микеланджело. Но все откладывал, словно боялся. Наконец однажды утром вышел из дому вместе с Франческо и направился в часовню.

Это было узкое, длинное, очень высокое здание, с голыми стенами и стрельчатыми окнами. На потолке и на сводах были только что оконченные фрески Микеланджело.

Леонардо взглянул на них и замер. Как ни боялся, все-таки не ожидал того, что увидел.

Перед исполинскими образами, как будто видениями бреда – перед Богом Саваофом, отделяющим тьму от света в лоне хаоса, благословляющим воды и растения, творящим Адама из Персти, Еву из ребра Адамова; перед грехопадением, жертвой Авеля и Каина, потопом, насмешкою Сима и Хама над наготою спящего родителя; перед голыми прекрасными юношами, стихийными демонами, сопровождающими вечною игрою и пляскою трагедию вселенной, борьбу человека и Бога; перед сивиллами и Пророками, страшными гигантами, как будто отягченными сверхчеловеческою скорбью и мудростью; перед Иисусовыми предками, рядом темных поколений, передающих друг другу бесцельное бремя жизни, томящихся в муках рождения, питания, смерти, ожидающих пришествия Неведомого Искупителя, – перед всеми этими созданиями своего соперника Леонардо не судил, не мерил, не сравнивал, только чувствовал себя уничтоженным. Перебирал в уме свои собственные произведения: погибающая Тайная Вечеря, погибший Колосс, Битва при Ангиари, бесчисленное множество других неоконченных работ – ряд тщетных усилий, смешных неудач, бесславных поражений. Всю жизнь только начинал, собирался, готовился, но доселе ничего не сделал и – к чему себя обманывать? – теперь уже поздно, – никогда ничего не сделает. Несмотря на весь неимоверный труд своей жизни, не был ли он подобен лукавому рабу, зарывшему талант свой в землю?

И в то же время сознавал, что стремился к большему, к высшему, чем Буонаротти, – к тому соединению, к той последней гармонии, которых тот не знал и знать не хотел в своем бесконечном разладе, возмущении, буйстве и хаосе. Леонардо вспомнил слова моны Лизы о Микеланджело – о том, что сила его подобна бурному ветру, раздирающему горы, сокрушающему скалы пред Господом, и что он, Леонардо, сильнее Микеланджело, как тишина сильнее бури, потому что в тишине, а не в буре – Господь. Теперь ему было яснее, чем когда-либо, что это так: мона Лиза не ошиблась, рано или поздно дух человеческий вернется на путь, указанный им, Леонардо, от хаоса к гармонии, от раздвоения к единству, от бури к тишине. Но все-таки, как знать, на сколько времени останется победа за Буонарроти, сколько поколений увлечет он за собою?

И сознание правоты своей в созерцании делало для него еще более мучительным сознание своего бессилия в действии.

Молча вышли они из часовни.

Франческо угадывал то, что происходило в сердце учителя, и не смел расспрашивать. Но, когда заглянул в лицо его, ему показалось, что Леонардо еще больше опустился, как будто сразу постарел, одряхлел на многие годы за тот час, который пробыли они в Сикстинской капелле.

Перейдя через площадь Сан-Пьетро, они направились по улице Борго-Нуово к мосту Сант-Анжело.

Теперь учитель думал о другом сопернике, быть может, не менее страшном для него, чем Буонарроти, – о Рафаэле Санти.

Леонардо видел недавно оконченные фрески Рафаэля, в верхних приемных покоях Ватикана, так называемых Станцах, и не мог решить, чего в них больше – величия в исполнении или ничтожества в замысле, неподражаемого совершенства, напоминавшего самые легкие и светлые создания древних, или раболепного заискивания в сильных мира сего? Папа Юлий II мечтал об изгнании французов из Италии: Рафаэль представил его взирающим на изгнание силами небесными оскорбителя святыни, сирийского вождя Элиодора из храма Бога Всевышнего; папа Лев X воображал себя великим оратором: Рафаэль прославил его в образе Льва I Великого, увещевающего варвара Атиллу отступить от Рима; попавшись в плен к французам во время Равеннской битвы, Лев X благополучно спасся: Рафаэль увековечил это событие под видом чудесного избавления апостола Петра из темницы.

Так превращал он искусство в необходимую часть папского двора, в приторный фимиам царедворческой лести.

Этот пришелец из Урбино, мечтательный отрок, с лицом непорочной Мадонны, казавшийся ангелом, слетевшим на землю, как нельзя лучше устраивал свои земные дела: расписывал конюшни римскому банкиру Агостино Киджи, готовил рисунки для его посуды, золотых блюд и тарелок, которые тот, после угощения папы, бросал в Тибр, дабы они больше никому не служили. «Счастливый мальчик» – fortunato garzon, как называл его Франчиа, достигал славы, богатства, почестей точно играя. Злейших врагов и завистников обезоруживал любезностью. Не притворялся, а был действительно другом всех. И все удавалось ему; дары фортуны как будто сами шли ему в руки: получил выгодное место покойного зодчего Браманте при постройке нового собора; доходы его росли с каждым днем; кардинал Биббиена сватал за него свою племянницу, но он выжидал, так как ему самому обещали кардинальский пурпур. Выстроил себе изящный дворец в Борго и зажил в нем с царственною пышностью. С утра до ночи толпились у него в передней сановные лица, посланники иностранных государей, желавших иметь свой портрет или, по крайней мере, какую-нибудь картину, рисунок на память. Заваленный работою, отказывал всем. Но просители не унимались, осаждали его. Давно уже не имел он времени кончать своих произведений; только начинал, делал два-три мазка и тотчас передавал ученикам, которые подхватывали и кончали как бы на лету. Мастерская Рафаэля сделалась огромною фабрикою, где ловкие дельцы, как Джулио Романо, превращали холст и краски в звонкую монету с неимоверною быстротою, с рыночною наглостью. Сам он уже не заботился о совершенстве, довольствуясь посредственным. Служил черни, и она ему служила, принимала его с восторгом, как своего избранника, свое любимое детище, плоть от плоти, кость от кости, порождение собственного духа. Молва объявила его величайшим художником всех веков и народов: Рафаэль стал богом живописи.

И хуже всего было то, что в своем падении он все еще был велик, обольстительно прекрасен, не только для толпы, но и для избранных. Принимая блестящие игрушки из рук богини счастья с простодушною беспечностью, оставался чистым и невинным, как дитя. «Счастливый мальчик» сам не ведал, что творит.

И пагубнее для грядущего искусства, чем разлад и хаос Микеланджело, была эта легкая гармония Санти, академически мертвое, лживое примирение.

Леонардо предчувствовал, что за этими двумя вершинами, за Микеланджело и Рафаэлем, нет путей к будущему – далее обрыв, пустота. И в то же время сознавал, сколь многим оба обязаны ему: они взяли у него науку о тени и свете, анатомию, перспективу, познание природы, человека, – и, выйдя из него, уничтожали его.

Погруженный в эти мысли, шел он по-прежнему, словно в забытьи, потупив глаза, опустив голову.

Франческо пытался заговорить с ним, но слова замирали каждый раз, как, вглядываясь в лицо учителя, видел на бледных старческих губах выражение тихой бесконечной брезгливости.

Подходя к мосту Сант-Анжело, должны они были посторониться, уступая дорогу толпе человек в шестьдесят, пеших и всадников в роскошных нарядах, которая двигалась навстречу по тесной улице Борго-Нуово.

Леонардо взглянул сначала рассеянно, думая, что это поезд какого-нибудь римского вельможи, кардинала или посланника. Но его поразило лицо молодого человека, одетого роскошнее других, ехавшего на белой арабской лошади с позолоченной сбруей, усыпанной драгоценными каменьями. Где-то, казалось ему, он уже видел это лицо. Вдруг вспомнил тщедушного, бледного мальчика в черном камзоле, запачканном красками, с истертыми локтями, который лет восемь назад во Флоренции говорил ему с робким восторгом: «Микеланджело недостоин развязать ремень вашей обуви, мессер Леонардо!» Это был он, теперешний соперник Леонардо и Микеланджело, «бог живописи» – Рафаэль Санти.

Лицо его, хотя все такое же детское, невинное и бессмысленное, уже несколько менее, чем прежде, походило на лицо херувима – едва заметно пополнело, отяжелело и обрюзгло.

Он ехал из своего палаццо в Борго на свидание к папе в Ватикан, сопровождаемый, по обыкновению, друзьями, учениками и поклонниками: никогда не случалось ему выезжать из дома, не имея при себе почетной свиты человек в пятьдесят, так что каждый из этих выездов напоминал триумфальное шествие.

Рафаэль узнал Леонардо, чуть-чуть покраснел и, с поспешною, преувеличенною почтительностью, сняв берет, поклонился. Некоторые из учеников его, не знавшие в лицо Леонардо, с удивлением оглянулись на этого старика, которому «божественный» так низко кланяется, – скромно, почти бедно одетого, прижавшегося к стене, чтобы дать им дорогу.

Не обращая ни на кого внимания, Леонардо вперил взор в человека, шедшего рядом с Рафаэлем, среди ближайших учеников его, и вглядывался в него с недоумением, как будто глазам своим не верил: это был Чезаре да Сесто.

И вдруг понял все – отсутствие Чезаре, свою вещую тревогу, неискусный обман Франческо: последний ученик предал его.

Чезаре выдержал взор Леонардо и посмотрел ему в глаза с усмешкою дерзкою и в то же время жалкою, от которой лицо его болезненно исказилось, сделалось страшным, как лицо сумасшедшего.

И не он, а Леонардо, в невыразимом смущении, потупил глаза, точно виноватый.

Поезд миновал. Они продолжали путь. Леонардо опирался на руку спутника. Лицо его было бледно и спокойно.

Перейдя через мост Сант-Анжело, по улице Деи Коронари, вышли на площадь Навоне, где был птичий рынок.

Леонардо накупил множество птиц – сорок, чижей, малиновок, голубей, охотничьего ястреба и молодого дикого лебедя. Отдал все деньги, которые были при нем, и еще занял у Франческо.

С головы до ног увешанные клетками, в которых щебетали птицы, эти два человека, старик и юноша, обращали на себя внимание. Прохожие с любопытством оглядывались; уличные мальчишки бежали за ними.

Пройдя весь Рим, мимо Пантеона и Траянова Форума, вышли на Эсквилинский холм и через ворота Маджоре – за город, по древней римской дороге, Виа-Лабикана. Потом свернули на узкую пустынную тропинку – в поле.

Перед ними расстилалась необозримая, тихая и бледная Кампанья.

Сквозь пролеты полуразрушенного, увитого плющом акведука, построенного императорами Клавдием, Титом и Веспасианом, виднелись холмы, однообразные, серо-зеленые, как волны вечернего моря; кое-где одинокая черная башня – разоренное гнездо хищных рыцарей; и далее, на краю неба, воздушно-голубые горы, окружавшие равнину, подобные ступеням исполинского амфитеатра. Над Римом лучи заходящего солнца из-за круглых белых облаков сияли длинными широкими снопами.

Круторогие быки, с лоснящейся белой шерстью, с умными, добрыми глазами, лениво оборачивая головы на звук шагов, жевали медленную жвачку, и слюна стекала с их черных влажных морд на колючие листья пыльного терновника. Стрекотание кузнечиков в жесткой выжженной траве, шорох ветра в мертвых стеблях чернобыльника над камнями развалин и гул колоколов из далекого Рима как будто углубляли тишину. Казалось, что здесь, над этою равниною, в ее торжественном и чудном запустении, уже совершилось пророчество Ангела, который «клялся Живущим вовеки, что времени больше не будет».

Выбрали место на одном из пригорков, сняли с себя клетки, поставили их на землю, и Леонардо начал выпускать птиц на свободу.

Это была его любимая с детства забава. Между тем как они улетали с радостным трепетанием и шелестом крыльев, провожал он их ласковым взором. Лицо его озарилось тихою улыбкою. В эту минуту, забыв все свои горести, казался он счастливым, как ребенок.

В клетках оставались только охотничий ястреб и дикий лебедь; учитель берег их напоследок.

Присел отдохнуть и вынул из дорожной сумки сверток со скромным ужином – хлебом, печеными каштанами, сухими винными ягодами, фляжку красного орвьетского вина в соломенной плетенке и два рода сыра: козий для себя, сливочный для спутника; зная, что Франческо не любит козьего, нарочно взял для него сливочного.

Учитель пригласил ученика разделить с ним трапезу и начал закусывать, с удовольствием поглядывая на птиц, которые в клетках, предчувствуя свободу, бились крыльями: такими маленькими пиршествами в поле под открытым небом любил он праздновать освобождение крылатых пленниц.

Они ели молча. Франческо взглядывал на него изредка, украдкою. В первый раз после болезни видел он лицо Леонардо в ярком свете дня, на воздухе, и никогда еще оно ему не казалось таким утомленным и старым. Волосы, уже седеющие, с желтоватым отливом сквозь седину, поредевшие сверху, обнажали крутой, огромный лоб, изрытый упрямыми, суровыми морщинами, а книзу – все еще густые, пышные – сливались с начинавшейся под самыми скулами, длинною, до середины груди, тоже седеющею, волнистою бородою. Бледно-голубые глаза из глубоких темных впадин под густыми, нависшими бровями глядели с прежнею зоркостью, бесстрашною пытливостью. Но этому выражению как бы сверхчеловеческой силы мысли, воли познания противоречило выражение человеческой слабости, смертельной усталости в болезненных складках ввалившихся щек, в тяжелых старческих мешках под глазами, в немного выдававшейся нижней губе и углах тонкого рта, опущенных с презрительною горечью, с неизъяснимою брезгливостью: это было лицо покорившегося, старого, почти дряхлого титана Прометея.

Франческо смотрел на него, и знакомое чувство жалости овладевало им.

Он заметил, что порой достаточно ничтожной мелочи, чтобы выражение человеческих лиц мгновенно изменилось и открыло неведомую глубину свою: так, во время дороги, когда спутники, ему неизвестные и безразличные, вынимали узелок или сверточек с домашними припасами, садились в стороне и закусывали, немного отвернувшись, с тою стыдливостью, которая свойственна людям за едою, в месте непривычном, среди незнакомых, – вдруг, без всякого повода, начинал он испытывать к ним непонятную, странную жалость: они казались ему одинокими и несчастными. Особенно часто бывало это в детстве, но и потом возвращалось. Ничем не сумел бы он объяснить этой жалости, корни которой были глубже сознания. Он почти не думал о ней, но, когда она приходила, тотчас узнавал ее и не мог ей противиться.

Так теперь, наблюдая, как учитель, сидя на траве, среди пустых клеток и поглядывая на оставшихся птиц, режет старым складным ножом со сломанною костяною ручкою хлеб и тонкие ломтики сыру, кладет их в рот и тщательно, с усилием жует, как жуют старики ослабевшими деснами, так что кожа на скулах движется, – он почувствовал вдруг, что в сердце его поднимается эта знакомая жгучая жалость. И она была еще невыносимее, потому что соединялась с благоговением. Ему хотелось упасть к ногам Леонардо, обнять их, рыдая, сказать ему, что если он отвержен и презрен людьми, то в этом бесславии все-таки больше славы, чем в торжестве Рафаэля и Микеланджело.

Но он не сделал этого – не посмел и продолжал смотреть на учителя молча, удерживая слезы, которые сжимали ему горло, и с трудом глотая кусочки сливочного сыра и хлеба.

Окончив ужин, Леонардо встал, выпустил ястреба, потом открыл последнюю, самую большую клетку с лебедем.

Огромная белая птица выпорхнула, шумно и радостно взмахнула порозовевшими в лучах заката крыльями и полетела прямо к солнцу.

Леонардо следил за нею долгим взором, полным бесконечною скорбью и завистью.

Франческо понял, что эта скорбь учителя – о мечте всей жизни его, о человеческих крыльях, о «Великой Птице», которую некогда предсказывал он в дневнике своем:

«Человек предпримет свой первый полет на спине огромного Лебедя».

VI

Папа, уступая просьбам брата своего, Джулиано Медичи, заказал Леонардо небольшую картину.

По обыкновению мешкая и со дня на день откладывая начало работы, художник занялся предварительными опытами, усовершенствованием красок, изобретением нового лака для будущей картины.

Узнав об этом, Лев X воскликнул с притворным отчаянием:

– Этот чудак никогда ничего не сделает, ибо думает о конце, не приступая к началу!

Придворные подхватили шутку и разнесли ее по городу. Участь Леонардо была решена. Лев X, величайший знаток и ценитель искусства, произнес над ним приговор: отныне Пьетро Бембо и Рафаэль, карлик Барабалло и Микеланджело могли спокойно почивать на лаврах: соперник их был уничтожен.

И все сразу, точно сговорившись, отвернулись от него: забыли о нем, как забывают о мертвых. Но отзыв папы все-таки передали. Леонардо выслушал его так равнодушно, как будто давно предвидел и ничего иного не ожидал.

В тот же день ночью, оставшись один, писал он в дневнике своем:

«Терпение для оскорбляемых то же, что платье для зябнущих. По мере того как холод усиливается, одевайся теплее, и ты не почувствуешь холода. Точно так же во время великих обид умножай терпение – и обида не коснется души твоей».

1 января 1515 года скончался король Франции, Людовик XII. Так как сыновей у него не было, ему наследовал ближайший родственник, муж дочери его, Клод де Франс, сын Луизы Савойской, герцог Ангулемский, Франсуа де Валуа, под именем Франциска I.

Тотчас по восшествии на престол юный король предпринял поход для отвоевания Ломбардии; с неимоверною быстротою перевалил через Альпы, прошел сквозь теснины д'Аржантьер, внезапно явился в Италии, одержал победу при Мариньяно, низложил Моретто и вступил в Милан триумфатором.

В это время Джулиано Медичи уехал в Савойю.

Видя, что в Риме делать ему нечего, Леонардо решил искать счастья у нового государя и осенью того же года отправился в Павию, ко двору Франциска I.

Здесь побежденные давали праздники в честь победителей. К устройству их приглашен был Леонардо в качестве механика, по старой памяти, сохранившейся о нем в Ломбардии со времен Моро.

Он устроил самодвижущегося льва: лев этот на одном из праздников прошел всю залу, остановился перед королем, встал на задние лапы и открыл свою грудь, из которой посыпались к ногам его величества белые лилии Франции.

Игрушка эта послужила славе Леонардо более, чем все его остальные произведения, изобретения и открытия.

Франциск I приглашал к себе на службу итальянских ученых и художников. Рафаэля и Микеланджело папа не отпускал. Король пригласил Леонардо, предложив ему семьсот экю годового жалованья и маленький замок Дю-Клу в Турене, близ города Амбуаза, между Туром и Блуа.

Художник согласился и на шестьдесят четвертом году жизни, вечный изгнанник, без надежды и без сожаления покидая родину, со старым слугою Вилланисом, служанкою Матуриною, Франческо Мельци и Зороастро да Перетола в начале 1516 года выехал из Милана во Францию.

VII

Дорога, особенно в это время года, была трудная – через Пьемонт на Турин, долиной притока По, Дориа-Рипария, потом сквозь горный проход между Мон-Табором и Мон-Сенисом.

Из местечка Бордонеккиа выехали ранним, еще темным утром, чтобы добраться до перевала засветло.

Верховые и вьючные мулы, стуча копытами и позвякивая бубенчиками, взбирались узкою тропинкою по краю пропасти.

Внизу, в долинах, обращенных к полдню, уже пахло весною, а на высоте была еще зима. Но в сухом и редком безветренном воздухе холод был мало чувствителен. Утро чуть брезжило. В пропастях, где призрачно белели, как сталактиты, струи замерзших водопадов и черные верхушки елей по ребрам стремнин торчали из-под снега шершавою щетиною, – лежали тени ночи. А вверху, на бледном небе, снежные громады Альп уже яснели, как будто изнутри освещенные.

На одном из поворотов Леонардо спешился: ему хотелось поближе взглянуть на горы. Узнав от проводников, что боковая пешеходная тропинка, еще более узкая и трудная, ведет к тому же месту, как и проезжая для мулов, он стал взбираться вместе с Франческо на соседнюю кручу, откуда видны были горы.

Когда умолкли бубенчики, сделалось так тихо, как бывает только на самых высоких горах. Путникам слышались удары собственного сердца да изредка протяжный гул обвала, подобный гулу грома, повторяемый многоголосыми откликами.

Они карабкались все выше и выше.

Леонардо опирался на руку Франческо. И вспомнилось ученику, как много лет назад, в селении Манделло, у подножия горы Кампионе, вдвоем спускались они в железный рудник по скользкой страшной лестнице в подземную бездну: тогда Леонардо нес его на руках своих; теперь Франческо поддерживал учителя. И там, под землею, было так же тихо, как здесь, на высоте.

– Смотрите, смотрите, мессер Леонардо, – воскликнул Франческо, указывая на внезапно у самых ног их открывшуюся пропасть, – опять долина Дориа-Рипария! Уж это, должно быть, в последний раз. Сейчас перевал, и больше мы ее не увидим... Вон там Ломбардия, Италия, – прибавил он тихо.

Глаза его блестели радостью и грустью.

Он повторил еще тише:

– В последний раз...

Учитель посмотрел в ту сторону, куда указывал Франческо, где была родина, – и лицо его осталось безучастным. Молча отвернулся он и снова пошел вперед, туда, где яснели вечные снега и ледники Мон-Табора, Мон-Сениса, Роччо-Мелоне.

Не замечая усталости, он шел теперь так быстро, что Франческо, который замешкался внизу, у края обрыва, прощаясь с Италией, – отстал от него.

– Куда вы, куда вы, учитель? – кричал ему издали. – Разве не видите – тропинка кончилась! Выше нельзя. Там пропасть. Берегитесь!

Но Леонардо, не слушая, поднимался все выше и выше, твердым, юношески легким, словно окрыленным шагом, над головокружительными безднами.

И в бледных небесах ледяные громады яснели, вздымаясь, точно исполинская, воздвигнутая Богом стена между двумя мирами. Они манили к себе и притягивали, как будто за ними была последняя тайна, единственная, которая могла утолить его любопытство. Родные, желанные, хотя от них отделяли его неприступные бездны, казались близкими, как будто довольно было протянуть руку, чтобы прикоснуться к ним, и смотрели на него, как на живого смотрят мертвые – с вечною улыбкою, подобною улыбке Джоконды.

Бледное лицо Леонардо освещалось их бледным отблеском. Он улыбался так же, как они. И, глядя на эти громады ясного льда на ясном, как лед, холодном небе, думал о Джоконде и о смерти, как об одном и том же.

Книга XVII
СМЕРТЬ – КРЫЛАТЫЙ ПРЕДТЕЧА
I

В середине Франции, над рекою Луарою, находился королевский замок Амбуаз. Вечером, когда закат угасал, отражаясь в пустынной реке, желтовато-белый туренский камень, из которого построен замок, озаряясь бледно-зеленым, точно подводным, светом, казался призрачно легким, как облако.

С угловой башни открывался вид на заповедный лес, луга и нивы по обоим берегам Луары, где весной поля алых маков сливаются с полями лазурного льняного цвета. Эта равнина, подернутая влажною дымкою, с рядами темных тополей и серебристых ив, напоминала равнины Ломбардии, так же как зеленые воды Луары напоминали Адду, только та горная, бурная, юная, а эта – тихая, медленная, с мелями, словно усталая, старая.

У подножия замка теснились острые кровли Амбуаза, крытые аспидными плитками, черными, гладкими, блестевшими на солнце, с высокими кирпичными трубами. В извилистых улицах, тесных и темных, все дышало Средними веками, под карнизами, водосточными трубами, в углах окон, дверных косяков и притолок лепились маленькие человечки из того же белого камня, как замок: портреты смеющихся толстых монахов с флягами, четками, с поджатыми ногами в деревянных башмаках, судейских клерков, важных докторов богословия в наплечниках, озабоченных и скопидомных горожан, с туго набитыми мошнами, прижатыми к груди. Точно такие же лица, как у этих изваяний, мелькали по улицам города: все здесь было мещански зажиточно, опрятно, скупо-расчетливо, холодно и набожно.

Когда король приезжал в Амбуаз для охоты, городок оживлялся: улицы оглашались лаем собак, топотом коней, звуком рогов; пестрели наряды придворных; по ночам из дворца слышалась музыка, и белые, словно облачные, стены замка озарялись красным блеском факелов.

Но король уезжал – и снова городок погружался в безмолвие; только по воскресным дням шли к обедне горожанки в белых чепцах из кружева, которые плетут соломенными длинными спицами; но в будни весь город точно вымирал: ни человеческого шага, ни голоса; лишь крики ласточек, реющих между белыми башнями замка, или в темной лавке шелест вертящегося колеса в токарном станке; да в весенние вечера, когда веяло свежестью тополей из пригородных садов, мальчики и девочки, играя чинно, как взрослые, становились в кружок, брались за руки, плясали и пели старинную песенку о Сен-Дени, святителе Франции. И в прозрачных сумерках яблони из-за каменных стен роняли бело-розовые лепестки свои на головы детей. Когда же песня умолкала, наступала вновь такая тишина, что по всему городу слышались лишь мерный медный бой часов над воротами башни Орлож да крики диких лебедей на отмелях Луары, гладкой, как зеркало, отражавшей бледно-зеленое небо.

К юго-востоку от замка, минутах в десяти ходьбы, по дороге к мельнице Сен-Тома, находился другой маленький замок, Дю-Клу, принадлежавший некогда дворецкому и оруженосцу короля Людовика XI.

Высокая ограда с одной стороны, речка Амас, приток Луары, с другой, – окружали эту землю. Прямо перед домом влажный луг спускался к речке, справа возвышалась голубятня; ивы, вербы, орешник переплетались ветвями, и вода в их тени, несмотря на быстрое течение, казалась неподвижною, стоячею, как в колодце или в пруду. В темной зелени каштанов, ильм и вязов выделялись розовые стены кирпичного замка с белою зубчатою каймою из туренского камня, обрамлявшею углы стен, стрельчатые окна и двери. Небольшое здание с остроконечной аспидною крышею, с крохотной часовенкой справа от главного входа, с восьмигранною башенкою, в которой была деревянная витая лестница, соединявшая восемь нижних покоев с таким же числом верхних, напоминало виллу или загородный дом. Перестроенное лет сорок назад, снаружи казалось оно еще новым, веселым и приветливым.

В этом замке Франциск I поселил Леонардо да Винчи.

II

Король принял художника ласково, долго беседовал с ним о прежних и будущих работах его, почтительно называл своим «отцом» и «учителем».

Леонардо предложил перестроить замок Амбуаз и соорудить огромный канал, который должен был превратить соседнюю болотистую местность Солонь, бесплодную пустыню, зараженную лихорадками, в цветущий сад, связать Луару с руслом Соны у Макона, соединить через область Лиона сердце Франции – Турень с Италией и открыть таким образом новый путь из Северной Европы к берегам Средиземного моря. Так мечтал Леонардо облагодетельствовать чужую страну теми дарами знания, от которых отказалась его родина.

Король дал согласие на устройство канала, и почти тотчас по приезде в Амбуаз художник отправился исследовать местность. Пока Франциск охотился, Леонардо изучал строение почвы в Солони у Роморантена, течение притоков Луары и Шерры, измерял уровень вод, составлял чертежи и карты.

Странствуя по этой местности, заехал он однажды в Лош, небольшой городок к югу от Амбуаза, на берегу реки Эндр, среди привольных туренских лугов и лесов. Здесь был старый королевский замок с тюремною башнею, где восемь лет томился в заточении и умер герцог Ломбардии Лодовико Моро.

Старый тюремщик рассказал Леонардо, как Моро пытался бежать, спрятавшись в телеге под ржаною соломою; но, не зная дороги, заблудился в соседнем лесу; на следующее утро настигла погоня, и охотничьи собаки нашли его в кустах.

Последние годы провел миланский герцог в благочестивых размышлениях, молитвах и чтении Данте, единственной книги, которую позволили ему взять из Италии. В пятьдесят лет он казался уже дряхлым стариком. Только изредка, когда приходили слухи о переворотах политики, глаза его вспыхивали прежним огнем. 17 мая 1508 года, после недолгой болезни, он тихо скончался.

По словам тюремщика, за несколько месяцев до смерти Моро изобрел себе странную забаву: выпросил кистей, красок и начал расписывать стены и своды темницы.

На облупившейся от сырости известке Леонардо нашел кое-где следы этой живописи – сложные узоры, полосы, палочки, крестики, звезды, красные по белому, желтые по голубому полю, и среди них большую голову римского воина в шлеме, должно быть, неудачный портрет самого герцога, с надписью на ломаном французском языке:

«Девиз мой в плену и страданиях: мое оружие – мое терпение» .

Другая, еще более безграмотная надпись шла по всему потолку, сначала огромными трехлоктевыми желтыми буквами старинного уставного письма:

Celui qui —

Затем, так как места не хватило, мелкими, тесными:

– n'est pas content. «Тот, кто несчастен».

Читая эти жалобные надписи, рассматривая неуклюжие рисунки, напоминавшие те каракули, которыми школьники марают тетради, художник вспоминал, как много лет назад любовался Моро, с доброю улыбкою, лебедями во рву Миланской крепости.

«Как знать, – думал Леонардо, – не было ли в душе этого человека любви к прекрасному, которая оправдывает его перед Верховным Судом?»

Размышляя о судьбе злополучного герцога, вспомнил он и то, что слышал некогда от путешественника, приехавшего из Испании, о гибели другого покровителя своего, Чезаре Борджа.

Преемник Александра VI, папа Юлий II, изменнически выдал Чезаре врагам. Его отвезли в Кастилью и заточили в башне Медина дель Кампо.

Он бежал с ловкостью и отвагою неимоверною, спустившись по веревке из окна темницы, с головокружительной высоты. Тюремщики успели перерезать веревку. Он упал, расшибся, но сохранил достаточно присутствия духа, чтобы, очнувшись, доползти до лошадей, приготовленных сообщниками, и ускакать. Явился в Памплону ко двору зятя своего, короля Наваррского, и поступил к нему на службу кондотьером. При вести о побеге Чезаре ужас распространился в Италии. Папа трепетал. За голову герцога назначили десять тысяч дукатов.

Однажды зимним вечером 1507 года в стычке с французскими наемниками Бомона, под стенами Вианы, врезавшись во вражий строй, Чезаре был покинут своими, загнан в овраг, русло высохшей реки, и здесь, как затравленный зверь, обороняясь до конца с отчаянною храбростью, пал, наконец, пронзенный больше чем двадцатью ударами. Наемники Бомона, прельстившись пышностью доспехов и платья, сорвали их с убитого и оставили голый труп на дне оврага. Ночью, выйдя из крепости, наваррцы нашли его и долго не могли признать. Наконец маленький паж Джуанико узнал господина своего, бросился на мертвое тело, обнял его и зарыдал, потому что любил Чезаре.

Лицо умершего, обращенное к небу, было прекрасно: казалось, он умер так же, как жил, – без страха и без раскаяния.

Герцогиня Феррарская, мадонна Лукреция Борджа, всю жизнь оплакивала брата. Когда она умерла, нашли на теле ее власяницу.

Молодая вдова Валентино, французская принцесса Шарлотта д'Альбре, которая в немного дней, проведенных с Чезаре, полюбила его, подобно Гризельде, любовью верною до гроба, узнав о смерти мужа, поселилась вечною затворницей в замке Ла-Мотт-Фельи, в глубине пустынного парка, где ветер шелестел сухими листьями, и выходила из покоев, обитых черным бархатом, только для того, чтобы раздавать милостыню в окрестных селениях, прося бедняков помолиться за душу Чезаре.

Подданные герцога в Романье, полудикие пастухи и земледельцы в ущельях Апеннин, также сохранили о нем благодарную память. Долго не хотели они верить, что он умер, ждали его, как избавителя, как бога, и надеялись, что рано или поздно вернется он к ним, восстановит на земле правосудие, низвергнет тиранов и защитит народ. Нищие певцы по городам и селам распевали «слезную жалобу о герцоге Валентине», в которой был стих:

Fe cose extreme, ma senza misura.

Дела его были преступны, но безмерно велики.

Сравнивая с жизнью этих двух людей, Моро и Чезаре, полной великого действия и промелькнувшей, как тень, без следа, свою собственную жизнь, полную великого созерцания, Леонардо находил ее менее бесплодной и не роптал на судьбу.

III

Перестройка замка в Амбуазе, сооружение канала в Солони кончились так же, как почти все его предприятия, – ничем.

Убеждаемый благоразумными советниками в невыполнимости слишком смелых замыслов Леонардо, король мало-помалу охладел к ним, разочаровался и скоро забыл о них вовсе. Художник понял, что от Франциска, несмотря на всю его любезность, не следует ждать большего, чем от Моро, Чезаре, Содерини, Медичи, Льва X. Последняя надежда быть понятым, дать людям хоть малую часть того, что он копил для них всю жизнь, изменила ему, и он решил уйти, теперь уже безвозвратно, в свое одиночество – отречься от всякого действия.

Весною 1517 года вернулся в замок Дю-Клу, больной, изнуренный лихорадкою, схваченной в болотах Солони. К лету стало ему легче. Но совершенное здоровье никогда уже не возвращалось.

Заповедный лес Амбуаза начинался почти у самых стен Дю-Клу, за речкой Амасом.

Каждый день после полдника выходил Леонардо из дому, опираясь на руку Франческо Мельци, так как все еще был слаб, пустынною тропинкою углублялся в чащу леса и садился на камень. Ученик ложился на траве у ног его и читал ему Данте, Библию, какого-либо древнего философа.

Кругом было темно; лишь там, где луч солнца пронизывал тень, на далекой прогалине, пышный, дотоле невидимый цветок вспыхивал вдруг, как свеча, лиловым или красным пламенем, и мох в дупле поваленного бурей полусгнившего дерева загорался изумрудом.

Лето стояло жаркое, грозное; но тучи бродили по небу, не проливаясь дождем.

Когда, прерывая чтение, Франческо умолкал, в лесу наступала тишина, как в самую глухую полночь. Одна лишь птица, должно быть, мать, потерявшая птенца, повторяла унылую жалобу, точно плакала. Но и она умолкала наконец. Делалось еще тише. Парило. От запаха прелых листьев, грибов, душной сырости, гнили дыханье спиралось. Чуть слышался гул отдаленного, словно подземного, грома.

Ученик подымал глаза на учителя: тот сидел неподвижно, точно в оцепенении, и, прислушиваясь к тишине, смотрел на небо, листья, камни, травы, мхи прощальным взором, как будто в последний раз перед вечною разлукою.

Мало-помалу оцепенение, обаяние тишины овладевало и Франческо. Он видел, как сквозь сон, лицо учителя, и ему казалось, что лицо это уходит от него все дальше, погружается все глубже в тишину, как в темный омут. Хотел очнуться и не мог. Становилось жутко, как будто приближалось что-то роковое, неизбежное, как будто должен был раздаться в этой тишине оглушающий крик бога Пана, от которого все живое бежит в сверхъестественном ужасе. Когда же, наконец, усилием воли преодолевал он оцепенение, – тоска предчувствия, непонятная жалость к учителю сжимали ему сердце. Робко и молча припадал он губами к руке его.

И Леонардо смотрел на него и тихо гладил по голове, как испуганного ребенка, с такою печальною ласкою, что сердце Франческо сжималось еще безнадежнее.

В эти дни художник начал странную картину.

Под выступом нависших скал, во влажной тени, среди зреющих трав, в тиши бездыханного полдня, полного большею тайною, чем самая глухая полночь, бог, венчанный гроздьями, длинноволосый, женоподобный, с бледным и томным лицом, с пятнистою шкурою лани на чреслах, с тирсом в руке, сидел, закинув ногу на ногу, и как будто прислушивался, наклонив голову, весь – любопытство, весь – ожидание, с неизъяснимою улыбкою указывая пальцем туда, откуда доносился звук, – может быть, песня менад, или гул отдаленного грома, или голос великого Пана, оглушающий крик, от которого все живое бежит в сверхъестественном ужасе.

В шкатулке покойного Бельтраффио нашел Леонардо резной аметист, должно быть, подарок моны Кассандры, с изображением Вакха.

В том же ящике были отдельные листки со стихами из *Вакханок* Еврипида, переведенными с греческого и списанными рукою Джованни. Леонардо несколько раз перечитывал эти отрывки.

В трагедии Вакх, самый юный из богов Олимпа, сын Громовержца и Семелы, является людям в образе женоподобного, обольстительно прекрасного отрока, пришельца из Индии. Царь Фив, Пентей, велит схватить его, дабы предать казни за то, что под видом новой вакхической мудрости проповедует он людям варварские таинства, безумие кровавых и сладострастных жертв.

«О, чужеземец, – говорит с насмешкою Пентей неузнанному богу, – ты прекрасен и обладаешь всем, что нужно для соблазна женщин: твои длинные волосы падают по щекам твоим, полные негою; ты прячешься от солнца, как девушка, и сохраняешь в тени белизну лица твоего, дабы пленять Афродиту».

Хор Вакханок, наперекор нечестивому царю, прославляет Вакха – «самого страшного и милосердного из богов, дающего смертным в опьянении радость совершенную».

На тех же листах, рядом со стихами Еврипида, сделаны были рукой Джованни Бельтраффио выписки из Священного Писания. Из Песни Песней: «Пейте и опьянимся, возлюбленные».

Из Евангелия:

«Я уже не буду пить от плода виноградного до того дня, когда буду пить новое вино в царствии Божием.

Я есмь истинная виноградная лоза, а Отец Мой – виноградарь.

Кровь Моя истинно есть питие.

Пиющий Мою кровь имеет жизнь вечную.

Кто жаждет, иди ко Мне и пей».

Оставив неоконченным Вакха, Леонардо начал другую картину, еще более странную – Иоанна Предтечу.

С таким для него небывалым упорством и с такой поспешностью работал он над ней, как будто предчувствовал, что дни его сочтены, сил уже немного, с каждым днем все меньше и меньше, и торопился высказать в этом последнем создании самую заветную тайну свою – ту, о которой молчал всю жизнь не только перед людьми, но и перед самим собою.

Через несколько месяцев работа подвинулась настолько, что виден был замысел художника.

Глубина картины напоминала мрак той Пещеры, возбуждавшей страх и любопытство, о которой некогда рассказывал он моне Лизе Джоконде. Но мрак этот, казавшийся сперва непроницаемым, – по мере того как взор погружался в него, делался прозрачным, так что самые черные тени, сохраняя всю свою тайну, сливались с самым белым светом, скользили и таяли в нем, как дым, как звуки дальней музыки. И за тенью, за светом являлось то, что не свет и не тень, а как бы «светлая тень» или «темный свет», по выражению Леонардо. И, подобно чуду, но действительнее всего, что есть, подобно призраку, но живее самой жизни, выступало из этого светлого мрака лицо и голое тело женоподобного отрока, обольстительно прекрасного, напоминавшего слова Пентея:

«Длинные волосы твои падают по щекам твоим, полные негою; ты прячешься от солнца, как девушка, и сохраняешь в тени белизну лица твоего, дабы пленять Афродиту».

Но если это был Вакх, то почему же вместо небриды, пятнистой шкуры лани, чресла его облекала одежда верблюжьего волоса? Почему, вместо тирса вакхических оргий, образ Креста на Голгофе, и, склоняя голову, точно прислушиваясь, весь – ожидание, весь – любопытство, указывал одной рукой на Крест не то с печальной, не то с насмешливой улыбкой, другой – на себя, как будто говорил:

«Идет за мной сильнейший меня, у Которого я недостоин, наклонившись, развязать ремень обуви Его».

IV

Весной 1517 года происходили в Амбуазе торжества по случаю рождения сына у Франциска I. В крестные отцы приглашен был папа. Он прислал племянника своего, Джулианова брата, Лоренцо Медичи, герцога Урбинского, обрученного с французскою принцессою Мадлен, дочерью герцога Бурбонского.

Среди послов различных государств Европы на эти торжества ожидался и русский – Никита Карачаров из Рима, где находился при дворе его святейшества.

Лев X давно вступил в сношения с великим князем Московии, Василием Иоанновичем, рассчитывая на него как на могущественного союзника в Лиге европейских держав против султана Селима, который, усилившись после завоевания Египта, грозил нашествием Европе. Папа обольщал себя и другою надеждою – на воссоединение Церквей, и, хотя великий князь ничем не оправдывал этой надежды, Лев X отправил в Москву двух пронырливых доминиканцев, братьев Шомбергов. Римский первосвященник клялся не нарушать обрядов и догматов Церкви восточной, только бы согласилась Москва признать духовное главенство Рима, обещал утвердить независимого русского патриарха, венчать великого князя королевскою короною и, в случае завоевания Константинополя, уступить ему этот город. Находя выгодными заискивания папы, великий князь отправил к нему двух послов, Дмитрия Герасимова и Никиту Карачарова – того самого, который двадцать лет назад, проездом через Милан, вместе с Данилой Мамыровым, присутствовал на празднике Золотого Века и беседовал с Леонардо о Московии.

Дмитрий Герасимов, по прозвищу Митя Толмач, человек «искусный в священных книгах» и опытный в делах посольских, в молодости своей, по поручению владыки Новгородского, Геннадия, ездил в Италию, «провел два лета, неких ради нужных изысканий», в Венеции, Риме, Флоренции и привез оттуда в Новгород собранные им сведения по вопросу о трегубой и сугубой аллилуйе, пасхалию на восьмую тысячу лет и знаменитую «Повесть о Белом Клобуке». Впоследствии, уже в глубокой старости, этот самый Герасимов сообщал сведения о России итальянскому писателю Паоло Джовио.

Главная цель русского посольства в Рим выражена была в наказе князя: «добывать в Москву рудознатцев, муролей (зодчих), также мастера хитрого, который бы умел к городам приступать, да другого мастера, который умел бы из пушек стрелять, да каменщика хитрого, который бы умел палаты ставить, да серебряного мастера, который бы умел большие сосуды делать, да чеканить, да писать на сосудах; также добывать лекаря и органного игреца».

Старшим писцом у Карачарова служил подьячий Посольского двора, Илья Потапыч Копыла, старик лет шестидесяти. При нем было двое младших писцов: Евтихий Паисеевич Гагара и двоюродный племянник Ильи Потапыча, Федор Игнатьевич Рудометов, по прозвищу Федька Жареный.

Всех трех сближала любовь к иконописному художеству: Федор и Евтихий сами были добрые мастера, а Илья Потапыч тонкий знаток и ценитель.

Сын бедной вдовы, просвирни при церкви Благовещения в Угличе, Евтихий, после смерти матери остался сиротой, принят был на воспитание пономарем той же церкви, Вассианом Елеазоровым, и в отроческих летах «отдан в научение иконного воображения» некоему старцу Прохору из Городца, человеку праведному, но мастеру неискусному, о котором можно было сказать то же, что сказано в иконописном подлиннике о преподобном Антонии Сийском: «Не хитр был мудростью сею преподобный, но препросто иконописательство его было, более же в посте и в молитве упражнялся, восполняя сими недостаток хитрости».

От старца Прохора перешел Евтихий к иноку Даниле Черному, который расписывал церкви в Спасо-Андрониковом монастыре, – ученику величайшего из древних русских мастеров, Андрея Рублева. Пройдя все ступени науки от услуг «ярыжного» – простого работника, носившего воду, и терщика красок до «знаменщика» – рисовальщика, Евтихий, благодаря природному дару, достиг такого мастерства, что приглашен был в Москву писать «Деисусное тябло»[46] в Мироварной палате патриаршего дома.

Здесь подружился он с Федором Игнатьевичем Рудометовым, Федькою Жареным, тоже молодым иконописцем и «перспективного дела мастером добрым», который расписывал стены той же палаты «травным письмом по золоту».

Рудометов ввел товарища в дом боярина Федора Карпова, жившего у Николы на Болвановке. В хоромах этого боярина Федька писал на потолке – «подволоке» столовой избы «звездочетное небесное движение, двенадцать месяцев и беги небесные», также «бытейские и преоспективные разные притчи» и «цветные и разметные травы», и «левчата», то есть ландшафты, наперекор завету старых мастеров, запрещавших иконописцам изображать какие-либо предметы и лица, кроме священных.

Федор Карпов находился в дружеских сношениях с немцем Николаем Булевым, любимым врачом великого князя Василия Ивановича. Этот Булев, «хульник и латынномудреник», по выражению Максима Грека, «писал развращенно на православную веру», проповедуя соединение церквей. Благочестивые московские люди утверждали, будто бы под влиянием немчина Булева и боярин Федор «залатынился», начал «прилежать звездозаконию, землемерию» – геометрии, «остроумии» – астрономии и чародейству, и чернокнижию, и «многим эллинским баснотворениям», стал держаться книг еретических, церковью отреченных, и «всяких иных составов и мудростей бесовских, которые прелести от Бога отлучают».

Обвиняли его и в ереси жидовской.

Боярин Федор полюбил молодых иконописцев, работавших в доме его, Федьку Рудометова и Тишу Гагару. Полагая, что странствие в чужие земли принесет большую пользу мастерству их, он выхлопотал им должности младших писцов при Посольском дворе.

Уже в Москве, в доме Карпова, среди заморских диковин, отреченных книг и вольнодумных толков об учении жидовствующих, Федька пошатнулся в вере. А в чужой земле, среди чудес тогдашних итальянских

---

46 *Деису*с – икона или фреска, на которой изображаются: в центре – Христос, справа от Него – Богоматерь, слева – Иоанн Креститель. Тябло – ряд икон.

городов, Венеции, Милана, Рима, Флоренции, окончательно сбился с толку, потерял голову и жил в непрестанном изумлении, «исступлении ума», как выражался Илья Потапыч. С одинаковым благоговением посещал игорные вертепы, книгохранилища, древние соборы и притоны разврата. Кидался на все с любопытством ребенка, с жадностью варвара. Учился латинскому языку и мечтал нарядиться во фряжеское[47] платье, даже сбрить усы и бороду, что почиталось грехом смертным. «Ежели кто бороду сбреет и так умрет, – предостерегал племянника Илья Потапыч, – недостоит над ним служить, ни сорокоустия петь, ни просвиры, ни свечи по нем в церковь приносить. С неверными да причтется, образ мужеский растлевающий, женам блудовидным уподобляющийся, или котам и псам, которые усы имеют простертые, брад же не имеют».

В разговорах начал Федька употреблять без нужды иноземные слова. Хвастал познаниями, «высокоумничал», рассуждал об «алхиме?и» – «как делать золото», о диалектике – «что? есть препинательное толкование, коим изыскуется истина», о «софистикии, открывающей едва постижное естеству человеческому».

– На Москве людей нет, – жаловался Евтихию, – все люд глупый, жить не с кем.

Будучи навеселе, любил «пытать о вере и простирать вопросы недоуменные».

– Я учился философству, и на меня находит гордость, – признавался он, – я знаю все везде, где что ни делается!

И доходил до такого вольнодумства в этих пытаниях о вере, что, не довольствуясь «софистикией» чужеземною, проповедывал еще более крайние мнения собственных русских философов, последователей жидовской ереси, доказывавших, что Иисус Христос не родился, когда же родится, то Сыном Божиим наречется, «не по существу, а по благодати», – «кого же называют христиане Иисусом Христом Богом, тот простой человек, а не Бог, умер и во гробе истлел»; утверждавших, что ни иконам, ни кресту, ни чаше поклоняться не подобает, «почитать достоит, поклоняться же не подобает ничему, разве единому Богу», и никаким земным властям повиноваться не следует. Федька приводит также слова о бессмертии души и о загробной жизни, которые приписывались соблазненному будто бы в ересь жидовствующих, московскому митрополиту Зосиме:

– «А что? то царство небесное? а что ? то второе пришествие? А что? то воскресение мертвых? Ничего того нет. Умер кто, так и умер – по-та-места и был».

Дяди Ильи Потапыча, учившего племянника не только словом, но и посохом, Федька, несмотря на школьнический задор свой, все-таки крепко побаивался.

Илья Потапыч Копыла был человек старого закала, до конца возлюбивший «твердое о благочестии стояние». Чудеса иноземных искусств и наук не прельщали его. «Вся сия суть знамения антихристова пришествия, начало болезням, – говаривал он. – Нас, овец Христовых,

---

47 Итальянское (устар.).

софистиками вашими не перемудряйте: некогда нам философства вашего слушать – уже кончина века приходит, и суд Божий стоит при дверях. Какое приобщение света к тьме или какое соединение Велиару со Христом, – так же и поганому латынству с нашим православным христианством?»

«В Европии, – по словам Копылы, – третьей части земли, части Ноева сына, Яфета, люди живут величавые, гордые, обманчивые и храбрые во бранях, к похотям же телесным и ко всяким сластям слабые; все творят по своей воле; к учению искательны, к мудростям и всяким наукам тщательны; от благочестия же заблудились и, по наущению дьявольскому, в различные ереси рассеялись, так что ныне во всей вселенной одна лишь русская земля в благочестии стоит неподвижно и, хотя к наукам словесным не очень прилежит, в высокоумных мудроплетениях софистических не изощряется, зато здравую веру содержит неблазненно. Люди же в ней сановиты, брадаты и платьем пристойным одеяны; Божии церкви святым именем украшаются; и подобной той земле и благолепнее во всей Европии не обретается».

В сыне углицкой просвирни, Евтихии Паисеевиче Гагаре, чужие земли возбуждали не меньшее любопытство, чем в Федьке Жареном. Вольнодумствам товарища, в которых чувствовал Евтихий больше хвастовства и удали, чем действительного безбожия, не придавал он значения. Но и спокойного презрения Ильи Потапыча ко всему иноземному не разделял. После всего, что? видел и слышал он в чужих краях, не удовлетворяли его Измарагды, Златоструи, Торжественники, которые заключали весь круг человеческих знаний в таких вопросах и ответах: «Отгадай, философ, курица ли от яйца или яйцо от курицы? – Кто родился прежде Адама с бородою? – Козел. – Какое есть первое ремесло? – Швечество, ибо Адам и Ева сшили себе одежду из листьев древесных. – Что? есть – четыре орла одно яйцо снесли? – Четыре евангелиста написали св. Евангелие. – Что держит землю? – Вода высокая. – Что держит воду? – Камень великий. – Что держит камень? – Восемь больших золотых китов да тридцать меньших на озере Тивериадском».

Евтихий, впрочем, не верил и Федькиной ереси, будто бы «земное строение – не четвероугольное, не треугольное и не круглое, а наподобие яйца: во внутреннем боку – желток, извне – белок и черепок; так же разумей и о земле: земля есть желток посередине яйца, воздух же – белок, и как черепок окружает внутренность яйца, так небо окружает землю и воздух». Но, и не веря этому соблазнительному учению, все-таки чувствовал, что некогда недвижные киты, на коих утверждена земля, для него зашевелились, сдвинулись – и теперь уже не остановит их никакая сила.

Смутно чуялось ему, что в суеверном поклонении Федьки иноземным хитростям, несмотря на все его озорничество, что-то скрывается истинное, чего ни насмешки, ни угрозы, ни даже суковатая палка дяди Копылы опровергнуть не могут.

«Хорошему не стыдно навыкать и со стороны, с примера чужих земель. – Арифметика и преоспектива есть дело полезное, меду сладчайшее и не богопротивное», – говаривал Федька с глубоким чувством. И слово это находило отклик в сердце Евтихия.

Силы и разумения испрашивал он у Бога, дабы, не заблудившись от веры отцов, не «залатынившись», подобно Федьке, но и не отвергая без разбору всего чужеземного, подобно Илье Потапычу, – очистить пшеницу от плевел, доброе от злого, найти «истинный путь и образ любомудрия». И сколь ни казалось ему дело это трудным, даже страшным, тайный голос говорил, что оно свято и что Господь не оставит его Своею помощью.

В Амбуаз, на свадьбу герцога Урбинского и крестины новорожденного дофина отправился один из двух русских послов, находившихся в Риме, – Никита Карачаров: он должен был представить королю «поминки», дары великого князя Московского – шубу на горностаях, атласную, червчатую, с травным золотым узором, другую шубу на бобровых пупках, третью на куньих черевах; сорок сороков соболей, да лисиц чернобурых и сиводушчатых, да остроги-шпоры золоченые, да птиц охотничьих.

Среди других посольских писцов и подьячих Никита взял с собою во Францию Илью Потапыча Копылу, Федьку Жареного и Евтихия Гагару.

V

Однажды, в конце апреля 1517 года, ранним утром, на большой дороге через заповедный лес Амбуаза, лесничий короля увидел всадников в таких необычайных нарядах, говоривших на таком странном языке, что остановился и долго провожал их глазами, недоумевая, турки ли это, послы ли Великого Могола или самого Пресвитера Иоанна, живущего на краю света, там, где небо сходится с землею.

Но это были не турки, не послы Великого Могола или Пресвитера Иоанна, а люди «зверского племени», выходцы страны, считавшейся не менее варварской, чем сказочный Гог и Магог, – русские люди из посольства Никиты Карачарова.

Тяжелый обоз с посольской челядью и королевскими поминками отправлен был вперед; Никита ехал в свите герцога Урбинского. Всадники, повстречавшиеся лесничему, сопровождали персидских соколов, челиг и кречетов, посланных в подарок Франциску I. Драгоценных птиц везли с большими предосторожностями, на особом возке, в лубяных коробах, внутри обитых овчинами.

Рядом с возком ехал на серой в яблоках, резвой кобыле Федька Жареный.

Ростом он был так высок, что прохожие на улицах чужеземных городов оглядывались на него с удивлением; лицо у него было широкоскулое, плоское, очень смуглое; черные как смоль волосы, за что он и прозван был Жареным; бледно-голубые, ленивые и в то же время жадно-любопытные глаза, с тем противоречивым, разнообразным и непостоянным выражением, которое свойственно русским людям – смесью робости и наглости, простодушия и лукавства, грусти и удали.

Федька слушал беседу двух товарищей, тоже слуг посольских, Мартына Ушака да Ивашки Труфанца, знатоков соколиной охоты, которым Никита поручил доставку птиц в Амбуаз. Ивашка рассказывал об охоте, устроенной для герцога Урбинского французским вельможею Анн де Монморанси в лесах Шатильона.

– Ну и что же, хорошо, говоришь, летел Гамаюн?

– И-и, братец ты мой! – воскликнул Ивашка. – Так безмерно хорошо, что и

410

сказать не можно. А наутро в субботу, как ходили мы тешиться с челигами в Шатилове (Шатиловым называл он Шатильон), так погнал Гамаюн да осадил в одном конце два гнезда шилохвостей да полтретья гнезда чирят; а вдругорядь погнал, так понеслось одно утя-шилохвост, побежало к роще наутек, увалиться хотело от славной кречета Гамаюна добычи, а он-то, сердечный, как ее мякнет по шее, так она десятью разами перекинулась да ушла пеша в воду опять. Хотели по ней стрелять, чаяли, что худо заразил, а он ее так заразил, что кишки вон, – поплавала немножко да побежала на берег, а Гамаюн-от и сел на ней!

Выразительными движениями, так что лошадь под ним шарахалась, показывал Ивашка, как он ее «мякнул» и как «заразил».

– Да, – молвил с важностью Ушак, любитель книжного витийства, – зело потеха сия полевая утешает сердца печальные; угодна и хвальна кречатья добыча, красносмотрителен же и радостен высокого сокола лет!

Впереди, в некотором расстоянии от возка, ехали, тоже верхом, Илья Копыла и Евтихий Гагара.

У Ильи Потапыча лицо было темное, строгое, борода белая как лунь и такие же белые волосы; все дышало в нем благообразною степенностью; только в маленьких зеленоватых слезящихся глазках светилась насмешливая хитрость и пронырство.

Евтихий был человек лет тридцати, такой тщедушный, что издали казался мальчиком, с острою, жидкою бородкою клином и незначительным лицом, одним из тех лиц, которые трудно запомнить. Лишь изредка, когда оживлялся он, в серых глазах его загоралось глубокое чувство.

Федьке надоело слушать о соколах и шилохвостях. Несмотря на раннее утро, не раз уже прикладывался он к дорожной сулее, и, как всегда в таких случаях, язык у него чесался от желания поспорить – «повысокоумничать».

По отдельным долетавшим до него словам понял он, что ехавшие впереди Гагара и Копыла беседуют об иконном художнике, – пришпорил коня, догнал их и прислушался.

– Ныне, – говорил Илья Потапыч, – икон святых изображения печатают на листах бумажных, и теми листами люди храмины свои украшают небрежно, не почитания, но пригожества ради, без страха Божия, которые листы, резав на досках, печатают немцы да фрязи-еретики, по своему проклятому мнению, развращенно и неистово, наподобие лиц страны своей и в одеждах чужестранных, фряжских, а не с древних православных подлинников. Еще и Пресвятую Богородицу пишут иконники с латинских же образцов с непокровенною главою, с власами растрепанными...

– Как же так, дядюшка? – отхлебнув из сулеи, вступился Федька с притворною почтительностью, с тайным вызовом. – Неужели скажешь, что русским одним дано писать иконы? Отчего бы и мастерства иноземного не принять, ежели по подобию и свято и лепо?

– Не гораздо ты, Федька, о святых иконах мудрствуешь, – остановил его Копыла, нахмурившись. – Стропотное говоришь и развращенное!

– Почему же стропотное, дядюшка? – притворился Федька обиженным.

– А потому, что пределов вечных прелагать не подобает: кто возлюбит и похвалит веру чужую, тот своей поругался.

– Да ведь я не о вере, Потапыч. Я только говорю: преоспектива есть дело полезное и меду сладчайшее...

– Что ты мне преоспективу свою в глаза тычешь? Заладила сорока Якова... Сказано: кроме предания святых отцов, не дерзать. Слышишь? В преоспективе ли, в ином чем, своим замышлением ничего не претворят. Где новизна, там и кривизна.

– Твоя правда, дядюшка, – опять увернулся Федька с лицемерною покорностью. – Я и то говорю: много нынче иконники пишут без рассуждения, без разума, а надобно писать да вопросу ответ дать. Сказано: подлинно изыскивать подобает, как древние мастера писали. Да вот беда: древних-то много: и новгородские, и корсунские, и московские – всяк на свой лад. Да и подлинники разные. В одних одно, в других другое. Ин старое кажется новым, ин новое старым. Вот и поди тут разбери, где старина, где новизна. Нет, Потапыч, воля твоя, а без своего умышления, без разума, мастеру доброму быть нельзя!

Старик, озадаченный неожиданностью обхода, на минуту опешил.

– Опять же и то, – продолжал Федька, пользуясь его смущением, с еще большею смелостью, – где таковое указание нашли, будто бы единым обличием, смугло и темновидно святых иконы писать подобает? Весь ли род человеческий в одно обличие создан? Все ли святые скорбны и тощи бывали? Кто не посмеется такому юродству, будто бы темноту более света чтить достоит? Мрак и очадение на единого дьявола возложил Господь, а сынам Своим, не только праведным, но и грешным, обещал светоподание: «яко снег, убелю вас и яко ярину, очищу». И в другой раз: «Аз есмь свет истинный, ходяй по Мне не имать ходити во тьме». И у пророка сказано: «Господь воцарился, в лепоту облекся».

Федька говорил хотя не без книжного витийства, но искренно.

Евтихий молчал; по горящим глазам его видно было, что он слушает с жадностью.

– По преданию святых отцов, – начал было снова Илья Потапыч с важностью, – что? у Бога свято, то и лепо...

– А что? лепо, то и свято, – подхватил Федька, – это, дядюшка, все едино.

– Нет, не едино, – рассердился, наконец, старик. – Есть лепота и от дьявола!

Он обернулся к племяннику и посмотрел ему прямо в глаза, как бы соображая, не прибегнуть ли к обычному доводу, к суковатой палке. Но Федька выдержал взор его, не потупившись.

Тогда Копыла поднял правую руку и, как будто произнося заклятие на самого духа нечистого, – воскликнул торжественно:

– Сгинь, пропади, окаянный, со своими ухищрениями! Христос мне спаситель, и свет, и веселие, и стена несокрушимая!

Всадники были на опушке Амбуазского леса. Оставив слева ограду замка Дю-Клу, въехали в городские ворота.

VI

Русскому посольству отвели помещение в доме королевского нотариуса, мэтра Гильома Боро?, недалеко от башни Орлож – единственном доме, оставшемся свободным в городе, переполненном приезжими.

Евтихию с товарищами пришлось поселиться в маленькой комнате, похожей на чердак, под самою крышею. Здесь, в углублении слухового окна, устроил он крошечную мастерскую: прибил к стене полки, разместил на них гладкие дубовые и липовые дощечки для икон, муравленые горшочки с олифой, с прозрачным стерляжьим и севрюжьим клеем, глиняные черепки и раковины с твореным золотом, с яичными вапами; поставил деревянный ящик, постланный войлоком, служивший ему постелью, и повесил над ним икону Углицкой Божьей Матери, подарок инока Данилы Черного.

В углу было тесно, но тихо, светло и уютно. Из окна, между крышами и трубами, открывался вид на зеленую Луару, на дальние луга и синие верхушки леса. Порой снизу, из небольшого садика, в открытое окно – дни стояли жаркие – подымался дух черемухи, напоминавший Евтихию родину: знакомый огород на окраине Углича, с грядками укропа, хмеля, смородины, с полуразвалившимся тыном перед старым домиком благовещенского пономаря.

Однажды вечером, несколько дней спустя по приезде в Амбуаз, сидел он один в своей мастерской. Товарищи ушли в замок на турнир в честь герцога Урбинского.

Было тихо; только под окном слышалось воркование голубей, шелковый шелест их крыльев да порой мерный бой часов на соседней башне.

Он читал любимую книгу свою «Иконописный Подлинник», свод кратких указаний, расположенных по дням и месяцам, – как изображать святых. Всякий раз Евтихий, хотя знал эту книгу почти наизусть, перечитывал ее с новым любопытством, находил в ней новую отраду.

Но в последние дни слышанный в лесу по дороге в Амбуаз спор Ильи Потапыча с Федькой Жареным пробудил давно уже таившиеся в нем, навеянные всем, что видел он в чужих краях, тревожные мысли. И он искал им разрешения в «Подлиннике», единственно верном источнике «изящного познания истинных образов».

«Какова была телесным образом Богородица? – читал он одно из своих любимых в книге мест. – Росту среднего, вид лица ее, как вид зерна пшеничного; волоса желтого; острых очей, в них же зрачки, подобные плоду маслины; брови наклоненные, изрядночерные; нос не краток; уста, как цвет розы, – сладковесия исполнены; лицо ни кругло, ни остро, но мало продолжено; персты же богоприимных рук ее тонкостью источены были; весьма проста, никакой мягкости не имела, но смирение совершенное являла; одежду носила темную».

Читал также о великомученице Екатерине, за красоту и светлость лица своего получившей название от эллинов «тезоименитая луне»; о Филарете Милостивом, который «преставился, имея девяносто лет; но и в такой старости не изменилося лицо его, благолепно же и прекрасно было, как яблоко румяное».

И казалось Евтихию, что Федя прав: ликам святых до?лжно быть светлыми и радостными, ибо Сам Господь в «лепоту облекся», и все, что прекрасно, – от Бога.

Но, перевернув несколько страниц: прочел он в той же книге:

«9 Ноембрия, память преподобной Феоктистии Лезвиянини. Видел ее

413

некий ловец в пустыне и дал ей с себя поняву прикрыть наготу телесную; и стояла она перед ним, страшная, только подобие человеческое имевшая; и не видно в ней было плоти живой: от поста – одни кости да суставы, кожею прикрытые; волосы белые, как овечья волна, а лицо черно – мало нечто бледновато; очи глубоко западшие; и весь образ ее таков, как образ мертвеца, давно во гробе лежавшего. Едва дышала и тихо говорить могла. И не было на ней отнюдь лепоты человеческой».

«Значит, – подумал Евтихий, – не все, что свято, – лепо: есть и в поругании всей лепоты человеческой у великих подвижников, в зверином образе – образ ангельский».

И вспомнился ему св. Христофор, часто изображавшийся на русских иконах, о котором сказано в «Подлиннике», под числом девятым месяца мая: «О сем прекрасном мученике некое чудное глаголется – яко песью главу имел».

Лик псоглавого святого наполнил сердце иконописца еще большим смятением. Все более смутные, жуткие мысли стали приходить ему в голову.

Отложил в сторону «Подлинник» и взял другую книгу, старую Псалтырь, написанную в Угличе в 1485 году. По ней учился он грамоте и тогда уже любовался простодушными заставными картинками, объяснявшими псалмы.

Случилось так, что с самого отъезда из Москвы книга эта не попадалась ему на глаза. Теперь, после множества виденных им во дворцах и музеях Венеции, Рима, Флоренции древних изваяний, эти с младенчества знакомые образы получили для него внезапный новый смысл: он понял, что голубой человек с наклоненною чашей, из которой льется вода, – к стиху Псалтыри: «как желает олень на источники водные, так желает душа моя к тебе, Боже», – есть бог речной; женщина, лежащая на земле среди злаков, – Церера, богиня земли; юноша в царском венце на колеснице, запряженной красными конями, – Аполлон; бородатый старик на зеленом чудовище с голою женщиною – к псалму: «благословите источники моря и реки», – Нептун с Нереидою.

Каким чудом, после каких скитаний и превращений изгнанные боги Олимпа, через древнего русского мастера, из еще более древнего византийского подлинника, дошли до города Углича?

Обезображенные рукою художника-варвара, казались они неуклюжими, робкими, словно стыдящимися наготы своей, среди суровых пророков и схимников – полузамерзшими, как будто голые тела их окоченели от холода гиперборейской ночи. А между тем кое-где, в изгибе локтя, в повороте шеи, в округлости бедра, мерцал последний отблеск вечной прелести.

И страх, и удивление чувствовал Евтихий, узнавая в этих с детства привычных и любезных, казавшихся ему святыми картинках Углицкой Псалтыри соблазнительную эллинскую нечисть.

В памяти его возникали и другие греховные образы, предания старых русских сборников – бледные тени языческой древности: «девица Горгонея, имеющая лицо, перси и руки человечьи, ноги же и хвост лошадиные, а на голове ее змеи вместо волос»; гиганты одноокие, живущие в земле Сицилийской, под горою Этною; царь Китоврас, или Кентаврос, который «от главы человек, а от ног осел»; Исатары, или Сатиры, обитающие в лесах со зверями, «хождением скорые – никто их не догонит, – а ходят нагие, шерстью обросли, как еловою корою, не говорят, только блеют по-козлиному».

Евтихий вздрогнул, очнулся, набожно перекрестился и прошептал успокоительное изречение русских книжников, которое слышал от Ильи Потапыча:

«Все лгано: не бывало Китовраса, ни девицы Горгонеи, ни людей в шерсти, но эллинские философы ввели. Прелести же сии правилами апостолов и святых отцов отречены суть и прокляты».

И тотчас подумал:

«Так ли, полно? Все ли лгано, все ли проклято? Как же в старых русских церквах, рядом со святыми угодниками, изображены языческие мудрецы, поэты и сибиллы, которые отчасти пророчествовали о Рождестве Христовом, и хотя неверные, сказано в „Подлиннике“, но чистого ради жития, коснулися Духа Святого». Великая отрада чуялась Евтихию в этом слове о почти христианской святости языческих пророков.

Он встал и взял с полки дощечку с начатым рисунком, небольшую икону собственной работы – «Всякое дыхание да хвалит Господа» – многоличную, мелкописную, подробности которой можно было рассмотреть только в увеличительное стекло.

В небесах на престоле – Вседержитель; у ног Его, в семи небесных сферах – солнце, луна, звезды, с надписью: «Хвалите Господа, небеса небес, хвалите, солнце и луна, хвалите, все звезды и свет»; ниже – летящие птицы; «дух бурен», град, снег, деревья, горы, огонь, выходящий из земли; различные звери, гады; бездна в виде пещеры, – с надписью: «Хвалите, все деревья плодоносные и все кедры, все звери и все холмы, хвалите Господа». По обеим сторонам – лики ангелов, преподобные, цари, судьи, сонмы человеческие: «Хвалите Его, все ангелы, хвалите, сыны Израилевы, все племена и народы земные».

Принявшись за работу и не умея иначе выразить чувство, которое переполняло душу его, Евтихий прибавил уже от себя к этим обычным ликам – псоглавого мученика Христофора и бога-зверя Кентавра.

Он знал, что нарушает предание «Подлинника»; но сомнения и соблазна не было в душе его: ему казалось, что рука невидимая водит рукой его.

Вместе с небом и преисподнею, огнем и духом бурным, холмами и деревьями, зверями и гадами, людьми и силами бесплотными, псоглавым Христофором и во Христа обращенным Кентавром, душа его пела единую песнь:

«Всякое дыхание да хвалит Господа».

VII

Франциск был великим женолюбцем. Во всех походах, вместе с главными сановниками, шутами, карликами, астрологами, поварами, неграми, миньонами, псарями и священниками, следовали за королем «веселые девочки» под покровительством «почтенной дамы» Иоанны Линьер. Во всех торжествах и празднествах, даже в церковных шествиях, принимали они участие. Двор сливался с этим походным домом терпимости, так что трудно было решить, где кончается один, где начинается другой: «веселые девочки» были наполовину придворными дамами; придворные дамы распутством заслуживали мужьям своим золотое ожерелье св. Архангела Михаила.

Расточительность короля на женщин была беспредельна. Подати и налоги с каждым днем увеличивались, а все-таки денег не хватало. Когда с народа уже нечего было взять, Франциск стал отнимать у вельмож своих драгоценную столовую посуду и однажды перечеканил на монету серебряную решетку с гроба великого святителя Франции, Мартина Турского, не из вольнодумства, впрочем, а из нужды, ибо считал себя верным сыном Римской Церкви и всякую ересь и безбожие преследовал как оскорбление своего собственного величества.

Со времени Людовика Святого сохранилось в народе предание о врачующей силе, исходившей будто бы от королей дома Валуа: прикосновением руки исцеляли они шелудивых и золотушных; к Пасхе, Рождеству, Троице и другим праздникам чаявшие исцеления стекались не только со всех концов Франции, но также из Испании, Италии, Савойи.

Во время торжеств по случаю бракосочетания Лоренцо Медичи и крестин дофина собралось в Амбуазе множество больных. В назначенный день впустили их во двор королевского замка. Прежде, когда вера была сильнее, его величество, обходя больных, творя по очереди над каждым из них крестное знамение и прикасаясь к ним пальцем, произносил: «Король прикоснулся – Бог исцелит». Вера оскудела, исцеления становились реже, и теперь обрядные слова произносились в виде пожелания: «Да исцелит тебя Бог – король прикоснулся».

По окончании обряда подали умывальник с тремя полотенцами, намоченными уксусом, чистою водою и апельсинными духами. Король умылся и вытер руки, лицо, шею.

После зрелища человеческой бедности, уродства и болезни захотелось ему отвести душу и дать отдых глазам на чем-нибудь прекрасном. Вспомнил, что давно собирался в мастерскую Леонардо, и с немногими приближенными отправился в замок Дю-Клу.

Весь день, несмотря на слабость и недомогание, художник усердно работал над Иоанном Предтечею.

Косые лучи заходящего солнца проникали в полустрельчатые окна мастерской – большой холодной комнаты с кирпичным полом и потолком из дубовых брусьев. Пользуясь последним светом дня, торопился он кончить поднятую правую руку Предтечи, которая указывала на крест.

Под окнами послышались шаги и голоса.

– Никого, – обернувшись к Франческо Мельци, проговорил учитель, – слышишь, никого не принимай. Скажи: болен или дома нет.

Ученик вышел в сени, чтобы остановить непрошеных гостей, но, увидев короля, почтительно склонился и открыл перед ним двери.

Леонардо едва успел завесить портрет Джоконды, стоявший рядом с Иоанном: он делал это всегда, потому что не любил, чтобы видели ее чужие.

Король вошел в мастерскую.

Он одет был с роскошью не совсем безупречного вкуса, с чрезмерною

416

пестротою и яркостью тканей, обилием золота, вышивок, драгоценных каменьев: черные атласные штаны в обтяжку, короткий камзол с продольными, перемежающимися полосами черного бархата и золотой парчи, с огромными дутыми рукавами, с бесчисленными прорезами – «окнами»; черный плоский берет с белым страусовым пером; четырехугольный вырез на груди обнажал стройную, белую, словно из слоновой кости точеную, шею; он душился не в меру.

Ему было двадцать четыре года. Поклонники его уверяли, будто бы в наружности Франциска такое величие, что довольно взглянуть на него, даже не зная в лицо, чтобы сразу почувствовать: это король. И в самом деле, он был строен, высок, ловок, необыкновенно силен; умел быть обаятельно любезным; но в лице его, узком и длинном, чрезвычайно белом, обрамленном черною как смоль курчавою бородкою, с низким лбом, с непомерно длинным, тонким и острым, как шило, словно книзу оттянутым носом, с хитрыми, холодными и блестящими, как только что надрезанное олово, глазками, с тонкими, очень красными и влажными губами, было выражение неприятное, чересчур откровенно, почти зверски похотливое – не то обезьянье, не то козлиное, напоминавшее фавна.

Леонардо, по придворному обычаю, хотел склонить колена перед Франциском. Но тот удержал его, сам склонился и почтительно обнял.

– Давно мы с тобой не виделись, мэтр Леонар, – молвил он ласково. – Как здоровье? Много ли пишешь? Нет ли новых картин?

– Все хвораю, ваше величество, – ответил художник и взял портрет Джоконды, чтобы отставить его в сторону.

– Что это? – спросил король, указывая на картину.

– Старый портрет, сир. Изволили видеть...

– Все равно покажи. Картины твои таковы, что чем больше смотришь, тем больше нравятся.

Видя, что художник медлит, один из придворных подошел и, отдернув полотно, открыл Джоконду.

Леонардо нахмурился. Король опустился в кресло и долго смотрел на нее молча.

– Удивительно! – проговорил наконец, как бы выходя из задумчивости. – Вот прекраснейшая женщина, которую я видел когда-либо! Кто это?

– Мадонна Лиза, супруга флорентийского гражданина Джокондо, – ответил Леонардо.

– Давно ли писал?

– Десять лет назад.

– Все так же хороша и теперь?

– Умерла, ваше величество.

– Мэтр Леонар дё Вэнси?, – молвил придворный поэт Сен-Желе, коверкая имя художника на французский лад, – пять лет работал над этою картиною и не кончил, так, по крайней мере, он сам уверяет.

– Не кончил? – изумился король. – Что же еще, помилуй? Как живая, только не говорит... Ну, признаюсь, – обратился он снова к художнику, – есть в чем тебе позавидовать, мэтр Леонар. Пять лет с такою женщиной! Ты на судьбу не можешь пожаловаться: ты был счастлив, старик. И чего только муж глядел? Если бы она не умерла, то и доныне, пожалуй, не кончил бы!

И засмеялся, прищурив блестящие глаза, сделавшись еще более похожим на фавна: мысль, что мона Лиза могла остаться верною женою, не приходила ему в голову.

– Да, друг мой, – прибавил, усмехнувшись, – ты знаешь толк в женщинах. Какие плечи, какая грудь! А то, чего не видно, должно быть, еще прекраснее...

Он смотрел на нее тем откровенным мужским взором, который раздевает женщину, овладевает ею, как бесстыдная ласка.

Леонардо молчал, слегка побледнев и потупив глаза.

– Чтобы написать такой портрет, – продолжал король, – мало быть великим художником, надо проникнуть во все тайны женского сердца – лабиринта Дедалова, клубка, которого сам черт не распутает! Вот ведь, кажется, тиха, скромна, смиренна, ручки сложила, как монахиня, воды не замутит, а поди-ка, доверься ей, попробуй угадать – что у нее на душе!
Souvent femme varie,
Bien fol est qui s'y fie[48], —
привел он два стиха из собственной песенки, которую однажды, в минуту раздумья о женском коварстве, вырезал острием алмаза на оконном стекле в замке Шамбор.

Леонардо отошел в сторону, делая вид, что хочет передвинуть постав с другою картиною поближе к свету.

– Не знаю, правда ли, ваше величество, – произнес Сен-Желе полушепотом, наклонившись к уху короля так, чтобы Леонардо не мог слышать, – меня уверяли, будто бы не только Лизы Джоконды, но и ни одной женщины во всю жизнь не любил этот чудак и будто бы он совершенный девственник...

И еще тише, с игривою улыбкою, прибавил что-то, должно быть, очень нескромное, о любви сократической, о необычайной красоте некоторых учеников Леонардо, о вольных нравах флорентинских мастеров.

Франциск удивился, но пожал плечами со снисходительной усмешкой человека умного, светского, лишенного предрассудков, который сам живет и другим жить не мешает, понимая, что в этого рода делах на вкус и на цвет товарищей нет.

После Джоконды он обратил внимание на неоконченный картон, стоявший рядом.

– А это что?

– Судя по виноградным гроздьям и тирсу, должно быть, Вакх, – догадался поэт.

– А это? – указал король на стоявшую рядом картину.

– Другой Вакх? – нерешительно молвил Сен-Желе.

– Странно! – удивился Франциск. – Волосы, грудь, лицо – совсем как у девушки. Похож на Лизу Джоконду: та же улыбка.

– Может быть, Андрогин? – заметил поэт, и когда король, не отличавшийся ученостью, спросил, что значит это слово, Сен-Желе напомнил ему древнюю басню Платона о двуполых существах,

---

48 Женщина изменчива, Безумец тот, кто ей поверит (*фр*.).

мужеженщинах, более совершенных и прекрасных, чем люди, – детях Солнца и Земли, соединивших оба начала, мужское и женское, столь сильных и гордых, что, подобно Титанам, задумали они восстать на богов и низвергнуть их с Олимпа. Зевс, усмиряя, но не желая истребить до конца мятежников, дабы не лишиться молитв и жертвоприношений, рассек их пополам своею молнией, «как поселянки, – сказано у Платона, – режут ниткою или волосом яйца для соления впрок». И с той поры обе половины, мужчины и женщины, тоскуя, стремятся друг к другу, с желанием неутолимым, которое есть любовь, напоминающая людям первобытное единство полов.

– Может быть, – заключил поэт, – мэтр Леонар, в этом создании мечты своей, пытался воскресить то, чего уже нет в природе: хотел соединить разъединенные богами начала, мужское и женское.

Слушая объяснение, Франциск смотрел и на эту картину тем же бесстыдным, обнажающим взором, как только что на мону Лизу.

– Разреши, учитель, наши сомнения, – обратился он к Леонардо, – кто это, Вакх или Андрогин?

– Ни тот, ни другой, ваше величество, – молвил Леонардо, краснея, как виноватый. – Это Иоанн Предтеча.

– Предтеча? Не может быть! Что ты говоришь, помилуй?..

Но, вглядевшись пристально, заметил в темной глубине картины тонкий тростниковый крест и в недоумении покачал головой.

Эта смесь священного и греховного казалась ему кощунственной и в то же время нравилась. Он, впрочем, тотчас решил, что придавать этому значение не стоит: мало ли что может взбрести в голову художникам?

– Мэтр Леонар, я покупаю обе картины: Вакха, то бишь Иоанна, и Лизу Джоконду. Сколько хочешь за них?

– Ваше величество, – начал было художник робко, – они еще не кончены. Я предполагал...

– Пустяки! – перебил Франциск. – Иоанна, пожалуй, кончай, – так и быть, подожду. А к Джоконде и прикасаться не смей. Все равно лучше не сделаешь. Я хочу иметь ее у себя тотчас, слышишь? Говори же цену, не бойся: торговаться не буду.

Леонардо чувствовал, что надо найти извинение, предлог для отказа. Но что мог он сказать этому человеку, который превращал все, к чему ни прикасался, в пошлость или непристойность? Как объяснил бы ему, чем для него был портрет Джоконды и почему ни за какие деньги не согласился бы он расстаться с ним?

Франциск думал, что Леонардо молчит потому, что боится продешевить.

– Ну, делать нечего, если ты сам не хочешь, я назначу цену.

Взглянул на мону Лизу и сказал:

– Три тысячи экю. Мало? Три с половиной?

– Сир, – начал снова художник дрогнувшим голосом, – могу вас уверить...

И остановился; лицо его опять слегка побледнело.

– Ну хорошо: четыре тысячи, мэтр Леонар. Кажется, довольно?

Шепот удивления пробежал среди придворных: никогда никакой покровитель искусств, даже сам Лоренцо Медичи, не назначал таких цен за картины.

Леонардо поднял глаза на Франциска в невыразимом смятении. Готов был упасть к ногам его, молить, как молят о пощаде жизни, чтобы он не отнимал у него Джоконды. Франциск принял это смятение за порыв благодарности, встал, собираясь уходить, и на прощание снова обнял его.

– Ну так, значит, по рукам? Четыре тысячи. Деньги можешь получить когда угодно. Завтра пришлю за Джокондою. Будь спокоен, я выберу такое место для нее, что останешься доволен. Я знаю цену ей и сумею сохранить ее для потомства.

Когда король ушел, Леонардо опустился в кресло. Он смотрел на Джоконду потерянным взором, все еще не веря тому, что случилось. Нелепые ребяческие планы приходили ему в голову: спрятать ее так, чтоб не могли отыскать, и не отдавать, хотя бы грозили ему смертною казнью; или отослать в Италию с Франческо Мельци; бежать самому с нею.

Наступили сумерки. Несколько раз заглядывал Франческо в мастерскую, но заговаривать с учителем не смел. Леонардо все еще сидел перед Джокондою; лицо его казалось в темноте бледным и неподвижным, как у мертвого.

Ночью вошел в комнату Франческо, который уже лег, но не мог заснуть.

– Вставай. Пойдем в замок. Мне надо видеть короля.

– Поздно, учитель. Вы сегодня устали. Опять заболеете. Вам ведь уже и теперь нездоровится. Право, не лучше ли завтра?..

– Нет, сейчас. Зажги фонарь, проводи меня... Впрочем, все равно, если не хочешь, я один.

Не возражая более, Франческо встал, оделся, и они отправились в замок.

<h2 style="text-align:center">VIII</h2>

До замка было минут десять ходьбы; но дорога – крутая, плохо мощенная. Леонардо шел медленно, опираясь на руку Франческо.

Ночь без звезд была душная, черная, словно подземная. Ветер дул порывами. Ветви деревьев вздрагивали испуганно и болезненно. Вверху, между ветвями, рдели освещенные окна замка. Оттуда слышалась музыка.

Король ужинал в маленьком избранном обществе, забавляясь шуткою, которую особенно любил: из большого серебряного кубка, с искусною резьбою по краям и подножию, изображавшею непристойности, заставлял пить молоденьких придворных дам и девушек в присутствии всех, наблюдая, как одни смеялись, другие краснели и плакали от стыда, третьи сердились, четвертые закрывали глаза, чтобы не видеть, пятые притворялись, что видят, но не понимают.

Среди дам была родная сестра короля, принцесса Маргарита – «Жумчужина жемчужин», как ее называли. Искусство нравиться было для нее «привычнее хлеба насущного». Но, пленяя всех, была она равнодушна ко всем, только брата любила странною, чрезмерною любовью: слабости его казались ей совершенствами, пороки – доблестями, лицо фавна – лицом Аполлона. За него во всякую минуту жизни была она готова, как сама выражалась, «не только развеять по ветру прах тела своего, но отдать и бессмертную душу свою». Ходили слухи, будто бы она любит его более, чем позволено сестре любить брата. Во всяком случае, Франциск злоупотреблял этою любовью: пользовался услугами ее не только в трудах, болезнях, опасностях, но и во всех своих любовных похождениях.

В тот вечер должна была пить из непристойного кубка новая гостья, совсем еще молоденькая девушка, почти ребенок, наследница древнего рода, отысканная где-то в захолустье Бретани Маргаритою, представленная ко двору и уже начинавшая нравиться его величеству. Девушка не имела нужды притворяться: она в самом деле не понимала бесстыдных изображений; только чуть-чуть краснела от устремленных на нее любопытных и насмешливых взоров. Король был очень весел.

Доложили о приходе Леонардо. Франциск велел принять его и вместе с Маргаритою пошел к нему навстречу.

Когда художник в смущении, потупив глаза, проходил по освещенным залам сквозь ряды придворных дам и кавалеров, – не то удивленные, не то насмешливые взоры провожали его: от этого высокого старика, с длинными седыми волосами, с угрюмым лицом, с робким до дикости взглядом, на самых беспечных и легкомысленных веяло дыханием иного, чуждого мира, как веет холодом от человека, пришедшего в комнату со стужи.

– А, мэтр Леонар! – приветствовал его король и, по обыкновению, почтительно обнял. – Редкий гость! Чем потчевать? Знаю, мяса не ешь, – может быть, овощей или плодов?

– Благодарю, ваше величество... Простите, мне хотелось бы сказать вам два слова...

Король посмотрел на него пристально.

– Что с тобой, друг? Уж не болен ли?

Отвел его в сторону и спросил, указывая на сестру:

– Не помешает?

– О нет, – возразил художник, склонившись перед Маргаритою. – Смею надеяться, что ее высочество также будет за меня ходатайствовать...

– Говори. Ты знаешь, я всегда рад.

– Я все о том же, сир, – о картине, которую вы пожелали купить, о портрете моны Лизы...

– Как? Опять? Зачем же ты мне сразу не сказал? Чудак! Я думал – мы сошлись в цене.

– Я не о деньгах, ваше величество...

– О чем же?

И Леонардо снова почувствовал, под равнодушно-ласковым взором Франциска, невозможность говорить о Джоконде.

– Государь, – произнес наконец, делая усилие, – государь, будьте милостивы, не отнимайте у меня этого портрета! Он все равно ваш, и денег не надо мне: только на время оставьте его у меня – до моей смерти...

Замялся, не кончил и с отчаянною мольбою взглянул на Маргариту.

Король, пожав плечами, нахмурился.

– Сир, – вступилась девушка, – исполните просьбу мэтра Леонара. Он заслужил того – будьте милосердны!

– И вы за него, и вы? Да это целый заговор!

Она положила руку на плечо брата и шепнула ему на ухо:

– Как же вы не видите? Он до сих пор любит ее...

– Да ведь она умерла!

– Что из того? Разве мертвых не любят? Вы же сами говорили, что она живая на портрете. Будьте добры, братец мой, оставьте ему последнюю память о прошлом, не огорчайте старика...

Что-то шевельнулось в уме Франциска, полузабытое, школьное, книжное – о вечном союзе душ, о неземной любви, о рыцарской верности: ему захотелось быть великодушным.

– Бог с тобой, мэтр Леонар, – молвил с немного насмешливой улыбкой, – видно, тебя не переупрямишь. Ты сумел выбрать себе ходатайницу. Будь спокоен, я исполню твое желание. Только помни: картина мне принадлежит, и деньги за нее ты получишь вперед.

И потрепал его по плечу.

– Не бойся же, друг мой: даю тебе слово – никто не разлучит тебя с твоею Лизой!

У Маргариты навернулись слезы на глаза: с тихой улыбкой подала она руку художнику, и тот поцеловал ее молча.

Заиграла музыка; начался бал; закружились пары.

И уже никто не вспоминал о странном, чуждом госте, который прошел между ними, как тень, и снова скрылся во мраке беззвездной, черной, словно подземной, ночи.

IX

Франческо Мельци, чтобы вступить во владение небольшим наследством дальнего родственника, должен был получить бумаги от королевского нотариуса города Амбуаза, мэтра Гильома Боро. Это был человек любезный и дружески расположенный к Леонардо.

Однажды, беседуя с Франческо о последних работах учителя, заметил он с шуткою, что и в собственном доме его есть удивительный живописец из Гиперборейских стран. И, когда Франческо стал расспрашивать, повел его на чердак и здесь, в большой низкой комнате, рядом с голубятнею, в углублении слухового окна, показал крошечную иконописную мастерскую Евтихия Паисиевича Гагары.

Франческо, желая развеселить учителя, который в последние дни был особенно задумчив, рассказал ему о мастерской живописца-варвара как о любопытной диковинке, советуя при случае взглянуть на нее. Леонардо помнил разговор свой в Милане, во дворце Моро, на празднике Золотого Века, с русским послом Никитою Карачаровым о далекой Московии; ему захотелось видеть художника из этой полусказочной страны.

Однажды вечером, вскоре после покупки Франциском портрета Джоконды, пошли они к мэтру Гильому.

В тот вечер товарищи Евтихия отправились в замок, на маскарад и бал. Евтихий также собирался; но Илья Потапыч, который сам должен был присутствовать на празднике, отсоветовал ему:

– Когда в здешних поганых фряжских обычаях к питию пьянственному мужи и жены в гнусных личинах и машкерах сойдутся, тут же приходят и некии кощунники, имея гусли, и скрипели, и сопели, и бубны, бесяся и скача и скверные песни припевая: каждый муж чужой жене питие подает с лобзанием, и тут будет рукам приятие, и злотайным речам соплетение, и связь диавольская...

Не столько, впрочем, из боязни соблазнов, сколько потому, что хотел в уединении поработать над новою иконою «Всякое дыхание да хвалит

Господа», Евтихий остался дома один, сел на свое обычное место у окна и принялся за работу.

Все ремесленные мелочи искусства были для него не менее святы и дороги, чем высшие правила. Он заботился не об одном изяществе, но и о прочности – писал икону так, чтобы века могли пройти, не испортив ее.

Дерево, обыкновенно липу или клен, выбирал самого ровного белого цвета, выросшее на месте высоком, сухом, и потому не легко загнивающее; старательно заделывал пазы, проклеивал доску крепким стерляжьим клеем, накладывал паволоку из мягкой старой холстины, намазывал слоями жидкий левкас, отнюдь не меловой, который употреблялся мастерами, помышлявшими более о дешевизне, чем о долговечности своих произведений, – а самый дорогой, твердый и нежный алебастровый; давал ему просохнуть, выглаживал хвощом, потом «знаменил», – рисовал тонкою кисточкой с тушью «перевод» с древнего образца и, дабы впоследствии, во время раскрашивания, не сбиться, «графовал», обводил весь очерк узкими, выскребленными острием гвоздя канавками – «графьями»; наконец, приготовлял краски – вапы: распускал их на яичном желтке, протирал в глиняных черепках и раковинах, а иные, самые нежные, на собственных ногтях, заменявших ему палитру; затем начинал писать, сперва «доличное» – все, кроме человеческих лиц: горы, в виде круглых, плоских шапок, деревья – грибами, травы – наподобие перистых черно-красных водорослей, с голубыми точками незабудок, облака – неправильными белыми кружками; одежды грунтовал сначала темно-коричневою краскою, потом обозначал по ним складки и в высоких местах пробеливал; золотые украшения в ризах ангелов и святителей, также завитки и тончайшие усики трав золотил, при помощи спицы, «в проскребку», червонным золотом.

Вся доличная работа была уже исполнена. В тот вечер приступил он к последней, самой важной и трудной части – к писанию человеческих лиц; так же как ризы, загрунтовал их темною краскою, потом постепенно стал «оживлять» тремя личными вохрами, из коих каждая последующая была светлее предыдущей, и, наконец, «подрумянивать щечку и уста, и бородку, и губки, и шейку».

Не довольствуясь резкими белыми «движками» старого новгородского письма, он стремился к новому, рублевскому, сходному с древневизантийским, более совершенному, как тогдашние мастера выражались, плавкому, облачному , в котором розоватое вохрение пущено в тонкую светлую тень; особенно же заботился о благолепии мужей – бороде, то короткой, курчеватой, то длинной, повившейся до земли, то широкой, распахнувшейся на оба плеча, то «рассохатой, с космочками», «продымленной», или с «подрусинками», или «с подсединками»; о выражении лиц величаво-строгом или «страдном» и нежном.

Он совсем погрузился в работу, как вдруг за окном послышался шелест и трепет голубиных крыльев. Евтихий знал, что это кормит птиц соседка, молодая жена старого пекаря. Он часто смотрел на нее украдкою. Над палисадником, между ветвями сирени, в темном четырехугольнике открытого окна, стояла она, с голою шеей, с вырезом платья, сквозь который сверху видно ему было разделение грудей и теплая тень между ними, – с чуть заметными веснушками на белой коже и рыжими волосами, блестевшими на солнце, как золото.

«Чадо, на женскую красоту не зри, – вспоминались ему слова Ильи Потапыча, – ибо та красота сладит сперва, как медвяная сыта, а после горше полыни и желчи бывает. Не возводи на нее очей своих, да не погибнешь. Чадо, беги от красоты женской невозвратно, как Ной от потопа, как Лот от Содома и Гоморры. Ибо что есть жена? Сеть, сотворенная бесом, прельщающая сластями, – проказливая на святых клеветница, сатанинский праздник, покоище змеиное, цвет дьявольский, без исцеления болезнь, коза неистовая, ветер северный, день ненастный, гостиница жидовская. Лучше лихорадкою болеть, нежели женою обладаему быть: лихорадка потрясет, да и пустит, а жена до смерти иссушит. Жена подобна перечесу: сюда болит, а сюда свербит. Кротима – высится, биема – бесится. Всякого зла злее злая жена».

Евтихий продолжал смотреть на соседку и даже ответил на улыбку ее такою же невольною улыбкою. Потом, вернувшись к работе, написал одну из святых мучениц в иконе с волосами золотисто-рыжего цвета, как у хорошенькой пекарши.

На лестнице раздались голоса. Вошел Власий, старый посольский толмач, за ним хозяин дома мэтр Гильом Боро, Франческо Мельци и Леонардо.

Когда Власий объявил Евтихию, что гости желают взглянуть на его мастерскую, он застыдился, почти испугался и все время, пока они осматривали, стоял молча, потупившись, не зная, куда деть глаза, только изредка взглядывая на Леонардо: лицо его поразило Евтихия – он казался ему похожим на Илью-пророка, как тот изображался в «Иконописном подлиннике».

Осмотрев принадлежности крошечной мастерской – невиданные кисти, пилки, дощечки, раковины с вапами, горшочки с клеем и олифою, – обратил Леонардо внимание на икону «Всякое дыхание да хвалит Господа». Хотя Власий, который больше путал, чем объяснял, не умел растолковать значение надписей, художник понял замысел иконы и удивился тому, что этот варвар, сын «зверского племени», как называли итальянские путешественники русских людей, – коснулся предела всей человеческой мудрости: не был ли Сидящий на престоле над сферами семи планет, воспеваемый всеми голосами природы – неба и преисподней, огня и духа бурного, растений и животных, людей и ангелов, – «Первым Двигателем» божественной механики – Primo Motoro самого Леонардо?

Учитель рассматривал также, с глубоким вниманием и любопытством, лицевой «Иконописный подлинник», большую тетрадь с изображением икон, слегка очерченных углем или красными чернилами. Здесь увидел он различных русских Богоматерей – Утоли моя печали, и Радость всех скорбящих, и Взыграния, и Умиления, и Живоносный Источник, где Пречистая стоит над водометом, утоляющим жажду всех тварей, и Страстну?ю с Младенцем Иисусом, Который, как бы в ужасе, отвращается от подаваемого Ему скорбным Архангелом креста; и Спаса – «мокрая брада» с прямыми, невьющимися волосами, нерукотворного, запечатленного на убрусе, коим Господь отирал лицо Свое, орошенное по? том, когда шел на Голгофу; и Спаса Благое Молчание с руками, сложенными на груди.

Леонардо чувствовал, что это – не живопись или, по крайней мере, не то, чем казалась ему живопись: но вопреки несовершенству рисунка, света и тени, перспективы и анатомии – здесь, как в старых византийских мозаиках (Леонардо видел их в Равенне), была сила веры, более древняя и вместе с тем более юная, чем в самых ранних созданиях итальянских мастеров, Чимабуэ и Джотто; было смутное чаяние великой, новой красоты, – как бы таинственные сумерки, в которых последний луч эллинской прелести сливался с первым лучом еще неведомого утра. Действие этих образов, иногда неуклюжих, варварских, странных до дикости, как сновидения ребенка, подобно было действию музыки; в самом нарушении законов естественных досягали они мира сверхъестественного.

Особенно поразили художника два лика Иоанна Предтечи Крылатого: у одного в левой руке была золотая чаша с Предвечным Младенцем, на Которого указывал он правой рукой: «Се Агнец Божий, вземляй[49] (*церковнослав.*).] грехи мира»; другой – «с усекновением», вопреки законам природы, имел две головы: одну, живую, на плечах, другую, мертвую, в сосуде, который держал в руках, как бы в знак того, что человек, только умертвив в себе все человеческое, достигает окрыления сверхчеловеческого; лик у обоих был странен и страшен: взор широко открытых глаз похож на взор орла, вперенный в солнце; борода и волосы развевались, как бы от сильного ветра; косматая верблюжья риза напоминала перья птицы; кости исхудалых, непомерно длинных, тонких рук и ног, едва покрытые кожей, казались легкими, преображенными для полета, точно пустыми, полыми внутри, как хрящи и кости пернатых; за плечами два исполинские крыла подобны были крыльям лебедя или той *Великой Птицы* , о которой всю жизнь мечтал Леонардо.

И вспомнились художнику слова пророка Малахии, приведенные в дневнике Джованни Бельтраффио:

«Вот Я посылаю Ангела Моего, и он приготовит путь предо Мною, и внезапно придет в храм Свой Господь, Которого вы ищете, и Ангел завета, Которого вы желаете. Вот Он идет».

X

Только что уехал король, воцарилась в Амбуазе обычная тишина и пустынность. Раздавался лишь мерный медный бой часов на башне Орлож да по вечерам крики диких лебедей на песчаных отмелях, среди гладкой, как зеркало, отражающей бледно-зеленое небо Луары.

Леонардо по-прежнему работал над Иоанном Предтечею. Но работа, по мере того как шла вперед, становилась все труднее, все медленнее. Иногда казалось Франческо, что учитель хочет невозможного. С таким же дерзновением, как некогда тайну жизни в моне Лизе, теперь, в этом Иоанне, который указывал на крест Голгофы, испытывал он то, в чем жизнь и смерть сливаются в одну, еще бо?льшую тайну.

Порою, в сумерки, Леонардо, сняв покров с Джоконды, подолгу смотрел на нее и на стоявшего рядом Иоанна, как будто сравнивал их. И тогда

---

49 Взявший на Себя

ученику казалось, может быть, от игры неверного света и тени, что выражение лиц у обоих, у Отрока и Женщины, меняется, что они выступают из полотна, как призраки, под пристальным взором художника, оживляясь жизнью сверхъестественною, и что Иоанн становился похожим на мону Лизу и на самого Леонардо в юности, как сын похож на отца и на мать.

Здоровье учителя слабело. Напрасно Мельци умолял его отдохнуть, оставить работу, Леонардо слышать не хотел об отдыхе.

Однажды, осенью 1518 года, особенно недомогалось ему. Но, преодолевая болезнь и усталость, проработал он весь день; кончил только раньше, чем всегда, и попросил Франческо проводить его наверх, в спальню: витая деревянная лестница была крута; вследствие частых головокружений не решался он в последние дни подыматься по ней без чьей-либо помощи.

И на этот раз Франческо поддерживал учителя. Леонардо шел медленно, с трудом, останавливаясь через каждые две-три ступени, чтобы перевести дух.

Вдруг покачнулся, опираясь на ученика всею тяжестью тела. Тот понял, что ему дурно, и, боясь, что один не сможет поддержать его, кликнул старого слугу, Баттисту Вилланиса. Вдвоем подхватили они Леонардо и, когда опустился к ним на руки, стали звать на помощь и, когда подоспели еще двое слуг, перенесли больного в спальню.

Отказываясь, по обыкновению, от всякого лечения, шесть недель пролежал он в постели. Правая сторона тела была разбита параличом, правая рука отнялась.

К началу зимы ему сделалось лучше. Но поправлялся он трудно и медленно.

В течение всей своей жизни Леонардо владел обеими руками – левой, как и правой – одинаково, и обе были ему нужны для работы: левою рисовал, писал картины правою; то, что делала одна, не могла бы сделать другая; в этом соединении двух противоположных сил заключалось, как он утверждал, преимущество его перед другими художниками. Но теперь, когда, вследствие паралича, онемели пальцы на правой руке, так что он лишился или почти лишился ее употребления, Леонардо боялся, что живопись сделается для него невозможною.

В первых числах декабря встал с постели, сперва начал ходить по верхним покоям, потом спускаться в мастерскую. Но к работе не возвращался.

Однажды, в самый тихий час дня, когда все в доме спали после полдника, Франческо, желая о чем-то спросить учителя и не найдя его в верхних покоях, сошел вниз, в мастерскую, осторожно приотворил дверь и заглянул. В последнее время Леонардо, более угрюмый и нелюдимый, чем когда-либо, любил подолгу оставаться один, не позволяя, чтобы к нему входили без спроса, точно боялся, что за ним подсматривают.

В приотворенную дверь Франческо увидел, что он стоит перед Иоанном и пробует писать больною рукою; лицо его искажено было судорогою отчаянного усилия; углы крепко сжатых губ опущены; брови сдвинуты; седые пряди волос прилипли ко лбу, смоченному по?том. Окоченелые пальцы не слушались: кисть дрожала в руке великого мастера, как в руке неопытного ученика.

В ужасе, не смея шевельнуться, затаив дыхание, смотрел Франческо на эту последнюю борьбу живого духа с умирающей плотью.

XI

В тот год зима была суровая; ледоход разрушил мосты на Луаре; люди замерзали на дорогах; волки забегали в предместье города; старый садовник уверял, будто бы видел их в саду, под окнами замка Дю-Клу: ночью нельзя было без оружия выйти из дому; перелетные птицы падали мертвыми. Однажды утром, выйдя на крыльцо, Франческо нашел на снегу и принес учителю полузамерзшую ласточку. Тот отогрел ее дыханием и устроил ей гнездо в теплом углу за очагом, чтобы весной выпустить на волю.

Работать он уже не пытался: неоконченного Иоанна, вместе с прочими картинами, рисунками, кистями и красками, спрятал в самый дальний угол мастерской. Дни проходили в праздности. Иногда посещал их нотариус, мэтр Гильом; он беседовал о предстоящем урожае, о дороговизне соли, о том, что у лангедокских овец шерсть длиннее, зато мясо лучше у беррийских и лимузенских; или давал советы стряпухе Матурине, как отличить молодых зайцев от старых по легкоподвижной косточке в передних лапках. Заходил к ним также францисканский монах, духовник Франческо Мельци, брат Гульельмо, родом из Италии, давно поселившийся в Амбуазе – старичок простой, веселый и ласковый; он отлично рассказывал старинные новеллы о флорентийских шалунах и проказниках. Леонардо, слушая его, смеялся таким же добрым смехом, как он. В долгие зимние вечера играли они в шашки, бирюльки и карты.

Наступали ранние сумерки; свинцовый свет лился сквозь окна; гости уходили. Тогда целыми часами расхаживал Леонардо взад и вперед по комнате, изредка поглядывая на механика Зороастро да Перетола. Теперь, более чем когда-либо, этот калека был живым укором, насмешкой над усилием всей жизни учителя – созданием человеческих крыльев. По обыкновению, сидя в углу, поджав ноги, наматывал Астро длинную полотняную ленту на круглый шесток; выпиливал чурки для городков; вырезывал волчки; или, зажмурив глаза и раскачиваясь медленно, с бессмысленной улыбкой, махал руками, точно крыльями, и, в полузабытьи, мурлыкал себе под нос все одну и ту же песенку:

Курлы, курлы,
Журавли да орлы,
Среди солнечной мглы,
Где не видно земли.
Журавли, журавли.

И от этой унылой песенки делалось еще скучнее, холодный свет сумерек казался еще безнадежнее.

Наконец совсем темнело. В доме наступала тишина. А за окнами выла вьюга, шумели голые сучья старых деревьев, и шум этот похож был на беседу злых великанов. К вою ветра присоединился другой, еще более жалобный, должно быть, вой волков на опушке леса. Франческо разводил огонь в очаге, и Леонардо присаживался.

Мельци хорошо играл на лютне, и у него был приятный голос. Иногда старался он рассеять мрачные мысли учителя музыкой. Однажды спел ему старинную песню, сложенную Лоренцо Медичи, сопровождавшую так называемый трионфо – карнавальное шествие Вакха и Ариадны, – бесконечно радостную и унылую песню любви, которую Леонардо любил, потому что слышал ее часто в юности:

О, как молодость прекрасна,
Но мгновенна! Пой же, смейся,
Счастлив будь, кто счастья хочет,
И на завтра не надейся.

Учитель слушал, опустив голову: ему вспоминалась летняя ночь, черные, как уголь, тени, яркий, почти белый свет луны в пустынной улице, звуки лютни перед мраморной лоджией, эта же самая песня любви – и мысли о Джоконде.

Последний звук дрожал, замирая, сливаясь с гулом и грохотом вьюги. Франческо, сидевший у ног учителя, поднял глаза на него и увидел, что по лицу старика текут слезы.

Иногда, перечитывая дневники свои, Леонардо записывал новые мысли о том, что теперь занимало его больше всего, – о смерти.

«Теперь ты видишь, что твоя надежда и желание вернуться на родину, к первому бытию – подобно стремлению бабочки в огонь, и что человек, который в беспрерывных желаниях, в радостном нетерпении ждет всегда новой весны, нового лета, новых месяцев и новых годов, думая, что ожидаемое опаздывает, – не замечает того, что желает собственного разрушения и конца. Но желание это есть сущность природы – душа стихий, которая, чувствуя себя заключенною в душе человеческой, вечно желает вернуться из тела к Пославшему ее.

В природе нет ничего, кроме силы и движения; сила же есть воля счастья – вечное стремление мира к последнему равновесию, к Первому Двигателю.

Когда желаемое соединяется с желающим, происходит утоление желания и радость; любящий, когда соединился с любимою, – покоится; тяжесть, когда упала, – покоится.

Часть всегда желает соединиться с целым, дабы избегнуть несовершенства: душа всегда желает быть в теле, потому что без органов тела не может ни действовать, ни чувствовать. Но с разрушением тела душа не разрушается; она действует в теле, подобно ветру в трубах органа: ежели одна из труб испорчена, ветер не производит верного звука.

Как день, хорошо употребленный, дает радостный сон, так жизнь, хорошо прожитая, дает радостную смерть.

Всякая жизнь, хорошо прожитая, есть долгая жизнь.

Всякое зло оставляет горечь в памяти, кроме величайшего – смерти, которая разрушает память вместе с жизнью.

Когда я думал, что учусь жить, я только учился умирать.

Внешняя необходимость природы соответствует внутренней необходимости разума: все разумно, все хорошо, потому что все необходимо.

Да будет воля Твоя, Отче наш, и на земле, как на небе».

Так разумом оправдывал он в смерти божественную необходимость – волю Первого Двигателя. А между тем в глубине сердца что-то возмущалось, не могло и не хотело покориться разуму.

Однажды приснилось ему, что он очнулся в гробу, под землею, заживо погребенный, и с отчаянным усилием, задыхаясь, уперся руками в крышку гроба... На следующее утро напомнил он Франческо свое желание, чтобы не хоронили его, пока не явятся первые признаки тления.

В зимние ночи, под стоны вьюги, глядя на подернутые пеплом угли очага, он вспоминал свои детские годы в селении Винчи – бесконечно далекий и радостный, точно призывный крик журавлей: «Полетим! полетим!», смолистый горный запах вереска, вид на Флоренцию в солнечной долине, прозрачно-лиловую, как аметист, такую маленькую, что вся она умещалась между двумя золотистыми ветками поросли, покрывающей склоны Альбанской горы. И тогда чувствовал, что все еще любит жизнь, все еще, полумертвый, цепляется за нее и боится смерти, как черной ямы, куда не сегодня, так завтра провалится с криком последнего ужаса. И такая тоска сжимала сердце, что хотелось плакать, как плачут маленькие дети. Все утешения разума, все слова о божественной необходимости, о воле Первого Двигателя казались лживыми, разлетались, как дым, перед этим бессмысленным ужасом. Темную вечность, тайны неземного мира он отдал бы за один луч солнца, за одно дуновение весеннего ветра, полного благоуханием распускающихся листьев, за одну ветку с золотисто-желтыми цветами альбанской поросли.

Ночью, когда они оставались одни, а спать не хотелось – в последнее время страдал Леонардо бессонницей, – читал ему Франческо Евангелие.

Никогда не казалась ему эта книга такою новою, необычайною, непонятою людьми. Некоторые слова, по мере того как он вдумывался в них, углублялись, как бездны. Одно из таких слов было в четвертой главе Евангелия от Луки. Когда Господь победил два первые искушения – хлебом и властью, – дьявол искушает его крыльями:

«И повел его в Иерусалим, и поставил Его на крыле храма, и сказал ему: если Ты Сын Божий, бросься отсюда вниз. Ибо написано: Ангелам Своим заповедает о Тебе сохранить Тебя, и на руках понесут Тебя, да не преткнешься о камень ногою Твоею. Иисус сказал ему в ответ: сказано: не искушай Господа Бога Твоего».

Слово это казалось теперь Леонардо ответом на вопрос всей жизни его: будут ли крылья человеческие?

«И окончив все искушение, диавол отошел от Него *до времени* ».

«До времени? Что это значит? – думал Леонардо. – Когда же дьявол приступит к Нему снова?»

Слова, которые могли бы казаться ему полными величайшего соблазна, наиболее противными опыту и познанию законов естественной необходимости, не смущали его:

«Если вы будете иметь веру с горчичное зерно и скажете горе сей: перейди туда, – она перейдет».

Ему всегда казалось, что последнее, может быть, недоступное людям, знание и последняя, столь же недоступная, вера привели бы разными путями к одному – к слиянию внутренней и внешней необходимости, воли человека и воли Бога. Кто с истинною верою скажет горе: подымись и ввергнись в море, – тот уже знает, что не может не быть по слову его; для того уже сверхъестественное – естественно. Но уязвляющее жало этих слов не заключалось ли в том, что веру, хотя бы с горчичное зерно, иметь труднее, чем сказать горе: подымись и ввергнись в море?

Тщетно старался он постигнуть и другое, еще более загадочное слово Учителя:

«Славлю Тебя, Отче, Господи неба и земли, что Ты утаил сие от мудрых и разумных и открыл то младенцам. Ей, Отче! ибо таково было Твое благоволение».

Ежели есть у Бога тайна, которую Он открывает младенцам, ежели совершенная простота не есть совершенная мудрость, – почему же сказано в той же книге:

«Будьте мудры, как змии, и просты, как голуби».

Между этими двумя словами опять открывалась бездна.

И еще сказано: «Посмотрите на полевые лилии, – как они растут? И так, не заботьтесь и не говорите: что нам есть? или что нам пить? или во что одеться? Потому что всего этого ищут язычники, и потому что Отец ваш небесный знает, что вы имеете нужду во всем этом. Это все приложится вам».

Леонардо вспоминал свои открытия, изобретения, машины, которые должны были дать человеку власть над природою, и думал: «Неужели все это только забота о теле – что есть? что пить? во что одеться? – только служение Маммону? Или в труде человеческом нет ничего, кроме пользы? И если Любовь есть Мария, которая, избрав благую честь, сидит у ног Учителя и внемлет словам Его, то неужели Мудрость – только Марфа, которая печется о многом, когда нужно одно?»

Он, впрочем, знал, по собственному опыту, что в глубочайшей мудрости, так же как на скользком краю пропасти, находятся самые страшные, неодолимые соблазны. Он вспоминал о малых сих, собственных учениках, может быть, из-за него погибших, им соблазненных – Чезаре, Астро, Джованни, – когда слышал эти слова:

«Кто соблазнит одного из малых сих, тому лучше было бы, если бы повесили ему мельничный жернов на шею и потопили его в глубине морской. Горе миру от соблазнов; ибо надобно прийти соблазнам, но горе тому человеку, через которого соблазн приходит».

И, однако, в той же книге не было ли сказано:

«*Блажен, кто не соблазнится о Мне* . – Думаете ли вы, что я пришел дать мир земле? Нет, говорю вам, но разделение».

Всего же более ужасал его рассказ Матфея и Марка о смерти Иисуса:

«В шестом часу наступила тьма по всей земле и продолжалась до часа девятого. А около девятого часа возопил Иисус громким голосом: Элои! Элои! ламма? савахфани! Боже мой! Боже мой! для чего Ты меня оставил? И опять возопив, испустил дух».

«*Дл ячего Ты оставил Меня?* – думал Леонардо. – Одним ли врагам Его казался этот предсмертный крик Сына к Отцу, Того, Кто сказал: «Я и Отец одно», – криком последнего отчаяния? И если все учение Его положить на одну чашу весов, а на другую – эти четыре слова, то какая перевесит?»

И, между тем как он думал об этом, ему казалось, что уже видит он лицом к лицу ту страшную черную яму, куда, не сегодня, так завтра, споткнувшись, провалится с криком последнего ужаса: «Боже мой, Боже мой, для чего Ты меня оставил?»

Иногда поутру, вставая, глядел он сквозь замерзшие стекла на снежные сугробы, на серое небо, на деревья, покрытые инеем, – и ему казалось, что зима никогда не кончится.

Но в начале февраля повеяло теплом; на солнечной стороне домов с висячих льдинок закапали звонкие светлые капли; воробьи зачирикали; стволы деревьев окружились темными кругами тающего снега; почки разбухли, и сквозь редеющий пар облаков засквозило бледно-голубое небо.

Утром, когда солнце проникало в мастерскую косыми лучами, Франческо ставил в них кресло учителя, и целыми часами старик сидел неподвижно, греясь, опустив голову, положив на колени исхудалые руки. И в руках этих, и в лице с полузакрытыми веками было выражение бесконечной усталости.

Ласточка, зимовавшая в мастерской, прирученная Леонардо, теперь летала, кружилась по комнате, садилась к нему на плечо или на руку, позволяла брать себя и целовать в головку; потом, опять вспорхнув, реяла с нетерпеливыми криками, как будто чуя весну. Внимательным взором следил он за каждым поворотом ее маленького тела, за каждым движением крыльев – и мысль о человеческих крыльях снова пробуждалась в нем.

Однажды, отперев большой сундук, стоявший в углу мастерской, начал рыться в кипах бумаг, тетрадей и бесчисленных отдельных листков, с чертежами машин, с отрывочными заметками из двухсот сочиненных им книг *О Природе*.

Всю жизнь собирался он привести в порядок этот хаос, связать общею мыслью отрывки, соединить их в стройное целое, в одну великую Книгу о Мире, но все откладывал. Он знал, что здесь были открытия, которые на несколько веков сократили бы труд познания, изменили бы судьбы человечества и повели бы его новыми путями. И вместе с тем знал, что этого не будет: теперь уже поздно, все погибнет так же бесплодно, так же бессмысленно, как Тайная Вечеря, памятник Сфорцы, Битва при Ангиари, потому что и в науке он только желал бескрылым желанием, только начинал и не оканчивал, ничего не сделал и не сделает, как будто насмешливый рок наказывал его за безмерность желаний ничтожеством действия. Предвидел, что люди будут искать того, что он уже нашел, открывать то, что он уже открыл, – пойдут его путем, по следам его, но мимо него, забыв о нем, как будто его вовсе не было.

Отыскав небольшую, пожелтевшую от старости тетрадку, озаглавленную *Птицы*, отложил ее в сторону.

В последние годы он почти не занимался летательной машиной, но думал о ней всегда. Наблюдая полет прирученной ласточки и чувствуя, что новый замысел созрел в нем окончательно, решил приступить к последнему опыту с последнею, может быть, безумною надеждою, что созданием крыльев человеческих будет спасен и оправдан весь труд его жизни.

Он принялся за эту новую работу с таким же упорством, с такой же лихорадочною торопливостью, как за Иоанна Предтечу: не думая о смерти, побеждая слабость и болезнь, забывая сон и пищу, просиживая целые дни и ночи над чертежами и вычислениями. Иногда казалось Франческо, что это не работа, а бред сумасшедшего. С возрастающей тоской и страхом смотрел ученик на лицо учителя, искаженное судорогой отчаянного, как бы яростного усилия воли – желанием невозможного, того, чего людям не дано желать безнаказанно.

Прошли недели. Мельци не отходил от него, не спал ночей. Однажды, после третьей ночи, смертельная усталость одолела Франческо. Он прикорнул в кресле у потухшего очага и задремал.

Утро серело в окнах. Проснувшаяся ласточка щебетала. Леонардо сидел за маленьким рабочим столиком, с пером в руках, согнувшись, опустив голову над бумагою, испещренною цифрами.

Вдруг тихо и странно покачнулся; перо выпало из пальцев; голова стала склоняться все ниже и ниже. Сделал усилие, чтобы встать, хотел позвать Франческо; но чуть слышный крик замер на губах его; и неуклюже и грузно навалившись всею тяжестью тела на стол, опрокинул его. Заплывшая свеча упала. Мельци, разбуженный стуком, вскочил. В сумеречном свете утра рядом с опрокинутым столом, потухшею свечою и разбросанными листками он увидел учителя, лежавшего на полу. Испуганная ласточка кружилась по комнате, задевая потолок и стены шуршащими крыльями.

Франческо понял, что это – второй удар.

Несколько дней пролежал больной без памяти, продолжая в бреду математические выкладки. Очнувшись, тотчас потребовал чертежи летательной машины.

– Ну нет, учитель, воля ваша! – воскликнул Франческо. – Я скорей умру, чем позволю вам приняться за работу, пока совсем не поправитесь...

– Куда положил их? – спрашивал больной с досадою.

– Куда бы ни положил, не бойтесь – будут в сохранности. Все возвращу, когда встанете...

– Куда положил их? – повторил Леонардо.

– На чердак отнес и запер.

– Где ключ?

– У меня.

– Дай.

– Помилуйте, мессере, на что же вам?

– Давай, давай скорее!

Франческо медлил. Глаза больного вспыхнули гневом. Чтобы не раздражать его, Мельци отдал ключ. Леонардо спрятал под подушку и успокоился.

Он стал поправляться скорее, чем думал Франческо.

Однажды, в начале апреля, провел день спокойно; играл в шашки с фра Гульельмо. Вечером Франческо, утомленный многими бессонными ночами, задремал, сидя на скамье в ногах учителя, прислонившись головой к постели. Вдруг проснулся, как бы от внезапного толчка. Прислушался и не услышал дыхания спящего. Ночник потух. Он зажег его и увидел, что постель пуста; обошел все верхние покои дома, разбудил Баттисту Вилланиса, – и тот не видел Леонардо.

Франческо хотел уже спуститься вниз, в мастерскую, но вспомнил о бумагах, спрятанных на чердаке. Побежал туда, приотворил незапертую дверь и увидел Леонардо, полуодетого, сидевшего на полу перед опрокинутым старым ящиком, который служил ему столом; при свете сального огарка он писал – должно быть, делал вычисления для машины, что-то тихо и быстро бормоча, как в бреду. И это бормотание, и горящие глаза, и седые всклокоченные волосы, и щетинистые брови, сдвинутые как бы сверхчеловеческим усилием мысли, и углы ввалившегося рта, опущенные с выражением старческой немощи, и все лицо, которое казалось чужим, незнакомым, словно раньше никогда не видел он его, были так страшны, что Франческо остановился в дверях, не смея войти.

Вдруг Леонардо схватил карандаш и зачеркнул страницу, исписанную цифрами, так что острие карандаша сломалось, потом оглянулся, увидел ученика и встал, бледный, шатаясь.

Франческо бросился к нему, чтобы поддержать его.

– Говорил я тебе, – с тихою, странною усмешкою молвил учитель, – говорил, Франческо, что скоро кончу. Ну вот и кончил, кончил все. Теперь уж не бойся, не буду. Довольно! Стар я стал и глуп, глупее Астро. Ничего не знаю. Что и знал, то забыл. Куда уж мне с крыльями... К черту все, к черту!..

И, хватая со стола листки, яростно комкал и рвал.

С того дня опять ему сделалось хуже. Мельци предчувствовал, что он уже на этот раз не встанет. Иногда на целые дни впадал больной в забытье, подобное обмороку.

Франческо был набожен. Во все, чему учит Церковь, верил с простотой. Он один не подвергся влиянию тех губительных чар – «дурному глазу» Леонардо, которые испытывали почти все, кто приближался к нему. Зная, что учитель не исполняет церковных обрядов, все-таки угадывал чутьем любви, что Леонардо – не безбожник. И далее не углублялся, не любопытствовал.

Но теперь мысль о том, что он может умереть без покаяния, ужаснула его. Он отдал бы душу свою, чтобы спасти учителя; но заговорить с ним об этом не смел.

Однажды вечером, сидя у изголовья больного, смотрел на него все с тою же страшною мыслью.

– О чем ты думаешь? – спросил Леонардо.

– Фра Гульельмо заходил сегодня утром, – ответил Франческо, немного замявшись, – хотел вас видеть. Я сказал, что нельзя...

Учитель заглянул ему прямо в глаза, полные мольбою, страхом и надеждою.

– Ты не о том, Франческо, думал. Зачем не хочешь сказать мне?

Ученик молчал, потупившись.

И Леонардо понял все. Отвернулся и нахмурился. Всегда хотелось ему умереть так же, как он жил – в свободе и в истине. Но было жаль Франческо: неужели и теперь, в последние мгновения перед смертью, возмутит он смиренную веру, соблазнит единого от малых сих?

Опять взглянул на ученика, положил ему на руку исхудалую руку свою и молвил с тихою улыбкою:

– Сын мой, пошли к фра Гульельмо, попроси его прийти завтра. Я хочу исповедаться и причаститься. Пригласи также мэтра Гильома.

Франческо ничего не ответил, только поцеловал руку Леонардо с бесконечною благодарностью.

XIII

На следующее утро, 23 апреля, в субботу на Страстной неделе, когда пришел нотариус, мэтр Гильом, Леонардо сообщил ему свою последнюю волю: четыреста флоринов, отданные на сохранение камерлингу церкви Санта-Мариа Нуова в городе Флоренции, завещал братьям, с которыми вел тяжбу, – в знак совершенного примирения; ученику Франческо Мельци – книги, научные приборы, машины, рукописи и остаток жалованья, который должен был получить из королевской казны; слуге Баттисте Вилланису – домашнюю утварь в замке Дю-Клу и половину виноградника за стенами города Милана, у Верчельских ворот, а другую половину – ученику Андреа Салаино.

Что касается обряда похорон и прочего, просил нотариуса обратиться к Мельци, которого назначал своим душеприказчиком.

Франческо с мэтром Гильомом позаботились устроить такие похороны, из которых явствовало бы, что Леонардо, вопреки народной молве, умер как верный сын католической церкви.

Больной одобрил все и, желая показать, что принимает участие в заботах Франческо о благолепии похорон, назначил, вместо предложенных восьми, десять фунтов свечей во время заупокойных обеден, вместо пятидесяти семьдесят туренских су для раздачи бедным.

Когда завещание было готово и оставалось только скрепить его подписями свидетелей, Леонардо вспомнил о старой служанке своей, стряпухе Матурине. Мэтр Гильом должен был прибавить новую статью, по которой получала она платье доброго черного сукна, подбитый мехом головной убор, тоже суконный, и два дуката деньгами – за многолетнюю верную службу. Это внимание умирающего к верной служанке наполнило сердце Франческо знакомым чувством нестерпимой жалости.

В комнату вошел фра Гульельмо со Святыми Дарами, и все удалились.

Выйдя от больного, монах успокоил Франческо, сообщив ему, что Леонардо исполнил обряды Церкви со смирением и преданностью воле Божьей.

– Что бы люди ни говорили о нем, сын мой, – заключил фра Гульельмо, – он оправдается, по слову Господа: «Блаженны чистые сердцем, ибо они Бога узрят».

Ночью у больного сделались припадки удушья. Мельци боялся, что он умрет на руках его.

К утру – это было 24 апреля, Светлое Христово Воскресенье – стало ему легче. Но так как все еще он задыхался, а в комнате было жарко, Франческо открыл окно. В голубых небесах реяли белые голуби, и с трепетным шелестом крыльев сливался звон колоколов пасхальных. Но умирающий уже не видел и не слышал ничего.

Ему казалось, что неимоверные тяжести, подобные каменным глыбам, падают, валятся, давят его; он хочет приподняться, сбросить их, не может

– и вдруг, с последним усилием, освобождается, летит на исполинских крыльях вверх; но снова камни валятся, громоздятся, давят; снова он борется, побеждает, летит, – и так без конца. И с каждым разом тяжесть все страшнее, усилие неимовернее. Наконец чувствует, что уже не может бороться, и с криком последнего отчаяния: Боже мой! Боже мой! для чего Ты оставил меня? – покоряется. И только что покорился, – понял, что камни и крылья, давление тяжести и стремление полета, верх и низ – одно и то же: все равно – лететь или падать. И он летит и падает, уже не зная, колеблют ли его тихие волны бесконечного движения, или мать качает на руках, баюкая.

Несколько дней еще тело его казалось живым для окружающих; но он уже не приходил в себя. Наконец однажды утром – это было 2 мая – Франческо и фра Гульельмо заметили, что дыхание его ослабевает. Монах стал читать отходную.

Через некоторое время ученик, приложив руку к сердцу учителя, почувствовал, что оно не бьется. Он закрыл ему глаза.

Лицо умершего мало изменилось. На нем было выражение, которое часто бывало при жизни – глубокого и тихого внимания.

Пока Франческо с Баттистой Вилланисом и старой служанкой Матуриной обмывали тело, – окна и двери открыты были настежь.

В это время снизу, из мастерской, прирученная ласточка, о которой забыли в последние дни, почуяв свободу, через лестницу и верхние покои влетела в комнату, где лежал покойник. Покружившись над ним, среди погребальных свечей, горевших мутным пламенем в сиянии солнечного утра, опустилась, должно быть, по старой привычке, на сложенные руки Леонардо. Потом вдруг встрепенулась, взвилась и через открытое окно улетела в небо с веселым криком. И Франческо подумал, что в последний раз учитель сделал то, что так любил, – отпустил на волю крылатую пленницу.

Согласно с желанием покойного, тело его пролежало три дня, но не в мертвецкой – этого не захотел Франческо, – а в той же комнате, где он умер.

При совершении похорон все, сказанное в завещании, соблюдено в точности: капелланы, каноники, викарии, монахи сопровождали гроб; шестьдесят нищих несли шестьдесят свечей; в четырех церквах Амбуаза отслужены три большие и тридцать малых обеден, причем горели десять фунтов толстых восковых свечей; семьдесят туренских су розданы бедным при городской больнице Сен-Лазар. По этим признакам благочестивые люди могли убедиться, что хоронят верного сына святой католической Церкви.

Он был погребен в монастыре Сен-Флорентен. Но так как скоро забытая могила сровнялась с землею и память о нем в Амбуазе исчезла бесследно, то для грядущих поколений место, где покоится прах Леонардо, осталось неизвестным.

Сообщая о смерти учителя братьям его во Флоренции, Франческо писал:

«Горя, причиненного мне смертью того, кто был для меня больше, чем отец, выразить я не умею. Но, пока жив, буду скорбеть о нем, потому что он любил меня великою и нежною любовью. Да и всякий, полагаю, должен скорбеть об утрате такого человека, которому другого подобного природа не может создать. – Ныне, всемогущий Боже, даруй ему вечный покой».

XIV

В день смерти Леонардо Франциск I охотился в лесу Сен-Жерменском. Узнав о кончине художника, велел запечатать его мастерскую до своего прибытия в Амбуаз, так как желал сам выбрать для себя лучшие картины.

Впрочем, у Франциска в это время были заботы более важные для него, чем искусство. Пять месяцев назад, 12 января 1519 года, скончался император Максимилиан I. Три короля – Англии, Испании, Франции – спорили из-за короны Священной Империи, действуя обманами и происками. Франциск уже мечтал, соединив в руках своих скипетр французских королей со скипетром римских императоров, основать небывалую в Европе монархию. На подкупы намеревался истратить три миллиона; искал союза с папою и обещал ему крестовый поход на турок для отвоевания Гроба Господня; клялся, что через три года после своего избрания вступит победителем в Константинополь и водрузит крест на Святой Софии. Больше, чем других соперников, ненавидел юного Карла, короля испанского, уверяя, что скорее согласится на избрание ничтожного курфюрста Бранденбургского или даже короля Польши Сигизмунда, чем Карла.

Лев X, по обыкновению, лукавил и вилял между обоими соперниками, не отвечая ни да, ни нет; в то же время продолжал переговоры, через доминиканца Дитриха Шомберга, с великим князем московским Василием Иоанновичем и, добиваясь его участия в Священной Лиге против турок, предлагал ему посредничество для заключения мира с королем Сигизмундом.

В это время один из двух бывших в Италии русских послов, Дмитрий Герасимов, уже вернулся в Москву; другой, Никита Карачаров, остался в Риме. Узнав о предстоящем избрании кесаря и о переговорах по этому поводу Франциска с злейшим врагом своего государя, королем Сигизмундом, – для более подробных и точных разведок Никита, вместе с папским легатом, поехал во Францию и, так же как в первую поездку, взял с собою старого подьячего, Илью Потапыча Копылу, толмача Власия и двух младших писцов, Федора Игнатьевича Рудометова – Федьку Жареного и Евтихия Паисиевича Гагару.

Евтихий, по обычаю многих тогдашних русских странников, вел краткую путевую запись, где отмечал все особенно любопытное из виденного и слышанного. В этом дневнике, между прочим, описывал он так Флоренцию:

«Град, зовомый Флоренза, велик вельми, и таковаго не обрели мы в преждеписанных. Есть же прекраснейший и предобрейший сущих в Италии градов, их же сам видел. Божницы вельми красны, палаты из белого камня, вельми высоки и хитры. И есть во граде том божница великая, камень мрамор бел да черен. И у божницы той устроен столп-колокольница, так же белый камень-мрамор. И хитрости ее недоумевает ум наш. И ходили мы во столп тот вверх и сосчитали ступени: четыреста и пятьдесят. Что могли своим малоумием вместити, то и написали, как видели, иного же не мощно исписати, зане пречудно есть отнюдь и несказанно», – заключал он рассказ, и действительно, то, что больше всего поразило его, не сумел он выразить: среди мраморных шестигранных барельефов Джотто, которыми украшен нижний ярус исполинской «колокольницы» – Кампанилы собора Санта-Мария дель Фьоре и которые изображают последовательные ступени человеческого развития – скотоводство, земледелие, укрощение коня, изобретение кораблестроения, ткацкого станка, обработки металлов, живописи, музыки, астрономии, – заметил он хитрого механика Дедала, который испытывает изобретенные им огромные восковые крылья: тело облеплено птичьими перьями; крылья привязаны ремнями к туловищу; обеими руками ухватился он за внутренние перекладины и, приводя ими в движение крылья, пытается взлететь.

Этот самый барельеф некогда внушил отроку Леонардо, только что приехавшему во Флоренцию из родного селения Винчи, первую мысль о летательной машине – о Великой Птице.

Загадочный образ Крылатого Человека тем более поразил Евтихия, что в те дни он работал над иконою Предтечи Крылатого. С неясною и вещею тревогою он почувствовал противоположность вещественных, устроенных, может быть, хитростью бесовскою, крыльев механика Дедала и духовных, «прообразующих парение девственников к Богу», крыльев «ангела во плоти» – Иоанна Предтечи.

Франциск I из Сен-Жермена переехал в охотничий замок Фонтенбло, затем в Амбуаз. Сюда же, в первых числах июня 1519 года, прибыл русский посол Никита Карачаров и остановился, так же как в первый приезд, в доме нотариуса мэтра Гильома Боро, на главной улице города, у Часовой Башни.

Тотчас по приезде осмотрел король мастерскую Леонардо. В тот же день, вечером, принцесса Маргарита, с послом курфюрста Бранденбургского и другими чужеземными вельможами, в том числе Никитой Карачаровым, отправились в замок Дю-Клу.

Проведав об этом, Федька Жареный посоветовал дяде, Илье Потапычу Копыле, и Евтихию Гагаре также отправиться в «Дюклов», уверяя, что они могут увидеть много любопытного в доме «сего достохвального мастера Леонардуса, мужа чудного рассуждения, благосердного, в науке книжного поучения довольного, в словесной премудрости ритора, естествославного и смышлением быстроумного».

Илья Потапыч и Евтихий с толмачом Власием последовали за ним в замок Дю-Клу.

Когда они пришли, Маргарита и прочие гости, уже кончив осмотр, собирались уходить. Тем не менее Франческо принял новых гостей с тою же любезностью, с какою принимал всех чужеземцев, посещавших дом учителя, не справляясь о чинах и звании; повел их в мастерскую и стал показывать все, что в ней было.

С боязливым удивлением они разглядывали невиданные машины, астрономические сферы, глобусы, квадранты, стеклянные колбы, перегонные шлемы, огромный, сделанный из хрусталя человеческий глаз для изучения законов света, музыкальные приборы для изучения законов звука, маленькое изображение водолазного колокола, острые, лодкообразные лыжи для хождения по морю, как посуху, анатомические рисунки и чертежи страшных военных снарядов. Федьку все это пленяло, казалось ему «астроложскою премудростью и высшей алхимеей». Но Илья Потапыч то и дело хмурился, отворачивался и набожно крестился. Евтихия особенно поразил старый, сломанный остов крыла, похожего на крыло исполинской ласточки. Когда кое-как, через толмача Власия, Мельци объяснил ему, что это часть летательной машины, над которой учитель работал всю жизнь, Евтихию вспомнился крылатый человек Дедал на флорентийской мраморной колокольнице – и странные, жуткие мысли пробудились в нем с новою силою.

Осматривая картины, он остановился в недоумении перед Иоанном Предтечею; сначала принял его за женщину и не поверил, когда Власий, со слов Франческо, сказал, что это Креститель; но, вглядываясь попристальнее, увидел тростниковый крест – «посох кресчатый», такой же точно, с каким и русские иконники писали Иоанна Предтечу, заметил также одежду из верблюжьего волоса. Смутился. Но, несмотря на всю противоположность этого Бескрылого тому Крылатому, с которым свыкся Евтихий, – чем больше смотрел, тем больше пленяла чуждая прелесть женоподобного Отрока, полная тайны улыбка, с которой он указывал на крест Голгофы. В оцепенении, как очарованный, стоял он перед картиною, ни о чем не думая, только чувствуя, что сердце бьется все чаще и чаще от неизъяснимого волнения.

Илья Потапыч не выдержал, яростно плюнул и выругался:

– Дьявольская нечисть! Невежество студодейное! Сей ли непотребный, аки блудница оголенный, ни брады, ни усов не имеющий – Предтеча? Ежели Предтеча, то не Христа, а паче Антихриста... Пойдем, Евтихий, пойдем скорее, чадо мое, не оскверняй очей своих: нам, православным, и взирать не достоит на таковые иконы их, неистовые, бесоугодные – будь они прокляты!

И, взяв Евтихия за руку, почти насильно оттащил от картины и долго еще, выйдя из дома Леонардо, не мог успокоиться.

– Видите ли ныне, – предостерегал своих спутников, – сколь мерзостен перед Богом всяк, любящий гиомитрию, чародейство, алхимею, звездочетие и прочее таковое? Ибо разуму верующий легко впадает в прелести различные. Любите же, дети мои, простоту паче мудрости; высочайшего не изыскуйте, глубочайшего не испытуйте, а какое вам предано готовое от Бога учение, то и содержите неблазненно. И ежели кто тебя спросит: знаешь ли всю философию? – ты ему отвечай со смирением: грамоте учился, еллинских же борзостей не проходил, риторских астрономов не читал, философию и в глаза не видел – учуся книгам благодатного закона, дабы грешную душу спасти...

Евтихий слушал, не понимая. Он думал о другом – о «бесоугодной иконе», хотел забыть ее и не мог: таинственный лик Женоподобного, бескрылого носился перед ним, пугал и пленял его, преследуя, как наваждение.

XV

Так как в этот второй приезд Карачарова наплыв чужеземцев в Амбуаз был меньше, хозяин отвел для русского посольства помещение в нижних покоях дома, более просторное и удобное. Но Евтихий, предпочитая уединение, поселился в той же комнате, где жил два года назад, – под самою крышею дома, рядом с голубятнею, и по-прежнему устроил свою крошечную мастерскую в углублении слухового окна.

Вернувшись домой из замка Дю-Клу и желая отогнать искушение, принялся за работу над новым, почти уже конченным образом: Иоанн Предтеча Крылатый стоял в голубых небесах, на желтой песчаной, словно выжженной солнцем горе, полукруглой, как бы на краю земного шара, окруженной темно-синим, почти черным океаном. Он имел две головы – одну, живую – на плечах, другую, мертвую – в сосуде, который держал в руке своей, как бы в знак того, что человек, только умертвив в себе все человеческое, достигает окрыления сверхчеловеческого; лик был странен и страшен, взор широко открытых глаз похож на взор орла, вперенный в солнце; верблюжья мохнатая риза напоминала перья птицы; борода и волосы развевались, как бы от сильного ветра в полете; едва покрытые кожей кости тонких, исхудалых рук и ног, непомерно длинных, как у журавля, казались сверхъестественно легкими, точно полыми внутри, как хрящи и кости пернатых; за плечами висели два исполинских крыла, распростертые в лазурном небе, над желтою землей и черным океаном, снаружи белые, как снег, внутри багряно-золотистые, как пламя, подобные крыльям огромного лебедя.

Евтихию предстояло кончить позолоту на внутренней стороне крыльев.

Взяв несколько тонких, как бумага, листков червонного золота, он смял их в ладони и растер пальцем в раковине со свежею камедью; налил сверху воды, теплой, «в стутерп руки», и, как пало золото на дно и вода устоялась, воду слил и острой хорьковою кисточкой начал писать перья в крыльях Предтечи золотыми черточками, тщательно, перышко к перышку, и в каждой бородке пера, усик к усику; закрепляя золото яичным белком, гладил его заячьей лапкою, вылащивал медвежьим зубом. Крылья становились все живее, все лучезарнее.

Но работа не дала ему обычного забвения: крылья Предтечи напоминали то крылья механика Дедала, то крыло летательной машины Леонардо. И лик таинственного Отрока-Девы, лик Бескрылого вставал перед ним, заслоняя Крылатого, манил и пугал, преследуя, как наваждение.

На сердце Евтихия было тяжело и смутно. Кисть выпала из рук его. Почувствовал, что больше не в силах работать, вышел из дома и долго бродил сначала по улицам города, потом по берегу пустынной Луары.

Солнце зашло. Бледно-зеленое небо с вечернею звездою отражалось в зеркальной глади реки. А с другой стороны надвигалась туча. Зарницы трепетали в ней, как судорожно бьющиеся исполинские огненные крылья. Было душно и тихо. И в этой тишине сердце Евтихия сжималось все томительнее, все тревожнее.

Снова вернулся домой, зажег лампаду перед иконою Углицкой Божией Матери; справляя келейное правило, прочел каноны, и?косы и кондаки; постлал на узкий деревянный ящик, служивший ему постелью, дорожный войлок, разделся и лег – но тщетно старался уснуть.

Часы проходили за часами. Его бросало то в жар, то в озноб. Во мраке, озаряемом вспышками бледных зарниц, он лежал с открытыми глазами, прислушиваясь к тишине, в которой чудились ему странные шелесты, шепоты, шорохи, вещие звуки, приметы старых русских книжников: «ухозвон, стенотреск, мышеписк». Подобные бреду, бессвязные мысли проносились в уме его; вспоминались предания о всяких сказочных дивах и нежитях: о страшном Индрике-звере, что «ходит под землей, как солнце по небу, пропущает реки и кладязи»; о чудовищной птице Стратиме, что «живет на краю океана, колышет волны и топит корабли»; о брате царя Соломона, Китоврасе, что царствует днем над людьми, а ночью, обернувшись зверем, рыщет по земле; о людях, что носятся над бездною, над негасимым огнем, не пьют, не едят – таких длинных и тонких, что, куда ветер повеет, туда и летят, как паутина, – а смерти им нет. И ему казалось, что сам он, как человек-паутина, носится в вечном вихре над бездною.

Вторые петухи пропели; и вспомнил он древнее сказание о том, как в средине ночи, когда ангелы, взяв от Божьего престола солнце, несут его на восток, херувимы ударяют в крылья свои, и на земле всякая птица трепещет от радости, и петух, открыв главу свою, пробуждается и плещет крыльями, пророчествуя миру свет.

И снова, и снова, подобные бреду, бессвязные мысли тянулись, обрывались, как гнилые нити, и путались.

Напрасно творил он молитву, удерживая дыхание, по уставу Нила Сорского: ничто не помогало – видения становились все ярче, все неотступнее.

Вдруг из мрака выплыл и встал перед ним, как живой, полный дьявольской прелестью, лик Женоподобного, Отрока-Девы, который, указывая на крест Голгофы, с нежной и насмешливой улыбкою смотрел Евтихию прямо в глаза таким пристальным, ласковым взором, что сердце его замерло от ужаса и холодный пот выступил на лбу.

Зажег свечу, решив провести остаток ночи без сна, взял с полки книгу и начал читать. Это была древняя русская повесть *О Вавилонском Царстве*.

Во время царя Навуходоносора и его преемников город Вавилон опустел и сделался приютом бесчисленных змей. Через много веков император византийский Лев, во святом крещении Василий, послал трех мужей взять из Вавилона венец и порфиру царя Навуходоносора. Долго шли они, потому что путь был тесен и труден, наконец дошли до града Вавилона, но ничего не увидели: ни стен, ни домов, ибо на шестнадцать поприщ вокруг запустевшего города выросло былие пустынное, «аки есть волчец, трава безугодная; а против сих трав гады, змеи, жабы огромные, им же числа нет, свившись, как великие копны сенные, вздымались и свистели, и шипели, и несло от них зимнею стужею». На третий день пришли посланники к Великому Змию, что лежал вокруг Вавилона и хобот свой пригнул с другой стороны к тем же вратам, где глава его. И лестница из древа кипариса положена была на стену города. По этой лестнице взошли они, вступили в город и в одной из царевых палат нашли венец Навуходоносора и ларец сердоликовый с порфирою и скипетром. Когда вернулись послы к императору с найденною царскою утварью, патриарх Константинопольский во храме Софии Премудрости Божией возложил на благоверного царя Василия порфиру и венец Навуходоносора, царя вавилонского и всей вселенной. – Впоследствии император Константин Мономах послал этот самый венец великому князю Владимиру Всеволодовичу, как знак всемирного владычества, уготованного Богом русской земле.

Отложив повесть «О Вавилонском Царстве», взял Евтихий другую книгу – сказание «О Белом глобуке», посланное несколько лет назад из Рима новгородскому архиепископу Геннадию Дмитрием Герасимовым, Митей Толмачом, тем самым, который сопровождал Никиту Карачарова и у которого служил Евтихий.

В древние лета император Константин Равноапостольный, рассказывалось в этой повести, приняв христианскую веру и получив исцеление от папы Сильвестра, пожелал наградить его царским венцом. Но ангел велел ему дать венец не земного, а небесного всемирного владычества – Белый Клобук, устроенный по образцу монашеского чина, прообразующий «светлое тридневное Воскресение Христово». Православные папы долго чтили Белый Клобук, пока царь Карул с папою Формозом не впали в латинскую ересь, в признание не только небесного, но и земного владычества Церкви. Тогда ангел в новом видении одному из пап велел послать Клобук в Византию патриарху Филофею. Тот принял святыню с великою честью и пожелал удержать ее, но император Константин и папа Сильвестр, явившись ему в сновидении, велели послать Клобук еще далее – в русскую землю, в Великий Новгород. «Ибо ветхий Рим, – так сказал папа Сильвестр патриарху, – отпал от славы и веры Христовой гордостью и волею своею в прелесть латинскую, а в новом Риме, Константинополе, также погибнет вера насилием безбожных агарян. На третьем же Риме, на Русской земле, благодать Святого Духа воссияет. И ведай, Филофей, что все христианские земли приидут в конец и снидутся в единое Русское царство, православия ради. Ибо в древние лета, изволением земного царя Константина Мономаха, от царствующего града сего венец Навуходоносора дан был русскому царю; Белый же сей Клобук, изволением Царя небесного Христа, ныне дан будет архиепископу Великого Новгорода. И кольми сей – честнее оного. И вся святая предана будет от Бога Русской земле, и Русского царя возвеличит Господь над многими языками, и страна наречется Светлая Русь, по изволению Божьему, да сия третьего нового Рима святая соборная апостольская Церковь православною христианскою верою по всей вселенной паче солнца светится».

Так и свершилось. Архиепископ Новгородский принял Белый Клобук и положил его в церковь Святой Софии Премудрости Божией. И благодатью Господа Иисуса Христа утвердился он отныне и во веки веков на главах русских святителей.

Повесть о Вавилонском Царстве предвещала земное – повесть «О Белом Клобуке» – небесное величие русской земли.

Каждый раз, как Евтихий читал эти сказания, душу его наполняло смутное чувство, ему самому непонятное, подобное беспредельной надежде, от которого сердце его билось и захватывало дух, как над бездною.

Сколь ни казалась ему скудной и убогой родная земля в сравнении с чужими краями, он верил в эти пророчества о грядущем величии Третьего Рима, о «граде Иерусалиме начальном», о луче восходящего солнца на золотых семидесяти главах всемирного русского храма Софии Премудрости Божией.

Только в самой глубине души его было сомнение, чувство неразрешимого противоречия: не сказано ли, думал он, что царь Навуходоносор был царем неправосудным, «злейшим на всей земле», и что, желая, чтобы все народы служили ему одному и все языки и все племена призывали его, как Бога, объявил через глашатая: падите и поклонитесь золотому истукану царя Навуходоносора. Но истинный Бог покарал его: отнял сердце человеческое и дал ему сердце звериное, и был он отлучен от людей и ел траву, как вол, и орошалось тело его росою небесною, так что волосы у него выросли, как у льва, и ногти, как у птицы. И в Откровении не было ли сказано: «Пал, пал Вавилон – великая блудница, ибо яростным вином блудодеяния своего напоила все народы. Горе, горе тебе, великий город, одетый в виссон и порфиру!» – А если так, спрашивал себя Евтихий, как же в Третьем Риме, в русском царстве, Белый Клобук соединится с мерзостным венцом Навуходоносора царя, проклятого Богом, – венец Христа с венцом Антихриста?

Он чувствовал, что здесь – великая тайна, и что если он углубится в нее, то видения, более страшные, чем те, что отошли от него, снова приступят к нему.

Стараясь не думать, погасил свечу и лег в постель.

XVI

Приснился ему сон: с огненным лицом, огненными крыльями, в блистающих ризах, *Жена* на серповидной луне среди облаков, под седмистолпным киворием с надписью: *Премудрость создала себе дом* ; пророки, святители, праотцы, дориносящие ангелы, архангелы, Силы, Престолы, Господствия, Власти окружали *Ее* ; и в сонме пророков, у самого подножия Премудрости – Иоанн Предтеча, с такими же тонкими руками и ногами, длинными, как у журавля, с такими же белыми исполинскими крыльями, как на иконе, но с другим лицом: по оголенному лбу с упрямыми морщинами, по щетинистым бровям, длинной седой бороде и седым волосам узнал Евтихий запечатлевшееся в памяти его лицо старика, похожего на Илью-пророка, который два года назад приходил к нему в мастерскую, – лицо Леонардо да Винчи, изобретателя человеческих крыльев. Внизу, под облаками, на которых стояла *Жена* , горели, как жар, в голубых небесах, золотые купола и маковки церквей; виднелись черные, только что взрытые плугом, поля, синие рощи, светлые реки и бесконечная даль, в которой узнал он Русскую землю.

Колокола загудели торжественным гулом; многоочитые запели победную песнь: *аллилуия* ; шестикрылатые, закрывая в ужасе лица свои крыльями, возопили: *да молчит всякая плоть человеча и да стоит со страхом и трепетом* ; и семь архангелов ударили в крылья свои; и семь громов проговорили. И над *Женою* огнезрачною, Святой Софией Премудростью Божией, небо разверзлось, и нечто явилось в нем, белое, солнцу подобное, страшное. И понял Евтихий, что это есть *Белый Клобук* , венец Христа над Русскою землею.

Свиток, который держал в руке Предтеча Крылатый, развернулся, и Евтихий прочел:

«Вот Я посылаю Ангела Моего, и он приготовит путь предо Мною, и внезапно придет во храм Свой Господь, Которого вы ищете, и Ангел завета, Которого вы желаете. Вот Он идет».

Голоса громов, плески ангельских крыл, победная песнь аллилуия и звон колоколов слились в одну хвалебную песнь Святой Софии Премудрости Божией.

И песни этой ответили нивы, рощи, реки, горы и все бесконечные дали Русской земли.

Евтихий проснулся.

Было раннее, серое утро. Он встал и открыл окно. На него пахнуло душистою свежестью листьев и трав, омытых дождем: ночью прошла гроза. Солнце еще не всходило. Но на краю неба, над темными лесами, за рекою, там, где оно должно было взойти, столпившиеся тучи рдели пурпуром и золотом. Улицы города спали в сумерках; лишь тонкая белая колокольня св. Губерта освещалась бледно-зеленым, как будто подводным светом. Тишина была совершенная, полная великого ожидания; только на песчаных отмелях пустынной Луары дикие лебеди перекликались.

Иконописец сел у окна за маленький столик, с наклонной доской для писания, с прикрепленною сбоку роговой чернильницей и выдвижным для перьев ящиком, очинил гусиное перо и открыл большую тетрадь. Это был многолетний труд его, завещанный ему учителем, смиренным старцем Прохором, новый исправленный «Иконописный подлинник».

«Откуда же начало есть икон? Не от человеков, но сам Бог-Отец, первый, родил Сына, Слово Свое, живую Свою Икону», – то были последние слова, написанные Евтихием. Он обмакнул перо и продолжал писать:

«Аз, грешный, имея от Господа талант, моей худости врученный, не хотел его в земле сокрыть, да не приму за то осуждения, но потщился алфавит художества сего, еже есть все члены тела человеческого, мастерству иконному во употребление приходящие, написать во образ и пользу всем люботщателям честной сей хитрости. Всех вас, братья мои, их же ради положил труды сии, прилежно молю о теплой молитве ко Господу, дабы мне, образы Его и слуг святых на земле писавшему, само Лицо Его божественное и всех Его угодников узреть во царствии небесном, где честь Его и слава воспевается ото всех бесплотных, ныне и присно, и во веки веков. Аминь».

Пока он писал, из-за темного леса, как раскаленный уголь, показался край солнца, и что-то пронеслось по земле и по небу, подобное музыке.

Белые голуби вспорхнули из-под кровельного выступа и зашелестели крыльями.

Луч проник сквозь окно в мастерскую Евтихия, упал на икону Иоанна Предтечи, и позлащенные крылья, внутри багряно-золотистые, как пламя, снаружи белые, как снег, широко распростертые в лазурном небе над желтою землей и черным океаном, подобные крыльям исполинского лебедя, вдруг заблестели, заискрились в пурпуре солнца, словно оживившись сверхъестественною жизнью.

Евтихий вспомнил свой сон, взял кисть, обмакнул ее в алую чернь и написал на белом свитке Предтечи Крылатого:

Вот Я посылаю Ангела Моего, и он приготовит путь предо Мною, и внезапно придет во храм Свой Господь, Которого вы ищете, и Ангел завета, Которого вы желаете. Вот Он идет .

Царство божие внутри вас... — Л. Н. Толстой — 9781784351113

Записки из подполья — Ф. Достоевский — 9781784350472

Бедные люди — Ф. Достоевский — 9781784350895

Повести и рассказ — Ф. Достоевский — 9781784350901

Двойник — Ф. Достоевский — 9781784350932

Вечера на хуторе близ Диканьки - Николай Гоголь - 9781784351755

Рудин — И. С. Тургенев — 9781784350222

Записки охотника - И. С. Тургенев — 9781784350390

Нахлебник - И. С. Тургенев — 9781784350246

Отцы и дети — И. С. Тургенев - 978178435123

Ася — И. С. Тургенев — 9781784350079

Первая любовь — И. С. Тургенев — 9781784350086

Вешние воды — И. С. Тургенев — 9781784350253

Накануне — И. С. Тургенев — 9781784350512

Мать — Максим Горький — 9781909669628

Человек-амфибия — А. Беляев - 9781784350369

Рассказ о семи повешенных и другие повести — Л. Н. Андреев — 9781909669659

Жизнь Василия Фивейского — Л. Н. Андреев — 9781784351182

Соборяне — Н. С. Лесков - 9781784351939

Леди Макбет Мценского уезда и Запечатленный ангел - Н. С. Лесков - 9781909669666

Очарованный странник — Н. С. Лесков — 9781909669727

Некуда — Н. С. Лесков -9781909669673

Мы - Евгений Замятин- 9781909669758

Уездное, На куличках, Островитяне – Е. Замятин — 9781784352043

Огни св. Доминика – Е. Замятин — 9781784352080

Мамай, Пещера, Большим детям сказки, Рассказ о самом главном – Е. Замятин — 9781784352073

Алатырь, Север, Ловец человеков, Бич божий – Е. Замятин — 9781784352097

Апрель, Непутёвый, Три дня и другие – Е. Замятин — 9781784352103

Санин — М. П. Арцыбашев — 9781909669949

Двенадцать стульев — Ильф и Петров - 9781784350239

Золотой теленок — Ильф и Петров - 9781784350468

Мастер и Маргарита — М.А. Булгаков - 9781909669895

Собачье сердце — М.А. Булгаков — 9781909669536

Записки юного врача — М.А. Булгаков — 9781909669680

www.ingramcontent.com/pod-product-compliance
Lightning Source LLC
Chambersburg PA
CBHW051538250626
47157CB00001B/93